L'ARIOSTE

ROLAND FURIEUX <u>2465</u>

Paris. — Société anonyme d'Imprimerie. — PAUL DUPONT, Dᵣ.

L'ARIOSTE

ROLAND FURIEUX

TRADUCTION NOUVELLE

AVEC

UNE INTRODUCTION ET DES NOTES

PAR

C. HIPPEAU

TOME DEUXIÈME

PARIS

GARNIER FRÈRES, LIBRAIRES-ÉDITEURS

6, RUE DES SAINTS-PÈRES, 6

ROLAND FURIEUX

CHANT VINGT-QUATRIÈME

ARGUMENT

Effets de la folie de Roland. — Zerbin trouve ses armes et en fait un trophée. — Un combat terrible s'engage entre lui et Mandricard qui enlève Durandal. — Zerbin périt, et Isabelle est conduite par un ermite au monastère de Vallombreuse. — Rodomont qui survient se bat contre Mandricard. — Un messager d'Agramant les sépare, avec le concours de Doralice.

I. — Quiconque s'est laissé prendre aux piéges de l'amour doit chercher au plus vite à s'en délivrer avant que ses ailes y soient prises à leur tour. Qu'est-ce, en somme, que l'amour, sinon une folie, au jugement de tous les sages? Si tous n'ont point le même délire que Roland, quelque autre signe manifeste toujours leur démence. En est-il de plus clair que se perdre soi-même pour vouloir en perdre un autre?

II. — Différents sont les effets de cette folie, mais c'est la même cause qui la produit; c'est comme une vaste forêt présentant mille chemins divers où l'on ne peut entrer sans courir le risque de s'égarer. L'un va devant, l'autre retourne sur ses pas; celui-ci prend à droite, celui-là à gauche. En somme, celui qui s'est laissé envahir par l'amour, outre les tourments de son cœur, pleure, dans d'étroites chaînes, la perte de sa liberté.

III. — Mais, me dira-t-on, vous qui prêchez autrui, mon frère, ne voyez-vous pas vos défauts? — Je ne les connais que trop, répondrai-je, à présent que je jouis d'un intervalle lucide! J'ai grand souci d'arriver au repos et de quitter le service : j'espère bien que je le ferai un jour, mais non sitôt que je le voudrais, car aujourd'hui le mal me pénètre jusqu'aux os.

IV. — Je vous disais, seigneur, dans le chant précédent, que, devenu forcené et furieux, Roland avait arraché ses armes, les dispersant dans la plaine ; qu'il avait déchiré ses vêtements, jeté loin de lui son épée et déraciné les arbres. Au bruit des gémissements dont il faisait retentir les grottes sombres et les bois épais étaient accourus quelques bergers poussés dans ces lieux par leur mauvaise étoile ou pour porter la peine de quelques graves méfaits.

V. — Voyant alors de près les incroyables exploits, la force prodigieuse de cet insensé, ils sont saisis de terreur et veulent fuir. Mais (effet ordinaire d'une terreur soudaine) ils ne savent où porter leurs pas. Roland les poursuit, plein de rage ; au premier qu'il atteint, il arrache la tête avec autant d'aisance qu'on enlève une pomme à un arbre ou qu'on cueille la fleur d'un prunier.

VI. — Il saisit par une jambe le pesant cadavre, s'en servant comme d'une massue pour assommer le reste. Deux tombent à terre, qui ne se réveilleront sans doute point d'un pareil étourdissement; les autres fuient la contrée en toute hâte; ils ont bon pied, bon œil, et n'y reviendront pas de sitôt. L'insensé n'eût point tardé à es atteindre à leur tour, s'il ne se fût déjà retourné vers leurs troupeaux.

VII. — Instruits par l'exemple des autres, les laboureurs laissent dans les champs faux, charrues et pioches, et montent sur les maisons et les églises ; les arbres ne sont plus un abri assez sûr. De là, ils contemplent les effets de cette terrible rage et Roland qui tue, anéantit et abat bœufs et chevaux à coups de poing, avec ses dents et ses ongles : ce sont d'agiles coureurs, ceux qui peuvent lui échapper !

VIII. — Déjà retentit dans les hameaux voisins un bruit strident de clameurs, de cornets, de trompes rustiques, et le son des cloches qui domine tout ce vacarme. Armés de fourches, d'arcs, de piques et de frondes, on voit descendre des monts d'alentour des milliers de paysans ; il en vient autant de la plaine pour assaillir le furieux.

IX. — Ainsi, poussée par les vents du midi, l'onde de la mer déferle sur les rivages, augmentant à chaque fois sa violence, flot léger d'abord, suivi d'une lame plus haute, à laquelle succède une troisième vague dont la force est plus grande. Telle la foule irritée qui s'accroît sans cesse accourt des monts et des vallées pour combattre Roland.

X. — Dix tombent d'abord, puis dix autres, parmi les premiers qui se présentent : preuve certaine qu'il n'était que prudent de se tenir à distance. Nulle blessure ne pouvait être faite à un tel corps : les coups, le fer sont impuissants. On sait que le ciel avait rendu le comte invulnérable pour faire de lui le champion de la foi.

XI. — Roland eût été en péril de mort si la mort eût pu l'atteindre. Il se fût repenti d'avoir jeté son épée et d'oser lutter sans ses armes. La troupe se retire enfin, voyant que tous ses coups sont sans effet. Roland, n'ayant plus d'adversaires devant lui, se dirige vers un bourg voisin.

XII. — Là il ne trouve ni petits, ni grands ; la terreur a dépeuplé le bourg : il y restait une quantité de ces vivres grossiers dont se nourrissent les bergers. Sans distinguer le pain du gland, pressé par la faim et

par la fureur, Roland saisit et dévore, cuit ou cru, tout
ce qui s'offre à ses mains et à ses dents.

XIII. — Puis, errant par tout le pays, il donne la
chasse aux hommes et aux bêtes; et, courant par les
bois, il prend à la course chevreuils agiles et biches
légères; souvent, luttant contre l'ours et le sanglier, il
les terrasse de sa main désarmée, et se repaît de leur
chair avec toute leur dépouille, tant sa voracité et son
délire l'emportent.

XIV. — De çà, de là, par plaines et par monts, il
traverse la France en tous sens. Un jour, il arrive à un
pont sous lequel coule un fleuve large et profond entre
des bords escarpés. Non loin de là s'élevait une tour
d'où l'on découvrait de loin tout le pays à la ronde. Ce
qu'il y fit, vous le saurez ailleurs; je dois auparavant
vous parler de Zerbin.

XV. — Zerbin s'était arrêté quelque temps après le
départ de Roland; il suivit ensuite le chemin qu'avait
pris le paladin, laissant aller au pas son destrier. Il
n'avait pas, je crois, fait encore deux milles, qu'il
aperçut un chevalier que l'on traînait garrotté sur un
méchant roussin; il était gardé de chaque côté par un
chevalier en armes.

XVI. — Zerbin et Isabelle à son tour reconnurent
le prisonnier dès qu'ils s'en furent approchés. C'était
le basque Odoric, que Zerbin, le préférant à tous ses
amis, avait chargé de garder sa maîtresse, comme un
loup à qui l'on confie une brebis; il croyait pouvoir
compter sur sa foi, dont il avait reçu déjà tant de
preuves.

XVII. — Au même instant, Isabelle était occupée à
raconter comment elle avait été sauvée des flots avant
que le navire qui la portait se fût englouti, et comment,
après avoir usé de violence envers elle, Odoric l'avait
entraînée dans la grotte. Elle n'était pas arrivée à la fin
de son récit quand ils reconnurent le traître dans le
prisonnier qu'on amenait.

XVIII. — Les deux gardiens d'Odoric avaient reconnu Isabelle ; ils eurent idée que ce pourrait être son amant, leur maître, qui se tenait près d'elle. Quand ils eurent distingué sur son écu l'antique marque de sa haute naissance, et quand ils eurent mieux envisagé ses traits, ils reconnurent qu'ils ne s'étaient point trompés.

XIX. — Sautant de leur monture, ils ouvrent les bras et se précipitent au devant de Zerbin ; ils l'embrassent comme on embrasse un chef, la tête nue et le genou en terre. Zerbin, contemplant leur visage, reconnaît en l'un Corèbe le Basque, en l'autre Almont, qu'il avait envoyés avec Odoric sur le navire.

XX. — « Puisque la bonté divine, lui dit Almont, vous a permis de retrouver Isabelle, je vois, mon maître, que je n'aurais rien de nouveau à vous apprendre en vous disant pour quel forfait est enchaîné ce traître que vous voyez à mes côtés. Madame, que cette offense a touchée de plus près, vous en aura sans doute raconté toute l'histoire.

XXI. — « Vous devez savoir comment, après m'avoir trompé, il sut m'éloigner de lui ; comment ensuite il blessa Corèbe qui s'était porté au secours de la princesse ; mais ce qu'elle n'a pu vous raconter, ce qui n'a été ni vu ni entendu par elle, c'est ce qui a suivi mon retour : je dois vous l'apprendre à cette heure.

XXII. — « Au sortir de cette ville, j'étais allé en toute hâte vers la mer avec des chevaux que j'avais pu me procurer, regardant toujours attentivement si je ne découvrirais pas le gardien de la princesse, qui était resté fort loin en arrière. Je m'approche, j'arrive aux bords de la mer, à l'endroit même où je les avais laissés ; je regarde, et je ne puis reconnaître leurs traces que par les empreintes de leurs pas marquées sur la grève.

XXIII. — « En les suivant, j'arrive à un bois sauvage : à peine y étais-je entré que, guidé par le bruit qui frappe mon oreille, je retrouve gisant à terre le fidèle Corèbe. Je lui demande où sont la princesse et Odoric, et qui l'a blessé ; et, quand j'ai pu tout savoir, je cours à travers les taillis à la recherche du traître.

XXIV. —« Je me dirige dans tous les sens, sans pouvoir retrouver aucune trace pendant toute cette journée ; je retourne enfin à l'endroit où Corèbe était étendu, rougissant le sol de son sang en telle abondance que, pour peu qu'il fût demeuré là, il lui eût fallu plutôt un prêtre, un moine et une fosse, qu'un lit et un médecin pour le soigner.

XXV. — « Du bois je le fis transporter à la ville, chez un hôtelier de mes amis ; il ne tarda pas à se guérir, grâce aux soins et à l'art d'un habile chirurgien. Bientôt, pourvus d'armes et de chevaux, Corèbe et moi nous nous remîmes à la poursuite d'Odoric, que nous rencontrâmes à la cour d'Alphonse, roi de Biscaye, où je le défiai au combat.

XXVI. — « La justice du roi, qui m'accorda le champ clos, le droit, et plus que le droit, la fortune, qui souvent fait pencher la victoire à son gré, me furent si favorables que j'eus raison du traître et que je le fis mon prisonnier. Le roi, instruit de son crime infâme, le laissa à ma merci.

XXVII. — « Je ne voulus ni le tuer ni lui rendre la liberté ; tel que vous le voyez, je l'entourai de chaînes pour vous laisser décider s'il doit périr ou vivre au milieu des peines que mérite son forfait. J'avais appris que vous étiez à la cour du roi Charles ; c'est le désir de vous y retrouver qui m'y amenait, et je rends grâces à Dieu, qui me permet de vous retrouver à cette heure dans l'endroit où je l'espérais le moins.

XXVIII. — « Je le remercie encore, voyant que votre chère Isabelle (j'ignore par quel hasard) vous a rejoint, vous à qui je craignais qu'elle ne fût ravie pour jamais par le crime de ce félon. » Zerbin avait écouté Almont sans l'interrompre : ses regards s'attachèrent fixement sur Odoric, sans haine, mais pleins de douleur de voir si mal récompensée tant d'amitié.

XXIX. — Almont avait depuis longtemps cessé de parler et Zerbin restait encore frappé de stupeur, à la pensée que celui qui, moins que tout autre, eût dû le trahir fût précisément l'auteur d'une telle trahison. Mais, sorti enfin de ce long étonnement, il pousse un soupir, et demande au prisonnier si tout ce que vient de lui dire le chevalier est bien vrai.

XXX. — Le perfide se laisse tomber sur les genoux et s'écrie : « Mon maître, tous ceux qui vivent en ce monde sont sujets au péché et à l'erreur ; il n'est point de différence entre le bon et le méchant, sinon que l'un cède à tous les penchants qui combattent en lui, tandis que l'autre court aux armes et se défend. Mais si l'ennemi est plus fort, ne faut-il pas aussi qu'il se rende ?

XXXI. — « Si vous m'aviez confié la défense d'une de vos places et qu'au premier assaut j'eusse, sans résister, arboré la bannière des ennemis, j'aurais mérité d'être traité de lâche ou, ce qui est plus honteux encore, de traître ; mais en ne cédant qu'à la force, je suis bien sûr que, loin d'être blâmé, je recevrais des éloges et de la gloire.

XXXII. — « Plus l'adversaire est puissant, plus le vaincu semble excusable. Je devais garder ma foi comme j'aurais gardé une forteresse entourée par l'ennemi ; aussi, avec tout ce qui m'a été départi de sens et de raison par la sagesse divine, me suis-je efforcé de la défendre ; mais à la fin je me suis trouvé en présence des plus redoutables attaques et j'ai succombé ! »

XXXIII. — Voilà ce que dit Odoric ; puis il expliqua en détail (ce qui serait trop long à rapporter en entier) à quelles violentes tentations il avait cédé, loin d'obéir à un faible caprice. Si jamais la prière a pu fléchir le courroux, si le ton le plus humble dut jamais toucher l'âme, ce dut être cette fois-là ; tout ce qui peut conjurer la vengeance d'un cœur irrité, Odoric sut l'employer.

XXXIV. — Zerbin, plein d'incertitude, hésite encore à tirer une éclatante vengeance de l'outrage qu'il a

reçu. Le souvenir du crime l'engage à ôter la vie au traître ; mais il se rappelle aussi l'étroite amitié qui les unit
si longtemps, et une douce pitié chasse de son cœur la
colère pour l'exhorter à la clémence.

XXXV. — Dans son indécision, il ne sait s'il doit le
délivrer ou l'emmener prisonnier, punir de mort sa
trahison ou lui réserver un plus dur châtiment. Mais, en
ce moment, le coursier à qui Mandricard avait ôté ses
rênes accourait en hennissant ; il portait sur son dos
la vieille qui avait failli peu de temps auparavant causer
la mort de Zerbin.

XXXVI. — Le coursier, entendant de loin les autres,
était accouru vers eux. Il portait la vieille qui se la-
mentait et implorait en vain de l'aide. Quand Zerbin la
vit, il leva les bras vers le ciel, le remerciant de l'avoir
assez favorisé pour amener en son pouvoir les deux
seuls êtres qui dussent lui être odieux.

XXXVII. — Il fait garder la méchante vieille jusqu'à
ce qu'il ait décidé de son sort. Lui coupera-t-il le nez
et les deux oreilles, comme aux malfaiteurs, pour
faire un exemple ? livrera-t-il sa chair en pâture aux
vautours ? Il hésite entre divers châtiments ; voici enfin
la résolution à laquelle il s'arrête.

XXXVIII. — Il se retourne vers ses compagnons :
« Je veux, dit-il, laisser la vie à ce traître; s'il n'a point
mérité sa grâce entière, il n'est point non plus digne
des derniers supplices : qu'il vive et qu'il soit libre. Je
vois que c'est l'amour qui l'a poussé au crime, et la
faute est bien excusable quand elle a pour cause
l'amour.

XXXIX. — « L'amour a souvent mis sens dessus dessous des esprits plus fermes que le sien, et a conduit
à des excès plus coupables que celui-ci, qui nous a tous
atteints. Je pardonne à Odoric; mais il mérite une peine,
car je fus aveugle en lui confiant une périlleuse entreprise sans réfléchir que le feu brûle aisément la paille. »

XL. — Puis, regardant Odoric : « Je veux, dit-il,

pour pénitence de ta faute, que tu sois pendant un an
le compagnon de la vieille, sans qu'il te soit permis de
l'abandonner jamais. Nuit et jour, que tu marches ou
que tu t'arrêtes, il faut qu'on ne te trouve jamais un
instant sans elle ; que jusqu'à la mort même, tu prennes
sa défense contre quiconque voudrait lui faire outrage.

XLI. — « Je veux, si elle te l'a commandé, que tu
combattes, que tu guerroies contre tout venant ; je
veux que pendant ce temps tu parcoures toute la
France, de contrées en contrées. » Ainsi parla Zerbin,
mettant ainsi devant les pas d'Odoric un précipice qu'il
ne pouvait éviter que par un grand hasard, afin de le
punir d'un crime qui méritait la mort.

XLII. — La vieille avait offensé et trahi tant de
femmes et tant d'hommes que quiconque serait à
ses côtés ne pouvait manquer d'avoir à lutter contre
tous les chevaliers errants. Ainsi tous deux parta-
geraient la peine ; elle pour les fautes qu'elle avait déjà
commises, et lui en prenant sa défense. Il ne pouvaient
aller bien loin sans trouver la mort.

XLIII. — Zerbin imposa à Odoric le serment solennel
de se soumettre à ses ordres, ajoutant que s'il manquait à sa promesse, et que le sort le remît dans sa
route, il le ferait périr d'une mort cruelle sans écouter
ses prières et sans prendre pitié de lui. Puis, se tournant vers Almont et Corèbe, il fit délivrer Odoric.

XLIV. — Corèbe, avec l'assentiment d'Almont, mit
le traître en liberté, mais sans se hâter ; l'un et l'autre
voyaient à regret s'échapper leur vengeance si désirée.
Le perfide partit bientôt en compagnie de la vieille mau-
dite. On ne lit point dans Turpin ce qu'il leur advint ;
mais j'ai lu jadis un auteur qui en dit plus long.

XLV. — Cet auteur, dont je tairai le nom, nous apprend que, moins d'une journée après leur départ,
Odoric, pour se débarrasser de Gabrine, lui jeta au cou
un lacet, malgré la foi jurée et au mépris des conventions, et la laissa pendue à un orme. L'auteur ajoute

qu'un an après Almont lui rendit la pareille : il ne dit
pas en quel lieu.

XLVI. — Zerbin, qui avait suivi les traces de Roland et ne voulait pas les perdre, donna de ses nouvelles à sa troupe afin de ne pas la laisser dans l'inquiétude. Almont, accompagné de Corèbe, fut chargé
de cette mission et de plusieurs autres choses qu'il
serait trop long de raconter. Zerbin ne garda près de
lui qu'Isabelle.

XLVII. — Telle était l'affection que Zerbin et qu'Isabelle, à son exemple, avaient conçue pour le vaillant
paladin, tel était leur désir de savoir s'il avait retrouvé
le Sarrasin qui l'avait fait tomber de cheval avec sa
selle, qu'ils attendirent, pour rejoindre l'armée, la fin
du troisième jour.

XLVIII. — C'était le terme au bout duquel Roland
devait attendre le chevalier qui ne porte pas encore
d'épée. Il n'est aucun des lieux parcourus par le comte
que Zerbin n'ait visité : il arrive enfin à ces arbres
du bord de la route sur lesquels l'ingrate Angélique
avait gravé ses inscriptions d'amour ; mais la fontaine
et le rocher voisin, de même que les lettres, n'existaient
plus.

XLIX. — Zerbin voit quelque chose briller au loin :
c'est la cuirasse du comte. Plus loin, il trouve son
casque, mais ce n'est plus ce casque fameux dont
s'armait jadis l'Africain Almont. S'avançant au plus
profond du bois, il entend bientôt hennir un cheval ; il
se retourne au bruit et aperçoit Bride-d'or, qui paît
l'herbe, laissant pendre les rênes le long des arçons.

L. — Il cherche Durandal par la forêt et la trouve,
hors du fourreau. Il aperçoit aussi, mis en pièces, les
vêtements que le malheureux comte avait dispersés çà
et là. Isabelle et Zerbin, surpris et désolés, ne savent
que penser ; parmi toutes les suppositions qu'ils pou-
vent faire, la seule qui ne leur vient point à l'esprit
est que Roland ait perdu la raison.

LI. — S'ils avaient vu une goutte de sang, ils se seraient figuré que Roland avait péri. Cependant, le long d'un ruisseau, ils voient arriver un berger épouvanté. Il a vu du sommet d'un rocher la fureur terrible du malheureux, jetant ses armes, déchirant ses vêtements, massacrant les bergers, commettant mille atrocités et se livrant à mille barbaries.

LII. — A la demande de Zerbin, il raconte fidèlement tout ce qui s'est passé. Zerbin, plein de stupeur, ne peut le croire, quoiqu'il en ait la preuve manifeste ; il met néanmoins pied à terre, et, plein de pitié et de tristesse, touché jusqu'aux larmes, il va partout recueillir les débris çà et là dispersés.

LIII. — Isabelle descend aussi de son palefroi et l'aide à rassembler ces armes. Tout à coup survient une dame dont le visage annonce une profonde tristesse, et qui pousse de profonds gémissements. Vous me demanderez quelle était cette dame, pour quel motif elle s'affligeait, de quelle douleur elle était accablée ? Je vous répondrai que c'était Fleur-de-Lis, qui s'était mise à la recherche de son amant.

LIV. — Brandimart, sans l'en prévenir, l'avait laissée dans la ville de Charles, où pendant six ou huit mois elle l'avait attendu. A la fin, ne le voyant point venir, elle avait couru sur ses traces, d'une mer à l'autre et des Alpes aux Pyrénées. Elle l'avait cherché partout, hormis dans le palais de l'enchanteur Atlant.

LV. — Si elle fût entrée dans le palais d'Atlant, elle l'aurait vu errer avec Gradasse, Roger et Bradamante, et, avant eux, avec Ferragus et Roland ; mais, depuis que le magicien en avait été chassé par les sons merveilleux et terribles du cor d'Astolphe, Brandimart était retourné vers Paris : c'est ce que Fleur-de-Lis ne savait pas encore.

LVI. — Comme je vous le disais, la belle jeune fille survenant par hasard auprès des deux amants, avait reconnu les armes et Bride-d'or privé de son maître, le

frein pendant à la selle. Ses yeux lui apprennent le triste
accident, dont elle n'avait pourtant reçu aucune nouvelle,
puis le berger lui annonça comment il avait été témoin
de la folie de Roland.

LVII. — Zerbin avait rassemblé toutes les armes de
Roland et les avait attachées à un pin, comme un trophée ; voulant empêcher qu'aucun chevalier, français ou
étranger, ne s'en emparât, il écrivit sur la verte écorce
ces seuls mots : ARMURE DU PALADIN ROLAND, comme s'il
eût dit : que nul n'y touche s'il ne peut se mesurer avec
Roland.

LVIII. — Quand il eut fini une œuvre aussi louable,
il se disposa à remonter sur son destrier ; mais voici
que survient Mandricard, qui aperçoit le pin, tout fier
de porter ces dépouilles. Il prie Zerbin de lui découvrir
le mystère, celui-ci lui dit la vérité, telle qu'il vient de
l'entendre. Aussitôt le roi païen, plein de joie et sans
tarder, s'avance vers le pin et en décroche l'épée.

LIX. — « Personne ne peut m'en blâmer, dit-il ; ce
n'est pas d'aujourd'hui que j'ai des droits sur cette épée ;
je peux sans injustice en prendre possession dans quelque lieu que je la trouve. Roland, qui n'osait la défendre, a feint la démence et l'a jetée loin de lui ; mais quand
sa lâcheté y trouverait une excuse, ce n'est pas une raison pour que je renonce à mes droits. »

LX. — Zerbin s'écrie : « N'y touche pas, et crois bien
que tu ne l'auras pas sans qu'on te la dispute. Si tu as
pris de la sorte les armes d'Hector, c'est par un vol
plutôt qu'en usant de ton droit. » Sans plus en dire, ils
fondent l'un sur l'autre, animés d'une ardeur et d'un courage semblables. Déjà retentit le bruit de cent coups, et
pourtant la lutte est à peine engagée.

LXI. — Zerbin, prompt comme l'éclair, évite Durandal
à chacun de ses coups. Il fait courir de çà, de là, comme
un chevreuil, son destrier, gardant le terrain le meilleur ;
et bien lui prend de ne pas perdre un instant, car s'il
était atteint d'un coup de cette épée il irait retrouver les

groupes des amoureux qui remplissent les bois de myrtes des champs élysiens.

LXXII. — Tel qu'un chien agile, assaillant un pourceau qui erre dans la plaine loin de son troupeau, tourne autour de lui, saute à droite et à gauche jusqu'à ce qu'il trouve moyen de le saisir; ainsi, regardant où va l'épée, en haut ou en bas, Zerbin cherche à l'éviter, voulant sauver à la fois sa vie et son honneur; il tient l'œil toujours attentif, il frappe et fuit tour à tour.

LXIII. — De l'autre côté, partout où le Sarrasin brandit sa redoutable épée, elle fait entendre un sifflement tel que celui du vent qui, pendant l'équinoxe, s'engouffrant entre deux montagnes, ébranle les arbres d'une épaisse forêt; tantôt il les renverse et les déracine, tantôt il disperse dans les airs les branches arrachées. Zerbin pare et évite bien des coups; mais il ne peut en esquiver un qui l'atteint à la fin.

LXIV. — Il ne peut parer un terrible coup de taille qui, entre l'épée et l'écu, arrive à sa poitrine. Son haubert est grand, grand aussi son plastron et supérieure sa cotte : mais ils n'y peuvent résister et cèdent à la fois sous le choc de la terrible épée. Celle-ci taille sa route dans tout ce qu'elle rencontre de la cuirasse aux arçons de la selle.

LXV.—Et, s'il ne se fût quelque peu garé du coup, Zerbin eût été fendu en deux comme un roseau; mais c'est à peine si la chair est atteinte à vif un peu plus avant que l'épiderme. La plaie n'est point profonde; elle est cependant si longue qu'une aune ne suffirait pas pour la mesurer. Le sang bouillonnant rougit ses armes éclatantes et l'inonde de la poitrine jusqu'aux pieds.

LXVI. — Ainsi j'ai vu parfois sur une trame d'argent la blanche main d'albâtre, d'où trop souvent vient le mal de mon cœur, tracer un brillant tissu de pourpre. En vain Zerbin est un guerrier intrépide, aussi fort que vaillant, la supériorité et la puissance de cette arme donne au roi de Tartarie un avantage trop considérable sur lui.

LXVII. — Ce coup du païen fut plus terrible en **apparence** qu'en réalité ; Isabelle était atteinte du même **coup** et sentit son cœur se glacer. Zerbin, sans rien perdre de son audace et de son courage, est enflammé de colère et de dépit, et, de toute la force de ses deux bras, il frappe en plein le casque du Tartare.

LXVIII. — A cette rude atteinte, le Sarrasin superbe ploie jusque sur le cou de son cheval ; et, si son casque n'eût été enchanté, un coup si furieux lui eût fendu la tête en deux. Il ne veut pas tarder à se venger ; loin de dire : à une autre fois la revanche, il abat son épée sur le heaume de Zerbin, espérant le pourfendre jusqu'à la poitrine.

LXIX. — Celui-ci, qui avait l'œil et l'esprit présents, retourne vivement son cheval vers la droite ; mais ce n'est pas assez vite pour qu'il puisse éviter la tranchante épée qui frappe son écu, le fend en deux parts égales de haut en bas, rompt les attaches de son brassart, le blesse au bras, déchire son harnais et descend encore le long de sa cuisse.

LXX. — Zerbin cherche à droite et à gauche sans succès par où il pourra atteindre son adversaire : l'armure, sur laquelle il frappe, ne garde point la plus légère trace de ses coups. De son côté, le roi de Tartarie a un tel avantage sur Zerbin qu'il l'a blessé en sept ou huit endroits, lui a enlevé son écu et brisé la moitié de son casque.

LXXI. — Zerbin va perdant tout son sang. Ses forces l'abandonnent, mais il semble qu'il ne s'en aperçoive pas ; ce cœur vaillant, que rien ne lasse, possède assez d'énergie pour suppléer à la faiblesse de son corps. Sa maîtresse, blême de frayeur, s'élance vers Doralice, la conjure et la supplie au nom du ciel de mettre fin à un assaut si terrible et si cruel.

LXXII. — Aussi courtoise que belle, Doralice, incertaine de l'issue du combat, consent volontiers à ce que lui demande Isabelle, et dispose son amant à accepter la

paix ou une trève. De son côté, Zerbin, cédant aux prières
de sa chère Isabelle, sent la colère et la rage fuir de son
cœur et se dissiper. Il prend la route qu'elle lui indique
sans achever l'entreprise de Durandal.

LXXIII. — Fleur-de-Lis, qui voit mal défendue la
bonne épée du malheureux comte, se désole en silence,
et en souffre à un tel point qu'elle pleure de dépit et se
frappe le front. Elle voudrait avoir Brandimart pour
tenter l'entreprise ; si jamais elle le retrouve et lui raconte le fait, elle ne croit pas que Mandricard reste longtemps fier de porter cette épée.

LXXIV. — Fleur-de-Lis va cependant cherchant,
mais en vain, son Brandimart, le matin comme le soir,
et s'éloignant de plus en plus de lui, car il était déjà de
retour à Paris. Elle marche tant par monts et par plaines qu'en arrivant au passage d'une rivière elle voit et
reconnaît le malheureux paladin. Mais disons ce qu'il
advint de Zerbin.

LXXV. — Il considérait comme un si grand crime
d'avoir abandonné Durandal qu'il ne pourrait éprouver
une douleur plus amère, bien qu'il puisse à peine se
tenir à cheval, par la quantité de sang qu'il a perdu et
qu'il perd encore. A quelque distance de là son ardeur
s'éteint avec sa colère, et sa douleur, devenue plus vive,
augmente avec tant d'intensité qu'il sent que la vie va
l'abandonner.

LXXVI. — Sa faiblesse l'empêche de marcher ; il s'arrête près d'une fontaine. Sa tendre maîtresse ne sait que
dire ni que faire pour calmer sa tristesse et le soulager.
Elle voit qu'il va mourir faute de soins, et qu'aucune
ville n'est assez voisine de ce lieu pour qu'elle puisse y
courir chercher à l'instant un médecin qui, par pitié ou
à prix d'argent, veuille lui venir en aide.

LXXVII. — Elle ne sait que se désoler en vain, accuser la fortune et le ciel d'injustice et de cruauté ! « Pourquoi, hélas ! disait-elle, n'ai-je pas été engloutie quand
je me suis embarquée sur l'Océan ? » Zerbin, qui tourne

vers elle ses yeux languissants, est encore plus affligé
de cette douleur que de la souffrance opiniâtre et violente qui l'a conduit aux portes du tombeau.

LXXVIII. — « Ah ! puissiez-vous, cher cœur, lui disait-
il, m'aimer toujours après ma mort, car ce qui me désespère le plus, ce n'est pas de mourir, c'est de vous laisser
sans guide; si je pouvais vous placer à l'abri des dangers avant d'atteindre la dernière heure de ma vie, je
pourrais mourir content, tranquille et heureux, en expi-
rant dans vos bras.

LXXIX. — « Mais, puisque ma destinée injuste et
cruelle veut que je vous laisse sans savoir entre les
mains de qui, j'en jure, par cette bouche et par ces yeux,
par cette chevelure qui m'ont séduit, c'est avec désespoir que je m'en vais dans les sombres profondeurs de
la terre, et la pensée que je vous aurai ainsi abandonnée
sera la plus terrible de toutes les peines qui se puissent
imaginer. »

LXXX. — A ces mots Isabelle, au comble de la douleur, baisse son visage baigné de pleurs et unissant sa
bouche à celle de Zerbin, flétrie comme une rose cueillie
hors de saison et qui pâlit sur les halliers touffus,
s'écrie : « Ne croyez pas, ô ma vie, faire sans moi le
dernier voyage.

LXXXI. — « Je vous le dis, mon cœur, n'ayez aucune
crainte : je veux vous suivre dans le ciel ou aux enfers.
Il faut que nos deux âmes s'envolent ensemble et
s'unissent pour l'éternité. Je ne vous aurai pas vu sitôt
fermer les yeux que je mourrai de ma propre douleur,
ou, si elle n'a pas ce pouvoir, je vous promets que de
cette épée, à l'instant, je me percerai le sein.

LXXXII. — « J'ai encore quelque espoir que nos deux
corps jouiront après leur mort d'une félicité qu'ils
n'ont pas trouvée en cette vie. Peut-être un passant,
ému de pitié, les réunira-t-il pour leur donner la sépulture. » A ces mots, elle cherche à recueillir sur ses lèvres
désolées les derniers souffles de vie que la mort lui

arrache, jusqu'à ce qu'il ne lui reste plus qu'une bien faible haleine.

LXXXIII. — Zerbin, ranimé, élevant sa voix près de s'éteindre, lui dit encore : « Je vous en prie, je vous en conjure, ô ma déesse, par cet amour que vous m'avez témoigné en abandonnant pour moi la demeure paternelle, si j'ai droit d'ordonner, je vous ordonne de vivre tant qu'il plaira à Dieu. N'oubliez jamais que je vous ai aimée autant qu'il est possible d'aimer.

LXXXIV. « Dieu vous prêtera sans doute son aide pour vous préserver de toute atteinte, comme il fit quand il amena Roland dans la caverne pour vous en tirer, et quand grâce à lui il vous secourut sur la mer et contre le barbare Biscayen ; si pourtant il arrivait qu'il ne vous restât plus qu'à mourir, alors vous choisiriez le moindre des maux. »

LXXXV. — Ce furent les dernières paroles qu'il put prononcer et qui se firent entendre ; il s'éteignit comme la faible lueur d'un flambeau manquant d'aliment. Qui pourrait dire jusqu'à quel point la jeune princesse fut désespérée quand elle vit son cher Zerbin étendu dans ses bras, pâle et froid comme la glace ?

LXXXVI. — Elle se laisse tomber sur son cadavre ensanglanté et le baigne de larmes abondantes ; les cris qu'elle pousse retentissent dans les bois et les plaines d'alentour. Elle frappe et meurtrit ses joues et son sein, et va jusqu'à arracher ses cheveux d'or appelant toujours en vain le nom si cher de Zerbin.

LXXXVII. — Dans la fureur et la folie où la plonge sa douleur elle eût sans doute tourné l'épée contre elle, sans égard pour les ordres de son amant, si un ermite qui se rendait souvent, non loin de sa cellule, aux bords de la fraîche et limpide fontaine, ne l'eût aperçue et ne se fût opposé à son dessein.

LXXXVIII. — Cet homme vénérable, qui à une profonde bienveillance joignait une sagesse naturelle, était plein de charité, instruit et éloquent ; il exhorto par

d'adroits raisonnements la jeune fille à la résignation
et lui montre, comme en un miroir, l'exemple des femmes
du Nouveau et de l'Ancien Testament.

LXXXIX. — Puis il fait voir qu'il n'est pas de véritable bonheur, si ce n'est en Dieu ; que toute espérance
humaine est éphémère, fragile et sans consistance. Il
sut en dire assez pour qu'Isabelle renonçât à la cruelle
pensée qui l'obsédait et se sentît le désir de consacrer
tout le reste de sa vie au service de Dieu.

XC. — Non qu'elle veuille se séparer à jamais des
restes de son amant ou cesser de l'aimer : elle ne veut
s'en séparer ni le jour ni la nuit, quelque part qu'elle
aille ou qu'elle s'arrête. Aussi, avec l'aide de l'ermite,
qui malgré son âge était fort et robuste, Zerbin fut posé
sur son cheval qui semblait lui-même attristé. Isabelle
et l'ermite marchèrent longtemps à travers cette forêt.

XCI. — Le prudent vieillard ne voulut pas rester seul
en présence de la belle princesse dans la caverne sauvage où était cachée sa cellule solitaire, se disant qu'il
serait trop périlleux de mettre dans la même main la
paille et le feu. Il ne se fiait pas assez à son âge ni à
son expérience pour s'exposer à une telle épreuve.

XCII. — Il avait l'intention de conduire Isabelle en
Provence, dans un château voisin de Marseille où était
un magnifique et somptueux monastère de saintes
femmes. Pour emporter avec eux le cadavre du chevalier, ils le mirent dans un cercueil long, ample et bien
clos qu'ils avaient fait faire dans un château qui se
trouva sur leur route.

XCIII. — Pendant plusieurs jours, ils traversèrent
une grande étendue de pays, toujours par les endroits
les plus inhabités ; au milieu des ravages que causait
partout la guerre, ils voulaient, autant que possible,
rester inconnus. A la fin ils trouvèrent le chemin barré
par un chevalier qui les accabla d'outrages et de gros-
sières insultes. Mais il sera parlé de celui-ci en temps
opportun : je reviens maintenant au roi de Tartarie.

XCIV. — Après que le combat eut cessé de la manière
que j'ai dite, le jeune prince se reposa sous de frais
ombrages et près d'une onde pure comme le cristal. Il
enleva la bride et la selle de son destrier et le laissa
paître librement l'herbe tendre des prés. Quelques
instants après il aperçut au loin un chevalier qui descendait des monts dans la plaine.

XCV. — Doralice ayant levé la tête le reconnut et le
montra à Mandricard en lui disant : « Voici le superbe
Rodomont, si mon œil n'est abusé par la distance. Il
descend la montagne pour se battre avec toi; c'est
maintenant que tu auras à montrer ta vaillance. Il tient
pour grande injure de m'avoir perdue, moi qui lui étais
promise, et il vient en tirer vengeance.

XCVI. — Tel que l'autour qui de loin voyant venir à lui
la cane, la bécasse, la perdrix, la colombe ou quelque
oiseau de la sorte, lève la tête avec fierté, s'anime et
se rengorge, tel Mandricard, comme assuré déjà de
vaincre et de tuer Rodomont, monte en selle plein de
joie et d'audace, le pied dans l'étrier et les rênes en
main.

XCVII. — Quand ils furent assez près pour entendre
clairement leurs propres paroles, le roi d'Alger commença
à proférer des menaces en agitant la tête et les mains.
Il dit qu'il va le faire repentir d'avoir osé, par un caprice
plein de témérité, provoquer celui qui ne reculait point
devant la vengeance.

XCVIII. — Mandricard lui répondit : « En vain on
tenterait de m'en imposer par des menaces; c'est ainsi
qu'on épouvante les enfants, les femmes et ceux qui ne
savent ce que c'est que les armes, mais non celui qui
préfère toujours les combats au repos! Je puis en montrer les preuves, à pied, à cheval, armé et désarmé, en
pleine campagne ou en champ clos. »

XCIX. — Les voilà qui s'attaquent, avec des cris de
rage, l'épée nue, en agitant leurs armes qui retentissent
comme le bruit d'un ouragan qui, soufflant d'abord à

peine, commence ensuite à agiter les hêtres et les cèdres, puis élève vers le ciel d'épais nuages de poussière, et enfin déracine les arbres, renverse les maisons, répand sur la mer et dans les ports les terreurs de la tempête et va détruire les troupeaux fuyants dans les forêts.

C. — Les deux Sarrasins, dont le courage intrépide et la force merveilleuse n'ont rien de pareil sur terre, se portent des coups et engagent une lutte digne de leurs instincts féroces. La terre tremble du bruit épouvantable que font leurs épées en se heurtant; elles jettent vers le ciel des étincelles dont l'éclat est pareil à celui de mille et mille flambeaux étincelants.

CI. — Sans plus attendre ni prendre haleine, les deux rois continuent à combattre avec acharnement, cherchant à entamer le plastron et à percer la cotte l'un de l'autre. Aucun des deux ne perd de terrain; comme s'ils étaient entourés d'un fossé ou d'une muraille, ils ne sortent pas du cercle étroit où ils se sont placés.

CII. — Entre mille coups, le Tartare en assène un des deux mains sur le front du roi d'Alger, et lui fait voir tout ce qu'il y a de lumières et d'étincelles au monde. L'Africain, comme privé de tout sentiment, frappe de son front la croupe de son coursier; il perd l'étrier et, devant la dame qu'il aime tant, il est sur le point de tomber de sa selle.

CIII. — Mais, comme un arc d'acier fin, souple, bien trempé et solide, qui se redresse d'autant plus violemment, quand il est libre, qu'il a été courbé avec plus d'efforts et a reçu une plus lourde charge, causant plus de dommage qu'il n'en a reçu, ainsi l'Africain se relève aussitôt, et porte à son ennemi un coup deux fois plus fort.

CIV. — Rodomont frappe le fils du roi Agrican à l'endroit même où celui-ci l'avait frappé : il ne put cependant le blesser au visage, que protégeait l'armure troyenne; mais il étourdit à tel point le Tartare qu'il ne sait plus s'il fait jour ou nuit. Le furieux Rodomont ne s'arrète pas et apprète un second coup qu'il adresse à la tête.

CV. — Le cheval du Tartare, qu'épouvante une épée qui siffle en tombant, sauva son maître en faisant un bond en arrière, mais ce ne fut pas impunément : l'épée, dirigée contre son maître et non contre lui, traversa en plein sa tête : le pauvre animal n'avait pas comme son maître le casque de Troie, aussi il tombe et meurt.

CVI. — Il tombe, et Mandricard se trouve sur pied, déjà revenu de son étourdissement; il brandit Durandal et, en voyant son cheval abattu, son courroux s'allume d'une nouvelle flamme. L'Africain pousse son coursier sur lui pour le renverser; mais Mandricard ne cède pas plus qu'un roc battu par l'onde; c'est le cheval qui bronche et c'est lui qui demeure ferme sur ses pieds.

CVII. — L'Africain, qui sent son destrier manquer sous lui, quitte ses étriers, s'appuie sur l'arçon et saute légèrement à terre, attaquant son adversaire dans des conditions égales. Le combat recommence plus ardent que jamais; la haine, la colère et l'orgueil sont au comble et en auraient augmenté indéfiniment la durée, s'il n'était arrivé en toute hâte un messager qui y mit fin.

CVIII. — C'était un des nombreux messagers du peuple maure qui avaient été envoyés par toute la France pour rappeler sous leurs drapeaux les chefs et les simples chevaliers, lorsque l'empereur aux lis d'or avait assiégé l'armée d'Agramant dans ses retranchements. Si l'on ne se hâtait d'accourir à son aide, sa perte était certaine.

CIX. — Le messager reconnut les chevaliers à leurs devises et à leurs cottes d'armes, et surtout au choc de leurs épées, à ces coups furieux que nul autre qu'eux n'eût été capable de porter. Il n'ose pourtant s'interposer entre eux, car en présence d'un tel acharnement sa qualité de messager du roi ne l'eût pas garanti ; il ne se rassure même point en songeant que la personne d'un ambassadeur est inviolable.

CX. — Cependant il s'avance vers Doralice et lui raconte qu'Agramant, Marsile et Stordilan, avec quelques autres, soutiennent dans la position la plus critique l'assaut des chrétiens. Il la prie d'en donner avis aux deux guerriers, de les remettre d'accord et de les ramener au camp pour la délivrance du peuple sarrasin.

CXI. — La dame se met avec un grand courage entre les deux chevaliers et leur dit : « Je vous commande, au nom de tout l'amour que vous me portez, de réserver votre épée pour un meilleur usage, et de partir aussitôt pour le camp du roi des Sarrasins qui se trouve assiégé dans ses tentes et qui attend un prompt secours sans lequel sa ruine est inévitable.

CXII. — Alors, le messager leur raconte en quel péril se trouvent les Sarrasins, et en fait un récit détaillé ; il donne ensuite au fils d'Ulien les lettres du fils du roi Trojan. On convient enfin que les deux guerriers, dépouillant toute rancune, feront trève à leur querelle jusqu'au jour où sera levé le siége qui entoure l'armée des Maures.

CXIII. — Mais aussitôt qu'ils auront délivré leurs compagnons assiégés, ils entendent bien qu'ils ne feront aucune société ensemble, et qu'ils garderont une ardente inimitié et une haine à mort, jusqu'à ce que le sort des armes ait décidé à qui la dame doit appartenir de droit. Doralice, entre les mains de qui fut fait ce serment, en garantit l'exécution.

CXIV. — Ils avaient en ce moment à leurs côtés la Discorde impatiente, ennemie de toute paix et de toute trève, et l'Orgueil, qui ne consent pas à ce traité, et ne souffrira pas qu'il soit exécuté ; mais l'Amour, présent aussi, était plus fort qu'eux, car sa puissance n'a point d'égale, et ses traits vainqueurs forcèrent la Discorde et l'Orgueil à rester en arrière.

CXV. — Ainsi fut conclue la trève, comme il plut à

la beauté, qui avait sur eux tout empire. Il leur manquait un de leurs chevaux, celui du Tartare était étendu
sans vie ; mais se présenta à point nommé Bride-d'or,
qui paissait l'herbe fraîche le long du ruisseau. Mais
voici que je suis arrivé à la fin de ce chant, et je ferai,
si vous le permettez, une pause.

CHANT VINGT-CINQUIÈME

ARGUMENT

Richardet est sur le point d'être brûlé. — Roger vient le
délivrer et Richardet lui raconte son aventure. — Ils se
mettent ensemble en route, et, apprenant le danger que
courent Maugis et Vivien, Roger vole à leur secours.

I. — O grandes luttes des jeunes âmes entre la passion de la gloire et l'entraînement de l'amour ! A qui
appartient la victoire, puisque vous triomphez tour à
tour ! Les deux chevaliers montrèrent sans doute un
grand respect pour le devoir et l'honneur en suspendant leur querelle jusqu'à ce qu'ils eussent porté secours
à leur armée ;

II. — Mais ce fut encore l'amour qui l'emporta en cette
circonstance. Cette rude bataille n'eût pris fin qu'avec
la victoire de l'un d'eux, sans l'ordre qui leur fut donné
par leur dame, et Agramant, avec sa suite, aurait en
vain attendu leur aide. Ainsi l'amour n'exerce pas toujours une influence fatale ; s'il nuit parfois, il rend souvent service.

III. — L'un et l'autre chevalier païen, ayant ainsi
différé tout litige, vont au secours de l'armée africaine,

vers Paris, avec la gentille dame ; ils avaient avec eux
le petit nain qui, suivant les traces du Tartare, avait
conduit jusqu'à lui le jaloux Rodomont.

IV. — Ils débouchèrent dans une prairie où, au bord
d'un ruisseau, deux chevaliers désarmés et deux autres
armés de leurs casques prenaient le frais en compagnie
d'une dame de l'aspect le plus agréable. Qui étaient-ils ?
Je le dirai plus tard ; j'ai maintenant à vous parler de
Roger, de ce vaillant chevalier, qui avait, comme je vous
l'ai narré, jeté dans un puits l'écu enchanté.

V. — Il n'avait pas fait un mille qu'il vit arriver en
grande hâte un courrier, un de ceux que le fils de
Trojan dépêchait aux chevaliers dont il attendait l'aide.
Il apprend de lui que Charles arrête l'armée des Sarrasins et la tient en échec, au point qu'elle va perdre
l'honneur ou la vie si elle n'obtient une prompte assistance.

VI. — Roger est réduit à mille extrémités et ne sait
que penser. Le temps et le lieu ne lui permettant pas
de réfléchir, il laisse partir le courrier, tournant les
rênes du côté où l'invite la dame, qui le presse à
chaque instant et ne lui laisse aucun répit.

VII. — Aussi, suivant la route qu'ils avaient prise,
ils arrivent vers le déclin du jour à une terre que le roi
Marsile occupait dans le milieu de la France, et qu'il
avait enlevée pendant cette guerre au roi Charles.
Ils ne s'arrêtèrent ni sur le pont ni à la porte, aucun des hommes d'armes qui les garnissaient ne s'opposant à leur entrée.

VIII. — La dame qui accompagnait Roger était connue des gardes qui leur laissèrent le passage libre sans
leur demander d'où ils venaient. Ils arrivent à la place,
et la trouvent pleine de gens armés qui entourent un
bûcher : au milieu d'eux est un jeune homme condamné
à mort, le visage pâle et défait.

IX. — Roger, jetant les yeux sur son visage baissé à
terre et inondé de larmes, crut reconnaître Brada-

mante, tant ce jeune homme lui ressemblait. Plus il
examine son air et sa personne, plus il se dit : ou celui-
ci est Bradamante, ou j'ai cessé d'être Roger.

X. — Elle se sera trop engagée, par audace, dans la
défense du jeune condamné et, n'ayant pu réussir, elle
aura été prise, comme je le vois. Aussi, pourquoi tant
de hâte, et que n'ai-je pu la seconder dans cette entreprise ! Mais, grâce à Dieu, j'arrive assez à temps pour
la secourir encore.

XI. — Sans hésiter, il tire son épée, car sa lance a
été rompue dans le château de Pinabel, et il pousse
son coursier à travers la foule désarmée; il frappe les
uns sur le dos, les autres sur la poitrine, sur le ventre;
il promène son épée en cercle, atteignant l'un au front,
l'autre à la gorge, l'autre aux joues, et la vile multitude
se sauve avec des cris de colère, laissant la plupart des
siens étendus les reins brisés et la tête meurtrie.

XII. — Comme une troupe d'oiseaux qui attendent
leur pâture aux bords d'un étang; si tout à coup un
faucon, fondant du haut des nues, attaque l'un d'eux et
l'enlève, les autres se dispersent, abandonnant leur
compagnon et ne songent plus qu'à leur salut : tels
s'enfuirent éperdus tous ces malheureux à l'instant où
Roger fondit sur eux.

XIII. — Des plus lents à fuir Roger saisit cinq ou
six et leur tranche la tête, il en pourfend autant jusqu'à la gorge et un nombre infini jusqu'aux yeux et
aux dents. J'avouerai qu'ils ne portaient ni casques ni
armets d'acier : eussent-ils été coiffés des plus durs
métaux, ils n'auraient pas été davantage garantis de
son épée.

XIV. — La puissance de Roger n'était pas comme
celle de nos chevaliers modernes; elle surpassait celle
de l'ours, du lion et des plus farouches animaux de
nos pays ou des contrées lointaines. Peut-être lui eût-on
comparé celle d'un volcan ou celle du grand diable (je
ne dis pas d'enfer), je veux dire de cette machine que

mon maître possède, qui, au contact de l'étincelle, renverse tout devant elle, sur le ciel, sur la terre et sur l'onde.

XV. — Tous ses coups portent : à chacun d'eux il tombe un homme ou deux, souvent quatre ou cinq ; bientôt une centaine est abattue. Son épée taille le dur acier aussi facilement que si c'était de la crème. C'est Falérine qui prépara dans les jardins d'Orcagna cette arme terrible qui devait donner la mort à Roland.

XVI. — Elle dut bien s'en repentir quand ce glaive servit à détruire ses magnifiques jardins : aussi jugez de la destruction que dut faire cette arme entre les mains d'un tel guerrier. Si jamais Roger en fureur déploya toute sa valeur et toute sa puissance, ce fut alors, car il croyait combattre pour sauver les jours de sa dame.

XVII. — Comme le lièvre devant une meute, la foule innombrable fuyait devant ses pas ; mais il en resta un grand nombre dont les corps jonchèrent le sol. Cependant la dame avait détaché le jeune prisonnier et, du mieux qu'elle put, l'avait armé, attachant un écu à son cou et lui mettant l'épée à la main.

XVIII. — Brûlant de se venger, il tourne sa rage contre ces traîtres : la vaillance qu'il déploie alors fait reconnaître en lui un brave et preux chevalier. Déjà le soleil avait plongé son char doré dans les mers d'occident, quand Roger victorieux sortit de la ville avec le jeune homme.

XIX. — Quand celui-ci se vit hors de la ville en présence de son libérateur, il lui rendit mille actions de grâces et le remercia de la manière la plus noble et la plus affectueuse d'avoir risqué ses jours pour le sauver, sans même le connaître. Il le supplia de lui dire son nom, pour qu'il sût à qui il avait une telle obligation.

XX. — « Je retrouve bien, se disait Roger, la beauté, les charmes et les appas de ma chère Bradamante ; mais je ne reconnais pas la douceur de sa voix ni les témoignages de gratitude qu'elle eût prodigués à son fidèle amant. Si c'était là Bradamante, eût-elle pu sitôt oublier mon nom?

XXI. — Pour s'assurer de la vérité, Roger use d'adresse et lui dit : « Je crois bien vous avoir vu ailleurs; je l'ai cru déjà tout à l'heure, mais je ne saurais me rappeler en quel lieu. Dites-moi si vous en avez souvenance, et apprenez-moi vous-même votre nom, afin que je puisse savoir à qui j'ai pu sauver la vie en ce jour. »

XXII. — « Peut-être, répondit-il, m'avez-vous déjà vu; mais j'ignore quand et en quel lieu; je cours sans cesse par le monde, à la recherche de grandes aventures, ainsi que ma sœur, qui comme moi porte l'armure et l'épée, et peut-être l'aurez-vous rencontrée aussi. Elle naquit en même temps que moi, et me ressemble tellement que l'on ne peut nous distinguer l'un de l'autre, même dans notre famille.

XXIII. — « Bien d'autres que vous sont tombés dans cette erreur; notre père, nos frères, celle même qui nous donna le jour ont de la peine à nous reconnaître. Il est vrai que je porte les cheveux courts et en désordre, comme tous les hommes, tandis que les siens formaient autour de sa tête de longues tresses, ce qui permettait de nous distinguer l'un de l'autre.

XXIV. — « Mais depuis qu'un jour elle fut blessée à la tête (il serait trop long de vous dire comment), un serviteur de Dieu, pour la guérir, coupa sa chevelure jusqu'à moitié de l'oreille, et il n'y a plus de différence entre nous que celle du sexe et du nom. Je m'appelle Richard et elle Bradamante; je suis frère de Renaud, elle est sa sœur.

XXV. — « Si vous ne craigniez pas de m'écouter, je vous raconterais une étrange aventure, qui fut causée par cette ressemblance et qui, agréable d'abord, devint une source de périls. » Roger, qui ne trouve de charmes que dans les récits qui se mêlent au souvenir de sa dame, demande au jeune homme de lui raconter cette histoire.

XXVI. — « Passant un jour, dit celui-ci, dans une forêt des environs, ma sœur fut blessée par une troupe de Sarrasins qui la surprirent sans ses armes. Elle fut obligée de couper sa longue chevelure pour se guérir d'une cruelle blessure qu'elle reçut à la tête, et elle erra dans cet état à travers la forêt.

XXVII. — « Elle arriva enfin à une fontaine entourée d'ombre, et là, brisée par la fatigue, elle mit pied à terre, ôta son casque et s'endormit sur l'herbe tendre. Il n'y a pas, je crois, de roman plus intéressant que cette histoire. La princesse d'Espagne Fleur-d'Épine survint au même instant en chassant à travers le bois.

XXVIII. — « Voyant ma sœur couverte d'une armure, sauf la tête, et portant une épée au lieu d'une quenouille, elle crut voir devant elle un chevalier. Plus elle considère sa vaillante attitude et son charmant visage, plus son cœur se sent épris : elle l'invite à chasser avec elle, et, s'écartant de sa suite, s'enfonce avec Bradamante au plus profond des bois.

XXIX. — « Elle arrivait à un lieu solitaire où nulle surprise n'était à craindre : là, Fleur-d'Épine montra insensiblement par ses actes et ses discours à quel point son cœur était gravement blessé : ses yeux brillent, de brûlants soupirs découvrent une âme consumée par les désirs ; tantôt elle pâlit, tantôt l'amour l'enflamme ; elle s'emporte enfin jusqu'à prendre un baiser.

XXX. — « Ma sœur avait bien reconnu la méprise où cette dame était tombée ; mais ne pouvant porter aucun remède à ses maux, elle éprouvait une grande gêne : N'est-il pas mieux, se disait-elle, de dissiper cette folle erreur et de me montrer telle que je suis, plutôt que de passer pour un homme sans cœur ?

XXXI. — « Elle avait raison, car ce serait une lâcheté insigne, digne d'un homme fait de marbre, que de s'en tenir à de simples discours avec une dame si belle, si attrayante, si désirable, et de rester l'aile basse près d'elle comme le coucou. Elle détourna donc adroitement la conversation de manière à déclarer à la princesse qui elle était.

XXXII. — « Elle lui dit que, comme Hippolyte et Camille, elle cherchait la gloire dans les armes, qu'elle était née en Afrique, près de la mer, dans la ville d'Argille, qu'elle avait dès l'enfance manié la lance et l'écu. Mais l'amoureuse princesse n'en resta pas moins vivement enflammée : le remède s'appliqua trop tard à la profonde plaie qu'avait ouverte dans son cœur le trait acéré de l'amour.

XXXIII. — « Elle n'en trouve pas moins belle la figure de ma sœur, ni moins brillants ses yeux et moins gracieux ses atours. Son cœur est déjà loin d'elle et ne trouve plus de charmes que dans les yeux de sa bien-aimée. Elle la voit sous cet habit guerrier et ne peut étouffer l'ardeur qui la brûle ; quand elle songe que c'est là une femme, elle soupire et pleure, en proie à la plus vive douleur.

XXXIV. — « Si tu voulais, Amour, se disait-elle, me rendre malheureuse, si ma félicité t'a irrité, ne te suffisait-il pas des tourments que tu infliges aux autres amants ? Chez nous, comme chez les animaux, notre sexe a-t-il jamais conservé l'ardeur pour lui-même ? Une femme est insensible à la beauté d'une femme ; la biche n'aime point la biche, ni la brebis, sa sœur.

XXXV. — « Sur la terre, dans les cieux ou sur l'onde je suis la seule que tu aies ainsi affligée, et ce que tu as fait c'est pour montrer par mon égarement l'exemple le plus éclatant de ta toute-puissance. La femme du roi Ninus, qui aima son fils, Myrrha qui aima son père, la reine de Crète qui aima un taureau, furent criminelles et impies ; mais combien plus folle que la leur est la passion qui me dévore !

XXXVI. — « C'était au moins vers des êtres d'un autre sexe qu'elles étaient attirées ; elles espéraient satisfaire leur désir et, dit-on, y réussirent. Pasiphaé et d'autres employèrent mille artifices ; mais quand un Dé-

2.

dale volerait vers moi avec toute son adresse, pourrait-il rompre cette barrière que la nature, maître trop habile, a mise entre nous?

XXXVII. — « Ainsi se désole et se consume sans répit la belle princesse. Elle meurtrit son visage, arrache ses cheveux et tourne contre elle-même sa vengeance. Touchée de pitié en entendant ces plaintes, ma sœur fond en larmes, et cherche à apaiser cette stérile et funeste passion; mais elle n'y réussit pas et c'est en vain qu'elle lui parle.

XXXVIII. — Fleur-d'Épine cherche des secours et non des consolations : elle se lamente et se désespère de plus en plus. Déjà le soleil rougissait l'occident et le jour touchait à sa fin; il était temps de se retirer pour ne point passer la nuit dans la forêt. Fleur-d'Épine invita alors ma sœur à l'accompagner dans ses domaines, peu éloignés de là.

XXXIX. — « Ma sœur dut accepter : et c'est ainsi qu'elles se trouvèrent ensemble dans ce lieu même où la foule barbare et criminelle allait, sans vous, me faire périr dans les flammes. C'est là que la belle Fleur-d'Épine accueillit avec tant d'amitié ma sœur et lui fit revêtir les habits de son sexe, afin de faire connaître à tous qu'elle était femme.

XL. — Cet extérieur viril n'avait pu lui rendre aucun service, et, d'autre part, aurait pu faire concevoir quelques méchants soupçons contre elle. Peut-être aussi que le mal causé par son erreur en présence de ce costume pourrait se dissiper dès que ma sœur reparaîtrait sous son aspect véritable.

XLI. — « Elles se couchèrent dans le même lit, mais elles ne goûtèrent point le même repos. Pendant que l'une dort, l'autre pleure et gémit, et ses désirs s'enflamment de plus en plus; si parfois le sommeil alourdit ses paupières, cette courte trêve est pleine de songes menteurs, où elle croit que le ciel comble ses vœux en donnant à Bradamante le sexe qu'elle a souhaité pour elle.

XLII. — « Tel qu'un malade atteint d'une soif ardente, qui, au milieu de ses accès, se représente, dans son repos agité et interrompu, toute l'eau qu'il a vue dans sa vie, telle l'infortunée à qui son rêve offre en vain ce qui eût pu le satisfaire, se réveille et, en étendant la main, reconnaît combien les songes sont trompeurs.

XLIII. — « Combien de fois elle pria durant cette nuit et que de vœux elle offrit à son Mahomet et aux autres dieux pour que, par un miracle évident et palpable, ils changeassent selon ses désirs le sexe de ma sœur! Mais ses vœux furent sans effet et, sans doute, le ciel ne fit qu'en rire. La nuit se passa et bientôt Phœbus aux blonds cheveux s'éleva du sein des eaux pour rendre au monde la lumière.

XLIV. — « Dès que le jour fut venu et qu'il fallut quitter le lit, Fleur-d'Épine sentit redoubler sa douleur. Bradamante parlait déjà de partir, ayant grande hâte de sortir de cet embarras. La gentille dame lui fait don, avant son départ, d'un excellent genêt couvert d'or et d'une cotte d'armes richement ornée qu'elle avait tissée de sa main.

XLV. — « Fleur-d'Épine l'accompagna quelque temps puis retourna à son château, fondant en larmes; ma sœur pressa tant sa monture que le jour même elle arriva à Montauban ; nous tous, ses frères, et sa chère mère, nous la fêtâmes avec empressement, après avoir été si inquiets de son absence et quand, privés de ses nouvelles, nous craignions déjà qu'elle n'eût péri.

XLVI. — « Nous fûmes surpris, quand elle ôta son casque, de voir ses cheveux, qui autrefois se tressaient autour de son cou, raccourcis de la sorte ; nous admirions aussi le vêtement qu'elle portait. Elle nous raconta alors toute son aventure, telle que je viens de vous la rapporter, comment, après avoir été blessée dans la forêt, elle avait dû abandonner pour guérir sa belle chevelure.

XLVII. — « Comment, ensuite, surprise au bord de

l'eau pendant son sommeil par la belle chasseresse,
elle lui avait sous ce costume inspiré de l'amour, et
s'était écartée de sa suite avec elle. Elle ne nous cacha
aucune des plaintes de Fleur-d'Épine et nous nous sen-
tîmes touchés de pitié pour elle. « Ma sœur ajouta comment elle avait logé près de la princesse et tout ce qui
s'était passé jusqu'à son arrivée au château.

XLVIII. — « J'avais beaucoup connu Fleur-d'Épine ;
je l'avais vue à Saragosse et en France et ses beaux
yeux, son teint délicat m'avaient vivement séduit ; mais je
ne m'étais pas abandonné à mes désirs, car l'amour
sans espoir n'est qu'une extravagance. Pourtant, en
voyant la voie s'ouvrir devant mes pas, mon ancienne
flamme se ranima soudain.

XLIX. — « C'est l'amour qui ourdit les nœuds de cet
espoir qui m'enchaîna, ne pouvant m'offrir d'autre
perspective, et qui me suggéra les moyens d'obtenir de
ma dame ce que je souhaitais. Il serait facile de réussir
par ruse, puisque la ressemblance entre ma sœur et
moi en avait déjà trompé bien d'autres ; peut-être la
jeune fille s'y laisserait-elle aussi prendre.

L — « Que faire ? que ne pas faire ? Il me paraît
en fin de compte qu'il vaut mieux rechercher ce qui est
plus agréable. Sans prendre conseil de personne et sans
faire part à qui que ce soit de mes desseins, je vais
prendre pendant la nuit les armes que ma sœur a
quittées, je les endosse et j'enfourche son cheval sans
attendre l'aube matinale.

LI. — « Je marche toute la nuit, guidé par l'amour,
pour me rendre près de la belle Fleur-d'Épine. J'arrive
avant que la lumière du soleil se soit évanouie au sein
des flots. Heureux qui peut avant les autres m'annoncer
à la reine : la gratitude et les faveurs auront le prix de
la bonne nouvelle qu'il apporte.

LII. — « Tous étaient tombés dans la même erreur que
vous en me prenant pour Bradamante, d'autant plus
que j'avais les mêmes habits et que je montais le même

cheval qu'elle avait eus la veille à son départ. Fleur-
d'Épine arriva peu d'instants après au-devant de moi et
se montra aussi transportée de joie et de bonheur qu'on
peut paraître dans le monde.

LIII. — « Elle me jette ses beaux bras autour du cou
et me presse tendrement, sa bouche sur la mienne. Vous
pouvez penser si, dans ce moment, l'amour tendit son
arc et s'il m'atteignit au plus profond du cœur. Elle me
prend par la main et m'emmène en toute hâte dans sa
chambre à elle, ne laisse à personne le soin de me
désarmer du casque, des éperons, et ne veut qu'aucune
autre s'y emploie.

LIV. — « Elle se fait apporter un de ses riches et
brillants vêtements, le déploie de sa main, m'en revêt
comme si j'eusse été une femme et renferme mes cheveux sous une résille d'or. Je baisse modestement les
yeux, et rien dans mon attitude ne s'oppose à ce qu'on
me prenne pour une femme. Ma voix, qui aurait pu me
trahir, était si bien déguisée que nul ne s'aperçut de la
vérité.

LV. — « En sortant de là nous nous rendîmes à une
salle où se trouvaient beaucoup de personnes, dames
et chevaliers, qui nous reçurent avec les mêmes honneurs
que si nous eussions été des princesses ou des reines.
Plus d'une fois, j'eus envie de rire de quelques-uns
d'entre eux qui, ne soupçonnant point sous ma robe un
jeune homme valeureux et ardent, m'adressaient les
regards les plus passionnés.

LVI. — « Quand la nuit fut plus avancée et qu'on eut
enlevé les tables, où avaient été servis les mets les plus
délicieux de la saison, la dame n'attendit pas que je lui
eusse demandé ce qui était l'objet de mon voyage, elle
m'invita avec une grâce charmante à passer la nuit
avec elle.

LVII. — « Dès que ses dames et ses suivantes se
furent retirées, avec les pages et les valets, nous nous
mettons au lit ensemble, éclairés par les flambeaux

ainsi que par la clarté du jour. « Ne vous étonnez pas
madame, lui dis-je, si je reviens si tôt près de vous ;
peut-être aviez-vous tous pensé ne me revoir que quand
il plairait à Dieu.

LVIII. — « Je vous dirai d'abord la cause de mon
départ, et plus tard celle de mon retour. Si j'avais pu
calmer votre ardeur, madame, en demeurant ici, j'aurais
voulu vivre et mourir en vous servant, sans vous quitter
un seul instant ; mais j'ai vu que mon séjour ici vous
affligeait, et, ne pouvant mieux faire, je me suis éloignée.

LIX. — « Le hasard m'avait fait perdre mon chemin,
au milieu d'un bois aux rameaux touffus ; j'entendis retentir un cri perçant à mes côtés, comme celui d'une
femme qui implorait de l'aide. J'accourus et sur un lac
limpide comme le cristal j'aperçus un faune qui avait
pris dans ses filets au milieu de l'onde une jeune fille
nue : le barbare voulait la dévorer.

LX. — « Je m'élance, l'épée en main, ne pouvant la
sauver autrement, et j'ôte la vie à ce pêcheur barbare. A
l'instant elle saute dans le lac : « Tu ne m'auras pas défendue en vain, dit-elle, et tu en seras magnifiquement
récompensé : tu obtiendras tout ce que tu demanderas,
car je suis une nymphe qui habite cette onde pure.

LXI. — « Mon pouvoir t'étonnera : je suis maîtresse
des éléments de la nature ; tout ce que tu désires, ma
puissance peut te l'accorder ; laisse-moi le soin de te satisfaire. Grâce à mon art, la lune descend des cieux, le
feu se glace et l'air devient solide ; avec quelques paroles
seulement j'ai fait trembler la terre et arrêter le soleil. »

LXII. — « Je ne demandai point, devant ces propositions à obtenir des trésors, à dominer les peuples et
les états, d'être plus puissante ni plus valeureuse, de
triompher dans toutes les guerres, mais je la suppliai
seulement de m'accorder, de m'enseigner les moyens
de contenter vos désirs, par quelque manière que ce fût,
m'en rapportant à son jugement.

LXIII. — « Je lui avais à peine exposé mes vœux, que

je la vis se plonger une seconde fois dans l'onde ; elle
ne fit d'autre réponse à mon discours que de me lancer
quelques gouttes de l'eau enchantée : cette eau ne m'eut
pas plus tôt touché le visage que, sans savoir comment,
je me trouvai toute changée. Je le vois, je le sens et je
puis le croire à peine, je sens que de femme je suis devenue homme.

LXIV. — « Et, si vous ne pouviez le vérifier à l'instant,
vous eussiez eu peine à le croire. Mais dans ce sexe
comme dans l'autre, je suis encore prête à obéir à vos
volontés. Commandez et vous me verrez sans relâche et
sans trève à vos ordres. A ces mots, je fis en sorte qu'en
avançant la main elle pût se convaincre de la vérité.

LXV. — « Comme il arrive à quiconque avait perdu
l'espérance du bonheur qu'il attendait, et qui, au moment où il gémit, se tourmente et s'afflige de n'avoir
pu l'obtenir, voit tout à coup ses vœux réalisés, la douleur de s'être épuisé en vains désirs, comme s'il avait
ensemencé le sable, le désespoir dont il a été longtemps
agité, font qu'il n'ose plus s'en croire lui-même et qu'il
reste confondu.

LXVI. — « Telle était la dame : elle voit, elle s'assure qu'elle a enfin obtenu l'objet de ses souhaits les
plus ardents, et elle ne peut en croire ni ses yeux, ni
ses sens ni elle-même : elle se demande si elle n'est
pas encore le jouet d'un rêve. Il lui faut, pour bien la
convaincre de la réalité, les preuves les plus manifestes.
« Si c'est un rêve, dit-elle, puissé-je toujours dormir
ainsi sans jamais me réveiller ! »

LXVII. — « Ce n'est ni le bruit des tambours ni le
son des trompettes qui donnèrent le signal de l'amoureux assaut. Des baisers semblables à ceux des colombes
nous guidaient pour aller en avant ou nous arrêter ;
nous avions d'autres armes que des flèches ou des
frondes ; je n'eus pas besoin d'échelle pour m'introduire
dans la citadelle, j'y plantai l'étendard de la victoire et
ma douce adversaire se soumit à moi.

LXVIII. — « Si ce lit fut, la nuit précédente, plein de soupirs et de désespoirs, celle-ci fut l'asile des ris, des jeux, des fêtes et des joies les plus tendres. Non moins puissante est l'étreinte de la flexible acanthe qui entoure les colonnes et les travées que celle qui réunissait nos cous, nos flancs, nos bras, nos jambes et nos pieds.

LXIX. — « La chose resta secrète entre nous pendant les quelques mois que dura notre bonheur. Mais le fait vint à s'ébruiter, au point que le roi, pour ma perte, en fut informé. Vous, qui m'avez délivré de ceux qui avaient allumé pour moi le bûcher sur cette place, vous aurez pu deviner la fin; mais Dieu sait quelle douleur m'est restée ! »

LXX. — Tel fut le récit fait à Roger par Richardet, et qui rendait moins pénible cette route de nuit, à travers une colline entourée de roches et de précipices, par un chemin ardu, raboteux, étroit et plein de fatigues; au sommet était un château dit Aigremont dont Audigier de Clermont avait la garde.

LXXI. — C'était le bâtard de Boves, le frère de Maugis et de Vivien. Ceux qui le disent fils légitime de Gérard s'appuient sur des témoignages hasardés et frivoles. Quoi qu'il en soit, il était vaillant, sage, généreux, courtois, humain, et faisait garder le manoir de son frère nuit et jour avec le plus grand soin.

LXXII. — Le chevalier accueillit courtoisement, comme il le devait, son cousin Richardet, qu'il aimait comme un frère, et Roger, pareillement, fut bien reçu par respect pour lui. Pourtant il n'alla pas à leur rencontre avec la joie qui lui était ordinaire; mais ce fut d'un air triste, car il avait reçu le jour même un avis qui répandait la douleur sur son front et dans son cœur.

LXXIII. — « Mon frère, dit-il pour tout salut à Richardet, nous n'avons pas de bonnes nouvelles : j'ai su aujourd'hui, d'une source certaine, que l'infâme Bertolais de Bayonne est convenu avec la cruelle Lanfuse de lui donner de précieuses dépouilles, et elle est convenue de livrer entre ses mains nos frères, ton cher Maugis et ton cher Vivien.

LXXIV. — « Depuis le jour où Ferragus les prit, sa mère les a toujours tenus dans un lieu sombre et triste jusqu'à ce que ce contrat infâme et criminel eût été conclu avec celui dont je parle. Elle doit demain les livrer au Mayençais, en un lieu convenu, entre Bayonne et un de ses châteaux. Il y viendra en personne pour payer le prix dont il achète le meilleur sang qui soit en France.

LXXV. — « J'en ai donné avis aussitôt à notre cher Renaud, et j'ai dépêché le messager qui court à toute bride ; mais il ne me paraît point possible qu'il puisse arriver à l'heure ; il est déjà tard et la route est bien longue. Je n'ai avec moi personne pour faire une sortie. Mon désir est prompt, mais mon pouvoir est faible. Si ce traître les tient, il les fera mourir ; en sorte que je ne sais que faire ni que dire. »

LXXVI. — Cette triste nouvelle afflige Richardet et afflige aussi Roger, qui, les voyant se taire l'un et l'autre sans que leurs pensées aboutissent à rien, leur dit d'un air intrépide : « Soyez tranquilles, je prends sur moi d'accomplir cette entreprise, et mon épée en vaudra mille pour rendre vos frères à la liberté.

LXXVII. — « Je ne veux ni compagnons ni assistance ; je crois pouvoir suffire seul pour cette expédition. Je ne vous demanderai qu'un guide, pour me conduire au lieu où doit se faire l'échange, et je vous ferai entendre d'ici les cris de ceux qui seront présents à cet infâme marché. » Voilà ce que dit Roger, et il ne dit rien qui pût surprendre celui des deux cousins qui l'avait déjà vu à épreuve.

LXXVIII. — Mais l'autre ne l'écoutait que comme l'on écoute quelqu'un qui parle beaucoup et qui sait peu. Richardet alors lui raconte de son côté comment Roger l'avait délivré des flammes, et l'assura qu'il tiendrait en temps et lieu plus qu'il n'avait promis. Audigier fit alors plus d'attention à lui qu'auparavant, lui fit grand honneur et le tint en haute estime.

LXXIX. — Et à table, où fut servi un repas abondant, il l'honora comme son seigneur. Ils conclurent qu'ils n'avaient besoin d'aucun autre secours pour délivrer les deux frères. Cependant le pesant sommeil vient peu à peu fermer les yeux aux maîtres et aux serviteurs. Roger seul s'y soustrait sous l'impression de la triste pensée qui tourmente son âme et le tient éveillé.

LXXX. — L'investissement du camp d'Agramant, qu'il a appris le jour même de la bouche du courrier, est présent à son esprit. Il voit bien que le moindre retard qu'il apportera à le secourir lui sera imputé à déshonneur. Quelle infamie, quelle honte sera-ce pour lui, s'il se range parmi les ennemis de son maître! De quelle bassesse, de quel crime, s'il se faisait baptiser maintenant, ne pourrait-on pas l'accuser?

LXXXI. — Il aurait pu, en tout autre temps, paraître probable que la vérité de la religion l'aurait décidé; mais à présent qu'Agramant a besoin de son aide pour être délivré du siége qu'il soutient, chacun pourrait croire que la crainte ou la lâcheté l'ont déterminé, plutôt que les enseignements d'une plus sainte foi. Voilà ce qui augmente l'anxiété et l'agitation de Roger.

LXXXII. — Il se désole encore de partir sans la permission de sa maîtresse. Tantôt cette pensée, tantôt l'autre font pencher diversement son esprit incertain. Il avait cru longtemps qu'il retrouverait Bradamante au château de Fleur-d'Épine, d'où ils devaient ensemble, comme je l'ai dit déjà, se rendre au secours de Richardet.

LXXXIII. — Puis il se souvient qu'il lui avait promis de se rendre à Vallombreuse: il pense qu'elle y sera allée et que, ne l'y trouvant pas, elle aura été bien surprise. S'il pouvait seulement lui adresser une lettre, un message, pour qu'elle n'ait pas sujet de se lamenter de ce que, outre qu'il avait si mal obéi, il est parti sans lui en avoir donné avis.

LXXXIV. — Après avoir réfléchi à divers partis, il songe enfin à lui écrire ce qui lui arrive, et, bien qu'il ne sache pas comment envoyer la lettre pour la faire parvenir, il ne veut pas s'arrêter, certain qu'il trouvera peut-être dans sa route un messager fidèle. Sans plus tarder, il saute de son lit et se fait donner du papier, un encrier, des plumes et de la lumière.

LXXXV. — Les valets discrets et obéissants apportent à Roger ce qu'il demande. Il commence à écrire et adresse d'abord à Bradamante les compliments d'usage, puis il lui fait part des avis qu'il a reçus de son roi, l'appelant à son aide ; s'il n'arrive à temps, celui-ci doit périr ou rester aux mains des ennemis.

LXXXVI. — Il ajoute qu'elle doit voir combien elle le rendrait méprisable en lui faisant abandonner son roi qui implore son secours. Devant l'épouser un jour, ne doit-il pas d'autant plus se préserver de toute honte qu'elle-même mépriserait toute lâcheté comme indigne d'elle.

LXXXVII. — Si jamais sa valeur lui avait mérité un nom glorieux, et si, après l'avoir conquis, il avait cherché à le conserver comme un bien précieux, il le cherchait encore avec d'autant plus de soin qu'il devait le partager avec elle, son épouse, qui, en deux corps différents, devait avoir une seule âme avec lui.

LXXXVIII. — Et, ce que lui disait jadis sa bouche, il le redisait encore dans cette lettre : dès que serait arrivé le terme du service auquel il était astreint par son serment envers le roi son maître, s'il vivait encore, il se ferait chrétien comme il en avait toujours eu la volonté, et la ferait ensuite demander pour femme à son père, à Renaud et à tous les siens.

LXXXIX. — « Je veux, ajoutait-il, avec votre permission, faire lever le siège où mon maître est retenu, afin de réduire au silence la foule ignorante qui dirait, pour ma honte et mon opprobe : Roger, tant qu'Agramant fut heureux, ne l'abandonna ni la nuit ni le jour ; maintenant que la fortune se déclare pour Charles, c'est avec le vainqueur qu'il arbore sa bannière.

XC. — « Je demande un délai de quinze à vingt jours, afin que je puisse seulement me montrer une fois et délivrer le camp des Africains de cette cruelle oppression. D'ici là, je chercherai l'occasion favorable et légitime de quitter ce parti. C'est tout ce que je vous demande, au nom de mon honneur ; tout le reste de ma vie sera à vous. »

XCI. — Roger s'étendit en protestations de cette sorte, et je ne puis vous les rapporter toutes ; il en ajouta beaucoup d'autres et ne s'arrêta que quand toute la feuille fut remplie. Ensuite, il plia la lettre et la ferma, y apposant son cachet, et la plaça sur son cœur, avec l'espoir qu'il trouverait quelqu'un, le jour suivant, pour la porter en secret à sa dame.

XCII. — La lettre fermée, il ferme aussi ses yeux, s'étend sur le lit et y retrouve le repos. Le Sommeil vient et dépose sur son corps fatigué une branche trempée dans l'onde du Léthé. Il dormit jusqu'à ce qu'un nuage rose et blanc sema de fleurs les pays fortunés qui entourent l'Orient lumineux, et que le dieu du jour sortit de son palais doré.

XCIII. — Dès que les oiseaux eurent commencé à saluer le jour nouveau sous la verte ramée, Audigier voulut être le guide de Roger et de son ami et les conduire à l'endroit où ils voulaient empêcher que les deux frères fussent livrés au barbare Bertolais ; il fut debout le premier, et, quand ils l'entendirent, les deux autres sortirent aussi de leur lit.

XCIV. — Quand ils furent habillés et armés de pied en cap, Roger se mit en route avec les deux cousins. Pendant longtemps il les avait priés, mais en vain, de lui laisser cette entreprise à lui seul ; mais, outre l'affection qu'ils avaient pour leurs frères, il leur eût paru discourfois de laisser aller Roger seul, et ils refusèrent ses offres avec une fermeté qui les rendit plus inébranlables que des rochers.

XCV. — Ils arrivèrent le jour même à l'endroit où Maugis avait été échangé contre des marchandises. C'était une vaste plaine éclairée dans toute son étendue par les rayons du soleil. On n'y voyait ni lauriers, ni myrtes, ni cyprès, ni hêtres, ni frênes, mais un sable nu et quelques humbles bruyères ; la bêche et la charrue n'y avaient jamais passé.

XCVI. — Les trois hardis guerriers s'arrêtèrent près d'un sentier qui traversait cette plaine ; ils y virent arriver un chevalier portant une armure brodée d'or, et pour enseigne, en champ de sinople, ce rare et bel oiseau qui vit plus d'un siècle. C'est assez, seigneur ; j'arrive à la fin de ce chant et j'ai besoin de quelque repos.

CHANT VINGT-SIXIÈME

ARGUMENT

Maugis et Vivien sont délivrés, grâce au concours de Marphise. — Événements qui se passent à la fontaine de Merlin. — Roger, Mandricard, Rodomont et Marphise engagent de furieux combats, excités par la Discorde qui retourne chez les moines. — Le cheval de Doralice est rendu furieux par un démon introduit dans son corps par Maugis.

I. — L'antiquité compta de nobles femmes qui chérirent la vertu plus que les richesses ; on en rencontre rarement de nos jours à qui rien soit plus cher que l'intérêt. Celles qui, par leur grandeur d'âme, sont délivrées de ces vils penchants méritent de vivre heureuses et de conquérir après leur trépas la gloire et l'immortalité.

II. — Digne d'éternels éloges était Bradamante, qui n'aimait ni l'or, ni la puissance, mais la vertu, le noble cœur et la haute valeur de Roger ; elle mérita bien de devenir la maîtresse d'un aussi vaillant chevalier et de provoquer, par l'amour qu'elle lui inspira, des exploits qui étonneront les siècles à venir.

III. — Roger, comme il fut dit plus haut, était venu avec les deux chevaliers de Clermont, je veux dire Audigier et Richardet, pour délivrer les deux frères. Je vous ai dit aussi qu'ils avaient aperçu un chevalier de superbe apparence, qui portait cet oiseau sans pareil au monde qui renaît de ses cendres.

IV. — Quand le chevalier se fut approché d'eux, tout prêts à engager la lutte, il eût l'idée de mettre leur courage à l'épreuve pour voir s'il répondait à leur ardeur. « Y a-t-il parmi vous, dit-il, quelqu'un qui veuille mesurer sa valeur contre la mienne, à la lance ou à l'épée, jusqu'à ce que l'un reste en selle et que l'autre tombe à terre ? »

V. — « Je le ferais avec vous, dit Audigier, soit en croisant le fer, soit en rompant une lance ; mais une autre entreprise, à laquelle vous pourrez assister vous-même, s'y oppose à tel point que nous avons à peine le temps de vous parler avant de courir aux armes. Nous attendons au passage six cents hommes, ou plus, contre lesquels nous devons nous mesurer aujourd'hui.

VI. — « Nous voulons leur enlever deux des nôtres qu'ils emmènent captifs : les liens du sang et de l'amitié nous y engagent ; » et il lui raconte alors les raisons qui leur avaient fait prendre les armes. « Votre excuse est si légitime, dit le guerrier, que je ne puis rien y répliquer ; et je puis vous affirmer que vous êtes trois chevaliers qui avez peu d'égaux.

VII. — « Je voudrais rompre une ou deux lances avec vous pour savoir quelle est votre valeur ; mais puisque vous voulez m'en donner la preuve aux dépens des autres, c'est assez, et je renonce à la lutte. Je vous demande seulement de joindre à vos armes ce casque et cet écu, et j'espère vous montrer, si vous m'acceptez pour allié, que je ne suis pas indigne d'une telle compagnie. »

VIII. — Je crois que bien des gens voudraient déjà connaître le nom de ce chevalier, qui, à peine arrivé, s'offre pour compagnon d'armes à Roger et aux siens dans une si périlleuse entreprise. Cette guerrière (car je ne dirai plus ce guerrier) était Marphise, qui avait confié à la garde du malheureux Zerbin, Gabrine, l'infâme vieille si ardente à faire le mal.

IX. — Les deux guerriers de Clermont et le brave Roger la reçurent à bras ouverts, bien convaincus que c'était un chevalier et non une dame qui leur parlait. Peu de temps après, Audigier découvrit et fit voir à ses compagnons une bannière que le vent agitait et autour de laquelle était réunie une foule de gens armés.

X. — Lorsque ceux-ci se furent approchés, et qu'on put remarquer leur costume mauresque, ils reconnurent que c'étaient des Sarrasins, et aperçurent au milieu deux les prisonniers garrottés sur un méchant roussin, que l'on amenait aux Mayençais pour les échanger contre de l'or. « Maintenant que les voici, dit Marphise aux autres, qu'attendons-nous pour commencer la fête ? »

XI. — Tous les invités, répondit Roger, ne sont pas ici, et il en manque un grand nombre. Tout à l'heure nous verrons une belle danse, et pour qu'elle soit plus solennelle, usons de tout notre artifice ; mais les autres ne peuvent tarder longtemps. » Comme il disait ces mots on vit arriver de l'autre côté les traîtres de Mayence : tout fut donc prêt pour commencer le bal.

XII. — Les Mayençais s'avançaient d'un côté et conduisaient des mules chargées d'or, de vêtements et de riches harnais ; de l'autre, au milieu de lances, d'épées, d'arcs, arrivaient tristement les deux frères, qui se voyaient attendus au fatal rendez-vous et entendaient Bertholais, leur ennemi acharné, s'entretenir avec le capitaine des Maures.

XIII. — Ni le fils de Roves ni celui d'Aymon ne purent se contenir à la vue du Mayençais. Ils relèvent leur lance et tous deux réunis frappent à la fois le traître, l'un en pleine poitrine, et au premier arçon, l'autre lui traverse les deux joues. Puissent succomber tous les criminels comme sous de tels coups succomba Bertholais !

XIV. — Marphise, à ce signal, s'élance avec Roger sans attendre le son de la trompette. Sa lance ne se brise point sans avoir renversé l'un après l'autre trois des païens. Le chef de la troupe parut à Roger digne de sa lance, et à l'instant perdit la vie ; deux autres, du même coup, descendirent au royaume des ombres.

XV. — Cette attaque fit naître parmi ceux qui la reçurent une méprise qui causa leur perte. D'un côté, les Mayençais se crurent trahis par l'armée sarrasine ; de l'autre, les Maures, frappés à l'improviste, accusèrent l'autre troupe d'assassinat ; alors ils tournèrent les uns contre les autres leurs lances et leurs épées et il se produisit un terrible carnage.

XVI. — Roger se jette tantôt sur une troupe, tantôt sur l'autre, et, chemin faisant, il en tue dix ou vingt. Autant sont abattus et égorgés de chaque côté par les mains de Marphise ; autant descendent de leurs selles qu'en atteignent leurs épées ; et casques et cuirasses ne résistent pas plus à leurs coups que le bois sec à la flamme au milieu des forêts.

XVII. — S'il vous souvient d'avoir vu jamais, ou si vous avez entendu dire comment, lorsque la discorde pénètre dans leur essaim, les abeilles s'élèvent dans les airs pour aller faire la guerre, et comment si une hirondelle survient alors elle dévore, tue et détruit la plupart des combattants, vous imaginerez ainsi ce que

firent pareillement Roger et Marphise se jetant sur
cette troupe.

XVIII. — Richardet et son cousin ne dirigeaient pas
indifféremment comme eux leurs assauts contre l'un et
l'autre parti ; laissant de côté le camp des Sarrasins,
ils ne s'attaquaient qu'à ceux de Mayence. Le frère du
paladin Renaud avait beaucoup de force unie à un
grand cœur, et elle s'augmentait du double par la haine
qui l'animait contre les Mayençais.

XIX. — Le même sentiment rendait pareil à un lion
furieux le bâtard de Boves qui, sans pitié, sans trêve,
fendait comme il eût fait d'un œuf, les casques et les
cuirasses. Qui n'aurait été intrépide et n'eût paru l'égal
d'un Hector, ayant à ses côtés Marphise et Roger, l'élite
et la fleur des guerriers ?

XX. — Marphise, tout en combattant, se retournait
souvent vers ses compagnons, et voyant l'effet de leur
courage, les en félicitait avec une grande admiration.
La valeur de Roger surtout la surprenait et elle la
jugeait sans pareille au monde. Il lui semblait que Mars
lui-même était descendu de la cinquième planète en ces
lieux.

XXI. — Elle admirait ces coups terribles qui jamais
ne frappaient en vain. Le fer semblait contre Balizarde
plutôt du carton qu'un dur métal ; elle taillait les casques, les épaisses cuirasses et pourfendait les hommes
jusqu'à la selle, et envoyait sur le pré deux tronçons
égaux de chaque côté.

XXII. — Poursuivant sa botte, l'épée tuait la monture avec le cavalier, elle enlevait les têtes de dessus
les épaules et souvent tranchait les bustes sous les
côtes. Un seul coup en enlevait parfois cinq et plus, et
si je ne craignais de paraître exagérer tout en racontant
la vérité, j'en dirais davantage : mais il faut m'en
tenir là.

XXIII. — Le bon Turpin, qui sait que ce qu'il dit est
vrai, et laisse croire aux autres ce que bon leur semble,

rapporte des merveilles de Roger. On croirait que c'est
une fable si on l'entendait. Tout guerrier, contre Marphise, semblait un glaçon, et elle, un tison ardent. Elle
n'attira pas moins les regards de Roger que celui-ci
avait attiré les siens par sa valeur.

XXIV. — De même qu'elle l'avait comparé à Mars, il
l'eût sans doute prise pour Bellone s'il l'avait reconnue
pour une femme, malgré l'habit qu'elle portait. Peut-
être naquit-il entre eux une émulation funeste pour ces
bandits, dont la chair, le sang, les muscles et les os
éprouvèrent lequel des deux avait plus de vigueur.

XXV. — Le courage et la valeur des quatre héros
suffit pour mettre les deux camps en déroute. Il ne restait plus d'armes aux fuyards que celles qu'ils portaient
à leurs pieds. Heureux qui a un cheval bon coureur,
car il ne s'agit pas ici d'amble ni de trot, et ceux qui
sont démontés s'aperçoivent combien il est triste de
faire à pied le métier des armes.

XXVI. — Le butin et le champ de bataille restent aux
vainqueurs; mais il n'y avait plus ni valets ni mule-
tiers. Les Mayençais et les Maures fuyaient chacun de
leur côté, abandonnant, ceux-ci les prisonniers, ceux-là
les équipages. Ce fut la joie sur le visage et plus encore dans le cœur, que les vainqueurs délièrent Maugis
et Vivien, et leurs gens n'en furent pas moins empressés à mettre à terre les charges des mulets.

XXVII. — Outre une assez grande quantité d'argent
qui se composait de diverses pièces de vaiselle, des vêtements de femme ornés de riches broderies, un meuble
de Flandre fait pour une chambre royale et recouvert
d'or et de soie, et d'autres choses fort précieuses en
grande abondance, ils y trouvèrent des flacons de vin,
du pain et des vivres.

XXVIII. — Quand ils eurent ôté leurs casques ils
virent que c'était à une dame qu'ils devaient leur assistance; il la reconnurent à ses longs cheveux dorés, à la
délicatesse et à la beauté de ses traits. Ils lui firent de

grands honneurs et la prièrent de ne point taire son nom, si digne de gloire; elle, toujours courtoise envers ses amis, ne refusa pas de se faire connaître.

XXIX. — Ils ne pouvaient se lasser de la regarder ainsi qu'ils l'avaient contemplée sur le champ de bataille. Pour elle, c'est Roger seul qu'elle admire; elle ne parle qu'à lui, n'a d'estime que pour lui : il lui semble qu'il n'a pas de pareils. Les valets cependant viennent l'inviter avec ses compagnons à prendre un repas qu'ils ont apprêté sur le bord d'une fontaine qu'une colline défend de l'ardeur du soleil.

XXX. — C'était une des quatre fontaines que Merlin avait établies en France : elle était entourée d'un marbre poli, transparent et plus blanc que le lait, et Merlin y avait gravé des figures d'un travail admirable. On eût dit qu'elles respiraient et, si elles eussent eu la parole, on eût cru qu'elles étaient vivantes.

XXXI. — On y voyait, sortant d'une forêt, un animal d'aspect hideux, cruel et farouche, qui avait les oreilles d'un âne, la tête et les dents d'un loup respirant le carnage, les griffes d'un lion, tout le reste d'un renard; il semblait parcourir la France, l'Italie, l'Espagne, l'Angleterre, l'Europe, l'Asie, et enfin toute la terre.

XXXII. — Partout il avait blessé et mis à mort le bas peuple et les têtes les plus hautes; il paraissait s'attaquer surtout aux rois, aux seigneurs, aux princes, aux puissants; il avait fait plus de mal encore à la cour de Rome, avait tué les cardinaux et les papes, souillé la belle chaire de Saint-Pierre et répandu le scandale sur la foi.

XXXIII. — Il semblait que devant cette bête horrible toute muraille, tout rempart qu'elle touchait s'écroulât; elle ne trouve aucune ville qui se défende; forts et citadelles s'ouvrent devant elle. Elle prétend même aux honneurs divins et se fait adorer par la foule imbécile : il semble qu'elle se glorifie de posséder les clefs des cieux et celles des enfers.

XXXIV. — On voyait ensuite, ceint du laurier impérial, un chevalier accompagné de trois jeunes gens sur le même rang, qui portaient des lis d'or sur leurs habits royaux ; un lion revêtu des mêmes insignes s'élançait avec eux contre le monstre ; leurs noms étaient écrits au-dessus de leurs têtes ou sur le bord de leurs vêtements.

XXXV. — Un d'entre eux, qui avait enfoncé son épée jusqu'à la garde dans le ventre de cette bête féroce, portait pour inscription François Ier de France. Maximilien d'Autriche était près de lui, ainsi que l'empereur Charles-Quint qui, de sa lance, avait traversé la gorge du monstre. L'autre, qui lui avait plongé un dard dans la poitrine, s'appelait Henri VIII d'Angleterre.

XXXVI. — Le lion sur son dos porte écrit : Léon X, qui tient entre ses dents les oreilles du monstre, et l'a tellement tourmenté, tellement secoué, que bien d'autres ont eu le temps d'arriver à son secours : la crainte alors semblait bannie du monde entier. Pour expier leurs anciennes erreurs, il accourait de nobles seigneurs, pas beaucoup cependant, au même endroit où la vie avait été ôtée au monstre.

XXXVII. — Les chevaliers s'arrêtèrent, ainsi que Marphise, extrêmement curieux de savoir par quelles mains était abattue cette bête qui avait causé tant de deuil et de désolation. Quoique les noms de ces personnages fussent gravés sur la pierre, ils ne les connaissaient pas davantage et s'interrogeaient entre eux afin que celui qui savait cette histoire en fît part aux autres.

XXXVIII. — Vivien se retourna vers Maugis, qui écoutait sans rien dire : « C'est à toi, dit-il, à nous exposer cette histoire, qui, je le pense, doit t'être connue. Quels sont ces hommes qui ont donné la mort à ce monstre à coups d'épée, de lance, et de traits? » — « Ce n'est point là, dit Maugis, une histoire dont aucun auteur ait encore parlé

XXXIX. — « Sachez que ceux dont les noms sont inscrits sur ce marbre n'ont point encore existé : mais dans sept cents ans ils seront honorés par les âges à venir. C'est Merlin, le savant enchanteur breton, qui fit faire cette fontaine au temps du roi Arthus, et y fit graver par les meilleurs artistes les images de ceux-ci, qui existeront un jour.

XL. — Cette bête cruelle est sortie du fond de l'enfer au temps où les limites furent imposées aux champs, où furent trouvées les poids et mesures et inventés les contrats; mais elle ne s'étendit pas dès l'abord sur le monde, laissant bien des contrées sans y porter atteinte. De nos jours elle en ravage un grand nombre; mais elle ne s'attaque qu'à la foule et au vulgaire ignorant.

XLI. — « Depuis sa naissance jusqu'à notre époque elle a grandi sans cesse et toujours de plus en plus ; avec le temps elle deviendra le monstre le plus terrible et le plus énorme qu'on ait jamais vu. Ce Python, que nous avons vu si redoutable, si horrible, d'après les écrits des anciens, n'égalait pas la moitié de celui-ci, ni pour la taille, ni pour la laideur ni pour la cruauté.

XLII. — « Il fera de cruels ravages; il ne sera point sur la terre d'endroit qu'il ne souille, qu'il ne dévaste, qu'il n'empoisonne : tout ce que nous montre cette sculpture est peu de chose comparé aux effets de sa rage. Enfin, quand le monde sera las d'appeler au secours, il en recevra de ces chevaliers dont nous avons lu les noms et dont la splendeur brillera de leur temps d'un éclat pareil à l'escarboucle.

XLIII. — « A ce monstre cruel nul ne fera plus de mal que François Ier, cet illustre roi de France. Il est juste qu'il soit ici représenté au-dessus de tous les autres, puisque aucun rival ne le surpasse; on ne peut l'égaler; l'éclat de sa valeur laissera dans l'ombre la plupart des héros considérés jusqu'à présent comme les plus parfaits, de même que toute splendeur s'efface devant celle du soleil.

XLIV. — « Dès la première année de ce règne fortuné et lorsque la couronne ne sera pas encore affermie sur sa tête, il franchira les Alpes et triomphera des efforts de ceux qui essaieront de lui fermer le passage des monts. Dans son juste ressentiment et son généreux dédain, il ne voudra plus souffrir la honte imprimée aux armes françaises par des peuples que la colère a conduits hors de leurs pâturages et loin de leurs troupeaux.

XLV. — « De là, il descendra dans les riches plaines de la Lombardie, à la tête de l'élite de la chevalerie française ; il traitera si bien l'Helvétien qu'il n'osera plus, comme par le passé, élever un front menaçant. Puis, à la honte de l'Église, de l'Espagne et de Florence, il prendra d'assaut cette redoutable forteresse qui avait passé jusqu'alors pour être imprenable.

XLVI. — « Plus que toutes les armes qui lui auront facilité ses conquêtes, l'épée d'honneur, qui lui avait servi d'abord à frapper ce monstre funeste à tous les états, secondera sa valeur ; aucun bataillon ne pourra tenir devant elle, tous périront ou seront forcés de fuir. Fossés, remparts, hautes murailles ne pourront mettre aucune cité à l'abri de ses coups.

XLVII. — « Toutes les supériorités que peut avoir un général né pour la victoire, ce prince aura le bonheur de les posséder. Il aura l'âme du grand César, la prudence du vainqueur de Trasimène et de la Trébie ; il y joindra la fortune d'Alexandre, la fortune sans laquelle les desseins des mortels s'évanouissent comme la fumée ou les nuages. Sa libéralité sera telle que je ne lui connais en ce point ni imitateur ni modèle. »

XLVIII. — Ainsi parla Maugis ; il inspira au chevalier le désir de connaître les noms de quelques autres guerriers qui aidèrent François Ier à immoler le monstre infernal qui tue tout ce qui l'environne. On y lut au premier rang le nom de Bernard, que Merlin dans son écrit comblait d'éloges. « Par lui, dit-il, Bibiena brillera d'un éclat égal à celui de Florence sa voisine et de Sienne. »

XLIX. — Mais tous sont surpassés par Sigismond de Gonzague, Jean Salviati, Louis d'Aragon, tous trois implacables ennemis du monstre. On y voit aussi François de Gonzague et son fils Frédéric, marchant bravement sur les traces de son père : il a auprès de lui son beau-frère et son gendre, le premier, duc de Ferrare, et le second, duc d'Urbin.

L. — Guidobalde, fils de l'un d'eux, ne le veut céder ni à son père ni à d'autres ; c'est avec la même ardeur qu'Ottoboni de Fiesque et Sinibalde attaquent le monstre; Louis de Gazolles lui a percé·le cou d'une flèche, dont le fer fume encore ; la flèche et l'arc lui furent donnés par Phébus en même temps que le dieu Mars lui-même lui attacha son épée au côté.

LI. — Sur les pas du monstre réduit aux abois se précipitent avec ardeur deux Hercule et deux Hippolyte de la maison d'Este, un autre Hercule et un autre Hippolyte des familles de Gonzague et de Médicis. Julien n'est pas surpassé par son fils, ni Ferdinand par son frère. André Doria n'est pas moins ardent, et François Sforce ne veut être surpassé par personne.

LII. — On voit pareillement deux héros de l'antique, illustre et généreuse maison d'Avalos ; leur enseigne est un rocher qui écrase de son poids, depuis ses pieds de dragon jusqu'à sa tête, l'impie Typhée; il n'est aucun guerrier qui attaque de plus près que ces deux frères l'horrible monstre dont ils brûlent de verser tout le sang. Une inscription gravée sous leurs pieds laisse lire les noms·de François de Pescaire et d'Alphonse du Guast.

LIII. — Mais comment ai-je pu oublier l'honneur de l'Espagne, le grand Ferdinand de Gonzague, que Maugis a comblé d'éloges si mérités? Dans cette troupe de héros, en est-il un seul qui puisse lui être comparé? Guillaume de Monferrat figurait aussi dans le nombre de ceux qui ont immolé le monstre, mais ce nombre ne pourrait égaler celui des guerriers tués ou au moins blessés par l'horrible animal.

LIV. — C'est ainsi qu'au milieu d'honnêtes amuse-
ments et de joyeux entretiens nos chevaliers, après
leur repas, laissaient passer la chaleur du jour, couchés
sur d'élégants tapis, sous de frais ombrages, au bord
d'un limpide ruisseau. Pour veiller à leur sûreté, Maugis
et Vivien s'étaient revêtus de leurs armes, lorsqu'ils
aperçurent une dame qui, sans être accompagnée, se
dirigeait rapidement de leur côté.

LV. — C'était Hippalque, à qui Rodomont avait enlevé le bon cheval Frontin ; elle l'avait longtemps suivi
en lui adressant tantôt des prières, tantôt des injures ;
mais voyant ses efforts inutiles, elle était revenue sur
ses pas pour retrouver Roger à Aigremont. Elle avait
appris dans la route, je ne saurais dire comment, que
Roger serait en ce lieu avec Richardet.

LVI. — Elle avait une connaissance parfaite des lieux
qu'elle avait souvent visités ; elle arriva donc tout droit
à la fontaine, où elle trouva le héros dont j'ai parlé plus
haut ; mais en bonne et prudente messagère exécutant
les ordres qu'on lui a donnés au delà de ce qui lui a été
prescrit, lorsqu'elle vit le frère de Bradamante, elle fit
semblant de ne pas connaître Roger.

LVII. — Ce fut donc Richardet qu'elle aborda comme
si elle eût dû s'adresser à lui seul. Richardet la reconnaissant s'avança vers elle et lui demanda où elle allait.
Celle-ci, dont les yeux étaient encore rouges des pleurs
qu'elle avait versés, lui dit en soupirant, d'une voix assez forte cependant pour que Roger qui était près du
jeune homme pût fort bien les entendre :

LVIII. — « Je conduisais par la bride, dit-elle, selon
l'ordre de votre sœur, le bon et merveilleux cheval qui
lui est si cher et qu'elle appelle Frontin. Nous étions
déjà à plus de trente milles du côté de Marseille, où elle
doit arriver sous peu de jours, et où elle m'a ordonné
de l'attendre jusqu'à son arrivée.

LIX. — « J'avais une telle confiance qu'il ne me serait
jamais venu à la pensée qu'un homme serait assez hardi

pour m'enlever ce cheval, quand je lui aurais appris qu'il appartenait à la sœur de Renaud. Mais je fus bien trompée dans mon attente, car il m'a été ravi hier par un brutal Sarrasin ; et quoique je lui eusse appris à qui Frontin appartenait, rien n'a pu le décider à me le rendre.

LX. — « Je l'ai supplié hier pendant toute la journée, et aujourd'hui ; ne pouvant le fléchir par mes prières et mes menaces, je l'ai accablé de malédictions et d'injures et je l'ai laissé près de ces lieux, dans un endroit où, en fatiguant outre mesure son cheval et lui-même, il lutte les armes à la main avec toute la force dont il est capable contre un guerrier qui l'a si rudement attaqué qu'il aura bientôt, je l'espère, accompli ma vengeance. »

LXI. — A ces paroles qu'il eut peine à entendre jusqu'au bout, Roger se met sur pied et, se tournant vers Richardet, lui demande avec les plus vives instances, comme la plus grande faveur qu'il puisse lui faire, en retour du service qu'il lui a rendu, de le laisser partir seul avec cette demoiselle, jusqu'à ce qu'il ait rencontré le païen qui s'était emparé de son excellent coursier.

LXII. — Richardet se rendit au désir de Roger, bien qu'il regardât comme un déshonneur d'abandonner à un autre une entreprise qui le concernait personnellement. Roger partit donc avec Hippalque, après avoir pris congé de ses compagnons, qu'il laissa dans la plus grande surprise ou plutôt émerveillés de son magnanime courage.

LXIII. — Quand ils eurent cheminé quelque temps, Hippalque raconta au guerrier comment elle avait été envoyée vers lui par celle dont sa valeur avait si vivement impressionné l'âme. Croyant ne devoir rien lui dissimuler, elle lui exposa tout ce que sa maîtresse lui avait ordonné de dire. Si elle avait tout à l'heure parlé d'une autre manière, elle y avait été forcée par la présence de Richardet.

LXIV. — Elle ajouta que le ravisseur du cheval avait

osé dire du ton le plus arrogant : « C'est précisément parce que je sais que ce cheval appartient à Roger que je suis heureux de te le prendre ! S'il est désireux de le ravoir, apprends-lui que je n'ai nullement envie de me cacher et que je suis ce Rodomont dont la valeur brille du plus vif éclat dans le monde entier. »

LXV. — En entendant ces paroles, Roger fait voir par la rougeur qui lui monte au front combien est grande son indignation ; d'abord, parce qu'il aimait beaucoup Frontin pour lui-même, puis à cause de son amour pour celle à qui il appartenait, enfin parce qu'il lui avait été enlevé dans le dessein formel de l'outrager. « Quelle honte ! quel déshonneur pour lui, se dit-il, s'il ne fait tous ses efforts pour le reprendre à Rodomont, et s'il ne tire pas de cet insolent guerrier une juste vengeance ! »

LXVI. — Hippalque, qui accompagne Roger, fait diligence dans l'espoir de mettre le plus tôt possible Roger aux prises avec le Sarrasin. Elle arrive à un lieu où s'ouvrent deux chemins ; l'un montant vers le coteau, l'autre descendant dans une vallée ; l'un et l'autre conduisaient à la plaine où elle avait laissé Rodomont. Le chemin du coteau est plus court, mais malaisé ; celui de la vallée est beaucoup plus long, mais doux et facile.

LXVII. — Le désir dont Hippalque est animée pour ravoir Frontin et venger son outrage lui fait prendre le chemin de la montagne qui les conduira plus vite au but. Mais, par malheur, le roi d'Alger et celui de Tartarie avaient pris avec les autres guerriers que je vous ai nommés la route de la plaine et le chemin le plus facile, ce qui fit que Roger ne put les rencontrer.

LXVIII. — Ils ont résolu de suspendre leur querelle jusqu'à ce qu'ils aient secouru Agramant, comme vous le savez, et ils ont avec eux Doralice, première cause de leurs débats. Je dois maintenant vous apprendre la suite de leur histoire. Le chemin qu'ils ont pris les conduit tout droit à la fontaine où se reposent à l'aise avec Maugis et Vivien, Marphise, Audigier et Richardet.

LXIX. — Cédant aux prières de ses compagnons, Marphise avait pris des vêtements et des ajustements de femme, choisis par elle parmi ceux que le perfide Mayençais voulait donner en présent à Lanfuse. La guerrière, qui se trouvait rarement sans le haubert et les autres pièces de son armure, les quitta ce jour-là et se montra avec eux dans ses habits de femme.

LXX. — Dès que le Tartare eut vu Marphise, il fut persuadé qu'il l'obtiendrait aisément les armes à la main, et il eut la singulière idée de la donner à Rodomont, à condition que celui-ci lui donnerait Doralice en échange. Il s'imaginait sans doute que l'amour se prête de telle sorte qu'un amant peut sans difficulté céder sa maîtresse et la changer contre une autre ; comme si l'on avait tort de s'affliger de la perte d'une amante, du moment où l'on en obtenait une autre.

LXXI. — Donc, afin de procurer à Rodomont une dame, tout en conservant la sienne, il se propose de lui donner Marphise, qui lui paraissait belle et charmante, digne en tout point des plus braves chevaliers. Rodomont, il n'en doute pas, s'enflammera d'amour pour elle autant qu'il l'avait fait pour celle qu'il céderait. Dans ce dessein, il provoque au combat tous les chevaliers dont Marphise est accompagnée.

LXXII. — Aussitôt, Maugis et Vivien, armés pour faire bonne garde auprès des autres, se lèvent et acceptent le combat, croyant avoir à lutter contre deux chevaliers ; mais le roi d'Afrique, qui ne venait pas dans cette intention, ne fit aucun mouvement pour aller à leur rencontre et tous les deux se trouvèrent n'avoir à joûter que contre un seul.

LXXIII. — Vivien s'avança le premier plein d'ardeur et de courage, et dans sa course il abaisse une forte lance. C'est avec plus de vigueur encore que le roi païen, si fameux par ses exploits, s'avance contre lui. L'un et l'autre dirigent leur lance à l'endroit où ils croient pouvoir frapper leur ennemi avec le plus de

succès. Mais c'est vainement que Vivien atteint son adversaire à la visière, loin de le renverser par terre il ne
l'ébranle seulement pas.

LXXIV. — Le roi païen, dont la lance était plus
forte, brise l'écu de Vivien comme s'il eût été de verre;
il le jette hors de la salle, sur le sol, au milieu du
gazon et des fleurs. Maugis prend aussitôt sa place
dans l'espoir de venger son frère; mais il tombe si
vite auprès de lui, qu'il lui sert plutôt de compagnon
que de vengeur.

LXXV. — L'autre frère fut plus tôt armé que son
cousin et plus tôt en selle; il défie le Sarrasin et s'élance
avec audace à toutes brides à sa rencontre; le coup qu'il
frappe retentit sur le milieu du casque de Mandricard,
un peu au-dessous de la visière; la lance se brise en
quatre morceaux qui volent vers le ciel, sans que le
Tartare en soit ébranlé.

LXXVI. — Quant à celui-ci, le coup qu'il frappe sur
le côté gauche d'Audigier est si vigoureux qu'il ne
peut être garanti ni par son écu ni par sa cuirasse. Il
s'ouvre comme une écorce légère et le fer cruel traverse sa blanche épaule; le guerrier, sous cette blessure, chancelle à droite et à gauche et va tomber enfin
sur un lit de fleurs et de verdure. Le sang qui rougit
ses armes fait un contraste avec la pâleur de son visage.

LXXVII. — Enflammé d'ardeur, Richardet s'avance
fièrement, mettant en arrêt une si forte lance qu'il fait
bien voir qu'il est digne de figurer parmi les paladins
de France. Le païen en aurait fait la triste expérience,
s'ils eussent combattu avec des armes égales; mais
Richardet ne put continuer la lutte, son cheval s'étant
abattu sous lui; il fut donc renversé sans qu'il y eût de
sa faute.

LXXVIII. — Aucun autre chevalier ne se présentant
contre Mandricard pour soutenir la lutte, celui-ci crut
avoir conquis par sa valeur la dame qui selon lui devait

en être le prix. Il alla donc la trouver près de la fontaine et lui dit : « Madame, si personne ne prend votre défense contre moi, vous m'appartenez ; vous ne pouvez vous en défendre et refuser de me suivre, car telles sont les lois de la chevalerie. »

LXXIX. — Marphise élevant vers lui un regard plein de pitié lui répondit : « Tu te trompes dans tes prétentions ; je conviens qu'elles seraient justifiées et que d'après les lois de la guerre je t'appartiendrais en effet, si l'un de ceux que tu viens de renverser était mon seigneur ou mon chevalier ; mais je ne dépends pas d'eux et je n'appartiens qu'à moi-même. Si quelqu'un veut m'avoir, qu'il essaie de me vaincre.

LXXX. — « Je sais comme toi porter un écu et manier une lance, et j'ai fait mordre la poussière à plus d'un chevalier. » En même temps elle cria à ses écuyers, qui lui obéirent, d'apporter ses armes et d'amener son cheval aussitôt. Elle se débarrasse vivement de sa robe et ne garde que sa jupe, laissant voir ainsi les belles proportions de son corps et sa taille élégante ; hors le visage, tout en elle ressemblait au dieu Mars.

LXXXI. — Elle endosse son armure, ceint son épée et s'élance avec légèreté sur son cheval. Trois fois elle le pousse, trois fois elle le tourne soit à droite, soit à gauche, trois fois elle le fait caracoler de côté et d'autre, puis défiant le Sarrasin, met en arrêt sa puissante lance, et le combat s'engage. Telle devait être, devant Troie, la fière Penthésilée lorsqu'elle osa se mesurer avec le redoutable Achille.

LXXXII. — Dans cette première passe d'armes les lances furent brisées comme du verre jusqu'à leurs extrémités, sans que pour cela les deux assaillants parussent avoir plié d'un doigt. Marphise voulant savoir si elle ne serait pas plus heureuse en combattant de plus près son fier adversaire, se retourne contre lui l'épée à la main.

LXXXIII. — « Maudits soient le ciel et les éléments ! »

s'est écrié le païen en la voyant se tenir encore si solidement en selle, et Marphise, qui croyait avoir traversé l'écu de Mandricard, n'épargne pas de son côté les jurements et les blasphèmes ; l'un et l'autre assènent les plus vigoureux coups d'épée sur leurs armes impénétrables ; tous deux en effet portent des armes enchantées et jamais ce privilége ne leur avait été plus utile qu'en ce jour.

LXXXIV. — Si forts sont les plastrons et les mailles qui les couvrent et leur trempe est si fine, que ni l'épée, ni la lance ne les taillent ni les percent. Ce terrible combat aurait pu durer le jour entier et se continuer encore le jour suivant, si Rodomont ne s'était jeté au milieu d'eux. Il reproche à Mandricard le retard dont il est cause, et lui dit que s'il est tellement désireux de se battre, il vaut mieux terminer le combat qu'ils ont commencé l'un contre l'autre.

LXXXV. — « Si nous avons suspendu notre lutte, lui dit-il, c'était, tu le sais bien, à condition que nous irions secourir notre armée. Il était convenu que nous n'entreprendrions, avant d'avoir rempli ce devoir, ni joûtes, ni combats. Il se tourna ensuite d'un air respectueux vers Marphise, et lui fit connaître l'objet du message envoyé par Agramant pour réclamer leur secours.

LXXXVI. — Puis il la pria de consentir non-seulement à renoncer à cette bataille ou à la différer, mais encore à se joindre à eux pour aller prêter son appui au fils du roi Trojan. En agissant ainsi, elle peut être sûre que sa renommée s'élèvera plus brillante et plus pure jusqu'aux cieux que si elle s'arrête à une lutte de si peu d'importance, dont le résultat serait de retarder un si noble dessein.

LXXXVII. — Marphise, qui n'avait jamais eu de plus grand désir que de se mesurer avec les paladins de France, à la lance et à l'épée, et qui n'était venue des pays lointains que pour éprouver si leur haute renom-

mée était justifiée ou vantée avec trop d'exagération,
n'eut pas plutôt appris la triste situation d'Agraman
qu'elle prit la résolution de voler à sa défense avec les
autres guerriers.

LXXXVIII. — Pendant ce temps, Roger avait en vain,
sur les pas d'Hippalque, suivi la route de la montagne, et
quand il arriva au lieu du combat il trouva que Rodomont l'avait quitté déjà en suivant une autre voie. Il ne
pouvait être loin encore, pensa-t-il, et il devait avoir
pris le chemin de la fontaine. Il se dirigea donc de ce
côté, en suivant les traces fraîchement imprimées sur
la route.

LXXXIX. — Quant à Hippalque, il voulut qu'elle re-
tournât à Montauban, qui n'était qu'à une journée de
distance et dont il l'aurait trop éloignée s'il l'avait conduite à la fontaine. « Soyez, lui dit-il, sans inquiétude à
l'égard de Frontin. » Il était bien sûr de le reprendre, et il
le lui ferait savoir à Montauban ou partout où elle se
trouverait.

XC. — Il lui confia la lettre qu'il avait écrite à Aigremont et qu'il portait toujours sur lui. Il la chargea pour
Bradamante de ses compliments les plus affectueux, et
la pria de le justifier pleinement à ses yeux. Hippalque
recueillit avec soin toutes ces recommandations qui se
gravèrent dans sa mémoire, prit congé de lui et partit
sur son palefroi. L'excellente messagère ne perdit pas un
seul instant et se trouva à Montauban le soir même.

XCI. — Voilà donc Roger suivant d'une marche rapide
les traces laissées sur le sol par le Sarrasin ; mais il ne
put l'atteindre qu'à la fontaine, où il l'aperçut auprès de
Mandricard. Déjà tous s'étaient mutuellement promis de
n'engager aucune lutte pendant leur voyage et jusqu'à
ce que l'on eût délivré l'armée que Charlemagne était
sur le point de soumettre à sa puissance.

XCII. — En arrivant, Roger reconnut Frontin et par
lui reconnut aussi celui qui le montait. Aussitôt il se
penche sur sa lance qu'il met en arrêt, et d'une voix

lière défie le Sarrazin. Rodomont, dans ce jour, surpassa
Job en patience, car il sut maîtriser son orgueil au point
de refuser de se battre, lui qui n'avait jamais cessé
d'en chercher les occasions.

XCIII. — C'était la première fois que Rodomont faisait un refus semblable, ce fut aussi la dernière ; mais
il trouva qu'il était si juste et si convenable qu'ils allas-
sent tous ensemble au secours de leur roi, que lors
même qu'il eût été certain de saisir aussi facilement
Roger que l'agile et léger léopard saisit le lièvre entre
ses serres, il n'aurait pas voulu s'arrêter un seul instant,
pas même pour essayer contre lui un ou deux coups
d'épée.

XCIV. — Ajoutez qu'il savait bien que c'était Roger
qui venait lui disputer la possession de Frontin, ce
Roger si fameux qu'aucun autre chevalier n'égalait sa
renommée, le guerrier enfin dont il désirait éprouver
lui-même la valeur dans un combat singulier. Cependant
il refuse de répondre à son défi, tant la détresse de son
prince assiégé lui tient au cœur.

XCV. — Sans cela, il n'eût pas hésité à faire cent
lieues, mille lieues même, pour trouver une pareille
aventure; mais en ce moment, il n'aurait pas tenu plus
de compte d'un défi d'Achille qu'il n'en fait de celui de
Roger, tant s'était apaisée l'ardente fureur dont son
âme était ordinairement enflammée. Il expose à Roger
les motifs de son refus et le prie même de se joindre à
ceux qui se dévouent à une si noble entreprise.

XCVI. — « Cette action, lui dit-il, est un devoir que
tout chevalier fidèle doit remplir à l'égard de son seigneur. Une fois que le siége sera levé, ils auront bien
le temps de terminer leurs querelles. » Roger lui répondit : « Je consens volontiers à différer ce combat
jusqu'à ce que l'armée d'Agramant soit mise à l'abri des
attaques de Charlemagne; mais je demande que tu me
remettes à l'instant mon cheval Frontin.

XCVII. — « Si tu veux que j'attende que nous soyons

arrivés au camp pour te prouver que tu as commis un
acte déshonorant et indigne d'un chevalier généreux,
en enlevant mon cheval des mains d'une femme, je le
veux aussi, pourvu que tu me laisses Frontin et que tu
le remettes en mon pouvoir. Si tu n'y consens pas, ne
crois pas que je souffre le moindre retard pour le
combat auquel je te provoque, ou que je t'accorde seulement une heure de trêve. »

XCVIII. — Pendant que Roger prétend obtenir de
Rodomont ou son cheval ou la bataille à l'instant même,
et que celui-ci cherche des faux-fuyants pour différer sa
réponse à l'une et à l'autre demande, sans vouloir ni
remettre le cheval, ni s'arrêter, voici Mandricard qui
suscite un nouveau débat, en voyant Roger porter pour
enseigne l'oiseau qui règne sur tous les autres.

XCIX. — Il portait en effet une aigle blanche sur un
champ d'azur, ce qui avait été autrefois la noble enseigne
des Troyens, et comme Roger tenait son origine du vaillant Hector, il avait le droit de s'en parer. Mandricard
l'ignorait; il considère comme un affront et ne peut
supporter qu'un autre que lui porte sur son écu l'aigle
blanche du fameux fils de Priam.

C. — Sur les armes de Mandricard figurait aussi l'oiseau qui ravit Ganymède sur le mont Ida. C'est le jour
où il sortit vainqueur du château périlleux qu'il obtint
pour récompense l'honneur d'arborer cet insigne; et si
vous vous rappelez ses autres histoires, vous n'avez pas
oublié sans doute comment la fée le lui donna en même
temps que l'armure magnifique que le héros troyen
avait jadis reçue en présent des mains de Vulcain.

CI. — C'est pour posséder cet objet précieux que
Mandricard et Roger avaient déjà combattu l'un contre
l'autre. Je n'ai pas besoin de vous redire par quel accident leur combat fut interrompu; vous devez l'avoir
présent à l'esprit. Depuis cette époque ils ne s'étaient
jamais rencontrés jusqu'à ce moment. Aussitôt que

Mandricard eut aperçu l'écu, il fit entendre un cri superbe et menaçant : « Je te défie, dit-il à Roger !

CII. — « Téméraire ! c'est à moi qu'appartient la devise que tu portes ; ce n'est pas le premier jour que je te l'ai fait entendre. Crois-tu, dans ta folie, que, si j'ai montré déjà à ton égard de la complaisance, je sois disposé à souffrir encore ce que je t'ai permis autrefois ? Puisque ni mes menaces ni mes observations n'ont pu te faire renoncer à une pareille folie, je vais te faire voir combien il eût été plus heureux pour toi de m'avoir obéi sur-le-champ. »

CIII. — Au premier mot du Tartare, tous les sens de Roger s'étaient enflammés de colère, de même qu'un bois desséché au feu s'enflamme au moindre souffle. « Tu penses, lui dit-il, me soumettre à ta loi, parce que tu me vois aux prises avec un autre guerrier ; mais je te ferai voir que je suis aussi bon pour enlever à celui-ci mon cheval Frontin, qu'à toi le bouclier d'Hector.

CIV. — « Nous avons déjà mesuré nos forces pour le même sujet, il n'y a même pas longtemps ; j'aurais pu alors t'ôter la vie ; je ne le fis pas, parce que tu ne portais pas d'épée au côté : ce qui fut alors une menace, je vais l'exécuter aujourd'hui. Tu te trouveras mal d'avoir pris cette aigle blanche, symbole de mon antique famille, tu l'as usurpée et moi j'ai le droit de la porter. »

CV. — « C'est toi, au contraire, répliqua Mandricard qui usurpes ma devise ! » Aussitôt il tire son épée, celle même que dans sa folie Roland avait, peu auparavant, jetée dans la forêt. Le vaillant Roger, qui ne sut jamais se départir de ses sentiments de haute courtoisie, voyant que Mandricard n'a pour toute arme qu'une épée, s'empresse de jeter sa lance au milieu du chemin.

CVI. — En même temps il tire Balizarde, sa redoutable épée, et embrasse fortement son écu. Tout aussitôt Rodomont pousse son cheval au milieu des deux combattants, Marphise, non moins prompte, imite ce mouvement et chacun d'eux, s'emparant de l'un des deux

guerriers, s'efforce par ses supplications de le faire
renoncer au combat. Rodomont reproche rudement à
Mandricard d'avoir rompu deux fois la convention entre
eux arrêtée.

CVII. — Mandricard, en effet, croyant pouvoir conquérir Marphise, avait entrepris plus d'une joûte ; mais
maintenant, pour enlever à Roger une devise, il oubliait
entièrement les intérêts du roi Agramant. « S'il te plaît,
lui dit-il, d'agir de la sorte, terminons d'abord notre
querelle, car notre différend est certainement plus juste
et plus important que tous ceux où tu t'es engagé jusqu'à présent.

CVIII. — « C'est à cette condition que nous avons
arrêté entre nous un accord et une trêve. Quand j'aurai terminé mon combat avec toi, je répondrai à celui-
ci pour son cheval. Si tu ne succombes pas, tu pourras
reprendre avec lui ta querelle au sujet de son écu. Mais
je te donnerai, j'espère, assez de besogne pour qu'il ne
reste pas beaucoup à faire avec Roger. »

CIX. — « Non pas ! répondit Mandricard à Rodomont,
ce n'est pas ainsi que tu te l'imagines que se passeront
les choses. C'est moi plutôt qui te donnerai plus de besogne que tu n'en voudras. Je saurai bien te mettre en
nage depuis les pieds jusqu'à la tête. Il me restera
assez de force (car les miennes ne s'épuisent pas plus
que l'eau d'une fontaine) pour pouvoir faire face à
Roger et à mille autres encore, au monde entier même
s'il veut m'attaquer ! »

CX. — C'est ainsi que l'un et l'autre se prodiguaient
chacun de son côté les injures et les menaces. L'iras-
cible Mandricard avait affaire à la fois à Rodomont
et à Roger. Celui-ci, incapable de supporter un affront,
ne parle que de se battre et ne veut entendre à aucun
accord. Marphise va tantôt à l'un, tantôt à l'autre, pour
mettre entre eux la paix ; mais ses efforts sont impuissants.

CXI. — Comme le laboureur qui, voyant les ondes

débordées d'un fleuve profond sur le point de franchir ses digues et de s'ouvrir une route nouvelle, s'efforce, dans son effroi, d'arrêter l'envahissement de ses verts pâturages et de ses champs ; il se consume en vains travaux pour combler tantôt une brèche, tantôt une autre ; tandis qu'il arrête d'un côté le débordement, il voit de l'autre s'écrouler ses fragiles remparts qu'emportent les eaux déchaînées s'échappant à gros bouillons.

CXII. — Ainsi, tandis que Roger, Mandricard et Rodomont sont tellement acharnés les uns contre les autres que chacun d'eux veut prouver qu'il est le plus vaillant et qu'il l'emportera sur ses adversaires, Marphise emploie tous ses efforts pour les apaiser. Elle se fatigue vainement et perd son temps et sa peine ; car lorsqu'elle a pu en séparer un et le retirer de la mêlée, elle voit les deux autres s'attaquer avec colère.

CXIII. Voulant à tout prix les accorder ensemble, elle leur dit : « Chevaliers, écoutez mon conseil ; le parti le plus raisonnable est de suspendre tout différend jusqu'à ce qu'Agramant soit hors de danger. Mais si chacun de vous s'obstine à vouloir se battre, moi aussi je reprendrai ma querelle avec Mandricard, et je verrai enfin si, comme il s'en est vanté, il est assez fort pour triompher de moi les armes à la main.

CXIV. — « Sommes-nous désireux de marcher au secours d'Agramant, mettons de côté tous nos différends. » — « Ce n'est pas moi, dit Roger, qui y mettrai obstacle ; mais qu'on me rende d'abord mon cheval ; que Rodomont me l'abandonne ou qu'il le défende contre moi, il n'est pas besoin de disputer si longtemps. Il faut, ou que je reste mort sur cette place, ou que je retourne au camp monté sur ce coursier. »

CXV.— Rodomont répondit : « Tu n'obtiendras pas plus facilement ce dernier point que l'autre ; » puis il ajouta : « Je proteste ici que s'il arrive quelque malheur à notre roi, toi seul en seras cause. Ce n'est pas moi qui m'oppose à ce que nous accomplissions notre devoir en temps utile. » Toutes ces protestations n'arrêtent point Roger, et transporté de fureur, il tire son épée.

CXVI. — Il se précipite sur le roi d'Alger avec la rage d'un sanglier ; il le heurte avec son bouclier, avec son épaule ; il le presse et le met dans un tel désordre qu'il lui fait sortir un pied de l'étrier. « Roger ! s'écrie Mandricard, suspens ce combat et viens te mesurer avec moi. » Plus cruel et plus féroce qu'il ne le fut jamais, il assène le coup le plus terrible sur le casque de Roger.

CXVII. — Roger se courbe jusque sur le cou de son cheval ; il ne peut se relever comme il le voudrait, car le fils d'Ulien, se jetant sur lui comme une masse énorme, le frappe avec violence d'un coup qui lui aurait fendu la tête jusqu'aux dents si ce casque n'eût été aussi dur que le diamant. Roger en est si étourdi que ses deux mains s'ouvrent et lâchent, l'une la bride de son cheval et l'autre son épée.

CXVIII. — Son cheval l'emporte à travers la campagne et Balizarde tombe à terre loin de lui. Marphise, qui l'avait eu ce jour-là pour frère d'armes, est indignée de voir ainsi Roger attaqué par ces deux guerriers et, comme elle était aussi magnanime que brave, elle se tourne vers Mandricard et, rassemblant toutes ses forces, lui décharge sur la tête le coup le plus terrible.

CXIX. — Pendant ce temps Rodomont se met à la poursuite de Roger. S'il peut le frapper une seconde fois, c'est à lui qu'appartiendra Frontin ; mais Richardet et Vivien se jettent à la fois entre Roger et le Sarrasin. L'un heurte Rodomont et l'oblige de s'éloigner de Roger ; l'autre, ce fut Vivien, donne sa propre épée à ce chevalier qui commençait à reprendre ses sens.

CXX. — Aussitôt que, revenu à lui, Roger se vit en main l'épée que lui tendait Vivien, il ne fut pas lent à venger son injure et il se précipita avec impétuosité sur le roi d'Alger, semblable à un lion qu'un taureau a enlevé sur cornes et qui ne sent pas sa douleur tant le dépit, la colère et la rage le possèdent, le pressent et le poussent à la vengeance.

CXXI. — Roger porte un coup furieux sur la tête de Rodomont; s'il eût eu dans la main son épée qu'une infâme trahison lui avait fait tomber des mains comme on l'a vu dès le commencement du combat, je pense que Rodomont n'eût pas trouvé une défense suffisante dans ce casque fameux qu'avait fait le roi Babel quand il voulut guerroyer contre Dieu.

CXXII. — Lorsque la Discorde vit qu'il ne pouvait plus y avoir en ce lieu que des débats et des rixes, qu'aucune paix, aucune trève ne pourrait y être établie, elle dit à sa sœur qu'elles pouvaient retourner maintenant en toute sûreté chez les bons frères moines, puisque leur présence était devenue inutile. Laissons-les aller et restons avec Roger qui vient de frapper sur la tête de Rodomont un coup terrible.

CXXIII. — Il fut tellement violent qu'il força le Sarrasin à toucher la croupe de Frontin de son casque et de la dure écaille dont son dos était armé. Trois ou quatre fois il chancela à droite et à gauche et faillit tomber à terre la tête la première; si son épée n'eût pas été attachée à son bras, il l'eût certainement perdue.

CXXIV. — Cependant Marphise avait tellement malmené Mandricard que la sueur lui avait couvert le front, le visage et la poitrine ; Mandricard, de son côté, avait traité la guerrière de la même manière ; mais ils portaient l'un et l'autre des cottes de mailles si parfaites qu'elles ne purent être entamées en aucun endroit. L'avantage était donc resté égal des deux côtés ; mais le cheval de Marphise ayant fait un écart, elle eut grand besoin du secours de Roger.

CXXV. — Le cheval tourna tellement court sur le terrain humide, qu'il glissa et ne put s'empêcher de tomber tout à fait sur le côté droit. Au moment où il se relevait, le païen poussa contre lui Bride-d'or à la traverse, le heurta violemment et le fit tomber de nouveau.

CXXVI. — Roger, en voyant la guerrière à terre et dans une dangereuse position, se hâta d'aller à son secours ; son adversaire, hors de lui-même, ayant été emporté au loin, il en eut alors le loisir il frappa un coup terrible sur le casque du Tartare ; il lui aurait fendu la tête comme une pomme s'il avait eu en main Balizarde et si Mandricard avait eu sur la tête un casque moins fort.

CXXVII. — Le roi d'Alger revenu à lui-même se retourne et aperçoit Richardet ; il se souvient du mauvais service que celui-ci vient de lui rendre en secourant Roger ; il se dirige vers lui et il lui aurait fait payer cher le tort qu'il avait envers lui, si Maugis, employant toute la puissance de son art et recourant à de nouveaux enchantements, n'eût arrêté son bras.

CXXVIII. — Maugis, qui connaissait tous les secrets de la magie et surpassait en habileté les enchanteurs les plus fameux, se rappela aussitôt la formule avec laquelle il pouvait commander aux démons, quoiqu'il n'eût pas avec lui le livre qui lui donnait le pouvoir d'arrêter le soleil. Il fait entrer dans le corps du cheval monté par Doralice un de ces démons, qui le met aussitôt en fureur.

CXXIX. — Une simple parole a suffi au père de Vivien pour faire pénétrer un des esprits de Minos dans la tranquille monture de la fille du roi Stordilan ; le cheval, qui ne s'était jamais mis en mouvement que pour obéir à la main qui le guidait, fit tout à coup en l'air un saut de trente pieds de long et de seize de hauteur.

CXXX. — Ce fut un terrible saut ; il ne fut pas cependant assez violent pour que Doralice fût enlevée de sa selle. Mais, en se voyant ainsi soulevée dans les airs, la jeune fille se tint pour morte et poussa de grands cris ;

le roussin, comme si le diable l'eût emporté, entraîne
sa cavalière après ce saut prodigieux et, malgré ses
clameurs, fuit avec une si grande vitesse qu'il n'aurait
pu être atteint par une flèche.

CXXXI. — En entendant sa voix, le fils d'Ulien s'était
empressé de quitter la bataille et de voler au secours
de Doralice, suivant les traces du furieux animal. Mandricard en fait autant, sans s'occuper de Roger et de
Marphise et sans leur demander ni paix ni trêve, et le
voilà courant à la suite de Doralice et de Rodomont.

CXXXII. — Marphise s'est aussi relevée, enflammée
de dépit et de colère, croyant pouvoir se venger de son
ennemi; elle se trompe, car elle l'aperçoit courant bien
loin d'elle. Roger, voyant quelle est l'issue du combat,
ne gémit pas seulement, il rugit comme un lion. Marphise et lui n'ignorent pas qu'ils ne pourront sur leurs
chevaux atteindre Frontin et Bride-d'or.

CXXXIII. — Roger veut à tout prix que se décide sa
querelle avec le roi d'Alger sur la possession de son
cheval; Marphise ne donnera au Tartare aucun repos
jusqu'à ce qu'elle l'ait éprouvé autant qu'elle le désire;
l'un et l'autre se croiraient déshonorés si le différend se
terminait ainsi. Alors d'un commun avis ils prennent
la résolution de se mettre à la poursuite de leurs ennemis.

CXXXIV. — S'ils ne peuvent les atteindre maintenant,
ils espèrent bien les trouver dans le camp des Sarrasins; car c'est vers ce camp qu'ils se dirigent pour en
faire lever le siége avant que le roi de France s'en soit
rendu entièrement le maître. Marphise et Roger vont
donc directement au lieu où ils ont la certitude de les
rejoindre; mais Roger ne voulut pas s'éloigner brusquement et sans avoir dit un mot à ses compagnons.

CXXXV. — Il retourne donc vers l'endroit où se
trouvait le frère de sa belle-maîtresse; il lui fait mille
protestations d'amitié, il l'assure du plus tendre attachement quels que soient les événements que leur pro-

pare leur bonne ou mauvaise fortune. Il le prie ensuite, en employant les formules les plus habiles, de saluer de sa part sa sœur, et les termes dont il se sert sont tels qu'ils ne peuvent inspirer le moindre soupçon ni à Renaud ni à tous les autres.

CXXXVI. — Il prit congé de lui, de Vivien, de Maugis et d'Audigier souffrant encore de sa blessure. Tous lui témoignent leur reconnaissance pour les services qu'il leur a rendus et dont ils conserveront un éternel souvenir. Mais Marphise, désireuse d'arriver le plus promptement possible à Paris, oublia de dire adieu à ses amis, et ce fut de loin seulement que purent la saluer Maugis et Vivien qui coururent après elle.

CXXXVII. — Richardet en fit autant; mais Audigier qui ne pouvait se lever se vit contraint malgré lui de rester. Les deux premiers avaient en effet pris la route de Paris et les autres se dirigèrent du même côté. J'espère, seigneur, pouvoir vous raconter dans un autre chant les actions merveilleuses et surhumaines qu'au grand dommage de Charlemagne et de son armée firent les deux couples dont je viens de vous parler.

CHANT VINGT-SEPTIÈME

ARGUMENT

Doralice retourne vers son père. — Charlemagne rentre dans Paris. — Les guerriers païens renouvellent leurs disputes, excités par la Discorde que l'ange Gabriel conduit une seconde fois parmi eux. — Marphise s'empare de Brunel. — Rodomont quitte l'armée en exhalant contre toutes les femmes les plus violentes invectives.

I. — Les femmes prennent souvent des résolutions à l'improviste, et parfois ces résolutions sont plus sages

que si elles les avaient méditées. C'est un privilége spé-
cial, une grâce qui leur est propre et qu'avec tant d'autres dons précieux elles ont reçue du ciel. Il n'en est pas
ainsi des hommes, qui prennent rarement de bonnes
déterminations sans y avoir mûrement réfléchi et sans
avoir employé avant de prendre un parti beaucoup de
temps, de soins et de travail.

II. — On crut d'abord excellent le parti qu'avait pris
Maugis ; mais l'effet en fut peu avantageux, quoiqu'il
eût servi, comme on l'a vu, à délivrer son cousin Richardet du plus grand péril. En effet, l'esprit infernal
qui par ses soins avait éloigné Rodomont et le fils du
roi Agricant n'avait fait qu'entraîner plus promptement
ces guerriers vers la ruine des chrétiens, et c'est ce qu'il
aurait dû prévoir.

III. — S'il y avait réfléchi plus longtemps, on peut
croire que tout en rendant un service signalé à son cousin, comme il le devait, il n'aurait pas causé à sa nation
un si grand dommage. Il aurait pu commander aux démons d'emporter si loin Doralice vers l'Orient ou l'Occident que jamais en France on n'eût plus entendu
parler d'elle.

IV. — Ses amants l'auraient suivie en tous lieux
aussi bien que vers Paris. Mais cette idée ne se présenta
point à l'idée de Maugis, faute d'avoir réfléchi. L'esprit
maudit que Dieu chassa du ciel et qui ne respire que la
flamme, le sang et le carnage, prit justement la voie qui
était la plus fatale à Charlemagne, puisque son maître
ne lui en avait prescrit aucune.

V. — Poussé par ce démon, le cheval qui portait la
tremblante Doralice courut devant lui sans être arrêté
par les rivières et moins encore par les fossés, les bois,
les marais, les rochers et les précipices ; il passa à
travers le camp des Français, des Anglais et des autres
peuples rangés sous les étendards du Christ, et il ne
s'arrêta que lorsqu'il fut arrivé dans la tente du roi de
Grenade, père de Doralice.

VI. — Rodomont et le fils d'Agricant l'avaient suivi pendant quelque temps le premier jour, tant qu'ils purent l'apercevoir, quoique de fort loin ; mais enfin l'ayant perdu de vue, ils se mirent à suivre ses traces, semblables aux chiens qui suivent la piste des lièvres ou des chevreuils ; ils ne s'arrêtèrent que dans le camp des Sarrasins où ils apprirent que la jeune fille était auprès de son père.

VII. — Prends garde à toi, Charlemagne, une si furieuse tempête te menace qu'en vérité je ne vois pas comment tu pourras l'éviter! Ce ne sont pas seulement Mandricard et Rodomont, ce sont encore Gradasse et Sacripant qui s'avancent vers ton camp pour consommer ta ruine. Pour comble de malheur la fortune plus cruelle que jamais vient de t'enlever en même temps les deux guerriers qui pareils à deux flambeaux t'éclairaient par leur sagesse et leur courage : seul tu restes aujourd'hui plongé comme un aveugle dans les plus obscures ténèbres.

VIII. — Ces deux flambeaux lumineux, ce sont Roland et Renaud. Le premier a perdu le sens et n'est plus qu'un furieux courant au hasard, tout nu, par monts et par vaux, exposé à toutes les intempéries des saisons, à la pluie, à la chaleur, au froid, au vent. Le second, qui n'est guère plus sage, l'abandonne dans un besoin si pressant, car ne trouvant pas son Angélique à Paris, il quitte cette ville pour aller partout chercher ses traces.

IX. — Je vous ai dit déjà qu'un vieil et perfide enchanteur lui avait fait croire en le trompant par des prestiges qu'Angélique était partie avec Roland. Alors son cœur avait été percé du trait de jalousie le plus poignant qu'ait jamais ressenti un amant. Il avait volé vers Paris et, en arrivant à la cour, le destin avait voulu qu'il fût choisi pour aller en Angleterre.

X. — Après la bataille où il eut la gloire de bloquer l'armée d'Agramant il revint à Paris ; il se mit alors à visiter tous les monastères, les maisons, les forteresses, tous les lieux où il espérait trouver Angélique. Dans ses recherches inquiètes il croyait pouvoir la rencontrer, fût-elle enchâssée dans une colonne. Quand il s'est assuré qu'elle n'y est pas, ni Roland non plus, il part pour continuer sans désemparer ses recherches.

XI. — Une idée le tourmente, il pense que c'est dans un des châteaux de Blaye ou d'Angers que son rival vit auprès de sa maîtresse, au milieu des plaisirs et des fêtes. Il court tantôt dans un lieu, tantôt dans un autre, et il ne les retrouve nulle part. Il s'imagine que ce paladin ne tardera pas à revenir à Paris, dont il ne pouvait sans dommage pour sa cause rester longtemps absent. Il y court aussitôt pour le saisir au passage.

XII. — Il y séjourne un jour ou deux, et Roland ne vient point. Aussitôt il retourne vers Blaye ou vers Angers, demandant en tous lieux des nouvelles de Roland ; il est à cheval toute la nuit, tout le jour, à la fraîcheur de l'aurore, sous la chaleur ardente de midi ; il poursuit le même chemin deux cents fois au moins pour une, tantôt sous les feux du soleil, tantôt sous la paisible clarté de la lune.

XIII. — Pendant tous ces voyages, l'éternel ennemi du genre humain, qui dirigea la main coupable d'Ève vers le fruit défendu, jeta sur Charlemagne ses regards envieux et jaloux. Un jour que Renaud avait quitté le camp, il voit qu'en profitant du moment il peut faire un mal affreux au peuple chrétien ; il assemble et conduit contre lui tout ce que le monde contient de Sarrasins fameux par la puissance de leurs armes.

XIV. — Inspirés par lui, le roi Gradasse et le brave Sacripant, qui s'étaient liés d'amitié à la sortie du palais enchanté d'Atlant, prennent la résolution d'aller secourir l'armée assiégée d'Agramant et de porter la destruction dans celle de Charlemagne. Comme ils ignorent le pays, lui-même leur en aplanit la route et leur sert de guide.

XV. — Par ses ordres, un de ses ministres pousse

Rodomont et Mandricard sur les traces de Doralice, qu'un de leurs compagnons entraîne avec lui dans sa fuite précipitée. Un autre se rend près de Marphise et de l'impétueux Roger, pour presser leur arrivée ; mais il paraît que celui-ci, retenant un peu trop la bride de son coursier, ne put arriver aussitôt que les autres.

XVI. — C'est une demi-heure plus tard que le vaillant couple de Marphise et de Roger se rendit au camp. Le noir esprit des ténèbres déployait en cela son habileté ordinaire. Pour rendre ainsi plus terrible l'assaut livré aux chrétiens, il voulut éviter que ses projets fussent traversés par les débats qui se seraient certainement renouvelés si Roger et Rodomont fussent arrivés en même temps.

XVII. — Les quatre premiers se trouvèrent ensemble réunis dans un lieu d'où ils pouvaient découvrir les tentes occupées par les assiégeants et par les assiégés, dont les vents agitaient les bannières. Ils délibérèrent pendant quelques instants et conclurent qu'il fallait secourir, malgré Charlemagne, le roi Agramant et le dégager du blocus qui le tenait enfermé.

XVIII. — Ils se serrent les uns contre les autres, s'avancent par le milieu du camp des chrétiens, en criant en même temps : Afrique ! Espagne ! se faisant ainsi reconnaître pour des Sarrasins. Aux armes ! aux armes ! s'écrie-t-on aussitôt dans toutes les parties du camp. Mais déjà on avait ressenti leurs premiers coups: une grande partie de l'arrière-garde était attaquée par eux et même mise en déroute.

XIX. — Avant de savoir ce qui se passe, l'armée chrétienne, rassemblée en désordre, est déjà bouleversée; les uns pensent qu'il s'agit d'une attaque assez ordinaire de Suisses ou de Gascons; mais dans l'incertitude et le trouble, chacun se range d'abord sous l'étendard de sa nation, les uns ralliés par le bruit des tambours, les autres par le son des trompettes. Le vacarme est épouvantable, tout le ciel en retentit.

XX. — Le grand empereur, la tête nue, quoique couvert de ses armes, arrive avec ses paladins et demande la cause du désordre qui jette le trouble parmi ses bataillons. Courant de côtés et d'autres, il arrête par ses menaces les fuyards épouvantés ; il voit les uns frappés au visage ou à la poitrine, les autres ayant la tête ou le cou ensanglanté, d'autres enfin ont la main coupée ou le bras emporté.

XXI. — Charlemagne, en s'avançant, voit un grand nombre de ses soldats couchés par terre, ou plutôt au milieu d'un lac où ils sont noyés dans leur propre sang. Ils n'ont plus besoin de la science des médecins ou de l'art des magiciens ; ce ne sont de tous côtés que des têtes, des bras ou des jambes et, spectacle horrible, séparés de leurs troncs ! Et depuis les premières tentes jusqu'aux dernières, il ne voit partout que des hommes expirants.

XXII. — Partout où avait passé cette petite troupe de héros dignes d'une éternelle mémoire, elle avait laissé les traces sanglantes de ses terribles exploits. Plein de rage et de fureur, Charles va contemplant cet épouvantable massacre ; on eût dit un homme dont la demeure a été frappée par la foudre et qui cherche partout la trace qu'elle a suivie.

XXIII. — Ce premier secours n'était point encore parvenu jusqu'aux tentes du roi d'Afrique, lorsque survinrent d'un autre côté Marphise et le magnanime Roger. Aussitôt que ce couple audacieux eut jeté les yeux sur l'armée et reconnu quelle était la route la plus courte pour aller au secours de leur seigneur assiégé, il s'empressa d'y courir.

XXIV. — C'est ainsi que si l'on veut communiquer le feu à une mine, la flamme dévorante vole en suivant un long et noir sillon de poudre avec une rapidité telle que l'œil a peine à la suivre ; mais bientôt, avec un bruit horrible, elle fait éclater le rocher le plus dur et renverse une épaisse muraille. Tels se précipitent Roger et Marphise; tels ils se font entendre au milieu de la bataille.

XXV. — Devant eux, et tout à l'entour, ils commencent à fendre les têtes, à couper les bras, à briser les épaules des malheureux trop lents à leur échapper et à leur ouvrir le passage. Avez-vous vu quelquefois passer une tempête renversant tout sur son passage, ravageant la montagne ou la vallée, frappant celle-ci sans toucher à l'autre? Vous pourrez alors vous figurer l'impétuosité avec laquelle ces deux guerriers se frayent la route à travers leurs ennemis.

XXVI. — Plusieurs d'entre ceux qui, ayant échappé à la fureur de Rodomont et de ses compagnons, remerciaient Dieu d'avoir donné tant d'agilité à leurs jambes et de prestesse à leurs pieds, viennent tomber au-devant de Roger et de Marphise, leur présentant leurs têtes et leurs poitrines, consternés de voir que ni par la fuite ni par la résistance l'homme ne peut se soustraire à sa destinée.

XXVII. — Celui qui échappe à un danger tombe dans un autre et paye ce retard de son sang et de sa vie. Ainsi le timide renard qui croyait se sauver tombe avec sa famille sous la dent des chiens, lorsqu'il a été chassé de son antique tanière par le paysan. Celui-ci, l'accusant des plus odieux méfaits, l'a fait habilement sortir à l'aide du feu et de la fumée de l'asile où il croyait n'avoir rien à craindre.

XXVIII. — C'est ainsi que Marphise et Roger arrivèrent pour le salut des Sarrasins jusqu'à leur retranchement. Tous élevant leurs yeux vers le ciel lui rendent mille grâces de cet heureux succès. Personne désormais ne craint les paladins de France; le plus peureux des païens oserait en défier cent. Sans prendre un instant de repos, tous veulent s'en aller de nouveau rougir de sang la campagne.

XXIX. — Les cors, les clairons, les cymbales mauresques remplissent le ciel de leurs formidables sons.

On voit s'agiter au gré des vents les bannières et **les gonfalons**. Dans l'autre camp, les capitaines de Charlemagne appellent les Français, les Italiens et les Anglais qu'ils réunissent aux troupes allemandes et bretonnes. Alors s'engage une mêlée sanglante et meurtrière.

XXX. — La force du terrible Rodomont unie à celle du furieux Mandricard, du brave Roger, cette source de toute valeur, du roi Gradasse si fameux dans le monde, de Marphise au front intrépide, du roi de Circassie qui n'est inférieur à nul autre, pousse vers Paris le roi de France appelant à son secours saint Jean et saint Denis.

XXXI. — De ces héros et de Marphise l'audace invincible et la puissance merveilleuse dépassaient toute croyance; elles étaient au-dessus de ce qu'on pourrait dire et imaginer. On peut donc se faire une idée du nombre des chrétiens qui furent tués dans cette journée et de la cruelle atteinte portée à la puissance de Charlemagne. Il faut encore ajouter à tant de redoutables adversaires Ferragus, et avec lui les plus fameux Sarrasins.

XXXII. — Les ponts ne peuvent suffire à tous les fuyards. Un grand nombre, victimes de leur précipitation, se noyèrent dans la Seine. Pour éviter la mort qui les menaçait par devant et par derrière, combien d'entre eux auraient désiré les ailes d'Icare! Tous les paladins à l'exception d'Ogier le Danois et du marquis de Vienne furent faits prisonniers. Olivier rentra dans le camp avec une blessure reçue au-dessous de l'épaule droite; Ogier avait la tête frappée d'un horrible coup.

XXXIII. — Si Brandimart eût quitté le champ de bataille comme l'avaient fait Renaud et Roland, Charles eût été forcé d'abandonner Paris, si toutefois il eût pu échapper lui-même à un si terrible désastre. Brandimart fit tout ce qu'il pouvait; mais lorsque la résistance devint impossible, il se laissa emporter comme les autres. La fortune fut assez favorable au roi Agramant pour qu'il assiégeât encore une fois l'empereur dans sa capitale.

XXXIV. — Cependant les cris et les lamentations des veuves, des enfants orphelins, des vieillards privés de leurs enfants, s'élevèrent au-dessus de cette obscure atmosphère jusque dans la région éthérée où siégeait l'archange Michel. Il apprend ainsi, il voit jusqu'à quel point les troupes des peuples fidèles de France, d'Angleterre et d'Allemagne deviennent la proie des corbeaux et des loups dans les campagnes jonchées de leurs cadavres.

XXXV. — A cet aspect, la rougeur colora le visage du bienheureux archange, reconnaissant combien avaient été mal exécutés les ordres du Créateur, combien aussi il avait été trompé et trahi par la perfide Discorde! Elle devait pour lui obéir semer parmi les païens les divisions et la guerre. Au lieu de se soumettre à ses ordres, elle avait évidemment fait le contraire de tout ce qui lui avait été imposé.

XXXVI. — En fidèle serviteur dont la mémoire n'égale pas le zèle et reconnaissant qu'il a oublié une chose importante qu'il devait avoir à cœur autant que sa vie même, il veut à l'instant chercher à réparer sa faute; il n'ose se montrer à son souverain Seigneur sans s'être auparavant acquitté des ordres qu'il avait reçus.

XXXVII. — Il dirige son vol vers le monastère où il avait précédemment rencontré la Discorde; il la trouve au moment où, présidant le chapitre, elle s'occupait avec les moines à de nouvelles élections pour les offices du couvent. Elle prenait plaisir à voir les frères se jeter les uns aux autres leurs bréviaires à la tête. L'ange la saisit par les cheveux et la poursuivit à coups de pieds et à coups de poings.

XXXVIII. — Il saisit le bâton d'une croix et le brisa dans sa colère sur la tête, le dos et les bras de la Discorde. En vain la malheureuse, poussant de grands cris, lui demandait grâce et embrassait les genoux du messager divin, Michel ne la quitta pas qu'il ne l'eût chassée jusqu'au camp du roi d'Afrique. « Si je te trouve, lui dit-il, hors de ce camp, je saurai te traiter d'une manière encore plus rigoureuse ! »

XXXIX. — La Discorde, bien qu'elle eût les bras et les reins presque rompus, courut aussitôt reprendre sa besogne et préparer ses soufflets. Elle craignait de s'exposer une seconde fois à cette colère furieuse et à ces coups terribles. Attisant de nouveaux feux et donnant des aliments à ceux qu'elle avait déjà fait naître, elle allume dans le cœur d'une foule de guerriers un violent incendie de colère.

XL. — Elle enflamme tellement celui de Rodomont, de Mandricard et de Roger qu'ils vont trouver en courant le roi des Maures en profitant du moment où Charlemagne, grâce à leur impétueuse attaque, a suspendu le siége de leur camp. Ils lui racontent leurs différends et lui en exposent l'origine ; ils s'en remettent d'ailleurs au jugement du roi pour décider quels seront ceux d'entre eux qui les premiers entreront en lice.

XLI. — Marphise aussi parle de sa querelle avec le Tartare ; elle veut finir le combat qu'elle a commencé avec lui, puisque c'est par lui qu'elle a été provoquée ; elle refuse d'accorder aux autres pour terminer leur querelle le délai d'un jour, d'une heure même ; elle insiste avec obstination pour qu'on la laisse engager la première sa lutte avec Mandricard.

XLII. — Rodomont ne se montre pas moins désireux de terminer contre son rival le combat qui n'a été suspendu et différé que pour qu'ils pussent porter des secours aux Africains assiégés. Roger oppose ses raisons à celles de Rodomont : il ne souffrira pas, dit-il, que celui-ci demeure en possession de son cheval, si avant tout il ne combat contre lui.

XLIII. — Compliquant encore les difficultés, le Tartare se présente et soutient que Roger n'a nullement le droit de porter sur son enseigne l'aigle aux ailes blanches. Il est tellement emporté par la rage et la fureur qu'il veut, si les trois autres ne s'y refusent pas, terminer les armes à la main toutes les querelles à la fois. Les autres ne seraient nullement disposés à repousser sa demande si le roi y consentait.

XLIV. — Agramant fait les plus grands efforts pour amener entre eux la paix, il n'épargne ni les prières, ni les remontrances ; mais les voyant enfin également sourds à ses conseils et ne voulant accepter ni paix ni trêve, il cherche au moins à les mettre d'accord en les déterminant à combattre l'un après l'autre. Enfin le parti qui lui semble le plus sage est de faire décider par le sort dans quel ordre chacun d'eux devra combattre.

XLV. — On prépare quatre billets ; sur l'un sont écrits les deux noms de Rodomont et de Mandricard, sur le second ceux de Roger et de Rodomont, sur le quatrième ceux de Mandricard et de Marphise. Il les fait tirer ensuite au hasard, abandonnant la décision à l'aveugle déesse. Le premier billet qui sort de l'urne porte le nom de Mandricard et du prince de Sarze.

XLVI. — Les noms de Mandricard et de Roger sont écrits sur le second billet ; sur le troisième ceux de Roger et Rodomont ; les noms de Mandricard et de Marphise restèrent au fond de l'urne au grand mécontentement de la guerrière. Roger ne paraît pas plus content de son sort ; il sait que la force des deux premiers combattants est telle qu'ils auront bientôt terminé leurs débats, de sorte que ni Marphise ni lui n'auront plus rien à faire.

XLVII. — Dans le voisinage de Paris se trouvait un emplacement d'environ un mille de tour. Il était environné d'une colline circulaire ayant la forme d'un amphithéâtre. On y voyait jadis un château dont il n'existait plus alors que des ruines : le fer et le feu en avaient détruit les toits et les murailles. On peut rencontrer une localité du même genre quand on va de Parme à Borgo.

XLVIII. — Ce lieu présentait pour une lice l'endroit le

plus convenable : on l'avait entouré de palissades peu élevées, formant un carré disposé pour un combat, et selon l'usage on y avait pratiqué deux larges entrées. Au jour fixé par le roi pour le combat des chevaliers, dont aucun ne refusait d'entrer en lice, on dressa les pavillons des deux combattants le long de la palissade et près des barrières.

XLIX. — Le roi d'Alger, à la taille de géant, occupe celui des deux pavillons qui regarde l'occident, son armure est la peau écailleuse d'un dragon, dont il est revêtu par les mains de l'intrépide Ferragus et de Sacripant. Du côté opposé le roi Gradasse et le puissant Falsiron attachent de leurs mains les armes célèbres d'Hector au successeur d'Agrican.

L. — Le roi d'Afrique est assis sur une large et haute estrade, accompagné du roi d'Espagne, de Stordilan, et des chefs éminents que révère l'armée païenne. Heureux ceux des spectateurs qui peuvent trouver un tertre ou quelque arbre élevé au-dessus de la plaine ; car une foule immense se presse de tous côtés et remplit l'enceinte.

LI. — La reine de Castille avait autour d'elle des reines, des princesses et de nobles dames d'Aragon, de Grenade et de Séville. A leurs côtés avait pris place la fille de Stordilan, dont les vêtements étaient tissus de deux étoffes, l'une d'un rose pâle et l'autre d'une belle couleur verte : mais la première est d'une nuance si effacée qu'elle paraît être blanche.

LII. — Marphise avait pris un habit dont les pans étaient relevés comme il convenait à une femme et à une guerrière. Telles parurent sans doute aux rives du Thermodon Hippolyte et sa troupe d'amazones. Déjà un héraut, portant la devise du roi Agramant, était entré dans la lice et avait fait connaître les lois du combat et la défense de venir en aide de paroles ou d'effet à aucun des combattants.

LIII. — La foule épaisse, pressée du désir d'assister au

combat, accusait dans son impatience les deux célèbres chevaliers de lenteur, lorsque l'on entendit partir de la tente de Mandricard une rumeur devenue de plus en plus bruyante. Vous saurez, seigneur, que ce grand tumulte, que ces clameurs dont l'air retentissait avaient pour auteurs le vaillant roi de Séricane et le terrible roi Tartare.

LIV. — Lorsqu'en effet le roi de Séricane eut armé de ses mains le roi de Tartarie, il voulut suspendre à son côté l'épée souveraine qui avait appartenu à Roland ; mais il aperçut tout à coup sur le pommeau le nom de Durandal et les insignes que portait jadis Almont. Roland tout jeune encore les avait enlevés à ce guerrier dans Aspremont au bord d'une fontaine.

LV. — Il ne douta pas à cette vue que ce ne fût l'épée fameuse du comte d'Angers, pour la conquête de laquelle il avait, quelques années auparavant, subjugué le royaume de Castille et vaincu la France avec la plus nombreuse et la plus belle armée qui fût jamais venue de l'Orient. Mais il ne put s'imaginer par quelle aventure elle se trouvait alors entre les mains de Mandricard.

LVI. — Il lui demande s'il a enlevé cette épée au comte Roland par la force ou de son consentement, en quel temps et en quel lieu. « C'est, répond Mandricard, après avoir soutenu un rude combat contre Roland. Mais ce guerrier si fameux a contrefait l'insensé, croyant sans doute cacher ainsi la crainte d'avoir à soutenir contre moi une lutte sans fin tant qu'il conserverait cette épée redoutable.

LVII. — « Il a imité en cela, ajouta Mandricard, le castor qui, pour échapper aux chasseurs, retranche de lui-même et leur abandonne la partie de son corps qui est l'objet de leurs poursuites.» Gradasse n'en écouta pas davantage : « Je ne l'abandonnerai ni à toi ni à personne ! Elle m'appartient. J'ai pour l'acquérir dépensé trop d'or, enduré trop de fatigues et sacrifié un trop grand nombre de mes sujets !

LVIII. — « Tu peux te pourvoir d'une autre épée ;
celle-ci, je la veux, et cela ne doit pas te surprendre.
Que Roland soit un fou ou un sage, je prétends m'en
emparer partout où je la trouverai. Quant à toi, c'est
sur une route et sans témoins que tu te l'es appropriée ;
moi, je veux te la disputer : mon cimeterre fera valoir
mon droit et notre jugement se prononcera dans la lice.

LIX. — « Avant donc que tu puisses t'en servir contre
Rodomont, prépare-toi à en faire la conquête ; avant de
se battre, tout bon chevalier doit, c'est un antique
usage, savoir gagner ses armes — Tu me défies ! dit le
Tartare en relevant la tête, rien ne sonne plus agréa-
blement à mon oreille qu'un appel au combat ! Obtiens
seulement de Rodomont qu'il y consente.

LX. — « Fais en sorte que cette lutte entre nous soit
la première et que le roi de Sarze se contente de soutenir la seconde ; et sois bien sûr que je ne refuserai
de répondre, ni à toi, ni à tout autre guerrier. — Je ne
veux pas, s'écria Roger, que l'on manque à ce qui a
été convenu et que l'on consulte de nouveau le sort ;
que Rodomont se présente le premier dans la lice ou
qu'il n'y vienne qu'après moi.

LXI. — « Si, comme le dit Gradasse, avant de se
servir de ses armes il est indispensable qu'on les gagne,
tu ne peux porter mon aigle aux ailes blanches qu'après
me l'avoir enlevée. Mais puisque j'ai accepté les conditions arrêtées entre nous, j'y demeurerai fidèle ; je ne
combattrai qu'en second lieu, j'y consens, mais pourvu
que le roi d'Alger combatte le premier.

LXII. — « Vous voulez intervertir l'ordre convenu en
un point, je le veux bien ; mais moi je le troublerai
tout à fait. Je prétends ne te laisser mon enseigne qu'à
condition que tu te battras immédiatement contre moi.
— Fussiez-vous, dit Mandricard irrité, l'un et l'autre le dieu
Mars en personne, aucun de vous ne serait capable de
me priver de ma Durandal et de mes nobles enseignes. »

LXIII. — Et aussitôt, emporté par sa fureur, il

tombe à poings fermés sur le roi de Séricane et lui assène sur la main droite un coup si violent qu'il lui fait lâcher Durandal. Gradasse, qui n'aurait pu croire à cet excès d'audace et de folie, fut si étonné de ce coup imprévu, qu'il resta tout ébahi et qu'il fut ainsi privé de sa bonne épée.

LXIV — La honte et la fureur l'enflamment; on dirait que le feu sort de ses yeux; sa douleur est d'autant plus vive et plus poignante, que c'est dans un lieu public qu'il subit un si sanglant outrage. Sa vengeance ne se fera pas attendre : il se porte deux pas en arrière pour tirer son cimeterre. Mais Mandricard, loin de s'effrayer et plus confiant que jamais en sa force, défie en même temps Roger au combat.

LXV. — « Venez tous deux ensemble, leur crie-t-il, que Rodomont fasse le troisième; je saurai tenir tête à l'Afrique, à l'Espagne, à la race humaine tout entière! » Et, en parlant ainsi, le guerrier sans peur faisait tournoyer l'épée d'Almont. Il saisit son écu et plein de dédain et d'orgueil s'avance contre Gradasse et le vaillant Roger.

LXVI. — « Laisse-moi, dit Gradasse à Roger, le soin de punir cet insensé de son extravagance. — Pardieu non, répond Roger, je ne te laisserai pas un combat qui m'appartient, écarte-toi! — Écarte-toi toi-même! » Mais aucun d'eux ne veut céder. Ils crient, et la bataille s'engageait entre ces trois forcenés et allait avoir d'étranges suites.

LXVII. — Mais plusieurs des assistants, s'interposant entre eux, essaient de prévenir les effets de leur rage, ce qui n'était pas sans danger : car ils apprirent à leurs dépens ce qu'il en coûte quelquefois à s'exposer au péril pour en préserver les autres. Le monde entier n'eût pas réussi à les séparer, sans l'arrivée du fils du grand Trojan accompagné du roi d'Espagne. A sa vue, les combattants s'arrêtèrent en lui témoignant le respect et la déférence qui lui étaient dus.

LXVIII. — Agramant voulut connaître le motif qui avait suscité une si ardente querelle. Alors il se donna toutes les peines possibles pour faire consentir Gradasse à permettre à Mandricard de conserver pour un jour l'épée d'Hector, jusqu'à ce qu'il eût terminé lui-même le combat contre Rodomont.

LXIX. — Tandis que le roi Agramant fait ainsi tous ses efforts en s'adressant tantôt à l'un, tantôt à l'autre, pour les apaiser, une nouvelle querelle s'engage dans l'autre pavillon entre Sacripant et Rodomont. Le premier, comme on l'a vu, était auprès de Rodomont avec Ferragus, occupés l'un et l'autre à le revêtir des armes de son aïeul Nemrod.

LXX. — Ils s'étaient dirigés ensuite vers le lieu où se trouvait son ardent coursier, qui d'impatience mordait son frein doré et le couvrait d'écume. Ce cheval était le bon Frontin, pour lequel Roger éprouvait une colère et un dépit plus violents que jamais. Sacripant, à qui avait été confié le soin de l'équiper, regardait avec attention s'il était suffisamment ferré, bien enharnaché et dans un état convenable.

LXXI. — Puis venant à examiner plus en détail les marques et les particularités qui le distinguaient, il reconnut en lui, à ne pouvoir en douter, son propre coursier Frétalont, qui jadis lui avait été si cher et pour lequel il avait soutenu tant de luttes et dont la perte lui avait été si pénible que pendant quelque temps il avait voulu n'aller qu'à pied.

LXXII. — Ce cheval lui avait été dérobé devant Albraque par Brunel, le jour même où celui-ci vola l'anneau d'Angélique, la Dalizarde et le cor de Roland et l'épée de Marphise. De retour en Afrique, il avait donné avec Balizarde ce coursier généreux à Roger, qui depuis lui avait donné le nom de Frontin.

LXXIII. — Convaincu qu'il ne se trompe pas, le roi de Circassie, s'adressant à Rodomont, lui dit : « Sachez, seigneur, que ce cheval est à moi; on me l'a traîtreu-

sement dérobé à Albraque : bon nombre de témoins
pourraient le certifier; mais comme ils sont trop loin de
nous, me voici prêt, si l'on révoque en doute ma parole,
à en soutenir la vérité les armes à la main.

LXXIV. — « Seulement, en considération des rapports qui depuis quelques jours nous lient, je consens
à vous prêter aujourd'hui mon cheval, car sans lui
vous ne pourriez combattre : à une condition toutefois,
c'est que vous reconnaîtrez qu'il m'appartient et que
c'est moi qui vous le prête. N'espérez pas l'avoir, à
moins que vous ne me le disputiez d'abord les armes
à la main. »

LXXV. — Rodomont, le mortel le plus orgueilleux de
la terre parmi les hommes livrés au métier de la guerre, et dont je ne crois pas que dans toute l'antiquité
on puisse trouver le pareil, lui répond : « Sacripant, tout
autre que toi qui m'eût tenu un pareil langage aurait
déjà appris à ses dépens qu'il aurait mieux valu pour lui
être né privé de la parole.

LXXVI. — « Mais, en faveur des rapports que,
comme tu le dis, nous avons eus depuis peu l'un avec
l'autre, je veux bien par déférence pour toi consentir à
ce que tu remettes cette entreprise jusqu'à ce que l'on
ait vu l'effet du combat qui va s'engager entre moi et
le roi de la Tartarie. Ce sera pour toi, je l'espère, une
assez forte leçon pour que tu sois heureux de me dire :
« Garde le cheval. »

LXXVII. — « Tu crois être courtois, dit le Circassien
plein de rage, et tu n'es qu'un brutal. Eh bien, je te le
dis plus clairement et d'une façon plus nette encore :
abandonne toute prétention sur ce cheval : je te défends
de t'en servir tant que je pourrai tenir dans la main
mon épée; j'y emploierai les ongles et les dents si je
ne puis employer contre toi d'autres armes. »

LXXVIII. — Des paroles, ces fiers rivaux en viennent
aux injures, aux menaces, aux cris, à la bataille ! La
colère qui les enflamme s'attache à eux plus rapidement

que le feu à la paille. Rodomont a déjà vêtu le haubert
et le reste de son armure : Sacripant n'a ni plastron ni
cotte de mailles ; mais il sait si bien se servir de son épée
qu'elle suffit pour le défendre et qu'elle semble couvrir son corps.

LXXIX. — Malgré sa vigueur et sa férocité, Rodomont
ne peut lutter avec succès contre l'habileté, la dextérité
et la vigilance qui, chez Sacripant, suppléent à la force.
La roue de la meule qui écrase le grain ne se meut pas
avec autant de rapidité que ne le fait Sacripant, portant
la main ou le pied tantôt d'un côté, tantôt de l'autre,
partout où il en sent le besoin.

LXXX. — Mais Ferragus, mais Serpentin, tirent
leurs épées et se jettent hardiment entre les deux com -
battants. Le roi Grandonio, Isolier, beaucoup d'autres
seigneurs sarrasins en font autant. Telle était la cause
de la rumeur qui fut entendue dans l'autre pavillon, où
les plus grands et les plus inutiles efforts étaient faits
pour accorder ensemble Roger, le roi tartare et le roi
de Séricane.

LXXXI. — En apprenant la nouvelle de la dispute
élevée entre Rodomont et Sacripant et du terrible assaut
qu'ils se livraient à l'occasion du cheval, le roi Agramant
était accouru. Confus de ces discordes, il dit à Marsile :
« Veillez ici sur ces guerriers pour qu'il n'arrive rien
de fâcheux, tandis que je vais essayer moi-même de
calmer l'orage qui gronde de l'autre côté »

LXXXII. — A la vue du roi son seigneur, Rodomont
réprime son orgueil et fait un pas en arrière. Le roi de
Circasssie se retire devant lui avec un égal respect.
Agramant leur demande d'un air majestueux et d'une
voix calme et grave la cause de tant de colère, et,
quand il en apprend le sujet, il s'efforce de les mettre
d'accord, mais sans pouvoir y parvenir.

LXXXIII. — Le Circassien ne veut pas laisser son
cheval aux mains de Rodomont, à moins que celui-ci
n'abaisse son orgueil en le priant de le lui prêter ; mais,

avec son insolence habituelle, Rodomont lui répond :
« Ni toi ni le ciel lui-même ne pourrez obtenir que
je demande à un autre ce que je puis devoir à ma
valeur. »

LXXXIV. — Le roi des Sarrasins demande au Circassien quels sont ses droits sur le cheval et comment
il lui a été ravi. Le guerrier lui expose le fait dans tous
ses détails, et ne peut s'empêcher de rougir quand il
vient à raconter comment un adroit larron, le voyant
enseveli dans une rêverie profonde, soulevant la selle
qu'il montait sur quatre pieux, avait enlevé de dessous
lui son cheval, ainsi dépouillé de son harnais.

LXXXV. — Marphise, que les cris avaient attirée
comme les autres, entendant raconter le vol du cheval,
fut tout émue. Elle se souvint que le même jour elle
avait perdu son épée, et elle reconnut en même temps
le cheval qui pour éviter sa poursuite semblait avoir eu
des ailes. Enfin elle reconnut encore le vaillant Sacripant, dont jusqu'alors elle ne s'était pas bien remis les
traits.

LXXXVI. — Les autres assistants, qui avaient plus
d'une fois entendu Brunel se vanter de ces larcins,
commencèrent à tourner leurs regards de son côté et à
faire connaître par leurs signes que c'était là le voleur.
Marphise en avait eu déjà quelque soupçon. Les informations qu'elle recueille de côté et d'autre lui font
découvrir que celui qui lui a dérobé son épée est
Brunel.

LXXXVII. — Elle apprit en même temps qu'en
récompense d'un vol qui méritait à son auteur la corde
et la potence, le roi Agramant, chose inouïe, lui avait
donné le royaume de Tingitane. A ce récit, la guerrière
sent se réveiller son ancien dépit ; elle prend la résolution de se venger sans délai et de punir les railleries et
les outrages que le ravisseur s'était pendant la route
permis à son égard.

LXXXVIII. — Déjà tout armée, elle ordonne à son

écuyer de lui lacer son casque. Depuis le jour où la guerrière, dont l'intrépidité surpassait toute croyance, avait revêtu pour la première fois la cuirasse, je ne crois pas qu'on l'eût vue un seul jour sans cette armure. Le casque en tête, elle court vers l'estrade où Brunel s'était assis, au milieu des chefs de l'armée et sur les gradins les plus élevés.

LXXXIX. — Elle l'empoigne tout d'abord par le milieu du corps et l'enlève de terre aussi facilement que l'aigle enlève dans ses serres recourbées un misérable poulet, et elle le porte ainsi jusqu'à la place où siégeait le fils du roi Trojan. Brunel, effrayé d'être tombé dans des mains aussi redoutables, ne cesse de crier et de demander merci.

XC. — A travers les rumeurs, les frémissements et les cris de la foule répandue dans toutes les parties du camp, Brunel, implorant tantôt la pitié, tantôt aide et protection, se fait si bien entendre qu'au bruit de ses plaintes et de ses lamentations on se rassemble en masse autour de lui. La fière Marphise arrivée devant le roi d'Afrique lui parle en ces termes :

XCI. — « Je veux pendre moi-même par le cou ce drôle qui est ton vassal. C'est lui qui, le même jour où il vola le cheval de ce prince, m'a aussi dérobé mon épée. Est-il ici quelqu'un qui ose dire que j'ai tort? qu'il se présente et qu'il dise un seul mot : je soutiendrai en ta présence, ô roi, qu'il en a menti et que je fais ici ce que je dois.

XCII. — « Mais je ne veux pas qu'on m'accuse d'avoir attendu pour punir ce voleur l'instant où les guerriers les plus fameux de ton armée ont à vider leurs propres querelles ; j'attendrai trois jours avant d'exécuter mes menaces. Alors, tu pourras venir toi-même ou envoyer quelqu'un pour le défendre, et s'il ne se trouve personne pour en empêcher, je ferai de son corps un régal pour mille oiseaux de proie.

XCIII. — « A trois lieues d'ici se trouve une tour

qu'encadre un petit bosquet, je m'y tiendrai avec une de mes suivantes et un seul écuyer. Si quelqu'un se sent assez fort pour venir m'enlever ce voleur, qu'il vienne, je l'attendrai ! » Sans dire rien de plus et sans attendre de réponse, Marphise prit la route qu'elle venait d'indiquer.

XCIV. — Brunel, qu'elle avait saisi par les cheveux et courbé sur le cou de son cheval, ne cessait de pousser des cris et des gémissements lamentables, appelant par leurs noms tous ceux de qui il pouvait attendre quelque secours. Agramant, au milieu de la confusion causée par tant de querelles diverses, ne sait comment il pourra y mettre un terme. Ce qui lui cause le plus de dépit, c'est la manière dont Marphise lui a enlevé Brunel.

XCV. — Ce n'est pas qu'il éprouve pour lui la moindre estime ou le plus petit attachement ; il l'a pris au contraire en aversion depuis quelque temps, et il a eu plusieurs fois envie de le faire pendre depuis qu'on lui avait enlevé son anneau. Mais l'acte de Marphise était si blessant pour son honneur que la honte lui monta au front et qu'il voulait sur-le-champ la suivre lui-même et venger l'outrage qu'elle venait de lui faire.

XCVI. — Mais le roi Sobrin, présent à cette scène, fit tous ses efforts pour le dissuader de faire une pareille démarche. Il lui représenta qu'elle ne convenait nullement à la majesté d'un chef suprême. Eût-il l'espoir et même la certitude d'en sortir vainqueur, il y aurait pour lui moins d'honneur que de honte si l'on pouvait dire qu'il s'était donné tant de peine pour ne triompher que d'une femme.

XCVII. — Un tel combat lui procurerait peu de gloire et ne serait pas d'ailleurs sans danger. Le meilleur conseil que l'on pût lui donner était de laisser attacher Brunel au gibet, et lors même qu'il croirait n'avoir besoin que d'un seul mouvement de ses yeux pour lui épargner la potence, il ne faudrait pas le faire pour empêcher que la justice suivît cours.

XCVIII. — « Envoyez à Marphise, ajouta Sobrin, un messager, pour la prier de soumettre cette affaire à votre tribunal en promettant que ce larron n'échappera pas au supplice de la corde et que vous donnerez ainsi satisfaction à la guerrière. Si elle s'obstine à vous le refuser, qu'elle le garde et fasse de lui ce qu'il lui plaira. Pour conserver son amitié, laissez-lui, s'il le faut, pendre Brunel et tous les autres voleurs. »

XCIX. — Les sages avis du prudent Sobrin convainquirent Agramant et il consentit volontiers à laisser Marphise sans la poursuivre et sans permettre à qui que ce fût d'aller l'insulter. Il ne voulut même pas qu'on employât auprès d'elle la prière. Il se contint (Dieu sait combien il lui fallut de courage !) afin de pouvoir apaiser de plus graves dissentiments et faire cesser le trouble qui régnait dans tout son camp.

C. — Tout ce désordre fit rire la méchante Discorde qui ne craignit plus désormais de voir régner entre tous ces guerriers paix ou trêve. Dans la joie qui la possède et qui déborde, elle court de côté et d'autre au milieu de l'enceinte. L'Orgueil, partageant cette joie, saute et se pavane à son exemple. Elle attise encore les feux, leur jette des aliments nouveaux, et le cri de triomphe qu'elle pousse pénètre jusqu'au séjour céleste et vient annoncer sa victoire à l'archange Michel.

CI. — A cet épouvantable cri, à ces terribles accents, Paris tremble et la Seine est troublée. Le bruit retentit jusqu'à la forêt des Ardennes et fait sortir de leurs retraites les animaux qui l'habitent. Les Alpes et les Cévennes l'entendent ; les rivages de Blaye, d'Arles et de Rouen en sont frappés ; les eaux du Rhône, de la Saône, de la Garonne et du Rhin en répètent les échos, et les mères effrayées pressent leurs enfants contre leur sein.

CII. — Les cinq chevaliers avaient résolu que leur querelle serait la première à se vider, et leurs débats étaient tellement embrouillés qu'Apollon lui-même n'aurait pu les démêler. Le roi Agramant voulut d'abord mette fin à la première dispute dont le sujet lui avait été exposé : celle qu'avait suscitée entre le roi de Scythie et celui de l'Afrique la fille de Stordilan.

CIII. — Il alla de l'un à l'autre, à vingt différentes reprises, pour les mettre d'accord : à tous deux il fit entendre les représentations d'un maître juste et d'un bon frère ; mais il trouva l'un et l'autre également sourds à sa voix et s'obstinant avec la même opiniâtreté à ne pas vivre séparés de la beauté dont ils se disputaient la possession.

CIV. — Il s'arrêta enfin au parti qui lui sembla le meilleur et qu'agréèrent les deux amants ; ce fut de donner la belle princesse à celui des deux qu'elle choisirait elle-même, à condition que l'on exécuterait sans y rien changer tout ce qu'elle aurait prescrit. Comme chacun d'eux espérait avoir la préférence, ils accueillirent cette proposition.

CV. — Le roi de Sarze qui, longtemps avant Mandricard avait été amoureux de Doralice et avait reçu d'elle les marques de faveur les plus éclatantes que puisse donner une femme honnête, ne douta pas qu'elle prononçât la décision à laquelle était attaché son bonheur ; et il n'était pas le seul qui eût cette confiance, elle était partagée par toute l'armée des Sarrasins.

CVI. — Il n'était personne qui ignorât ce qu'il avait fait pour elle dans les joutes, les tournois ou la guerre ; et Mandricard, pour s'être soumis à une pareille convention, passa à tous les yeux pour l'homme le plus extravagant du monde. Mais celui-ci qui s'était trouvé plus d'une fois auprès de Doralice lorsque la lumière du soleil avait cessé d'éclairer la terre, et qui savait avec certitude à quoi s'en tenir, riait en lui-même des vains jugements de l'ignorant populaire.

CVII. — Les deux illustres rivaux ratifièrent cet accord entre les mains du roi et se rendirent ensuite auprès de la jeune fille, qui, baissant les yeux avec pudeur, déclara que c'était au roi de Tartarie qu'elle don-

naît son cœur. Ce choix remplit d'un étonnement profond toute l'assistance. Mais la surprise et la confusion
de Rodomont furent telles qu'il n'osa lever les yeux.

CVIII. — Son trouble cependant dura peu, et la colère
à laquelle il était si sujet bannissant la honte qui lui avait
fait monter la rougeur au front, il appela cette sentence
injuste et abusive, saisit l'épée qu'il portait à son côté, et
déclara en présence du roi et de toute l'assemblée que
c'était de cette épée que devait dépendre la perte ou le
gain de sa cause plutôt que du caprice d'une femme
toujours portée à agir contre ce que prescrit le devoir.

CIX. — « Comme tu voudras ! » s'écrie Mandricard en
s'avançant vers lui. Aussi, avant que l'on entrât au
port, il aurait fallu parcourir encore sur la mer un long
espace, si le roi Agramant n'eût donné tort à Rodomont
en lui représentant qu'il ne pouvait plus pour cette querelle provoquer Mandricard. Il se vit donc forcé de calmer sa fureur.

CX. — Après avoir subi en un seul jour un double
affront en présence de tant d'illustres personnages, l'un
de son souverain devant qui le respect le forçait à s'incliner, l'autre de la part d'une femme, Rodomont ne voulut plus demeurer en un tel lieu. De toute la troupe qu'il
commandait il ne prit que deux hommes d'armes et s'é-
loigna soudain des tentes sarrasines.

CXI. — De même qu'un taureau quitte en frémissant
le lieu où il a été forcé de céder au vainqueur la génisse
qu'il aime, s'en va loin des pâturages chercher les forêts,
les retraites les plus désertes, ou les sables les plus
arides, et là ne cesse nuit et jour de faire entendre des
gémissements plaintifs, sans parvenir à éteindre la rage
amoureuse qui le possède : de même s'éloigne, abîmé
dans la plus amère douleur, le roi d'Alger abandonné
par sa maîtresse.

CXII. — Roger le voit partir et il se dispose à lui
reprendre son bon cheval ; il avait déjà pris ses armes,
lorsqu'il se souvint de Mandricard contre lequel il devait

se battre. Il laissa donc aller Rodomont et revint pour entrer en lice avec le Tartare, prévenant ainsi le roi de Séricane qui avait à disputer Durandal contre ce même guerrier.

CXIII. — Il voit sans doute avec chagrin s'éloigner son cheval Frontin, qui lui est enlevé sous ses yeux sans qu'il puisse s'y opposer; mais il se propose bien d'aller le reprendre aussitôt qu'il aura mis fin à sa querelle. Sacripant, qui n'est pas arrêté par un semblable motif, croit n'avoir rien de mieux à faire que de suivre les traces de Rodomont.

CXIV. — Il l'aurait atteint sans doute s'il n'eût été retenu par une étrange aventure qu'il rencontra en chemin et qui, le forçant de demeurer jusqu'au soir, lui fit perdre la piste qu'il suivait. Il rencontra une dame qui venait de tomber dans la Seine et était en danger de périr si personne ne venait à son secours. S'élancer dans la rivière et l'amener sur le rivage ne fut que l'affaire d'un moment.

CXV. — Il voulut alors remonter en selle; mais son coursier ne l'ayant pas attendu, il fut forcé de courir jusqu'au soir pour le rattraper et ce ne fut qu'avec beaucoup de peine qu'il y parvint. Lorsqu'il s'en fut saisi, il lui fut impossible de revenir au lieu où il avait quitté le chemin, et avant de rejoindre Rodomont il fit peut-être deux cents milles à travers les plaines et les montagnes.

CXVI. — Où le rencontra-t-il et comment s'engagea entre eux une lutte dont Sacripant ne sortit pas à son avantage? comment même perdit-il son cheval et fut-il fait prisonnier? C'est ce que je ne raconterai pas pour le moment. J'ai besoin de vous dire d'abord de quel courroux, de quelle rage le cœur de Rodomont était enflammé contre sa dame et contre le roi Agramant, lorsqu'il sortit du camp, et quelles injures il exhala contre l'un et l'autre.

CXVII. — Les soupirs enflammés du triste Sarrasin

embrasaient tous les lieux par lesquels il passait : souvent, du creux des rochers, la nymphe Écho, touchée de compassion, répondait à ses accents douloureux : « Esprit féminin, s'écriait-il, avec quelle facilité tu changes, comme tu es inconstant et variable ! Ta nature est tout l'opposé de la fidélité : malheureux, cent fois malheureux celui qui se fie en toi !

CXVIII. — « Quoi ! ni ce long esclavage, ni cet immense amour dont je t'ai donné tant de preuves éclatantes, n'ont pas eu le pouvoir de fixer ton cœur ou du moins de l'empêcher de changer si vite ! Ce n'est pas sans doute parce que je suis inférieur à Mandricard que tu m'as abandonné. Non, je ne puis trouver qu'une seule raison à ton inconstance et à mon malheur, c'est que tu es une femme.

CXIX. — « Sexe infâme ! je crois que Dieu et la nature ne t'ont fait naître que pour être le fléau et le châtiment de l'homme, qui sans toi serait heureux. C'est dans le même dessein qu'ils ont produit le cruel serpent, le loup, l'ours et qu'ils ont rempli l'espace de mouches, de guêpes, de taons et de cousins, qu'ils ont fait naître dans les champs parmi les grains salutaires les chardons et les plantes malfaisantes.

CXX. — « Pourquoi la bienfaisante nature n'a-t-elle pas voulu que l'homme pût naître sans toi, de même que, par son art ingénieux, l'homme greffe l'un sur l'autre le poirier, le cormier et le pommier ? Mais, je le vois bien, la nature ne produit rien de parfait, et d'ailleurs son nom même ne prouve-t-il pas qu'elle ne peut créer que des choses imparfaites, puisqu'elle appartient au sexe féminin !

CXXI. — « Ne soyez pas, ô femmes, assez fières et assez orgueilleuses pour vous vanter d'être les mères de l'homme : c'est du milieu des épines que naissent les roses, c'est du milieu d'une herbe fétide que sort le lis éclatant de blancheur. Importunes, superbes, dédaigneuses, ne connaissant ni l'amour, ni la fidélité, ni la

raison, téméraires, cruelles, injustes, ingrates, vous
êtes nées pour être éternellement le fléau du monde! »

CXXII. — C'est par de telles plaintes et par mille
autres encore plus amères que le roi de Sarze exprimait
sa colère contre le sexe qu'il accablait de ses outrages,
tantôt à voix basse, tantôt par des imprécations qui se
faisaient entendre au loin. En cela, certainement, il manquait de raison, car pour une ou deux femmes coupables
on doit croire qu'on en trouvera cent dignes de respect
et d'amour.

CXXIII. — Pour moi, bien que parmi toutes celles
que j'ai aimées jusqu'ici, je n'en aie jamais trouvé une
seule fidèle, je me garderais bien de les considérer
toutes comme ingrates et perfides : je préfère en accuser
ma malheureuse destinée. Il en existe aujourd'hui, il
en a existé jadis un grand nombre qui n'ont donné aux
hommes aucun sujet de plaintes ; mais ma méchante
fortune a voulu que si sur trois cents il s'en est trouvé
une de mauvaise, c'est moi qui ai été sa victime.

CXXIV. — Mais je veux avant de mourir, avant
même que mes cheveux blanchissent, tant chercher que
peut-être aurai-je le bonheur de dire aussi que j'en ai
rencontré une capable de fidélité ; si cela m'arrive (et je
n'en perds pas l'espérance), je ne me lasserai jamais de
vanter sa vertu, et, pour célébrer sa gloire, je mettrai à
son service ma langue, ma plume, mes vers et ma
prose !

CXXV. — Rodomont n'avait pas moins de ressentiment contre son roi que contre sa maîtresse, et il dé-
passait les bornes de la raison en s'en prenant à lui
aussi bien qu'à elle. Dans sa fureur, il voudrait que son
royaume fût accablé de tant de maux et assailli par de
si terribles orages que dans l'Afrique désolée il ne restât
pas pierre sur pierre.

CXXVI. — Il voudrait qu'Agramant, banni de son
royaume, menât dans le deuil, la douleur et la mendicité
une vie misérable, afin de pouvoir lui-même le rétablir

sur le trône de ses aïeux et lui rendre toutes ses pos
sessions, lui donnant ainsi un exemple de sa fidélité,
pour lui apprendre qu'un ami véritable, qu'il ait tort ou
raison, doit être préféré à tout, lors même qu'il aurait
contre lui le monde entier.

CXXVII. — C'est ainsi que le Sarrasin, s'emportant
tour à tour contre son roi et contre sa dame, chevauchait,
le trouble et la colère dans l'âme, à grandes journées
et sans s'arrêter, sans laisser à son cheval Frontin aucun
moment de repos. Il se trouva quelques jours après sur
les bords de la Saône ; il se dirigeait vers la mer de
Provence, dans le dessein de s'embarquer pour l'Afrique
et de rentrer dans son royaume.

CXXVIII. — D'une rive à l'autre le fleuve était couvert
de barques et de vaisseaux légers, amenant pour le service
de l'armée des vivres que l'on faisait venir de plusieurs
lieux ; car les Sarrasins avaient alors en leur pouvoir
toute la campagne qui se trouvait à droite en venant de
Paris jusqu'aux délicieux parages d'Aigues-Mortes et en
tournant vers l'Espagne.

CXXIX. — Une fois retirés des bateaux, ces vivres
étaient chargés sur des chariots et des bêtes de somme,
et transportés avec une escorte dans tous les lieux où
les barques ne pouvaient pénétrer. De gras troupeaux,
amenés de diverses contrées, remplissaient les bords du
fleuve, et leurs conducteurs avaient tout autour établi
des auberges dans lesquelles ils se rendaient chaque
soir.

CXXX. — Le roi d'Alger, surpris en ce lieu par la
nuit, par un temps obscur et ténébreux, accepta l'offre
d'un hôtelier qui l'invita à descendre chez lui. Lorsque
l'on eut fait rafraîchir son cheval, on servit au roi différents mets et des vins de Corse et de Grèce ; car le Sarrasin, qui pour tout le reste était demeuré fidèle aux
coutumes mauresques, avait voulu boire comme les Français.

CXXXI. — L'hôtelier, jugeant qu'il avait affaire à

quelque chevalier illustre et plein de valeur, traita le mieux qu'il put Rodomont et lui fit l'accueil le plus distingué. Mais le roi de Sarze, concentré en lui même et n'étant pas ce soir le maître de son cœur, qui malgré lui se portait sans cesse vers celle qui jadis lui appartenait, gardait un profond silence.

CXXXII. — L'honnête aubergiste, l'un des plus habiles de France, car il avait su conserver ses biens et sa maison au milieu de tant de nations étrangères et ennemies, avait avec lui quelques-uns de ses parents qu'il avait fait venir pour l'aider dans le service : mais aucun d'eux, en voyant le Sarrasin muet et pensif, n'osait élever la voix.

CXXXIII. — De pensées en pensées, l'esprit du roi sarrasin se perd et s'égare bien loin de lui. Ses regards abaissés vers la terre ne se lèvent jamais; il ne s'arrêtent sur personne. Enfin, après être resté longtemps immobile, il fait entendre un soupir, comme un homme qui se réveille d'un profond sommeil; il s'agite, il lève les yeux et ses regards se portent sur l'hôte et sur sa famille.

CXXXIV. — Rompant alors le silence, il demande d'un air plus calme et plus doux à l'hôte et à ceux qui l'entourent si quelques-uns d'entre eux étaient mariés. On lui répondit que tous l'étaient, ainsi que le maître de la maison. Il leur demanda alors quelle était l'opinion de chacun d'eux sur la fidélité de leurs femmes.

CXXXV. — Tous, excepté l'hôte, répondirent qu'ils les croyaient bonnes et vertueuses. « Chacun, dit l'hôte, peut croire ce qu'il veut; mais pour moi je sais que vous êtes tous dans l'erreur. Votre sotte confiance me prouve que vous êtes tous dénués de raison; et si ce seigneur ne veut pas vous faire prendre du noir pour du blanc, je suis sûr qu'il est de mon avis.

CXXXVI. — « Car comme il n'y a dans le monde qu'un seul Phénix et qu'il n'en existe jamais plus d'un à la fois, de même il n'y a jamais qu'un seul homme qui puisse échapper aux trahisons de sa moitié. Chacun se croit assez privilégié pour jouir seul d'un avantage si rare. Comment serait-il donc possible que tous eussent ce bonheur, puisqu'il ne peut être jamais que le partage d'un seul?

CXXXVII. — « J'ai longtemps partagé votre erreur; je croyais qu'il pouvait exister plus d'une femme fidèle; mais un gentilhomme de Venise, qu'un heureux hasard me fit rencontrer, me fit sentir en me citant une foule d'exemples combien était grande mon ignorance. Il se nommait Jean François Valério : je n'ai jamais oublié son nom.

CXXXVIII. — « Il connaissait parfaitement les ruses employées ordinairement par les femmes légitimes et par les maîtresses. A ce sujet il racontait des histoires anciennes et modernes, et des aventures dans lesquelles il avait été instruit par son expérience personnelle. Elles me démontraient qu'une femme véritablement chaste, dans l'indigence ou dans la richesse, ne s'est jamais vue, et que s'il s'en rencontre une qui paraisse être plus sage qu'une autre, c'est qu'elle a eu plus d'habileté pour cacher son jeu.

CXXXIX. — « Parmi ces histoires (il m'en conta un si grand nombre que je ne pourrais m'en rappeler le tiers) il en est une qui s'est si bien gravée dans ma mémoire, qu'elle ne pourrait l'être plus profondément dans le marbre. Quiconque la connaîtra ne pourra manquer de partager l'opinion qui m'est restée sur ces scélérates. Et s'il vous plaît, seigneur, de l'entendre, je vais, à leur grande confusion, vous la raconter. »

CXL. — Le Sarrasin lui répondit : « Que pourrais-tu faire de mieux en ce moment, pour mon amusement et ma joie, que de me raconter des histoires ou de me citer des exemples qui s'accordent si bien avec mes sentiments? Viens donc t'asseoir près de moi, que je te regarde en face, afin que je sois plus à portée de t'entendre et que tu puisses toi-même me la raconter plus à ton aise. » Mais ce n'est que dans le chant qui suit que je vous rapporterai ce que l'hôte raconta à Rodomont.

CHANT VINGT-HUITIÈME

ARGUMENT

Histoire de Joconde et d'Astolphe, roi des Lombards, racontée par un aubergiste et interrompue par Rodomont. — Celui-ci arrive à Montpellier où il trouve Isabelle qui y amenait le corps de Zerbin. — Il en devient amoureux.

I. — Belles dames, et vous qui faites profession d'une grande estime pour le beau sexe, gardez-vous de prêter l'oreille à l'histoire que l'aubergiste se disposait à raconter, histoire qui jette sur la plus belle moitié du genre humain le mépris et l'ignominie, quoiqu'il ne puisse être porté aucune atteinte à son honneur par une langue si vile. On sait combien est ancienne l'habitude qu'a le vulgaire ignorant de blâmer tout à tort et à travers et de parler le plus hardiment des choses qu'il ne peut comprendre.

II. — Vous pouvez passer ce chant sans le lire : la suite de notre poëme n'en sera pas moins claire et n'en souffrira pas. J'ai emprunté ce récit à Turpin; si je le reproduis, ce n'est nullement dans un esprit de malice et de persiflage. Les dames savent combien je les aime; je leur en ai donné plus d'une preuve. Je ne fus jamais pour elles avare d'éloges : mon cœur leur sera toujours dévoué, et il m'est impossible de n'être pas tout entier à leur service.

III. — Que l'on passe sans lire un seul vers, je le

répète, ou trois ou quatre feuillets; mais que ceux qui auront le courage de les lire n'y attachent pas **plus** d'importance et de foi qu'à un conte fait à plaisir, à **un** récit frivole et sans conséquence. Je poursuis donc, **en** vous rappelant que, voyant son auditeur disposé à l'écouter, l'hôte prit place auprès du chevalier et commença son récit en ces termes :

IV. — « Astolphe, roi des Lombards, celui à qui son frère laissa la couronne pour devenir moine, était doué dans sa jeunesse d'une beauté si merveilleuse que peu d'hommes ont pu jusqu'à présent en atteindre la perfection. C'est à peine si Apelle, Zeuxis ou tout autre artiste plus fameux, s'il en exista jamais, eussent pu avec leur pinceau égaler sa beauté. Mais s'il était charmant, si tous ceux qui le voyaient le trouvaient tel, il le croyait bien plus lui-même.

V. — « Il était moins fier d'être par son rang élevé au-dessus de tous les autres et de surpasser tous les princes ses voisins par le nombre de ses sujets, sa puissance et ses richesses, que de se voir placé au-dessus de tous les hommes par sa grâce et sa beauté. De tous les éloges qu'on lui adressait, nul ne lui faisait autant de plaisir que ceux que cette beauté lui attirait.

VI. — « De tous les jeunes gens de la cour celui qui lui plaisait le plus était un chevalier romain, nommé Fausto Latini, auquel il avait plus d'une fois vanté les charmes de son visage ou l'élégance de ses mains. Il lui demanda un jour s'il avait jamais connu, ou de près ou de loin, un homme aussi bien fait et aussi beau que lui. Il ne s'attendait pas à la réponse que reçut sa demande.

VII. — « Je vous dirai que, d'après ce que je vois et d'après le témoignage universel, il existe dans le monde peu d'hommes dont la beauté égale la vôtre, et ce peu je le réduis à un seul : c'est un frère que j'ai et que l'on nomme Joconde. Excepté lui, je crois volontiers que tous doivent vous céder la palme; mais lui seul, j'ose le dire, vous égale en ce point, si même il ne vous surpasse. »

VIII. — « La chose parut impossible au roi, qui jusqu'alors s'était regardé comme supérieur au reste des hommes. Il éprouva le désir de connaître le jeune homme dont on faisait un si brillant éloge. Il détermina Fausto à lui promettre de lui présenter ce frère, quoiqu'il entrevît qu'il aurait quelque peine à le décider, et voici la raison qu'il en donna :

IX. — « Mon frère, dit-il, est un homme qui n'a jamais mis le pied hors de Rome, depuis qu'il est au monde. Son unique désir est de continuer à y vivre tranquille et sans trouble, se contentant des biens que lui a donnés la fortune. Le voyage de Pavie serait pour lui aussi pénible que le serait pour un autre celui de Tartarie.

X. — « Mais la plus grande difficulté est de le déterminer à se séparer de l'épouse à laquelle l'attache un amour si tendre qu'il ne pourrait avoir d'autre volonté que la sienne. » Cependant pour complaire au prince, son seigneur, Fausto lui promit de partir et d'aller faire tout son possible pour amener son frère. Les dons et les promesses que le roi ajouta à ses prières le mirent dans l'impossibilité de refuser.

XI. — « Il partit, et quelques jours après il se trouvait à Rome, dans la maison paternelle. Ses instances auprès de son frère furent telles qu'il triompha de sa répugnance et lui fit promettre de se rendre à Pavie. Il fit plus, il réduisit au silence sa belle-sœur (chose bien plus difficile) en lui représentant combien ce voyage pourrait être utile à son frère. De plus, elle pourrait compter sur sa reconnaissance personnelle, si elle laissait partir son époux.

XII. — « Joconde fixa le jour de son départ, se procura des chevaux et des serviteurs, se pourvut d'habillements convenables pour qu'il parût avec éclat à la cour, sachant combien la parure fait ressortir la beauté.

Sa femme tout en pleurs pendant le jour et la nuit à ses côtés, lui répète qu'elle ne pourra supporter sa longue absence sans en mourir.

XIII. — « A cette seule pensée, elle sent que toutes les fibres de son cœur se brisent dans sa poitrine. « Ame de ma vie, lui disait Joconde, ne pleure pas (lui-même ne pouvait retenir ses larmes). Ce voyage sera aussi heureux qu'il est certain qu'avant deux mois je me trouverai dans tes bras ; quand bien même le roi me donnerait la moitié de son royaume, il ne me ferait pas dépasser ce terme d'un seul jour. »

XIV. — « Ces assurances ne consolèrent pas l'épouse affligée. Ce terme lui parut encore trop long et ce serait un grand miracle s'il ne la trouvait morte à son retour. La douleur qui la presse jour et nuit ne lui permet ni de prendre la nourriture ni de fermer les yeux. Ému d'une tendre pitié, Joconde se repentit d'avoir fait la promesse que lui avait arrachée son frère.

XV. — « Elle détache de son cou un collier auquel était suspendue une croix enrichie de pierreries et qui contenait de saintes reliques recueillies en différents lieux par un pèlerin de Bohème. Celui-ci, arrivé malade dans la maison du père de la dame, y étant mort, fit de lui son héritier. C'est cette croix précieuse qu'elle donne à son époux.

XVI. — « Elle le supplie de la porter à son cou, par amour pour elle, et pour que son souvenir ne cesse de lui être présent. Le mari accepta le don en protestant qu'il n'était pas nécessaire pour lui rappeler sa ten-dresse, car ni le temps, ni l'absence, ni la bonne ni la mauvaise fortune n'étaient capables d'effacer une mé-moire si profondément gravée dans son cœur qu'il l'emporterait avec lui dans la tombe.

XVII. — « La nuit qui précéda l'aurore du jour fixé pour le départ de Joconde, sa femme éplorée faillit expirer dans les bras du cher époux dont il fallait se séparer. Elle ne ferma pas l'œil de toute la nuit, et enfin

quand arriva l'heure suprême du départ, le mari lui fit
ses adieux, monta à cheval et sa femme regagna tristement son lit.

XVIII. — Joconde n'avait pas fait deux milles qu'il
se souvint de la croix qu'il avait placée la veille sous son
oreiller et qu'il avait oublié de prendre. « Malheureux
que je suis, se dit-il, comment trouver à cet oubli une
excuse satisfaisante ? Comment apaiser ma femme, qui
croira que je fais si peu de cas de sa tendresse infinie ? »

XIX. — « Il a beau faire, il ne trouve aucune excuse
qui puisse réussir à le justifier, à moins qu'il n'aille la
lui porter lui-même, au lieu d'envoyer à la maison quelque valet et quelques gens de sa suite. Il s'arrête et dit
à son frère : « Continue ta route et rends-toi sans te
presser jusqu'à la première hôtellerie de Bacciano, car
il faut absolument que je retourne à Rome, je te rejoin-
drai certainement sur la route.

XX. — « Personne ne pourrait y aller pour moi ; mais
sois sans inquiétude : je t'aurai bientôt rejoint. » En lui
disant adieu, il retourna son cheval vers Rome, où il le
mena au trot sans vouloir être accompagné d'aucun domestique. Déjà au moment où il traversait le Tibre, le
soleil commençait à chasser devant lui les ombres de la
nuit. Il descend à sa maison, va au lit où sa femme devait dormir du plus profond sommeil.

XXI. — « Il ouvre les rideaux sans rien dire et il devient témoin d'une chose à laquelle il ne s'attendait guère.
Sa chaste, sa fidèle moitié avait entre les bras un jeune
homme couché avec elle sous la couverture. Joconde reconnut en lui un jeune drôle qu'il avait pris dans une
famille obscure pour l'admettre au nombre des gens de
sa maison.

XXII. — « A cette vue, il demeura stupéfait, et peu
satisfait, on peut le penser. En pareil cas il vaut mieux
croire le fait sur la foi d'autrui que de faire soi-même
l'expérience, comme, malheureusement pour lui, l'éprouva
Joconde. Dans le premier moment de colère il était prêt

a tirer son épée et à tuer les deux coupables. Il n'en fit rien, tant était puissant l'amour qu'il ressentait encore pour son ingrate moitié.

XXIII. — « Le traître amour, dont il s'était fait l'humble vassal, ne lui permit pas même de la réveiller, afin de ne pas lui causer la douleur d'avoir été surprise en flagrant délit. Il sortit de l'appartement le plus doucement qu'il put, descendit les degrés et remonta sur son cheval. Celui-ci piqué par les pointes de l'éperon, comme son maître l'était par les pointes de l'amour, l'emporta avec une telle vitesse qu'il rejoignit son frère avant qu'il ne fût arrivé à l'auberge.

XXIV. — « Chacun s'aperçut de l'altération de ses traits, sa tristesse parut à tous les yeux ; mais personne n'en soupçonna la cause et ne put, même de loin, pénétrer son fatal secret. On croyait qu'il était allé à Rome et le pauvre mari avait été à *Cornéto*. On pouvait se douter que l'amour était pour beaucoup dans sa tristesse ; mais comment et dans quel mesure ? Nul n'aurait pu le dire.

XXV. — « C'était, pensa son frère, la douleur d'avoir laissé son épouse. Hélas ! pouvait dire l'époux, c'était le chagrin de l'avoir trouvée trop bien accompagnée. Le malheureux, le front plissé et les lèvres gonflées, demeure immobile, les yeux fixés vers la terre. Fausto fait tous ses efforts pour le consoler ; mais, ignorant pourquoi il s'afflige, il ne peut y réussir.

XXVI. — « Pour panser sa blessure, il emploie des remèdes qui lui sont contraires et il ne fait qu'irriter et accroître le mal au lieu de le guérir. Il ne fait que lui rappeler le souvenir de sa femme. Joconde ne trouve de repos ni la nuit ni le jour, il perd le sommeil et l'appétit ; rien ne peut calmer sa douleur, et son visage, auparavant si gracieux et si beau, est tellement changé qu'on ne le reconnaît plus.

XXVII. — « Ses yeux, creusés par le chagrin, semblent s'enfoncer dans sa tête ; son nez s'allonge sur son visage décharné ; sa beauté a disparu et il lui serait maintenant impossible de disputer à qui que ce soit cet avantage. Une fièvre brûlante venant se joindre à ses maux, devient tellement insuportable qu'il est forcé de s'arrêter à l'Arbia et à l'Arno, et tout ce qui lui restait encore de ses charmes passés a le sort de la rose cueillie qu'a flétrie le soleil.

XXVIII. — « A la douleur que cause à Fausto l'état alarmant de son frère se joint la crainte de passer pour un menteur effronté auprès du prince auquel il a vanté si pompeusement la beauté de ce frère. Il devait, d'après sa promesse, lui montrer le plus beau des hommes, et il amènerait le plus laid. Malgré tout, il lui fallut continuer sa route, et traîner son frère avec lui jusqu'à Pavie.

XXIX. — « Cependant, il ne veut pas le présenter immétiatement au roi, de crainte de passer pour un insensé. Il lui écrit d'abord pour lui donner avis que son frère est arrivé, mais vivant à peine. Il est en proie à un chagrin dont la cause est inconnue : son beau visage est tellement altéré par la souffrance et par la fièvre qui le brûle que ceux qui l'ont connu ne pourraient le reconnaître.

XXX. — « Le roi fut aussi charmé de l'arrivée de Joconde qu'il aurait pu l'être de celle de l'ami le plus cher. Ce qu'il avait désiré le plus au monde, était de le voir. Il se réjouissait d'ailleurs à la pensée que ses charmes ne le placeraient plus au premier rang et qu'il lui serait inférieur en beauté : il voit bien que sans cette maladie, il trouverait en lui un supérieur ou du moins un égal.

XXXI. — « Il le fait à son arrivée loger dans son palais, le visite chaque jour, et constamment s'informe de l'état de sa santé. Il pourvoit en abondance à tous ses besoins, il met ses soins et son plaisir à le traiter honorablement. Mais Joconde est toujours dans la même langueur : le souvenir de la femme qui l'a si indignement trompé le dévore. Les jeux auxquels il assiste, la musique qu'on lui fait entendre, ne peuvent alléger le poids de la douleur qui l'oppresse.

XXXII. — « Non loin de l'appartement qu'il occupe à l'étage supérieur du palais, s'étend une vaste et antique salle où, solitaire et loin des plaisirs et de la société qu'il dédaigne et qu'il fuit, il se livre à des pensées et à des souvenirs qui aggravent sans cesse les tourments qu'il éprouve. Ce fut là, cependant (qui le croirait), qu'il trouva le remède à sa cruelle blessure. '

XXXIII. — « A l'extrémité de la salle, dans la partie la plus obscure, où l'on n'ouvrait pas ordinairement les fenêtres, il voit que, par une fente existant entre le parquet et le mur, s'échappe un rayon de lumière ; il y porte les yeux et il aperçoit une chose qu'aurait bien de la peine à croire celui qui l'entendrait raconter : ce n'est pas un autre qui lui en fait le récit ; il la voit de ses propres yeux, et cependant il ose à peine s'en rapporter à leur témoignage.

XXXIV. — « Du lieu où il était, il découvre l'un des appartements les plus beaux et les plus secrets de la reine. Personne n'y pénétrait d'ordinaire : elle n'y recevait que ses confidents les plus intimes. Que s'y passait-il ? Ce n'était rien moins que la lutte engagée entre la reine et un nain qu'elle tenait entre ses bras ; et ce petit drôle paraissait si expérimenté et si adroit qu'il était parvenu à se rendre maître de la reine et à triompher de sa résistance apparente.

XXXV. — « Étonné, stupéfait, Joconde se croit le jouet d'un songe : il demeure immobile ; mais, s'assurant qu'il est en présence de la réalité, et qu'il ne rêve pas, il est obligé de s'en rapporter au témoignage de ses yeux. « Il est donc vrai, se dit-il, que c'est à un petit monstre, hideux et contrefait, que s'abandonne une femme qui a pour mari le plus grand roi du monde, l'homme le plus beau et le plus galant ! Quel horrible caprice ! »

XXXVI. — « Alors il se souvient de sa femme, que jusqu'alors il avait condamnée plus rigoureusement que toute autre, parce qu'il l'avait surprise ayant à côté d'elle un jeune valet; ce qu'il venait de voir semblait la rendre excusable. C'était moins sa faute que celle de tout son sexe, qui ne peut se contenter d'un seul homme : si toutes les femmes sont marquées de la même tache, la sienne au moins n'avait pas fait choix d'un monstre.

XXXVII. — « Le jour suivant et à la même heure, Joconde se rend à la même place : la reine et le nain s'y trouvaient encore, faisant au roi le même affront. Le lendemain, le surlendemain, même jeu; enfin il n'est point de jour qui ne soit pour eux un jour de fête; et ce qui semble le plus étrange, c'est que la reine se plaint de trouver trop de froideur dans ce singulier amant.

XXXVIII. — « Un jour entre autres la reine parut troublée et en profonde mélancolie. Elle avait fait appeler deux fois le nain par une de ses suivantes, et il ne venait pas. Elle le fit appeler une troisième fois et la donzelle vint lui dire : « Madame, il est à jouer, il est en perte d'un sou, et le drôle refuse de venir vers vous avant d'avoir regagné ce qu'il a perdu. »

XXXIX. — « Une aventure si étrange rend à Joconde la sérénité qu'il avait perdue; il la sent renaître sur son front, sur ses yeux, sur tout son visage. Joyeux déjà par le nom qu'il portait, il le devient en réalité et son chagrin fait place à la gaieté. Il reprend bientôt son embonpoint, ses riches couleurs; c'est un chérubin descendu du paradis. Le changement est si complet que le roi, son frère et toute la cour en sont émerveillés.

XL. — « Si le roi était curieux d'apprendre de Joconde la cause d'une si prompte métamorphose, celui-ci n'était pas moins désireux de la lui faire connaître et de lui révéler l'outrage qui lui était fait. Mais il ne voudrait pas que le roi se montrât plus sévère à l'égard de sa femme qu'il ne l'avait été lui-même envers la sienne. Voulant lui avouer tout, sans que la reine courût risque, de la vie, il fit faire au roi un serment solennel sur l'image du Christ.

XLI. — « Il lui fit jurer que quelque chose qu'on lui dît, ou qu'on lui fît voir, qui dût lui déplaire, lors même que sa majesté fût personnellement offensée, il n'en tirerait, ni dans le présent, ni dans l'avenir, aucune vengeance. Il voulut même que le roi s'engageât à garder sur ce qu'il allait lui révéler un silence si complet que ni ses paroles ni ses actes ne pussent jamais faire soupçonner au coupable que le roi connût son crime.

XLII. — « Le roi, qui était à cent lieues de croire que le fait en question le touchât de si près, fit sans hésiter le serment qu'on exigeait de lui. Alors Joconde lui apprit que l'état de souffrance où il s'était trouvé provenait de ce qu'il avait vu son indigne moitié dans les bras d'un misérable serviteur, et il ajouta qu'il aurait succombé à sa douleur si ce qui devait y mettre un terme avait tardé plus longtemps à se présenter.

XLIII. — « C'était précisément dans le palais de son altesse qu'il avait trouvé le remède de sa douleur, car il y avait appris que s'il avait été victime d'un sanglant outrage, il était du moins certain de n'être pas le seul dans ce cas. En parlant ainsi, il s'approche avec le roi du lieu d'où il pût apercevoir l'horrible avorton qui caracolait tout à son aise sur une monture étrangère.

XLIV. — « Si le roi trouva outrageant au dernier point pour sa personne cet étrange spectacle, vous le croirez aisément sans que j'aie besoin de le jurer. Dans le transport de sa rage et l'égarement de sa raison il fut prêt à se briser la tête contre les murs. Il allait crier et violer ainsi le serment qu'il avait fait; mais il fut forcé d'y rester fidèle et d'imposer silence à son indignation. Ce serment il l'avait fait sur la sainte hostie et il fut assez maître de lui-même pour dévorer son dépit amer et douloureux.

XLV. — « Frère, que dois-je faire maintenant et quel conseil me donnes-tu? dit-il à Joconde, puisque tu

n'as pas voulu que je donnasse à ma colère la satisfaction d'une vengeance sanglante et méritée. — Prince,
répondit Joconde, laissons ces ingrates et cherchons à
nous assurer par nous-mêmes si les autres sont aussi
faciles à séduire. Traitons les femmes de tous les maris
comme on a traité les nôtres.

XLVI. — « Nous sommes tous deux jeunes, et quant
à la beauté nous trouverions difficilement nos pareils.
Quelle femme pourra nous résister, si elles savent si
peu se défendre contre le plus laid des hommes ? Lors
même que notre jeunesse et notre figure n'assureraient
pas notre triomphe, leurs rigueurs ne tiendront pas
contre nos trésors. Je prétends que nous ne retourne-
rons pas ici sans avoir à compter des milliers de victimes enlevées à leurs maris.

XLVII. — « Une longue absence, de nombreux voyages,
d'intimes relations avec des femmes étrangères peuvent,
dit-on, cicatriser les blessures profondes des cœurs les
plus passionnés. » Le roi adopte avec empressement ce
plan de conduite; il veut aussitôt partir pour le mettre
à exécution, et, peu d'heures après, il entrait en campagne accompagné du chevalier romain et de deux
écuyers.

XLVIII. — « Ils parcourent, sans se faire connaître,
l'Italie, la France, la Flandre et l'Angleterre, et de
toutes les beautés qu'ils rencontrent sur leur passage
ils n'en trouvent aucune de cruelle. Quand ils faisaient
des cadeaux, ils en recevaient eux-mêmes l'équivalent
en une autre monnaie. Quelquefois ce sont eux qui font
les premières avances, souvent aussi ce sont eux qui
les reçoivent.

XLIX. — « Ils s'arrêtent un mois dans un pays, deux
dans un autre, et ils acquièrent la preuve que la chasteté
ne se trouve pas plus chez les autres femmes que chez
les leurs. Mais ils s'ennuyèrent bientôt tous deux de
chasser sur les terres d'autrui pour se procurer de nouvelles proies; ils songèrent qu'en continuant à franchir

le seuil de tant de maisons ils pourraient courir le risque d'y perdre la vie.

L. — « Pourquoi ne se contenteraient-ils pas d'en chercher une seule, douée d'une humeur assez agréable et d'une assez jolie figure pour leur plaire et qui se prêtera à leurs communs désirs sans exciter leur jalousie ? «Et pourquoi, ajoutait le roi, n'aimerais-je pas mieux t'avoir que tout autre pour compagnon dans cette bonne fortune ? Ne sais-je pas que dans le monde des femmes il n'en est pas une qui se contente d'un seul amant?

LI. — « Prenons-en donc une dont nous pourrons jouir tout à notre aise, sans épuiser notre force et seulement quand la nature excitera nos désirs. Nous n'aurons entre nous ni contestation ni débat. Quant à elle, je ne crois pas qu'elle ait à se plaindre, car si toutes les femmes avaient aussi deux maris, elles leur seraient probablement plus fidèles qu'elles ne le sont à un seul, et il y aurait beaucoup moins de trouble et de querelles dans les ménages. »

LII. — « Le jeune Romain approuva fort la proposition du roi. Pour accomplir ce projet, auquel ils s'arrêtèrent fermement, ils poursuivirent leurs recherches dans les montagnes et les vallées, et ils trouvèrent enfin l'objet qui répondait le mieux au but qu'ils s'étaient proposé. C'était la fille d'un aubergiste espagnol dont l'hôtel était établi sur le port de Valence, d'une taille élégante et d'un visage charmant.

LIII. — « Ils prennent cette enfant qui devient leur maîtresse commune, elle sert à leurs plaisirs et ils la possèdent tour à tour sans que rien trouble leur union et leur accord : à la ressemblance de deux soufflets de forge allumant tour à tour le feu d'une fournaise. Ils quittent Valence pour visiter l'Espagne, en traversant l'ancien royaume de Syphax, et, le jour même, ils arrivent à Zattira.

LIV. — « Nos gentilshommes visitent les rues, les

palais, les lieux publics, les églises. Dès qu'ils arrivaient dans une nouvelle ville ils se donnaient ce plaisir. La jeune fille restait à la maison avec les gens de service. Les uns s'occupent des lits, les autres des chevaux, d'autres doivent veiller à ce qu'à leur retour les maîtres trouvent leur dîner prêt.

LV. — « Il y avait dans l'auberge un valet, anciennement employé dans la maison du père de la jeune fille, qui l'avait eu pour amant et lui avait donné ses premières faveurs. Ils se reconnurent aussitôt, mais ne firent d'abord semblant de rien, craignant d'exciter les soupçons. Mais dès qu'ils se trouvèrent hors de la présence des maîtres et des domestiques, ils levèrent les yeux l'un sur l'autre.

LVI. — « Le valet l'interroge et veut savoir auquel de ses deux maîtres elle appartient. Fiammetta (c'est le nom de la jeune fille, et Grec était celui du valet) lui fait connaître la vérité sans déguisement. « Hélas ! lui dit-il, quand j'attendais le moment où j'aurais le bonheur de vivre avec toi, chère Fiammetta, âme de ma vie, tu pars, et je ne sais si je te reverrai jamais !

LVII. — « Mes plus douces espérances se changent en amertume, puisque d'autres te possèdent et que tu t'éloignes de moi. Mon dessein était, lorsque j'aurais amassé quelque argent à force de travail et de fatigue, en réunissant ce que je reçois pour mes gages et ce que je dois à la générosité des voyageurs, de retourner à Valence, de demander ta main à ton père et de faire de toi ma femme. »

LVIII. — « Fiammetta plie les épaules et lui répond qu'il est trop tard. Le Grec pleure, soupire, et joue parfaitement son rôle d'amoureux. « Tu veux donc que je meurs, lui dit-il ? Laisse-moi du moins te presser une fois encore sur mon cœur et satisfaire mes ardents désirs. Si je puis passer avec toi quelques moments avant ton départ je mourrai content. »

LIX. — « La jeune fille compatissante lui répond :

« Crois-tu que je le désire moins que toi ! mais où trouver
ici le moment ou le lieu, parmi tant de personnes ayant
les yeux sur nous ? — Je suis certain, dit le Grec, que si
tu m'aimais le tiers seulement autant que je t'aime, tu
trouverais cette nuit même un endroit favorable à la
satisfaction de nos communs désirs.

LX. — « Mais, dit Fiammetta, comment le pourrais-
je faire, puisque je suis couchée dans mon lit entre les
deux seigneurs, obligée de contenter tantôt l'un et tantôt
l'autre ! Il y'en a toujours un qui me tient entre ses
bras. Sois tranquille, répliqua le Grec, je saurai bien
trouver le moyen de te tirer d'embarras, je me glisserai
au milieu d'eux sans qu'ils s'en aperçoivent. Pour peu
que tu le veuilles et si tu as quelque pitié de ma tristesse, tu ne me le refuseras pas.

LXI. — « Eh bien, dit-elle après un moment de réflexion, viens dès que tu pourras penser que tout le
monde est endormi.» Puis elle lui indiqua avec soin tout
ce qu'il devrait faire soit pour arriver à elle, soit pour
la quitter. Après avoir reçu ces instructions, le Grec,
aussitôt que tous les hôtes de la maison sommeillent,
arrive doucement à la porte de la chambre et la pousse ;
elle cède, et il entre en n'avançant qu'avec les plus
grandes précautions.

LXII. — « Il fait de longues enjambées et ne met un
pied en avant qu'en se tenant ferme sur l'autre ; on
dirait un homme qui marche sur un vitrage ou sur des
œufs qu'il craint de briser, comme s'il ne se trouvait
pas sur un plancher solide. Il porte aussi ses mains en
avant, avec les mêmes précautions, il promène dans
l'obscurité ses bras étendus, et il arrive ainsi jusqu'au
lit ; il en cherche en tâtonnant les extrémités, par lesquelles il s'y introduit et s'y glisse la tête la première.

LXIII. — « Il passe tout droit entre les deux jambes
étendues de Fiammetta couchée sur le dos : quand sa
tête est arrivée au niveau de la sienne, il la serre étroitement entre ses bras et ne la quitte pas jusqu'aux

approches du jour. Semblable à un cavalier qui se tient ferme sur sa selle et chemine sans en descendre, déterminé à ne point changer de monture, le Grec, content de celle que le sort lui a donnée, ne la quitte pas de toute la nuit.

LXIV. — Le roi de son côté, Joconde de l'autre, avaient entendu tout le bruit et senti les secousses causées par la présence de l'audacieux intrus. Dupes de la même erreur, chacun d'eux avait cru son compagnon en bonne fortune. Le Grec, parvenu au terme de sa course, s'éloigna de la même manière dont il était venu. Le soleil éclaira l'horizon de ses rayons dorés et alors Fiammetta se leva et fit entrer les gens du roi.

LXV. — « Je te fais mes compliments, dit en riant celui-ci à Joconde ; certes tu as fait assez de chemin pour avoir besoin de repos, car tu n'as cessé toute la nuit de courir la poste. — C'est moi plutôt, dit Joconde en lui renvoyant la balle, qui pourrais vous conseiller le repos après toutes vos fatigues, car vous n'avez cessé de toute la nuit de chasser le gibier.

LXVI. — « Certes, reprit le roi, j'aurais été bien aise de me mettre à la poursuite de quelque lièvre quand ce n'eût été que pour m'exercer les jambes, si tu avais bien voulu me permettre de disposer un peu pour cela de ta monture. — Mais, dit Joconde, ne suis-je pas votre sujet, sire, n'êtes-vous pas le maître d'observer ou de briser nos conventions ? Il n'était pas nécessaire d'agir comme vous l'avez fait ; vous pouviez bien me dire tout simplement de la laisser en repos. »

LXVII. — « La conversation continua sur ce ton, et, de propos en propos, le débat finit par devenir assez vif. On se railla d'abord, puis on se dit des mots piquants ; chacun se plaignit assez amèrement d'avoir été joué par son compagnon. Fiammetta n'était pas loin, car elle craignait que la vérité ne fût découverte. Ils l'appellent, afin qu'elle dise en leur présence le fait que tous deux nient, en s'accusant réciproquement de mensonge.

LXVIII. — « Parle, lui dit le roi d'un ton sévère ; ne crains rien de moi ni de Joconde, dis quel est celui de nous deux qui pendant la nuit s'est montré si vaillant, en jouissant de tes faveurs seul et sans partage ? » Chacun d'eux, croyant pouvoir convaincre son compagnon de mensonge, attendait la réponse de la jeune fille. Celle-ci, se voyant découverte et tremblante pour sa vie, se jeta à leurs genoux.

LXIX. — « Pardon ! pardon ! leur dit-elle, si la violente passion d'un jeune homme pour moi a excité ma pitié et égaré mon cœur. Je l'ai vu si triste et il a si longtemps souffert, que je n'ai pu cette nuit résister à la séduction. » Puis elle leur raconta sans détour comment elle avait dressé ses batteries pour faire croire à chacun d'eux que c'était son compagnon qui était avec elle.

LXX. — « A cet aveu, Joconde et le roi se regardent émerveillés et stupéfaits. Ils n'avaient jamais entendu dire que deux hommes eussent été trompés de cette manière. Puis ils sont pris d'un fou rire, et alors, respirant à peine, la bouche ouverte et les yeux fermés, ils tombent à la renverse sur leur lit.

LXXI. — « Ils rient si fort qu'ils en pleurent, que leur poitrine éclate au point de leur faire mal. « Ah ! s'écrient-ils, comment pourrons-nous jamais nous garantir contre les trahisons de nos femmes, puisqu'il ne suffit pas de tenir celle-ci dans le même lit et si bien serrée que chacun de nous touche son corps ? Lors même que les yeux d'un mari seraient plus nombreux que ses cheveux, il ne pourra jamais empêcher que sa femme ne le trahisse !

LXXII. — « Nous en avons éprouvé mille, elles étaient toutes jolies et aucune d'elles ne nous a résisté. Nous éprouverions toutes les autres, qu'elles se montreraient toutes aussi faciles : que cette dernière épreuve nous suffise. Nous pouvons croire maintenant que nos femmes ne sont ni plus trompeuses ni moins chastes que les autres, et, si rien ne les distingue des autres, nous n'avons pas de meilleur parti à prendre que de retourner auprès d'elles. »

LXXIII. — « Cette résolution prise, ils dirent à Fiammetta de faire elle-même venir son amant : ils la lui donnèrent pour femme en présence de tous en la gratifiant d'une dot assez ronde. Puis ils montèrent à cheval, prirent, au lieu de la direction du couchant, celle du levant, revinrent auprès de leurs épouses et se délivrèrent désormais de toute espèce de souci à leur égard. »

LXXIV. — C'est ainsi que l'hôtelier termina son histoire. Rodomont, qui n'avait pas prononcé un seul mot pendant tout le récit, dit alors qu'il était bien persuadé que les femmes ont à leur service une infinité de ruses et que si l'on voulait en écrire la millième partie, tout le papier du monde ne pourrait la contenir.

LXXV. — Il se trouvait là un homme d'âge, ayant plus de rectitude dans l'esprit, plus de bon sens et de hardiesse que tous les autres. Il ne put souffrir que l'on parlât d'une façon si injurieuse de toutes les femmes, et, se tournant vers le narrateur : « Nous entendons chaque jour, lui dit-il, des récits qui sont autant de faussetés, et le vôtre, je dois vous le dire, est du nombre.

LXXVI. — « Je n'ai nulle foi en celui qui vous l'a raconté, fût-il un des auteurs de l'Évangile; c'est un préjugé, bien plus que sa propre expérience, qui lui a fait porter sur les femmes ce jugement sévère. Il a eu à se plaindre d'une ou de deux, peut-être, et il se croit le droit de critiquer et de blâmer toutes les autres. Lorsque son ressentiment aura passé, vous l'entendrez, j'en suis sûr, faire d'elles plus d'éloges qu'il ne leur adresse aujourd'hui de critiques.

LXXVII. — « Et, certes, la matière ne lui manquerait pas, il en trouverait plus que pour ses satires. Sur une malheureuse qui mérite d'être condamnée, il en trouvera cent dignes d'être honorées et respectées. On devrait donc, au lieu de les blâmer toutes, reconnaître les excellentes qualités que possèdent le plus grand nombre.

Si votre Valerio a parlé autrement, c'est qu'il écoutait plus son dépit que sa raison.

LXXVIII. — « D'ailleurs, parlez-moi sans feinte : est-il un seul de vous qui ait toujours gardé la foi conjugale, qui, toutes les fois que l'occasion d'avoir la femme d'autrui s'est présentée, n'en ait pas profité en employant même les présents? En trouverez-vous un seul dans le monde entier? Celui qui se vantera d'avoir cette vertu est un menteur, et fou celui qui le croira. Maintenant, trouvez-vous une seule femme qui vous sollicite la première? Il ne s'agit pas ici, bien entendu, des filles perdues et des prostituées.

LXXIX. — « Connaissez-vous un mari qui ne délaisserait pas sa femme, fût-elle douée de beauté, pour en courtiser une autre, s'il espérait facilement et en peu de temps faire sa conquête? Et quelle serait sa conduite, si une dame ou une demoiselle lui faisait des avances et lui offrait des cadeaux? Je suis certain que tous ici tant que nous sommes, pour plaire à celle-ci ou à celle-là, ferions sans hésiter les plus grands sacrifices.

LXXX. — « Si certaines femmes trompent ou quittent leurs maris, c'est que le plus souvent ils en sont la première cause. Elles les voient délaisser le bonheur dont ils pourraient jouir dans leur maison pour aller le chercher chez les autres. Ils veulent être aimés ; mais ils devraient aimer eux-mêmes et rendre dans une juste mesure ce qu'on leur donne. Si j'étais législateur, je publierais une loi contre laquelle aucun homme ne pourrait protester.

LXXXI. — « Voici ma loi : Toute femme surprise en adultère sera punie de mort si elle ne peut prouver que son mari s'est rendu une seule fois coupable de la même faute. Si elle le prouve, elle sera renvoyée absoute sans avoir rien à craindre de son époux ou de la justice. » Jésus-Christ nous a laissé ce beau précepte : « Ne faites pas à autrui ce que vous ne voudriez pas qui vous fût fait. »

LXXXII. — « Cette faiblesse est le seul grief que l'on puisse leur reprocher : encore ne faut-il pas en accuser tout le sexe. Mais, sur ce point même, ne sommes-nous pas bien plus coupables qu'elles, puisqu'il est impossible de trouver un seul homme qui soit chaste ? Mais que dire des blasphèmes, des vols, de la fraude, de l'usure, de l'homicide et d'autres crimes non moins affreux ? Ne sont-ils pas à peu d'exceptions près toujours commis par des hommes ? »

LXXXIII. — Le sage et juste vieillard se disposait à appuyer ses raisons en alléguant l'exemple de plusieurs femmes dont la vertu n'avait reçu aucune atteinte par suite de leurs actions ou de leurs pensées ; mais le Sarrasin, qui ne voulait pas entendre la vérité, le regarda d'un œil farouche et menaçant. La crainte fit taire le vieillard, mais il n'en conserva pas moins les mêmes sentiments.

LXXXIV. — Après avoir ainsi imposé silence à toute discussion et à tout débat, le roi païen quitta la table et se mit au lit pour se tenir en sommeil jusqu'à ce que les ténèbres de la nuit fissent place au jour ; mais au lieu de dormir, il ne cessa de soupirer et de gémir sur l'infidélité de sa dame. Dès le lever de l'aurore, il se mit en route et résolut de faire le voyage par eau.

LXXXV. — D'abord, parce que ménageant, comme doit le faire tout bon cavalier, son excellent cheval, en dépit de Roger et de Sacripant, il voulait le faire reposer de toutes les fatigues qu'il lui avait fait essuyer pendant deux jours, en surmenant un animal si précieux. Il ne pouvait pour cela mieux faire que de le mettre dans une barque ; c'était aussi le moyen d'aller plus vite.

LXXXVI. — Il ordonne donc aussitôt au batelier de faire avancer sa barque et de l'éloigner du rivage à force de rames. La nacelle était petite et peu chargée, et elle vogue légèrement sur la Saône. Mais Rodomont ne peut bannir de son cœur la tristesse qui l'assiége. Elle

le suit sur la terre et sur l'onde, sur la poupe ou sur
la proue de son vaisseau : s'il montait à cheval, le chagrin montait en croupe avec lui.

LXXXVII. — Toujours en proie à sa douleur, Rodomont poursuivit sa route pendant tout le jour et la nuit
suivante. Rien ne peut effacer l'outrage qu'il a reçu de
sa maîtresse et de son roi. La peine et la douleur qu'il
ressentait à cheval, il la ressent encore sur le navire.
Le feu qui le brûle ne peut s'éteindre dans les flots que
ce vaisseau sillonne, pas plus qu'il ne change son état
en changeant de lieu.

LXXXVIII. — Le malade qu'affaiblit et brise une
fièvre brûlante croit pouvoir se soulager en changeant
de côté, en se mettant tantôt sur l'un, tantôt sur l'autre;
mais sur le droit comme sur le gauche, il se trouve également mal à son aise et sa souffrance est toujours la
même. C'est ainsi que le païen, promenant en tous
lieux le mal dont il souffre, le trouve sur la terre et le
retrouve encore sur l'onde.

LXXXIX. — Il perd enfin patience, quitte sa barque
et se fait remettre à terre. Il passe à Lyon, à Vienne, à
Valence, puis à Avignon, célèbre par son pont magnifique. Ces villes et ces lieux, situés entre le Rhône
et les monts celtibériens, obéissaient alors au roi Agramant et au souverain d'Espagne, depuis le jour où la
Provence était devenue leur conquête.

XC. — Désirant s'embarquer pour Alger, il prend à
droite vers Aigues-Mortes. Il arrive sur le bord d'un
fleuve à un village favorisé par Bacchus et Cérès, aujourd'hui désert pour avoir été désolé par les ravages
auxquels s'étaient livrés les soldats; ses regards se portent d'un côté sur les flots de la mer immense, de l'autre
sur les plaines où s'agitent les blonds épis.

XCI. — Là, Rodomont trouva sur une colline une
petite église dont les murs venaient d'être reconstruits
et qui, par suite de la guerre dont les ravages s'étaient

étendus sur tout le voisinage, avait été abandonnée par
les prêtres. Le chevalier païen trouvant sa situation
agréable et sûre, car elle était éloignée des camps dont
il ne pouvait entendre parler sans horreur, la choisit
comme lieu de retraite, et elle lui plut tellement qu'elle
remplaça pour lui sa ville d'Alger.

XCII. — Ce lieu lui parut enfin si commode et si beau
qu'il abandonna la pensée de retourner en Afrique. Il y
fit établir les gens de sa suite, ses équipages et son
destrier. Le village était situé à quelques lieues seulement de Montpellier et d'autres châteaux riches et bien
fortifiés; une rivière coulait dans le voisinage : tout se
réunissait enfin pour lui rendre le séjour aussi commode qu'agréable.

XCIII. — Un jour qu'il s'y livrait aux pensées mélan-
coliques qui ne le quittaient jamais, il vit venir par le
milieu d'une prairie traversée par un sentier étroit et
sinueux, une demoiselle de l'aspect le plus charmant en
compagnie d'un moine à longue barbe. Ils traînaient
derrière eux un grand cheval courbé sous une charge
que recouvrait un voile noir.

XCIV. — Je n'ai pas à vous apprendre qui était ce
moine, quelle était cette dame et quel fardeau ils traînaient avec eux : vous devez savoir que c'était Isabelle,
qui conduisait elle-même le corps de son cher Zerbin.
Lorsque je l'ai laissée, elle se dirigeait vers la Provence
escortée par un vénérable vieillard, qui l'avait engagée
à consacrer au service de Dieu le reste de sa vie dans
une sainte chasteté.

XCV. — Malgré la pâleur de son visage et la tristesse
qui l'accable, malgré le désordre de sa chevelure, les
profonds soupirs qui s'exhalent de sa poitrine brûlante
et les pleurs qui, comme deux fontaines, tombent de ses
yeux, quoique tout atteste en elle une existence misérable, elle porte encore sur ses traits les restes d'une
beauté si ravissante que les grâces et les amours sem-
bleraient y avoir établi leur séjour.

XCVI. — Aussitôt que cette belle personne parut aux regards du Sarrasin, il refoula dans son sein les sentiments de haine et de dédain qu'il professait pour ce sexe charmant qui fait l'ornement de ce monde. Isabelle lui sembla être l'objet le plus digne d'un second amour, dont l'influence devait chasser le premier de son cœur, comme le clou enfoncé dans une planche disparaît sous le clou qui le chasse.

XCVII. — Il court à sa rencontre et du ton de voix le plus doux, de l'air le plus agréable qu'il lui est possible, il lui demande qui elle est. Isabelle lui expose naïvement tous ses projets ; elle lui dit qu'elle est prête à renoncer aux folies de ce monde pour se rendre digne par ses œuvres saintes de la grâce divine. Cet aveu fait rire l'arrogant païen, qui ne croit pas en Dieu et se montre rebelle à toute loi.

XCVIII. — « Un pareil dessein, lui dit-il, est peu sensé ; c'est le résultat d'une grande erreur, aussi blâmable que celle de l'avare qui enfouit sous la terre les riches trésors dont il dérobe l'usage aux autres hommes, sans en retirer aucun profit pour lui-même. Ce n'est pas la beauté, ce n'est pas l'innocence qu'il faut enfermer ; ce sont les lions, les serpents et les ours. »

XCIX. — Le moine prêtait à ces discours une oreille attentive, veillant sur la jeune fille sans expérience comme le pilote habile sur un navire : il craint qu'elle ne soit entraînée dans une voie fatale à son salut et il étale devant elle les mets abondants et somptueux dont se compose la nourriture céleste. Mais le Sarrasin fait peu de cas de ces mets pour lesquels sa nature ne lui inspire aucun goût et qui commencent à exciter sa colère.

C. — Il essaie inutilement d'interrompre le moine auquel il ne peut néanmoins imposer silence ; et voyant qu'il continue, il perd patience, s'élance sur lui et le saisit. Mais, seigneur, vous trouverez peut-être ce discours trop long ; je vous ennuierais si j'en disais davantage. Je termine donc ce chant, en profitant de la leçon que me donne le vieux moine, puni pour avoir trop parlé.

CHANT VINGT-NEUVIÈME

ARGUMENT

Rodomont se débarrasse de l'ermite qui cherchait à protéger Isabelle contre ses tentatives perverses. — La vertueuse fille échappe à sa brutalité aux dépens de sa vie. — Plusieurs guerriers arrivent sur un pont étroit que Rodomont a fait construire. — Roland est du nombre ; il tombe dans la rivière, donne des signes de folie et rencontre Angélique.

I. — Oh ! combien l'esprit des hommes est faible et inconstant ! qu'ils sont prompts à changer de résolution ! Mais parmi toutes nos pensées, il n'y en a pas qui s'effacent plus facilement pour faire place à d'autres que celles qui proviennent d'un dépit d'amour ! J'avais trouvé le Sarrasin si irrité contre le sexe féminin et franchissant tellement sur ce point toutes les limites, que je ne me serais jamais imaginé que cette haine, que je croyais devoir être éternelle, pût un jour se refroidir.

II. — Sexe enchanteur, je suis tellement indigné des blasphèmes qu'il a osé proférer contre vous, que si je ne puis lui faire sentir toute l'étendue de son erreur et de son injustice, je ne lui pardonnerai jamais : je ferai un si bon usage de ma plume et de mon encre que je démontrerai à tous qu'il lui aurait été avantageux de se taire et de tourner plusieurs fois sa langue dans sa bouche avant de parler.

III. — Que Rodomont ait parlé comme un ignorant et un imbécile, l'expérience le démontre clairement. Il venait de lancer contre toutes les femmes, sans exception, les injures que lui inspirait sa fureur, et à peine un regard d'Isabelle l'a-t-il pénétré, qu'il lui fait aussitôt changer de sentiment : sa passion pour elle remplace sur-le-champ l'amour qu'il avait eu pour une autre, et cependant il l'a à peine vue et il ne sait pas encore qui elle est !

IV. — Excité et mis hors de lui par ce nouvel amour, il imagine les raisons les plus frivoles et les plus vaines pour ébranler la résolution ferme et immuable qu'a la jeune fille de se consacrer au service du créateur de l'univers. A ces mauvaises raisons l'ermite, qui sert à Isabelle de défense et d'égide, oppose les arguments les plus forts et les plus solides qu'il peut imaginer pour la maintenir dans son pieux dessein et raffermir son âme contre tout ce qui pourrait l'en détourner.

V. — L'irréligieux païen souffre pendant quelque temps les discours hardis du moine, quoiqu'ils lui causent une vive impatience. Il lui dit et répète plusieurs fois qu'il l'engage à retourner à son désert, quand il lui plaira, mais sans Isabelle. Rien n'y fait : le moine ne craint pas de lui dire en face des vérités offensantes, et ne lui laisse ni paix ni trêve. Alors transporté de fureur, il le saisit par la barbe et lui arrache autant de poils qu'il en peut tenir dans sa main.

VI. — Sa rage bientôt ne connaît plus de bornes ; il le saisit par le cou, le serre entre ses doigts comme avec des tenailles, lui fait faire deux ou trois tours en l'air et le lance sur le rivage. Que devint le pauvre ermite ? je ne le sais, et ne puis par conséquent le dire. On prétend (car les rapports à ce sujet sont assez contradictoires) que son corps se brisa tellement en tombant sur un rocher, que l'on ne put distinguer ses pieds d'avec sa tête.

VII. — D'autres disent qu'il fut jeté dans la mer

bien qu'éloignée de plus de trois milles et qu'il y périt faute de savoir nager, malgré ses oraisons et ses prières. D'autres enfin, qu'une invisible main (c'était celle d'un saint descendu des cieux) vint à son secours et le tira sur le rivage. De quelque côté que se trouve la vérité, l'histoire ne me fournit sur ce point aucun détail.

VIII. — Le cruel Rodomont, après s'être ainsi débarrassé de l'ermite, dont les représentations l'importunaient, se tourne d'un air plus calme vers la belle affligée et toute tremblante, et, dans le langage familier aux amants, il lui dit qu'elle était son cœur, sa vie, sa consolatrice, sa suprême espérance, employant la longue kyrielle des protestations usitées en pareilles rencontres.

IX. — Il lui parla d'un ton si doux et si gracieux que rien ne montrait qu'il fût disposé à user de violence à son égard. La gentillesse et la beauté qui le tenaient sous le charme modéraient en ce moment son orgueil et sa férocité naturelle. Il pourrait arracher le fruit qu'il a sous la main ; mais il ne veut pas aller plus loin que l'écorce, pensant qu'il n'y trouverait de saveur qu'autant qu'elle le lui donnerait volontairement.

X. — Il espérait aussi amener peu à peu Isabelle à céder à ses désirs. La jeune fille se trouvant seule et dans un lieu si étrange, comme la souris tombée sous la griffe du chat, aurait mieux aimé se voir au milieu des flammes. Elle ne songeait en elle-même qu'aux moyens qu'elle pourrait employer pour échapper au péril et s'en tirer sans que son honneur et sa vertu subissent aucun outrage.

XI. — Elle est très-résolue à se donner la mort de sa propre main plutôt que de céder aux attaques brutales de ce barbare et de se rendre coupable d'un si grand crime envers le chevalier qu'un sort cruel et impitoyable avait fait mourir entre ses bras, auquel

elle avait promis solennellement qu'elle garderait une
fidélité inviolable et une éternelle chasteté.

XII. — Elle voit cependant que la passion criminelle
du Sarrasin devient de plus en plus menaçante **pour**
elle. Elle sent bien qu'il est déterminé à lui faire **vio-**
lence et ses efforts pour lui résister seront inutiles.
Elle ne sait à quoi se résoudre ; mais enfin, à force de
rêver aux partis qu'elle pourrait prendre, elle trouva
le moyen d'échapper à ce péril et de sauver sa vertu,
en acquérant comme je vais le dire, une gloire immortelle.

XIII. — Le Sarrasin, dans son ardeur brutale, s'ap-
prochait déja d'elle pour se livrer à des actes bien différents des manières courtoises et polies qu'il avait précédemment employées : « Voulez-vous, lui dit-elle alors,
m'assurer que vous respecterez mon honneur, et que
je n'aurai à craindre de votre part aucun outrage ? Si
vous me le promettez, je vous ferai connaître un secret
qui vous sera bien plus profitable que si vous m'aviez
ravi l'honneur.

XIV. — « Pour un plaisir qui ne dure qu'un moment
et pour lequel le monde entier fournit tant de facilités,
ne dédaignez pas un bonheur éternel, une joie pure et
inaltérable, à nulle autre seconde. Certes, vous trouverez mille et mille femmes dont les charmes ne manqueront de vous plaire : mais aucune d'elles, ou du
moins un bien petit nombre, ne pourrait vous procurer
le don que je puis vous faire.

XV. — « C'est une herbe que je connais et que je
pourrai trouver près d'ici, car je l'ai aperçue en arrivant.
Il faut la faire bouillir avec du lierre et de la rue à un
feu de bois de cyprès. Lorsqu'elle est pressée par des
mains innocentes et pures, on en extrait une liqueur qui
donne au corps de celui qui s'y baigne trois fois, une
telle force et une telle dureté qu'il sera désormais à
l'épreuve du fer et du feu.

XVI. — « Celui qui s'y baigne trois fois, je vous le

répète, est pendant un mois invulnérable. Il faut chaque mois renouveler cette eau bienfaisante, car elle ne conserve sa vertu que pendant ce temps. Je sais comment elle se prépare ; je puis le faire aujourd'hui même, et vous pourrez dès à présent en faire l'épreuve. Je vous aurai ainsi rendu un plus grand service que si j'avais mis toute l'Europe à vos pieds.

XVII. — « Je ne vous demande en retour que d'engager solennellement votre foi que, ni par vos paroles, ni par aucune action déshonnête, vous ne chercherez à porter à ma chasteté la moindre atteinte. » Ce discours fait renoncer Rodomont à son coupable dessein et lui inspire un si grand désir d'être invulnérable, qu'il promet à Isabelle encore plus qu'elle ne lui a demandé.

XVIII. — Il avait l'intention de ne tenir cet engagement que jusqu'à ce qu'il eût éprouvé l'effet de cette liqueur merveilleuse ; jusque-là, il s'abstiendrait de toute violence et de tout acte qui pourrait inspirer la moindre crainte à la jeune fille. Mais comme ce scélérat n'avait de respect ni pour Dieu ni pour les saints, il se proposait bien de satisfaire sa passion ; car en fait de manque de foi et de perfidie, il n'était pas un seul Africain qui pût le surpasser.

XIX. — Il fait à Isabelle mille protestations pour l'engager à composer, sans avoir rien à craindre de lui, l'eau salutaire qui le rendra tel que furent jadis Cycnus et Achille. Elle parcourt les vallées obscures, les fondrières des environs, loin des villes et des hameaux, et y recueille une grande quantité de plantes. Le Sarrasin, toujours à ses côtés, ne la quitte pas un seul instant.

XX. — Après qu'elle eut cueilli autant d'herbes, avec ou sans racines, qu'elle le jugea nécessaire, ils rentrèrent ensemble dans leur demeure. La nuit était venue : ce modèle de chasteté l'employa tout entière à faire bouillir les herbes avec le plus grand soin. A toutes ces opérations, à toutes ces combinaisons mystérieuses le roi d'Afrique ne cessa d'être présent.

XXI. — Pendant le cours de cette nuit, Rodomont joua pour passer le temps en compagnie du petit nombre de serviteurs qu'il gardait auprès de lui. La grande chaleur qui se faisait sentir dans un étroit espace alluma en lui une soif ardente, en sorte que peu à peu se vidèrent deux barils pleins d'un vin grec que ses écuyers avaient deux jours auparavant enlevés à quelques voyageurs.

XXII. — Le roi n'était pas accoutumé à boire du vin ; la loi de Mahomet l'interdit et en condamne l'usage : mais quand il eut goûté à cette liqueur divine qui lui parut plus douce que le nectar et que la manne, il en remplit plusieurs grandes tasses, au mépris du rit sarrasin, et les coupes circulant à la ronde firent bientôt tourner toutes les têtes, devenues semblables à des girouettes tournant à tous les vents.

XXIII. — Isabelle, pendant ce temps, ayant retiré du feu la chaudière où elle avait fait bouillir ses herbes, dit à Rodomont : « Pour prouver que mes paroles sont sérieuses et ne sont nullement des mensonges, je veux en faire immédiatement l'expérience. Elle seule fait distinguer la vérité du mensonge et peut instruire les esprits les plus grossiers ; mais pour que l'épreuve soit pour vous encore plus décisive, je désire qu'elle se fasse sur moi-même et non sur une autre personne.

XXIV. — « Je ferai donc l'essai la première de cette eau dont la vertu est si grande, afin de dissiper tout soupçon de votre part ; car vous pourriez croire que c'est un breuvage empoisonné. Je vais m'y plonger depuis la tête jusqu'au dessous du sein : vous pourrez ensuite essayer sur moi votre bras et votre épée, et éprouver la vigueur de l'un et le tranchant de l'autre. »

XXV. — Elle se baigne comme elle l'a dit, et d'un air joyeux présente son cou nu au païen, qui se doute peu de ce qui doit en résulter, et qui se trouve sous l'influence du vin contre lequel le casque et le bouclier sont également impuissants. Le grossier soldat croit ce

qu'on lui a dit; il frappe de la main et de l'épée un coup
si violent qu'il tranche cette belle tête, asile des amours,
et ne fait du reste du corps qu'un cadavre sans vie.

XXVI. — Cette tête charmante bondit trois fois sur le
sol et on l'entendit murmurer, en le prononçant d'une
voix claire et distincte, le nom de ce Zerbin, qu'elle avait
voulu suivre, ne trouvant que ce moyen d'échapper aux
mains du Sarrasin. Ame trois fois sainte, pour qui la foi
et la chasteté, dont le nom presque inconnu aujourd'hui
est devenu étranger à notre siècle, ont été plus précieuses
que ta vie, plus chères que ta belle jeunesse!

XXVII. — Ame heureuse et belle, repose en paix! Ah!
si mes vers avaient assez de puissance, je voudrais consacrer toutes mes forces à l'art qui revêt les paroles de
ses ornements les plus séduisants, pour que pendant mille
ans et plus ton nom pût vivre illustre et immortel dans
les souvenir du monde entier! Monte en paix vers le
séjour céleste, laissant à toutes les femmes l'exemple
glorieux de ta fidélité.

XXVIII. — Après cet acte merveilleux et incomparable, l'Éternel abaissa ses yeux sur la terre et dit:
« J'ai pour toi plus d'estime que pour celle qui par sa
mort fit tomber Tarquin du trône. En l'honneur de
cette jeune fille, je dicte une loi que le temps n'effacera
pas; et il jure, par les eaux du fleuve inviolable, que les
siècles futurs ne la changeront pas:

XXIX. — « Je veux qu'à l'avenir toutes celles qui por-
teront ton nom se distinguent entre toutes les femmes
par la sublimité de leur génie, leur beauté, leurs grâces,
leur politesse et leur sagesse. Je veux qu'elles soient
au plus haut degré marquées du signe de la vertu, de
sorte que tous les écrivains s'attachent à célébrer ce
nom illustre, et que les échos du Parnasse, du Pinde et
de l'Hélicon retentissent à jamais du nom d'Isabelle! »

XXX. — Ainsi parla le créateur du monde, et sa voix
rendit l'air et la mer plus sereins et plus calmes qu'ils ne
le furent jamais. Cette âme chaste alla prendre sa place

dans le troisième ciel, où elle se trouva réunie à son cher Zerbin. Elle laissa sur la terre, plein de honte et de confusion, ce nouveau Breusse à qui la pitié était inconnue. Lorsque les vapeurs du vin se furent dissipées, il reconnut son erreur et en fut accablé.

XXXI. — Il crut pouvoir apaiser et satisfaire en partie l'âme bienheureuse d'Isabelle en éternisant la mémoire de celle qu'il avait privée de la vie. Dans cet espoir, il fit de la petite église qu'il habitait, et où Isabelle était tombée sous ses coups, un tombeau qu'il érigea de la manière que je vais vous exposer.

XXXII. — De tous les environs il fit venir, de gré ou de force, des ouvriers qu'il réunit au nombre d'environ six mille. D'énormes pierres furent par eux détachées des montagnes voisines, et élevées les unes sur les autres pour former une pyramide qui, du sommet à la base, mesurait quatre-vingt-dix brasses. Elle enferma l'église, au centre de laquelle furent déposés dans une tombe commune les corps des deux amants.

XXXIII. — Cet édifice a quelque ressemblance avec le môle immense construit par Adrien sur les bords du Tibre. Rodomont fait élever près du mausolée une tour qu'il se propose d'habiter pendant quelque temps. Une rivière coulait près de là : il y fait construire un pont qui n'a pas plus de deux brasses de largeur : il est beaucoup plus long, mais si étroit que deux cavaliers n'y pourraient passer de front.

XXXIV. — Ils n'y passeraient pas plus facilement en venant à la rencontre l'un de l'autre : rien d'ailleurs n'empêchait que l'on ne tombât dans l'eau d'un coté et de l'autre, car il n'avait ni appui ni parapet. Rodomont veut que tous les guerriers païens ou chrétiens n'y puissent passer sans le payer cher : il érigera avec leurs dépouilles mille trophées autour du tombeau d'Isabelle.

XXXV. — En moins de dix jours fut achevé le pont par lequel la rivière était traversée. Mais la construction du mausolée et de la haute tour demanda un plus long travail ; son élévation fut telle qu'une sentinelle put y être placée en observation, et, en sonnant du cor, avertir Rodomont, dès qu'un chevalier se dirigeait vers le pont.

XXXVI. — Alors il prenait ses armes et, si le voyageur arrivait par l'une ou par l'autre extrémité du pont il, se présentait à sa rencontre. S'il venait du côté de la tour, Rodomont marchait sur lui par la rive opposée. Ce petit pont était le champ de bataille ouvert aux combattants. Pour peu que le cheval s'écartât de la route il tombait dans le fleuve large et profond. Le monde entier ne possédait pas un passage aussi périlleux.

XXXVII. — Une singulière idée avait traversé la tête du Sarrasin ; il s'était imaginé qu'en s'exposant au danger de la rivière où il boirait plus d'eau qu'il ne l'aurait voulu, il laverait le crime que l'excès du vin lui avait fait commettre, et qu'il en serait alors complétement purifié. Il se disait que l'eau efface les fautes que le vin a fait commettre ou à la langue ou à la main, aussi bien qu'elle enlève au vin lui-même toute sa puissance.

XXXVIII. — Un grand nombre de guerriers vinrent de ce côté en peu de jours, suivant naturellement leur chemin, car c'était le plus direct pour aller en Espagne ou en Italie ; d'autres y étaient attirés par leur seul courage pour acquérir de la gloire ou de l'honneur, avantages plus précieux que leur vie. Mais, au lieu des triomphes qu'ils espéraient, tous perdirent leurs armes, quelques-uns même la vie.

XXXIX. — Lorsque ceux que Rodomont avait vaincus étaient païens, il se contentait de garder leurs armes et leurs dépouilles qu'il suspendait au mausolée en y inscrivant les noms de ceux qui les avaient portées. Quant aux chrétiens, il les gardait tous pour les envoyer, je pense, à Alger. Tel était l'état des choses lorsque, l'œuvre à peine achevée, Roland devenu insensé arriva dans ce lieu.

XL. — C'était par hasard que le malheureux comte d'Angers était arrivé sur le bord de cette rivière où Rodomont, je viens de le dire, venait de terminer à peine la tour du mausolée et le pont. Le païen était couvert de toutes ses armes, excepté de la visière de son casque, au moment où Roland survint et parut à l'entrée du pont.

XLI. — Dans son impatience Roland, égaré d'ailleurs par sa folie, franchit la barrière et court sur le pont ; mais Rodomont, qui se trouvait à pied devant la grande tour, est transporté de fureur à cette vue ; il lui crie de loin de l'air le plus menaçant et sans tirer contre lui son épée : « Halte là ! paysan indiscret ! insolent ! téméraire ! importun ! sans gêne !

XLII. — « Les gentilshommes et les cavaliers seuls ont le droit de passer sur ce pont, qui n'est pas fait pour un animal tel que toi ! » Roland, qui avait bien d'autres pensées en tête, continue à s'avancer sans entendre ces injures : « Il faut que j'aille châtier comme il le mérite cet insensé, dit Rodomont s'avançant contre lui pour le jeter dans la rivière, ne croyant pas trouver quelqu'un qui lui réponde. »

XLIII. — Dans le même temps, se dirigeait vers le fleuve, pour passer le pont, une jeune dame parée avec élégance, dont la figure charmante respirait la modestie et la grâce. C'était, vous ne l'avez pas oublié, seigneur, la jeune fille qui s'en allait cherchant Brandimart, son amant, partout excepté où il était, c'est-à-dire dans l'intérieur de Paris.

XLIV. — Quand Fleur-de-Lis arriva sur le pont, Roland était déjà aux prises avec Rodomont, qui cherchait à le précipiter du pont dans la rivière. Elle connaissait depuis longtemps le comte d'Angers ; en le voyant elle demeura pleine de surprise de la folie que le faisait ainsi courir tout nu.

XLV. — Elle s'arrête pour savoir quelle pourra être l'issue du conflit qui met aux prises deux hommes si vigoureux ; chacun d'eux fait des efforts inouïs pour jeter l'autre par dessus le pont. Comment se peut-il qu'un fou puisse avoir tant de force ? disait le fier païen entre ses dents ; il le retourne tantôt d'un côté, tantôt de l'autre ; la résistance qu'il rencontre remplit son âme orgueilleuse de dépit et de rage.

XLVI. — Il cherche à le saisir avec une main, avec l'autre, essayant tous les moyens possibles pour le renverser ; passant alternativement le pied droit et le pied gauche entre ses jambes, il tâche de l'ébranler. Tournant autour de Roland, il a l'air d'un ours stupide qui croit déraciner l'arbre d'où il est tombé, et qui exerce contre lui sa fureur et sa rage comme s'il était cause de sa chute.

XLVII. — Entièrement privé de sa raison, Roland n'opposait à tous ces efforts que sa force naturelle, cette force qui n'a que peu ou peut-être point d'égale dans l'univers. Il serre entre ses bras le païen et, en se laissant tomber dans le fleuve du haut du pont, il l'entraîne avec lui. Tous deux sont donc au fond du fleuve dont l'eau jaillit, et le bruit de leur chute fait trembler le rivage.

XLVIII. — L'eau les force à se séparer. Roland qui est tout nu nage comme un poisson ; jetant de côté et d'autre ses bras et ses jambes, il atteint le rivage ; dès qu'il se voit hors de l'eau, il court de toutes ses forces sans s'inquiéter de l'effet digne de louange ou de blâme que produira son action. C'est avec bien plus de peine que Rodomont, embarrassé par le poids de ses armes, parvient, mais plus tard, jusqu'au bord.

XLIX. — Pendant ce temps, Fleur-de-Lis avait passé le pont et la rivière sans rencontrer d'obstacle. Elle considère le mausolée dans toutes ses parties et cherche si elle y verra les devises de son cher Brandimart. Mais elle n'aperçoit ni ses armes, ni sa cotte de mailles, et elle part, espérant les retrouver ailleurs. Mais parlons encore du comte d'Angers qui, dans sa course rapide, a laissé derrière lui la tour, la rivière et le pont.

L. — Il y aurait folie de ma part à vous raconter, les unes après les autres, toutes les folies de Roland. Le nombre en fut si grand que leur histoire en serait interminable. Je choisirai les plus remarquables et les plus dignes d'être racontées en vers, celles enfin qui rentreront le mieux dans le cadre de ce poëme. Je n'oublierai pas la plus étonnante, celle qui eut pour théâtre les Pyrénées au-dessous de Toulouse.

LI. — Roland avait déjà parcouru, toujours poussé par son aveugle égarement, une grande étendue de pays. Il arriva enfin à la montagne qui sépare la France de la Catalogne. Se dirigeant toujours vers les lieux où le soleil éteint ses lumineux rayons, il atteignit un étroit sentier qui dominait une profonde vallée.

LII. — Il trouva sur son passage deux jeunes bûcherons qui poussaient devant eux leur âne chargé de bois. Tout l'extérieur de Roland le faisait juger comme un malheureux dont la tête était dépourvue de cervelle. Ils lui crient d'une voix menaçante de reculer ou de se mettre de côté, en laissant libre le milieu du chemin.

LIII. — Roland ne répond rien, mais lance avec fureur un coup de pied qui atteint le poitrail de l'âne ; avec sa force surhumaine, il l'enlève si haut qu'on l'eût pris pour un petit oiseau volant dans l'air. Le pauvre roussin va tomber sur le sommet d'une colline qui s'élevait à un mille au delà de la vallée.

LIV. — Roland s'avance ensuite vers les deux jeunes gens : l'un, plus heureux que sage, s'était dans sa frayeur jeté dans le précipice ayant une profondeur de deux fois trente brasses. Pendant qu'il roulait, il s'accrocha aux branches flexibles d'un buisson de ronces qui lui égratignèrent le visage, mais le laissèrent sans autre mal.

LV. — L'autre s'attache à un tronc d'arbre sortant du rocher, et essaye de grimper jusqu'à son sommet, espérant, s'il peut l'atteindre, échapper aux coups de cet insensé. Mais Roland, qui ne veut pas le laisser vivre, le saisit, au moment où il cherche à gagner le dessus de son arbre, par les deux pieds, qu'il écarte de toute la force de ses bras, en sorte qu'il partage en deux parties le corps de ce malheureux.

LVI. — Il lui fait subir le même sort qu'au héron ou au poulet quand on veut rassasier un faucon ou un épervier de leurs entrailles encore chaudes. On doit la connaissance de ce fait à celui qui avait fait une si heureuse chute, puisqu'en courant risque de se rompre le cou il avait pu échapper à la mort. Il la raconta à d'autres, et c'est ainsi que Turpin l'ayant apprise lui-même, nous en a, dans ses écrits, conservé le souvenir.

LVII. — Tels furent, avec beaucoup d'autres tout aussi surprenants, les actes de folie commis par Roland dans la montagne. Après bien des détours, il descendit vers le midi, entra en Espagne, suivit les bords de la mer qui baigne Tarragone, et, toujours dominé par la folie qui le possédait, il prit la résolution d'y établir sa demeure solitaire.

LXVIII. — Il s'enfonce dans le sable aride et mouvant pour essayer de se défendre contre les ardeurs du soleil. Mais voici qu'un hasard extraordinaire amène en ce lieu la belle Angélique et son époux, descendus, comme je vous l'ai raconté plus haut, du sommet des montagnes sur la terre espagnole. Angélique était arrivée à quelques pas de Roland sans l'avoir aperçu.

LIX. — Elle le voit alors, mais il est si différent de ce qu'il était qu'il lui est impossible de le reconnaître. Depuis le jour où avait éclaté sa folie, il était resté nu au soleil comme à l'ombre. Sa peau était devenue aussi noire que s'il fût né dans l'aride Syène, chez les Garamantes, adorateurs d'Ammon, ou près des monts d'où découle le Nil.

LX. — Ses yeux s'étaient enfoncés dans sa tête; sa face amaigrie était aussi décharnée qu'un os et sa chevelure hérissée présentait un spectacle horrible. Angélique ne l'eut pas plutôt aperçu, qu'elle s'enfuit épou-

vantée. Toute tremblante, et faisant retentir l'air de ses
cris, elle courut se mettre sous la protection de son
guide.

LXI. — Roland la voit et, dans sa furieuse folie, se
lève aussitôt pour la retenir. Ces traits si charmants
produisent sur lui un effet irrésistible et allument en
lui tous les feux du désir. Il ne se souvient nullement
d'avoir eu pour elle la passion la plus vive et de l'avoir
courtisée. Il court après elle, mais comme le chien de
chasse qui poursuit une proie.

LXII. — Médor voyant ce fou courant après sa maîtresse, pousse contre lui son cheval et le heurte, de
son épée il le frappe par derrière, ne pouvant l'atteindre que par le dos. Il croit pouvoir d'un seul coup
lui abattre la tête; mais il lui trouve la peau dure comme
un os, plus dure même que le l'acier, car Roland, on
le sait, en venant au monde, avait reçu d'une fée le
don d'être invulnérable.

LXIII. — Roland se sent frapper par derrière, il se
retourne et en même temps, serrant le poing, il assène,
avec cette force qui dépasse toute mesure, un coup
si violent sur le cheval de Médor, qu'il le brise comme
s'il était de verre, et le fait tomber mort à ses pieds,
puis aussitôt se précipite sur les traces de la fugitive.

LXIV. — Angélique lance à toute vitesse sa jument,
la frappant de la baguette et la piquant de l'éperon.
Lors même qu'elle volerait plus rapidement que la
flèche lancée par un arc, elle trouverait sa course trop
lente. Elle se souvient enfin qu'elle a au doigt l'anneau qui peut la sauver; elle le met dans sa bouche,
et l'anneau, conservant toute sa vertu, la fait disparaître comme la bougie qu'un souffle a éteinte.

LXV. — Dans le moment même où Angélique mit
l'anneau dans sa bouche, elle perdit l'équilibre et tomba
sur le sable. Je serais fort embarrassé pour dire quelle
avait été la cause de sa chute; était-ce la peur ou le

mouvement qu'elle avait fait en prenant son anneau,
ou sa jument avait-elle fait un faux pas ? Je confesse
sur ce point mon ignorance.

LXVI. — Quoi qu'il en soit, si elle fût tombée à
quelques doigts plus loin elle aurait été heurtée par le
fou qui, dans sa course, l'aurait tuée sans aucun doute :
mais le hasard le plus heureux vint à son secours. Il
lui fallut se mettre à la recherche d'un autre cheval et
employer pour le trouver tout son art, comme elle l'avait
déjà fait, car elle ne reverra jamais celui que va poursuivre le paladin.

LXVII. — Elle en trouvera certainement un autre. En
attendant, suivons Roland dont la disparition d'Angélique
ne diminue ni l'impétuosité ni la colère. Il poursuit
la jument sur le sable desséché ; chaque instant le rapproche d'elle, déjà il la touche, il la saisit par la
crinière, puis par la bride et l'arrête enfin.

LXVIII. — Le paladin est aussi joyeux de l'avoir
prise qu'un autre le serait d'avoir enlevé une jeune
demoiselle. Il rajuste les rênes et le mors, saute dessus
et se met en selle ; il fait galopper la bête sans fin et
sans repos en lui faisant parcourir, d'un côté puis d'un
autre, plusieurs milles. Il ne quitte pas un seul instant
la bride ni la selle, et ne lui laisse brouter ni l'herbe
ni le foin.

LXIX. — Il essaie de lui faire franchir un fossé, il
tombe dans l'eau avec elle ; il ne se fait aucun mal dans
sa chute, il ne la sent même pas : mais l'épaule de la
jument se brise. Pour la retirer du fond de l'eau, Roland
ne sait quel moyen employer ; à la fin il la charge sur
son dos, remonte sur la rive, et portant ce fardeau parcourt une distance égale au moins à trois portées de
trait.

LXX. — S'apercevant cependant qu'il porte une
charge trop pesante, il pose la jument à terre voulant
la conduire à la main. Elle marche à sa suite, mais d'un
pas lent et boiteux. « Va donc ! » lui disait Roland sans

pouvoir se faire obéir. Mais, lors même qu'elle l'eût suivi au galop, elle n'aurait pas été assez vite au gré de sa folie. Il lui enlève enfin son licou et l'attache à son pied droit.

LXXI. — En cet état, il la traîne et l'assure qu'elle pourra marcher ainsi plus aisément. Mais son poil, puis sa peau sont écorchés par les cailloux dont sont couverts ces mauvais chemins, et le malheureux animal expire bientôt de fatigue et de douleur. Roland ne s'en aperçoit pas, et continue sa route en courant.

LXXII. — Quoique morte, il traîne la jument après lui en marchant vers l'occident. Quand il se sent pressé par la faim, il saccage les villages et les châteaux enlevant les fruits, le pain et la viande qui se trouvent à sa portée; commettant mille violences pour les obtenir, il tue l'un, estropie l'autre, ne s'arrête pas et va toujours devant lui.

LXXIII. — C'est ainsi qu'il aurait probablement traité Angélique si son anneau ne l'avait pas fait disparaître à ses yeux. Il ne distinguait pas le noir d'avec le blanc, et tout en faisant le mal il croyait bien faire. Malédiction sur l'anneau et même sur celui qui fit à Angélique ce funeste cadeau ! Sans lui, Roland se serait vengé pour lui-même et en même temps pour mille autres.

LXXIV. — Plût à Dieu que Roland eût pu tenir entre ses mains non pas seulement Angélique, mais toutes celles qui aujourd'hui se rendent coupables d'une semblable ingratitude et qui n'ont qu'une bien légère dose de vertu ! Mais, je le vois, les cordes de ma lyre, trop relâchées par mes chants, pourraient bien ne rendre que des sons discordants. Laissons-les quelque temps en repos pour qu'elles soient plus tard moins désagréables à ceux qui m'écoutent.

CHANT TRENTIÈME

ARGUMENT

Roland continue à donner des signes de folie. — Agramant fait son possible pour réconcilier Roger et Gradasse avec Mandricard. — Malgré les efforts de Doralice, celui-ci se bat contre Roger et est tué. — Hippalque retourne à Montauban. — Roger écrit une lettre à Bradamante qui devient jalouse de Marphise. — Arrivée de Renaud à Montauban ; il emmène ses frères.

I. — Quand la raison s'est laissé dominer sans défense par l'impétuosité de la colère, et que sous l'empire de cette passion on n'a pas craint d'offenser du geste ou de la parole ceux que l'on aime, on ne tarde pas à se repentir ; on gémit, on pleure ; mais tous ces regrets ne réparent point la faute commise. Je suis quant à moi bien coupable : le dépit m'a fait dans le dernier chant dire des choses dont je suis maintenant très-affligé.

II. — C'est que je suis comme un malade qui, à force de souffrir, perd toute patience. Quand sa douleur est portée à l'excès, il se laisse aller à son désespoir ; sa plainte va même jusqu'au blasphème. Mais la violence du mal a-t-elle cessé, l'emportement qu'il avait excité tombe avec lui, et la bouche du malade n'exhale plus les mêmes plaintes. Il reconnaît son tort, il s'en repent, il le regrette ; mais il n'est plus temps, les paroles une fois échappées ne reviennent plus.

III. — Je vous demande donc pardon, belles dames, je l'implore de votre bonté. Vous excuserez ce que l'excès d'une passion malheureuse m'a fait dire. Cet égarement, cette folie, accusez-en ma belle ennemie,

8.

dont la rigueur me réduit au dernier degré de la misère et me fait dire ce dont ensuite je gémis. Dieu sait si je l'aime, et combien elle a de torts envers moi !

IV. — Je ne suis pas plus maître de moi que ne le fut Roland, et je ne suis pas moins excusable. Ce paladin, traversant les montagnes, errant par les plaines, avait parcouru la plus grande partie du royaume de Marsile. Longtemps il avait traîné, sans s'arrêter nulle part, sa cavale privée de vie ; mais il fut bien forcé de l'abandonner lorsqu'il fut arrivé à un endroit où un grand fleuve se jette dans la mer.

V. — Aussi habile nageur qu'une loutre, il entra dans le fleuve et arriva bientôt sur l'autre rive. Là se trouvait un pâtre monté sur un cheval qu'il conduisait au fleuve pour l'abreuver. Quoique Roland aille à sa rencontre, ce pâtre le voyant seul et tout nu ne se détourne pas. « Je voudrais, lui dit l'insensé, échanger ma jument contre ton cheval.

VI. — « Tu peux, si tu veux, la voir d'ici ; elle est étendue là-bas sur l'autre bord. Elle est morte il est vrai, mais elle n'a que ce seul défaut. Tu pourras facilement la guérir. Donne-moi seulement ton roussin avec quelque chose de retour. Il me plaît beaucoup ; descends donc, je te prie. » L'autre se met à rire et sans lui répondre se dirige vers l'abreuvoir et s'éloigne de ce fou.

VII. — « Holà ! ne m'entends-tu pas ? je te dis que je veux ton cheval, s'écrie Roland s'avançant avec fureur. » Le pâtre, qui tenait à la main un bâton noueux, en assène un coup sur le paladin. Celui-ci se dresse avec une fureur et une rage pour lesquelles il n'est pas d'expression humaine. Plus terrible que jamais, il frappe d'un coup de poing la tête du malheureux, la lui brise et le renverse mort sur la terre.

VIII. — Il saute aussitôt sur le cheval du pâtre, court à travers champs au hasard, saccageant tout sur son passage. Le roussin ne touche ni au foin ni à l'avoine et

en peu de jours est à bout de ses forces. Roland ne va
pas à pied pour cela ; il veut voyager gratis, et autant il
en rencontre, autant il s'en approprie après avoir tué
ceux qui les montaient.

IX. — A Malaga, où il arriva enfin, il fit plus d'ex-
travagances et commit plus de désordres qu'il n'avait
fait jusqu'alors. Il fit à ses habitants un mal qui ne put
être réparé ni cette année ni la suivante. Ce terrible
fou en tua un si grand nombre et renversa ou brûla tant
de maisons que plus d'un tiers du pays fut ruiné.

X. — De là il arriva dans une ville nommée Zizévas,
située au détroit de Gibraltar ou de Gibelterre, car on
lui donne ces deux noms. Là il vit une barque qui s'éloignait du rivage remplie d'une société qui, par partie de
plaisir, profitait de la fraîcheur du matin pour faire une
promenade sur une mer calme et tranquille.

XI. — Aussitôt il se met à crier à ces gens de s'arrêter, car il lui prend fantaisie d'aller dans cette barque :
mais il a beau crier et s'égosiller, personne ne se soucie
de se charger d'un tel compagnon de voyage. La barque
s'éloigne avec toute la vitesse de l'hirondelle qui traverse les mers. Roland pousse en avant son cheval, le
frappe, le pique, et à l'aide d'un gros bâton le force à
entrer dans la mer.

XII. — Il y entre, en effet, malgré toute sa résistance,
quelques efforts qu'il fasse, il s'y baigne d'abord les genoux, puis la croupe et le ventre, et enfin la tête. Déjà
on le perd presque de vue. En vain essaierait-il de
retourner en arrière, le bâton qui frappe sans relâche ses
oreilles le fait aller toujours en avant. Le pauvre animal doit périr ou traverser le détroit qui sépare l'Espagne de l'Afrique.

XIII. — Cependant Roland a perdu de vue le rivage
et la barque qui l'avait engagé à quitter la terre. Ils
sont trop loin et disparaissent à ses yeux, au-dessus des-
quels s'élèvent les flots et les vagues. Il n'en continue
pas moins à faire avancer son cheval, il veut décidément

aller jusque sur l'autre côté du détroit. Mais le cheval, s'enfonçant trop profondément dans l'eau et ne pouvant respirer, cesse à la fois de vivre et de nager.

XIV. — Il aurait sans doute entraîné son cavalier avec lui, si celui-ci ne se fût soutenu sur ses bras. Il fait mouvoir ses deux jambes et ses deux mains, écarte par le souffle de sa bouche l'eau qui veut y entrer. L'air était doux et la mer calme et il avait grand besoin qu'i en fût ainsi : la moindre agitation sur la surface de l'onde l'aurait fait périr.

XV. — Mais la fortune, toujours favorable aux fous, l'arracha à la mer et le fit parvenir jusqu'au rivage. Il aborda à Ceuta sur une plage éloignée des murs de deux portées de trait. Courant toujours au hasard le long de la mer du côté du levant, il finit par rencontrer une nombreuse armée de noirs campée sur le rivage.

XVI. — Laissons errer le paladin dont j'aurai plus d'une fois à parler plus tard. Quant à ce qui arriva à Angélique après s'être, par un heureux hasard, échappée des mains de cet insensé ; comment, pour retourner dans son pays, elle trouva un bon navire ; comment, après une navigation secondée par un vent propice, elle arriva dans l'Inde dont elle remit le sceptre entre les mains de son cher Médor, c'est un sujet qu'un autre poëte chantera peut-être un jour sur une lyre meilleure que la mienne.

XVII. — Il me reste à dire tant de choses intéressantes que j'éprouverais peu de plaisir à parler encore de cette ingrate beauté. Je dois consacrer toutes les ressources de mon art au prince tartare qui, débarrassé de son rival, possédait sans opposition la beauté qui n'avait plus d'égale dans l'Europe depuis qu'Angélique en était partie et que la vertueuse Isabelle avait quitté la terre pour le ciel.

XVIII. — Mandricard, fier de la préférence que lui avait donnée cette belle, ne put pas jouir entièrement de son bonheur, car il avait sur les bras bien d'autres affaires. Il s'agit des querelles qui lui étaient suscitées, l'une par Roger qui réclamait l'aigle blanche, et l'autre par le célèbre roi de Séricane qui lui disputait la possession de Durandal.

XIX. — Toutes les tentatives faites par Agramant et Marsile pour mettre fin à ces contestations sont inutiles. Ils ne peuvent parvenir à les réconcilier. Loin de là, ils n'obtiennent pas de Roger qu'il abandonne à Mandricard l'écu jadis porté par le héros troyen, et de Gradasse qu'il lui permette de se servir de l'épée seulement jusqu'à ce que la querelle ait pris fin.

XX. — Roger refuse de lui permettre d'engager un nouveau combat avec son bouclier, et Gradasse ne veut pas qu'il emploie contre un autre que lui l'épée qu'a portée l'illustre Roland. « Pourquoi donc, leur dit Agramant, ne laisserions-nous pas au sort, sans plus de paroles, la décision de la question : que la fortune prononce et nous souscrirons à son arrêt.

XXI. — « Si vous voulez me complaire, et mériter mon éternelle reconnaissance, vous tirerez au sort à qui combattra Mandricard, mais à une condition; c'est que celui qu'il aura désigné prendra en main les deux affaires. S'il est vainqueur, il le sera pour son compagnon comme pour lui. Dans le cas contraire, la partie sera perdue pour tous deux.

XXII. — « Gradasse et Roger ont, je pense, une égale valeur; quel que soit celui des deux que le sort désigne, je suis sûr qu'il fera admirablement son devoir. Ce sera donc la Providence qui déterminera à qui doit appartenir la victoire. Le vaincu n'aura pas de reproches à se faire, il ne pourra s'en prendre qu'à la fortune. »

XXIII. — Gradasse et Roger ne purent qu'accéder à cette proposition, à laquelle ils n'avaient rien à répliquer. Ils convinrent que celui des deux dont le nom sortirait le premier de l'urne prendrait en main les deux querelles. Leurs noms furent donc inscrits sur deux billets d'une forme et d'une grandeur égales, une urne les reçut, et on l'agita pour qu'ils se mêlassent.

XXIV. — La main d'un enfant prit dans l'urne un des
billets, le hasard voulut qu'il fût celui qui portait le
nom de Roger, celui de Gradasse resta au fond du vase.
Il serait impossible d'exprimer la joie qu'éprouva Roger
en voyant que son nom était sorti de l'urne, et le chagrin profond que ressentit le roi de Séricane; mais
le ciel avait prononcé, il fallut qu'on se soumît à son
arrêt.

XXV. — Gradasse s'employa du mieux qu'il put à tout
ce qui pouvait favoriser Roger et lui assurer la victoire; il y mit tous ses soins, lui fit connaître toutes les
ressources de l'art, qu'une longue expérience lui avait
enseignées; comment il devait se couvrir du bouclier ou
de l'épée, quelle différence il y avait entre une botte
feinte et une botte réelle, dans quel cas il faut tenter la
fortune ou se garantir contre ses chances; il lui explique
enfin un à un tous les mouvements possibles avec les
plus grands détails.

XXVI. — Tout le reste du jour où l'on avait consulté
le sort et arrêté les conventions, les amis des deux
champions le consacrèrent à donner à chacun d'eux les
avis usités en pareille circonstance. Le peuple, toujours
avide de pareils spectacles, se réunit sur le lieu où devait avoir lieu le combat. Il ne suffit pas au plus grand
nombre d'y arriver avant le jour, ils voulurent encore y
passer la nuit.

XXVII. — Cette sotte populace est impatiente de voir
aux prises les deux braves chevaliers. Elle ne porte pas
sa pensée au delà, ne comprenant que ce qui frappe ses
yeux. Mais Sobrin, Marsile et les hommes les plus
sensés, accoutumés à distinguer ce qui est utile d'avec
ce qui nuit, désapprouvent ce combat et blâment Agramant qui l'a permis.

XXVIII. — Ils ne cessent de lui rappeler combien
cette épreuve peut être funeste au peuple sarrasin, que
ce soit Roger ou le prince tartare qui succombe; un
seul des deux lui rendrait plus de services en l'opposant

au fils de Pépin que dix mille guerriers parmi lesquels
on pourrait à peine en trouver un de bon.

XXIX. — Le roi sent bien qu'ils ont raison, mais il
ne peut revenir sur sa promesse. Il prie seulement Mandricard et le vaillant Roger de lui rendre sa parole. Ils
devraient y consentir d'autant plus que le sujet de leur
querelle est tout à fait puéril et qu'elle ne mérite pas
d'être vidée par un combat singulier. Si toutefois ils
refusent d'obtempérer à ce désir, qu'ils remettent du
moins à un autre temps cette bataille.

XXX. — Il voudrait la voir renvoyée à cinq ou six
mois plus ou moins, jusqu'à ce que l'on ait chassé
Charlemagne de son royaume, qu'on lui ait enlevé son
sceptre, son manteau et sa couronne. Ces représentations et ces prières ne sont pas écoutées : l'un et l'autre,
quelque désir qu'ils aient d'obéir au roi, demeurent
inébranlables. Ils pensent que celui qui consentirait à un
pareil accord serait à jamais déshonoré.

XXXI. — Mais plus que le roi, plus qu'aucun de ceux
qui essayent en vain de fléchir le Tartare, la belle fille
du roi Stordilan le conjure et le presse en versant des
larmes et d'une voix suppliante de céder aux prières
du roi d'Afrique et de se rendre aux vœux unanimes de
l'armée. Elle se lamente et se désespère des continuelles
alarmes et de l'anxiété auxquelles la condamnent les
dangers qu'il court.

XXXII. — « Malheureuse que je suis ! disait-elle,
que puis-je faire pour trouver un peu de repos, si,
tantôt contre l'un, tantôt contre l'autre, vous êtes toujours disposé à prendre la lance, à vêtir le haubert, à
endosser la cuirasse ? A quoi sert à mon cœur la joie
que j'ai éprouvée en vous voyant triompher dans la
lutte que vous avez soutenue pour moi, si je vous vois
encore en entreprendre une autre non moins périlleuse ?

XXXIII. — « Hélas ! c'est bien vainement que j'étais
fière de voir un si grand roi, un chevalier si accompli

braver pour moi tous les dangers et hasarder sa vie
dans un combat terrible, puisque maintenant, pour un
motif aussi futile, il s'expose à un péril semblable. Ce
n'est donc pas l'amour qui fut votre mobile, c'est votre
férocité naturelle qui vous a mis les armes à la main !

XXXIV. — « Mais si votre amour est tel que vous
me l'assuriez à toute heure, c'est par lui, c'est par la
cruelle douleur qui me presse et me tue, que je vous
conjure de souffrir que ce Roger place comme vous sur
son bouclier l'aigle blanche. Dites-moi donc quel mal
ou quel bien peut résulter pour vous de ce qu'il aura
laissé ou gardé cet emblème ? »

XXXV. — Par ces paroles et d'autres semblables,
accompagnées de soupirs et de larmes, Doralice passe
la nuit entière à supplier son amant d'accepter la paix
qu'on lui propose. Et Mandricard recueillant sur ses
beaux yeux les pleurs qui s'en échappent et sur ses
lèvres plus vermeilles que des roses les douces plaintes
qu'elle exhale, ne peut lui-même retenir ses larmes et
lui répond :

XXXVI. — « Cessez, chère âme de ma vie, cessez
de vous désoler ; au nom de Dieu, ne vous alarmez pas
pour un motif aussi léger ! Lors même que Charles,
le roi d'Afrique, tous les Maures et tous les Français
ici rassemblés lèveraient contre moi seul l'étendard de
la guerre, vous n'auriez pas à vous en alarmer. Vous
faites de moi bien peu d'estime, si un guerrier tel que
Roger vous fait trembler pour moi !

XXXVII. — « Vous devriez n'avoir pas oublié que
moi seul, sans avoir ni épée, ni cimeterre, armé seulement d'un tronçon de lance, j'ai mis en fuite une troupe
nombreuse de chevaliers qui me barraient le chemin.
Gradasse raconte à qui veut l'entendre, bien qu'avec
dépit et la rougeur au front, qu'il a été retenu prisonnier par moi dans un château de Syrie, et Gradasse est
autrement renommé que Roger.

XXXVIII. — « Le même Gradasse sait aussi de même

qu'Isolier votre parent et Sacripant, je parle du roi de
Circassie, et le fameux Griffon, et Aquilant et cent
autres qui peu de jours auparavant avaient été pris à
ce passage, chrétiens et musulmans, ont été délivrés
par moi.

XXXIX. — « Ils sont encore émerveillés des coups
terribles par lesquels j'ai signalé mon bras dans cette
même journée : ma gloire y fut plus grande que si
j'avais eu à lutter contre l'armée des Maures et celle
des Français. Et vous pourriez penser qu'un jeune
homme, un enfant comme Roger, se battant seul contre
moi, puisse mettre en danger mon honneur ou ma vie?
Aujourd'hui que je possède Durandal et l'armure
d'Hector, ce Roger pourrait-il vous inspirer quelque
crainte ?

XL. — « Ah ! pourquoi n'ai-je pas eu à vous conquérir les armes à la main ? Vous auriez eu de mon
courage des témoignages si éclatants que vous ne dou-
teriez pas du sort qui sera aujourd'hui celui de Roger.
Séchez donc vos pleurs et, au nom du ciel, épargnez-
moi vos tristes présages; soyez certaine que si je
veux combattre, j'y suis engagé par mon honneur plutôt
que par l'oiseau blanc peint sur un écu ! »

XLI. — Quand Mandricard eut fini de parler, la
dame désolée ne manqua pas de raisons à lui opposer.
Le forcer à changer de résolution n'aurait pas été une
impossibilité pour une volonté tellement opiniâtre qu'elle
aurait fait changer de place la plus pesante colonne.
La jeune beauté vêtue d'une robe légère devait triompher
du guerrier bardé de fer : elle avait fini par obtenir de
lui que, si le roi lui parlait encore de trêve, il l'accepte-
rait pour lui plaire.

XLII. — Il l'aurait fait véritablement si, au moment
où l'aurore annonçait par sa présence sur l'horizon le
lever du soleil, Roger, toujours plein d'ardeur, voulant
prouver qu'il avait raison de porter l'aigle superbe, ne
se fût présenté dans la lice, sonnant du cor et tout armé

pour éviter tout délai et prévenir les pourparlers. Déjà
le peuple l'y avait précédé.

XLIII. — Aussitôt que le Tartare eut entendu le bruit
sonore qui le défiait au combat, il ne voulut plus qu'on
lui parlât de conciliation; il s'élance hors de son lit et
demande à grands cris ses armes. Il porte sur son
visage un air si fier et si résolu que Doralice elle-même
n'ose lui parler de paix ni de trêve. Le combat est donc
devenu inévitable.

XLIV. — Il se hâte de s'armer, refuse le service
que lui rendent ordinairement ses écuyers, puis monte
en toute hâte sur le cheval qui porta autrefois le vaillant défenseur de Paris. Il arrive en courant sur la
place où devait avoir lieu le combat qui devait terminer
cette grande querelle. Bientôt le roi, la cour tout entière
s'y rendent à l'heure indiquée et rien ne peut désormais
retarder la lutte.

XLV. — On pose sur leurs têtes et on lace leurs
casques brillants; on met entre leurs mains les lances;
soudain la trompette éclatante donne le signal qui fait
pâlir tous les spectateurs. Les deux guerriers mettent
leurs lances en arrêt, frappent leurs coursiers de l'éperon et vont à la rencontre l'un de l'autre avec une telle
impétuosité qu'on eût dit que le ciel tombait et que la
terre se brisait.

XLVI. — Chacun des combattants a sur son écu
cet oiseau blanc qui porte Jupiter dans le ciel. Ces deux
aigles semblent s'avancer l'un contre l'autre, comme on
voit souvent ceux de Thessalie, dont le plumage est
toutefois différent. On peut apprécier leur force et leur
valeur à la manière dont ils portent leurs pesantes antennes, et plus encore en les voyant demeurer inébranlables contre les chocs, comme le sont des tours contre
le vent et les rochers contre les vagues furieuses.

XLVII. — Les lances se brisent, les éclats s'élèvent
au plus haut des airs. Si l'on en croit Turpin, deux ou
trois de leurs débris ayant atteint la sphère du feu en

retombèrent tout enflammés. Les deux adversaires avaient saisi leurs épées et, comme des gens qui n'avaient pas peur l'un de l'autre, s'étaient chargés avec impétuosité; tous deux avaient été frappés dans la visière.

XLVIII. — C'est à la tête qu'ils portent leurs coups. Ni l'un ni l'autre ne cherche à démonter son ennemi en tuant son cheval, ce qui est toujours un acte de barbarie, car le noble animal n'est pas cause du combat. Si l'on pensait qu'ils aient agi ainsi par suite d'une convention particulière et non en vertu des antiques usages, on commettrait une grave erreur. Il n'était pas besoin pour cela de convention : tuer un cheval, c'était une honte, un crime, un déshonneur éternel.

XLIX. — La visière était double, elle put cependant résister à peine à leur attaque furieuse. Au premier coup en succèdent sans interruption une foule d'autres; ils tombent sur leurs armes aussi serrés que la grêle qui brise les feuilles, les branches, les blés et les chanvres, et détruit toutes les espérances du moissonneur. Vous savez combien Durandal et Balizarde sont tranchantes : jugez de ce qu'elles peuvent faire dans de pareilles mains.

L. — Rien cependant ne s'est encore produit d'extraordinaire, tant chacun d'eux se tient sur ses gardes. Le premier coup dangereux fut porté par Mandricard : peu s'en fallut qu'il ne fût fatal à Roger. Un de ces grands coups, que les guerriers de cette trempe ont coutume de porter, partage en deux moitiés l'écu de Roger, traverse la cuirasse qui le couvre, et le glaive cruel entame sa chair.

LI. — Les spectateurs qui s'intéressaient à Roger devinrent, en voyant ce coup, pâles d'effroi. On n'ignorait pas que tous les vœux, ou du moins le plus grand nombre, étaient pour lui; et si la fortune avait égard aux suffrages de la majorité des spectateurs, déjà Mandricard aurait été tué ou fait prisonnier. Aussi le coup qui vient de frapper Roger sembla avoir atteint le camp tout entier.

LII. — Je crois que pour empêcher l'effet d'une attaque si funeste un ange descendit du ciel. Aussitôt Roger,
plus impétueux et plus terrible que jamais, asséna un
grand coup d'épée sur la tête de Mandricard; mais, emporté par la colère, il ne put mesurer son coup et je ne
saurais trop le blâmer de n'avoir pu, en se hâtant ainsi,
frapper son ennemi de taille.

LIII. — Si Balizarde l'avait atteint avec le tranchant,
les armes d'Hector, bien qu'enchantées, n'auraient pu
préserver Mandricard. Ce coup terrible l'étourdit cependant à un tel point qu'il lâcha la bride. Trois fois il
est sur le point de tomber à la renverse et Bride-d'or,
ce coursier qui vous est si connu, se met à courir
autour du camp, triste encore d'avoir changé de maître.

LIV. — Le serpent foulé aux pieds sous l'herbe, le
lion qu'on a blessé, n'éprouvèrent jamais tant de fureur
et de rage que Mandricard en ressentit lorsqu'il fut revenu de son étourdissement. Plus cette fureur et cette
indignation prennent de force, plus s'accentuent la vigueur
de son corps et son courage; il fait faire à Bride-d'or
un saut énorme qui le rapproche de Roger, sur lequel
il fond l'épée à la main.

LV. — Il se dresse sur ses étriers, assène un grand
coup sur le casque, et il se croit bien certain de le pourfendre jusqu'à la poitrine; mais Roger, plus agile que
son adversaire, frappe d'estoc avant d'avoir été atteint,
et la pointe de sa lame acérée fait une large ouverture
au plastron qui protégeait l'aisselle droite de Mandricard.

LVI. — Il retire Balizarde qui entraîne après elle
un sang chaud et vermeil; le coup qu'il a porté empêche
que Durandal produise l'effet terrible qu'en attendait
Mandricard. Cependant Roger tombe sur la croupe de
son cheval, les yeux crispés par la douleur : si son casque
n'eût pas été si finement trempé, il n'aurait pu survivre
à ce coup épouvantable.

LVII. — Roger ne s'arrête pas, il pousse son cheval
et voit que Mandricard s'est découvert du côté droit;

ici le métal le plus fin, le mieux choisi et le plus fortement trempé ne peut rien contre cette épée, dont tous les coups sont inévitables, et qui n'a été enchantée que pour entamer, sans trouver de résistance, les mailles et les plastrons.

LVIII. — Elle pénétra donc à travers ce qui protégeait le Tartare et l'atteignit en même temps dans le flanc. Cette blessure est si douloureuse que Mandricard pousse contre le ciel d'horribles blasphèmes ; sa fureur dépasse celle des flots de la mer soulevés par la tempête, il s'apprête à faire un dernier usage de toute sa force. Dans sa colère, il jette au loin l'écu portant l'oiseau blanc au champ d'azur et empoigne à deux mains son épée.

LIX. — « Ah! dit Roger, c'est fort bien ; tu fais voir ainsi que tu es indigne de ce noble blason ; tu le jettes maintenant et tout à l'heure il s'est brisé : tu ne pourras désormais dire qu'il est fait pour toi! » Mais pendant qu'il parle ainsi, il éprouve lui-même toute la puissance de Durandal, tombant si pesamment sur sa tête que le poids d'une montagne lui aurait paru moins lourd.

LX. — Sa visière est fendue par le milieu : elle était heureusement pour lui assez éloignée de son visage : l'épée descend sur l'arçon garni de deux lames d'acier, qui ne peuvent le garantir; elle continue à descendre, atteint le harnais qu'elle tranche comme de la cire, avec l'armure qui le couvre, et fait à la cuisse une large plaie qui ne put se cicatriser que dans la suite.

LXI. — Des ruisseaux de sang rougissent les armes des deux guerriers et l'on ne peut juger encore de quel côté est l'avantage du combat. Mais Roger ne laisse pas de doute sur son résultat : il dirige d'une main sûre la pointe de sa formidable épée, fatale à tant d'autres guerriers, contre le côté de Mandricard que le bouclier ne défendait plus, et l'atteint en plein cœur.

LXII. — L'épée traverse le côté gauche de la cuirasse et s'enfonce de plus d'une palme dans le flanc, et le guerrier tartare est forcé de renoncer, non plus seule-

ment à revendiquer ses droits sur l'aigle blanche ou
sur la fameuse épée, mais à la vie, bien plus précieux
que ne pouvait l'être une épée ou un bouclier.

LXIII. — Il ne tomba pas cependant sans vengeance;
au moment même où il était mortellement atteint, il
porta à Roger un coup de cette épée dont il allait cesser
d'être le maître, et du coup il lui aurait fendu la tête si
celui qu'il avait lui-même reçu de Roger au côté droit
ne lui avait fait perdre la plus grande partie de sa vigueur.

LXIV. — Le coup porté à Roger par la main mou-
rante de Mandricard était tel qu'il aurait coupé en deux
parties le fer le plus dur et la coiffe d'acier la plus solide. Durandal entama la peau et les os et entra de deux
doigts dans la tête de Roger. Le guerrier tout étourdi
est renversé sur le sol et un ruisseau de sang s'échappe
de sa blessure.

LXV. — Il était tombé par terre avant Mandricard;
la chute de celui-ci se fit plus lentement et il se tint
encore sur son cheval si longtemps que l'on put croire
un instant que c'était lui qui aurait le prix et l'honneur
du combat. Doralice partagea cet espoir : elle avait, pendant toute cette terrible lutte, été tour à tour dans la
joie ou dans les larmes : en ce moment elle rendait déjà
grâce à Dieu, les mains élevées vers le ciel, d'avoir
donné la victoire à son amant.

LXVI. — Mais bientôt on reconnaît à des signes
certains quel est celui des deux qui vit et celui qui est
mort, et, selon que les spectateurs s'intéressent à l'un où
à l'autre, là où régnait la tristesse éclate alors la joie.
Le roi, les seigneurs, les chevaliers les plus distingués
courent à Roger qui s'était péniblement relevé : ils le
félicitent, ils l'embrassent, ils ne cessent de célébrer sa
gloire et l'entourent de témoignages de respect.

LXVII. —L'allégresse est universelle et pour com-
plimenter Roger le cœur et la bouche sont d'accord.
Gradasse seul éprouve des sentiments opposés à ceux

qu'il exprime. Son visage paraît joyeux, mais il est intérieurement jaloux de la gloire acquise par un autre. Il maudit le destin ou le hasard qui a fait sortir de l'urne le nom de Roger.

LXVIII. — Mais c'est surtout le roi Agramant qui comble de caresses affectueuses et sincères le héros du jour, sans lequel il n'avait pas voulu déployer au vent ses bannières, ni quitter l'Afrique, ni tenter, quoique avec une nombreuse armée, le sort des combats. Maintenant Roger vient d'anéantir la race d'Agrican : il l'estime plus que tout le reste du monde.

LXIX. — L'enthousiasme pour Roger, qui avait gagné les hommes, fut porté au plus haut degré encore par les dames qui étaient venues en France de l'Afrique et de l'Espagne. Doralice elle-même qui, à la vue de son amant pâle et défiguré par la mort, versait des larmes amères, aurait peut-être éprouvé les mêmes impressions, si elle n'eût été retenue par le frein puissant de la honte.

LXX. — Je dis peut-être; je ne l'assurerais pas, en effet; mais la chose était possible, tant avaient de pouvoir la beauté, les grâces, le caractère et le mérite de Roger. Nous avons vu déjà cette belle passer si facilement d'un sentiment à un autre, que plutôt que de ne pas avoir d'amant, elle aurait donné son cœur à Roger.

LXXI. — Tant qu'avait vécu Mandricard, son amour lui avait suffi : mais maintenant qu'il n'était plus, que pouvait-elle encore? Elle avait besoin d'en choisir un autre qui, soit la nuit soit le jour, fût assez vigoureux pour répondre à ses désirs. On s'était hâté de faire venir le plus habile médecin de la cour qui, après avoir examiné la blessure de Roger, répondit de sa vie.

LXXII. — Le roi Agramant s'empressa de faire coucher le guerrier dans sa tente. Il ne voulut le quitter ni le jour ni la nuit, et les soins qu'il lui prodigua témoignèrent de toute son affection pour lui. Il fit suspendre au lit du malade son bouclier et toutes ses autres armes;

il n'en excepta que Durandal qui fut mise en réserve pour
le roi de Sérieane.

LXXIII. — Roger reçut aussi tout ce qui avait appartenu à Mandricard : on lui donna de plus Bride-d'or, ce
brave et excellent coursier que Roland, dans sa folie,
avait abandonné. Mais Roger le céda au roi, voyant combien un pareil présent lui serait agréable. Quittons maintenant ce héros dont nous avons parlé si longtemps et
revenons à celle qui l'attend avec tant d'impatience et
qui, désolée, soupire après son retour.

LXXIV. — Je dois maintenant vous dépeindre les
tourments que souffrait Bradamante pendant l'absence
de son amant. Hippalque, envoyée à Montauban, revint
près d'elle, lui apportant des nouvelles de l'objet de son
tendre amour. Elle l'instruisit d'abord de ce qui était
arrivé à propos de Frontin avec Rodomont, et lui dit
ensuite comment elle avait trouvé près de la fontaine
Roger et les frères d'Aigremont.

LXXV. — Elle lui fit savoir comment il était parti
avec elle dans l'espoir de rencontrer le Sarrasin et de le
punir de la lâcheté avec laquelle il avait enlevé à une
femme son cheval Frontin, et comment il n'avait pu
exécuter ce dessein, parce qu'il avait pris un chemin différent ; enfin par quel motif il n'était pas venu à Montauban.

LXXVI. — Elle lui rapporta exactement les paroles
par lesquelles Roger se justifiait auprès d'elle, et tira
enfin de son sein la lettre qu'il lui avait remise pour
Bradamante. La sœur de Renaud prit avec plus de trouble
que de plaisir cette lettre qui lui aurait été bien plus
agréable si elle n'avait pas caressé l'espoir de revoir
bientôt son amant lui-même.

LXXVII. — Mais, après l'avoir si longtemps attendu,
se voir gratifiée d'une simple lettre, c'était un désappoin-
tement qui, répandant la tristesse sur son beau visage,
remplit son cœur de crainte, de douleur et de dépit.

Elle baisa cependant mille fois cette lettre en pensant dans le fond de son âme à celui qui l'avait écrite.

LXXVIII. — Elle la relut cinq ou six fois et voulut se faire répéter autant de fois ce qu'avait dit Roger à la jeune fille chargée de ce double message. Ses larmes continuèrent cependant à couler, et rien, je pense, n'aurait pu les arrêter, si l'espérance de revoir Roger n'avait pas été pour elle une sorte de consolation.

LXXIX. — Roger devait revenir dans quinze ou vingt jours, et il avait promis à Hippalque avec serment qu'il n'était pas à craindre qu'il dépassât ce terme. « Hélas ! pensa-t-elle, qui m'assure qu'il échappera aux accidents communs dans toutes les circonstances de la vie, mais surtout à la guerre, et qu'il n'en surviendra pas un qui empêche pour jamais son retour ?

LXXX. — « Hélas ! cher Roger, hélas ! aurais-je pu croire qu'après t'avoir aimé plus que moi-même, tu pusses me préférer, non-seulement d'autres femmes, mais encore une nation qui est ta plus cruelle ennemie ? Tu donnes l'appui de ton bras à ceux que tu devrais détruire. Puisque tu distingues si mal ceux que tu devrais récompenser et ceux que tu devrais punir, je ne sais si tu dois en recueillir la gloire ou le déshonneur.

LXXXI. — « Ton père a été immolé par Trojan ; je ne sais si tu l'ignores, mais les pierres elles-mêmes ne l'ont pas oublié ; c'est aujourd'hui le fils de Trojan que tu sers, dans l'intérêt de sa fortune et de son honneur ! Est-ce ainsi, Roger, que tu venges ton père ? Comment récompenses-tu ceux qui ont pris soin de cette vengeance, lorsque moi, qui suis de leur sang, tu me fais mourir d'inquiétude et de douleur ? »

LXXXII. — C'est ainsi que s'exhalait la douleur de Bradamante en reproches adressés non pas une fois, mais mille, à son cher Roger absent. Ses larmes ne cessaient de couler. Hippalque faisait tous ses efforts

9

pour la consoler; elle l'assurait que Roger lui demeurerait toujours fidèle, l'engageait à prendre patience et à l'attendre, puisqu'elle ne pouvait faire autrement, jusqu'au moment qu'il avait fixé pour son retour.

LXXXIII. — Les conseils rassurants d'Hippalque, l'espérance, cette compagne ordinaire des amants, calmèrent un peu les craintes et les douleurs de Bradamante; elle résolut de rester à Montauban jusqu'au terme promis, rassurée par des serments auxquels Roger cependant ne demeura pas fidèle.

LXXXIV. — Mais s'il manqua à ses promesses, il ne faut pas tout à fait l'en accuser. Retenu par bien des motifs différents, il laissa contre sa volonté passer le terme convenu. Force lui fut de rester couché pendant plus d'un mois, entre la vie et la mort. Car après le combat, les blessures qu'il avait reçues du Tartare devinrent de plus en plus douloureuses.

LXXXV. — La tendre Bradamante l'attendit tout le jour, mais l'attendit en vain; elle n'avait rien appris de lui depuis son départ, si ce n'est ce que lui avaient rapporté Hippalque et son jeune frère. Celui-ci lui apprit comment Roger, après avoir pris sa défense, avait délivré Maugis et Vivien. Ce récit ne laissa pas de lui causer un vif déplaisir, quoiqu'une partie lui en eût été assez agréable.

LXXXVI. — Le jeune homme avait dans son récit fait un grand éloge de la haute valeur et de la beauté de Marphise. Il lui avait dit aussi comment Roger était parti avec elle, en disant qu'ils allaient ensemble vers les lieux où Agramant dans la détresse se trouvait mal en sûreté. Bradamante le félicita d'être en si bonne compagnie; mais au fond elle fut loin de l'approuver et d'en être satisfaite.

LXXXVII. — Elle fut prise d'ailleurs d'un grave soupçon. Si Marphise était aussi belle que le publiait la renommée, si jusqu'à ce jour ils n'avaient cessé de se trouver ensemble, il était impossible que Roger n'en fût pas devenu amoureux. Elle repousse cependant cette pensée ; elle espère, elle craint et la triste jeune fille attend le jour qui apportera la joie ou la douleur. Elle ne peut que soupirer sans cesse et elle reste à Montauban sans avoir la force d'en sortir.

LXXXVIII. — Pendant son séjour dans le château, celui qui en était le prince et le seigneur et en même temps le premier de ses frères (non par son âge, puisque deux de ses frères étaient ses aînés, mais en dignité), Renaud enfin, qui par sa gloire éclatante avait répandu sur toute sa famille une splendeur égale à celle du soleil illuminant toutes les planètes, arriva un matin dans la maison de ses pères, accompagné d'un seul page.

LXXXIX. — Le motif de son arrivée était que revenant un jour de Blaye vers Paris (il faisait souvent cette route, comme je l'ai dit, pour chercher les traces d'Angélique), il avait appris que le Mayençais se disposait à faire l'échange de ses deux cousins Vivien et Maugis. Il s'était donc hâté de prendre le chemin d'Aigremont.

XC. — Là, il avait su que par la valeur de Roger et de Marphise les deux guerriers avaient recouvré leur liberté et que leur ennemis avaient été défaits. Ses deux frères et ses cousins étant retournés ensemble à Montauban, il était accouru pour les embrasser et, dans son impatience de les rencontrer, les heures lui avaient paru des années.

XCI. — Arrivé à Montauban, Renaud embrassa tendrement sa mère, sa femme, ses fils et ses cousins, récemment sortis de captivité. On eût cru, en le voyant au milieu d'eux, voir une hirondelle environnée de ses petits affamés à qui elle apporte la pâture dans son bec. Il ne resta au château qu'un jour ou deux et emmena avec lui les parents qu'il y trouva.

XCII. — Richard, Alard, Richardet et Guichard, les plus âgés des fils d'Aymon, Maugis et Vivien, tous revêtus de leurs armes, suivirent le vaillant chevalier. Bradamante refusa de les accompagner ; elle attendait toujours le moment qui se faisait, au gré de ses désirs, si longtemps attendre.

XCIII. — Elle leur dit qu'elle était malade : c'était la vérité ; mais le mal dont elle souffrait n'était ni la fièvre, ni aucune douleur physique ; c'était le délire qui s'empare de l'âme et lui fait ressentir tous les malaises de l'amour. Sorti de Montauban avec l'élite de sa maison, Renaud s'approcha de Paris. Mais comment il y vint et quel puissant secours il apporta à Charlemagne, c'est ce que le chapitre suivant vous apprendra.

CHANT TRENTE ET UNIÈME

ARGUMENT

Funestes effets de la jalousie. — Renaud, accompagné de Richardet, rencontre un chevalier qui défie son frère. — Il se bat contre un autre adversaire qu'il finit par reconnaître pour être Guidon le Sauvage. — Il attaque pendant la nuit les Sarrasins. — Brandimart, rencontré par Fleur-de-lis, se met avec elle à la recherche de Roland. — Il est fait prisonnier par Rodomont. — Gradasse cherche Renaud pour lui enlever son cheval Bayard.

I. — Y a-t-il une condition plus douce et plus charmante que celle d'un cœur amoureux ? Quel bonheur surpasserait celui d'un homme enchaîné dans les liens de l'amour, si malheureusement son âme n'était pas toujours assiégée par ce soupçon fatal, cette crainte, cette souffrance, cette frénésie, cette rage, qui portent le nom de jalousie !

II. — Il se mêle sans doute quelque amertume aux

suaves douceurs que procure l'amour ; mais cette amertume ne sert qu'à en augmenter le charme et la perfection ;
elle fait éprouver ce qu'il y a de plus raffiné dans la
volupté. C'est ainsi que la soif donne à l'eau même de la
saveur et du goût, que la faim assaisonne les mets les
plus simples. Quiconque n'a pas connu les horreurs de
la guerre ne peut connaître tout le prix de la paix.

III. — Si les yeux ne voient pas l'objet dont le cœur
conserve le souvenir, on peut supporter patiemment
cette souffrance ; si l'absence cause des ennuis, le retour
les efface ; plus elle a été longue, plus il a de douceur.
On peut même demeurer longtemps sous les lois de
ceux que l'on aime sans recevoir de récompense, lorsque
l'espérance vit encore au fond du cœur. Si le prix de la
soumission se fait longtemps attendre, il vient enfin un
jour où l'on est heureux de l'obtenir.

IV. — Les dédains, les refus, en un mot toutes les
souffrances, rendent plus douces les faveurs qu'on obtient
et qui laissent dans le cœur un souvenir plus durable.
Mais lorsque la jalousie, cette peste infernale, s'empare
d'un cœur malade, elle le tourmente et l'empoisonne ;
alors il n'est pour l'amant ni joie, ni plaisir, ni fête, ni
allégresse ; il n'y est plus sensible et ne peut les goûter.

V. — Il n'est aucun remède, aucune liqueur qui gué-
risse cette plaie cruelle et envenimée ; rien n'y fait, ni
les paroles mystérieuses, ni les talismans des enchan-
teresses, ni l'observation assidue des astres favorables,
ni la science de l'art magique inventé par Zoroastre.
Cruelle blessure, que n'égale aucune douleur, qui conduit l'homme du désespoir à la mort !

VI. — Blessure incurable, que le soupçon, vrai ou faux,
fait au cœur des amants avec une égale facilité ; blessure qui accable cruellement l'homme, offusque sa raison,
altère son intelligence et finit par le rendre méconnais-
sable. O misérable jalousie ! pourquoi donc as-tu aussi
injustement ravi à Bradamante ce qui aurait pu la consoler ?

VII. — Je ne parle pas de la douleur qu'avait causée le récit d'Hippalque, ni de l'impression fâcheuse qu'elle avait reçue du détail donné par son frère Richardet, mais d'une nouvelle désespérante qui lui fut apportée quelques jours après. Ce qu'elle avait souffert jusque-là n'était rien en comparaison du chagrin amer que lui causa un événement dont je vous rendrai compte. Je ne puis le faire qu'après quelques digressions ; j'ai d'abord à vous parler de Renaud qui s'avance vers Paris avec sa famille.

VIII. — Ils rencontrèrent le jour suivant, vers le soir, un chevalier qui accompagnait une dame. Il avait son écu et son surtout noirs, coupés seulement par une bande blanche. Ce chevalier se mit à provoquer Richardet, qui marchait en tête de la troupe et qui avait l'aspect d'un vrai guerrier. Celui-ci, qui jamais ne refusa personne, tourna aussitôt la bride et prit du champ pour courir.

IX. — Sans rien se dire, sans se faire connaître pour ce qu'ils étaient, ils s'avancèrent l'un contre l'autre. Roger et ses compagnons s'arrêtèrent pour voir quelle serait l'issue de ce combat. Richardet se disait tout bas : « Je vais renverser bientôt par terre cet homme, si je puis, comme je le désire, le rencontrer assez à plein. » Mais l'effet fut contraire à ce qu'il avait espéré.

X. — Le chevalier aux armes noires lui porta sous la visière un coup si violent, qu'il l'enleva de la selle et le jeta de la longueur de deux lances au delà de son cheval. Alard, aussitôt cherchant à le venger, est aussi renversé sur la poussière, tout étourdi et fort maltraité. Le coup qu'il reçut fut si violent qu'il brisa son bouclier.

XI. — Guichard, sans balancer, met alors sa lance en arrêt en voyant ses deux frères par terre, quoique Renaud lui crie : « Arrête ! arrête ! c'est moi que ce troisième combat regarde. » Mais il n'avait pas encore lacé son heaume, et Guichard en profite pour engager le combat : il ne fut pas plus solide sur son cheval que les deux autres, et il subit le même sort.

XII. — Renaud, Vivien et Maugis se disputaient à qui se présenterait le premier pour les remplacer. Renaud les mit d'accord en montrant qu'il s'était armé plus tôt qu'eux. « Il est temps d'arriver à Paris, leur dit-il, nous tarderions beaucoup trop si nous étions obligés d'attendre ici que chacun de vous ait quitté les arçons. »

XIII. — C'est en lui-même et de manière à n'être pas entendu que Renaud dit les mots qui auraient pu paraître trop injurieux et trop piquants pour ses compagnons. Déjà les deux adversaires ont pris du champ ; ils viennent avec une égale vigueur à la rencontre l'un de l'autre. Renaud, plus vigoureux que ses frères, n'est pas renversé. Les lances se brisent comme du verre, les combattants ne fléchissent pas seulement d'un doigt.

XIV. — Il n'en est pas ainsi des chevaux ; ils se heurtent si violemment qu'ils sont forcés de donner de la croupe en terre. Bayard se relève aussitôt ; il interrompt à peine sa course ; le cheval de l'autre chevalier a reçu un choc si violent qu'il a l'épaule et les reins brisés. Son maître, le voyant mort, quitte les étriers et se trouve à pied en sautant également à terre.

XV. — Il dit alors au fils d'Aymon qui, après avoir fourni sa course, revenait contre lui sans armes : « Chevalier, le cheval dont vous venez de me priver m'était si cher pendant sa vie que je manquerais à mon devoir si je ne vengeais pas sa mort. Venez donc et faites votre possible pour vous défendre, car la bataille sera rude. »

XVI. — Renaud lui répond : « Si c'est uniquement à cause de la mort de votre cheval que vous désirez vous battre, rassurez-vous, je puis vous donner un des miens qui remplacera, je crois, avantageusement le vôtre. » — « Vous me comprenez mal, dit l'autre, si vous vous imaginez que je songe à mon cheval : mais, pour dissiper votre erreur, je vais vous expliquer plus clairement ce que je désire.

XVII. — « Je veux dire que je croirais faire une faute si je ne m'éprouvais encore contre vous l'épée à la main, afin de savoir si dans cet autre exercice vous êtes mon égal, ou si vous me surpassez, ou enfin si vous êtes inférieur à moi. Faites comme il vous plaira, descendez de votre cheval, ou restez en selle, pourvu que vos deux mains ne demeurent pas oisives : ce qu'il me faut, ce que je désire avant tout, c'est de vous voir l'épée à la main, et pour l'éprouver je suis prêt à vous donner tout espèce d'avantage. »

XVIII. — Renaud ne lui fit pas attendre longtemps sa réponse : « Je vous promets la bataille, lui dit-il ; mais pour vous mettre l'esprit en repos et que la présence de ceux qui m'entourent ne vous cause aucune appréhension, je vais les faire marcher en avant jusqu'à ce que je puisse les rejoindre. Je ne garderai auprès de moi qu'un serviteur pour tenir mon cheval. » Aussitôt il donna ordre à ses compagnons de s'éloigner.

XIX. — Le chevalier étranger conçut une grande estime pour l'homme qui agissait avec tant de noblesse et de courtoisie. Renaud mit pied à terre, remit la bride de son cheval entre les mains d'un écuyer, et lorsqu'il eut perdu de vue sa bannière, portée déjà à une longue distance, il embrassa son écu, tira du fourreau sa redoutable épée et s'avança vers son adversaire en le défiant.

XX. — Alors commença entre les deux guerriers une bataille telle que l'on n'en vit jamais de plus terrible. Chacun d'eux croyait avoir affaire à un ennemi peu vigoureux et incapable de lui faire une longue résistance : mais ils s'aperçoivent bientôt, à l'épreuve, qu'ils sont dignes l'un de l'autre et qu'aucun des deux n'a sujet ni de s'attrister ni de se réjouir. Ils mettent donc de côté l'orgueil et la colère, et emploient toute leur habileté et toute leur adresse pour s'assurer la victoire.

XXI. — Les coups affreux et redoublés retentissent au loin ; ils font un bruit horrible en tombant sur les épais boucliers dont ils enlèvent des morceaux, sur les cuirasses et les cottes de mailles qu'ils brisent. Mais ils s'occupent moins de bien frapper qu'ils ne s'étudient à parer habilement les coups ; chacun d'eux veut ne pas paraître inférieur à son rival : la moindre faute pourrait devenir la cause d'un regret éternel.

XXII. — La lutte dura une heure et plus de la moitié de la suivante. Déjà le soleil se cachait sous les ondes, et les ombres de la nuit avaient étendu leurs voiles sur les deux côtés de l'horizon, sans que les combattants se fussent reposés un seul instant et eussent ralenti leur coups. Ces guerriers n'étaient excités ni par la colère ni par le ressentiment ; ils n'avaient d'autre mobile dans la lutte qu'ils soutenaient que l'amour de la gloire.

XXIII. — Cependant Renaud se demandait à lui-même qui pouvait être ce chevalier étranger qui soutenait si bravement la lutte sans en être ébranlé, et l'avait mis plus d'une fois lui-même en danger de mort. La chaleur et la fatigue l'avaient déjà tellement épuisé qu'il commençait à douter de l'événement, et, si son honneur n'y eût pas été engagé, il aurait volontiers mis fin à la bataille.

XXIV. — De son côté, le chevalier étranger ne se doutait nullement qu'il se trouvait aux prises avec le seigneur de Montauban, ce guerrier de si grande renommée contre lequel un motif si léger lui avait mis les armes à la main. Il est certain du moins qu'il ne trouverait dans aucun guerrier plus d'habileté et d'expérience.

XXV. — Il voudrait bien ne pas avoir engagé cette lutte pour se venger de la mort de son cheval, et il s'en retirerait de bon cœur, s'il pouvait le faire sans honte. En ce moment l'obscurité qui couvrait la terre était si profonde que presque aucun des coups ne portait. Ils frappaient et paraient au hasard ; à peine voyaient-ils leurs épées dans leurs mains.

XXVI. — Ce fut le seigneur de Montauban qui rompit le premier le silence : « Il n'est pas sage de se battre ainsi dans les ténèbres ; pourquoi ne pas cesser ce combat et le différer jusqu'au retour du matin ? Vous pour-

rez en attendant venir vous reposer sous ma **tente :**
vous y serez non-seulement én sûreté, mais servi et
traité avec honneur, comme vous avez pu l'être partout
où vous avez séjourné. »

XXVII. — Le chevalier ne se fit pas longtemps prier ;
il accepta sur-le-champ la proposition et l'invitation de
Renaud. Ils se dirigèrent ensemble vers l'endroit où la
troupe de Montauban s'était rassemblée et mise en sûreté. Renaud prit des mains d'un de ses écuyers un beau
cheval richement enharnaché, éprouvé au combat soit
à l'épée, soit à la lance, et l'offrit au chevalier.

XXVIII. — Le guerrier étranger comprit alors que
son adversaire était Renaud, qui, en marchant avec lui,
s'était nommé par hasard. Comme tous deux étaient
frères, il éprouva jusqu'au fond de son cœur un sentiment si doux et si affectueux, que la joie et la tendresse
lui firent verser un torrent de larmes.

XXIX. — Ce guerrier n'était autre que Guidon le Sauvage, celui qui, avec Marphise, Sansonnet et les fils d'O-
livier, avait, comme on l'a vu, longtemps voyagé sur la
mer. C'était le traître Pinabel qui l'avait empêché de
revoir plus tôt sa famille, en le retenant prisonnier
dans son château, pour maintenir l'infâme coutume qu'il
y avait établie.

XXX. — Aussitôt qu'il sut qu'il était avec Renaud, le
plus fameux de tous les paladins, ce héros qu'il désirait
depuis si longtemps voir, autant que l'aveugle désire
voir la lumière qu'il a perdue : « Seigneur, lui dit-il,
transporté de joie, quel triste hasard m'a poussé à combattre contre un guerrier que j'ai toujours si tendrement aimé, que j'aime et que je voudrais honorer plus
que qui que ce soit au monde ?

XXXI. — « Constance m'a donné le jour sur les bords
les plus éloignés du Pont-Euxin. Je suis Guidon ; je
suis sorti comme vous du noble et généreux sang du
duc Aymon. J'ai été attiré dans ces lieux par le désir de
vous voir, ainsi que tous ceux de notre famille, et quand

mon unique pensée était de vous rendre hommage, pourquoi faut-il que je ne sois venu que pour vous offenser?

XXXII. — « Mais vous excuserez cette déplorable erreur; car ni vous ni vos compagnons ne m'étiez connus. Si ma faute peut se réparer, dites-moi comment je puis m'y prendre. Je me résignerai à tout ce que vous exigerez de moi. » Après que Guidon eut échangé avec tous ses parents les félicitations et les caresses, Renaud lui dit : « Vous n'avez pas besoin d'excuse auprès de moi pour ce combat ;

XXXIII. — « Les preuves de valeur que vous venez de nous donner d'une manière si brillante témoignent hautement que vous êtes vraiment un rejeton de notre antique race. Nous aurions eu de la peine à le croire si vous étiez plus pacifique et moins emporté; car le lion n'engendre pas le daim, ni l'aigle ou le faucon la colombe. »

XXXIV. — Ils continuèrent à discourir en marchant, et à marcher en discourant; ils arrivèrent aux pavillons, où Renaud apprit à toute la compagnie que l'inconnu qu'il venait de combattre était ce Guidon qu'ils avaient tant désiré voir et qu'ils avaient attendu si longtemps. Tous l'accueillirent avec une grande joie et trouvèrent qu'il ressemblait à son père Aymon.

XXXV. — Je ne parlerai pas de l'accueil que lui firent Alard, Richardet et ses deux autres frères, ainsi que ses cousins Vivien, Maugis et Audigier, de celui que lui firent tous les seigneurs et tous les chevaliers, des propos qu'ils échangèrent : qu'il me suffise de dire que tous furent charmés de sa venue.

XXXVI. — En tout temps, sans doute, l'arrivée de Guidon eût causé de la joie à ses frères; mais elle leur fut, en ce moment, bien plus agréable qu'elle l'aurait été en toute autre circonstance, à cause du service qu'elle devait leur rendre. En effet, dès que du sein des eaux sortirent les premiers rayons d'un soleil nouveau, Gui-

don se mit en route avec ses parents et ses frères réunis
sous la même bannière.

XXXVII. — Ils marchèrent pendant plusieurs jours
et arrivèrent sur les bords de la Seine, à moins de dix
mille des portes de Paris assiégé par l'armée ennemie.
Là, ils eurent le bonheur de rencontrer Aquilant et
Griffon, ces deux puissants guerriers, Griffon le blanc
et Aquilant le noir, fils d'Olivier et de Gismonde.

XXXVIII. — Ils s'entretenaient avec une dame qui
paraissait d'une condition distinguée, à en juger par sa
robe de soie blanche autour de laquelle se dessinait une
broderie d'or. Elle unissait la beauté à la grâce, malgré
son air mélancolique et les larmes qu'elle versait. Ses
gestes et sa physionomie annonçaient que le sujet de sa
conversation était des plus importants.

XXXIX. — Guidon reconnut les chevaliers comme
il en fut reconnu lui-même, car il s'était quelque temps
auparavant trouvé avec eux. « Voici deux hommes,
dit-il à Renaud, dont peu de guerriers égalent la valeur : s'ils venaient avec nous à l'armée de Charles, la
résistance des Sarrasins ne serait pas longue. » Renaud
confirma l'opinion de Guidon en disant comme lui que
c'étaient deux guerriers parfaits.

XL. — Il les avait aussi reconnus à cause de l'habitude qu'ils avaient toujours eue de porter, l'un une armure noire, l'autre une armure blanche, toutes deux
élégamment ornées. De leur côté, ils reconnurent aussi
Renaud, Guidon et ses frères, qu'ils vinrent saluer. Ils
embrassèrent Renaud comme un ami, mettant de côté
toute rancune.

XLI. — Il y avait eu entre eux dans le temps une
brouille et une grave dispute, à l'occasion de Truffaldin,
ce qui serait trop long à raconter ; mais ils oublièrent
alors leur ressentiment et leur colère. Ils se traitèrent
et se caressèrent en frères. Renaud s'avança aussi vers
Sansonnet, arrivé plus tard que les autres : il connais-

sait sa brillante valeur, et il l'accueillit avec toute la distinction qu'il méritait.

XLII. — Aussitôt que la demoiselle de qui tous ces paladins étaient connus eut vu Renaud, elle s'empressa de lui apprendre une nouvelle pour lui bien affligeante. « Votre cousin, lui dit-elle, ce héros auquel l'Église et le grand empire sont si redevables, le sage et honoré Roland a perdu la raison et promène à travers le monde ses pas errants.

XLIII. — « Quelle est la cause d'un événement si étrange et si douloureux? Je ne saurais le dire; mais j'ai vu son épée et ses autres armes qu'il avait jetées et disséminées dans la campagne. J'ai vu aussi un chevalier courtois et plein de compassion pour ce guerrier, chercher de tous côtés à les rassembler, et les attacher à un arbre autour duquel elles ont formé une sorte de trophée pompeux et magnifique.

XLIV — « Mais ce jour même, l'épée fut enlevée par le fils d'Agrican. Vous pouvez juger quelle perte immense fait toute la chrétienté dans cette fameuse Durandal tombée au pouvoir des infidèles. Le perfide Sarrasin s'est aussi emparé de son cheval Bride-d'or qui errait en liberté autour du faisceau d'armes.

XLV. — « J'ai vu, il y a peu de jours, le malheureux Roland courir tout nu, ayant perdu avec sa raison tout sentiment de pudeur. Il ressemblait à un ours et poussait des cris effrayants. Enfin il est devenu, pour dire le mot, tout à fait fou, et si je ne l'eusse pas vu de mes propres yeux, je n'aurais pu ajouter foi à un malheur si affreux. » La jeune fille exposa ensuite comment elle l'avait vu, dans sa lutte avec Rodomont, tomber avec lui du haut du pont dans la rivière.

XLVI. — « Je raconte ce triste événement, ajouta-t-elle, à tous ceux que je crois devoir être les amis de Roland, afin que parmi tant de guerriers qui en sont informés, il s'en trouve qui, touchés de pitié pour un destin si cruel et lamentable, le cherchent à Paris ou ailleurs, afin de le ramener et d'essayer de le rendre à la raison. Je sais bien que si Brandimart en était informé, il ferait tout son possible pour tenter cette épreuve. »

XLVII. — La jeune dame qui donnait à Renaud ces renseignements était la belle Fleur-de-Lis, si tendrement chérie par Brandimart. Elle venait à Paris pour l'y retrouver. Elle apprit aussi d'Aymon quelles contestations et quelles querelles la possession de cette épée avait fait naître entre le Tartare et Sérican, et comment, après la mort de Mandricard, elle avait été donnée à Gradasse.

XLVIII. — En apprenant l'état étrange et misérable dans lequel se trouvait son cousin, Renaud fut pénétré de la plus profonde douleur. Son cœur attendri se fond comme la glace qui se dissout aux rayons du soleil. Il prend aussitôt la ferme et inébranlable résolution de courir partout où il aura quelque espoir de le rencontrer. Il espère, s'il parvient à le trouver, le guérir de son atroce frénésie.

XLIX. — Mais la valeureuse troupe qu'il a réunie par hasard ou par la volonté du ciel, l'engage à marcher d'abord contre les Sarrasins, à les mettre en fuite et à délivrer les murs de Paris. Par prudence, il différera l'attaque jusqu'à la nuit, à la troisième ou quatrième heure. Il espère avec raison surprendre alors l'ennemi aux heures où les eaux du Léthé auront partout répandu le sommeil.

L. — Il fait poster sa petite armée dans un bois, où elle demeure tout le jour. Mais dès que le soleil, laissant la terre dans l'obscurité, se fut plongé dans le sein de son antique nourrice, lorsque l'Ours, le Serpent, le Capricorne et les autres constellations qui, sous la figure d'animaux, peuplent le ciel, l'eurent orné de leurs clartés éclipsées jusqu'alors par le plus brillant des astres, Renaud se dirigea vers le camp où régnait le silence.

LI. — Sans faire de bruit, sans prononcer une seule

parole, il devance tous les autres avec Griffon, Aquilant, Vivien, Alard, Guidon et Sansonnet : il trouve endormies les sentinelles d'Agramant, les tue toutes sans faire un seul prisonnier. Il pénètre ensuite jusqu'aux Sarrasins sans avoir été vu ni entendu.

LII. — La garde du camp, surprise à la première attaque, fut si complétement détruite par Renaud, qu'il n'en resta pas un seul homme vivant. Après avoir perdu cette ligne de défense, les Sarrasins furent assaillis avec vigueur. L'attaque devint sérieuse, car à moitié endormis, effrayés et encore sans armes, ils étaient hors d'état de résister à de tels guerriers.

LIII. — Pour augmenter leur épouvante, Renaud fait accompagner l'assaut du bruit retentissant des cors et des trompettes et porter le cri de son nom jusque dans les nues. Bayard, poussé par lui, obéit sans peine à l'éperon et entre d'un saut dans les retranchements ; il renverse les cavaliers, foule aux pieds les fantassins, abat et détruit les tentes et les pavillons.

LIV. — Dans toute cette armée païenne, il n'est pas de guerrier, si hardi qu'il soit, dont les cheveux ne se hérissent d'épouvante en entendant retentir dans les airs ces formidables noms : Renaud ! Montauban ! Les Espagnols fuient avec les Africains, sans perdre un moment pour assembler leurs bagages. Ils ne songent guère à soutenir ce furieux assaut, après l'épreuve qui leur a déjà coûté tant de larmes et de douleurs.

LV. — Guidon suit Renaud et ne porte pas des coups moins assurés. Il en est ainsi des deux fils d'Olivier, d'Alard, de Richardet et des deux autres. Sansonnet, avec son épée, s'ouvre une large voie ; Audigier et Vivien font sentir aux ennemis le pouvoir de leurs armes. Tous ceux enfin qui suivent l'étendard de Clermont se comportent en vaillants guerriers.

LVI. — Renaud avait à son service, dans Montauban et les environs, une petite troupe de sept cents hommes, accoutumés à marcher en armes par le froid et la chaleur, et non moins intrépides que les Myrmidons d'Achille. Ils étaient si solides sur le champ de bataille, que cent d'entre eux n'auraient pas fui devant mille ennemis; quelques-uns auraient pu tenir tête aux guerriers les plus fameux.

LVII. — Quoique Renaud ne fût pas très-riche en argent et en possessions, il était envers tous si bon et si affable et il partageait si libéralement avec eux ce qu'il possédait, que malgré les promesses d'une paye plus considérable qui pussent leur être faites, jamais ils ne quittaient son service. Ils ne sortaient jamais de Montauban que dans les cas les plus graves et pour un pressant besoin.

LVIII. — En cette circonstance, il ne laissa qu'une faible garde à Montauban, afin de se rendre plus utile à Charlemagne, qui avait grand besoin de secours. En tombant sur les Sarrasins, cette petite troupe, dont je vante la valeur, fit d'eux ce que les loups féroces de Tarente font des brebis sur les bords du Galéso, et les lions des chèvres barbues le long du Cinyps.

LIX. — Charlemagne, prévenu par Renaud de son arrivée à Paris et de son dessein d'attaquer à l'improviste au milieu de la nuit le camp des Sarrasins, s'était tenu sous les armes, prêt à le soutenir. Le moment venu, il sortit de son camp, accompagné de ses paladins et du fils du riche Monodant, Brandimart, ce sage et fidèle amant de Fleur-de-Lis.

LX. — La jeune fille avait fait, pour le chercher, bien des voyages par toute la France. Elle le reconnut aussitôt de loin à ses enseignes. Brandimart ne l'eut pas plutôt aperçue qu'oubliant les fureurs de la guerre et tout entier à sa tendresse, il courut l'embrasser et ivre d'amour lui donna mille et mille baisers.

LXI. — Dans ces heureux temps, les femmes et les demoiselles inspiraient toute confiance à leurs maris et à leurs amants; elles pouvaient aller seules par les monts, par les plaines et par tous les pays; on ne les trouvait à leur retour ni moins belles, ni moins bonnes et aucun soupçon n'attaquait leur vertu. Fleur-de-Lis raconta à son amant comment Roland était devenu fou.

LXII. — Jamais Brandimart n'aurait cru à la réalité d'un fait si étrange s'il lui eût été raconté par tout autre que par Fleur-de-Lis. Mais elle lui inspira toute confiance, car elle lui avait fait croire souvent bien des choses. Fleur-de-Lis ne lui racontait rien sur des ouï-dire; elle avait tout vu de ses propres yeux, elle connaissait tout ce qui concernait Roland mieux que personne et elle put indiquer exactement le temps et le lieu.

LXIII. — Elle raconta l'aventure du pont périlleux dont Rodomont avait défendu le passage aux chevaliers; elle lui dit comment il avait fait élever un tombeau, sans cesse orné par lui des dépouilles et des armes de ceux qu'il avait vaincus. Elle ajouta qu'elle avait vu Roland, dans sa fureur, faire des actes horribles et étonnants, renverser le Sarrasin dans la rivière au risque d'y être englouti.

LXIV. — Brandimart aimait le comte autant que l'on peut aimer un compagnon, un frère et un ami; il prit la résolution d'aller à sa recherche et de braver pour le trouver tous les périls et toutes les fatigues; il demandera à l'art médical, ou à la puissance des enchantements, les moyens d'apporter quelque soulagement à un pareil délire. Aussitôt, comme il se trouvait en ce moment à cheval, il se mit en route avec sa belle maîtresse.

LXV. — Ils se dirigèrent tous deux vers le lieu où Fleur-de-Lis avait rencontré Roland. Après quelques jours de marche ils arrivèrent au pont que gardait le roi d'Alger. Le gardien en avertit Rodomont, ses écuyers lui présentèrent son cheval et ses armes, et il se trouva prêt au moment où Brandimart arrivait au passage.

LXVI. — Le Sarrasin, d'une voix assortie à son caractère féroce, s'écria : « Qui que tu sois que le sort amène ici, égaré dans ta route ou dans tes projets, mets pied à terre, laisse tes armes et fais-en hommage à ce tombeau avant que je ne te tue pour l'offrir en victime à celle qu'il renferme : sinon, je le ferai moi-même et tu n'en auras pas le mérite! »

LXVII. -- Brandimart ne daigne répondre à cette insolente sommation qu'avec sa lance. Il pique Batolde, son bon destrier, et se précipite sur le païen avec une telle hardiesse que l'on peut juger qu'il peut, par son âme courageuse et fière, soutenir le parallèle avec tous les meilleurs chevaliers du monde. Rodomont, de son côté, s'avance à toute bride et la lance en arrêt.

LXVIII. — Son cheval, accoutumé depuis longtemps à courir sur l'étroit passage et d'en faire tomber tantôt l'un, tantôt l'autre, courait avec assurance à cette joûte; celui de Brandimart, troublé en se voyant sur un chemin si nouveau pour lui, allait hésitant, intimidé et sans assurance. Le pont étroit et sans rebords tremble lui-même, et l'on dirait qu'il va s'écrouler.

LXIX. — Les chevaliers, tous deux maîtres dans cet art, armés de lances aussi grosses que des poutres et telles qu'elles avaient été coupées dans la forêt, se portèrent des coups peu faits pour être agréables à celui qui les recevait. Ils furent si violents et si rudes que, malgré leur vigueur et leur souplesse, les deux coursiers furent renversés l'un sur l'autre avec leurs maîtres.

LXX. — Ils veulent se relever avec toute la promptitude qu'exigeait l'éperon enfoncé dans leurs flancs; mais la marge trop étroite du pont ne leur laisse aucun espace pour se raffermir sur leurs pieds et par un sort commun ils tombent tous deux dans l'eau. Le bruit que fait leur chute est semblable à celui dont retentit autrefois notre Éridan quand l'imprudent conducteur du char du soleil y fut précipité.

LXXI. — Les deux chevaux s'en allèrent, ayant sur le dos tout le poids de leurs cavaliers, demeurés fermes sur la selle, voir au fond de la rivière s'il ne s'y trouvait pas cachée quelque belle nymphe. Ce n'était ni le premier ni même le second saut de ce genre que Rodomont avait fait du haut du pont sur son audacieux destrier; il connaissait donc parfaitement où se trouvait le fond de cette rivière.

LXXII. — Il sait où le terrain est solide, où il est fangeux, où les eaux sont basses ou profondes. Il dégage promptement sa tête, sa poitrine et ses flancs et il attaque Brandimart avec avantage. Celui-ci est emporté par le courant qui le fait tournoyer, tandis que son cheval, dont les pieds s'enfoncent dans le sable, ne peut s'en retirer, et tous deux courent risque d'être submergés.

LXXIII. — L'eau se soulève et les entraîne en les culbutant dans la partie la plus profonde du fleuve. Brandimart va au fond et son cheval sur lui. A cette vue, Fleur-de-Lis, restée sur le haut du pont à demi morte et désespérée, emploie les larmes, les supplications et les prières. « Ah Rodomont! s'écrie-t-elle, au nom de celle que vous reverrez encore après sa mort, ne soyez pas assez inhumain pour laisser périr un si noble guerrier !

LXXIV. — « Hélas! courtois chevalier, si jamais vous avez aimé, prenez pitié de la femme qui aime ce héros ! Qu'il vous suffise de le retenir prisonnier. De toutes les dépouilles dont vous ornez le mausolée élevé par vos soins, vous n'en trouverez jamais de plus fameuses et de plus dignes. » Elle parla enfin d'une manière si touchante que le roi païen, tout barbare qu'il était, fut ému de compassion.

LXXV. — Elle fit si bien qu'elle le décida à secourir son amant déjà à moitié enseveli sous son cheval au milieu de la rivière. Il avait déjà, sans avoir soif, bu tant d'eau qu'il était sur le point de rendre l'âme. Rodomont ne l'aida à sortir de l'eau qu'après lui avoir enlevé son épée et son casque. Quand il l'eut retiré des flots, à demi mort, il le fit transporter dans sa tour avec ses autres prisonniers.

LXXVI. — Quand Fleur-de-Lis vit son amant privé de sa liberté, toute espèce de joie s'éteignit dans son cœur. Son désespoir fut cependant moins grand que si elle l'avait vu périr au milieu du fleuve. Elle ne s'en prit qu'à elle-même et s'accusa seule de l'avoir fait venir sur ce pont fatal en lui racontant qu'elle y avait vu le comte d'Angers.

LXXVII. — Elle ne quitta ces lieux qu'après avoir formé le dessein d'y amener Renaud ou Guidon le Sauvage, ou Sansonnet ou quelque autre héros de la cour du fils du roi Pépin, capable de lutter avec succès contre Rodomont sur la terre et sur l'onde, un chevalier enfin, sinon plus fort, du moins plus heureux que ne l'avait été Brandimart.

LXXVIII. — Plusieurs jours se passèrent sans qu'elle eût pu rencontrer un guerrier qui lui parût tel qu'elle le voulait, pour combattre avantageusement contre le Sarrasin et délivrer son amant. Après avoir longtemps cherché l'homme propre à exécuter son dessein, elle en trouva un par hasard qui portait une cotte de mailles riche et ornée, toute bordée de branches de cyprès.

LXXIX. — Je vous dirai plus tard quel était ce chevalier. Il faut auparavant que je retourne vers Paris, et que je vous raconte la suite du massacre effrayant que Renaud et Maugis avaient fait des Sarrasins. Je ne pourrais vous dire le nombre de ceux qui prirent la fuite et de ceux qui furent précipités dans le noir Tartare. L'obscurité ne permit pas à Turpin d'en faire le compte comme il le désirait.

LXXX. — Agramant était couché dans sa tente et venait de s'endormir, lorsqu'un chevalier vint le trouver et l'éveilla en lui disant qu'il serait bientôt fait prisonnier s'il ne prévenait ce malheur par une prompte fuite. Le roi regarde autour de lui et voit tous les siens en désordre, s'enfuyant de côté et d'autre, sans essayer de résister, moitié nus et sans armes et n'ayant pas même eu le temps de prendre leurs boucliers.

LXXXI. — Plein de trouble et ne sachant quel parti prendre, il se faisait armer de sa cuirasse quand il vit accourir Falsiron avec son fils Grandoin, Ballesgant et toute leur famille. Ils lui exposent qu'il est en danger d'être tué ou fait prisonnier s'il reste dans sa tente, et qu'il pourra se dire comblé des faveurs de la fortune s'il parvient à sauver sa personne.

LXXXII. — Marsile, Sobrin, tous les autres lui tiennent unanimement le même langage; ils lui répètent qu'il est aussi voisin de sa perte que de Renaud, qui s'avance à grands pas; que, s'il attend que ce guerrier redoutable arrive avec toute sa troupe, il peut être certain que lui et ses amis périront tous ou tomberont entre les mains de ses ennemis.

LXXXIII. — Il pourrait, avec le peu de soldats qui l'entourent, se réfugier dans Arles ou dans Narbonne, deux villes bien fortifiées et capables de soutenir assez longtemps la guerre. Il sauvera ainsi sa personne, et vengera son affront en réunissant promptement autour de lui une nouvelle armée avec laquelle il pourra vaincre à son tour Charlemagne.

LXXXIV. — La fuite était un parti bien amer et bien dur pour Agramant; il se rendit cependant à l'avis qui ni était donné. Il partit pour Arles, et sa course fut aussi rapide que s'il avait eu des ailes, sur cette route qu'il trouvait la plus sûre. Sa retraite se fit heureusement, grâce à de bons guides et à l'obscurité de la nuit. Il n'échappa à la redoutable attaque de Renaud que vingt mille hommes, tant d'Espagne que d'Afrique.

LXXXV. — Quant à ceux qu'il tua ou que tuèrent le père et les deux fils du seigneur de Vienne, à ceux qui tombèrent sous les coups des sept cents guerriers qui, amenés par Renaud, se précipitaient sur les ennemis avec une indomptable fureur, à ceux qu'immola Sansonnet, à ceux qui, dans leur épouvante, se noyèrent dans la Seine, il serait plus difficile de les énumérer que de compter les fleurs que Flore et Zéphire font éclore au mois d'avril.

LXXXVI. — *On dit que Maugis prit à cette victoire nocturne une part importante*; non qu'il eût rougi la campagne de sang versé par lui, ou qu'il eût abattu de nombreuses têtes; mais on a prétendu qu'il avait, par son art, fait surgir du fond des enfers une multitude d'esprits avec tant de lances et de bannières que deux royaumes aussi grands que la terre n'auraient pu en fournir un aussi grand nombre.

LXXXVII. — Il fit entendre, ajoute-t-on, un tel bruit d'armures s'entrechoquant, de tambours et d'autres instruments de guerre, tant de hennissements semblables à ceux des chevaux, et de cris poussés par des fantassins, que les plaines, les montagnes et les vallées durent en retentir jusque dans les lieux les plus éloignés; en sorte que les Maures, frappés d'épouvante, ne songèrent qu'à s'enfuir en toute hâte.

LXXXVIII. — Le roi d'Afrique n'oublia pas Roger, dont la blessure était trop grave pour qu'il eût pu reprendre quelque force : il le fit placer avec les plus grandes précautions sur un cheval dont l'allure était aussi douce que possible. On le conduisit de cette manière jusqu'à une route plus sûre, et de là il fut posé dans un bateau qui descendit jusqu'à la ville d'Arles où devait se rassembler l'armée.

LXXXIX. — Ceux qui s'étaient enfuis devant Charles et Renaud, au nombre de cent mille à peu près, cherchèrent à échapper aux Français en se dispersant dans les campagnes, les bois, les montagnes et les vallées; mais la plus grande partie trouva partout les routes interceptées et rougit de son sang la verdure des prairies. Le roi de Séricane, dont la tente était dans un quartier plus éloigné, échappa au sort commun.

XC. — Dès qu'il avait appris que c'était Renaud de Montauban qui livrait cet assaut, il en ressentit jusqu'au fond du cœur une si grande joie qu'il sautait de tous côtés. Il adressa au créateur du monde les actions de grâces les plus vives, de ce qu'il pourrait enfin dans cette nuit avoir le bonheur tant désiré d'acquérir Bayard, ce coursier sans pareil.

XCI. — Il portait déjà à son côté, comme je l'ai dit, cette fameuse Durandal dont la possession avait comblé tous ses vœux : il ne désirait pas moins s'approprier un si noble animal. C'est dans ce dessein qu'à la tête de plus de cent mille hommes il était venu en France, et déjà, pour ce même coursier, il était convenu avec Renaud qu'il engagerait contre lui un combat mortel.

XCII. — Mais lorsqu'il était arrivé sur le bord de la mer, où devait avoir lieu cette lutte, Maugis l'avait rendu impossible en faisant partir malgré lui son cousin, et en employant son art magique pour le faire embarquer. Il serait trop long de raconter ici toute l'histoire. Depuis ce jour Gradasse avait considéré ce brave paladin comme le plus timide et le plus lâche des hommes.

XCIII. — Grande fut donc son allégresse en apprenant l'assaut donné au camp par Renaud. Il saisit ses armes, monte sur son Alfane et court à travers l'obscurité à sa recherche. Il renverse à terre tout ce qu'il rencontre, et sur son passage il frappe indistinctement les Français et les Africains. Sa redoutable lance traite les uns et les autres de la même manière.

XCIV. — Il court de tous côtés, appelant Renaud à plusieurs reprises et à haute voix. Il pense le trouver dans les lieux où se fait le plus grand carnage. Ils avaient fini par se rencontrer épée contre épée, car leurs deux lances rompues en mille pièces avaient volé jusqu'au char étoilé de la nuit.

XCV. — Gradasse reconnaît Renaud, le valeureux paladin, non parce qu'il a pu distinguer son enseigne, mais parce qu'il voit les horribles coups qu'il porte et qu'il reconnaît Bayard, qui semble seul être maître de tout le camp. Aussitôt il adresse à haute voix au chevalier les plus sanglants reproches sur le déshonneur dont il s'était couvert en ne se rendant pas au jour convenu sur le champ où le combat devait s'engager entre eux.

XCVI. — « Tu avais sans doute espéré, lui dit-il, que si tu parvenais à te dérober à tous les yeux, nous ne pourrions nous rencontrer en aucune partie du monde : tu vois pourtant que j'ai su te retrouver. Tu peux être bien sûr que, lors même que tu fuirais jusque dans les antres les plus sombres du Styx, et que tu prendrais même ton vol vers les cieux, je te suivrai, tant que tu auras avec toi ce cheval, aussi bien dans les ténèbres de l'enfer que dans la demeure céleste.

XCVII. — « Si tu n'as pas le cœur assez ferme pour me combattre et si tu crois être incapable de te mesurer avec moi, si, enfin, tu fais plus de cas de la vie que de l'honneur, tu peux facilement échapper au péril en me laissant volontairement ce coursier ; tu vivras alors, puisque la vie t'est chère ; mais tu iras à pied, car si la chevalerie est déshonorée en ta personne, tu es indigne de monter un cheval. »

XCVIII. — Ces paroles insolentes furent entendues de Richardet et de Guidon le Sauvage, qui tirèrent aussitôt leurs épées pour faire repentir le Sarrasin de sa folie. Mais Renaud s'y oppose et leur défend d'attaquer Gradasse. « Quoi ! s'écrie-t-il, me croyez-vous incapable de répondre moi-même à celui qui m'outrage ? »

XCIX. — Puis, se retournant du côté du païen : « Écoute, Gradasse, lui dit-il, je veux te prouver clairement, si tu veux bien m'écouter, que je me suis rendu pour te trouver sur le bord de la mer au lieu convenu. Je soutiendrai ensuite les armes à main que je t'aurai dit en tout point la vérité, et que tu en auras menti toutes les fois que tu oseras dire que j'aie jamais manqué aux lois de la chevalerie.

C. — « Mais je te prie instamment, avant que notre lutte s'engage, d'entendre avec calme et sans m'interrompre l'explication que je vais donner en toute sincérité. Elle te fera connaître la vérité et tu ne me feras plus des reproches que je n'ai pas mérités. Nous nous disputerons ensuite la possession de Bayard aux conditions arrêtées entre nous, et que tu avais toi-même fixées : c'est-à-dire à pied, seul à seul, et dans un lieu solitaire. »

CI. — Le roi de Séricane, comme toutes les âmes magnanimes, était plein de courtoisie : il consentit volontiers à entendre tranquillement les explications qu'allait lui donner Renaud. Ils descendirent tous deux sur le bord de la rivière, et là le paladin français lui exposa dans les termes les plus simples et les plus clairs tous les détails de son histoire et prit le ciel à témoin de la vérité de son récit.

CII. — Il fit ensuite venir le fils de Boves, qui était plus que personne informé de tous les faits et qui expliqua de point en point tous ses enchantements sans en rien retrancher et sans y rien ajouter. Renaud dit alors : « Ce que je viens de prouver par des témoins, je suis prêt à le soutenir par les armes, soit à présent, soit dans quelque temps qu'il te plaira de choisir. »

CIII. — Le roi Gradasse, qui ne voulait pas abandonner la première querelle pour en entreprendre une seconde, accepte les excuses de Renaud sans trop savoir si elles étaient fausses ou sincères. Leur rencontre n'aurait plus lieu comme la première fois sur l'agréable rivage de Barcelone. Ils convinrent qu'ils se trouveraient le lendemain matin sur le bord d'une fontaine située dans le voisinage.

CIV. — Il fut convenu aussi que Renaud amènerait avec lui le cheval qui devait être placé à une égale distance de l'un et de l'autre ; que si le roi tuait Renaud ou le faisait prisonnier, il s'emparerait de Bayard sans autre formalité ; mais que si au contraire Gradasse était vaincu et réduit à ne plus se défendre faute de force, il était obligé de se rendre à Renaud qui lui enlèverait Durandal.

CV. — Renaud avait appris de la belle Fleur-de-Lis avec une profonde surprise et la plus vive douleur, comme je l'ai dit, que son cousin avait perdu la raison. Il connaissait toute l'histoire de ses armes, la querelle qu'elles avaient occasionnée, enfin la manière dont Gradasse était devenu possesseur de l'épée qui avait valu à Roland mille et mille triomphes.

CVI. — Lorsque les conditions du combat furent ainsi réglées, Gradasse retourna vers les siens, quoique Renaud l'eût prié de venir partager son logement. Au point du jour il s'arma, Renaud en fit autant, et tous deux se rendirent près de la fontaine où devait avoir lieu le combat pour Durandal et Bayard.

CVII. — Tous les amis de Renaud ne voyaient pas sans inquiétude le combat singulier qui allait le mettre aux prises avec le roi Gradasse : ils en déploraient d'avance le résultat. Ce roi unissait en effet à un grand courage beaucoup de force et d'habileté. Or, il avait entre les mains l'épée du brave fils de l'illustre Milon et cette pensée faisait pâlir de crainte tous ceux qui s'intéressaient au sort de Renaud.

CVIII. — Celui à qui le combat inspirait le plus de crainte était le fils de Vivien. Il aurait voulu s'entremettre une seconde fois pour en empêcher l'effet ; mais il serait au désespoir d'encourir l'inimitié du guerrier de Montauban, qui conservait dans son cœur un grand ressentiment contre celui qui par ses enchantements l'avait transporté dans le vaisseau.

CIX. — Mais tandis que tous s'abandonnaient autour de Renaud à la crainte, à l'inquiétude et à la douleur, le héros avait le cœur plein de joie et d'assurance. Il espère pouvoir bientôt se laver d'un blâme qu'il lui semblait dur d'avoir encouru sans l'avoir mérité. Il croit le moment arrivé de réduire au silence ceux de Poitiers et de Hautefeuille. Il marchait donc au combat avec la plus grande confiance, comme un homme certain d'en sortir vainqueur.

CX. — Les deux guerriers s'étaient rendus presqu'en même temps à la fontaine. Ils se saluèrent d'un air aussi aimable et s'accueillirent réciproquement avec une sérénité et une bienveillance si marquées que l'on eût cru unis par les liens du sang et de l'amitié le roi Gradasse et le héros de Clermont. Mais je remets à un autre temps le récit de leur combat et des coups qu'ils se portèrent.

CHANT TRENTE-DEUXIÈME

ARGUMENT

Agramant se réfugie dans la ville d'Arles. — Bradamante, lasse d'attendre en vain Roger à Montauban, part après avoir reçu d'un chevalier de fâcheuses nouvelles. — Elle rencontre la messagère de l'ILE PERDUE et arrive à la roche de Tristan. — Elle défait successivement trois rois. — Elle plaide la cause d'Ulanie et la gagne.

I. — Il me souvient (c'est une promesse qui m'était sortie de la pensée) que je devais vous raconter comment la maîtresse de Roger avait été frappée d'un soupçon plus douloureux et plus cruel que tout ce qu'elle avait appris de Richardet. Ce soupçon fut comme une dent aiguë et venimeuse qui avait attaqué son cœur pour le déchirer.

II. — Je devais vous le dire, et j'ai commencé un autre récit, parce que Renaud s'est jeté à la traverse, que Guidon m'a donné ensuite assez à faire, ce qui m'a forcé de laisser son frère en chemin. En passant ainsi d'un sujet à un autre, j'ai perdu de vue Bradamante, j'y songe maintenant, et je vais vous parler d'elle avant de chanter le combat de Gradasse et de Renaud.

III. — Il faut cependant encore, avant d'entamer mon récit, vous parler un peu d'Agramant, qui avait rassemblé dans Arles le peu de soldats qui lui restaient, échappés au désastre de cette terrible nuit. Pour rallier son camp dispersé, se procurer des vivres et les secours nécessaires, il avait trouvé dans cette place un lieu très-commode, à cause de sa situation à l'embouchure d'un fleuve et dans le voisinage de l'Espagne et de l'Afrique.

IV. — Dans toute l'étendue de son royaume, Marsile fait lever une armée dans laquelle il enrôle les gens à pied, à cheval, bons ou mauvais, qui s'y trouvent. Par ses ordres, les vaisseaux en état de prendre la mer sont armés à Barcelone. Chaque jour Agramant réunit son conseil; rien ne lui coûte, ni soins, ni dépenses; après tant de levées et d'impôts, les villes d'Afrique sont encore ruinées par de nouvelles charges.

V. — Il avait fait proposer à Rodomont, pour obtenir son retour, d'épouser une de ses cousines, fille d'Almont, en lui promettant pour dot le beau royaume d'Oran. Mais ce guerrier obstiné ne veut pas quitter le pont où il a pu obtenir en si grand nombre les armes et les selles dont il a dépouillé les chevaliers vaincus par lui dans ce périlleux passage.

VI. — La conduite de Marphise fut bien différente. Dès qu'elle apprit la défaite d'Agramant et qu'elle sut que ses soldats avaient été tués, dispersés ou faits prisonniers, que le roi lui-même s'était retiré dans Arles avec un petit nombre de défenseurs, elle s'empressa d'aller le trouver sans attendre une invitation. Elle mit à sa disposition, pour l'aider à maintenir sa puissance, et sa personne et tout ce qu'elle pouvait faire pour son service.

VII. — Elle lui amena aussi Brunel, dont elle lui fit présent, sans lui avoir fait aucun mal. Elle l'avait gardé prisonnier pendant deux jours et deux nuits, dans la crainte continuelle d'être pendu ; mais comme personne ne s'était présenté pour prendre sa défense, ni par la force, ni par les prières, elle ne voulut pas verser un sang aussi vil en souillant son bras illustre par ce meurtre.

VIII. — Elle oublia toutes ses anciennes offenses et le conduisit auprès d'Agramant, dans Arles. Vous devez bien penser que le roi fut charmé de son arrivée et du secours qu'elle lui apportait. Pour lui prouver combien il tenait compte de son empressement, il voulut que le supplice dont elle s'était bornée à menacer Brunel devînt une réalité et il le lui fit subir.

IX. — Ce misérable fut ensuite abandonné dans un lieu solitaire et sauvage pour devenir la pâture des corbeaux et des vautours. La justice divine voulut que Roger, qui autrefois avait été son sauveur, et qui aurait pu encore dérober son cou au lacet fatal, se trouvât malade de ses blessures et ne pût venir à son secours. Quand il l'apprit, il était trop tard : Brunel avait subi le châtiment qu'il avait mérité et rien ne put l'y soustraire.

X. — Cependant Bradamante trouvait bien longs les vingt jours, heureux terme après lequel Roger avait promis de se rendre auprès d'elle et d'embrasser sa foi. Le malheureux qui, dans les fers ou dans l'exil, attend les jours où il sera libre, où il reverra sa chère patrie si désirée, ne trouve pas que le temps s'avance avec une lenteur plus désespérante.

XI. — Dans cette attente si cruelle, elle croirait volontiers qu'un des chevaux du soleil, Éthon ou Pyroïs, est devenu boiteux ou qu'une des roues de son char s'est brisé. Car jamais sa course ne lui avait paru plus lente. Chaque jour lui semble plus long que celui même où Josué, l'illustre Hébreux, arrêta par une ardente foi le soleil pour allonger la journée. La nuit aussi ne lui parut pas moins longue que celle où Hercule vint au monde.

XII. — Que de fois elle envia le bonheur des ours, des loirs, des blaireaux, dont le sommeil est si profond ! Elle aurait voulu passer ces longues heures à dormir, ne pas se réveiller un seul instant, n'entendre aucune parole, jusqu'à ce que Roger vînt l'arracher à ce sommeil léthargique. Mais ses vœux ne purent être exaucés ; elle ne put même dormir une heure dans toute la nuit.

XIII. — En vain, se tournant et se retournant de côté et d'autre, elle foule la plume de son lit ; elle ne peut trouver le repos. A chaque instant elle va ouvrir sa fenêtre pour voir si l'épouse de Tithon n'a pas encore semé les blancs lis et les roses vermeilles devant l'étoile du matin ; et lorsque le jour est venu, elle attend avec la même impatience le moment où le ciel sera constellé d'astres lumineux.

XIV. — Lorsque quatre ou cinq jours à peine la séparèrent du terme fixé pour le retour de Roger, elle attendit, le cœur plein d'espérance, d'heure en heure, qu'un messager vînt lui dire : « Voici Roger qui arrive ! » Elle montait souvent sur une tour élevée, d'où l'on découvrait des bois touffus, des campagnes agréables et une partie de la route qui conduit de France à Montauban.

XV. — Aperçoit-elle de loin l'éclat d'une armure ou un autre signe annonçant quelque chose de semblable à un chevalier, elle croit que c'est son Roger si désiré. Ses yeux alors se sèchent et reprennent leur sérénité. Voit-elle, au contraire, un voyageur à pied ou un homme sans armes, elle espère que c'est un messager venant de sa part. Quoiqu'elle soit déçue dans chacune de ses espérances, elle ne cesse d'espérer encore à chaque nouvelle occasion.

XVI. — Quelquefois, croyant pouvoir le rencontrer, elle s'arme, descend de la montagne, s'avance dans la plaine, et, comme elle ne le trouve pas, elle se dit qu'il aura pris sans doute une autre route pour aller à

Montauban. Le même sentiment qui l'avait fait sortir du château l'y ramène ; c'est toujours en vain. Elle ne le retrouve ni dans un lieu ni dans un autre, et pendant ce temps s'est passé le délai dont elle avait attendu si impatiemment l'échéance.

XVII. — Depuis ce terme s'écoulent un, deux, trois jours, puis six, huit, vingt, et son amant ne vient pas, et elle ne reçoit de lui aucune nouvelle ! Alors elle recommence ses lamentations, capables de toucher de compassion dans les sombres demeures les Furies elles-mêmes, dont la tête est couronnée de serpents. Elle outrage ses yeux divins, son sein blanc comme la neige et sa chevelure aux boucles dorées.

XVIII. — « Quoi ! dit-elle, me conviendra t-il vraiment de rechercher un ingrat qui me fuit et se dérobe à mes regards ? Puis-je continuer à estimer celui qui me dédaigne, à adresser des prières à celui qui ne me répond pas ? Je souffrirai qu'un homme qui me hait possède encore ma tendresse ! Pour un homme qui estime tant ses hautes qualités, ne faudrait-il pas qu'une déesse immortelle descendît du ciel pour enflammer son cœur d'amour ?

XIX. — « Il sait, ce cœur orgueilleux, que je l'aime, que je l'adore. Ce n'est pas une amante qu'il cherche en moi, c'est une esclave. Il sait, le cruel, que je me consume, que je meurs. Attend-il ma mort pour venir à mon secours ? Pour que je ne lui raconte pas le supplice que j'endure et dont la peinture adoucirait ses insolents dédains, il m'évite, il se cache comme l'aspic qui, pour conserver sa cruauté, ferme les oreilles au chant du magicien.

XX. — « Dieu d'amour ! arrête celui qui me fuit d'une course si rapide qu'il m'est impossible de l'atteindre, ou rétablis mon cœur dans son premier état, lorsqu'il n'était soumis ni à toi ni à personne. Hélas ! quelle folle et vaine erreur me fait croire que mes prières puissent exciter ta pitié, toi qui ne trouves ton plaisir qu'à voir verser des larmes, dont on dirait que tu t'abreuves et te nourris !

XXI. — « Mais puis-je me plaindre, malheureuse que je suis, d'autre chose que de mon désir insensé ? De ce désir qui m'entraîne et m'enlève au plus haut des airs, où il brûle ses ailes, en sorte que, ne pouvant plus me soutenir, il me laisse tomber lourdement sur la terre ! De ce désir qui, dans sa présomption continuelle, reprend son vol, se brûle encore et me condamne ainsi à retomber de plus en plus tristement!

XXII. — « Oui! c'est moi-même que je dois accuser plus encore que ma passion : ne lui ai-je pas ouvert mon âme, d'où elle a banni la raison pour s'y établir et la gouverner à son gré? Son pouvoir est au-dessus du mien ; elle ajoute sans cesse au mal dont je souffre, et je ne puis l'arrêter, puisque aucun frein n'y suffirait ; je le sens bien, c'est à la mort qu'elle me conduit, puisque plus j'attends, plus ma douleur s'aggrave.

XXXIII. — « Cependant pourquoi m'en prendrais-je à moi-même? Quel crime ai-je commis, si ce n'est de t'aimer? Jeune et d'un sexe si fragile, dois-je m'étonner d'avoir été sitôt captivée? Devais-je opposer quelque résistance et m'empêcher d'être sensible à cette beauté suprême, à cette haute distinction, à cet air si noble, à ces discours si sages ? Bien malheureux serait celui qui se refuserait à voir l'éclat du soleil!

XXIV. — « D'ailleurs, n'y ai-je pas été forcée par ma destinée? Des conseils bien dignes de ma confiance ne m'ont-ils pas engagée dans ces liens? L'extrême félicité dont on offrait à mes yeux l'image ne devait-elle pas être le prix de cet amour? Hélas ! si ces promesses étaient feintes, si j'ai été trompée par les conseils que me donnait Merlin, c'est bien de lui que je dois me plaindre : je ne dois pas pour cela cesser d'aimer Roger.

XXV. — « Je dois accuser Merlin et Mélisse. C'est à eux que je devrai m'en prendre éternellement; ils ont forcé les esprits infernaux à m'offrir le tableau de ma postérité et ils m'ont par cette fausse espérance fait tomber dans la servitude. Quels étaient leurs motifs? Je les cherche en vain. Étaient-ils par hasard jaloux du calme et de la tranquillité dont jouissait mon âme? »

XXVI. — C'est ainsi que la douleur a pénétré tellement le cœur de Bradamante qu'il ne peut y avoir de place pour la consolation. Malgré elle, cependant, l'espérance vient encore ranimer son cœur et lui inspirer de moins tristes pensées. Elle rappelle à sa mémoire tout ce que lui a dit Roger au moment de partir, et, en dépit des sentiments contraires, ce souvenir l'oblige encore à attendre de moment en moment son retour.

XXVII. — Cette espérance la soutint donc pendant un mois encore après le terme des vingt jours; la douleur qui avait tenu son âme dans une aussi cruelle oppression éprouva quelque soulagement. Mais un jour qu'elle se dirigeait vers la route, espérant toujours y trouver Roger, la malheureuse apprit une nouvelle qui bannit loin de son cœur l'espérance qu'elle avait encore conservée.

XXVIII. — Elle rencontra un chevalier de Gascogne qui venait directement du camp africain, où il avait été retenu prisonnier depuis le jour où avait eu lieu la défaite de Charlemagne sous les murs de Paris. Après lui avoir adressé beaucoup de questions indifférentes, elle arriva enfin à s'informer de Roger. Lorsqu'elle eut abordé ce sujet, elle ne put s'en écarter.

XXIX. — Le chevalier pouvait lui rendre un compte exact de toutes choses, car il connaissait parfaitement toute cette cour. Il lui raconta donc comment Roger, dans un combat singulier avec le valeureux Mandricard, avait tué ce prince, mais avait été pendant un mois en danger de mort par suite des blessures qu'il avait reçues. S'il n'en avait pas dit davantage, la justification de Roger eût été complète.

XXX. — Mais il ajouta qu'il y avait dans le camp une

jeune fille nommée Marphise, aussi belle que vaillante et habile dans le métier des armes ; qu'elle aimait Roger et qu'elle en était aimée ; qu'on les voyait toujours ensemble ; que toute l'armée enfin était persuadée qu'ils s'étaient mutuellement engagé leur foi.

XXXI. — On disait aussi qu'après le rétablissement de Roger leur mariage serait publié. Tous les rois et tous les princes païens voyaient ce mariage avec beaucoup de joie, certains que de l'un et de l'autre, attendu leur rare valeur, il ne pourrait provenir qu'une race d'hommes de guerre la plus vaillante que l'on eût jamais vue.

XXXII. — Le Gascon était persuadé de la vérité de ce qu'il avançait ; c'était l'opinion de l'armée des Maures ; on en parlait publiquement dans tout le camp. Les nombreux témoignages d'affection qu'ils se donnaient mutuellement avaient fait naître ces bruits. L'on n'ignore pas que toute nouvelle, mauvaise ou bonne, sortie des bouches de la renommée, ne fait que s'accroître de jour en jour.

XXXIII. — Une autre preuve de ce fait, c'est que Marphise était venue au secours des Sarrasins en compagnie de Roger, sans lequel elle ne se montrait jamais. Mais ce qui donna encore plus de consistance à cette opinion, c'est que Marphise qui, en quittant le camp, avait emmené Brunel, comme je l'ai dit, y était revenue d'elle-même sans y être appelée par personne, uniquement pour voir Roger.

XXXIV. — Elle n'avait eu d'autre but en revenant à l'armée que de visiter ce guerrier, toujours souffrant des suites de ses blessures. Elle passait souvent auprès de lui le jour et une partie de la soirée. Cette guerrière altière, qui semblait dédaigner tout le monde, rendait les propos à ce sujet d'autant plus vraisemblables que, par exception, Roger était l'objet de sa bienveillance et de sa considération.

XXXV. — Comme le chevalier gascon affirmait la

vérité de tout ce qu'il racontait, Bradamante fut saisie d'une douleur si cruelle et d'un chagrin si violent que peu s'en fallut qu'elle ne tombât de son cheval. Sans dire un seul mot, elle tourna la bride, et dévorée par la jalousie, outrée de dépit et de rage, voyant toutes ses espérances évanouies, elle rentra transportée de colère dans le château.

XXXVI. — Sans se désarmer, elle se jeta sur un lit en enfonçant sa tête dans les draps pour que personne ne pût entendre les cris échappés de sa bouche, et s'apercevoir de son chagrin. Là, repassant en elle-même ce que lui avait dit Roger, elle tomba dans un tel accès de tristesse que, ne pouvant s'en rendre maîtresse, elle l'exhala ainsi :

XXXVII. — « Malheureuse! à qui me fierai-je désormais? Tous les hommes sont donc perfides et cruels, puisque tu es cruel et perfide, ô mon Roger, toi que j'ai toujours connu si tendre et si fidèle! As-tu jamais entendu parler dans les histoires les plus tragiques d'une action aussi cruelle, aussi barbare, aussi atroce que la tienne, si tu penses à ce que devait attendre de toi toute ma tendresse?

XXXVIII. — « Pourquoi, Roger, toi qui es le chevalier le plus valeureux et le plus beau de tous les hommes, puisque nul n'approche même de loin de tes grâces et de ta noblesse, pourquoi, parmi les qualités illustres et divines qui te distinguent, ne puis-je trouver la constance? Pourquoi n'as-tu pas joint à toutes tes vertus cette fidélité inviolable qui est supérieure à toutes les autres?

XXXIX. — « Ne sais-tu pas que sans elle il n'est ni valeur, ni noblesse, et que les vertus les plus éclatantes sont peu de chose si elles ne sont éclairées de sa lumière? Il t'a été bien facile de tromper une jeune fille dont tu étais déjà le maître, l'idole, la divinité, à qui tu aurais pu faire croire, si tu l'avais voulu, que le soleil est sans chaleur et sans lumière!

XL. — « Cruel! pourras-tu donc te repentir, si tu n'éprouves aucun remords d'avoir causé le trépas de celle qui t'aime ? Si ton manque de fidélité pèse si légèrement sur ton cœur, quel fardeau pourra-t-il supporter? Si tu récompenses ainsi l'amour le plus tendre, quel tourment réserves-tu à la haine? Je pourrai dire certainement qu'il n'y a pas de justice dans le ciel si je ne vois pas arriver bientôt l'instant où je serai vengée.

XLI. — « Si entre tous les crimes l'ingratitude est celui qui pèse le plus sur le cœur de l'homme, si c'est pour l'avoir commis que le plus bel ange du ciel fut précipité dans les ténèbres; si un grand crime appelle un châtiment exemplaire, quand il n'a pas reçu une expiation nécessaire, crains de voir tomber sur toi la punition cruelle que mérite ton ingratitude, si tu ne cherches pas à la réparer !

XLII. — « J'ai le droit de t'accuser encore d'un autre forfait : tu es envers moi coupable de larcin, ce qui, ô cruel amant ! met le comble à ma douleur. Tu m'as ravi mon cœur ! Mais ce n'est pas de cela que je veux t'accuser : ce dont je me plains, c'est de ce que tu me reprends contre toute raison et toute justice le cœur que tu m'avais donné. Rends-le-moi, je t'en supplie, sois assez juste pour céder à ma prière ; tu sais bien que le ciel ne peut pardonner à celui qui retient le bien d'autrui.

XLIII. — « Tu m'as abandonnée, Roger; moi je ne t'abandonnerai pas ! je ne le pourrais pas, quand bien même je le voudrais. Mais pour sortir de peine, pour mettre fin à mes tourments, je puis et je veux sortir de cette vie. En la quittant je n'aurai qu'un regret, c'est de mourir sans être aimée de toi. Ah! si le ciel m'eût accordé la grâce de me faire mourir quand je t'étais encore chère, jamais trépas n'eût été plus fortuné ! »

XLIV. — Elle dit et, disposée à mourir, elle saute de son lit et transportée de rage elle appuie son épée sur son cœur. Mais elle s'aperçoit qu'elle est couverte de

ses armes. et un meilleur génie pénétrant son âme y
fait luire la lumière de la raison : « O fille d'un lignage
si illustre, lui crie-t-il tout bas, veux-tu donc terminer
tes jours d'une manière si honteuse ?

XLV. — « Ne vaut-il pas mieux courir sur un champ
de bataille où l'on peut toujours trouver une mort glorieuse ? Si tu pouvais y mourir en présence de Roger,
ton trépas lui causerait sans doute une grande douleur.
Et même si tu pouvais mourir de sa propre main, est-il
une amante qui pût mourir avec autant de joie ? Il est
juste que l'homme qui a causé le malheur de ta vie soit
précisément celui qui te l'enlèvera.

XLVI. — « Peut-être même aurai-je avant de mourir
la satisfaction de me venger de cette Marphise qui, par
ses artifices et son amour coupable, me donne la mort
en m'enlevant Roger. » Ces réflexions firent prendre à
Bradamante un parti plus sage. Aussitôt elle fit placer
sur ses armes une devise indiquant son désespoir et
sa résolution de mourir.

XLVII. — La couleur de sa cotte d'armes était celle
qui reste à la feuille desséchée lorsqu'elle est tombée
de la branche, ou lorsqu'elle a perdu la séve dont l'arbre
se nourrissait. Des tronçons de cyprès étaient brodés
sur le rebord, de ce cyprès qui ne produit plus de rameaux lorsque la dure cognée l'a frappé : son armure
était la véritable image de sa douleur.

XLVIII. — Elle prit le coursier qu'Astolphe montait
ordinairement et cette lance d'or dont le seul toucher
enlevait de dessus la selle tous les chevaliers. Pourquoi,
dans quel lieu et quand Astolphe la lui avait-il donnée et
de qui l'avait-il reçue lui-même ? Je crois inutile de
vous le redire. Elle la prit donc, sans se douter de sa
merveilleuse puissance.

XLIX. — Sans écuyer, sans aucune suite, elle descend
de la montagne et prend pour aller à Paris la route la
plus directe, se rendant au camp des Sarrasins. On ne
savait pas encore à Montauban que le paladin Renaud,

avec le secours de Charlemagne et de Maugis, leur avait fait lever le siége de cette ville.

L. — Déjà elle avait quitté le pays de Cahors et la ville de ce nom, où la Dordogne prend sa source ; elle découvrait le territoire de Monferrat et de Clermont, lorsqu'elle vit venir par le même chemin une dame d'une physionomie pleine de douceur, qui portait un écu attaché à l'arçon de sa selle et qu'escortaient trois chevaliers.

LI. — Devant et derrière elle, d'autres dames et beaucoup d'écuyers marchaient en lui formant une longue suite. La fille d'Aymon pria l'un de ces chevaliers qui passait auprès d'elle de lui dire qui était cette dame. Il lui répondit : « C'est une messagère envoyée au roi du peuple français ; elle vient, après avoir parcouru les mers, d'une île située au-delà du pôle arctique et que l'on nomme l'*île Perdue*.

LII. — « D'autres donnent le nom d'Islande à cette île perdue. La reine de cette île est d'une beauté si ravissante que le ciel n'en a jamais accordé une semblable à aucune mortelle. Elle envoie à Charlemagne l'écu que vous voyez, avec la condition expresse qu'il le donnera au plus vaillant chevalier qui, dans son opinion, existe aujourd'hui sur la terre.

LIII. — « Comme cette reine s'estime avec raison comme la plus belle femme qui fut jamais, elle veut pareillement trouver un chevalier qui surpasse tous les autres en hardiesse et en courage. C'est pour elle une pensée bien arrêtée et tellement fixe qu'il serait impossible de la faire changer, de ne prendre pour amant et pour époux que l'homme qui dans les armes tiendra le premier rang.

LIV. — « Un tel chevalier ne peut se trouver, à ce qu'elle croit, que dans la fameuse cour de Charlemagne. Là seulement doit exister l'homme qui par sa force et son courage se sera tellement distingué dans les combats qu'il mérite seul cette préférence. Les trois chevaliers qui accompagnent cette dame sont trois rois. Je

puis vous dire de quel pays : l'un est le roi de Suède,
l'autre le roi de Gothie et le troisième celui de Norwége.
Quant aux vertus qui distinguent ces guerriers, ils ont
peu d'égaux, si toutefois ils en ont.

LV. — « Ces trois rois, dont les États sont, non pas
voisins, mais les plus rapprochés de l'île Perdue (ainsi
nommée parce que les mers où elle se trouve sont peu
connues encore des navigateurs), étaient et sont encore
amoureux de la reine. Ils auraient désiré l'épouser, et
pour lui plaire ils ont fait des exploits dont le souvenir
durera tant que les astres continueront leur course dans
les cieux.

LVI. — « Mais la reine n'accepte ni aucun d'eux ni
aucun autre qu'autant qu'elle aura la certitude qu'il est le
premier guerrier du monde. « Vous m'avez, leur dit-
elle, donné des preuves de votre courage dans ces cli-
mats, mais j'en fais peu de cas. Lors même que l'un de
vous brillerait au-dessus des deux autres comme le
soleil au milieu des étoiles, j'aurais sans doute pour
lui beaucoup d'estime ; mais je ne le considérerais pas
pour cela comme le premier des chevaliers qui portent
aujourd'hui les armes.

LVII. — « Je vais envoyer un riche bouclier d'or au
roi Charlemagne, que je respecte et honore comme le
plus sage monarque du monde, avec cette condition
qu'il le donnera au chevalier qui, parmi tous ceux qui
l'entourent, est réputé comme occupant le premier rang
par sa vaillance. Je m'en rapporterai à son choix, soit
qu'il le fasse entre ses vassaux ou entre ceux d'un autre
souverain.

LVIII. — « Puis, lorsque ce prince aura reçu ce bouclier et l'aura donné à celui que par sa force et son
courage il aura jugé supérieur à tous les autres, si l'un
de vous peut me rapporter ce bouclier, conquis par sa
valeur, c'est à lui que j'accorderai ma tendresse, c'est
lui qui sera l'objet de mes préférences et que je choisirai pour mon seigneur et mon époux. »

LIX. — « Sur cette promesse, ces trois rois sont arrivés jusqu'ici de rivages en rivages. Ils sont résolus à conquérir l'écu ou à mourir de la main de celui qui l'obtiendra. » Bradamante avait écouté fort attentivement le récit que l'écuyer venait de lui faire. Celui-ci poussa alors son cheval en avant pour aller rejoindre ses compagnons.

LX. — Elle le laissa partir sans galoper après lui et le suivre. En continuant sa route tranquillement, elle rêva à ce qui pourrait résulter d'une pareille aventure ; elle pensa que ce bouclier deviendrait probablement en France une cause de fatale discorde et de querelle, qu'il susciterait de terribles inimitiés entre les paladins et les autres chevaliers, si Charlemagne consentait à le recevoir et à le donner au meilleur d'entre eux.

LXI. — Elle s'abandonnait à toutes ces pensées ; mais ce qui l'occupa bientôt après et renouvela toutes ses douleurs, c'est le souvenir de Roger, qu'elle accusa de lui avoir ravi son cœur et de l'avoir donné à Marphise. Le chagrin qui l'obsède à cette pensée remplit son âme tout entière ; elle ne fait attention ni à la route qu'elle suit, ni aux lieux vers lesquels elle se dirige, ni même à celui où elle pourra trouver un asile pour y passer la nuit.

LXII. — Semblable à un navire que le vent ou tout autre accident a détaché de la rive, et qui s'en va, sans pilote et sans gouvernail, où l'emporte au hasard le cours précipité du fleuve, la jeune amante, absorbée dans la pensée de son cher Roger, s'en va au gré de Rabican ; son esprit voyage si loin d'elle qu'elle ne songe pas à le diriger.

LXIII. — A la fin, elle voit, en ouvrant les yeux, que le soleil a déjà dépassé la ville de Bocco et qu'il s'est abîmé comme un plongeon dans le sein de son antique nourrice, au delà de Maroc. Si son dessein est de reposer sous les bruyères, il serait bien insensé, car il souffle

un vent très-froid et l'air chargé de vapeurs annonce
pour le reste de la nuit ou la pluie ou la neige.

LXIV. — Elle pousse donc en avant Rabican avec
une plus grande vitesse. Elle n'a pas fait un grand
nombre de milles dans la campagne qu'elle rencontre
un berger qui marchait devant son troupeau. Bradamante le prie avec les plus vives instances de lui
enseigner un lieu où, tant bien que mal, elle trouvera un
gîte. Elle ne pouvait être plus mal d'ailleurs qu'en
recevant la pluie au dehors.

LXV. — Le berger lui répond qu'il ne connaît aucun
endroit qu'il puisse lui indiquer, à quatre ou même
à six lieues, à l'exception d'un seul, qui se nomme la
Roche de Tristan. Mais il n'est pas facile à tout le
monde de s'y loger, car il faut en acquérir le droit la
lance à la main, si l'on prétend y être reçu, et ensuite le
défendre contre tout venant.

LXVI. — Arrive-t-il un chevalier, si le logis est
vacant, le châtelain l'accepte ; mais il lui fait promettre
d'abord que si d'autres voyageurs surviennent il sortira
aussitôt de la maison pour aller les combattre. S'il
ne vient personne, il peut y demeurer tranquille. Dans le
cas contraire, il est obligé de reprendre ses armes, de
combattre celui qui survient. Alors celui des deux qui
est vaincu doit céder la place et aller coucher en
plein air.

LXVII. — Si deux, trois, quatre guerriers, ou plus,
arrivent en même temps, ils sont admis sans difficulté ;
mais celui qui vient seul après eux se trouve dans une
situation plus mauvaise, car il faut qu'il joûte contre cette
compagnie. De même, celui qui arrivant seul a été reçu
le premier devra combattre contre les deux, trois, quatre
ou plus qui viendront après lui. S'il a quelque valeur,
jamais elle ne lui aura été plus utile que dans cette circonstance.

LXVIII. — C'est aux mêmes conditions que les dames
ou les demoiselles qui se présentent au château y

trouvent un logement, seules ou en compagnie ; s'il en
survient une autre, c'est à la plus belle que le logis est
accordé ; celle qui l'est moins reste à la porte. Bradamante demande aussitôt où est ce château ; l'honnête
berger non-seulement le lui indique de bouche, mais
encore le montre du doigt à cinq ou six milles de là.

LXIX. — La dame, quoique Rabican fût fort leste, ne
put pas cependant le presser sur un chemin fangeux.
La pluie, qui tombait sans cesse, le rendait encore plus
impraticable, et la nuit obscure avait déjà répandu son
ombre tout alentour avant qu'elle n'arrivât. La porte du
château était close ; elle dit à celui qui en avait la garde
de la lui ouvrir, désirant y trouver un gîte.

LXX. — Il répondit que la place était déjà occupée par
des dames et des guerriers qui venaient d'arriver et qui
autour du feu attendaient qu'on leur servît à souper.
« Ce ne sera pas pour eux, dit Bradamante, que le cuisinier aura préparé ce souper, à moins qu'ils ne l'aient
déjà mangé. Allez leur dire que je les attends ici, que je
connais la coutume et que je veux la faire observer. »

LXXI. — Le gardien part et va porter aux chevaliers,
qui étaient là fort à leur aise, un message qui ne leur
fut guère agréable, car il faisait un froid horrible et
la pluie tombait à torrents. Ils se lèvent cependant,
prennent assez lentement leurs armes ; les autres restent, et ceux-ci, sans trop se hâter, se rendent ensemble
aux lieux où la dame les attendait.

LXXII. — Ces chevaliers, au nombre de trois, et qui
pour la valeur ne connaissaient que peu d'égaux dans
le monde, étaient précisément ceux que Bradamante
avait rencontrés à la suite de l'ambassadrice. Ils étaient
venus d'Irlande après s'y être vantés de rapporter le
bouclier d'or. Comme ils avaient poussé plus vite leurs
chevaux, ils étaient arrivés avant Bradamante.

LXXIII. — Peu de guerriers les surpassaient dans
les combats ; mais Bradamante compte bien être du
nombre : pour rien au monde elle ne voulait rester

cette nuit sans souper et coucher à la belle étoile. Les
habitants du château courent aux fenêtres et aux galeries pour être témoins de la joute à la clarté de la lune,
qui, en dépit des nuages et de la pluie tombant en
abondance, éclairait le lieu du combat.

LXXIV. — La guerrière ressemble en cet instant à
un amant enflammé d'amour qui, espérant l'heureux
larcin, se livre à la joie lorsque après une longue
attente il entend une clef se mouvoir discrètement dans
la serrure. Ainsi Bradamante, heureuse de pouvoir
s'éprouver contre ces chevaliers, se réjouit en entendant ouvrir les portes, en voyant le pont s'abaisser et
ses adversaires sortir du château.

LXXV. — Aussitôt que les trois guerriers eurent
passé le pont et qu'elle les vit s'avancer ensemble ou
à peu de distance l'un de l'autre, elle prit du champ,
revint, lâchant à toute bride son coursier et tenant en
main la lance que son cousin lui avait donnée, cette
lance qui ne frappa jamais en vain, et qui force de
vider les arçons quelque guerrier qu'elle attaque, fût-ce
le dieu Mars en personne.

LXXVI. — Le roi de Suède, qui se mit le premier
en mouvement, fut aussi le premier renversé sur le sol,
tant fut violent le coup dont son casque fut frappé par
cette lance qui porte d'inévitables coups. Le roi de
Gothie, qui courut ensuite, se trouva les pieds en l'air
et loin de son cheval; le troisième fut jeté dans l'eau
et resta presque enseveli dans la boue.

LXXVII. — Ainsi, en trois coups de lance, la guerrière avait mis les trois tenants la tête en bas et les
pieds en haut. Elle se présenta alors au château de
la Roche pour y passer la nuit. Elle y fut reçue, mais
après qu'on lui eut fait promettre avec serment qu'elle
en sortirait toutes les fois qu'on l'appellerait au dehors
pour combattre. Le seigneur châtelain, témoin de sa
vaillance, l'accueillit avec les plus grands égards.

LXXVIII. — La dame qui était arrivée le soir même

avec les trois princes lui fit le même accueil ; c'était
celle qui était envoyée en France, de l'île Perdue,
comme je l'ai dit, en ambassade auprès de Charlemagne. Bradamante la salue avec sa courtoisie ordinaire. La dame va au-devant d'elle et de la façon la
plus aimable la prend par la main pour la faire asseoir
auprès du feu à côté d'elle.

LXXIX. — La guerrière avait commencé à se débarrasser de ses armes et avait déposé son écu à côté de
son casque, lorsqu'un réseau d'or, dans lequel étaient
enveloppés et cachés ses longs cheveux, se dénoua et,
les laissant tomber sur ses épaules, trahit à l'instant
Bradamante, en faisant reconnaître en elle une jeune
fille non moins belle à voir que vaillante dans les
combats.

LXXX. — De même qu'au théâtre, quand le rideau
se lève, la scène, s'éclairant de mille lumières, fait apparaître aux yeux des arcs de triomphe, de magnifiques
édifices, que l'or, les statues, les peintures embellis-
sent d'une manière admirable ; ou de même qu'en
sortant d'un nuage le soleil apparaît dans tout l'éclat
d'une lumière pure et sereine ; ainsi Bradamante, en
découvrant son visage, semble montrer le paradis ouvert
à tous les yeux.

LXXXI. — Déjà ses beaux cheveux, que lui avait
coupés l'ermite, avaient repoussé et étaient devenus
assez longs pour former derrière la tête un gros nœud,
quoiqu'ils ne fussent pas encore aussi longs qu'ils
l'avaient été autrefois. Le seigneur du lieu, qui l'avait
déjà vue, reconnut aussitôt en elle Bradamante, et re-
doubla à son égard de soins et d'attentions.

LXXXII. — Tous assis auprès du feu, et se livrant à
un entretien gracieux et honnête, donnent une nourriture agréable à leur esprit, tandis que l'on apprête les
mets délicats qui fourniront la nourriture à leur corps.
La dame demande au châtelain, leur hôte, si cette manière de loger les étrangers est une coutume ancienne

ou nouvelle, quelle en a été l'occasion et par qui elle a été établie. Le chevalier répond en ces termes :

LXXXIII. — « Du temps du roi Pharamond, Clodion, son fils, eut une maîtresse aimable et jolie, de manières aussi engageantes que l'on pouvait en voir dans ce siècle antique ; il l'aimait tant qu'il ne la perdait pas plus de vue que ne le fit, dit-on, autrefois le berger commis à la garde d'Io, car il avait pour cette femme autant de jalousie que d'amour.

LXXXIV. — « Il la tenait enfermée dans ce château, que lui avait donné son père et dont il sortait très-rarement. Dix chevaliers, des meilleurs que l'on eût pu trouver en France, demeuraient dans le même séjour. Il y était, un jour, quand le brave Tristan vint s'y présenter, en compagnie d'une dame qu'il venait d'arracher aux mains d'un fier géant qui l'entraînait de force.

LXXXV. — « Tristan arrivait au château à l'heure où le soleil venait de quitter les rivages de Séville ; il demanda à y être accueilli, car il n'existait pas à dix milles à la ronde un endroit où il pût loger. Clodion, jaloux comme nous l'avons dit, avait décidé qu'aucun étranger n'entrerait jamais dans sa demeure tandis que sa maîtresse y serait.

LXXXVI. — « Le chevalier, voyant qu'on refusait de lui donner l'hospitalité, malgré ses prières longues et réitérées, s'écria : « Ce que n'ont pu obtenir mes prières, je l'aurai malgré toi, je l'espère bien ! » Alors, d'un ton fier et altier il provoqua au combat Clodion et ses dix chevaliers afin de lui prouver avec la lance et l'épée que sa conduite violait toutes les lois de l'honneur et de la courtoisie.

LXXXVII. — « Les conditions du combat sont telles que si, sans quitter la selle, il parvient à abattre Clodion et toute sa troupe, il mettra les autres habitants hors du château et s'y installera lui-même. Le fils du roi des Francs n'hésita pas à exposer sa vie pour ne pas souffrir un pareil affront. Il fut renversé violemment, ses compagnons eurent le même sort, et Tristan les mit tous à la porte.

LXXXVIII. — « Il trouva dans ce château, dont il était devenu le maître, la dame dont je vous ai parlé, si chère à Clodion et que la nature, ordinairement si avare de ses dons, avait douée d'une beauté incomparable qu'aucune femme n'aurait pu égaler. Tandis qu'il cause avec elle, son malheureux amant est dévoré au dehors par la jalousie et en proie au plus violent désespoir. Il envoie aussitôt à Tristan un chevalier pour obtenir qu'il lui rende sa maîtresse.

LXXXIX. — « Tristan ne pouvait éprouver pour cette belle un bien vif sentiment d'amour, étant tout entier à celui que lui avait inspiré Yseult. Le breuvage enchanté qu'il avait bu ne permettait pas qu'il prodiguât son amour et ses caresses à une autre. Cependant, voulant se venger de la grossièreté de Clodion à son égard, il lui fit répondre que ce serait une souveraine injustice de forcer une beauté si charmante à quitter son habitation.

XC. — « Si Clodion, ajouta-t-il, trouve qu'il est désagréable de coucher seul à la belle étoile, j'ai près de moi une jeune fille fraîche et jolie, moins cependant que sa maîtresse ; je consens à lui permettre de sortir, de se rendre auprès de lui et de se montrer docile à tous ses désirs ; mais il est juste que la plus belle appartienne à celui qui a fait preuve d'une force supérieure. »

XCI. — « Ne pouvant rentrer dans son château, Clodion passa toute la nuit à en faire le tour, désolé, écumant de rage de se voir forcé de veiller comme une sentinelle sur ceux qui y dormaient à leur aise, beaucoup moins sensible au froid et au vent qu'à la douleur d'être privé de sa dame. Le lendemain, Tristan la rendit à cet amant si malheureux et mit ainsi fin à son inquiétude.

XCII. — « Il l'assura de la manière la plus positive et la plus claire qu'il la lui rendait telle qu'il l'avait trouvée, et bien que le prince, par son manque de politesse, eût mérité qu'on lui fit le plus sanglant outrage, il se contentait de lui avoir fait passer une nuit hors de son château. En vain Clodion allégua-t-il que c'était à son excès d'amour qu'était due cette incivilité, Tristan ne voulut admettre aucune excuse.

XCIII. — « L'amour, lui dit-il, doit faire de l'homme le plus grossier l'homme le plus noble et le plus généreux, au lieu de changer un cœur généreux et de lui inspirer des sentiments grossiers. » Tristan ne fut pas plus tôt parti que Clodion s'empressa de quitter cette demeure; mais il confia la garde de la Roche à un chevalier pour lequel il avait une grande affection, à la charge par lui et ses successeurs de ne recevoir personne qu'aux conditions suivantes :

XCIV. — « Que le chevalier qui déploierait la plus grande force et la dame qui se distinguerait le plus par sa beauté, y seraient toujours reçus ; que le vaincu serait mis à la porte, s'en irait dormir dans la prairie ou se promener partout où il voudrait. En un mot, il y établit la coutume dont vous avez vu aujourd'hui même l'application. » Pendant le récit du chevalier, le maître d'hôtel avait fait dresser la table.

XCV.—Il l'avait placée dans la grande salle du château, la plus belle qui fût au monde. Il vint ensuite chercher les belles demoiselles, et les y conduisit en les faisant éclairer par des torches. Bradamante, en y entrant, jetant, ainsi que l'autre dame, les yeux autour d'elle, vit que les murs en étaient ornés des plus magnifiques peintures.

XCVI. — La beauté des objets d'art dont est orné ce lieu attire tellement leurs regards qu'elle leur fait presque oublier le souper, quoique les fatigues du jour leur eussent rendu ce repas bien nécessaire et malgré le mécontentement du maître d'hôtel et du cuisinier désolés de voir les mets se refroidir dans les plats. L'un d'eux se hasarda cependant à dire : « Songez d'abord,

mesdames, à satisfaire votre corps, vous pourrez ensuite
contenter vos yeux. »

XCVII. — Tous étaient assis et déjà se préparaient à
faire honneur au souper, lorsque le seigneur s'aperçut
qu'il commettait une grande faute en logeant deux femmes
à la fois dans sa demeure. « Il faut, dit-il, que l'une reste
et que l'autre s'en aille. C'est la plus belle qui doit être
logée, tandis que l'autre doit se résigner à subir en dehors les injures de la pluie et les sifflements du vent.
Comme elles ne sont pas arrivées ensemble et à la même
heure, il est de règle que l'une parte et que l'autre reste. »

XCVIII. — Il fait alors venir deux vieillards et quelques femmes du château dont il a constaté l'expérience
en pareille matière ; les deux dames sont de leur part
l'objet d'un examen attentif. Après qu'ils ont comparé
leurs attraits, ils portent tous leurs suffrages sur la fille
d'Aymon ; ils déclarent qu'elle est la plus belle et même
qu'elle ne surpasse pas moins sa rivale par la beauté
que tous les chevaliers qu'elle a vaincus par sa valeur.

XCIX. — Le maître du château s'adressant à la dame
d'Islande, qui n'était pas sans quelque soupçon de ce
qui se passait, lui dit : « Vous ne pouvez vous fâ-
cher de ce que nous nous soumettions à l'usage consacré
dans ce château ; il vous faut donc, madame, chercher
un autre gîte, car il vient de nous être déclaré de la
façon la plus incontestable que cette dame vous surpasse
en charmes et en beauté, quoiqu'elle soit sans parure. »

C. — Comme on voit en un moment s'élever vers le
ciel du fond d'une humide vallée un nuage obscur qui
couvre d'un voile ténébreux le disque du soleil auparavant pur et sans tache, ainsi, en entendant la cruelle
sentence qui la condamne à sortir pour être exposée
à la pluie et au froid, la dame islandaise change tout à
coup et ne ressemble plus à celle dont on admirait
naguère les attraits et la gaîté.

CI. — Elle pâlit, toute sa physionomie s'altère en
entendant un arrêt peu fait pour lui plaire ; mais Brada-

mante ouvre un avis plus sage, que lui dicte une tendre
compassion, pour empêcher qu'elle ne sorte. « Seigneur,
dit-elle, il me semble qu'aucun jugement ne peut paraître
juste et fondé en logique lorsque l'on n'a pas permis à
la partie condamnée de nier ou d'affirmer le fait et
d'exposer ses raisons.

CII. — « Pour moi, je prends en main la défense de
sa cause. Sans examiner si je suis plus ou moins belle
que cette dame, je dis d'abord que ce n'est pas comme
femme que je suis venue ici ; ce n'est pas en cette qualité que je veux faire valoir mes droits. Qui pourra dire,
à moins que je ne me dépouille de toutes mes armes, si
je lui suis ou si je ne lui suis pas en tout semblable ?
Il n'est pas permis de se prononcer sur ce que l'on ne
sait pas, surtout lorsque quelqu'un doit en souffrir.

CIII. — « Il y a beaucoup de personnes qui ont leurs
cheveux aussi longs que les miens, sans appartenir pour
cela au sexe féminin. Ai-je conquis le droit de séjourner
ici comme femme ou comme chevalier ? La chose est
claire. Pourquoi donc me donner le titre de femme, lorsque par mes actions j'ai fait acte de virilité ? Or, que dit
votre loi ? C'est que les femmes doivent être vaincues
par des femmes et non par des guerriers.

CIV. — « Supposons encore que je sois une femme,
comme vous le croyez, et, ce que je nie, que ma beauté
soit inférieure à celle de cette dame, je ne crois cependant pas que vous puissiez me priver de la récompense
due à ma valeur parce que mon visage serait moins
beau que le sien. Je trouverais souverainement injuste
de perdre, parce que j'aurais quelque beauté de moins,
un privilége que j'ai conquis par la force de mon
bras.

CV. — « Alors même que l'exigerait votre loi et que
mon manque de beauté me condamnerait à quitter ces
lieux, sachez bien que j'y resterais, quelque conséquence
que dût avoir ma résolution. Il n'y a pas d'égalité dans
cette contestation entre cette dame et moi, car s'il s'agit

de beauté, il peut y avoir beaucoup à perdre et rien à gagner pour elle.

CVI. — « Or, lorsque les risques et les avantages ne sont pas entièrement égaux, il ne peut exister de convention équitable. De sorte que, soit par raison, soit par condescendance, on ne peut lui refuser le logement; et si quelqu'un ose dire que cette décision n'est pas juste et contester ce que j'avance, je suis décidée à soutenir quand il le voudra que sa décision est fausse et la mienne pleine de raison. »

CVII. — Par ces motifs, la fille d'Aymon, attristée de voir une dame aussi charmante renvoyée à tort dans un lieu où la pluie tombait à torrents, où elle ne pouvait trouver ni un toit ni un auvent pour se mettre à l'abri, persuada si bien le seigneur du château, par ses raisons aussi nombreuses qu'habiles, et surtout par les paroles qui terminèrent son discours, qu'il n'insista plus et se rendit à ses conclusions.

CVIII. — De même que dans les journées les plus ardentes de l'été, au moment où l'herbe a besoin de s'abreuver, on voit la fleur, sur le point d'être privée de la séve qui lui donne la vie, se ranimer dès qu'elle sent la pluie bienfaisante ; de même la dame d'Islande, en se voyant défendue d'une façon si vigoureuse et si hardie, redevint belle et joyeuse comme elle l'était auparavant.

CIX. — Le repas, dont les mets avaient été servis depuis longtemps sans qu'on y touchât, suivit alors son cours, et les convives ne furent troublés par l'arrivée d'aucun chevalier errant. Tous firent honneur au souper, excepté Bradamante depuis longtemps accoutumée à la tristesse et à la douleur. La crainte et les soupçons qui agitaient son cœur lui enlevaient entièrement l'appétit.

CX. — Aussitôt que le souper fut achevé (il aurait été beaucoup plus long peut-être si chacun n'eût désiré repaître ses yeux des beautés de ce séjour) Bradamante se leva de table et la messagère la suivit. Le seigneur du château fit signe à l'un de ses gens qui courut sur-le-champ allumer un grand nombre de bougies dont l'éclat magnifique se répandit bientôt dans la salle tout entière. Je vous apprendrai dans l'autre chant ce qui s'ensuivit.

CHANT TRENTE-TROISIÈME

ARGUMENT

Énumération des sujets peints dans les tableaux de la Roche de Tristan. — Ils représentent les guerres futures entre l'Italie et la France.—Bradamante, dans un nouveau combat, renverse les trois rois. — Combat entre Renaud et Gradasse, qui trouve le cheval Bayard dans une caverne. — Astolphe fait une nouveau voyage aérien. — Arrivé en Éthiopie, il chasse les harpies et les poursuit jusqu'à l'entrée des Enfers.

I. — Timagore, Parrhasius, Polignote, Protogène, Timante, Apollodore, Apelle, le plus célèbre de tous, Zeuxis et les autres peintres des temps antiques, dont la renommée, en dépit de la Parque qui a détruit leur corps et souvent leurs œuvres, durera éternellement dans le monde, grâce au génie des écrivains, tant que se conserveront la lecture et l'art d'écrire ;

II. — Les artistes qui ont vécu ou vivent encore de nos jours, Léonard, Montégna, Jean Bellino, les deux Dossi et Michel-Ange, ce génie divin, qui tient plus en effet de l'ange que de l'homme et manie avec autant de talent le ciseau que le pinceau ; Raphaël, Bastiano, Titien, qui fait autant d'honneur à Cadore que les deux

premiers à Urbin et à Venise, tous les autres dont les
œuvres rendent croyables les éloges prodigués aux
artistes anciens ;

III. — En un mot, les peintres de notre temps et ceux
des siècles antiques n'ont exprimé sur la toile ou sur
les murs que les choses passées ; vous n'avez jamais
entendu dire que les anciens et vous n'avez jamais vu
que les modernes aient peint les événements futurs.
Cependant on trouve encore aujourd'hui des histoires
qui ont précédé de longtemps les faits qu'elles racontent.

IV. — Mais, ni les peintres anciens, ni les peintres
modernes ne peuvent se vanter de posséder ce secret ;
leur art doit le céder à celui des enchanteurs qui font
trembler les esprits de l'enfer. Je vous ai parlé dans
le chant précédent d'une galerie de tableaux ; eh bien !
c'est Merlin qui, au moyen d'un livre consacré au lac
de l'Averne ou à l'affreuse grotte de Nursa, les avait fait
peindre en une seule nuit par des démons.

V. — Aujourd'hui cet art qui fit exécuter tant de merveilleuses choses par nos ancêtres, est inconnu. Mais
je reviens aux peintures de cette salle où m'attendent
ceux qui désirent les connaître. Or, comme je vous l'ai
dit, à un signal donné, un écuyer alluma des flambeaux
dont l'éclat, dissipant les ténèbres de la nuit, devint tellement brillant que l'on n'aurait pas vu plus clair au
milieu même du jour.

VI. — Le seigneur dit alors : « Vous saurez que de
toutes les guerres ici représentées il en est encore peu
qui aient eu lieu déjà ; elles ont été peintes avant d'être
faites ; mais l'auteur des peintures les avait devinées.
Toutes les victoires qui honoreront l'Italie, toutes les
défaites qu'elle essuiera, vous pouvez les voir ici dans
tous leurs détails.

VII. — « Les guerres heureuses ou malheureuses qui
ont été faites par les Français au delà des Alpes ont été
peintes par le prophète Merlin dans cette galerie. Elles
ont eu lieu pendant mille ans à compter du temps où il

vivait. Ce fut un roi de la Grande-Bretagne qui envoya cet enchanteur au roi de France, successeur de Marcomir. Pourquoi Merlin fit-il ce voyage, pourquoi entreprit-il ce travail? Je vais vous le dire.

VIII. — « Le roi Pharamond, qui passa le premier dans la Gaule en traversant le Rhin avec l'armée des Francs, voulut, après en avoir fait la conquête, soumettre aussi l'Italie à son pouvoir. Ce qui l'encouragea dans ce dessein, ce fut la faiblesse de l'empire romain qu'il voyait devenir de jour en jour plus grande; alors il forma le projet de s'allier avec Arthur, roi de la Grande-Bretagne, son contemporain.

IX. — « Arthur n'avait jamais fait d'entreprise sans consulter le prophète Merlin. Ce Merlin, fils d'un démon, ayant une grande connaissance de l'avenir, Arthur apprit de lui et exposa ensuite à Pharamond tous les dangers et tous les désastres auxquels il exposerait son peuple s'il entrait dans la terre que divise l'Apennin et qu'environnent la mer et les Alpes.

X. — « Merlin lui fit voir que presque tous les princes qui devaient régner après lui sur la France verraient dans l'Italie leurs armées détruites ou par le fer, ou par la faim, ou par la peste; qu'ils ne rapporteraient de ce pays que de longues luttes, des succès de peu de durée, peu de profits et des pertes immenses; que le destin enfin ne permettrait jamais aux Lis d'y prendre racine.

XI. — « Pharamond eut tant de confiance en ce qu'on lui disait qu'il porta ses armes ailleurs. Merlin, qui connaissait les choses à venir comme si elles eussent été présentes, fit, à la prière de ce roi, exécuter par enchantement les peintures historiées de cette salle, où l'on voit les exploits à venir des Français comme s'ils étaient déjà arrivés.

XII. — « Son dessein était de faire comprendre aux successeurs de Pharamond qu'autant ils acquerraient d'honneur et remporteraient de victoires lorsqu'ils prendraient la défense de l'Italie contre les attaques des barbares, autant, s'il leur arrivait d'y descendre pour imposer leur joug et s'en rendre les maîtres, ils seraient certains de trouver leur tombeau au delà de ses monts. »

XIII. — Après ces paroles, le châtelain conduisit les dames aux tableaux par lesquels commençait cette histoire ; il leur montra d'abord Sigebert qui, attiré en Italie par les trésors que lui offrait l'empereur Maurice, descendit des montagnes de Mont-Joux dans les plaines arrosées par le Tessin et le Lambro. Vous pouvez voir comme Eutaris non-seulement le repousse, mais défait son armée, la taille en pièces et la met en fuite.

XIV. — « Voyez Clovis qui fait franchir les monts à plus de cent mille hommes. Le duc de Bénévent vient à leur rencontre avec un nombre bien inférieur. Il fait semblant d'abandonner ses pavillons pour leur tendre un piége ; l'armée française court au vin de Lombardie, c'est-à-dire à la honte et à la mort, car elle est prise comme le poisson dans les filets.

XV. — « Maintenant voici Childebert : que de soldats et de capitaines il rassemble en France ! mais il ne rencontre pas plus de gloire que Clovis et ne peut pas se vanter plus que lui d'avoir vaincu et pillé la Lombardie. L'épée céleste les frappe avec tant de fureur et en fait un si grand carnage que les corps morts jonchent les routes, que la dyssenterie et les chaleurs excessives font périr une foule de malheureux, en sorte que sur dix à peine s'en peut-il sauver un. »

XVI. — Le châtelain montra ensuite Pepin, puis Charlemagne, descendus l'un après l'autre en Italie. Tous les deux n'y étaient pas venus pour lui nuire, aussi y obtinrent-ils le plus heureux succès. L'un venait défendre le pape Étienne persécuté, l'autre y soutenait Adrien et ensuite Léon. Le premier triomphe d'Astolphe, l'autre de Didier son successeur ; il le fait prisonnier et rétablit le pape dans tous ses honneurs.

XVII. — Il leur fait voir après ces deux princes un

jeune Pepin qui couvre de ses soldats tout le pays, de l'embouchure du Pô aux rivages de Venise ; avec de grandes dépenses et un labeur obstiné, il fait construire un pont à Malamocco. Déjà le pont touche au Rialto et le combat s'engage sur ce frêle édifice. On voit plus loin ce pont, rompu par les vents et la mer, s'abîmer dans les flots.

XVIII. — « Voici Louis de Bourgogne : aux lieux mêmes où il descend il est vaincu et fait prisonnier. Le vainqueur lui fait jurer qu'il ne prendra plus les armes contre lui ; il viole son serment et il tombe une seconde fois dans le piége qui lui a été tendu. Il y perd la vue, ses soldats le ramènent de l'autre côté des Alpes, n'ayant pas plus d'yeux qu'une taupe.

XIX. — « Voici Hugues d'Arles, s'illustrant par de grandes victoires en chassant les Béranger d'Italie. Deux fois, trois fois il les défait et les met en déroute ; ils sont rétablis tantôt par les Huns, tantôt par les Bavarois. Bientôt après, cédant à des forces supérieures, il traite avec les Béranger et il ne peut survivre à cet accord, non plus que son successeur, qui abandonne le royaume à ce même Béranger.

XX. — « Voici encore un autre Charles qui, pour soutenir le vénérable pontife, porte dans l'Italie le fer et la flamme. Dans deux sanglantes batailles il donne la mort à deux rois, d'abord à Mainfroi, puis à Conradin. Mais bientôt ses soldats, faisant subir mille avanies à son nouveau royaume, sont massacrés çà et là par la ville révoltée au son de la cloche des Vêpres. »

XXI. — Le chevalier leur montre ensuite (mais ces événements étaient séparés les uns des autres par plusieurs années et même plusieurs lustres) un capitaine français qui descend des Alpes pour faire la guerre à l'illustre maison des Visconti ; il assiége et bloque la ville d'Alexandrie avec sa cavalerie et son infanterie françaises. Le duc, laissant à l'intérieur une forte garnison, va dresser une embuscade à quelque distance de là.

XXII. — La jeunesse française, dans son imprudence, se précipite vers le piége adroit qu'on lui a tendu et couvre la campagne de morts. Le comte d'Armagnac, chef de cette malheureuse expédition, y périt avec les siens. Une partie de l'armée reste prisonnière dans Alexandrie, et le Tanaro, dont les eaux sont grossies par le sang qu'elles reçoivent, va rougir le fleuve du Pô.

XXIII. — Un comte de La Marche et trois comtes d'Anjou sont ensuite montrés par le châtelain. « Vous voyez, dit-il, que ces guerriers font beaucoup de mal aux Brutiens, aux Dauniens, aux Marses, aux Salentins; mais ils ne peuvent s'établir en Italie malgré l'appui des Français et des Italiens eux-mêmes. Toutes les fois qu'ils se présentent dans le royaume, ils en sont chassés par Alphonse et par Ferdinand.

XXIV. — « Charles VIII, que voici, descend des Alpes avec la fleur de la chevalerie française; il passe le Liris et, sans tirer l'épée ou abaisser la lance, il s'empare du royaume de Naples, à l'exception du vaste rocher qui s'étend sur les bras, la poitrine et le ventre du géant Typhée. C'est Inigo del Vasto, héros issu de l'illustre sang d'Avalos, qui l'arrête par son courage. »

XXV. — Le châtelain de la Roche, après avoir expliqué ses tableaux à Bradamante, lui montra l'île d'Ischia en lui disant : « Je veux, avant de vous conduire plus loin, vous apprendre ce que mon bisaïeul se plaisait à me dire pendant mon enfance. Il m'assurait qu'il l'avait lui-même entendu raconter à son père.

XXVI. — « Le père le tenait ou de son père ou de quelque autre de ses ancêtres; ainsi on remontait jusqu'à celui qui l'apprit de celui-là même qui sans pinceau a fait toutes ces images de si différentes couleurs. C'est donc Merlin lui-même qui, montrant le château que vous voyez sur cette roche élevée, lui disait ce que je vais vous rapporter.

XXVII. — « Il lui disait, que de cette île et de la race du vaillant chevalier qui la défend avec tant d'ardeur qu'il paraît mépriser le feu qui l'entoure jusqu'au phare et embrase tout autour de lui, il naîtrait, dans un temps (et il lui indique le mois et l'année), un chevalier qui devait surpasser ceux qui auraient existé avant lui dans le monde.

XXVIII. — « Nirée fut moins beau, Achille moins vaillant, Ulysse moins entreprenant, Ladas moins rapide à la course, Nestor moins prudent, lui qui apprit tant de choses et vécut tant d'années; César, dont on vante cependant la générosité et la clémence, fut moins clément et moins généreux; enfin la gloire de tous ces héros sera légère comparée à celle du chevalier qui devra naître à Ischia.

XXIX. — « Si l'antique Crète se fait honneur d'avoir vu naître le petit-fils de Cœlus, si Thèbes se réjouit de la naissance d'Hercule et de Bacchus, si Délos se vante d'avoir donné le jour aux deux célèbres jumeaux, Ischia aura bien le droit de se vanter et d'élever sa tête jusqu'aux nues, pour avoir donné le jour à ce grand marquis que le ciel se sera plu à gratifier de toutes ses faveurs.

XXX. — « Merlin dit et répéta que ce grand homme était destiné à vivre dans le temps où l'empire romain serait le plus en détresse, afin qu'il eût la gloire de lui rendre sa liberté; mais comme je vous ferai voir bientôt quelques-uns de ses exploits, je n'ai pas besoin de vous en parler d'avance. » En disant ces mots le châtelain reprit l'histoire de la brillante conquête de Charles VIII.

XXXI. — « Voici un tableau qui fait connaître combien se repentit Louis le More d'avoir appelé Charles en Italie : ce n'était pas pour le faire chasser de ses États, mais pour punir un rival. Aussi au retour de Charles VIII il se ligue avec les Vénitiens, le traite en ennemi et veut le faire prisonnier; mais le roi magnanime sait se frayer un chemin avec sa lance et repasser en France malgré les ennemis.

XXXII. — Ceux de ses sujets qu'il a laissés pour

assurer sa nouvelle conquête ont un sort bien différent. Ferdinand, secouru par le duc de Mantoue, revient en Italie avec tant d'impétuosité qu'en peu de mois il n'y laisse aucun soldat ennemi vivant, ni sur terre, ni sur mer. Mais la trahison qui cause la mort d'un seul homme détruit toute la joie de sa victoire. »

XXXIII. — En disant ces paroles, le châtelain montre Alphonse, marquis de Pescaire. « Après que ce chevalier aura fait briller de la manière la plus éclatante une valeur depuis longtemps éprouvée, voyez comme un scélérat d'Éthiopien, l'ayant, sous prétexte d'un traité, attiré dans une ambuscade, lui lance une flèche et fait ainsi périr le meilleur chevalier de ce siècle. »

XXXIV. — Il montre alors Louis XII qui passe les monts avec une armée italienne ; il chasse le More et plante les Lis dans le territoire fertile qui appartint aux Visconti. Suivant les traces de Charles VIII, il jette des ponts sur le Garigliano ; mais son armée est bientôt détruite, dispersée et taillée en pièces ; une partie est noyée dans les eaux.

XXXV. — « Voyez les troupes françaises mises en fuite dans la Pouille avec un égal carnage. L'Espagnol Ferdinand Gonzalve est celui qui l'a fait tomber deux fois dans ses embûches. Mais si dans ces lieux la fortune est défavorable à Louis, elle l'en dédommage amplement dans les riches plaines qui s'étendent jusqu'au golfe Adriatique et que partage le Pô entre l'Apennin et les Alpes. »

XXXVI. — Le châtelain se reproche d'avoir oublié un détail important ; il revient sur ses pas et montre un traître qui a livré le château que lui a confié son seigneur. Il fait voir ce Suisse perfide, qui s'empare du chef qui l'avait pris à son service pour le défendre. Ce sont ces deux trahisons qui ont assuré le succès du roi de France, sans qu'il eût eu besoin d'abaisser sa lance.

XXXVII. — César Borgia, qu'il montre plus loin, acquiert en Italie, à la faveur du même roi, une grande puissance. Tous les barons de Rome, les seigneurs qui sont attachés à cette ville sont exilés par lui. On voit aussi Louis XII substituer des glands à la scie qui figurait dans les armes de Bologne. Il met en fuite des Génois révoltés contre lui et s'empare de leur ville.

XXXVIII. — « Voyez, continua le châtelain, tous ces morts qui couvrent la campagne de Ghiaradadda, et Venise qui peut à peine résister. Voyez comme le même roi empêche le pape, qui a passé les frontières de la Romagne, de ravir Modène au duc de Ferrare et de s'y arrêter pour lui enlever le reste de ses États.

XXXIX. — « Il lui enlève au contraire Bologne, qu'il donne à la famille des Bentivoglio. Voici la ville de Brescia mise à sac par l'armée française, qui en même temps marche au secours de Felsina et met l'armée papale en déroute. Les deux armées se replient ensuite vers le littoral inférieur, sur les bords de Chiassi.

XL. — « D'un côté les Français, de l'autre les Espagnols, renforçant l'armée du pape, se trouvent en présence; la bataille est terrible; des deux côtés on voit tomber une foule de morts dont le sang rougit les fossés. La victoire est douteuse; Mars est incertain du côté à qui elle restera. Enfin la valeur d'un Alphonse la donne à la France et fait céder l'Espagne.

XLI. — « Ravenne est saccagée; le pape se mord es lèvres de désespoir; puis il appelle en toute hâte une nombreuse armée d'Allemands qui descendent des Alpes comme la tempête. Leur attaque furieuse, à laquelle les Français ne peuvent résister, chasse ceux-ci au delà des Alpes. Le vainqueur établit un rejeton de la maison de Sforce dans le jardin dont il arraché les lis d'or.

XLII. — « Mais voici les Français qui reviennent; ils sont mis en déroute par l'infidèle Helvétien dont l'imprudent Sforce a imploré le secours, oubliant que cette nation avait trahi et livré son père. Vous voyez ensuite

l'armée, que l'inconstance de la fortune avait presque
détruite, se préparer, à l'avénement d'un nouveau roi, à
venger la honte dont elle avait été couverte à Novare.

XLIII. — « Sous de meilleurs auspices, la voici de re-
tour en Italie ayant à sa tête le roi François Ier ; il attaque les Suisses, bataillant avec tant de vigueur que
peu s'en faut qu'il ne les détruise tous. Ainsi cette
nation grossière et féroce doit renoncer désormais au
titre qu'elle avait usurpé de souveraine des princes et
de protectrice de l'Église chrétienne.

XLIV. — « Malgré la ligue, François s'empare de Milan
et traite avec le jeune Sforce. Voilà Bourbon qui défend
cette ville contre la fureur des Allemands au nom du
roi de France. Cette ville est bientôt enlevée à celui-ci
qui, occupé d'autres grandes entreprises, ne sait pas
combien ses sujets ont exercé de violences et de cruautés
contre cette ville.

XLV. — « Voici un autre François Sforce qui rappelle
son aïeul non pas seulement par son nom, mais par sa
valeur. Il chasse les Français et, grâce à l'appui de
l'Église, recouvre son patrimoine. Les Français reviennent encore, mais avec plus de prudence qu'à l'ordinaire. Ils ne parcourent plus l'Italie de plein vol, car
le vaillant duc de Mantoue les arrête sur le Tésin et
leur barre la route.

XLVI. — « Frédéric, dont un léger duvet couvre à peine
les joues, se rend digne d'une gloire éternelle en défen-
dant Pavie contre la fureur des Français, autant par sa
prudence que par son épée, et en rompant les desseins
du lion des mers. Voyez ces deux marquis, tous deux
la terreur de notre nation, tous deux l'honneur de
l'Italie.

XLVII. — « Le même sang leur a donné naissance
dans le même lieu; l'un est le fils du marquis Alphonse
dont je vous ai parlé d'abord et qui, attiré dans le piége
par l'Éthiopien, a rougi la terre de son sang. Voyez
combien de fois par ses conseils les Français sont chas-

sés d'Italie. L'autre Alphonse, dont le visage est si agréable et si doux, c'est le marquis del Vasto.

XLVIII. — « C'est le brave guerrier dont je vous parlais quand je vous montrais l'île d'Ischia ; c'est à son sujet que Merlin avait fait à Pharamond tant de prophéties. Il ne devait naître que dans le temps où l'Italie affligée, l'Église et l'empire auraient plus que jamais besoin d'être protégés contre les insultes des Barbares.

XLIX. — « Voyez combien celui-ci, après son cousin le marquis de Pescaire, sous les auspices de Prosper Colonna, fait payer cher d'abord aux Suisses puis aux Français la possession de la Bicoque. Voilà encore une fois la France descendue pour réparer ses désastres. Le roi entre en Lombardie avec une armée, tandis qu'il en envoie une autre pour faire la conquête de Naples.

L. — « Mais la déesse qui fait de nous ce que le vent fait d'une poudre légère qu'il enlève jusqu'au ciel et rejette un moment après sur la terre où il l'a prise, se joua de François Ier et lui fit croire qu'il avait pu réunir cent mille hommes autour de Pavie. Il s'occupe beaucoup plus des domaines soustraits à sa puissance que de savoir si ses forces augmentent ou diminuent.

LI. — « Aussi, par la faute de ministres avares et par suite de la bonté du roi qui leur donne sa confiance, peu de soldats sont réunis sous ses enseignes, lorsque pendant la nuit tout son camp sonne l'alarme et se voit assailli dans ses retranchements par l'habile Espagnol qui, sous la conduite de deux guerriers du sang d'Avalos, se croirait capable de pénétrer dans les cieux et dans les enfers.

LII. — « Tout ce que la noblesse française a de plus vaillant est moissonné dans la campagne. Vous voyez ce roi magnanime entouré de lances et d'épées ; vous voyez son cheval tombé sous lui ; mais, loin de se rendre, il ne se tient pas pour vaincu, bien que seul en butte aux coups des ennemis, qui ne s'attachent qu'à lui, n'en veulent qu'à lui, et quoique personne ne vienne à son secours.

LIII. — « Le valeureux roi se défend à pied et se baigne dans le sang de tous ceux qui l'assaillent ; mais il faut bien qu'à la fin le courage cède à la force. François est pris ; le voici en Espagne : les auteurs de cette grande victoire, ceux qui ont fait le roi prisonnier, sont le marquis de Pescaire et son inséparable compagnon, le marquis del Vasto. A tous deux la gloire de cette journée !

LIV. — « Quand l'une des deux armées a succombé à Pavie, l'autre, qui était en chemin pour attaquer Naples, se dissipe et s'évanouit ; c'est comme un flambeau à qui l'huile ou la cire vient à manquer. Un peu plus tard, le roi revient en France, laissant pour gage ses enfants prisonniers des Espagnols. Le voilà encore qui recommence la guerre en Italie, tandis que l'ennemi l'attaque dans son propre pays.

LV. — « Mais voici Rome ; les meurtres, les brigandages la désolent dans toutes ses parties ; toutes ses richesses sacrées ou profanes deviennent la proie des flammes ou sont ravies par la violence. L'armée de la ligue contemple de près toutes ces ruines ; elle entend ses cris, ses gémissements ; au lieu de la secourir, elle recule et laisse prendre le successeur de saint Pierre.

LVI. — « Le roi envoie Lautrec avec une nouvelle armée ; il ne s'agit plus pour lui de conquérir la Lombardie, mais seulement de délivrer des mains impies et criminelles le chef et les membres vénérés de l'Église. Lautrec s'avance avec tant de lenteur que, lorsqu'il est arrivé, le saint père a recouvré déjà sa liberté. Il assiége la cité où fut ensevelie la sirène Parthénope et soulève le royaume.

LVII. — « Voici la flotte impériale qui s'avance pour délivrer la ville assiégée ; Doria court à sa rencontre et la précipite dans les flots après l'avoir dissipée et brûlée. Mais la fortune, cette divinité toujours changeante, après avoir été jusque-là favorable aux Français, les fait périr. Ce n'est pas sous le glaive qu'ils succombent, c'est sous des maladies si meurtrières qu'il en reste à peine un sur mille pour regagner la France. »

LVIII. — Toutes ces histoires variées et une foule d'autres qu'il serait trop long d'énumérer étaient représentées sous les couleurs les plus vives et les plus brillantes dans cette salle, assez vaste pour les contenir. Les dames reviennent plusieurs fois pour les revoir, et on dirait qu'elles ne peuvent en détacher leurs regards ; elles lisent et relisent les inscriptions en lettres d'or qui expliquent ces ouvrages si pleins d'intérêt.

LIX. — Ils furent l'objet de longs entretiens pour les dames et les cavaliers qui les accompagnaient. Alors le seigneur, qui savait si bien faire les honneurs de son château, les invita à goûter les douceurs du sommeil. Bradamante se coucha la dernière, après que les autres se furent endormis. Elle ne peut dormir ; elle se tourne et se retourne sur son lit, tantôt à droite, tantôt à gauche ; mais le sommeil ne vient pas clore ses paupières.

LX. — Ce n'est qu'au lever de l'aurore qu'elle peut fermer les yeux ; alors il lui semble voir son cher Roger qui lui dit : « Pourquoi te consumer ainsi dans les larmes en ajoutant foi à de vains mensonges ? Tu verras plutôt les fleuves retourner vers leur source que mes pensées s'adresser à d'autres qu'à toi. Si je cessais de t'aimer, je cesserais en même temps d'aimer mon propre cœur et la prunelle de mes yeux. »

LXI. — Elle croyait l'entendre dire encore : « Je viens recevoir le baptême et accomplir mes promesses ; si je ne suis pas venu plus tôt, c'est une blessure plus grave que celle de l'amour qui m'a retenu. » Le sommeil s'enfuit après ces paroles et avec le sommeil s'enfuit aussi Roger qui disparaît à ses yeux. Alors la guerrière recommence ses plaintes et se parle ainsi à elle-même :

LXII. — « Hélas ! cette image si douce n'était donc

qu'un songe imposteur! Ce qui cause ma douleur quand je suis éveillée n'est que trop réel. Ce rêve s'est évanoui aussitôt; mais mon cruel martyre n'est pas un songe. Pourquoi mes yeux ne voient-ils pas, mes oreilles n'entendent-elles pas ce que mon imagination m'a fait voir et m'a fait entendre? Combien est triste votre condition, mes pauvres yeux! Pourquoi ne voyez-vous que le bien quand vous êtes fermés et le mal quand vous êtes ouverts?

LXIII. — « Le doux sommeil me promettait la paix; mais mon funeste réveil me ramène la guerre. Ce doux sommeil était pour moi bien trompeur, tandis que, hélas! le réveil ne me trompe point. Si la vérité est si triste pour moi et l'erreur si douce, je voudrais ne rien voir, ne rien entendre de vrai sur la terre. Et puisque le sommeil me procure tant de joie tandis que le réveil ne m'apporte que des peines, je voudrais dormir pendant toute ma vie sans jamais me réveiller.

LXIV. — « Ils sont bien heureux les animaux qui dorment pendant six mois profondément et sans ouvrir les yeux. Qu'un pareil sommeil ressemble à la mort et que l'état où je suis ressemble à la vie, peu m'importe! Mon sort est si différent de celui des autres, que pour moi veiller c'est mourir, et dormir c'est vivre. Mais après tout, si ce sommeil ressemble à la mort, viens donc, ô mort! viens promptement fermer mes yeux. »

LXV. — Le soleil venait de teindre en rose les extrémités de l'horizon; les nuages qui l'entouraient s'étaient dissipés et le jour s'annonçait comme ne devant pas ressembler au précédent. Bradamante éveillée prit ses armes pour reprendre sa route, après avoir remercié le seigneur du château de son honorable et gracieuse hospitalité.

LXVI. — Elle trouva la dame islandaise hors de la forteresse avec ses dames et ses écuyers. Elle s'était rendue au lieu où l'attendaient les trois guerriers, ceux-là même que Bradamante avait renversés de leurs

chevaux avec sa lance d'or. La nuit avait été pour eux
fort peu agréable, assaillis qu'ils étaient par la pluie
et les rigueurs du ciel.

LXVII. — Pour comble de douleur, ils étaient restés
à jeun, eux et leurs chevaux, claquant des dents et pié-
tinant sur la boue ; mais ce qui les tourmente le plus,
ou plutôt ce qui leur paraît le plus insupportable, c'est
que la messagère, en allant raconter à sa maîtresse les
tristes résultats de leur voyage, devra lui apprendre
qu'ils ont été abattus par la première lance qu'ils ont
trouvée en France.

LXVIII. — Décidés à mourir ou à se venger de
l'outrage qu'ils avaient reçu afin d'effacer la mauvaise
opinion que devait avoir conçue d'eux la messagère
(dont j'ai oublié de vous dire le nom et qui s'appelait
Eulanie), ils s'empressèrent d'aller à la rencontre de la
fille d'Aymon, dès qu'ils la virent paraître hors du pont,
et de la défier au combat.

LXIX. — Ils ne savaient pas encore, cependant,
qu'ils avaient affaire à une femme, car aucun des gestes
de Bradamante ne le leur avait indiqué. Quant à la guerrière, ne voulant pas s'arrêter et fort pressée de partir,
elle refusa de renouveler le combat. Mais ils la pressèrent si vivement que, ne pouvant s'en dispenser
avec honneur, elle mit sa lance en arrêt. Le combat ne
fut pas long : en trois coups de lance elle les jeta tous
trois à terre.

LXX. — Bradamante, sans se tourner, s'éloigna d'eux,
leur montrant de loin les épaules. Les trois rois venus
de si loin pour gagner le bouclier d'or se relevèrent
tout confus et sans dire mot, car ils avaient perdu la
parole avec le courage. Cette aventure les avait pétrifiés,
ils n'osèrent lever les yeux sur Eulanie.

LXXI. — Ils étaient d'autant plus honteux auprès
d'elle qu'ils s'étaient souvent, pendant la route, vantés
avec trop d'orgueil qu'ils ne trouveraient ni chevaliers
ni paladins capables de résister au plus faible d'entre eux.

La dame augmenta singulièrement leur humiliation et abaissa rudement leur arrogance en leur apprenant que c'était une femme et non un guerrier qui leur avait fait vider les arçons.

LXXII. — « Que devez-vous donc penser, leur dit-elle, vous qui avez été si facilement battus par une femme, de la force d'un Renaud ou d'un Roland, qui n'ont pas sans motif acquis une si éclatante renommée ? Si l'un d'eux devient possesseur de l'écu, dites-moi, je vous prie, si vous tiendrez mieux contre lui que vous ne l'avez fait contre une femme ? Pour moi, je ne le crois pas et sans doute vous ne le croyez pas vous-mêmes.

LXXIII. — « Que cette épreuve vous suffise ; vous n'avez pas besoin d'en chercher une autre pour apprendre ce que vaut votre courage, et si l'un de vous a la témérité d'aller en France tenter une expérience nouvelle, c'est qu'il désire ajouter sa perte à la honte qu'il a subie hier et aujourd'hui. A moins peut-être qu'il ne juge utile et honorable pour lui de périr de la main de ces illustres guerriers. »

LXXIV. — Après qu'Eulanie eut certifié aux trois chevaliers que c'était bien une femme qui avait répandu sur leur gloire passée une tache si déshonorante, et lorsque dix personnes pour une leur eurent confirmé la vérité du fait, ils furent sur le point de tourner leurs armes contre eux-mêmes, tant fut grande leur rage.

LXXV. — Outrés de dépit, ils se dépouillent, dans leur fureur, des pièces de leur armure, sans garder même une épée à leur côté, et ils les jettent toutes dans les fossés du château. Ils font le serment, puisqu'ils ont été vaincus par une femme, puisqu'elle leur a fait mesurer le sol avec leur corps, de demeurer pendant un an entier sans se revêtir d'aucune armure, afin de se laver d'un si grand opprobre.

LXXVI. — Ils jurent que pendant ce temps ils ne marcheront qu'à pied, soit par les plaines, soit par les montagnes, et que, même après ce terme, ils ne monte-

ront aucun coursier et ne revêtiront aucune armure, à
moins d'avoir conquis, dans une bataille, cette armure
et ce coursier. Ainsi, pour se punir, ils se mettent en
route à pied, tandis que leur suite chemine à cheval.

LXXVII. — Dans la soirée, Bradamante arriva à un
château situé sur la route de Paris; elle apprit que
Charlemagne et son frère Renaud avaient mis en déroute
l'armée d'Agramant. On lui offrit bonne table et bon
gîte, mais elle ne put trouver de plaisir à quoi que ce
fût; elle mangea peu, elle dormit encore moins. Loin
de goûter le repos, elle ne put se tenir en place.

LXXVIII. — Je ne veux cependant pas vous parler
de Bradamante si longtemps et oublier les deux chevaliers qui, d'un commun accord, avaient attaché leurs
destriers sur le bord d'une fontaine solitaire. Il faut
bien que je vous parle de leur combat; il n'a pas pour
objet la conquête d'un pays ou d'un empire, puisqu'il
s'agit du droit qui appartiendra au plus brave de posséder Durandal et de chevaucher sur Bayard.

LXXIX. — Ils n'ont pas besoin que la trompette ou
tout autre signal les avertisse de partir, ni qu'un
maître d'escrime leur rappelle de quelle manière il faut
porter ou parer les coups, et enflamme leur courage
d'une généreuse ardeur. Chacun tire en même temps
son épée et marche sur son ennemi d'un pas agile et
leste. On commence à entendre retentir les coups mul-
tipliés qu'ils se portent et leur colère devient de plus en
plus ardente.

LXXX. — Deux épées autres que les leurs, si solides,
si dures et si fermes qu'on les eût choisies, se seraient
brisées sous trois de leurs coups, portés avec une violence démesurée; mais elles avaient reçu une trempe si
parfaite, elles avaient été éprouvées dans tant de combats, qu'elles auraient bien pu se rencontrer mille fois
et plus sans se rompre.

LXXXI. — Renaud, se jetant tantôt d'un côté, tantôt
d'un autre, avec une prestesse et une habileté sans

égales, évite avec art les coups terribles de Durandal; il
sait qu'elle peut trancher et mettre en pièces l'acier le
plus dur. Les coups portés par Gradasse sont plus
rudes, mais presque tous ne frappent que les airs, ou s'ils
atteignent quelquefois Renaud, ce n'est que dans des endroits où ils ne peuvent causer que de faibles dommages.

LXXXII. — Renaud conduit son épée avec plus de
sang-froid, et parvient souvent à engourdir le bras du
païen; il la lui porte tantôt au flanc, tantôt à l'endroit où
la cuirasse se joint au casque; mais il trouve son
armure aussi dure que le diamant, il n'en peut fausser
ni rompre une seule maille. Il ne faut pas s'étonner
qu'il la trouve si forte et si résistante, puisqu'elle a été
faite par enchantement.

LXXXIII. — Sans prendre un instant de repos, ils
avaient été longtemps si attentifs à la bataille que leurs
yeux ne s'étaient portés ni à droite, ni à gauche; chacun
d'eux les avait tenus fixés sur son adversaire, lorsque
un autre combat attira leur attention et vint suspendre
leur fureur. Ils entendirent un grand bruit : tous deux
détournèrent la vue; ils aperçurent Bayard courant un
grand danger.

LXXXIV. — Le généreux coursier était aux prises
avec un monstre plus grand que lui. C'était un oiseau
dont le bec avait plus de trois brasses de long ; par le
reste du corps il ressemblait à une chauve-souris ; son
plumage était noir comme de l'encre ; il portait des
ongles longs, aigus et tranchants. Le feu dans les yeux
et d'un aspect épouvantable, il avait des ailes qui ressem-
blaient aux voiles d'un vaisseau.

LXXXV. — C'était peut-être un oiseau, mais je ne
saurais dire où ni quand on en trouva jamais un semblable. Je n'ai vu nulle part un animal de ce genre ; je
n'en ai lu la description que dans Turpin, ce qui me
ferait croire que cet oiseau prétendu n'était qu'un diable
venu de l'enfer, que Maugis, afin d'interrompre le
combat, avait attiré sous cette forme.

LXXXVI. — Ce fut l'opinion de Renaud qui, à ce sujet, eut plus tard avec Maugis une explication fort vive. Celui-ci ne voulut rien avouer et, pour détruire tout soupçon, il jura qu'on l'accusait à tort, il invoqua même la lumière éternelle d'où le soleil reçoit la sienne. Quoi qu'il en soit, oiseau ou démon, le monstre s'était abattu sur Bayard et l'avait saisi dans ses griffes.

LXXXVII. — Le cheval hardi et vigoureux rompt aussitôt sa bride, et, plein de fureur et de rage, emploie pour se défendre contre l'oiseau ses pieds et ses dents. Celui-ci s'élève rapidement dans les airs, puis revient sur Bayard ; il tourne sans cesse autour de lui en le harcelant de ses ongles. Bayard se sent blessé, ne se voit aucun moyen de défense et se met à fuir précipitamment.

LXXXVIII. — Il fuit à travers la forêt voisine, cherchant les taillis les plus épais ; le monstre ailé suit sa trace du haut des airs et ne le perd pas de vue ; mais à la fin l'habile coursier s'enfonce si avant dans la forêt, qu'il trouve une grotte où il se cache ; il échappe ainsi à l'oiseau qui, perdant sa trace, va chercher dans les airs une autre proie.

LXXXIX. — En voyant fuir le cheval pour la possession duquel ils ont engagé ce terrible combat, Renaud et Gradasse sont d'accord pour le suspendre jusqu'à ce qu'ils aient délivré Bayard de l'ennemi qui l'a fait fuir dans la forêt obscure. Ils conviennent que celui des deux qui le retrouvera le ramènera au bord de la fontaine, où se terminera leur querelle.

XC. — Ils quittèrent donc la fontaine en suivant les traces récemment imprimées sur la terre ; Bayard est allé si loin d'eux que leurs jambes ne seraient pas en état de le suivre. Gradasse, qui avait non loin de là l'Alphane, le monte et, courant dans la forêt, laisse bien loin derrière lui Renaud, plus triste et plus mécontent qu'il ne le fut jamais.

XCI. — Renaud perdit bientôt la trace de son coursier, qui ayant pris la route la moins frayée, avait couru à

travers les ruisseaux, les arbres, les rochers, les lieux
les plus sauvages, afin d'échapper aux serres du monstre
qui, du haut des airs, cherchait à tomber sur lui pour le
déchirer. Après avoir longtemps couru et s'être fatigué
en vain, Renaud revint vers la fontaine pour l'y attendre.

XCII. — Il pensait que, selon leur convention, Gradasse le ramènerait ; mais son attente fut encore inutile :
alors, triste et découragé, il retourna à pied dans le
camp. Je reviens maintenant à son compagnon, dont la
fortune fut bien différente de celle de Renaud, non qu'il
eût été plus habile, mais parce qu'un heureux hasard
lui permit d'entendre les hennissements de l'excellent
cheval.

XCIII. — Il le trouva dans la caverne, encore si troublé par la frayeur, qu'il n'avait pas osé sortir. Le
païen s'en rendit maître sans difficulté. Il se souvint
bien de l'engagement qu'il avait pris de ramener
Bayard à la fontaine ; mais il ne se soucia pas de tenir
sa parole, et voici comment il raisonna en lui-même :

XCIV. — « Obtienne qui voudra ce cheval par la force
des armes et par la guerre, pour moi j'aime bien mieux
le posséder en paix. Je suis déjà venu d'une extrémité
de la terre à l'autre, uniquement pour l'avoir ; maintenant qu'il est en mon pouvoir, bien sot serait celui qui
croirait que je vais m'en dessaisir ; et comme je suis
venu en France pour le chercher, Renaud pourra bien
lui-même, s'il veut le reprendre, venir le chercher dans
les Indes.

XCV. — « Il trouvera, dans la Séricane, un accueil
semblable à celui que j'ai reçu deux fois en France. » En
se parlant ainsi à lui-même, Gradasse se dirigea par
la grande route vers la ville d'Arles ; il y trouva l'armée païenne ; là, possesseur de Durandal et de Bayard,
il s'embarqua sur un navire parfaitement équipé. Nous
le retrouverons plus tard ; je laisse pour le moment de
côté Renaud, Gradasse, et toute la France.

XCVI. — Il me plaît de suivre Astolphe qui, ayant mis

à l'hippogriffe un frein et une selle, se servait de lui comme d'un cheval ordinaire, et le guidait dans les airs si rapidement, qu'il surpassait le vol de l'aigle et du faucon. Il passe par-dessus la Gaule d'une mer à l'autre, et des Pyrénées au Rhin ; il revient vers l'occident, à la montagne qui sépare la France de l'Espagne.

XCVII. — Il passe en Navarre, puis en Aragon, étonnant ceux qui l'aperçoivent. Il laisse derrière lui, Tarragone à gauche, la Biscaye à droite ; il arrive en Castille ; il voit la Galice, le royaume de Portugal, puis se dirige du côté de Cordoue et de Séville ; enfin il ne laisse aucune ville de toute l'Espagne, soit du littoral, soit de l'intérieur, qu'il ne veuille visiter.

XCVIII. — Il voit ensuite Cadix et les bornes posées autrefois aux navigateurs par l'invincible Hercule. Il veut ensuite traverser l'Afrique, depuis la mer Atlantique jusqu'aux frontières de l'Égypte ; il aperçoit les îles Baléares, si célèbres, ainsi que celles d'Iviça, dans la même direction ; puis il tourne bride pour aller du côté d'Arzilla, sur la mer qui la sépare de l'Espagne.

XCIX. — Il voit Maroc, Fez, Oran, Hippone, Alger, Bougie, toutes villes magnifiques, dont l'éclat surpasse beaucoup d'autres ; mais la couronne qu'elles portent est une couronne d'or, et non d'un simple feuillage. Il conduit ensuite son coursier vers Biserte et Tunis ; il voit Capsa, l'île d'Alzerbe, Tripoli, Bérénice, la Ptolémaïde, jusqu'aux lieux où le Nil s'ouvre un passage dans l'Asie.

C. — Il parcourt toute la contrée qui s'étend entre la mer et les forêts qui couvrent les épaules du fier Atlas ; il tourne le dos aux monts Caréniens, prend sa route vers les Cyrénéens et, traversant les plaines couvertes de sable, il arrive aux confins de la Nubie, dans l'Albayada, laissant derrière lui le tombeau de Battus et le grand temple d'Ammon, aujourd'hui détruit.

CI. — Il arrive alors à une autre Trémisène, soumise au culte de Mahomet, dirige sa course vers l'autre partie de l'Éthiopie, dont elle est séparée par le Nil; il poursuit sa route à travers les airs, vers la ville de Nubie, située entre Dobada et Coalle; une partie de ses habitants est composée de chrétiens et l'autre de Sarrasins : voilà pourquoi ils se tiennent constamment les armes à la main sur leurs frontières respectives.

CII. — Senapes, l'empereur d'Éthiopie, qui tient à la main une croix au lieu de sceptre, gouverne une population nombreuse et possède beaucoup de richesses et de villes, depuis la Nubie jusqu'au bord de la mer Rouge. Il conserve presque intacte notre religion, ce qui le sauvera sans doute de l'exil éternel. C'est là, si je ne me trompe, qu'est établi le baptême du feu.

CIII. — C'est dans cette ville magnifique que descendit Astolphe, qui alla aussitôt faire une visite à l'empereur Senapes. Le château de ce souverain est beaucoup plus riche que fortifié; les chaînes des ponts, les gonds, les serrures des portes, de bas en haut, enfin tous les objets qui sont chez nous en fer sont en or dans ce pays.

CIV. — Malgré l'abondance de ce métal précieux, ils en connaissent la valeur. Des colonnes du cristal le plus pur soutiennent les vastes appartements du palais; un brillant assemblage des couleurs les plus variées, de rouge, de blanc, de vert, de jaune et d'azur, éclate sur les riches lambris où sont incrustés avec un art infini les rubis, les saphirs, les émeraudes et les topazes.

CV. — Les perles, les pierres précieuses les plus rares émaillent les murs, les plafonds et les parquets. Ce pays est la patrie du baume; Jérusalem en possède bien peu en comparaison; c'est aussi de là que nous tirons le musc et que sort l'ambre que l'on transporte sur d'autres rivages. En un mot, les objets auxquels nous attachons le plus de prix viennent pour la plupart de cette contrée.

CVI. — On dit que le soudan d'Égypte est soumis à ce monarque et lui paie un tribut, parce que celui-ci peut détourner les eaux du Nil des canaux qui le reçoivent

et lui donner un autre cours, ce qui répandrait tout à
coup la disette la plus complète sur le Caire et les lieux
d'alentour. Ses sujets le nomment Senapes, nous lui
avons donné le nom de prêtre ou plutôt de prêtre Jean.

CVII. — Aucun des rois qui gouvernèrent l'Éthiopie
n'égala jamais sa richesse et son pouvoir ; mais au
milieu de cette toute-puissance et de tous ces trésors, il
avait misérablement perdu la vue : c'était encore le moindre de ses maux. Le plus triste, le plus insupportable,
c'est que dans cette opulence il était tourmenté par une
faim que rien ne pouvait apaiser.

CVIII. — Poussé par un irrésistible besoin, se dispo-
sait-il à manger ou à boire, soudain accourait la troupe
infernale des harpies vengeresses, monstres horribles et
cruels qui de leurs griffes et de leurs serres destructives
renversaient les vases, saisissaient les viandes et dont
le contact suffisait pour corrompre et mettre en putré-
faction les mets que n'avait pas engloutis leur ventre
insatiable.

CIX. — Ce supplice lui était infligé parce qu'ayant été
dans son ardente jeunesse élevé au comble des honneurs,
et se trouvant non-seulement par ses richesses immenses
mais encore par sa force et son courage supérieur à tous
les autres, il était devenu plus superbe que Lucifer et
avait osé, comme cet ange déchu, déclarer la guerre à
son Créateur. A la tête de ses troupes il s'était dirigé
vers la montagne où le grand fleuve d'Égypte prend sa
source.

CX. — On lui avait dit que sur cette montagne élevée
au-dessus des nuages et portant jusqu'aux cieux sa
cime était ce paradis qu'on nomme terrestre, jadis habité
par Adam et Ève. Avec des chameaux, des éléphants,
d'innombrables fantassins, ce prince orgueilleux s'était
avancé avec le désir insensé de soumettre à ses lois tous
les habitants de ce lieu qu'il pourrait y trouver.

CXI. — Mais Dieu, pour punir son audacieuse témérité,
envoya son ange contre cette armée, fit périr cent mille

13.

soldats et le condamna lui-même à une cécité éternelle.
Il fit ensuite venir à sa table ces horribles monstres,
sortis des ténèbres infernales, qui lui ravissent ses
aliments ou les souillent de manière qu'il ne lui est
même pas permis d'y goûter.

CXII. — Mais ce qui rendait son désespoir plus poignant, c'était la prédiction qui lui avait été faite autrefois et qui lui avait appris que sa table ne serait délivrée de ces monstres ravissants et de l'infection qu'ils y
apportaient que quand on verrait arriver par les airs un
chevalier sur un coursier ailé. Comme le roi ne croyait
pas un pareil prodige possible, il vivait dans une tristesse profonde et sans avoir la moindre espérance.

CXIII. — Lorsque ses sujets aperçurent émerveillés
ce chevalier entrer dans leur ville par-dessus les murs
et les tours les plus élevées, ils coururent l'annoncer au
roi de Nubie qui se rappela la prédiction. Oubliant dans
l'excès de sa joie le bâton sur lequel il s'appuyait, il
leva les mains au ciel et les tendit vers le chevalier
volant.

CXIV. — Astolphe descendit sur la place même du
château après avoir décrit de longs circuits; on l'amena
en présence du roi qui se jeta à genoux et lui dit en joignant les mains : « Ange de Dieu, nouveau Messie, si
mes fautes me rendent indigne de pardon, n'oubliez pas
que le propre de l'homme est de pécher souvent et qu'il
vous appartient toujours de faire grâce à celui qui se
repent.

CXV. — « J'ai conscience de mon crime; je ne vous
demande pas de me rendre la lumière du jour, quoique
je sache bien que vous pourriez le faire comme étant
un de ces esprits célestes qui sont chers à l'Éternel;
mais contentez-vous du martyre que me fait souffrir
cette privation de la vue sans que je sois encore con-
sumé par la faim. Chassez du moins loin d'ici ces harpies
fétides, qu'elles ne viennent plus souiller mes aliments.

CXVI. — « Je vous élèverai, je le promets, dans mon

vaste palais un temple de marbre dont les portes et la toiture seront d'or pur ; les dedans et les dehors seront ornés de pierres précieuses ; le palais portera votre saint nom et l'on y gravera le miracle opéré en ma faveur. » Ainsi parla le roi qui, ne pouvant voir Astolphe, cherchait à baiser les pieds du prince anglais.

CXVII. — « Je ne suis, répondit Astolphe, ni un ange de Dieu, ni un Messie, et je ne descends pas du ciel ; je suis un simple mortel, pécheur moi-même, indigne des grâces que j'ai reçues de Dieu ; mais je ferai tous mes efforts pour délivrer votre empire de ces monstres cruels par la mort ou par la fuite. Si j'y parviens, ce n'est pas moi, mais Dieu, que vous devrez en remercier, puisque c'est lui qui a conduit mon vol jusqu'à vous pour vous secourir.

CXVIII. — « Adressez vos vœux à Dieu, c'est à lui que vous les devez ; c'est à lui que vous élèverez un temple et des autels. » En parlant ainsi, ils se dirigèrent vers le château, entourés des plus grands seigneurs du royaume. Le roi ordonna aussitôt à ses serviteurs d'apprêter un festin, espérant que cette fois sa nourriture ne lui serait pas arrachée des mains.

CXIX. — Aussitôt un magnifique repas est préparé dans la plus belle des salles ; Astolphe seul prend place auprès de Senapes, et l'on apporte les mets. Tout à coup un bruit affreux se fait entendre, c'est celui que font les ailes des harpies, et l'on voit accourir du haut des airs ces infâmes et exécrables monstres attirés par l'odeur des viandes.

CXX. — Elles étaient au nombre de sept ; toutes portaient des visages de femmes, pâles, livides, exténuées et décharnées par une longue faim ; leur aspect est plus horrible que celui de la mort ; leurs ailes immenses sont difformes et hideuses ; leurs mains rapaces sont armées d'ongles aigus et recourbés ; elles ont un ventre énorme exhalant une odeur fétide, et leur longue queue se noue et s'entortille comme un serpent.

CXXI. — On les entend venir à travers les airs, et presque en même temps on les voit s'abattre sur les tables, renverser les plats et s'emparer des mets ; de leur ventre s'exhale une odeur si infecte que chacun est obligé de se boucher le nez, ne pouvant en supporter l'extrême puanteur. Enflammé de colère, Astolphe saisit son épée pour en frapper ces oiseaux voraces.

CXXII. — Il frappe les uns sur le cou, les autres sur la croupe, ceux-ci à la poitrine, ceux-là aux ailes ; mais c'est comme si ces coups portaient sur des sacs d'étoupe, ils s'y amortissent et ne produisent aucun effet. Les harpies ne laissent intact ni un seul plat ni un seul vase ; elles ne quittent la salle qu'après qu'elles ont tout souillé ou tout dévoré avec leur appétit vorace.

CXXIII. — Le roi, qui avait conçu la ferme espérance qu'Astolphe chasserait loin de lui les harpies, voyant qu'il ne lui reste aucune espèce de ressource, soupire, gémit et s'abandonne au désespoir ; mais le prince anglais se rappelle enfin ce fameux cor qui lui est si utile dans les périls extrêmes ; il pense en lui-même qu'il ne peut avoir un moyen plus sûr pour chasser ces monstres de la contrée.

CXXIV. — D'abord il prévient le roi et tout son entourage qu'il est nécessaire de se boucher les oreilles avec de la cire chaude, afin que tous, en entendant le son du cor, ne soient pas forcés de fuir le plus loin possible ; il prend la bride d'Hippogriffe, saute sur les arçons et prépare son cor merveilleux ; puis il ordonne au maître d'hôtel de remettre la table et d'y déposer de nouveaux mets.

CXXV. — Ses ordres sont exécutés, et voilà les harpies qui accourent selon leur ancienne habitude. Aussitôt Astolphe embouche son cor. Les harpies entendent ce terrible son, car leurs oreilles ne sont pas bouchées. Elles ne peuvent le supporter ; pleines d'épouvante, elles prennent la fuite sans s'occuper des mets ou de tout autre objet.

CXXVI. — Aussitôt le paladin se met à leur poursuite
sur son cheval volant; s'élançant hors de la galerie, du
château et de la ville, il ne cesse de faire résonner son
cor et, planant dans les airs, chasse devant lui ces monstres. Les harpies fuient vers la zone torride, jusqu'à ce
qu'elles arrivent sur la haute montagne où le Nil prend
sa source, s'il est vrai qu'il en ait une.

CXXVII. — Presque au pied de la montagne est une
grotte souterraine et profonde; on assure que là se
trouve une porte par laquelle on peut descendre aux
enfers. L'horrible troupe s'y était réfugiée, comme si
c'eût été un sûr asile, et pour ne plus entendre le cor
elle était descendue terrifiée sur le bord du Cocyte, et
même au delà.

CXXVIII. — C'est là que l'illustre prince anglais cessa
de faire retentir son cor; il arrêta le vol de son coursier à l'entrée de cette bouche ténébreuse, ouvrant les
enfers aux malheureux qui abandonnent la lumière.
Mais avant que je le conduise plus loin, pour ne point
me départir de mes habitudes, et voyant d'ailleurs mon
papier rempli de tous côtés, je veux finir ici mon chant
et me reposer.

CHANT TRENTE-QUATRIÈME

ARGUMENT

Voyage d'Astolphe dans les Enfers, puis dans le Paradis terrestre. — Saint Jean l'Evangéliste le fait monter dans la
Lune, où il trouve dans une fiole le bon sens de Roland.

I. — O faméliques, barbares et cruelles harpies, qui,
pour punir l'Italie en proie à l'aveuglement et à l'erreur,
avez été envoyées par la justice suprême dans toutes

ses demeures! Les petits enfants innocents et leurs pieuses mères meurent de faim, tandis qu'un seul repas de ces monstres absorbe la nourriture qui suffirait à l'entretien de toute leur vie.

II. — Ce fut un grand crime commis par celui qui rouvrit les cavernes où depuis bien des années elles étaient renfermées, cavernes d'où sont sorties la peste et la rapacité qui, répandues dans notre pays, lui font subir mille maux. Toutes les douceurs de la vie ont disparu et le repos en a été tellement banni que la guerre, la pauvreté et les chagrins ont été et seront encore longtemps son partage.

III. — Sort cruel, qui ne finira que lorsque l'Italie, réveillant ses enfants de leur sommeil de plomb, leur criera : « N'est-il ici personne dont le courage égale celui de Calaïs et de Zéthès? Personne qui délivre nos demeures de la corruption et de l'avidité? qui les rétablisse dans leur splendeur première, à l'imitation de ces héros qui délivrèrent autrefois les tables de Phinée, à l'exemple de ce que fit encore depuis Astolphe pour le roi des Éthiopiens? »

IV. — Le paladin chasse avec l'horrible son du cor les infâmes harpies fuyant terrifiées devant lui. Il s'arrête enfin au pied de la montagne, où les monstres étaient entrés dans une grotte souterraine; il écoute, les oreilles tendues vers le soupirail, et il entend l'air retentir de hurlements, de plaintes, de gémissements éternels; il ne peut douter que ce bruit ne sorte des enfers.

V. — Astolphe résolut d'y entrer, afin de voir ceux qui ont perdu la clarté du jour, et de pénétrer jusqu'au centre de la terre en parcourant dans tous ses sens l'empire infernal. « Que puis-je craindre en y entrant, dit-il? N'ai-je pas toujours à mon service le cor que je porte avec moi? Je pourrai, grâce à lui, mettre en fuite Pluton et Satan lui-même, et écarter le chien à la triple gueule du passage confié à sa garde. »

VI. — Aussitôt il descend de son cheval ailé, l'attache à un arbrisseau, puis se laisse glisser dans l'antre, après s'être muni de son cor, dans lequel il met toutes ses espérances. Il n'alla pas très-loin sans être suffoqué par une fumée noire, piquante et plus insupportable que celle de la poix et du soufre, dont son nez et ses yeux furent également blessés. Il n'en poursuit pas moins résolûment son chemin.

VII. — Mais plus il avance, plus s'épaississent la fumée et les ténèbres; il lui semble qu'il lui sera impossible de pénétrer plus avant, et qu'il va être forcé de retourner sur ses pas. Mais voici que tout à coup il voit au-dessus de sa tête, sans savoir ce que c'est, quelque chose qui remue, ayant l'apparence d'un cadavre suspendu qui a été longtemps exposé au soleil et à la pluie, et agité par le vent.

VIII. — La lumière pénétrait si faiblement et si imperceptiblement dans ce sentier enfumé et ténébreux qu'Astolphe ne put discerner l'objet qui s'agitait ainsi dans l'air. Voulant s'en assurer, il s'avisa de le frapper de deux ou trois coups d'épée; il s'aperçut bientôt que ce ne pouvait être qu'un esprit, car il lui sembla qu'il ne frappait que sur un nuage.

IX. — Il entendit alors une voix lamentable prononcer ces paroles : « Hélas ! sans offenser personne, ne peux-tu descendre plus bas? Je ne suis que trop tourmenté par cette noire fumée qu'exhalent les gouffres des enfers et qui vient s'accumuler ici! » Astolphe étonné s'arrête et dit à l'ombre : « Si Dieu peut enlever à cette fumée le pouvoir de monter jusqu'à toi, ne me refuse pas de me faire connaître quel est ton sort.

X. — « Désires-tu que je porte de tes nouvelles sur la terre? Je puis te satisfaire. — Il serait bien doux pour moi, répondit l'ombre, que ma mémoire pût retourner encore aux lieux qu'éclaire une douce et pure lumière; je ne puis donc refuser de vous parler, car l'espoir d'un pareil bonheur m'engage à vous apprendre mon nom et mon histoire malgré la fatigue que j'éprouverai en vous parlant.

XI. — « Je suis, poursuivit-elle, Lydie, fille du roi des Lydiens, née par conséquent dans la plus haute condition. C'est par le jugement du Dieu suprême que je suis condamnée à souffrir éternellement cette terrible fumée, pour être punie de n'avoir payé que par l'ingratitude et le dédain le plus fidèle des amants. Une infinité d'âmes sont, comme la mienne, retenues dans cette grotte pour s'être rendues coupables du même crime.

XII. — « La cruelle Anaxarète est ici, mais dans la partie la plus profonde de l'abîme, où la fumée est la plus épaisse et la plus insupportable. Sur la terre son corps a été changé en rocher ; son âme doit souffrir ici le plus douloureux martyre, pour avoir vu sans pitié son amant se pendre, désespéré de sa froideur et de ses mépris. C'est encore ici qu'est Daphné, qui reconnaît enfin combien elle fut coupable d'avoir laissé Apollon courir si souvent après elle.

XIII. — « Mon récit serait bien long, si j'avais à vous faire connaître quels sont les esprits infortunés des femmes ingrates qui sont condamnés à gémir dans ce lieu. Leur nombre est infini, mais il serait encore plus long de vous nommer tous les hommes punis pour ce même vice d'ingratitude. Ils sont tourmentés dans un endroit plus horrible, où ils sont aveuglés par la fumée ou consumés par le feu.

XIV. — « Comme les femmes sont plus faciles à tromper et à se laisser séduire que les hommes, ceux-ci méritent un supplice plus rigoureux. Ils l'ont appris à leurs dépens, ce Thésée, ce Jason, ce guerrier qui vint troubler l'antique royaume de Latinus, et celui encore qui excita contre lui la colère de son frère Absalon, à cause de la jeune Thamar! Ils le savent aussi, tous ces infidèles, hommes et femmes, qui ont abandonné leurs épouses et leurs époux!

XV. — « Mais pour me borner à mon histoire et laisser

de côté ce qui concerne les autres, je vais vous faire connaître la faute qui m'a conduite ici. J'étais bien belle pendant ma vie, mais plus fière encore, et sur ce point je ne crois pas qu'aucune femme puisse m'être comparée. Il me serait difficile de vous dire lequel des deux l'emportait en moi, de l'orgueil ou de la beauté. Ce fut cependant cette beauté fatale, dont tous les yeux furent charmés, qui produisit en moi l'orgueil et la vanité.

XVI. — « En ce temps-là il y avait dans la Thrace un chevalier considéré comme le plus brave guerrier du monde; mille témoignages lui apprirent combien chacun prodiguait d'éloges à ma beauté singulière. Il résolut donc volontairement de me donner son amour, dans la persuasion qu'en raison de son mérite j'accepterais volontiers l'offre de son cœur.

XVII. — « Il vint en Lydie et le lien le plus étroit l'enchaîna à mes pieds aussitôt qu'il m'eut vue. Il entra avec une foule d'autres chevaliers à la cour de mon père, où il acquit bientôt une grande réputation. Sa haute valeur, les nombreux exploits par lesquels il se signala, il serait trop long de vous les raconter, ainsi que de vous faire connaître les services infinis qui lui auraient mérité la reconnaissance de son prince, s'il n'eût pas eu affaire à un ingrat.

XVIII. — « Par ses soins, la Pamphilie, la Carie, le royaume des Ciliciens furent conquis par mon père, qui ne mettait jamais une armée en campagne que d'après les conseils de ce guerrier. Enfin, après avoir rendu des services aussi signalés, il se crut autorisé à en réclamer le prix et il se hasarda un jour à demander ma main au roi.

XIX. — « Celui-ci refusa, voulant pour sa fille une grande alliance et non celle d'un simple chevalier qui n'avait pour recommandation que ses vertus. Dominé par un vil intérêt, fatale source de tous les vices, ne songeant qu'à accumuler des trésors, il ne faisait pas plus de cas des mœurs et des vertus que l'âne n'en fait des doux accords de la lyre.

XX. — « Alceste, c'était le nom du chevalier dont je vous parle, se voyant repoussé par le prince dont il était en droit d'attendre, en raison de ses services, plus de reconnaissance, demanda à se retirer. En partant il menaça mon père de le faire repentir de ne lui avoir pas accordé la main de sa fille. Il se retira chez le roi d'Arménie, ancien rival du roi de Lydie et son mortel ennemi.

XXI. — « Il excita tellement sa colère qu'il le disposa à prendre les armes et à faire la guerre à mon père. Le roi lui confia la conduite de son armée, dont ses exploits éclatants le rendaient tout à fait digne. Il déclara que ses conquêtes appartiendraient au roi d'Arménie; il ne voulait pour récompense unique et pour prix de toutes les victoires qu'il devait remporter que la possession de ma personne et de tous les charmes qu'il admirait en moi.

XXII. — « Je ne puis vous détailler les désastres dont Alceste accabla mon père dans cette guerre acharnée. Il tailla en pièces quatre armées et en moins d'une année il poussa si vigoureusement mon père qu'il ne lui laissa pas un pouce de terre, à l'exception d'un château fort élevé sur un rocher. Mon père s'y réfugia avec sa famille, avec ce qu'il avait de plus cher et ce qu'il put emporter de ses trésors.

XXIII. — « Alceste vint nous y assiéger et en peu de temps nous réduisit tous à de telles extrémités que mon père aurait été fort heureux de me donner à lui comme femme et même comme esclave, en lui laissant la moitié de son royaume, s'il avait espéré obtenir à ce prix la vie et la liberté. Il était sur le point de se voir privé de ses dernières ressources et par conséquent de mourir dans la captivité;

XXIV. — « Mais, pour échapper à ce destin, il essaya de recourir à tous les moyens possibles, et comme j'étais la cause de ses malheurs, il me fit sortir du château et conduire à Alceste. J'y allai avec l'intention de me mettre entièrement entre ses mains, de le prier de s'emparer de tout ce qui lui conviendrait dans nos États et de faire céder son ressentiment au désir de la paix.

XXV. — « Aussitôt qu'Alceste apprit que je lui étais envoyée, il courut pâle et tremblant à ma rencontre. En le voyant, on lui trouvait plutôt l'air d'un prisonnier vaincu que d'un vainqueur. Certaine de sa passion pour moi, je ne voulus pas lui parler comme j'en avais eu d'abord l'intention. Profitant de l'état où il se trouvait, je saisis l'occasion favorable et je conçus un nouveau dessein à son égard.

XXVI. — « Je commençai par maudire l'amour qu'il avait pour moi ; je lui reprochai rudement la cruauté avec laquelle il avait opprimé si injustement mon père ; je lui exprimai combien j'étais irritée de ce qu'il avait voulu m'obtenir par la violence. J'ajoutai enfin qu'il aurait eu auprès de moi bien plus de succès, et en peu de temps, s'il avait persisté dans la conduite qu'il avait d'abord tenue et qui lui avait gagné la faveur du roi et de toute la cour.

XXVII. — « Sans doute mon père lui avait d'abord refusé sa juste demande ; mais il savait bien qu'il était d'une humeur difficile et qu'il n'était pas homme à céder à une première requête. Ce n'était pas une raison suffisante pour qu'il quittât son service et s'abandonnât si promptement à la colère. En continuant au contraire à le servir avec le même zèle, il pouvait être certain qu'il en aurait été bientôt récompensé.

XXVIII. — « Et si mon père avait persisté dans son refus, j'aurais sans doute obtenu par mes instantes prières qu'il me donnât mon amant pour époux. S'il m'eût été enfin impossible de triompher de son opposition, j'aurais pris des mesures secrètes pour qu'Alceste n'eût qu'à se louer de moi. Mais puisqu'il avait fait le

contraire de ce qu'il aurait dû faire, j'étais bien décidée
à ne lui accorder jamais mon amour.

XXIX. — « J'ajoutai encore que si j'étais venue me
mettre entre ses mains, c'était uniquement par tendresse
pour mon père. Par conséquent, il ne devait pas se
flatter de jouir longtemps du bonheur que, malgré moi,
je venais lui apporter ; que j'étais résolue à teindre la
terre de mon sang dès qu'il aurait accompli sur ma personne ses coupables désirs, ce qu'il ne ferait d'ailleurs
qu'en employant la violence.

XXX. — « Je lui adressai ces paroles et beaucoup
d'autres du même genre, parce que j'avais conscience de
mon pouvoir sur lui. Je fis de lui un homme plus re-
pentant de ses fautes que ne le fut jamais un anachorète
au fond de son désert. Il tomba à mes pieds et, saisissant le poignard qu'il portait à son côté, il s'efforça de
me le faire prendre et me supplia de m'en servir pour
me venger de ses forfaits.

XXXI.— « Je vis sa soumission et je résolus de pousser
jusqu'au bout mon triomphe. Je lui fis espérer qu'il
parviendrait à satisfaire sur ma personne son ardente
passion, si, réparant ses torts, il consentait à rendre à
mon père le royaume dont il l'avait dépouillé, et si dans
la suite, au lieu de chercher à me soumettre par la force
des armes, il méritait par ses services et ses tendres
soins que je lui donnasse mon cœur.

XXXII. — « Il promit tout ce que je voulais et me
laissa retourner à la forteresse, telle que j'étais venue à
lui. Il n'osa même pas déposer un baiser sur ma bouche.
Vous pouvez juger par là s'il était assez soumis à mon
joug, si sa passion pour moi était assez violente et s'il
était nécessaire que l'amour lançât sur lui de nouveaux
traits. Il se rendit donc auprès du roi d'Arménie qui, selon
sa promesse, devait posséder tous les domaines dont il
s'emparerait.

XXXIII. — « Avec toute l'habileté possible, il engage
ce prince à laisser à mon père son royaume dont il a

déjà pillé et dépeuplé les terres et à lui permettre de
rentrer paisiblement dans ses États d'Arménie. Celui-ci,
enflammé de la colère la plus furieuse, déclare à Alceste
qu'il ne doit pas y penser : il est bien déterminé à ne
pas abandonner sans la terminer la guerre qu'il a entreprise tant qu'il restera à mon père un pouce de terre.

XXXIV. — « Si Alceste a changé de sentiment, gagné
par les paroles artificieuses d'une femme méprisable, il
en supportera la peine : quant à lui il n'est point de
prières qui puissent l'engager à perdre le fruit des fatigues qu'il a endurées pendant une année entière. Alceste a recours à des supplications nouvelles, il se plaint
amèrement de les voir sans effet. A la fin il s'emporte
contre le roi et lui déclare qu'il obtiendra de gré ou de
force son consentement.

XXXV. — « Les deux princes s'irritent tellement
qu'ils passent bientôt des paroles aux actions; leur colère produit les effets les plus funestes ; Alceste attaque
le roi d'Arménie l'épée à la main, bravant mille guerriers qui accourent à sa défense et dont les efforts
réunis ne l'empêchent pas de le faire tomber sous ses
coups. Dans la même journée, il met en fuite l'armée
des Arméniens, avec l'aide des Ciliciens, des Thraces
qu'il avait à sa solde et des autres guerriers rangés
sous ses drapeaux.

XXXVI. — « Poursuivant sa victoire et faisant lui-
même tous les frais de la guerre, sans que mon père y
contribue, il lui rend en moins d'un mois tout son
royaume. Il fait plus; pour le dédommager de ses pertes,
indépendamment de tout le butin qu'il lui abandonne, il
soumet une grande partie de l'Arménie et de la Cappa-
doce qui y touche, et y ajoute même les conquêtes qu'il
fait dans l'Hircanie jusqu'aux rivages de la mer.

XXXVII. — « Quand tout fut accompli, nous ne son-
geâmes, après notre retour, qu'à lui donner la mort au
lieu du triomphe qu'il espérait. Nous ne l'osâmes pas
néanmoins, de peur de ne recueillir de ce crime que la

honte et parce que les nombreux amis qui l'entouraient
le rendaient trop redoutable. Je feignis donc de l'aimer,
et de jour en jour je nourris en lui l'espérance de devenir mon époux. Mais je lui disais qu'avant d'obtenir
ma main il devait signaler encore sa valeur contre nos
autres ennemis.

XXXVIII. — « Je l'envoyais tantôt seul, tantôt accompagné d'un petit nombre de soldats, affronter dans les
pays étrangers des périls où mille autres que lui auraient facilement trouvé la mort ; mais il en sortait toujours avec succès. En vain avait-il eu à lutter contre
des ennemis terribles et monstrueux, des géants, des
Lestrigons, qui portaient le ravage dans notre pays, il
rentrait auprès de nous toujours victorieux.

XXXIX.— « Jamais sur le lac de Lerne, dans la Thrace,
dans les forêts de Némée ou d'Érymanthe, dans les
vallées de l'Étolie ou de la Numidie, sur les bords du
Tibre, sur l'Èbre, ni dans aucun autre lieu, le grand
Alcide ne fut exposé à autant de périlleuses aventures
par la haine de sa marâtre. Celles que mes feintes
prières et mes désirs sanguinaires firent courir à mon
amant étaient encore plus redoutables. Je n'avais qu'un
désir, c'était de me délivrer pour jamais de sa vue.

XL. — « N'ayant pu réussir dans cette première tentative, j'en imaginai une autre qui devait, selon moi, produire un meilleur effet. Je le poussai à maltraiter toutes
les personnes qui lui étaient le plus attachées et dont je
lui fis ainsi autant d'ennemis. Comme son bonheur était
de satisfaire tous mes désirs, il exécutait au moindre
signe tout ce que je lui ordonnais, sans être retenu par
aucun scrupule et sans mettre aucune différence entre
ceux contre lesquels je le forçais d'agir.

XLI. — « Lorsque je fus parvenue, à l'aide de tous ces
artifices, à délivrer mon père de tous ses ennemis et à
faire en sorte qu'Alceste était réduit par sa propre conduite à ne pouvoir compter sur un seul ami, je me mon-
trai à ses yeux telle que j'étais, malgré le faux semblant

dont j'avais masqué mon visage : je lui témoignai sans détour la haine qu'il m'avait inspirée et je continuai à chercher tous les moyens de me débarrasser de lui.

LXII. — « Je ne pouvais lui faire donner moi-même la mort sans me couvrir d'ignominie, car on savait tout ce que je lui devais et chacun aurait eu horreur de ma cruauté; je jugeai qu'il suffirait de lui défendre de se présenter jamais devant mes yeux : je lui déclarai que je ne voulais désormais ni le voir, ni l'entendre, ni recevoir de lui une seule lettre ou un seul message.

XLIII. — « Cette ingratitude le plongea dans un tel désespoir, que ne pouvant maîtriser sa douleur, et après avoir longtemps imploré ma pitié, il tomba dans une maladie qui le mit bientôt au tombeau. Quant à moi, vous le voyez, je subis aujourd'hui la peine d'une action si odieuse : je suis condamnée à vivre dans cette épaisse fumée qui noircit mon visage et fait couler les larmes de mes yeux, et mon supplice sera éternel, car les peines de l'enfer ne peuvent se racheter. »

XLIV. — La misérable Lydie cessa alors de parler, et le duc descendit plus loin pour voir s'il ne trouverait pas dans le même lieu d'autres coupables. Mais les ténèbres profondes qui servaient de châtiment aux actions ingrates s'épaissirent à mesure qu'il avançait, de sorte qu'il ne put faire un pas. Il fut même obligé de revenir en arrière et même de hâter autant qu'il put son retour, pour ne pas être étouffé par la fumée infernale.

XLV. — Il ne marche plus, mais il court, il se précipite, il vole et finit par arriver, au prix des plus grands efforts, jusqu'à l'entrée de la grotte, où l'air sombre et ténébreux commençait à se mêler à la lumière du jour. Il franchit tous les obstacles qui s'opposent à son passage, s'élance hors de l'antre, laissant derrière lui cette triste fumée.

XLVI. — Mais il ne veut pas que les harpies, ces monstres voraces, puissent retourner au séjour tor-

restre; il rassemble donc des rochers, abat quelques-
uns de ces arbres qui produisent la canelle et le poivre;
il construit, avec tous ces débris, une sorte de haie
qui ferme la caverne; il y réussit tellement bien que
jamais, grâce à lui, les harpies ne reviendront sur la
terre.

XLVII. — La noire fumée, semblable à celle d'une
poix en ébullition, n'avait pas seulement souillé et in-
fecté ses vêtements, elle les avait traversés et avait
pénétré jusqu'à sa peau. Il chercha longtemps de l'eau
pour se laver, mais il ne put en trouver que dans une
forêt : c'était une source qui jaillissait d'un rocher et
dans laquelle il se lava depuis les pieds jusqu'à la tête.

XLVIII. — Puis il monte sur son cheval ailé et
s'élève dans les airs, désireux d'atteindre la cime de la
montagne que l'on présume toucher de son extrémité
supérieure le cercle de la lune. Il désire voir des
choses nouvelles, et son ardeur est telle, qu'il dédaigne
la terre et n'aspire qu'à s'élever dans les sphères célestes. Il monte de plus en plus dans les airs jusqu'à
ce qu'il parvienne au sommet de la montagne.

XLIX. — Les fleurs que la nature a semées sur ces
plages délicieuses peuvent être assimilées à l'or, aux
saphirs, aux rubis, aux topazes, aux crysolites, aux
jacinthes, aux diamants et aux perles. La verdure y est
si brillante que si l'on en possédait ici-bas une semblable, elle surpasserait l'éclat des émeraudes; les
feuilles des arbres, qui ne cessent de produire des
fleurs et des fruits, ne sont pas moins dignes d'admiration.

L. — On entend sous les rameaux le gazouillement
d'oiseaux charmants, volant de branche en branche,
dont le plumage reproduit dans toutes leurs nuances
l'azur, le blanc, le vert, le rouge et le jaune. Le murmure des ruisseaux et la limpidité des lacs, pure comme
celle du cristal, charment les oreilles et les yeux. Un
vent doux et frais, toujours égal dans son souffle léger,

agite l'air qu'on y respire et ne permet pas à la chaleur du jour d'y pénétrer ou d'y être jamais importune.

LI. — Le souffle du zéphyr dérobe aux fleurs, aux fruits et à la verdure leurs plus douces odeurs, et de ces parfums réunis se forme un délicieux mélange dont la suave exhalaison nourrit les âmes. Au milieu de la plaine s'élevait un palais que l'on eût cru embrasé de la plus vive flamme ; sa splendeur et sa lumière répandent tout autour un tel éclat que l'on voit bien que ce n'est pas là une œuvre due à la main des hommes.

LII. — Astolphe dirige son coursier vers le palais, dont le circuit n'a pas moins de trente milles. Il s'avance vers lui d'un pas lent et tranquille, jetant de tous côtés, en marchant, des regards pleins d'admiration. En considérant ce pays si beau, si fortuné, si brillant, en le comparant au monde grossier que nous habitons, le séjour des mortels lui semble aussi triste que dégoûtant.

LIII. — Arrivé près de ce palais lumineux, il s'arrête, saisi d'étonnement et de stupeur à la vue de ces murs entièrement formés d'une seule pierre précieuse, plus brillante et plus vermeille que l'escarboucle. O œuvre merveilleuse, ô structure digne de Dédale ! quel édifice pourrait, sur la terre, t'égaler ? Quel est celui qui oserait te comparer les sept merveilles du monde ?

LIV. — Sous le brillant vestibule de cette admirable demeure, un vieillard se présente au-devant d'Astolphe ; il porte une simarre blanche et un manteau couleur de pourpre. Le lait et le carmin peuvent seuls leur être comparés. Ses cheveux sont blancs ; sa barbe, également blanche et épaisse, lui descend sur la poitrine ; son aspect est si vénérable qu'il semble être un des élus du paradis.

LV. — Ce vieillard, de l'air le plus gracieux, dit au chevalier qui, par respect, était descendu de cheval : « Seigneur, vous qui par la volonté divine êtes monté jusqu'au paradis terrestre, sans connaître vous-même le but de votre voyage et le motif qui a fait naître en vous le désir de l'entreprendre, ce n'est pas, croyez-moi, sans un profond mystère que vous êtes venu jusqu'en ces lieux de l'hémisphère occidental.

LVI. — « C'est pour apprendre par quels moyens vous pourrez secourir Charlemagne et délivrer notre sainte religion du péril qui la menace que vous êtes venu chercher mes conseils. Gardez-vous, ô mon fils ! d'attribuer à votre science ou à votre courage votre arrivée dans ce séjour : ni votre cor, ni votre cheval ne vous y eussent conduit si Dieu lui-même n'avait été votre guide.

LVII. — « Nous nous entretiendrons bientôt plus à loisir sur ce sujet et je vous expliquerai ce que vous devez faire. Mais venez d'abord vous réjouir avec nous, car le long jeûne auquel vous avez été soumis doit maintenant vous faire souffrir. » Ils se mirent en route en continuant cet entretien. Le duc fut fort émerveillé quand le vieillard, lui faisant connaître son nom, lui apprit qu'il était celui qui a écrit l'Évangile.

LVIII. — C'était l'apôtre saint Jean, si chéri du Rédempteur, celui dont ses frères avaient toujours dit dans leurs entretiens que la mort ne devait jamais l'atteindre. Ce qui fut cause que le fils de Dieu dit à saint Pierre : « Pourquoi vous affligez-vous, si je veux que celui-ci attende sur la terre mon retour ? » Jésus-Christ n'avait pas dit : il ne mourra pas, mais on comprend ce qu'il avait voulu dire.

LIX. — Il fut donc transporté dans ce lieu, où il trouva compagnie ; car le patriarche Énoch y était depuis longtemps et avec lui le grand prophète Élie ; ni l'un ni l'autre n'a vu encore son dernier jour. Loin de l'atmosphère empoisonnée et impure de ce monde, ils y jouiront d'un printemps éternel jusqu'au moment où, au signal donné par la trompette des anges, le Christ arrivera sur un nuage éclatant de lumière.

LX. — Le chevalier reçut de ces bienheureux l'accueil le plus gracieux. On le conduisit dans un bel appartement ; son coursier reçut les soins qui lui étaient nécessaires et fut abondamment pourvu d'une excellente avoine. Les fruits du paradis que l'on servit au paladin lui semblèrent si délicieux qu'il jugea que nos premiers parents étaient assez excusables de s'être rendus, pour en manger, coupables de désobéissance.

LXI. — Lorsque l'aventureux chevalier eut donné une entière satisfaction à la nature par les mets qu'il savoura et le repos qu'il prit (car il ne lui manquait aucune des commodités de la vie), il se leva au moment où l'aurore sortait des bras de ce vieil époux pour lequel son grand âge ne diminue pas sa tendresse. Astolphe vit venir alors à lui le disciple bien-aimé du Seigneur.

LXII. — Le saint le prit par la main et l'entretint d'une foule de sujets qu'il n'est pas permis de révéler ; puis il lui dit : « Vous ne savez peut-être pas ce qui se passe en ce moment en France, quoique vous en arriviez. Sachez donc que votre cousin Roland, pour n'avoir pas accompli la tâche qui lui avait été confiée, est puni de Dieu qui, lorsqu'on l'offense, se montre plus irrité contre ceux qu'il aime le plus.

LXIII. — « Ce Roland, pourvu dès sa naissance par le Très-Haut d'une force et d'une valeur extraordinaires, doué du privilége qui n'est accordé à aucun mortel de ne pouvoir être blessé par le fer, don précieux qu'il n'eut en partage que parce qu'il avait pour mission de défendre notre sainte foi, de même que Samson fut jadis destiné à défendre les Hébreux contre les Philistins ;

LXIV. — « Ce Roland, enfin, a payé d'ingratitude les bienfaits du Seigneur. Quand son premier devoir était de se consacrer au service du peuple fidèle, il l'a délaissé : une païenne lui a inspiré un amour coupable, qui l'a rendu tellement aveugle que déjà, dans sa bar-

barie dénaturée, il a deux fois et plus voulu donner la
mort à son fidèle cousin.

LXV. — « Pour le punir, Dieu a voulu qu'en proie à
une folie furieuse, il courût à travers les campagnes,
n'ayant le ventre, la poitrine et les flancs couverts d'aucun vêtement. Son intelligence est tellement obscurcie
et perdue, qu'il ne reconnaît personne, qu'il ne se reconnaît pas lui-même. C'est de cette manière que Dieu,
comme nous l'apprend la sainte Écriture, a châtié le roi
Nabuchodonosor, en le condamnant à vivre plein de fureur, pendant sept années, parmi des troupeaux, et à se
nourir avec eux d'herbe et de foin.

LXVI. — « Mais, comme la faute du paladin français a
été beaucoup moins grave que celle de Nabuchodonosor,
la bonté divine a voulu que trois mois pussent suffire
pour l'expier ; et, en vous permettant de faire pour arriver ici un si long voyage, le Rédempteur n'a eu d'autre
but que de vous faire instruire par nous des moyens
à employer pour faire recouvrer à Roland sa raison.

LXVII. — « Il est vrai que vous devez faire avec moi
un second voyage, et quitter tout à fait la terre. J'ai
ordre de vous conduire dans le cercle de la lune, la plus
voisine des planètes qui errent autour de nous. C'est là
que nous trouverons le remède qui doit rendre la sagesse à Roland. Cette nuit donc, aussitôt que la lune
sera parvenue au-dessus de nos têtes, nous nous met-
trons en chemin. »

LXVIII. — L'apôtre discourut pendant tout le reste
du jour sur ce sujet et plusieurs autres ; mais lorsque
le soleil se fut plongé dans les flots de la mer, et
qu'apparut le croissant de la lune, on prépara un char
qui servait à voyager dans le ciel. C'était celui sur
lequel le prophète Élie, quittant les montagnes de la
Judée, avait été ravi aux regards humains.

LXIX. — Le saint évangéliste y attèle quatre coursiers d'une couleur plus brillante que la flamme, y prend
place à côté d'Astolphe, saisit les rênes et se dirige

vers le ciel. Le char s'éleva en roulant dans l'espace, et atteignit bientôt la sphère du feu éternel. Par la puissance miraculeuse du saint vieillard, ils la traversèrent sans en ressentir l'ardeur.

LXX. — En sortant de la zone enflammée, ils entrèrent dans l'empire de la lune. Cette planète leur parut dans sa plus grande partie briller comme un acier sans tache. Elle était à leurs yeux égale, à peu de chose près, à tout ce que rassemble en soi le globe de la terre, en y comprenant les mers qui l'embrassent et l'entourent.

LXXI. — Une double surprise y frappa Astolphe : d'abord, en trouvant cet espace lunaire vu de près très-étendu et très-vaste, tandis qu'il ressemble à un petit cercle quand nous le regardons d'en bas. Mais il fut bien plus émerveillé de ce que, pour distinguer du lieu où il se trouvait la terre et la mer qui l'environne, il était obligé de cligner les deux yeux, parce que l'image de notre globe, n'ayant par elle-même aucune lumière, ne pouvait parvenir jusqu'à lui.

LXXII. — Là-haut se trouvent d'autres fleuves, d'autres lacs et d'autres campagnes, mais différents de ceux de la terre. On y voit aussi d'autres plaines, d'autres vallées, d'autres montagnes. La lune a des villes, des châteaux, avec des maisons plus vastes que toutes celles que le paladin eût jamais vues, ni avant, ni depuis. De grandes forêts solitaires s'étendent sur sa surface et les nymphes y vont sans cesse chasser les bêtes sauvages.

LXXIII. — Le duc ne s'arrêta pas à considérer tout cela, car ce n'était pas dans ce dessein qu'il était venu en ce séjour. Le saint apôtre le conduisit dans un vallon resserré entre deux montagnes. C'est là que se trouve miraculeusement réuni tout ce que perdent les hommes par leur faute, ou par les injures du temps, ou par le hasard. Oui, tout ce qui se perd en bas se retrouve dans ce coin de la lune.

LXXIV. — Je ne parle pas ici des royaumes, des ri

chesses qu'emporte la roue de la fortune, mais de tous
les autres biens qu'il n'est au pouvoir de la fortune ni
de donner ni de ravir; beaucoup de réputations que le
temps, comme un ver rongeur, mine sourdement et finit
par dévorer ; les vœux infinis, les prières nombreuses
que nous autres malheureux pécheurs ne cessons d'adresser à Dieu.

LXXV. — Les larmes et les soupirs des amants, les
moments perdus inutilement dans le jeu, les longs loi-
sirs des hommes ignorants, les vains projets qui ne se
réalisent jamais; ce sont les vains désirs qui occupent et
encombrent la plus grande partie de cette enceinte. En
somme, je le répète, on retrouve là-haut tout ce qui se
perd sur la terre.

LXXVI. — A mesure que ces objets s'offraient aux
yeux d'Astolphe, il se les faisait expliquer par son guide.
Il vit toute une montagne de vessies enflées qui ne lui
parurent contenir à l'intérieur que des cris désordonnés.
On lui dit que c'étaient les couronnes antiques des Assy-
riens, des Lydiens, des Perses et des Grecs, jadis si célèbres, et dont aujourd'hui l'on connaît à peine le nom.

LXXVII. — Des hameçons d'or et d'argent formant
une masse énorme, n'étaient autre chose que les présents faits dans l'espoir d'une récompense aux rois, aux
princes avides, aux perturbateurs de tout genre. Tout
auprès sont des piéges cachés sous des guirlandes de
fleurs ; on lui apprend que ce sont toutes les flatteries.
Les vers composés en l'honneur des grands y prennent
la forme de cigales crevées.

LXXVIII. — Des chaînes d'or, des liens enrichis de
pierreries, représentent les amours malheureux. Des
serres d'aigles sont le symbole de l'autorité tyrannique
laissée aux ministres par les rois. Les soufflets qu'on y
voit en abondance sont les fumées, les faveurs accordées
par les souverains à leurs intimes et qui s'évanouissent
avec la fleur de leurs jeunes années.

LXXIX. — Ruines de villes, citadelles éparses au

milieu de riches trésors : ce sont, dit-on à Astolphe, les traités mal conçus et les conspirations avortées. Des serpents à visage de femmes, ouvrages des faux monnayeurs et des larrons; des bouteilles cassées de toutes formes, misères des esclaves des souverains.

LXXX. — Le paladin demanda ce que signifiait un grand amas de soupes répandues. « Ce sont, lui dit le saint, les aumônes qui ne doivent être distribuées qu'après la mort du donateur. » Une grande quantité de fleurs variées s'offre à sa vue; l'odeur en était jadis agréable, elle est devenue très-mauvaise; c'est, lui dit-on, la donation faite autrefois par Constantin au pape Silvestre.

LXXXI. — Que signifiaient ces nombreux appâts et ces gluaux? c'étaient, mesdames, les charmes qui séduisent les cœurs. Mais il serait trop long d'énumérer dans mes vers tout ce que vit le prince anglais. Après en avoir compté mille et mille, je ne finirais pas. On y trouve tout ce qui nous concerne, à l'exception de la folie, dont on ne rencontre nulle part la moindre trace. C'est ici-bas qu'est son ordinaire séjour et jamais elle ne quitte la terre.

LXXXII. — Astolphe jeta les yeux sur certaines journées, sur certaines de ses actions par lui perdues, et dont il n'aurait pu distinguer les formes variées, si elles ne lui eussent pas été interprétées. Enfin il arriva à une chose que nous croyons tous posséder si abondamment, que jamais, dans les vœux que nous adressons au ciel, nous ne la lui demandons : c'est le bon sens; il y en a là-haut toute une montagne, beaucoup plus considérable que tout le reste réuni ensemble.

LXXXIII. — C'est une liqueur si subtile et si fluide qu'elle s'évaporerait facilement si elle n'était pas renfermée avec soin dans des fioles de toutes grandeurs et propres à cet usage. La plus vaste de toutes contenait le grand sens du comte d'Angers. Elle se distinguait parmi toutes les autres, car elle portait ces mots que l'on pouvait y lire : BON SENS DE ROLAND.

LXXXIV. — Sur toutes les autres on voyait les noms de ceux dont elles renfermaient le bon sens. L'une d'elles contenait, au grand étonnement d'Astolphe, une grande partie du sien ; mais ce qui le surprit bien plus, ce fut de voir que beaucoup de personnes de sa connaissance, qui lui paraissaient avoir une raison telle qu'il ne devait pas y manquer une drachme, ne devaient en avoir que bien peu, tant était remplie la fiole qui leur appartenait en ce lieu.

LXXXV. — Les uns l'ont perdu en cédant à l'amour, les autres à l'ambition ; ceux-ci en parcourant les mers pour acquérir des richesses, ceux-là en mettant leurs espérances dans l'amitié des grands, quelques-uns en s'abandonnant aux chimères de la magie, quelques autres à la passion des pierres précieuses ou des tableaux, d'autres enfin en se laissant dominer par tels ou tels goûts insensés ; on y voyait en grande abondance des sophistes, des astrologues et des poëtes.

LXXXVI. — Astolphe, avec l'agrément de l'auteur du livre obscur de l'Apocalypse, s'empara de la fiole qui contenait son bon sens : il se la mit sous le nez et il paraît que la liqueur qu'il aspira se remit d'elle-même en sa place. Du moins Turpin avoue que depuis ce moment la vie d'Astolphe fut pendant longtemps plus sage : malheureusement, une nouvelle folie qu'il commit par la suite lui fit perdre encore une fois la cervelle.

LXXXVII. — Il prit l'ampoule plus vaste et plus remplie que toutes les autres contenant le bon sens qui distingua si longtemps le comte d'Angers. Il ne la trouva pas aussi légère qu'il l'avait pensé en la voyant parmi les autres. Avant que le paladin quittât cette brillante sphère pour descendre dans ce monde inférieur, il fut conduit par le saint apôtre dans un palais près duquel coulait un fleuve.

LXXXVIII. — Chacune de ses chambres était pleine de pelotons de lin, de soie, de coton, de laine, teints de

diverses couleurs, les unes sombres, les autres brillantes. Au premier étage, une vieille femme tirait de
toutes ces pelotes des fils qu'elle enroulait autour d'un
fuseau, ainsi qu'on voit au temps d'été une villageoise
recueillant la soie nouvelle, et tirant les cocons des
baquets où on les fait baigner.

LXXXIX. — Quand un écheveau a été formé, il vient
une autre vieille qui le remplace par un second qu'elle
apporte d'un autre lieu ; une troisième sépare les fils les
plus fins des plus grossiers, confondus les uns avec les
autres par la première femme. « Quel est donc ce travail
que je ne comprends pas, demanda Astolphe ? — C'est,
répondit saint Jean, celui qu'accomplissent les parques,
qui filent avec ces fuseaux les jours de vous autres
mortels. »

XC. — Autant que dure un de ces pelotons, autant dure
la vie d'un homme, mais pas un instant de plus. La
mort et la nature ont les yeux toujours fixés sur eux
pour savoir l'heure à laquelle chacun doit mourir. L'une
choisit les plus beaux fils, avec lesquels se tissent des
ornements pour le paradis ; les plus grossiers forment
les liens qui enchaînent les damnés.

XCI. — Sur tous ces pelotons disposés sur un dévidoir et destinés à un autre ouvrage, on voyait de petites
plaques de fer, d'argent ou d'or, où étaient inscrits les
noms de ceux à qui elles appartenaient ; on les mettait
en tas et un vieillard les emportait sans jamais en rendre
un seul ; il ne se lassait pas de revenir en chercher
d'autres encore.

XCII. — Ce vieillard était si léger et si agile qu'il
paraissait uniquement né pour courir. Il prenait au tas
tous ces noms gravés et en remplissait les pans de son
manteau. Je vous dirai dans le chant qui suit où allait
ce vieillard et dans quel dessein il agissait ainsi, si vous
voulez bien me témoigner le désir de m'écouter avec
cette attention gracieuse que vous avez coutume de
m'accorder.

CHANT TRENTE-CINQUIÈME

ARGUMENT

Le vieillard dont il a été question dans le chant précédent est le Temps qui jette les noms des mortels dans le fleuve Léthé. — Fleur-de-lis rencontre Bradamante et la prie d'aller secourir Brandimart. — La guerrière va défier Rodomont, le jette dans la rivière et suspend son armure au tombeau d'Isabelle. — Elle combat successivement Serpentin, Grandonio et Ferragus. — Elle veut aussi se battre contre Roger.

I. — Qui montera pour moi dans le ciel, ô ma souveraine, pour en rapporter ma raison égarée? cette pauvre raison qui, depuis le moment où un trait parti de vos yeux a percé mon cœur, subit chaque jour une diminution nouvelle? Et cependant je ne me plains pas de sa perte, pourvu qu'elle ne s'augmente pas et que je reste dans l'état où je suis, car si j'en perdais encore je craindrais de devenir tel que je vous ai dépeint Roland.

II. — Mais est-il bien besoin de monter jusque dans les airs, dans le cercle de la lune ou dans le paradis, pour recouvrer ma raison perdue? Je ne crois pas qu'elle habite des régions si élevées. Elle est sans cesse errante dans vos yeux charmants, sur votre aimable visage, autour de ce sein d'ivoire orné de deux collines d'albâtre : c'est là que, si vous le permettez, mes lèvres pourront la recueillir.

III. — Astolphe parcourut les diverses parties de ce palais. Après avoir examiné, se déroulant sur le fatal dévidoir, les écheveaux des hommes dont la vie était commencée, il vit ceux des hommes qui devaient naître un jour. Il en aperçut un qui lui parut plus brillant que l'or le plus fin. Si l'art pouvait tirer des fils de perles broyées, ils seraient mille fois au-dessous de ceux dont était couvert cet écheveau.

IV. — Émerveillé de sa beauté, à laquelle il eût été impossible d'en trouver une autre pareille dans le nombre infini des autres fuseaux, il désira vivement savoir à qui était destinée une si belle vie et quand elle devait commencer. « Elle commencera, lui répondit le saint évangéliste, qui ne lui cacha aucun détail, dans la vingtième année qui précédera celle qui, selon l'ère de l'Incarnation, sera marquée d'une M et d'un D.

V. — « Autant ce fuseau surpasse tous les autres en éclat et en beauté, autant doit être fortunée la vie qui lui est attachée. Celui qu'elle concerne, en effet, devait posséder les qualités les plus admirables et les plus rares que l'homme puisse tenir de la bonté de la nature, de ses propres efforts, ou de la faveur de la fortune.

VI. — « Entre les fières embouchures du roi des fleuves, ajouta-t-il, il existe aujourd'hui un petit bourg : il a devant lui le Pô, et derrière un marais fangeux et profond. Ce bourg deviendra, dans le cours des âges que je vois se dérouler, la plus célèbre de toutes les cités de l'Italie, non par ses murailles ou ses superbes palais, mais par son goût pour les études, par les qualités morales de ses habitants.

VII. — « Ce haut degré de prospérité ne sera l'effet ni du hasard ni de quelque événement fortuit : il résultera de la volonté du ciel, qui lui donnera cet éclat pour le rendre digne de voir naître l'homme dont j'ai à vous parler : de même que l'on greffe et qu'on cultive avec soin l'arbrisseau auquel on veut faire produire des fruits excellents, ou que l'ouvrier affine l'or dans lequel doit s'enchâsser une pierre précieuse.

VIII. — « Jamais enveloppe plus gracieuse et plus belle n'aura sur la terre contenu une âme d'homme ; jamais on n'a vu et l'on ne verra descendre des sphères célestes de plus dignes de l'animer que lorsque l'éternelle Providence exécutera le dessein de donner au monde HIPPOLYTE D'ESTE. Hippolyte d'Este sera le nom de l'homme auquel Dieu a voulu accorder une si brillante destinée.

IX. — « Les qualités qui, partagées entre un grand nombre d'hommes, suffiraient pour illustrer chacun d'eux, celui dont vous voulez que je vous parle les réunira toutes en sa personne. La vertu trouvera en lui un soutien, les lettres, un protecteur. Et si je voulais vous détailler ici tous ses mérites, ce sujet me mènerait si loin que Roland attendrait en vain le retour de sa raison. »

X. — C'est ainsi que l'imitateur du Christ entretenait le prince anglais. Lorsqu'ils eurent visité ensemble toutes les salles de l'immense palais où se déroulent les fils auxquels est attachée la vie de tous les mortels, ils se dirigèrent du côté du fleuve dont les eaux troublées et bourbeuses couraient au milieu d'un noir limon : ils trouvèrent sur ses bords un vieillard qui y portait les étiquettes sur lesquelles sont inscrits tous les noms.

XI. — Vous souvient-il de ce que j'ai dit en finissant le dernier chant? Eh bien! ce vieillard était celui dont je vous ai parlé. Son visage annonçait la vieillesse; mais il était doué d'une agilité telle qu'il aurait devancé les cerfs à la course. Son manteau était rempli par les noms de chacun et il en diminuait le tas sans jamais l'épuiser. Il était sans cesse occupé à déposer sa riche provision dans le fleuve qui se nomme Léthé.

XII. — Aussitôt qu'il arrivait sur le bord du fleuve, ce vieillard prodigue secouait, je le répète, son manteau et laissait tomber dans l'onde troublée les noms qu'il avait amassés. Un nombre infini disparaissait dans le fleuve, sans pouvoir servir à aucun usage, et sur cent mille qu'engloutissait l'abîme sans fond, il en surnageait à peine un seul.

XIII. — Le long de ce fleuve et sur les deux rives tournoyait sans cesse une troupe de corbeaux, de autours avides, de chouettes et d'autres oiseaux dont

les cris discordants formaient un horrible concert. Ils
se précipitaient tous à la fois sur ces immenses trésors,
quand ils les voyaient répandre, les saisissaient les uns
avec leurs becs, les autres avec leurs ongles recourbés;
mais ils ne les portaient pas loin.

XIV. — Lorsqu'ils voulaient prendre leur vol et
s'élever dans les airs, la force leur manquait pour
supporter leur charge, et le Léthé recevait un très-
grand nombre de noms qui auraient mérité de vivre
dans la mémoire des hommes. Parmi tous ces oiseaux
on voyait, seigneur, deux cygnes aussi blancs que vos
armes, qui rapportaient gaiement et sans obstacle dans
leur bec les noms dont ils s'étaient emparés.

XV. — Ainsi, contre les malignes intentions de l'obstiné
vieillard qui voudrait les faire disparaître dans le fleuve,
ces oiseaux bienfaisants sauvaient quelques noms, tandis
que tout le reste était condamné à l'oubli. Puis les
deux cygnes sacrés allaient tantôt à la nage, tantôt en
battant les airs de leurs ailes, jusqu'à ce que, sur le bord
opposé du fleuve fatal, ils trouvassent une colline sur laquelle était un temple.

XVI. — Ce temple est dédié à l'Immortalité, et une
belle nymphe, descendant de la colline jusqu'aux rives
du Léthé, vient enlever au bec des cygnes les noms
sauvés par eux de la destruction. Elle les attache autour de la statue de la déesse, élevée sur une colonne
au milieu du temple : elle les y consacre et les garde
avec tant de soin que l'on pourra les y voir éternellement.

XVII. — Quel était ce vieillard? pourquoi se plaisait-
il à disperser capricieusement et sans fruit tant de noms
distingués? que signifiaient tous ces oiseaux et ce temple
sacré d'où la belle nymphe descendait jusqu'au fleuve?
C'étaient autant de mystères dont Astolphe désirait ardemment connaître la signification. A toutes les questions qu'il fit à ce sujet, l'homme de Dieu répondit en
ces termes :

XVIII. — « Tu ne dois pas ignorer qu'il ne se meut
sur la terre aucune feuille sans que le signe s'en répète
ici. Tout événement terrestre correspond dans le ciel à
un autre semblable, mais sous une forme différente. Ce
vieillard, dont la barbe blanche descend jusque sur sa
poitrine et dont la vitesse est telle que rien ne peut
l'arrêter, accomplit dans le ciel la même œuvre et produit
les mêmes résultats que le Temps sur la terre.

XIX. — « Lorsque les écheveaux d'ici sont entièrement épuisés, là-bas la vie humaine arrive à sa fin. Les
souvenirs qui en restent sur la terre et qui sont exprimés
ici par des signes particuliers pourraient durer éternellement dans un état divin, s'ils n'étaient anéantis
ici par ce vieillard à la barbe hérissée et là-bas par le
Temps : le premier, comme vous le voyez, les précipite
dans les ondes, le second les plonge dans l'éternel
oubli.

XX. — « Dans le ciel, les noms les plus illustres sont
disputés aux flots par des corbeaux, des chouettes et
d'autres oiseaux du même genre : sur la terre ce sont
les intrigants, les flatteurs, les vils complaisants des
princes, les calomniateurs, enfin tout le troupeau des
cours, qui font la même chose et qui souvent y réus-
sissent mieux que les gens de bien et les sages.

XXI. — « Ces courtisans, habiles à imiter les ânes et
les pourceaux, ces êtres vils, dégradés, nés uniquem-
ment pour satisfaire leurs grossiers appétits, lorsque la
Parque ou plutôt les excès de l'amour et du vin ont
brisé le fil des jours de leurs maîtres, portent encore
pendant quelques jours leurs noms dans leurs bouches,
mais ils les laissent bientôt retomber dans l'oubli.

XXII. — « Mais, semblables à ces cygnes qui, faisant
entendre des chants joyeux, vont reporter dans le temple
les médailles qu'ils ont sauvées, de même les poëtes
sauvent de l'oubli, plus cruel que la mort, les hommes
dignes de mémoire. O princes habiles et bien avisés
qui, à l'exemple d'Auguste, cherchez à vous attacher les

grands écrivains, vous avez bien raison, car grâce à
eux vous n'avez pas à redouter les ondes du Léthé !

XXIII. — « Ils sont rares, les cygnes! Ils sont rares
aussi les poëtes, surtout ceux qui ne sont pas indignes
de ce nom. Peut-être le ciel ne permet-il pas qu'il existe
à la fois un grand nombre d'hommes illustres, peut-être
aussi faut-il en accuser l'avarice des grands, qui laissent dans l'indigence les divins génies, et qui, persécu-
tant la vertu et favorisant les vices, bannissent loin
d'eux les beaux-arts.

XXIV. — « Croyez bien que Dieu a privé ces ignorants d'intelligence, qu'il les aveugle et les rend insensibles à la puissance de la poésie, afin que la mort les
fasse tomber dans le néant. Non-seulement ils vivraient
au delà du tombeau, mais encore, eussent-ils été pendant
leur vie coupables de tous les crimes, s'ils avaient su
se rendre la muse favorable, il n'est point de parfum
d'Arabie qui eût une odeur plus suave que leur renommée.

XXV. — « Énée ne fut réellement pas aussi pieux,
Achille aussi courageux, Hector aussi intrépide que l'a
publié la renommée. On compterait des milliers de mortels qui leur seraient avec raison préférés. Mais ce sont
les palais, les grandes cités, prodigués par leurs descendants à des poëtes fameux, qui les ont fait élever par
eux au comble de la gloire.

XXVI. — « Auguste ne fut ni si vertueux ni si doux
que l'a publié la muse de Virgile ; mais il eut du goût
pour la belle poésie et on lui a pardonné ses horribles
proscriptions. Qui sait si l'on n'aurait pas ignoré les
crimes de Néron, quoiqu'il ait eu contre lui la terre et
le ciel, qui sait même s'il n'eût pas laissé une bonne
renommée, s'il s'était concilié l'affection des bons écrivains?

XXVII. — « Homère a attribué la victoire à Aga-
memnon, les Troyens sont représentés par lui comme
un peuple lâche et sans vigueur; Pénélope persécutée

par mille amants demeura, selon lui, fidèle à son époux.
Voulez vous connaître la vérité ? prenez tout le contraire
de cette histoire : ce sont les Grecs qui ont été vaincus,
les Troyens ont triomphé, et Pénélope fut l'opposé d'une
femme vertueuse.

XXVIII. — « D'un autre côté, vous savez quelle renommée a laissée la chaste, la pudique Didon. Elle n'est
pour vous qu'une aventurière et une femme perdue,
parce qu'elle eut Virgile pour ennemi. Ne soyez pas
surpris si ces injustices m'affligent, et si j'en parle avec
tant de complaisance ; c'est que j'aime les écrivains, et
c'est un devoir pour moi de les aimer, puisque moi-
même j'ai laissé des écrits pour le monde que vous
habitez.

XXIX. — « Plus que tous les autres, je me suis fait
un nom contre lequel ne prévaudront ni le temps, ni la
mort ; et il était bien juste que le Christ, dont j'ai célébré la gloire, proportionnât sa récompense à mes
efforts. Je n'en ai plaint que davantage ceux qui vivent
dans ces tristes temps où la bienfaisance leur a fermé
ses portes, auxquelles les malheureux, le regard atone
et le corps amaigri, viennent nuit et jour frapper inutilement.

XXX. — « Pour reprendre mon premier discours, je
dis que si les poëtes et les hommes d'étude sont maintenant si peu nombreux, c'est que les bêtes féroces
abandonnent les lieux où elles ne trouvent ni abri ni
nourriture. » Tandis que le saint vieillard parlait, le
feu paraissait sortir de ses prunelles enflammées. Mais
ensuite il se tourna vers le duc avec un visage plus
riant et reprit toute sa sérénité habituelle.

XXXI. — Je laisse maintenant Astolphe avec le pieux
évangéliste ; je veux franchir d'un saut l'espace qui sépare le ciel de la terre, car mes faibles ailes ne peuvent
me soutenir dans de si hautes régions. Je reviens à la
dame que la jalousie avait percée de ses traits les plus
cruels. Je l'ai quittée au moment où, après une lutte

assez courte, elle avait jeté trois rois l'un après l'autre
sur la terre.

XXXII. — J'ai ajouté qu'arrivée le soir à un château
qui se trouve sur la route qui conduit à Paris, elle apprit
qu'Agramant, mis en déroute par Renaud, s'était retiré
dans Arles. Sachant que Roger accompagnait ce prince,
elle prit sa route dès le point du jour vers la Provence,
où elle savait que Charlemagne poursuivait le roi
sarrasin.

XXXIII. — Elle marchait donc vers la Provence par
la voie la plus directe, lorsqu'elle rencontra une dame
tout en pleurs et paraissant en proie à une affliction
profonde. Elle était belle et ses manières étaient fort
agréables. C'était celle qui éprouvait le plus tendre
amour pour le fils de Monodant, cette charmante femme
qui avait, auprès du pont périlleux, laissé son époux au
pouvoir de Rodomont.

XXXIV. — Elle courait le pays à la recherche d'un
guerrier qui, accoutumé à combattre sur la terre ou
sur l'eau, comme la loutre, fût assez hardi et assez fort
pour se mesurer avec le roi païen. En se trouvant en
présence de cette épouse inconsolable, la belle amie
de Roger, non moins inconsolable qu'elle, lui fit un
salut plein de courtoisie et lui demanda le motif de son
chagrin.

XXXV. — En la voyant, Fleur-de-Lis crut avoir
trouvé le défenseur dont elle avait besoin. Elle lui
raconta l'histoire du pont dont le roi d'Alger gardait le
passage ; elle lui dit comment il lui avait enlevé son
amant, non parce qu'il était plus fort que lui, mais parce
que le rusé Sarrasin connaissait les moyens de se soustraire au double danger que présentaient la profondeur
de la rivière et le peu de largeur du pont.

XXXVI. — « Si votre courage et votre courtoisie sont
tels que votre extérieur l'annonce, vengez-moi, je vous
en supplie au nom de Dieu, vengez-moi de l'homme qui
m'a ravi mon époux et m'a plongée dans la douleur où

vous me voyez; ou, du moins, enseignez-moi en quel pays je pourrai trouver un chevalier capable de lui résister, et dont les armes et la valeur soient assez puissantes pour que ni le pont ni la rivière ne protégent le païen contre lui.

XXXVII. — « Non-seulement vous accomplirez ainsi le devoir d'un homme généreux, d'un chevalier vaillant, mais encore vous aurez mis votre épée au service du plus fidèle des amants. Il ne m'appartient pas de vanter toutes ses autres qualités ; elles sont si nombreuses et si éclatantes qu'il faudrait être, pour ne pas les reconnaître, privé d'yeux et d'oreilles. »

XXXVIII. — La guerrière magnanime, toujours empressée à saisir les occasions où il y avait pour elle de l'honneur et de la gloire à conquérir, n'hésita pas à se diriger vers le pont. Elle s'y détermina d'autant plus volontiers que, dans son désespoir, elle aurait tenté l'entreprise, eût-elle été sûre d'y trouver la mort. Elle croit, la malheureuse jeune fille, avoir perdu son cher Roger, et la vie lui est odieuse.

XXXIX. — « Jeune amante, répondit la fille d'Aymon, je suis prête à me mettre à votre service pour cette périlleuse et pénible entreprise. Outre les autres raisons qui m'y engagent et qu'il est inutile de vous exposer, j'en trouve une excellente dans cette qualité que vous vantez en votre amant, cette fidélité en amour, et que bien peu d'hommes, dit-on, possèdent. Je croyais fermement, je vous le proteste, qu'il n'y en avait aucun qui ne fût parjure. »

XL. — Ces dernières paroles furent suivies d'un soupir qui sortait du fond de son cœur. « Partons, » dit-elle alors ; et dès le jour suivant elles arrivèrent au fleuve, près du périlleux passage. La sentinelle les aperçoit, donne avec son cor le signal accoutumé pour appeler son maître, et aussitôt Rodomont tout armé se présente à l'entrée du pont sur la rive du fleuve.

XLI. — Aussitôt qu'il aperçoit Bradamante, il la menace de lui donner la mort sur-le-champ, à moins qu'elle ne fasse au grand mausolée hommage de ses armes et du coursier qu'elle monte. La guerrière, qui connaissait par Fleur-de-Lis la manière dont il avait fait périr Isabelle, répondit à l'orgueilleux Sarrasin :

XLII. — « Pourquoi veux-tu, stupide barbare, faire expier aux innocents le crime que tu as commis ? C'est avec ton sang qu'il est juste que j'apaise les mânes de celle que toi-même as immolée comme tout l'univers le publie. Ce sera pour elle une plus agréable offrande et une victime qu'elle acceptera plus volontiers que les armes et les équipages de tant de chevaliers que tu as renversés.

XLIII. — « Et cette offrande, elle la recevra de ma main avec d'autant plus de plaisir que je suis une femme, et qu'Isabelle était une femme comme moi : je ne suis venue ici que pour la venger ; je n'ai que cette seule pensée. Mais il est bon que nous arrêtions nos conventions avant de faire l'un contre l'autre l'essai de notre valeur. Si je suis vaincue, tu feras de moi ce que tu as fait des autres prisonniers.

XLIV. — « Mais si je te renverse, comme je le crois et je l'espère, je veux avoir ton cheval et tes armes : je les suspendrai seules au mausolée et j'en détacherai toutes celles dont tu as orné ces marbres. Je veux aussi que tu mettes en liberté tous tes prisonniers. — Ce que vous me demandez me semble juste, répondit Rodomont ; mais quant aux prisonniers, je ne les ai pas ici maintenant et je ne pourrais vous les livrer.

XLV. — « Je les ai envoyés en Afrique, dans mon royaume ; mais je vous promets et je vous en donne ma parole que si, par un hasard que je ne puis prévoir, vous me renversiez, tandis que vous resteriez en selle, je les délivrerai dans l'espace de temps nécessaire pour qu'un messager envoyé par moi puisse aller en transmettre l'ordre, si je suis vaincu par vous.

XLVI. — « Mais si vous succombez, ce qui me semble

plus probable, ou plutôt ce qui arrivera certainement, je ne veux pas que vous laissiez ni vos armes ni votre nom selon la loi imposée aux vaincus. Je ferai moi-même hommage de ma victoire à ce gracieux visage, à ces beaux yeux, à cette charmante chevelure, qui respirent l'amour et le plaisir : je serai satisfait si votre haine pour moi se change en amour.

XLVII. — « Ma force et ma valeur sont d'ailleurs assez connues pour que vous ne soyez pas humiliée de me céder le pas. » Bradamante sourit, mais de ce sourire amer qui prouvait combien elle était indignée. Elle ne répondit pas à cet être arrogant, mais se tournant vers l'entrée du pont, elle poussa en avant son cheval et, la lance d'or en main, revint contre le Sarrasin.

XLVIII.—Rodomont s'apprête pour la lutte, il s'avance à toute bride, et le bruit dont le pont retentit est si terrible qu'il se fait entendre de gens fort éloignés de ce lieu et dont les oreilles en sont assourdies. La lance d'or fit son effet ordinaire, et le paladin, toujours si ferme sur les arçons, fut enlevé de sa selle, suspendu en l'air et renversé sur le pont la tête en bas.

XLIX. — La guerrière eut peine à trouver assez d'espace en passant à côté de lui pour elle et son cheval : elle fut en grand péril et peu s'en fallut qu'elle ne tombât dans la rivière. Mais Rabican, le merveilleux cheval fait d'air et de feu, était si agile et si adroit qu'il trouva assez de marge pour atteindre l'extrémité du pont : il aurait pu courir aussi habilement sur le tranchant d'une épée.

L. — Bradamante tourne bride et revient vers le Sarrasin abattu et, prenant un ton railleur : « Tu peux voir, lui dit-elle, quel est celui de nous deux qui a été vaincu et qui devait avoir le dessous. » Le païen resta muet de stupeur ; honteux d'avoir été renversé par une femme, il ne put ou ne voulut répondre un seul mot : on l'eût dit frappé d'insensibilité et de folie.

LI. — Consterné et taciturne, il se lève, fait quatre

pas en avant et, arrachant violemment son ecu, son casque et toutes ses armes, les lance contre les rochers et seul à pied se relève et disparaît. Il avait auparavant ordonné à son écuyer d'exécuter ce qui avait été convenu à l'égard des prisonniers.

LII. — C'est ainsi que partit Rodomont, et l'on ne sut rien de lui, sinon qu'il s'était retiré dans une grotte obscure. Cependant Bradamante suspendit les armes du Sarrasin au monument funèbre, et en fit enlever celles qu'elle reconnut aux inscriptions qu'elles portaient pour avoir appartenu à des chevaliers de la cour de Charlemagne. Elle ordonna qu'on y laissât les autres et ne permit pas qu'on les détachât.

LIII. — Outre celles du fils de Monodant, elle y vit celles de Sansonnet et d'Olivier qui, s'étant mis à la recherche de Roland, étaient arrivés par le chemin le plus court. Pris par Rodomont, ils avaient été envoyés la veille même en Afrique par ce fier Sarrasin. Bradamante fit détacher ces armes du mausolée et les renferma dans la tour.

LIV. — Quant aux armes enlevées aux chevaliers païens, elle les laissa suspendues aux rochers. Dans ce nombre étaient celles d'un roi qui, pour retrouver Frontalait, s'était inutilement donné beaucoup de peine ; je veux parler du roi de Circassie qui, après avoir erré longtemps par les montagnes et les plaines, était venu se faire enlever son second cheval et s'en était allé ensuite allégé du poids de toute son armure.

LV. — Ce roi païen était donc parti du pont périlleux, à pied et sans armes, comme Rodomont l'avait permis aux chevaliers de sa religion. Mais il n'osa retourner au camp, où il n'aurait pu reparaître après s'être tant vanté de n'y rentrer que victorieux : il aurait été trop honteux pour lui d'y revenir après sa triste aventure.

LVI. — Il fut d'ailleurs pris du désir de chercher de nouveau les traces de la beauté qui seule avait fixé son cœur. Il apprit bientôt par hasard (je ne saurais dire de

qui) qu'elle était retournée dans sa patrie. Aussitôt, sentant tous les aiguillons de l'amour, il s'empressa de prendre la route qu'elle devait avoir suivie. Mais revenons à
la fille du duc Aymon.

LVII. — Bradamante exposa dans une inscription comment elle avait rendu libre le passage du pont, puis elle
demanda avec bonté à Fleur-de-Lis, dont les yeux
baissés et remplis de larmes témoignaient la profonde
douleur, par où elle avait l'intention de se diriger en quittant ce lieu. « Je désirerais, dit Fleur-de-Lis, me rendre
à Arles, au camp des Sarrasins.

LVIII. — « J'y trouverai, je l'espère, un vaisseau qui
me conduira en bonne compagnie au delà des mers, et
je ne m'arrêterai que lorsque je serai réunie à mon
époux, à mon seigneur. Je veux le tirer de sa prison en
employant tous les moyens possibles. Si celui que Rodomont a promis d'employer ne réussit pas, j'en essaierai
un autre, et un autre encore s'il le faut.

LIX. — « Je vous accompagnerai si vous le voulez,
dit Bradamante, pendant une partie de votre voyage, jusqu'à ce que vous vous trouviez en vue d'Arles. Là, je
vous prie d'aller, par amour pour moi, trouver Roger, ce
guerrier du roi Agramant qui remplit le monde entier du
bruit de sa gloire, et de lui donner ce généreux coursier dont j'ai renversé le maître, l'orgueilleux Sarrasin.

LX. — « Voici ce que je désire que vous lui disiez :
Un chevalier qui se fait fort de prouver et de rendre
manifeste à toute la terre que vous lui avez manqué de
foi, vous envoie par moi ce cheval et vous trouvera,
espère-t-il, disposé à le recevoir. Il veut, que revêtu de
votre armure, vous l'attendiez pour combattre contre lui.

LXI. — « Vous ne lui direz pas autre chose, et s'il
veut savoir de vous qui je suis, affirmez-lui que vous
n'en savez rien. » Avec sa politesse ordinaire, Fleur-
de-Lis répondit : « Ne craignez pas que je sois pour
vous avare de paroles ; je suis prête à mettre ma vie à
votre service, puisque vous n'avez pas hésité à en faire

autant pour moi. » Bradamante la remercie, prend Frontin par la bride et le lui présente.

LXII. — Les deux jeunes et belles voyageuses cheminant ensemble à grandes journées, aperçoivent bientôt la ville d'Arles et entendent en même temps le bruit des flots venant se briser contre les rivages. Bradamante s'arrête aux approches de la ville et à l'extrémité des faubourgs, pour laisser à Fleur-de-Lis le temps convenable pour conduire le cheval à Roger.

LXIII. — Fleur-de-Lis entre dans le camp dont elle dépasse les barrières, le pont-levis et la porte, et prend un guide qui la conduit à l'hôtel habité par Roger. Elle met pied à terre, et, fidèle aux instructions qu'elle a reçues, lui adresse les paroles convenues et lui remet Frontin. Puis, sans attendre sa réponse, elle part en toute hâte pour exécuter son dessein.

LXIV. — Roger reste confondu : il se creuse en vain la tête sans pouvoir parvenir à deviner quel est celui qui le défie et lui transmet des paroles outrageantes, en même temps qu'il fait envers lui acte de courtoisie. Quel peut être l'homme qui l'accuse de déloyauté, et comment peut-il encourir un pareil reproche ? voilà ce qu'il ne peut imaginer ni comprendre, et Bradamante serait la dernière à laquelle il pourrait penser.

LXV. — Il serait assez disposé à croire que c'est Rodomont plutôt que tout autre guerrier, et il ne pourrait concevoir comment il lui aurait donné occasion de lui faire cet outrage. Excepté lui, il ne connaît personne au monde avec qui il ait eu quelque démêlé ou quelque querelle sérieuse. Mais pendant qu'il se livre à ses conjectures, la jeune guerrière de Dordonne l'appelle au combat et fait retentir son cor.

LXVI. — Agramant et Marsille apprennent qu'un chevalier, hors des murs de la ville, se présente pour combattre. Serpentin, qui par hasard se trouvait avec eux, obtient la permission de revêtir la cuirasse et la cotte de mailles, afin de s'emparer de cet audacieux. La foule court aux murailles; la ville est déserte, tous, jeunes et vieux, veulent savoir lequel des deux guerriers fera preuve de la plus grande valeur.

LXVII. — Couvert d'un riche pourpoint et d'une superbe armure, Serpentin de l'Étoile se présente pour jouter. Au premier coup de lance il roule à terre, et son coursier s'enfuit aussi rapidement que s'il avait des ailes. Bradamante, avec sa politesse habituelle, court après le cheval, le prend par la bride et le ramène au Sarrasin en lui disant : « Montez et faites en sorte que votre souverain m'envoie un champion plus redoutable que vous. »

LXVIII. — Le roi d'Afrique qui, entouré d'un nombreux cortége, se trouvait sur les remparts voisins du lieu du combat, fut très-surpris de la manière courtoise dont la guerrière avait agi à l'égard de Serpentin. « Ce guerrier, dit-il à ceux qui étaient auprès de lui, aurait eu le droit de s'emparer du vaincu et il ne l'a point fait ! » En ce moment survient Serpentin lui-même qui, d'après l'ordre de Bradamante, demande au roi qu'on envoie contre elle un meilleur combattant.

LXIX. — Aussitôt un des plus fiers chevaliers d'Espagne, Grandonio, transporté de colère, se présente au roi et obtient par ses prières d'être ce second champion, et la menace à la bouche entre en lice. « Ta générosité, dit-il à la guerrière, te sera parfaitement inutile, car je prétends bien, lorsque je t'aurai vaincue, te conduire prisonnière à mon maître, ou plutôt, si ma force ordinaire ne m'abandonne pas, je te ferai mordre la poussière.

LXX. — « Ta brutale insolence, répondit la dame, ne me rendra pas moins courtoise. Je t'invite donc à retourner dans ton camp plutôt que de te briser les os sur la terre durcie. Retire-toi donc, et va dire de ma part à ton roi que ce n'est pas pour un adversaire de ta sorte que je suis venue ici : c'est pour un guerrier qui en vaille la peine que je me suis présentée au combat. »

LXXI. — Cette parole amère et railleuse, cette sanglante ironie allument un si grand courroux dans le cœur du Sarrasin que, sans répondre un seul mot, plein de fureur et de dépit, il tourne la bride de son cheval. Bradamante en fait autant et contre cet orgueilleux dirige à la fois Rabican et sa lance d'or. Cette lance fatale touche à peine l'écu du païen qu'il tombe à terre les deux pieds tournés contre le ciel.

LXXII. — « Je te l'avais bien prédit, lui dit la guerrière en se saisissant de son cheval. Tu aurais mieux fait de te charger de mon message que de te donner la vaine satisfaction de jouter contre moi. Va, je te prie, dire à ton roi de choisir dans son armée un adversaire digne de moi, et de ne pas me fatiguer à lutter contre des hommes qui, comme vous tous, n'entendent rien aux combats. »

LXXIII. — Ceux qui étaient sur les murs ne pouvaient imaginer quel était ce guerrier si solide sur ses arçons. Ils passent inutilement en revue les noms des plus fameux chevaliers qui les ont fait souvent trembler, même dans les temps les plus chauds. Plusieurs pensent que c'est Brandimart, d'autres s'accordent pour croire que c'est Renaud. Le plus grand nombre se seraient arrêté à Roland s'ils n'avaient connu le déplorable état dans lequel se trouvait ce héros digne de pitié.

LXXIV. — « Je demande la troisième joute, dit alors le fils de Lanfuse : ce n'est pas que j'espère la victoire; mais si je succombe aussi, ma chute sera une excuse pour ceux qui m'ont précédé dans cette lutte. » Il se met alors en mesure de se procurer tous les moyens employés dans cette sorte de combat. Sur les cent chevaux qu'il possède il choisit le meilleur; c'était un coursier d'élite le plus léger et le plus rapide de tous à la course.

LXXV. — Il s'avance pour jouter contre la dame; mais d'abord il la salue et elle lui rend son salut. « S'il m'est permis, lui dit-elle, de vous adresser une question, apprenez-moi, je vous prie, qui vous êtes. » Ferragus, qui

n'avait pas coutume de faire mystère de son nom, satisfait à cette demande. Et Bradamante lui dit : « Je ne
vous refuse pas pour adversaire ; mais il est un autre
guerrier que je verrais ici plus volontiers. »

LXXVI. — « Qui donc ? dit Ferragus. — C'est Roger, »
répond-elle ; mais elle peut à peine prononcer ce nom,
et en le disant son charmant visage se couvre d'un
incarnat semblable à celui de la rose. « C'est Roger,
ajoute-t-elle, dont la renommée si illustre m'a engagée
à venir éprouver sa valeur. C'est lui seul que je désire
combattre, et je n'ai d'autre but que d'éprouver par moi-
même comment il se comporte dans une joute. »

LXXVII. — Elle dit avec la plus grande simplicité ces
paroles auxquelles la malignité eût peut-être attaché un
autre sens. « Nous allons éprouver d'abord, répondit
Ferragus, qui de nous deux est le plus habile. Si j'ai le
sort que plusieurs ont éprouvé avant moi, le gentil
chevalier que vous désirez si ardemment avoir pour adversaire viendra réparer la honte de ma défaite. »

LXXVIII. — Ils prennent du champ, et Ferragus, partageant le sort de tous les autres, est renversé d'un seul
coup de sa selle. Bradamante arrêtant son cheval :
« Retournez, lui dit-elle, vers le roi et faites ce que je
vous ai dit. » Ferragus, tout honteux, rentre dans la
ville et, trouvant Roger non loin d'Agramant, lui apprend que c'est lui que le chevalier provoque au combat.

LXXIX. — Roger, qui ignore encore quel est le personnage qui le défie, accueille avec plaisir cette nouvelle et, sûr de vaincre, fait apporter ses armes. Il ne
s'effraie nullement des rudes atteintes qui avaient été
portées aux autres si facilement renversés. Mais je
vous dirai dans l'autre chant comment il s'arma, comment il sortit et quelle fut la suite de cette histoire.

CHANT TRENTE-SIXIÈME

ARGUMENT

Tandis que Roger se dispose à aller combattre contre Bradamante, Marphise veut elle-même tenter d'abord l'aventure.
— Elle est renversée deux fois. — Bradamante et Roger,
suivis de Marphise, se retirent dans un lieu écarté ; mais au
moment où la lutte s'engage, l'ombre d'Atlant vient l'interrompre et apprend à Marphise et à Roger le secret de leur
naissance. — Ils se reconnaissent pour frère et sœur. —
Marphise quitte le camp d'Agramant pour passer au service
de Charlemagne. — Mais Roger, malgré les instances de
Marphise et de Bradamante, se croit obligé par son devoir
d'aller au secours de son prince. — Il renouvelle toutes les
promesses qu'il a faites à sa maîtresse.

I. — Jamais une âme généreuse, en quelque circonstance qu'elle se trouve, ne cessera de montrer ce qu'elle
est ; car il ne peut en être autrement : par nature et par
habitude, elle ne peut changer de caractère. Jamais
aussi une âme vile, en quelque circonstance que ce soit,
ne cessera de paraître telle : la nature la porte au mal
et il lui est impossible d'en perdre l'habitude.

II. — Les temps anciens nous offrent de nombreux
exemples de ces nobles et généreuses qualités, malheureusement trop rares chez les modernes : en revanche,
combien ne voyons-nous pas ou n'entendons-nous pas
raconter d'actes impies et déshonorants ! Nous en trouvons de nombreux exemples, seigneur Hippolyte, dans
cette guerre où vous fîtes servir d'ornements à nos
temples les drapeaux enlevés par vous aux ennemis et
où vous amenâtes sur les rivages de votre patrie leurs
galères captives chargées du plus riche butin.

III. — Pourra-t-on oublier, en effet, tant d'actes barbares et inhumains tels que n'en commirent jamais de
pareils les Tartares, les Turcs et les Maures? Ce n'est
pas sans doute aux Vénitiens, toujours fidèles aux lois
de la justice, qu'on doit les imputer, mais à ces soldats
mercenaires, à ces troupes indisciplinées enrôlées à leur
service. Je ne parle même pas des incendies qu'ils allu-
mèrent dans nos villes et dans nos fertiles campagnes.

IV. — C'était exercer une indigne et cruelle vengeance,
surtout contre vous qui étiez alors auprès de l'empereur occupé du siége de Padoue. Pouvaient-ils ignorer
cependant combien de fois vous aviez empêché vos
soldats de porter chez eux la flamme, et souvent même
fait éteindre les feux allumés prêts à dévorer les villages
et les temples, obéissant en cela à ces instincts généreux que vous avez reçus de la nature?

V. — Mais ce n'est pas de ces atrocités ni de tant
d'autres commises par eux que je veux parler : je n'ai en
vue qu'un seul trait qui arracherait des larmes aux rochers eux-mêmes toutes les fois qu'il sera raconté. C'est
celui qui eut lieu, seigneur, le jour où vous envoyâtes
vos soldats contre les ennemis qui, ayant quitté leurs
vaisseaux sous de fâcheux auspices, s'étaient retirés
dans une forteresse.

VI. — A l'exemple d'Hector et d'Énée qui, pour
brûler les vaisseaux des Grecs, se jetèrent dans les
flots, un Hercule et un Alexandre, emportés par leur
ardeur guerrière, partirent ensemble, pressèrent leurs
coursiers (j'en fus témoin moi-même), et nous devancè-
rent tous. Je les vis répandre la terreur chez leurs ennemis jusque dans leurs retranchements et s'avancer
si loin que le second ne put revenir qu'avec beaucoup
de peine, et que le retour fut interdit au premier.

VII. — Ferrufin se sauva, mais Cantelmo fut pris. Et
alors, duc de Sora, quels sentiments agitèrent ton âme,
lorsque tu vis ton vaillant fils assailli par mille épées,

lorsqu'on lui arracha son casque et qu'on l'emmena captif sur un vaisseau, lorsque enfin, sur le tillac, tu vis tomber sa tête sous le tranchant de l'épée? Je ne puis concevoir comment un tel spectacle ne te donna pas la mort, et comment tu ne fus pas toi-même frappé du coup dont un barbare frappa ton fils!

VIII. — Infâme Esclavon! où donc as-tu appris les lois de la guerre? Dans quel canton de la Scythie a-t-on l'usage de massacrer un prisonnier qui a rendu les armes et demeure sans défense? Tu l'as donc immolé parce qu'il avait défendu sa patrie? Le soleil devrait reculer pour ne pas donner sa lumière à ce siècle barbare où respirent encore des Thyestes, des Tantales et des Atrées.

IX. — Cruels! vous avez tranché les jours du guerrier le plus brave qui ait vécu dans ce temps d'un pôle à l'autre, et depuis les contrées les plus éloignées de l'Inde jusqu'aux lieux où il est tombé sous vos coups. Sa beauté, sa jeunesse auraient attendri les monstres les plus cruels, les anthropophages et jusqu'à Polyphème; mais elles n'eurent sur vous aucun pouvoir, hommes plus inhumains que les Cyclopes et les Lestrigons.

X. — Je ne pense pas que l'on trouve un exemple d'un pareil crime chez ces anciens guerriers, constants modèles de générosité et de courtoisie et toujours humains envers leurs ennemis vaincus. Telle était l'aimable Bradamante : non-seulement elle n'usa pas de rigueur à l'égard de ceux qu'un seul coup de sa lance avait terrassés, mais elle alla prendre la bride de leurs chevaux pour les aider à y remonter.

XI. — Je vous ai dit comment cette belle et valeureuse fille avait abattu Serpentin de l'Étoile, Grandonie de Volterne et Ferragus; comment elle les avait ensuite remis tous les trois en selle. Je vous ai dit aussi qu'elle avait envoyé le troisième auprès de Roger, pour le défier de la part de celle que tous croyaient être un guerrier.

XII. — Roger, très-joyeux d'être ainsi provoqué, s'empressa de se faire apporter son armure. Tandis qu'il s'en faisait couvrir, tous ceux qui entouraient le roi recommencèrent à se demander quel était ce cavalier si redoutable, qui savait manier si sûrement la lance ; et comme Ferragus lui avait parlé, ils lui demandèrent s'il le connaissait.

XIII. — « Ce n'est, répondit Ferragus, je vous le certifie, aucun de ceux que vous avez nommés. Il m'a semblé d'abord en le voyant à visage découvert que c'était le jeune frère de Renaud. Mais l'épreuve que j'ai faite de sa force m'a fait voir que Richardet ne pouvait en posséder une pareille. Je pense donc que c'est plutôt Bradamante, sa sœur, d'autant plus que j'ai ouï dire qu'il y avait entre eux une grande ressemblance.

XIV. — « Elle a bien la réputation d'égaler par sa vigueur son frère Renaud, et même tous les paladins ; mais d'après ce que j'ai vu aujourd'hui, je la juge supérieure à son frère et même à son cousin. » En entendant parler de Bradamante, Roger sent son visage s'empourprer des couleurs que l'aurore répand dans les airs à l'arrivée du matin, tout son cœur palpite, il demeure interdit et incertain de ce qu'il doit faire.

XV. — D'abord le trait dont l'amour avait pénétré son cœur en avait réveillé toute la flamme, mais aussitôt la crainte avait répandu dans tous ses sens un froid de glace. La crainte de voir la haine succéder chez son amante à la tendresse dont elle brûlait autrefois pour lui ! Dans une pareille confusion, il ne sait s'il doit demeurer ou se présenter au combat.

XVI. — Une autre personne, qui se trouvait là, désirait bien vivement soutenir cette lutte : c'était Marphise. Elle était tout armée (car il était bien rare que, soit la nuit soit le jour, on la surprît sans ses armes). En apprenant que Roger se préparait pour le combat, elle pensa qu'elle se priverait elle-même d'une victoire si elle laissait Roger se battre le premier ; et comme elle prétendait bien en avoir l'honneur, elle prit le parti de le devancer.

XVII. — Elle s'élance sur son cheval et entre à toute bride dans la lice où la fille d'Aymon, dont le cœur palpite, attend Roger, dont elle désire faire son prisonnier. Elle se demande seulement sur quelle partie de son corps elle dirigera sa lance pour qu'elle lui fasse le moins de mal. Pendant ce temps, Marphise sort du camp : son casque est surmonté d'un phénix.

XVIII. — Elle avait choisi cet insigne, soit par orgueil et pour montrer quelle se croyait unique de son espèce dans le monde, soit pour faire connaître sa chaste résolution de ne jamais prendre un époux. La fille d'Aymon l'examine et, ne retrouvant pas en elle les traits qu'elle aime, elle lui demande son nom et apprend ainsi qu'elle a précisément devant elle la femme qui retient auprès d'elle l'objet de son amour.

XIX. — Pour mieux dire, c'est la femme qu'elle en accuse, qui lui inspire tant de haine et de colère qu'elle mourra si elle ne venge sur elle toutes les douleurs qui l'ont accablée. Elle tourne son cheval, revient sur elle avec fureur, ne désirant pas seulement la renverser à terre, mais bien lui faire passer sa lance à travers le cœur pour se délivrer ainsi des tourments qu'elle lui cause.

XX. — Le coup dont Marphise est atteinte l'oblige à aller voir si la terre est dure ou molle : et cette chute est pour elle un événement si extraordinaire que de dépit elle en perd presque la raison. A peine à terre, elle tire son épée dans l'intention de se venger. La fille d'Aymon, non moins superbe, lui crie : « Que fais-tu? n'es-tu pas ma prisonnière? »

XXI. — « J'ai bien voulu me montrer courtoise envers les autres; mais je ne veux pas agir de la même manière avec toi, Marphise, avec toi que l'on dit être pleine d'orgueil et en même temps capable de toute perfidie. » En entendant ces paroles, Marphise frémissante

ressemble au vent de la mer qui gémit en se brisant
contre les rochers. Elle crie; mais elle est tellement dominée par la rage qu'aucune parole pour répondre à
Bradamante ne peut sortir de sa bouche.

XXII. — Elle ne sait que faire jouer son épée dont
elle essaie de frapper indistinctement ou son ennemie
ou les flancs et la poitrine de son cheval. Mais Bradamante tourne la bride et le cheval se jette à l'écart, tandis
qu'outrée d'indignation et de colère, la fille d'Aymon
pousse sa lance contre Marphise, l'atteint et la renverse
une seconde fois à terre.

XXIII. — A peine s'y voit-elle, qu'elle se relève et
cherche à porter avec son épée quelque mauvais coup.
Au nouvel usage que Bradamante fait de sa lance, son
ennemie roule pour la troisième fois dans la poussière.
Sans doute Bradamante, malgré sa vigueur extraordinaire, eût été incapable de renverser ainsi Marphise à
chaque coup : elle devait cet avantage au pouvoir de sa
lance enchantée.

XXIV. — Plusieurs des chevaliers qui appartenaient
à l'armée chrétienne s'étaient, pendant ce temps, avancés
jusqu'au milieu des deux camps, au lieu même où se
faisait la joute, et dont ils n'étaient pas éloignés de plus
d'un mille et demi. Ils avaient été témoins de la bravoure que déployait le guerrier de leur parti : ils ne
connaissaient pas Bradamante, ils n'apercevaient en elle
qu'un chevalier de leur nation.

XXV. — En les voyant si près de ses murailles, le
valeureux fils de Trojan ne voulut pas, en cas de danger
ou de quelque aventure inattendue, se trouver pris au
dépourvu. Il ordonna donc aux siens de s'armer en grand
nombre et d'aller se ranger hors des remparts. Parmi
eux se trouvait Roger, à qui la bouillante ardeur de Marphise n'avait pas laissé le temps de prendre part à la joute.

XXVI. — Témoin du combat dont il ne prévoyait pas
l'issue, le jeune amant n'avait pu s'empêcher de trembler pour sa chère maîtresse, car il ne connaissait que

trop bien la supériorité de Marphise. Il avait tremblé
d'abord, je dois le dire, quand les deux ennemies s'étaient
précipitées avec fureur l'une contre l'autre ; mais quand
il vit quel était le résultat de la lutte, il en fut émerveillé et frappé de stupéfaction.

XXVII. — Puis voyant que le combat ne s'était pas
terminé après une première passe d'armes, comme pour
les autres, il fut de nouveau saisi de crainte, ne sachant
si le second n'aurait pas un résultat funeste. Dans l'affection qu'il porte à toutes deux, il faisait des vœux pour
l'une aussi bien que pour l'autre ; cette affection, cependant, n'est pas la même : il éprouve pour l'une un
amour qui le brûle et qui va jusqu'à la fureur ; ce qu'il
ressent pour l'autre est plutôt une douce et bienveillante
amitié que de l'amour.

XXVIII. — Si l'honneur le lui eût permis, il les aurait
volontiers séparées ; mais les chevaliers dont il était
accompagné voulant empêcher que le parti de Charles,
déjà si favorisé par la fortune, ne fût tout à fait vainqueur, s'élancèrent dans la lice afin d'interrompre le
combat. De leur côté, les chevaliers chrétiens se portent
à leur rencontre et la mêlée s'engage.

XXIX. — On entend de tous côtés crier : « Aux armes !
(ce qui du reste arrivait presque chaque jour) à cheval,
vous qui êtes à pied ; armez-vous sur-le-champ, vous
qui êtes sans armes ! Que chacun se range autour de sa
bannière ! » C'est ce que signifiait la voix belliqueuse et
retentissante des trompettes qui couraient à l'entour ;
et l'appel fait par elles aux cavaliers, les tambours et
les cymbales le répètent pour les fantassins.

XXX. — Alors s'engage une escarmouche la plus
fière, la plus sanglante que l'on puisse imaginer. La
vaillante fille de Dordonne, éprouvant la plus vive douleur de n'avoir pu, comme elle le désirait, donner la
mort à Marphise, court tantôt d'un côté, tantôt de l'autre,
dans l'espoir de rencontrer ce Roger pour lequel soupire son cœur.

XXXI. — Elle le reconnaît enfin à l'aigle d'argent que porte le jeune guerrier sur l'azur de son écu. Ses yeux et toutes ses pensées se concentrent sur lui ; elle ne peut les en détacher ; elle s'arrête à contempler avec admiration sa taille, sa poitrine, ses nobles allures, ses mouvements pleins de grâce. Mais tout à coup elle songe avec dépit qu'une autre qu'elle jouit de tous ces charmes, elle s'écrie dans un accès de fureur :

XXXII. — « C'est donc une autre qui pourra baiser ces lèvres si belles et si douces, et ce bonheur me sera refusé ! Non, non, il ne sera pas dit qu'une autre te possède, et si tu n'es pas à moi, tu ne seras à personne ! Je ne veux pas mourir seule de la rage qui me dévore : nous mourrons ensemble et de ma propre main. Si je te perds sur la terre, du moins nous descendrons ensemble dans les enfers et nous y serons réunis pour l'éternité !

XXXIII. — « C'est toi qui causes ma mort : il est bien juste que tu me laisses chercher une consolation dans la vengeance. Il n'est point de lois, point de conventions humaines qui ne déclarent que celui qui donne la mort doit la recevoir à son tour. Et il ne faut pas que tu compares ta douleur à la mienne : ta mort est juste, la mienne ne l'est pas. En te donnant la mort j'immole celui qui, hélas ! désire ma perte ; mais celle que tu veux sacrifier, cruel, est pour toi pleine d'amour et d'adoration.

XXXIV. — « Eh quoi ! mon bras, tu n'aurais pas la force d'ouvrir avec le fer le cœur de mon ennemi, de l'homme qui a si souvent frappé le mien sous le faux semblant de l'amour et dans la confiance de la paix ! qui ne craint point de m'arracher la vie et ne ressent pour ma douleur aucune pitié ! Allons ! mon âme, enhardis-toi contre ce perfide ; que sa mort expie les mille morts qu'il m'a données ! »

XXXV. — A ces mots elle fond sur lui, mais auparavant elle lui crie : « Défends-toi, perfide Roger ! Tu

n'auras pas, si je le puis, à te vanter d'avoir triomphé
du noble cœur d'une jeune fille ! » En entendant ces
mots, Roger ne peut douter que ce ne soit son amante
qui lui parle ; sa voix est tellement présente à sa mémoire
qu'il la reconnaîtrait entre mille.

XXXVI. — Croyant qu'elle ne l'accuse par ces paroles
que de n'avoir pas observé la convention qu'ils avaient
faite ensemble, il veut se justifier et lui fait signe qu'il
veut lui parler. Mais Bradamante, incapable de maîtriser
sa rage et son désespoir, arrivait déjà sur lui la visière
baissée pour le renverser peut-être sur un terrain où il
n'y avait point de sable.

XXXVII. — En la voyant si animée, Roger s'affermit
dans ses armes et sur sa selle. Il a mis sa lance en arrêt,
mais il la tient suspendue et la dirige de manière à ce
que Bradamante n'en reçoive aucune fâcheuse atteinte.
De son côté, la jeune fille, qui était accourue dans le
cruel dessein de le frapper sans pitié, ne put, en arrivant
près de lui, supporter l'idée de le renverser ou de lui
faire le moindre outrage.

XXXVIII. — Les lances des deux adversaires demeurèrent donc à cette rencontre sans aucun effet : celle
de l'amour, plus puissante, suffit pour porter à l'un et à
l'autre une atteinte qui pénétra jusqu'au milieu de leur
cœur. N'ayant pu se décider à blesser son amant, la
jeune fille tourna d'un autre côté sa fureur, et les coups
qu'elle porta la couvrirent d'une gloire qui sera aussi durable que le mouvement des cieux.

XXXIX. — En très-peu de temps elle renversa avec
sa lance d'or trois cents guerriers et plus. Elle seule, en
ce jour, eut l'honneur de vaincre une armée entière ;
elle seule mit en fuite tout le peuple sarrasin. Roger la
suit partout où elle dirige ses pas ; quand enfin il a pu
la rejoindre : « Je meurs, s'écrie-t-il, si je ne te parle !
Hélas ! que t'ai-je fait pour que tu m'évites ainsi ? Écoute-
moi donc, au nom du ciel ! »

XL. — Ainsi que sous la tiède haleine du vent du

midi, apportant les chaudes brises de la mer, on voit se fondre les neiges et se dissoudre les torrents de glace autrefois si solides, de même à cette prière, à ces accents si touchants, la sœur de Renaud sent tout à coup la pitié et la tendresse amollir son cœur, que la colère aurait voulu rendre plus dur que le marbre.

XLI. — Elle ne veut, peut-être ne peut-elle pas lui répondre, mais elle se détourne en éperonnant Rabican et en faisant à Roger signe de la suivre. Elle arrive loin du camp dans une vallée écartée, où se trouvait une esplanade dont le milieu était occupé par un petit bois de cyprès paraissant tous avoir été formés sur le même modèle.

XLII. — On y avait tout récemment construit un tombeau de marbre blanc; le nom de celui auquel il était destiné s'y lisait sur une courte épitaphe. Ce n'est pas, sans doute, ce qui attira tout d'abord l'attention de Bradamante. Elle avait été suivie par Roger, qui pressa si fort son coursier qu'il arriva dans le bosquet et rejoignit la fille d'Aymon.

XLIII. — Mais revenons à Marphise qui, se hâtant de remonter à cheval, s'était mise à la poursuite de la guerrière qui l'avait renversée à la première rencontre. Elle la vit partir du champ de bataille; elle vit Roger s'élançant à sa suite. Ignorant l'amour qui le poussait sur ses traces, elle crut qu'il ne songeait qu'à terminer par les armes leur premier différend.

XLIV. — Elle pique de l'éperon son cheval et fait une telle diligence qu'elle arrive au bosquet presque en même temps qu'eux. Combien son apparition fut désagréable aux deux amants, tous ceux qui aiment le savent sans que j'aie besoin de le leur apprendre. Mais c'est surtout Bradamante qui s'irrite en voyant celle qui est la cause de tous ses maux. Qui pourrait lui ôter de l'esprit que cette femme est attirée par son amour pour Roger ?

XLV. — Elle y voit une nouvelle preuve de la perfidie

de Roger : « Quoi, lui crie-t-elle, perfide ! il ne suffisait donc pas que j'apprisse par la renommée ton parjure, tu veux que mes yeux en soient témoins ? Tu n'as qu'un désir, c'est de me chasser de ta présence. Eh bien ! pour satisfaire ce désir injuste et déloyal, je mourrai, mais du moins je ferai partager mon sort à celle qui cause ma perte ! »

XLVI. — En parlant ainsi elle s'élance comme une vipère en furie contre Marphise, et lui applique si rudement sa lance sur son bouclier qu'elle la renverse et que son casque s'enfonce presque à moitié dans le sable. Marphise s'attendait à cette attaque ; mais, quoiqu'elle ne fût pas prise au dépourvu et qu'elle opposât au coup qui l'atteignait une vigoureuse résistance, elle n'en alla pas moins frapper la terre de sa tête.

XLVII. — La fille d'Aymon, déterminée à mourir ou à donner la mort à Marphise, est animée d'une telle rage qu'elle ne songe plus à la renverser en la frappant de nouveau de sa lance : elle veut lui trancher la tête à moitié engagée dans le sable ; elle jette sa lance d'or, tire son épée et saute en bas de son cheval.

XLVIII. — Mais elle n'est pas assez prompte pour prévenir Marphise qui déjà s'est relevée et, furieuse d'avoir été si facilement renversée sur la terre, revient sur Bradamante, malgré les cris et les supplications de Roger que cet événement fait frémir. Les deux guerrières sont si aveuglées par la haine et la colère qu'elles combattent en désespérées !

XLIX. — Déjà leurs épées se croisent par le milieu ; mais l'ardeur qui les embrase les pousse plus avant l'une contre l'autre ; elles se sont tellement rapprochées qu'il ne leur reste plus qu'à se prendre au corps. Elles laissent tomber à terre leurs épées devenues inutiles, et cherchent d'autres moyens de se blesser. Roger continue à les prier, à les supplier ; mais tous ses efforts sont superflus.

L. — Voyant enfin que toutes ses paroles restent sans

effet, il se dispose à employer la force pour les séparer. Il leur arrache des mains les poignards dont elles cherchent à se frapper et les jette au pied d'un cyprès. Après leur avoir enlevé le moyen de se blesser avec le fer, il se met entre elles, renouvelle ses prières, y ajoute des menaces ; rien ne les arrête ; à défaut d'armes, elles se battent avec les poings.

LI. — Sans se décourager, Roger saisit tantôt l'une, tantôt l'autre par la main ou par le bras. Il ne réussit qu'à exciter contre lui le courroux de Marphise dont l'emportement ne connaît plus de bornes. Cette fière guerrière qui dédaigne tout le monde, se voyant séparée de sa rivale, court saisir son épée et, malgré son amitié pour le vaillant paladin, ne craint pas de s'attaquer à lui.

LII. — « Roger, lui dit-elle, tu agis en homme ignoble et malhonnête en troublant ainsi le combat des autres : mon bras t'en fera repentir, il sera assez fort pour vous vaincre tous deux. » Roger emploie pour apaiser le courroux de Marphise les termes les plus doux ; mais il la trouve si irritée et si emportée contre lui, qu'il comprend que tous ses efforts ne seront que du temps perdu.

LIII. — Impatienté à la fin et rouge de colère, il met l'épée à la main. Je ne crois pas que Rome, Athènes ou tout autre lieu du monde ait offert à la jalouse Bradamante un spectacle plus charmant et plus agréable que celui d'un combat qui mettait à néant tous ses soupçons.

LIV. — Elle avait ramassé son épée et, pour mieux voir le combat qui allait s'engager, s'était retirée à l'écart. Roger paraissait à ses yeux le dieu Mars en personne tant étaient grandes son adresse et sa force. Mais Marphise n'était pour elle qu'une furie infernale qui a brisé ses fers. Cependant le jeune héros prit garde pendant quelque temps à ne pas user de toute sa puissance.

LV. — Il connaît bien le pouvoir de cette épée dont il a fait si souvent l'épreuve. Il sait que partout où elle frappe il n'est point d'enchantement, point de charme qui ne perde à l'instant sa puissance. Il ne frappait ni de la pointe ni du tranchant de sa redoutable épée, mais seulement du plat. Il usa de cette sorte de ménagement pendant quelque temps, mais à la fin il perdit patience.

LXI. — Marphise, en effet, lui porta sur la tête un coup terrible qui devait la séparer en deux parties. Mais il leva son écu pour se garantir et l'épée atteignit l'aigle qui y était peinte. Grâce au charme qui le protégeait, il ne fut ni fendu ni brisé et le bras seul en fut engourdi. Il est certain que Roger eût péri sous ce coup s'il eût eu d'autres armes que celles d'Hector.

LVII. — La cruelle Marphise espérait bien qu'après avoir traversé l'écu, son épée atteindrait la tête. Roger voit qu'il peut à peine remuer le bras gauche et soutenir l'aigle d'argent, tout sentiment de pitié s'éteint dans son cœur. Ses yeux ressemblent à deux flammes ardentes et il pousse la pointe de son épée de toutes ses forces. Malheur à toi, Marphise, si tu reçois l'atteinte !

LVIII. — Je ne saurais vous dire comment le fait eut lieu, mais son épée alla frapper un des cyprès dont ce lieu était couvert et s'y enfonça de la longueur de plus d'une palme. Dans ce moment la montagne et la plaine s'ébranlèrent, et l'on entendit sortir du tombeau construit au milieu du bosquet une voix redoutable et plus forte que celle d'un mortel :

LIX. — « Cessez cette lutte impie, cria cette voix effrayante ; il est injuste et barbare qu'une sœur donne la mort à son frère, qu'un frère donne la mort à sa sœur ! O toi, mon cher Roger, et toi, ma chère Marphise, ayez foi en mes paroles qui ne vous trompent point. Enfants d'une même mère et d'un même père, vous êtes venus tous deux ensemble au monde.

LX. — « Vous devez le jour à Roger II, vous eûtes
pour mère Galacielle, dont les frères privèrent de la vie
votre malheureux père, sans considérer qu'elle vous
portait dans ses flancs et que vous apparteniez à leur
propre lignée. Ils exposèrent la pauvre femme au milieu
des flots sur une frêle nacelle, espérant qu'elle y serait
engloutie.

LXI. — « Mais la fortune qui, même avant votre
naissance, vous avait destinés aux entreprises les plus
glorieuses, conduisit la barque dans des lieux inhabités
et la fit surnager sur des syrtes où vous échappâtes au
danger. Là cette âme bénie de Dieu vous mit au monde
et prit ensuite son vol vers les demeures célestes. J'étais
tout près de ces lieux : la volonté divine et votre destinée l'avaient ainsi décidé.

LXII. — « Je donnai à votre mère la plus honorable
sépulture, autant qu'il me fut possible de le faire au
milieu de ces sables déserts. Puis, tendres enfants, je
vous enveloppai dans les plis de ma robe et je vous
emportai sur le sommet de la montagne de Carène. Je
fis sortir de la forêt une lionne dont j'adoucis la férocité : elle abandonna ses lionceaux et pendant deux fois
dix mois je fis en sorte qu'elle vous nourrit de son lait
avec le plus grand soin.

LXIII. — « Un jour que je fus forcé de voyager dans
le pays et de m'éloigner du lieu que vous habitiez, une
troupe d'Arabes y survint (peut-être vous en souvenez-
vous encore) et tu fus par eux, Marphise, enlevée au
milieu du chemin. Roger plus prompt à courir leur
échappa. Ta perte me remplit de désespoir, mais je n'en
fus pour ton frère qu'un gardien plus vigilant.

LXIV. — « Tu sais, Roger, avec quelle sollicitude ton
maître Atlant veilla sur toi, tant qu'il vécut. Mais en
consultant les astres, j'avais appris que parmi les
chrétiens tu succomberais à une trahison, et, voulant
détruire les effets de cette maligne influence, je mis
tous mes soins à t'en tenir éloigné. Lorsque je vis que

c'était en vain que je m'opposais à tes désirs, je m'abandonnai à une douleur qui affaiblit mon corps et me conduisit au tombeau.

LXV. — « Mais j'avais, avant de mourir, prévu la lutte terrible qui vient d'avoir lieu entre toi et Marphise. Appelant donc à mon aide les esprits infernaux, je leur fis rassembler ces pierres énormes pour en construire ce tombeau ; j'allai trouver Caron, et lui dis d'une voix menaçante : « Je te défends de faire descendre mon ombre de ce bosquet jusqu'au moment où Roger et sa sœur y viendront pour combattre l'un contre l'autre. »

LXVI. — « C'est ainsi que longtemps, à l'ombre de ces beaux cyprès, mon esprit attendit votre arrivée. Que la jalousie ne tourmente donc plus ton cœur, ô Bradamante, toi à qui Roger est aussi cher qu'à moi-même ! Mais il est temps que je me dérobe à la lumière du jour pour entrer dans les sombres demeures ! » La voix se tut, laissant la fille d'Aymon, Marphise et Roger émerveillés de tout ce qu'ils avaient entendu.

LXVII. — C'est avec une grande joie que Roger et Marphise se reconnurent comme frère et sœur. Ils tombèrent dans les bras l'un de l'autre et cette fois la jeune fille qui brûlait d'amour pour Roger n'en fut point offensée. Marphise et Roger se rappelèrent une foule de traits de l'histoire de leurs premières années. « J'ai fait ceci, disait l'un ; j'ai dit cela, j'étais en tel lieu, disait l'autre. » Et toutes les circonstances qu'ils rapprochèrent ne leur laissèrent aucun doute sur ce que leur avait raconté l'esprit de l'enchanteur.

LXVIII. — Roger rappela à sa sœur tout l'amour qu'il éprouvait pour Bradamante. Il lui exposa dans les termes les plus passionnés les nombreuses obligations qu'il lui avait. Il fit tant qu'il changea en une mutuelle tendresse les sentiments de haine qui les avaient auparavant rendues ennemies, et, en témoignage de leur entière réconciliation, il obtint d'elles qu'elles s'embrassassent avec la plus grande cordialité.

16.

LXIX. — Marphise voulut savoir dans quel rang et dans quel pays leur père avait reçu le jour, par qui il avait été tué, si c'était en champ clos et au milieu d'une bataille ; par qui avait été donné l'ordre inhumain de faire périr au sein des ondes leur mère infortunée. Tous ces détails, elle les avait entendu raconter dans son enfance, mais sa mémoire n'en avait retenu qu'une faible partie et avait oublié tout le reste.

LXX. — Roger lui expliqua d'abord qu'ils descendaient l'un et l'autre des Troyens par Hector ; Astyanax, échappé des mains d'Ulysse et des piéges qui lui avaient été tendus par la substitution d'un enfant du même âge, était sorti du pays. Après avoir longtemps erré sur les mers, il aborda en Sicile et devint roi de Messine.

LXXI. — « Ses descendants devinrent souverains de la Calabre, en deçà du Phare, et après plusieurs générations s'établirent dans la cité de Mars. Des empereurs et des rois illustres sortis du même sang régnèrent sur Rome et sur d'autres pays, depuis Constance et Constantin jusqu'à Charlemagne, fils de Pepin.

LXXII. — « A cette race appartiennent Roger Ier, Gambaron, Beuves, Raimbaud et enfin Roger second, qui, comme nous l'a raconté Atlant, rendit notre mère féconde. Le monde entier connaît les actions héroïques de nos aïeux ; l'histoire ne les a pas oubliées. » Roger continue en racontant comment le roi Agolant, avec Almont et le père d'Agramant, était venu en France.

LXXIII. — Agolant avait amené avec lui une jeune demoiselle, qui était sa fille, si valeureuse qu'elle avait fait vider les arçons à un grand nombre de chevaliers. Devenue éprise de Roger, elle s'était montrée rebelle aux volontés de son père, s'était fait baptiser et avait épousé son amant. Quelque temps après, le perfide Bertrand brûla pour sa belle-sœur d'une flamme incestueuse.

LXXIV. — Roger apprit ensuite à Marphise comment

Bertrand, espérant la posséder, trahit sa patrie, son père et ses deux frères ; comment il ouvrit Rizza aux ennemis qui les traitèrent tous de la manière la plus barbare ; comment enfin Agolant et ses fils, injustes et barbares, exposèrent Galacielle, qui était enceinte de Marphise et de lui, sur une nacelle sans gouvernail, au moment où l'hiver rendait la mer horriblement plus orageuse.

LXXV. — Attentive et le front serein, Marphise écoutait le récit que lui faisait son frère : c'était une gloire pour elle d'être sortie d'une souche si illustre, qui avait produit tant de nobles rejetons. Elle savait que la même race avait produit d'un côté la maison de Mongrane et de l'autre celle de Clermont, toutes deux pendant tant d'années célèbres entre toutes, et fécondes plus que toute autre en hommes distingués.

LXXVI. — Mais à la fin du récit de son frère, lorsqu'il raconta comment le père d'Agramant et son aïeul et son oncle avaient dans une infâme trahison assassiné Roger et exposé sa femme infortunée à un danger mortel, elle ne put en entendre davantage. « Mon frère, s'écria-t-elle en l'arrêtant, permets-moi de te dire que tu as eu grand tort de n'avoir pas encore vengé la mort de ton père !

LXXVII. — « Tu n'as pas pu sans doute baigner tes mains dans le sang d'Almont et de Trojan, puisque la mort les avait dérobés à ta vengeance ; mais ne devais-tu pas punir leur fils ! Quoi ! tu vis, et Agramant n'est pas mort ! Ah ! c'est pour toi un déshonneur dont tu ne pourras t'affranchir, non-seulement de n'avoir pas après de si sanglants outrages, tué ce roi, mais encore de vivre à sa cour et à son service !

LXXVIII. — « J'en fais le serment devant Dieu (car je veux adorer le Christ, le Dieu véritable qu'adorait mon père), je ne me dépouillerai pas de l'armure que je porte avant d'avoir vengé Roger et ma mère. Je serai dans la douleur et je ne cesserai de gémir tant que je

te verrai dans les armées du roi Agramant ou de **tout**
autre roi sarrasin, à moins que ce ne soit armé **d'un**
fer vengeur pour les immoler. »

LXXIX. — Oh! comme en entendant ainsi parler **Mar-**
phise la belle Bradamante lève la tête et se réjouit **d'un**
pareil langage! Comme elle presse Roger de se con-
former aux sages conseils de sa sœur! Qu'il se rende
donc auprès de Charlemagne, qui montre tant de respect
et d'estime pour l'illustre mémoire de leur père Roger,
et, le comblant sans cesse d'éloges, le proclame comme
un chevalier sans égal!

LXXX. — Roger lui répond fort raisonnablement,
que c'est dès le principe qu'il aurait dû tenir une pareille
conduite; mais que, n'ayant pu connaître d'abord les
faits dont il a été informé depuis, il était maintenant
trop tard. C'est Agramant qui lui a ceint l'épée, c'est
par lui qu'il a été armé chevalier; ce serait trahir indignement celui qu'il avait reconnu pour son souverain.

LXXXI. — Ce qu'il est décidé à faire, comme il l'a
déjà promis à Bradamante et le promet encore à sa
sœur, c'est de chercher à faire naître l'occasion de
se retirer avec honneur du service d'Agramant. S'il ne
l'avait déjà fait, ce n'était pas à lui qu'il fallait s'en
prendre, mais au roi de Tartarie qui, dans la lutte soutenue contre lui, l'avait laissé dans l'état qu'elles devaient
se rappeler.

LXXXII. — Marphise, qui chaque jour était venue le
voir pendant sa maladie, pouvait mieux que personne
attester la vérité du fait. Ce sujet donna lieu de la part
des deux illustres guerrières à beaucoup de répliques
et d'objections; mais, après tous les débats, il fut convenu que Roger devait continuer à se ranger sous la
bannière de son seigneur jusqu'à ce qu'il trouvât une
juste raison de passer dans le camp de Charlemagne.

LXXXIII. — « Laissez-le partir, disait Marphise à Bradamante, et n'ayez aucune crainte; je vous promets que
d'ici à peu de jours Agramant n'aura plus de pouvoir

sur Roger. » Ainsi parla Marphise, sans s'expliquer davantage sur ce qu'elle projetait dans son cœur. Enfin Roger se sépara d'elles pour se rendre auprès d'Agramant.

LXXXIV. — Tout à coup l'attention de tous les trois fut éveillée par un cri qui s'éleva de la forêt voisine. Ils écoutèrent, et il leur sembla entendre la voix d'une femme qui poussait des gémissements. Mais je veux finir ici mon chant ; accordez-moi cette permission, ce que j'ai à vous dire ne vous paraîtra que plus intéressant, si vous consentez à me prêter votre attention.

CHANT TRENTE-SEPTIÈME

ARGUMENT

Roger, Marphise et Bradamante rencontrent Ulanie et deux autres demoiselles, qui leur font part de l'affront qu'elles avaient reçu. — Elles font connaître le traitement barbare que Marganor fait subir aux femmes, et racontent l'histoire de Drusille. — Les trois voyageurs jurent de punir Marganor, s'emparent de sa ville et le font prisonnier. — Marphise établit une coutume contraire à celle de ce tyran et la fait graver sur une colonne. — Ulanie le fait sauter du haut d'une tour. — Roger se rend au camp d'Agramant, Marphise et Bradamante dans celui de Charlemagne.

I. — Si les femmes courageuses, qui, pour acquérir des talents que la nature ne peut donner sans travail, se livrent jour et nuit, avec une louable persévérance et souvent avec de brillants succès, aux labeurs les plus longs et les plus pénibles, avaient appliqué leur intelli-

gence à ces hautes études qui assurent aux œuves mor-
telles une éternelle gloire;

II. — Si, transmettant elles-mêmes à la postérité le
récit de leurs actions glorieuses, au lieu de mendier le
secours des écrivains dont l'âme est tellement envieuse
et jalouse qu'elle est toujours disposée à cacher le bien
qu'ils en peuvent dire et à publier tout le mal qu'ils
en savent, les noms de ces dignes femmes seraient
venus jusqu'à nous, brillants d'un tel éclat que jamais
la renommée des hommes n'aurait pu s'élever aussi
haut.

III. — Oui, la plupart de ces écrivains ne se conten-
tent pas de se distribuer réciproquement les plus pompeux éloges, ils s'appliquent encore à dévoiler tout ce
qu'ils peuvent savoir de déshonorant pour les femmes.
On dirait que, craignant de les voir s'élever au-dessus
du vulgaire, ils n'ont d'autre souci que de ravaler leur
mérite (je parle des anciens); comme si la gloire des
femmes devait obscurcir la leur, ainsi que les nuages
obscurcissent le soleil!

IV. — Mais ni leur plume ni leur bouche ne pourraient, malgré l'artifice de leurs écrits et de leurs paroles
et quelque soin qu'ils prennent d'augmenter et d'enve-
nimer le mal en diminuant le bien, avoir assez de pouvoir pour ravaler le mérite des femmes de manière
qu'il n'en reste du moins une partie, bien que cette
partie n'égale pas la réalité et ne s'en approche même
que de fort loin.

V. — Ni Harpalice, ni Tomyris, ni celle qui secourut
Turnus, ni celle qui combattit pour Hector, ni l'illustre
reine qui, suivie des Sidoniens et des Tyriens, vint, après
avoir traversé les mers, s'établir sur la côte de Libye;
ni Zénobie, ni celle qui parcourut victorieuse l'Assyrie,
la Perse et l'Inde, ni quelques autres en petit nombre,
ne furent les seules qui dans la guerre ont conquis
une renommée immortelle.

VI. — Des femmes fidèles, chastes, sages et courageuses n'ont pas existé seulement dans la Grèce et à Rome. On en trouve dans toutes les parties du monde que le soleil éclaire de ses rayons, depuis les rivages de l'Inde jusqu'au jardin des Hespérides, et cependant leur gloire et leur nom même ont laissé si peu de traces que sur mille on peut à peine en citer une, tant les écrivains de leur temps ont été envieux, imposteurs et méchants !

VII. — Je dirai néanmoins aux femmes qui chérissent la vertu : Ne cessez pas de suivre ses traces ; ne vous laissez pas détourner de ce glorieux dessein par la crainte de ne pas obtenir les honneurs dont vous êtes dignes. Si les bonnes choses ne durent pas toujours, il en est de même des mauvaises ; et si les écrits, jusqu'à présent, ne vous ont pas été favorables, ils le sont aujourd'hui.

VIII. — Marullo, Pontano, les deux Sozzi, père et fils, ont déjà célébré vos louanges. Vous avez pour vous le Bembo, Capello, et celui qui admirant vos vertus a servi de modèle aux courtisans les plus polis. Tels sont aussi un Luigi Alamanni et ces deux princes, favoris à la fois de Mars et des Muses, tous deux issus du sang qui règne sur le pays que le Mincio divise et entoure de ses marais profonds.

IX. — L'un d'eux, déjà porté par sa nature à vous honorer et à vous témoigner les respects qui vous sont dus, a fait résonner le Parnasse et le Pinde de vos louanges, et les a portées jusqu'au ciel ; mais c'est surtout l'amour, la fidélité de l'héroïque Isabelle, son courage inébranlable au milieu des périls et en face de la mort, qui ont attaché le jeune prince à votre sexe, au point qu'il est beaucoup plus à vous qu'à lui-même.

X. — Aussi ne cessera-t-il pas dans ses vers pleins de feu de vous rendre hommage ; et si quelqu'un ose vous attaquer, nul n'est plus prompt que lui à prendre les armes en votre faveur. Il n'est aucun chevalier dans le monde qui soit plus disposé à risquer sa vie pour défendre la vertu. Tout en fournissant lui-même aux écrivains, par ses actions, la matière des éloges les plus mérités, il s'attache à faire revivre la gloire des autres par ses écrits.

XI. — Ce prince méritait bien qu'une épouse riche de tant de trésors, trésors d'héroïsme et de vertu, supérieurs à ceux que puisse posséder une femme, se soit montrée à son égard si fidèle et si constante ; qu'inébranlable à tous les chocs de la fortune, elle ait été pour lui une véritable colonne : digne de lui comme il est digne d'elle, fut-il jamais sur la terre couple mieux assorti ?

XII. — Ce sont de nouveaux trophées qu'au milieu des fers, des feux, des navires et des chars, il élève par ses admirables écrits sur les rives de l'Oglio, trophées dont le fleuve voisin est jaloux. Près de lui, un Hercule Bentivoglio fait rejaillir sur votre sexe l'éclat dont brillent ses vers. Je trouve aussi parmi vos admirateurs un René Trivulce, et mon cher Guidetto, et Malza, à qui Phébus lui-même confie le soin de vanter vos charmes.

XIII. — Voici le fils de mon prince, Hercule, duc des Carnutes, qui, déployant ses ailes comme un cygne, chante en s'élevant dans les airs et porte jusqu'au ciel la gloire de votre nom. Voici encore le seigneur del Vasto, à qui il ne suffit pas de fournir une ample matière aux chants de mille poëtes, tels que ceux que virent naître Athènes et Rome, mais qui se place encore sur les rangs de ceux qui se proposent d'éterniser votre gloire.

XIV. — Mais, sans compter ces admirateurs et tous ceux qui sont aujourd'hui occupés à célébrer vos vertus, ne pouvez-vous pas vous-mêmes accomplir à votre égard cette noble tâche ? Plusieurs d'entre vous, quittant le fuseau et l'aiguille, ne sont-elles pas allées, ne vont-elles pas encore se désaltérer aux sources Aganippides, et n'en reviennent-elles pas si bien inspirées que nous avons plus besoin de leurs secours qu'elles n'ont besoin du nôtre ?

XV. — Si j'entreprenais ici de les nommer et de donner à chacune les éloges qu'elles méritent, j'aurais besoin d'y consacrer bien des pages, et ce chant tout entier devrait être rempli par ce seul sujet ; et si je me bornais à en choisir cinq ou six pour leur adresser mes éloges, je courrais risque d'offenser toutes les autres. Que ferai-je donc ? Dois-je ne parler d'aucunes ou en choisirai-je une seule dans leur nombre infini ?

XVI. — J'en choisirai une seule et je la choisirai si supérieure à l'envie qu'aucune ne pourra se plaindre de mon silence à l'égard des autres et de la préférence que je lui donne. Celle dont je veux parler s'est rendue immortelle par la douceur de son style, égal à tout ce que l'on connaît de mieux ; mais de plus elle peut sauver de l'oubli du tombeau et rendre immortels tous ceux qu'elle choisira pour sujets de ses discours ou de ses écrits.

XVII. — De même que Phébus porte plus directement ses regards sur sa brillante sœur, qu'il éclaire d'une lumière plus vive, que sur Vénus ou sur Mercure, ou toute autre étoile emportée par le mouvement des cieux, ou obéissant au mouvement qui lui est propre, ainsi ce même Dieu inspire à celle dont je parle une éloquence plus douce qu'à toute autre femme, et il donne tant de force à ses hautes pensées qu'elle est comme un soleil nouveau qui éclaire notre siècle.

XVIII. — Victoria est son nom : et ce nom convient à celle qui est née au sein de la victoire, qui ne trouve sur son passage, que des trophées et qui, marchant au milieu des triomphes, trouve toujours devant elle ou à ses côtés la victoire. C'est une autre Artémise, qui doit sa gloire à son respect pour la mémoire de Mausole, mais d'autant plus supérieure à cette reine, qu'il y a plus de gloire à arracher un époux au monument qu'à lui en ériger un.

XIX. — Si Léocadie, si la femme de Brutus, si Arrie, si Argie, si Evadné, si beaucoup d'autres ont mérité d'être louées pour avoir voulu suivre leur époux dans la mort afin d'être ensevelies auprès d'eux, combien Victoria n'est-elle pas plus digne d'éloges pour avoir su, malgré les Parques et la mort, rappeler le sien des eaux du Léthé, et lui faire repasser l'onde fatale dont les replis entourent neuf fois le séjour des ombres ?

XX. — Si le roi de Macédoine enviait au fier Achille la trompette du chantre de Méonie, qui l'a rendu immortel, combien, ô invincible François de Pescaire, ce prince ne serait-il pas plus jaloux en voyant une épouse si chaste et si aimée de toi, te payer le tribut d'honneur qui t'est dû et porter si haut ta renommée que tu ne peux désirer de plus nobles accents !

XXI. — S'il m'était possible de traiter mon sujet avec toute l'ampleur désirable, je ferais un long ouvrage ; il ne le serait cependant pas encore assez pour qu'on n'eût bien des choses à y ajouter. Il me faudrait renoncer à vous achever l'histoire si intéressante de Marphise et de ses compagnons, histoire que je vous ai promis de continuer dans ce chant, s'il vous était agréable de m'entendre.

XXII. — Je vois que vous êtes maintenant disposés à m'écouter et je suis moi-même désireux de tenir ma promesse. J'attendrai donc que j'aie plus de loisir pour rendre à cette noble dame toute la justice qu'elle mérite ; non que j'aie la prétention de croire que mes vers puissent faire ce qu'elle est plus capable d'accomplir par elle-même, mais pour donner satisfaction au besoin que j'éprouve de l'honorer et de lui rendre hommage.

XXIII. — La conclusion de tout ce qui précède, ô femmes, c'est que dans tous les siècles un grand nombre d'entre vous avaient mérité les regards de l'histoire, mais que la jalousie des écrivains a empêché qu'elles ne fussent connues après leur mort. Cet inconvénient n'existera plus désormais, puisque vous pouvez par vous-mêmes immortaliser vos vertus. Si Bradamante et

Marphise avaient eu ce talent, leurs exploits héroïques seraient bien mieux connus !

XXIV. — Je tâche du moins de rendre à la lumière du jour les nobles et glorieuses prouesses de ces deux belles-sœurs. Mais plus des neuf dixièmes me sont inconnus à moi-même. Celles qui sont parvenues jusqu'à moi, je suis heureux de les raconter ; car je regarde comme un devoir de dérober à l'oubli les belles actions qui honorent ce sexe auquel je veux plaire, et qui fut toujours l'objet de mon respect et de mon amour.

XXV. — Je vous ai dit plus haut que Roger sur le point de partir avait fait ses adieux : il avait retiré du cyprès son épée qui cessa de résister à ses efforts, lorsqu'un grand gémissement, qui ne paraissait pas venir de loin, le tint en suspens. Accompagné des deux guerrières, il courut de ce côté pour porter son secours où l'on pourrait en avoir besoin.

XXVI. — A mesure qu'ils s'avancent, cette voix parvient plus clairement à leurs oreilles, et ils entendent plus distinctement les plaintes. Arrivés dans le vallon, ils trouvèrent que c'étaient trois dames vêtues d'une manière assez étrange qui donnaient ces signes de douleur. Leurs robes avaient été coupées jusqu'à la ceinture par je ne sais quel individu peu courtois, et, ne sachant comment cacher un état si désagréable, elles s'étaient assises à terre sans oser se lever.

XXVII. — Tel que le fils de Vulcain qui, né de la poussière sans qu'une mère lui donnât le jour et confié par Pallas aux soins empressés d'Aglaure, trop prompte à satisfaire sa curiosité, se tenait toujours assis pour cacher ses pieds difformes sous le char dont on lui doit l'invention ; telles ces trois jeunes femmes s'efforçaient, en se courbant aussi, de cacher les parties secrètes de leur corps.

XXVIII. — A la vue d'un spectacle aussi singulier et aussi peu décent, les deux guerrières magnanimes sen-

tirent leurs visages se couvrir de la couleur qui embellit
les roses du printemps. Bradamante jetant les yeux sur
les infortunées qui se tenaient dans cette triste posture,
reconnut bientôt parmi elles Ulanie, la même qui, de
l'île Perdue, avait été envoyée en France par la reine
d'Islande.

XXIX. — Elle reconnut aussi ses deux compagnes,
elle les avait vues dans le même lieu. Mais elle s'adressa
de préférence à celle qu'elle honorait le plus. Elle lui
demanda quel était l'être criminel qui, contre toutes les
lois et tous les usages, avait ainsi exposé aux regards
indiscrets les charmes que la nature tient cachés autant
que cela lui est possible.

XXX. — Ulanie, qui reconnut Bradamante, et à sa
devise et au son de sa voix, pour la guerrière qui peu
de jours auparavant avait renversé de leurs selles trois
chevaliers, lui raconta que dans un château non éloigné
habitait une troupe de brigands insensibles à la pitié
qui, après les avoir accablées de coups et d'outrages,
avaient mis le comble à leur scélératesse en raccourcis-
sant ainsi leurs vêtements.

XXXI. — Elle ajouta qu'elle ignorait ce qu'étaient
devenus l'écu d'or et les trois rois qui avaient fait avec
elle un si pénible voyage à travers un grand nombre
de pays. Elle ne savait s'ils étaient morts ou demeurés
prisonniers quelque part. Enfin, malgré la peine qu'elle
éprouvait à marcher à pied, elle s'était mise en route
pour aller faire part au roi Charlemagne de cet indigne
affront, dans l'espoir qu'il ne refuserait pas de le punir.

XXXII. — Les deux guerrières et Roger, dont le cœur
hardi et courageux n'était pas moins sensible à la pitié,
furent émus et troublés dans leur sérénité au récit et
plus encore à la vue de ce cruel traitement. Ils oublient
donc toute autre affaire et, sans attendre que la pauvre
affligée les prie et les conjure de punir les coupables de
cette vilaine action, ils prennent sans hésiter le chemin
qui devait les conduire le plus vite à leur repaire.

XXXIII. — Toujours courtois et bienveillants, ils donnèrent aux jeunes filles en détresse leurs manteaux, qui servirent à recouvrir ce que la pudeur les engageait à cacher. Bradamante ne voulut pas qu'Ulanie fît encore une fois la route à pied et elle la prit en croupe sur son cheval : autant en firent Marphise et Roger pour les deux autres.

XXXIV. — Ulanie, assise derrière Bradamante, lui indiqua la route la plus directe pour arriver au château. La guerrière la rassura en lui disant qu'elle la vengerait de ceux qui l'avait outragée. Ils sortent du vallon, suivent un sentier long et tortueux, puis gravissent une colline, tournant tantôt à droite, tantôt à gauche; et le soleil s'était déjà plongé au sein de la mer sans qu'ils consentissent à s'arrêter et à prendre du repos.

XXXV. — Ils trouvèrent sur le penchant assez escarpé de la colline un petit village où ils eurent un aussi bon gîte et un aussi bon souper qu'on pouvait l'espérer dans ce lieu. En promenant autour d'eux leurs regards, ils virent que la maison était remplie de femmes, les unes jeunes, les autres vieilles. Au milieu de cette foule on n'apercevait aucun visage d'homme.

XXXVI. — Si Jason et ses Argonautes furent émerveillés en ne trouvant à Lemnos que des femmes, car celles-ci avaient massacré leurs fils, leurs pères et leurs frères, en sorte que, dans toute cette île, ils n'aperçurent un seul homme, Roger et ses deux compagnes ne furent pas moins étonnés quand, le soir venu, ils arrivèrent dans cette demeure.

XXXVII. — Bradamante et Marphise firent apporter à l'instant pour Ulanie et les deux jeunes filles de sa suite trois robes, non élégantes sans doute, mais du moins entières. Roger, appelant à lui une des habitantes de la maison, lui demanda où étaient les hommes, car il n'en apercevait aucun; il reçut d'elle cette réponse :

XXXVIII. — « Ce qui cause peut-être votre étonnement, c'est-à-dire de voir tant de femmes ici réunies sans hommes, est pour nous un supplice triste et insupportable. Nous sommes ici en exil, et, pour que cet exil soit plus pénible, nos pères, nos fils et nos maris, ces chers objets de notre tendresse, sont séparés de nous par un long divorce. Tel a été l'ordre cruel imposé par notre tyran.

XXXIX. — « Il nous a chassées de son domaine, des terres où nous avons reçu le jour et qui sont éloignées d'ici de deux lieues, après nous avoir fait subir d'indignes outrages. En nous reléguant ici, il nous a menacées, nous et nos hommes, de la mort et des plus cruels supplices, s'il apprenait qu'ils fussent retournés auprès de nous et que nous leur eussions donné asile.

XL. — « Le seul nom de femme lui cause une si grande horreur qu'il ne veut pas qu'une seule s'approche de lui de plus près que je viens de vous le dire, ni que nos parents viennent nous visiter, comme si l'odeur d'une femme lui était mortelle. Déjà les arbres ont perdu et repris deux fois leurs verdoyantes chevelures depuis que ce méchant personnage s'abandonne à ce genre de folie, sans que personne ait pu l'en corriger.

XLI. — « Il est tellement redouté de tout son peuple, que la crainte de la mort pourrait seule égaler celle qu'il leur inspire. Porté au mal par lui-même, il a reçu de plus de la nature une force supérieure à celle des autres humains ; il a la taille d'un géant et il est plus fort à lui seul que cent hommes. Il ne maltraite pas seulement les femmes de ses domaines, il est encore plus cruel envers les étrangères.

XLII. — « Si votre honneur et celui des trois dames qui vous accompagnent vous sont chers, ne tentez pas l'aventure : il sera plus sûr et plus utile pour vous de ne pas aller plus avant et de vous diriger d'un autre côté. Ce chemin mène au château où le féroce seigneur dont je parle a établi une coutume barbare pour le malheur et la honte des dames et des chevaliers qui y pénètrent.

XLIII. — « Marganor le félon (c'est le nom du seigneur ou plutôt du tyran de ce château), dont la noirceur, la cruauté et la scélératesse surpassent celles de Néron et de ses pareils, est plus avide du sang humain et surtout de celui des femmes, que le loup ne l'est de celui de la brebis. Toutes les femmes qu'un destin fatal conduit à son château en sont chassées par lui avec ignominie. »

XLIV. — Roger et les dames, désireuses de savoir comment ce monstre impie était arrivé à ce degré de férocité, prièrent poliment celle qui venait de leur donner ces informations de les continuer, ou plutôt de reprendre l'histoire dès son principe. « Le maître du château, reprit-elle, a toujours été cruel, fier et inhumain. Longtemps les mauvais penchants de son âme demeurèrent cachés, mais une circonstance particulière les fit éclater tout à coup.

XLV. — « Il avait deux fils, dont le caractère était bien différent de celui de leur père. Ils aimaient les étrangers et ils ne connaissaient ni la cruauté ni les actions viles et criminelles ; tant qu'ils vécurent, la courtoisie, les manières et les coutumes honnêtes et généreuses régnèrent dans ce pays ; et quoique leur père fût fort avare, il leur accordait cependant tout ce qu'ils pouvaient désirer.

XLVI. — « Les dames et les chevaliers qui passaient alors par cette route recevaient un si gracieux accueil, qu'ils ne le quittaient pas sans être charmés de l'extrême politesse des deux frères. Tous deux avaient été admis dans l'ordre sacré de la chevalerie : l'un se nommait Cilandre et l'autre Tanacre ; ils étaient tous deux braves, pleins de hardiesse, et par la noblesse de leur maintien montraient qu'ils étaient nés dans la grandeur.

XLVII. — « Alors ils étaient et ils auraient sans doute été toujours dignes d'éloges et d'estime, s'ils ne s'étaient abandonnés à cette indomptable passion qu'on appelle l'amour. Écartés par elle du sentier de la vertu, ils se précipitèrent dans un labyrinthe, dans un abîme d'erreurs. A dater de ce moment, tout le bien qu'ils avaient fait pendant leur vie fut souillé et perdu **pour** jamais.

XLVIII. — « Il arriva un jour dans ce château un chevalier de la cour de l'empereur de Grèce ; il avait **avec** lui son épouse, douée de beauté et de grâce autant qu'on pouvait le désirer. Cilandre en devint si éperdument amoureux, qu'il s'imagina qu'il mourrait s'il ne parvenait pas à la posséder. Il crut que le moment où on l'arracherait à ses yeux lui arracherait en même temps la vie.

XLIX. — « Voyant bien que ses sollicitations seraient sans résultat, il chercha les moyens de l'obtenir par la force ; il s'arma en secret, se cacha un peu loin du château, dans un lieu par où devaient passer les deux époux. Son audace naturelle et la passion qui l'entraînait ne lui laissant par le temps de réfléchir, dès qu'il vit arriver le chevalier, il courut sur lui la lance en arrêt.

L. — « Il croyait pouvoir le renverser à la première rencontre et s'emparer en même temps de la dame et de la victoire ; mais le chevalier, qui était très-habile au métier des armes, lui brisa sa cuirasse comme un verre fragile. Marganor, apprenant cette triste nouvelle, fit rapporter son fils sur un brancard et, le voyant mort, il gémit profondément et lui éleva un tombeau près de celui de ses ancêtres.

LI. — « Malgré cet événement, les cavaliers et les dames continuèrent à être traités dans le château avec les mêmes égards, car Tanacre n'était ni moins aimable ni moins généreux que son frère. Dans la même année un baron d'un pays très-éloigné, accompagné de son épouse, vint au château. Le mari était d'un courage à toute épreuve, la femme aussi belle et aussi gracieuse qu'on puisse l'imaginer.

LII. — « Mais elle n'était pas seulement belle, elle avait une sagesse et un mérite qui la rendaient digne de tous les éloges. Issu d'un sang illustre, le chevalier possédait toute la bravoure que l'on peut admirer dans un homme, et par ses hautes qualités méritait bien de posséder un trésor si précieux et si rare. Olindre de Longueville était le nom de ce baron, et Drusille celui de la dame.

LIII. — « L'ardente passion dont avait brûlé son frère embrasa aussi le cœur du jeune Tanacre ; elle avait fait naître chez le premier des désirs criminels qui l'avaient conduit à la fin la plus tragique et la plus déplorable. Tanacre préféra comme lui violer les droits sacrés de l'hospitalité, persuadé que l'impossibilité de satisfaire sa passion forcenée le conduirait certainement à la mort.

LIV. — « Mais comme il avait sous les yeux l'exemple de son frère, dont la tentative hardie avait causé la mort, il songea à employer pour enlever la dame un moyen qui le mettrait à l'abri de la vengeance d'Olindre, son époux. Ainsi s'affaiblit ou plutôt s'éteignit en lui cette vertu qui jusqu'alors avait empêché qu'il ne tombât dans l'abîme des vices où son père avait été toujours plongé.

LV. — « La nuit qui précéda le départ des deux époux, il rassembla en grand silence autour de lui vingt hommes armés et les mit en embuscade loin du château, dans plusieurs grottes qui se trouvaient le long de la route. Olindre se vit donc dans ce lieu tout à coup environné d'ennemis ; tous les passages furent interceptés, et, après avoir fait une longue et vigoureuse résistance, il perdit en même temps sa femme et la vie.

LVI. — « Olindre ayant été tué, Tanacre emmena captive sa femme, livrée à un tel désespoir que la vie lui était odieuse et qu'elle demandait en grâce qu'on lui donnât la mort. Elle chercha à se la donner elle-même en se précipitant du haut d'une éminence qui dominait le vallon. Elle ne périt pas sous le coup, mais elle fut affreusement blessée à la tête et eut le corps tout froissé.

LVII. — « Tanacre ne put la faire conduire au château que sur un brancard. Il lui fit donner tous les soins qu'exigeait son état, ne voulant pas perdre une aussi précieuse proie. En attendant sa guérison, il fit faire les préparatifs de son mariage, car c'était le titre d'épouse et non celui de maîtresse qu'il était convenable de donner à une femme aussi recommandable par sa vertu que par sa beauté.

LVIII. — « Cet hymen devint l'objet de toutes les pensées de Tanacre, de tous ses soins, de tous ses discours. Il comprenait qu'ayant eu envers elle des torts si graves, il ne pouvait s'appliquer avec trop d'empressement à faire oublier son crime. Ses espérances furent vaines : plus il lui témoigne d'amour, plus il se donne de peine pour l'apaiser, plus sa haine s'accroît, plus elle se montre résolue et fortement déterminée à se venger de lui en lui donnant la mort.

LIX. — « Mais le ressentiment ne trouble pas assez sa raison pour l'empêcher de comprendre que la plus grande dissimulation est nécessaire pour l'exécution de ses projets et qu'il faut couvrir avec adresse les piéges qu'elle lui prépare, masquer ses intentions qui n'ont pour but que de donner la mort à Tanacre, enfin lui faire croire qu'elle a banni de son cœur le sentiment qu'elle éprouva pour son mari pour le lui donner tout entier.

LX. — « Son visage a toutes les apparences de la paix, mais l'idée de la vengeance règne en souveraine dans son âme. Elle n'en a pas d'autre, elle forme mille projets, adopte les uns, rejette les autres et demeure longtemps dans la plus grande incertitude. A la fin, il lui semble qu'en mourant elle-même, elle aura pris le parti qui lui sourit le plus, et elle s'y arrête. Comment pourrait-elle trouver une meilleure occasion de mourir qu'en vengeant l'époux qui lui est si cher?

LXI. — « Elle affecte donc de se montrer joyeuse de cet hyménée et de faire croire qu'il est l'objet de tous

ses vœux. Elle se plaît à écarter tous les obstacles qui
en retarderaient l'accomplissement, bien loin d'éprouver
contre lui la moindre répugnance. Elle se pare avec plus
de recherche que toutes les autres femmes. Olindre
semble être mis entièrement par elle en oubli. Seulement
elle demande que ses noces soient célébrées d'une manière conforme aux usages de son pays.

LXII. — « Ces usages, du reste, n'étaient de sa part
qu'une pure invention. Elle les imaginait, à défaut de tout
autre moyen, pour parvenir à donner plus sûrement la
mort à l'assassin de son époux ; et voici comment elle
décrivit à Tanacre ce qu'elle appelait un mariage célébré
à la mode de son pays.

LXIII. — « Lorsqu'une veuve prend un second mari,
elle doit auparavant, lui dit-elle, apaiser les mânes
irritées de celui qu'elle a perdu en faisant célébrer
solennellement des messes et chanter des prières dans
le temple où son corps repose, afin d'obtenir le pardon
des fautes qu'elle a pu commettre ; et, le saint sacrifice
achevé, elle reçoit des mains de son nouvel époux l'anneau nuptial.

LXIV. — « Pendant ce temps, le prêtre doit réciter
des prières appropriées à la circonstance sur le vin qui
a été préparé et apporté à cet effet, afin de bénir cette
liqueur : il verse ensuite dans une coupe le vin ainsi
consacré et l'offre à l'époux : mais auparavant c'est à la
femme qu'on doit le présenter afin que la première elle
y trempe ses lèvres.

LXV. — « Tanacre, qui ne se doute pas combien il
importe à Drusille que son mariage ait lieu conformément aux usages qu'elle vient de lui indiquer, lui répond
que, pourvu qu'elle hâte le moment de son bonheur, il
consent à tout ce qu'elle lui propose. Il ne comprend
pas, dans son aveuglement, que Drusille est résolue à
venger la mort d'Olindre, que c'est sur ce point que
sont concentrées toutes ses pensées et qu'elle n'en a pas
d'autres.

LXVI. — « Drusille avait à son service une vieille
femme qui avait été prise avec elle et sur la fidélité de
laquelle elle pouvait compter. Elle la fit venir et lui dit
à l'oreille, de manière à n'être entendue de personne
dans la maison : « Prépare un poison subtil comme tu
sais en composer et apporte-le-moi dans un vase. J'ai
enfin trouvé le moyen de faire périr le perfide fils de
Marganor.

LXVII. — « Je sais comment je parviendrai à nous
sauver toutes les deux ; mais je te l'expliquerai plus
tard à loisir. » La vieille la quitta, alla préparer et composer le poison et revint au château. Elle mêla dans le
flacon le breuvage mortel à un excellent vin de Candie,
et sa maîtresse le conserva pour en faire usage le jour
de ses noces, qui ne purent être différées.

LXVIII. — « Au jour fixé, Drusille vint au temple, richement habillée et toute brillante de l'éclat des pierreries. D'après ses ordres, on avait élevé sur deux colonnes le sarcophage d'Olindre. L'office solennel fut
chanté, une foule d'habitants des deux sexes y assis-
taient, et Morganor, plus joyeux qu'à l'ordinaire, y était
venu avec son fils, entouré de nombreux amis.

LXIX. — « Aussitôt que fut achevée la cérémonie funèbre et que le prêtre eut béni le vin empoisonné, il le
versa dans une coupe d'or comme l'avait prescrit Drusille. Elle en but autant que le permettaient les conve-
nances et en quantité suffisante pour produire l'effet
qu'elle en attendait. Elle présenta ensuite d'un air gracieux la coupe à son époux qui la vida jusqu'au fond.

LXX. — « Il rendit la coupe au prêtre et s'avança
joyeusement vers Drusille en lui tendant les bras pour
l'embrasser. Mais en ce moment tout changea pour lui
de face : les paroles affectueuses, les douces et pacifi-
ques manières disparurent ; Drusille repousse ses embrassements, ses yeux et son visage paraissent en feu,
d'une voix terrible, quoique déjà altérée, elle lui crie :
« Traître, éloigne-toi !

LXXI. — « Ah ! tu croyais pouvoir obtenir de moi des plaisirs et des caresses, toi l'auteur de mes tourments, de mes larmes et de mon martyre ! J'ai voulu que tu reçusses la mort de ma main : tu viens d'avaler du poison, je te l'apprends, si tu ne le sais pas encore ; mon seul regret, c'est que tu reçoives la mort d'une main trop honorable et que cette mort soit trop douce et trop facile. Il n'est pas de bourreaux si cruels et de supplices si horribles qui pussent suffisamment te punir de ton crime !

LXXII. — « Je regrette de ne pas trouver dans cette mort l'accomplissement complet de mon sacrifice ; si j'avais pu l'exécuter, comme je le désirais, rien n'aurait manqué à mes vœux. Que mon cher époux me le pardonne et qu'il trouve dans mon bon vouloir une excuse suffisante. Si ta mort n'est pas telle que je l'aurais désirée, elle sera du moins telle qu'il m'a été possible de te la donner.

LXXIII. — « Mais la punition que je n'ai pu t'infliger selon mes désirs dans ce monde, j'espère voir ton âme la recevoir dans l'autre, et je serai heureuse d'en être témoin ! » Puis, élevant vers le ciel avec calme ses yeux environnés déjà des ombres de la mort : « Cher Olindre, dit-elle, reçois cette victime que, dans son désir de te venger, ta fidèle épouse a voulu t'offrir ;

LXXIV. — « Implore Notre-Seigneur pour qu'il m'accorde la grâce d'habiter aujourd'hui près de toi dans les cieux. S'il te répond qu'aucune âme n'arrive au céleste séjour sans l'avoir mérité, dis-lui que je n'en suis pas indigne, puisque j'offre dans son temple sacré les dépouilles de ce monstre impie et criminel ; et quelle œuvre peut être plus méritoire que de faire disparaître de la terre des scélérats aussi infâmes et aussi abominables ? »

LXXV. — « A ces mots, elle perd en même temps la parole et la vie ; son visage inanimé exprime encore la joie d'avoir puni la cruauté de l'homme qui lui avait ravi son époux. Je ne sais si l'âme fugitive de Tanaere quitta le monde avant ou après la sienne. Il était mort sans doute le premier, car la dose du poison qu'il avait pris étant la plus forte, dut nécessairement agir plus promptement sur lui.

LXXVI. — « Marganor, qui voit tomber son fils et le sent expirer entre ses bras, est tellement frappé de douleur qu'il est sur le point de mourir comme lui. Il avait eu deux fils, il ne lui en restait plus maintenant un seul. Il devait son triste sort à deux femmes : c'était pour l'une que le premier était mort, l'autre venait d'arracher elle-même la vie au second.

LXXVII. — « Le cœur du malheureux père est agité à la fois par l'amour, la pitié, la douleur, la colère, le désir de la mort, la soif de la vengeance. Il frémit comme la mer agitée par les vents. Il court à Drusille pour se venger et il voit que la mort vient de lui fermer les yeux ; mais, emporté par la violence de sa haine, il cherche à outrager ce corps insensible.

LXXVIII. — « Tel qu'un serpent qui use ses dents contre le fer de lance qui le tient attaché à la terre, ou que le dogue qui court en fureur sur la pierre que lui a jetée le voyageur et dans sa rage la brise entre ses dents sans vouloir la quitter et s'acharne sur elle pour se venger : tel Marganor, plus cruel qu'un serpent et qu'un dogue, exerce sa fureur sur un corps inanimé.

LXXIX. — « Mais après l'avoir mutilé et déchiré en pièces sans pouvoir assouvir et diminuer en rien sa rage, il se précipite sur les femmes qui remplissent le temple et, sans respect pour le lieu et pour ces infortunées, il fait d'elles un carnage affreux ; il nous moissonne comme l'herbe des prés tombe sous la faux du laboureur. Il en tue trente et en blesse plus de cent.

LXXX. — « Ses vassaux ont tellement peur de lui qu'aucun d'eux n'ose lever la tête. Les femmes et le menu peuple s'enfuient et quiconque peut quitter l'église se garde bien d'y rester. Cette folie furieuse fut enfin calmée par les supplications et les remontrances respectueuses de ses amis, et, laissant dans la désolation et les gémissements la partie basse de la ville, ils le ramènent dans son château situé sur les hauteurs qui la dominent.

LXXXI. — « Mais sa colère n'est pas encore assouvie. Il voulait d'abord nous faire toutes périr; les supplications de ses amis et de tout son peuple le déterminèrent à se contenter de nous bannir; et le même jour il publia une ordonnance qui nous obligeait toutes à quitter le pays. C'est ici qu'il nous a confinées, et malheur à celle qui s'approcherait du château !

LXXXII. — « C'est donc ainsi que les femmes furent séparées de leurs maris et les mères de leurs enfants. Si quelqu'un d'eux se hasarde jusqu'à venir nous trouver, malheur à lui si Morganor en est informé. Plusieurs en ont été sévèrement punis, quelques-uns même ont péri d'une manière cruelle. Il a de plus établi dans son château une coutume tellement inouïe que l'on ne saurait en citer nulle part une plus barbare.

LXXXIII. — « Toute femme, d'après la loi qu'il a édictée, qui sera rencontrée dans l'intérieur du pays (ce qui arrive quelquefois), sera battue de verges sur les épaules et chassée de la contrée; mais on aura préalablement coupé ses vêtements de manière à laisser voir ce que la nature et la pudeur s'accordent pour tenir secret. Quant à celles qui se présentent en compagnie d'un chevalier en armes, elles sont mises à mort.

LXXXIV. — « Elles sont, dans ce cas, traînées en victimes par cet homme impitoyable sur les tombeaux de ses fils et immolées de sa propre main. Ensuite ceux qui conduisent les femmes sont ignominieusement privés de leurs armes et de leurs chevaux et jetés en prison; et, pour exécuter ses ordres, il entretient nuit et jour plus de mille soldats armés autour de sa demeure.

LXXXV. — « Je dois vous dire de plus que s'il pardonne à quelques-uns, il faut d'abord qu'ils fassent ser-

ment sur l'hostie consacrée qu'ils auront les femmes en
exécration pendant tout le reste de leur vie. Donc, s'il
vous convient de perdre ces dames et vous-même après
elles, vous pouvez vous approcher des murs qui entourent la demeure de cet infâme, et vous verrez bientôt ce
qui l'emporte en lui ou de la force ou de la cruauté. »

LXXXVI. — Tout ce récit avait d'abord attendri les
deux guerrières, et elles furent ensuite pénétrées d'une
telle indignation que, si elles l'eussent entendu pendant
le jour et non pendant la nuit, rien n'aurait pu les empêcher de courir sans délai vers le château. La noble
compagnie se reposa donc en attendant que l'aurore eût
donné le signal aux étoiles de faire place au soleil ; alors
chacun prit ses armes et se mit en selle.

LXXXVII. — Ils allaient partir, lorsque entendant derrière eux sur la route un grand bruit de chevaux, ils
portèrent leurs regards sur toutes les parties du vallon.
Ils aperçurent alors à une distance de la portée d'un
trait défiler dans un étroit sentier une troupe de vingt
hommes armés, les uns sur des chevaux, les autres à
pied.

LXXXVIII. — Ils traînaient avec eux sur un cheval
une femme qui paraissait âgée, comme on traînerait un
condamné conduit pour ses crimes au bûcher ou à tout
autre supplice. A sa figure et à ses vêtements on la reconnut malgré la distance : les habitants du hameau
leur dirent que c'était la suivante de Drusille.

LXXXIX. — C'était en effet la cameriste qui, prise
avec Drusille par le traître Tanacre, comme je l'ai dit,
avait été chargée par elle de préparer le breuvage empoisonné dont l'effet avait été si prompt et si cruel.
Elle n'était pas, comme les autres, entrée dans l'église,
car elle se doutait bien de ce qui devait arriver ; elle
était sortie de la ville pour aller chercher dans un autre
lieu un asile où elle se croyait en sûreté.

XC. — Marganor, sachant par ses espions qu'elle s'é-
tait retirée en Autriche, se donna toutes les peines du

monde pour qu'elle retombât entre ses mains, afin de la faire pendre ou brûler. Il y réussit enfin, grâce à la coupable connivence d'un baron qui, séduit par ses présents et par ses promesses, la lui livra malgré l'engagement qu'il avait pris envers cette malheureuse femme de la laisser vivre en sûreté dans ses domaines.

XCI. — Il la lui avait expédiée jusqu'à Constance sur un sommier, comme un ballot de marchandises, liée étroitement, garrottée, enfermée dans une caisse et dans l'impossibilité de crier. De là, sur les ordres de ce tyran, dont l'âme était fermée à la pitié, cette troupe l'avait conduite dans ce lieu pour que le monstre pût assouvir sur elle sa rage.

XCII. — Comme le grand fleuve qui sort du Vésule devient plus rapide et plus impétueux à mesure qu'il s'avance et qu'il descend vers la mer, grossi des ondes du Lambro, du Tésin, de l'Adda et des autres rivières qu'il a pour tributaires; ainsi Roger et les deux guerrières, à mesure qu'ils apprennent les nouveaux forfaits de Marganor, sentent s'accroître leur colère et leur indignation.

XCIII. — Cette colère et cette haine montent à un tel degré contre le cruel tyran, coupable de tant de crimes, qu'ils se décident à le punir malgré le nombre de ses défenseurs. Mais une mort prompte leur semble un supplice trop léger et hors de proportion avec ses forfaits : ils veulent lui en faire éprouver toutes les angoisses en prolongeant son supplice et son martyre.

XCIV. — Avant tout, ils croient qu'il est juste de délivrer la femme que les sbires conduisent à la mort. Ils lâchent la bride à leurs chevaux, et les coups d'éperons dont ils labourent leurs flancs redoublant leur rapidité naturelle raccourcissent le chemin. Ces gens n'avaient jamais été assaillis avec plus d'impétuosité et de rudesse. Ils sont trop heureux de laisser la dame, leurs écus, les bagages, et de s'enfuir désarmés.

XCV. — Comme le loup qui, chargé de sa proie, re-

tourne à sa tanière, et, se voyant traqué dans sa route
par le chasseur et les chiens, jette son fardeau et
s'élance à travers les taillis les plus épais, les vingt soldats, non moins empressés, se mettent en fuite en se
voyant attaqués par nos trois guerriers.

XCVI. — Non-seulement ils abandonnent leur captive
et leurs armes, mais plusieurs d'entre eux délaissent
même leurs chevaux afin d'être plus agiles et plus libres
pour courir à travers les grottes et les ravins. Ce qu'il
y eut de plus agréable pour les guerrières et pour Roger,
c'est qu'ils purent s'emparer de trois chevaux pour
porter les trois dames, qui depuis la veille avaient fatigué si fort la croupe des leurs.

XCVII. — S'étant ainsi ouvert la voie, ils prennent la
route qui conduit au séjour de l'infâme et impitoyable
Marganor. Ils veulent que la vieille les y suive pour
qu'elle soit témoin de la manière dont Drusille sera
vengée. Cette femme, craignant que leur entreprise n'ait
un résultat funeste, refuse d'abord, pleure, se débat et
jette les hauts cris. Roger la fait monter de force en
croupe derrière lui sur le bon Frontin et l'emporte au
galop.

XCVIII. — Ils atteignirent le sommet d'une colline au
bas de laquelle ils aperçurent un grand nombre de maisons formant un bourg riche et considérable. Il n'était
entouré d'aucun mur ni d'aucun fossé. Au milieu s'élevait un rocher sur lequel avait été construite une haute
forteresse. C'est la demeure de Marganor : c'est vers ce
point qu'ils dirigent leur marche audacieuse.

XCIX. — Dès qu'ils furent entrés dans le bourg, les
soldats qui en défendaient l'entrée abaissèrent promptement la barrière derrière eux, et en même temps ils
s'aperçurent que l'on avait barré l'issue opposée. Aussitôt parut Marganor suivi de quelques gens à pied et à
cheval tout armés. En peu de paroles et d'un ton arrogant, il leur expose la coutume établie dans son domaine.

C. — Pour toute réponse, Marphise, comme il avait
été convenu entre elle, Bradamante et Roger, pousse
son cheval contre le tyran; et comme elle était aussi
forte qu'audacieuse, elle n'eut pas besoin de baisser sa
lance ni de se servir de son épée si fameuse. De son
poing seul elle lui porta sur son casque un si terrible
coup qu'elle le renversa tout ahasourdi sur sa selle.

CI. — En même temps, la jeune guerrière de France
presse les flancs de son coursier et Roger en fait autant,
et de plus il pousse sa lance avec tant de vigueur qu'il
fait tomber six hommes sans s'arrêter; l'un est percé
au ventre, l'autre à la poitrine, celui-ci au cou, celui-là
à la tête, le sixième, au moment où il fuyait, reçoit la
lance dans le dos : elle se brise et le fer lui sort par
l'estomac.

CII. — Tous ceux qu'atteint la lance d'or de la fille
d'Aymon sont renversés sur la terre. On croirait voir la
foudre qui, par un ciel embrasé, abat, brise et disperse
tout ce qu'elle frappe. Le peuple est mis en déroute;
l'un fuit vers le château, l'autre vers la campagne,
d'autres se cachent et se barricadent dans leurs maisons
et dans les églises; la place est vide en un instant, il
n'y reste que les morts.

CIII. — Cependant Marphise avait lié les mains derrière le dos à Marganor, qu'elle avait ensuite livré à la
vieille suivante de Drusille, à son grand contentement.
Il fut décidé que l'on mettrait le feu au bourg à moins
que ses habitants pleins de repentir ne renonçassent à
la coutume barbare due à Marganor et ne se soumissent
à celle que Marphise proposa d'y substituer.

CIV. — Il ne fut pas difficile de leur faire accepter
ces conditions. Tout le peuple craignait que Marphise,
qui ne parlait que de tout tuer et de tout brûler, n'en fît
bien plus qu'elle ne disait; d'ailleurs ils détestaient autant Marganor que sa loi impie et cruelle. Mais ils faisaient comme bien d'autres, qui obéissent souvent le
mieux à ceux qu'ils détestent le plus.

CV. — Cela vient de ce que les habitants se défien
les uns des autres et n'osent pas se communiquer leurs
sentiments. Ils souffrent que l'on bannisse les uns, que
l'on tue les autres, que l'on enlève à celui-ci sa fortune,
à celui-là son honneur. Mais la crainte qui se cache au
fond du cœur s'élève vers le ciel jusqu'à ce que Dieu
et ses saints se chargent de la vengeance; car si elle
se fait quelquefois attendre, ce retard est compensé par
la rigueur de la punition.

CVI. — Maintenant, tout cet amas de colère et de
haine concentré dans les âmes éclate, et la populace tout
entière, pour se venger, s'exhale en injures et en outrages. Comme dit le proverbe : « Quand les vents ont
renversé l'arbre, chacun vient y faire du bois. » Que
Marganor serve d'exemple aux princes : toute mauvaise
action a toujours une mauvaise fin. Il n'était personne
dans le pays, en quelque condition que ce fût, qui ne
fût ravi de le voir puni de ses crimes exécrables.

CVII. — Beaucoup d'entre eux, dont il avait fait périr
les femmes, les sœurs, ou les filles ou les mères, donnant l'essor à leur colère, accouraient avec l'intention de
le faire périr de leurs propres mains. Le vaillant Roger
et les magnanimes guerriers eurent beaucoup de peine
à les en empêcher; ils avaient décidé qu'il périrait au
milieu des supplices et des tourments.

CVIII. — Ce fut à la vieille femme, qui le haïssait
autant que femme peut haïr son ennemi, que Marganor
fut livré tout nu, pieds et poings liés, de manière qu'aucun effort n'aurait pu le dégager. Pour se venger des
pleurs qu'il lui avait fait verser, elle fut heureuse de lui
mettre tout le corps en sang au moyen d'un poinçon que
lui procura un paysan qui se trouvait là.

CIX. — La messagère d'Islande et ses deux compagnes, victimes d'un outrage qu'elles ne pouvaient oublier, ne demeurèrent pas oisives et ne se montrèrent
pas moins que la vieille disposées à se venger. Mais le
désir qu'elles éprouvent de martyriser Marganor dé-

passe leur pouvoir; elles veulent cependant le satisfaire : l'une jette sur lui des pierres, l'autre le déchire avec ses ongles, celle-ci le mord, celle-là enfonce des aiguilles dans sa chair.

CX. — Tel qu'un torrent gonflé par de longues pluies et par la fonte des neiges détruit tout sur son passage et déracine, en se précipitant du haut des montagnes, les arbres, les rochers et même les champs avec leurs moissons; il vient un temps où tombe sa violence, où se perd son aspect effrayant, tellement qu'une femme, qu'un enfant même pourrait le passer facilement partout et souvent à pied sec.

CXI. — Telle est l'image de Marganor. Autrefois son nom seul faisait trembler tous ceux qui l'entendaient prononcer, et aujourd'hui le moment est venu où tou son orgueil a été abaissé, où ses forces dont il abusait se sont anéanties, au point que les enfants mêmes peuvent l'insulter impunément, lui arracher, les uns la barbe, les autres les cheveux. Roger et les deux dames se dirigèrent ensuite vers la forteresse sur le haut du rocher.

CXII. — Ses défenseurs la leur livrèrent sans résistance avec les richesses de toute nature qu'elle contenait. On en mit une partie au pillage, une autre fut donnée à Ulanie et aux femmes qui avaient partagé sa mauvaise fortune. On y trouva aussi l'écu d'or et les trois rois que le tyran avait retenus prisonniers. Lorsqu'ils étaient arrivés en ce lieu ils étaient, comme je crois vous l'avoir dit, à pied et sans armes.

CXIII. — Depuis le jour où ils avaient été renversés par Bradamante, ils avaient toujours voyagé ainsi en compagnie de la messagère envoyée d'un pays si lointain. Etait-ce un bien, était-ce un mal pour elle qu'ils fussent dépourvus de leurs armes? Je ne saurais le dire : c'eût été un bien s'ils eussent pu la défendre, un mal plus grand s'ils avaient été vaincus.

CXIV. — Dans ce dernier cas, elle aurait été, comme

toutes celles qu'avaient escortées les chevaliers armés,
conduite et immolée sur le tombeau des deux frères.
Après tout, il est plus cruel de mourir que de laisser
voir les parties du corps que l'on prend tant de soin de
dérober aux gens, d'autant plus que ce déshonneur,
comme celui qui vient de toute autre cause, est singulièrement diminué lorsqu'on peut dire que c'est par la
force qu'on l'a subi.

CXV. — Les guerrières avant leur départ firent jurer
aux habitants que les hommes donneraient à l'avenir le
gouvernement et l'administration du pays à leurs femmes,
que des peines sévères seraient infligées à ceux qui
oseraient désobéir à cette loi. Il fut établi, en un mot,
que tout ce qui ailleurs est le privilége des hommes
serait dans ce pays l'apanage des femmes.

CXVI. — On leur fit aussi promettre qu'ils ne donneraient chez eux asile à aucun des voyageurs qui se pré-
senteraient, soit chevaliers, soit simples piétons ; de ne
leur accorder même aucun toit pour s'y reposer, avant
qu'ils n'eussent juré sur Dieu et ses saints, ou fait tout
autre serment solennel, d'être toujours amis des dames
et ennemis mortels de leurs ennemis.

CXVII. — Ceux qui avaient déjà pris femme, ainsi
que les célibataires qui tôt ou tard entreraient dans les
liens du mariage, jurèrent de leur être toujours soumis
et d'obéir à toutes leurs volontés. Marphise déclara
qu'avant l'expiration de l'année et la chute des feuilles,
elle reviendrait dans le pays, et que si la loi qu'elle avait
prescrite n'était pas mise en vigueur, elle mettrait tout
à feu et à sang dans le bourg.

CXVIII. — Les trois guerriers ne voulurent pas non
plus quitter le pays avant d'avoir fait retirer le corps
de Drusille du lieu immonde où le tyran l'avait fait
jeter, et de l'avoir fait placer à côté de son époux dans
un tombeau aussi magnifique qu'il fut possible. Cependant la vieille, avec le poinçon d'or, ne cessait d'ensan-
glanter le dos de Marganor. Son seul regret était de

n'avoir pas assez de force pour ne laisser ni paix ni trève à l'objet de sa haine.

CXIX. — Les guerrières aperçurent sur un des côtés du temple, située au milieu de la place, une colonne où le tyran barbare avait fait inscrire sa loi cruelle et insensée. Elles y élevèrent une sorte de trophée en y attachant l'écu, la cuirasse, le casque de Marganor, et y firent inscrire la nouvelle loi par laquelle on avait remplacé l'ancienne.

CXX. — Les paladins ne restèrent dans ce lieu que le temps nécessaire pour que l'on gravât sur la colonne l'inscription de Marphise, bien différente de celle qui menaçait autrefois les femmes de l'ignominie et de la mort. Ensuite ils se séparèrent des dames d'Islande qui restèrent pour se faire faire de nouvelles robes, car elles auraient eu honte de reparaître à la cour dans un costume moins riche et moins orné que celui qu'elles y avaient précédemment porté.

CXXI. — Ulanie resta dans le pays où Marganor était toujours en sa puissance. Elle craignit plus tard que celui-ci ne réussît à lui échapper et ne cherchât encore à faire aux femmes de nouveaux outrages; elle lui fit faire, en le précipitant du haut d'une tour, le plus beau saut qu'il eût jamais fait de sa vie. Mais c'est assez parlé d'elle et des siens, revenons à la vaillante compagnie qui a pris sa route du côté d'Arles.

CXXII. — Pendant toute la journée et le jour suivant, jusqu'à l'heure de tierce, elle continua de marcher, et elle rouva alors un chemin qui se divisait en deux sentiers : l'un conduisait au camp, l'autre aux murs de la ville. Là les deux amants s'embrassèrent avec effusion et se séparèrent en se faisant ces adieux toujours si touchants et si cruels. Les dames arrivèrent enfin au camp, Roger dans la ville d'Arles, et j'arrive à la fin de mon chant.

CHANT TRENTE-HUITIÈME

ARGUMENT

Marphise est baptisée par l'archevêque Turpin, après avoir raconté son histoire. — Descendu de la lune, Astolphe va conquérir Biserte. — Accompagné de Senapes, il change des pierres en chevaux et des feuilles en navires. — Les Sarrasins tiennent un conseil de guerre. — Après les discours d'Agramant et de Marsile, on propose de terminer la guerre par un combat singulier. — Roger est choisi par les Sarrasins et Renaud par les chrétiens. — Cérémonie du serment. — Le combat commence.

I. — Aimables dames qui prêtez à mes vers une oreille bienveillante, vous me paraissez voir avec peine l'empressement mis par Roger à se séparer de sa fidèle amante ; vous n'en êtes peut-être pas moins affligées que Bradamante elle-même. Vous en concluez que le brave chevalier n'était que faiblement embrasé des feux de l'amour.

II. — Je croirais comme vous que les traits de l'amour n'avaient pas profondément atteint son cœur, s'il eût quitté malgré elle sa maîtresse pour toute autre raison ; si c'eût été, par exemple, dans l'espérance de gagner plus de trésors que n'en réunirent Crésus et Crassus ensemble : car la joie ineffable, l'immense satisfaction de se trouver près de ce qu'on aime ne sauraient trouver aucune compensation dans l'or et dans l'argent.

III. — Mais il s'agissait pour lui de conserver son honneur : il mérite donc non pas seulement d'être excusé, mais de recevoir les plus grands éloges. S'il avait tenu une conduite différente, il aurait été digne de blâme et de mépris, et si Bradamante s'était obstinée à vouloir le faire rester auprès d'elle, elle eût prouvé de la manière la plus évidente ou qu'elle avait peu d'amour, ou qu'elle manquait de jugement.

IV. — Que si l'amante doit tenir à la vie de son amant plus qu'à la sienne (je parle d'une amante dont le cœur n'a pas été légèrement effleuré par les traits de l'amour), elle doit d'autant plus préférer l'honneur de son amant au plaisir que peut lui causer sa présence, que l'honneur est bien plus précieux que la vie, déjà plus précieuse elle-même que tous les plaisirs.

V. — Roger accomplit un devoir en se rendant auprès de son souverain, qu'il ne pouvait quitter alors sans se déshonorer, puisqu'il n'avait aucune raison de l'abandonner. Almont sans doute avait fait périr son père ; mais Agramant n'était pas responsable de ce crime et il avait d'ailleurs réparé par ses bons traitements envers Roger les fautes de ses ancêtres.

VI. — Oui, Roger a eu raison de retourner auprès de son seigneur, et Bradamante de son côté a eu raison de ne pas l'obliger à rester près d'elle, comme elle le pouvait si elle eût eu recours à des prières. Si Roger n'a pas répondu en cette circonstance aux désirs de sa maîtresse, il ne manquera pas de le faire plus tard. Mais quand une seule fois on a perdu l'honneur, on ne peut jamais le retrouver, dût-on vivre des centaines d'années.

VII. — Roger prend le chemin d'Arles, où Agramant a recueilli les débris de son armée. Bradamante et Marphise qui, déjà unies par le sang, s'étaient liées plus étroitement encore par une amitié mutuelle, se rendirent ensemble au camp où Charlemagne avait rassemblé tout ce qu'il possédait de troupes, dans l'espérance de réparer les désastres de la France par une bataille ou par un siége.

VIII. — Bradamante s'étant fait connaître, reçut de

tout le camp français l'accueil le plus empressé et le plus joyeux. C'était à qui lui donnerait le plus de marques de respect et de sympathie. A toutes ces démonstrations elle répondit de la manière la plus polie. Informé de son arrivée, Renaud accourut vers elle et fut suivi de près par Richard, Richardet et ses autres proches, heureux de la revoir.

IX. — Quand on sut que sa compagne était cette Marphise si célèbre par ses hauts faits et qui depuis le Cathai jusqu'aux extrémités de l'Espagne avait remporté tant de palmes glorieuses, il n'y eut personne, riche ou pauvre, qui ne quittât ses tentes : de toutes parts une foule curieuse accourt, se heurte, se presse et se pousse en tumulte, pour jouir de la vue des guerrières qui forment un couple aussi illustre.

X. — Elles allèrent rendre avec respect leurs devoirs au roi Charlemagne, et ce fut la première fois, fait remarquer Turpin, que Marphise fléchit le genou devant quelqu'un. Le fils du roi Pépin lui parut seul digne de recevoir d'elle cette marque de déférence, parmi tant d'empereurs et de rois, les plus célèbres par leurs vertus ou leur puissance qu'elle eût vus précédemment chez les Sarrasins ou les chrétiens.

XI. — Charles la reçut avec la plus grande bonté. Il sortit de sa tente pour aller à sa rencontre ; il voulut qu'elle prît place à ses côtés, au-dessus des rois, des princes et des barons. On donna congé à tous ceux qui ne s'étaient pas retirés d'eux-mêmes et il ne resta qu'un petit nombre choisi. Les paladins et quelques grands seigneurs furent seuls présents. Le commun du peuple se retira.

XII. — Alors Marphise s'exprima ainsi d'une voix pleine de majesté : « Très-haut, très-illustre et invincible empereur, qui, depuis les mers indiennes jusqu'au détroit de Gibraltar et les montagnes neigeuses de la Scythie jusqu'aux plages brûlantes de l'Éthiopie, faites révérer le saint étendard de la Croix ; vous le plus sage et le plus juste des monarques, c'est votre renommée, dont le monde entier retentit, qui, des extrémités de la terre, m'a conduite en ces lieux.

XIII. — « Je dois avouer que si j'y suis venue, c'est par un sentiment de jalousie et pour vous faire la guerre : je ne voulais pas qu'il existât un si puissant prince ayant une croyance différente de celle que je professe. C'est par ce motif que j'ai rougi les campagnes du sang des chrétiens, et j'étais prête à vous donner encore de terribles preuves de mon inimitié, sans une circonstance qui m'a décidée à m'attacher à vous.

XIV. — « Au moment même où j'allais porter à vos armées les coups les plus terribles, j'ai appris (et je vous dirai dans un temps plus opportun par quelle aventure) que j'ai eu pour père le vaillant Roger de Risa, lâchement trahi par un coupable frère. Ma malheureuse mère me porta dans son sein au delà des mers, et je vins au monde dans la situation la plus cruelle que l'on puisse imaginer. Je fus élevée jusqu'à ma septième année par un enchanteur, aux mains duquel je fus ravie par des Arabes.

XV. — « Ils me vendirent à un roi de Perse, dont je devins l'esclave et à qui je donnai la mort lorsque je fus devenue plus grande, parce qu'il avait voulu attenter à mon honneur. Je l'immolai avec toute sa cour. Je chassai du pays son infâme race et je m'emparai de ses États. Je fus assez heureuse pour avoir à l'âge d'un peu plus de dix-huit ans conquis sept royaumes.

XVI. — « Jalouse alors, comme je vous l'ai dit, de votre renommée, j'avais résolu d'abaisser une élévation aussi éclatante : peut-être y aurais-je réussi, peut-être aussi aurais-je été trompée dans mes espérances ; mais aujourd'hui j'ai mis à néant un tel désir, toute ma fureur s'est domptée, depuis qu'en arrivant ici j'ai été informée des liens qui m'attachent à vous.

XVII. — « Mon père a été votre parent et votre serviteur ; je veux être, moi aussi, votre parente et votre servante. Cette jalousie, cette haine condamnable, qui pendant quelque temps m'ont animée, n'existent plus. Je les réserve pour Agramant et pour tous ceux qui, attachés à son père ou à son oncle, ont participé à la mort de ceux qui m'ont donné le jour. »

XVIII. — Marphise ajouta qu'elle voulait être chrétienne et retourner ensuite en Orient, avec la permission de l'empereur, après avoir fait périr Agramant, pour faire embrasser à son peuple la foi chrétienne. De là elle irait porter la guerre chez tous les peuples qui adorent Mahomet et Tervagant : toutes ses conquêtes devaient être par elle soumises au Saint-Empire et à la religion du Christ.

XIX. — L'empereur, dont l'éloquence égalait la valeur et la sagesse, donna d'abord les plus grands éloges aux éminentes qualités de la guerrière, à celles de son père et de toute sa lignée, et répondit ensuite avec bonté à tous les points qu'elle avait touchés dans son discours. Son noble visage reflétait la sincérité de son âme. Il conclut en disant qu'il l'acceptait pour parente et qu'il la considérait comme sa fille.

XX. — Il se lève alors, l'embrasse, et en l'appelant sa fille la baise sur le front. Tous les membres des familles de Montgraine et de Clermont viennent lui témoigner leur joie. Quant à Renaud, il serait trop long de raconter tous les honneurs qu'il lui rendit ; car il avait été bien des fois témoin de ses prouesses, lorsqu'ils assiégèrent Albraque et les lieux qui l'entouraient.

XXI. — Il ne serait pas moins long de dire avec quelle joie elle fut accueillie par le jeune Guidon, par Aquilant, Griffon et Sansonnet, qui s'étaient trouvés avec elle dans la cité barbare des femmes. Maugis, Vivien et Richardet ne se montrèrent pas moins empressés auprès d'elle, n'oubliant pas quel généreux secours elle leur avait donné lors du massacre des perfides Mayençais et de la défaite des brigands espagnols qui avaient voulu la vendre.

XXII. — L'empereur fit préparer lui-même pour le jour suivant et orner avec magnificence le lieu où Marphise devait recevoir le baptême. Il réunit auprès d'elle les évêques et les clercs les plus versés dans la connaissance des vérités chrétiennes, pour qu'ils l'instruisissent à fond de tous les mystères de notre sainte foi.

XXIII. — L'archevêque Turpin s'y rendit, revêtu de ses habits pontificaux : ce fut lui-même qui la baptisa. L'empereur Charlemagne la tint sur les fonts salutaires avec les cérémonies d'usage. Mais il est bien temps que nous venions au secours du paladin Roland, afin d'essayer de guérir sa cervelle malade au moyen de la fiole que le duc Astolphe, sur le char d'Élie, lui vint apporter de la plus basse région du ciel.

XXIV. — Astolphe était descendu du cercle de la lumière, sur le point le plus élevé de la terre, tenant entre ses mains la précieuse ampoule qui devait rendre la raison au plus vaillant des guerriers. Au même lieu, saint Jean découvrit au duc d'Angleterre une herbe d'une vertu excellente, afin qu'à son retour il pût en toucher les yeux du roi de Nubie et lui rendre la vue.

XXV. — En récompense d'un pareil service, ce monarque devait lui donner une armée qui l'aiderait à faire le siége de Biserte. Le saint vieillard lui enseigna de quelle manière il armerait et conduirait au combat ce peuple inhabile dans l'art de la guerre, et comment il pourrait le conduire sans danger à travers les déserts dont les sables aveuglent les yeux des hommes. Il lui expliqua de point en point la conduite qu'il devait tenir.

XXVI. — Il le fit ensuite remonter sur ce cheval ailé que Roger, et Atlant avant lui, avaient autrefois possédé; et le paladin ayant pris congé du vénérable apôtre, laissa les saintes régions, côtoya le Nil jusqu'en vue du royaume de Nubie, et descendit sur la ville capitale de ce pays où il alla trouver Senapes.

XXVII. — Ce prince fut excessivement joyeux de le revoir, n'ayant pas oublié l'immense service qu'il

lui avait rendu en chassant de son palais les harpies
qui désolaient toute la contrée. Lorsque Astolphe ayant
fait disparaître la couche épaisse de l'humeur qui dérobait aux yeux du roi la clarté du jour, les eut remis en
leur premier état, et lui eut rendu la vue, Senapes se
prosterna devant lui comme devant la divinité suprême.

XXVIII. — Non-seulement il mit à sa disposition autant de troupes qu'il lui en fallait pour porter la guerre
dans le royaume de Biserte, mais il arma cent mille
hommes de plus, s'offrant lui-même pour prendre part
à cette expédition. Toute cette armée put à peine être
contenue dans une vaste campagne ; elle ne se composait
que de gens de pied, car ce pays n'a point de chevaux,
et possède seulement en grand nombre des éléphants
et des chameaux.

XXIX. — Pendant la nuit qui précéda le jour où
l'armée du roi de Nubie devait se mettre en campagne,
le paladin, montant sur l'hippogriffe, dirigea son vol
rapide du côté du midi et arriva à la montagne d'où sort
le vent austral qui souffle entre les deux Ourses. Il
trouva la cavité où par une étroite ouverture ce vent
s'élance avec fureur.

XXX. — Selon les instructions de son maître, il
s'était muni d'une outre vide qu'il appliqua adroitement
et sans bruit à l'ouverture de l'antre obscur où le fier
Autan se reposait de ses fatigues ; de sorte que, sans se
douter du piége qui lui était tendu, croyant le lendemain sortir comme à son ordinaire, il s'engouffra dans
l'outre où il fut pris et étroitement renfermé.

XXXI. — Le paladin joyeux d'une prise aussi importante retourna en Nubie, et le même jour se mit en
route avec ses noirs soldats, se faisant suivre de toutes
les provisions nécessaires ; et à travers les mers de
sable, sans avoir à redouter la fureur du vent qu'il tient
captif, le valeureux prince conduit sans danger et en
sécurité toutes ses troupes vers le mont Atlas.

XXXII. — Arrivé sur un point de la montagne d'où

l'on découvrait la plaine et la mer, Astolphe choisit les
soldats les plus braves et les plus disciplinés de toute
l'armée. Il les distribue à droite et à gauche au pied
d'une colline confinant à la plaine. Il les y laisse et
monte sur le sommet avec l'air d'un homme qui médite
un grand dessein.

XXXIII. — Se mettant à genoux, il adresse à son
saint maître une fervente prière qu'il est sûr de voir
exaucée, puis il fait rouler du haut en bas une grande
quantité de pierres. O puissance merveilleuse de la foi
en Jésus-Christ! ces pierres en tombant changent de
nature, et on les voit, à mesure qu'elles descendent,
croître et se changer en ventres, en jambes, en cous et
en têtes.

XXXIV. — Toutes ces pierres étaient devenues des
chevaux gris, bais ou alezans, faisant entendre des hennissements; et en descendant dans la plaine ils sautaient
et agitaient leurs croupes. A mesure qu'ils arrivaient,
des soldats placés au pied de la colline et se tenant aux
aguets mettaient la main sur eux, en sorte qu'en peu
d'heures ils se trouvèrent tous pourvus de montures, car
les chevaux étaient nés tout sellés et tout bridés.

XXXV. — Astolphe avait quatre-vingt mille cent deux
fantassins ; à la fin de la journée il se trouva à la tête
d'autant de cavaliers. Il parcourut avec eux toute
l'Afrique, portant partout l'incendie et le pillage et
faisant un grand nombre de prisonniers. Agramant
avait, en attendant son retour, confié la garde de son
royaume au roi Bronzard, à ceux de Ferze et d'Algazer,
qui se portèrent au-devant de l'armée d'Astolphe.

XXXVI. — Ils avaient d'abord envoyé vers Agramant
un léger esquif qui devait fendre les flots, à rames et à
voiles, afin de le prévenir des dévastations et des massacres dont son royaume, envahi par le roi de Nubie,
était devenu le théâtre. Voguant jour et nuit sans
s'arrêter sur la mer, le messager parvint sur les côtes
de Provence, et il trouva le roi des Sarrasins à demi

bloqué dans Arles et menacé par Charlemagne, dont l'armée n'était qu'à un mille de distance.

XXXVII. — Agramant, voyant à quel péril il avait exposé son royaume pour venir conquérir celui de Pépin, fit appeler à son conseil les rois et les princes du peuple sarrasin. Après avoir promené ses regards, tantôt sur Marsile, tantôt sur le roi Sobrin, les deux souverains qui surpassaient en âge et en sagesse tous ceux qui avaient été réunis dans cette assemblée, il s'exprima en ces termes :

XXXVIII. — « Quoique je n'ignore pas qu'il convient peu à un chef d'armée de dire : « Je ne l'avais pas prévu, » je ne crains pas cependant de vous le dire. Car quand il survient un de ces désastres que ne pouvait prévoir la pensée humaine, il est permis de se croire vraiment excusable ; et c'est précisément le cas où je me trouve. J'ai eu tort de laisser l'Afrique sans défense, puisqu'elle pouvait être attaquée par les Nubiens.

XXXIX — « Mais qui aurait pu penser, hors Dieu seul, à qui rien dans l'avenir n'est inconnu, qu'une nation aussi éloignée pût venir nous attaquer avec des forces si considérables ? Séparée de nous par une terre que recouvre un sable sans cesse soulevé par les vents, elle est venue cependant assiéger Biserte, et elle a déjà porté le ravage dans une grande partie de l'Afrique.

XL. — « C'est sur ce sujet que je vous demande conseil : faut-il partir d'ici sans avoir tiré le moindre fruit de mon entreprise, ou dois-je, au contraire, la poursuivre jusqu'à ce que Charlemagne tombe entre mes mains ? ou bien est-il quelque moyen de conserver notre empire en détruisant celui-ci ? Si quelqu'un de vous en trouve un, qu'il le fasse connaître, je l'en prie : voyons quel est le meilleur parti à prendre et adoptons-le. »

XLI. — Ainsi parla Agramant, et il tourna les yeux vers le roi d'Espagne, assis non loin de lui, comme pour faire entendre que c'était de lui qu'il attendait une réponse à ce qu'il venait de dire. Celui-ci se leva, fléchit

respectueusement le genou, inclina la tête, se rassit ensuite sur son trône, et prit la parole en ces termes :

XLII. — « Tout ce qui peut arriver d'heureux ou de
malheureux, seigneur, est toujours exagéré par la renommée. Je me garderai donc bien de me décourager
ou de me livrer à une confiance téméraire, en apprenant
le mal ou le bien qu'elle nous raconte, et j'aurai toujours
au contraire, ou la crainte ou l'espérance de les trouver moindres, ou tout différents même de ce qui nous
est rapporté par tant de bouches.

XLIII. — « Plus ils paraissent invraisemblables, moins
je suis disposé à les croire. Or est-il vraisemblable
qu'un roi d'une contrée aussi éloignée ait pu pénétrer
avec une armée si considérable au sein de la belliqueuse
Afrique, traversant les déserts de sable où Cambyse
engagea si fatalement son peuple ?

XLIV. — « Je croirai sans peine que des Arabes
descendus de leurs montagnes auront fait quelques dégâts, saccagé le pays, tué ou fait prisonniers quelques hommes, dans des lieux où ils n'auront trouvé
qu'une faible résistance. Bronzard sans doute, que
vous avez laissé comme votre lieutenant et comme vice-
roi d'Afrique, aura centuplé le nombre des envahis-
seurs afin de rendre sa négligence excusable.

XLV. — « Je vous accorderai même que ce soient les
Nubiens qui sont tombés miraculeusement du ciel, ou
qui sont arrivés en Afrique portés sur des nuages, car
personne ne les a rencontrés en chemin ; mais craignez-
vous que de telles gens puissent piller votre Afrique
si vous n'envoyez pas des troupes à son secours ? La
garnison que vous y avez laissée donnerait d'elle une
bien triste idée si elle se laissait intimider par une nation si peu redoutable.

XLVI. — « Si vous y envoyez seulement quelques
navires, si vos étendards peuvent seulement y paraître,
ils ne se seront pas plutôt mis en route que l'on verra
fuir jusqu'à leur frontières ces lâches, soit Arabes, soit

Nubiens, qui ne se sont enhardis à vous faire la guerre que parce qu'ils savent que vous êtes ici avec nous, séparé de vos États par la mer.

XLVII. — « Mon avis est que pour assurer votre vengeance, vous profitiez du moment où Charlemagne n'a pas auprès de lui son neveu Roland. Tant que ce guerrier sera absent, aucun ennemi de cette secte ne sera capable de vous résister. Si par manque de clairvoyance, ou par votre négligence, vous laissez échapper la glorieuse victoire qui vous attend, la fortune vous tournera le dos au moment où vous la tenez par les cheveux, et ce sera pour nous un désastre irréparable et une honte éternelle. »

XLVIII. — Par ce discours et plusieurs autres adroites paroles, le monarque espagnol essaya de persuader au conseil de ne pas éloigner de la France l'armée sarrasine jusqu'à ce que Charles fût réduit à quitter en exilé son beau royaume. Mais le roi Sobrin, voyant clairement le but où tendait le roi Marsile, qui avait parlé dans un intérêt personnel plutôt que dans l'intérêt général, répondit ainsi :

XLIX. — « Lorsque je vous conseillais de rester en paix, seigneur, je voudrais bien avoir été un faux prophète. Ou si mes prévisions étaient fondées, pourquoi n'en avez-vous pas cru votre fidèle Sobrin plutôt que l'audacieux Rodomont, Marbaluste, Alzirde et Martasin ? Je voudrais bien aujourd'hui qu'ils fussent ici présents ; mais, plus que tous les autres, c'est Rodomont que je désirerais y voir.

L. — « Je le ferais se souvenir qu'il voulait détruire la France comme l'on brise un verre fragile ; il voulait vous suivre jusqu'aux cieux, jusqu'aux enfers ; il serait même volontiers allé plus loin. Maintenant que l'on aurait besoin de lui, il demeure les bras croisés, plongé dans une indigne, dans une honteuse paresse ; et moi, que ces illustres guerriers accusèrent alors de lâcheté, je suis encore à vos côtés.

LI. — « J'y resterai toujours tant que je conserverai un souffle de vie, et je ne craindrai jamais d'exposer mes jours contre tout ce que la France possède de guerriers renommés. Je défie qui que ce soit de trouver quelque chose à reprendre à un seul de mes actes. Tous ceux qui se sont tant vantés n'ont pas plus fait, ni peut-être autant que moi pour votre service.

LII. — « Je vous parle ainsi, seigneur, afin de vous prouver que ce que je vous dis alors et ce que je puis vous dire encore m'était inspiré, non par un sentiment lâche et déloyal, mais par mon dévouement pour vous. Retournez donc, je vous le conseille, le plus tôt que vous pourrez dans votre royaume; c'est manquer de sagesse que de risquer de perdre ses États en essayant de conquérir ceux d'un autre.

LIII. — « Conquérir! De trente-deux rois, vos vassaux, sortis avec vous des ports de l'Afrique, si nous comptions bien aujourd'hui, il en resterait à peine le tiers ; tout le reste a péri. Plaise à Dieu que cette perte ne s'aggrave pas encore! Mais si vous voulez poursuivre cette guerre, je crains bien qu'il n'en reste pas bientôt la quatrième partie ou la cinquième et que votre peuple infortuné ne périsse tout entier.

LIV. — « C'est un bonheur pour vous que Roland soit absent. Sans cela, du petit nombre que nous sommes, pas un peut-être ne survivrait. Mais cette absence, qui prolonge notre triste situation, ne nous délivre pas de tous les dangers. Nous avons maintenant contre nous Renaud, qui prouve bien par ses prouesses qu'il n'est pas inférieur à Roland. N'avons-nous pas aussi sa famille et tous ces paladins, la terreur éternelle de nos Sarrasins?

LV. — « Je suis affligé certainement de faire l'éloge de nos ennemis, mais ils ont avec eux un second Mars : ce vaillant Brandimart, aussi habile que Roland dans toutes sortes de combats. J'ai moi-même eu la preuve de sa valeur et ce que j'ai vu ou entendu dire m'a appris

que bien d'autres que moi avaient senti la vigueur de
son bras. Enfin il y a bien longtemps déjà que Roland
ne combat plus, et nous avons cependant beaucoup plus
perdu que gagné pendant son absence.

LVI. — « Déjà malheureux dans le passé, je crains
pour l'avenir de plus grands désastres encore. Mandricard manque à notre armée ; Gradasse nous refuse
son secours ; Marphise nous abandonne dans le moment
le plus critique. Il en est de même du roi d'Alger, de qui
je puis dire que, s'il était aussi fidèle que brave, il nous
tiendrait lieu à la fois de Gradasse et de Mandricard.

LVII. — « Au moment où nous perdons de si solides
appuis, où tant des meilleurs des nôtres ont péri, où tous
ceux qui peuvent nous aider sont arrivés déjà, où
nous n'attendons plus un seul vaisseau qui puisse nous
en amener d'autres, voilà que l'armée de Charlemagne
se trouve renforcée de quatre guerriers nouveaux,
jugés tous quatre comme aussi redoutables que Roland
et Renaud, et avec raison, car on n'en pourrait trouver
de semblables d'ici aux extrémités du monde.

LVIII. — « Je ne sais si vous connaissez bien ce que
sont Guidon le Sauvage, Sansonnet et les deux fils
d'Olivier : je les considère comme supérieurs à tous les
chefs que je connais, et comme plus redoutables qu'aucun chevalier venu d'Allemagne ou des autres pays
pour défendre l'empire contre nous. Cependant des
forces nouvelles qui pour notre malheur sont arrivées
dans leur camp sont fortement à redouter pour nous.

LIX. — « Autant de fois que vous déploierez votre bannière, vous pouvez vous attendre à être défait ou tout
au moins repoussé. Si l'Afrique et l'Espagne réunies
ont eu le dessous quand nous étions seize contre huit,
que sera-ce maintenant que l'Italie, l'Allemagne, l'Angleterre et l'Écosse sont unies à la France, et que nos
ennemis sont maintenant douze contre six ? Comment
attendrions-nous autre chose que la honte et la défaite ?

LX. — « Tandis qu'ici vous perdez vos soldats au delà

des mers vous perdez votre empire, si vous vous obstinez à poursuivre une vaine conquête; si vous y renoncez, si vous retournez en Afrique, vous sauverez à la fois les restes de votre armée et de vos états. Abandonner Marsile serait, j'en conviens, une action indigne, et chacun aurait raison de vous accuser d'ingratitude ; mais en faisant la paix avec Charles vous pourrez à la fois donner satisfaction à ce prince et servir vos propres intérêts.

LXI. — « Si cependant vous croyez qu'il est de votre honneur de ne pas demander le premier la paix, puisque vous avez été le premier offensé, si la guerre vous paraît le parti le plus honorable malgré le peu de succès obtenu jusqu'ici par les vôtres, cherchez avec soin, du moins, les moyens de vous assurer la victoire. Vous l'obtiendrez si vous voulez suivre mon conseil. Choisissez un chevalier qui puisse terminer dans un combat singulier cette grande querelle, et que ce champion soit Roger.

LXII. — « Je sais, et vous savez comme moi, que ce Roger, dans un combat seul à seul, n'est inférieur ni à Roland ni à aucun autre chevalier chrétien. Mais dans une bataille générale, malgré son merveilleux courage, il ne sera qu'un homme seul ayant contre lui la troupe tout entière de ses égaux.

LXIII. — « Mon avis est donc, si vous l'approuvez, que vous envoyiez dire au roi chrétien que, pour mettre fin à tous les différends, pour épargner le sang des soldats que vous lui enlevez chaque jour et de ceux des vôtres qu'il fait périr en bien plus grand nombre, vous l'invitez à mettre aux prises un de vos champions avec un des plus braves parmi les siens. Eux seuls devront être chargés de mettre fin à la guerre, l'un par sa mort et l'autre par sa victoire.

LXIV. — « Ce combat aura lieu à condition que le roi de celui qui aura été vaincu deviendra tributaire de l'autre roi. Je ne crois pas que Charles rejette une proposition pour laquelle l'avantage est de son côté; mais, pour moi, j'ai tant de confiance dans la vigueur de Roger que je le regarde d'avance comme vainqueur; d'ailleurs la justice est tellement de notre côté qu'il devra triompher quand bien même il aurait à combattre le dieu Mars. »

LXV. — Par ces motifs et d'autres plus puissants encore Sobrin obtint que l'on prendrait le parti qu'il avait proposé. On choisit des interprètes et le jour même une ambassade fut envoyée à Charles. L'empereur, qui se voyait entouré des guerriers les plus parfaits, accepta la proposition, assuré qu'il était de la victoire. Il choisit pour le combat le vaillant Renaud, qui après Roland lui paraissait le plus digne de sa confiance.

LXVI. — Les deux armées se réjouirent également l'une et l'autre de cet arrangement. Cette guerre avait tellement fatigué leurs corps et leurs esprits qu'elle leur était devenue odieuse et insupportable. Tous les soldats formaient le projet de livrer au repos le reste de leur vie; tous maudissaient les haines et les fureurs qui avaient excité entre eux tant de querelles et de débats.

LXVII. — Renaud, qui sent que c'est pour lui un glorieux triomphe d'avoir été choisi par Charles, de préférence à tout autre, pour une affaire de si grande importance, se prépare, le cœur plein de joie, à cette honorable entreprise. Il ne fait pas un grand cas de Roger et il ne peut croire qu'il puisse lui opposer une forte résistance; il ne suppose pas que la vigueur de ce jeune guerrier puisse égaler la sienne, quoiqu'il ait en champ clos triomphé de Mandricard.

LXVIII. — Roger éprouve des sentiments bien différents. C'est sans doute pour lui un grand honneur d'avoir été désigné par son souverain, entre tant de guerriers éminents, pour un rôle aussi important; mais il ne peut s'empêcher d'éprouver une grande tristesse et de ressentir de l'inquiétude. Ce n'est pas certainement la crainte qui trouble ainsi son âme; il est si loin de redouter Renaud seul qu'il se sent de force à combattre Renaud et Roland réunis.

LXIX. — Ce qui l'afflige, c'est qu'il voit dans Renaud le frère de la jeune fille qui lui est si chère, de cette tendre maîtresse qui dans ses lettres ne cesse de lui adresser des plaintes et des reproches, et qui, se croyant l'objet d'une trahison, lui témoigne le plus vif mécontentement. Or, si à toutes les anciennes offenses dont elle se plaint s'ajoute le tort de combatre son frère et de lui donner la mort, il trouvera en elle, non plus une amante, mais une ennemie à laquelle il deviendra tellement odieux que rien désormais ne sera capable de l'apaiser.

LXX. — Tandis que Roger s'afflige et gémit d'un combat dont il est chargé malgré lui, sa tendre Bradamante, bientôt instruite du fait, se désole et s'abandonne aux larmes et aux lamentations. Elle se frappe le sein, arrache sa blonde chevelure, meurtrit ses joues innocentes inondées de pleurs. Dans sa douleur amère, elle éclate en plaintes et accuse Roger de trahison et son dessein de barbarie.

LXXI. — De cet affreux combat il ne peut résulter pour elle, quelle qu'en soit l'issue, rien que de funeste. L'idée que Roger pourrait succomber est tellement horrible qu'elle ne peut la supporter. Son cœur est déchiré, et si le ciel, pour punir la France de tous ses crimes, a résolu sa ruine, elle n'aura pas seulement à pleurer la mort de son frère, elle devra gémir aussi sur le plus cruel et le plus épouvantable des désastres.

LXXII. — Elle sent qu'elle encourrait alors un blâme général et qu'elle se rendrait digne du mépris et de l'indignation de tous les siens, si elle osait revenir à celui qu'elle considère comme son époux. Ce serait alors dévoiler aux yeux de tous qu'elle n'avait eu jour et nuit d'autre pensée ni d'autre sentiment. L'engagement mutuel qui les unit est tellement puissant qu'il n'est plus temps de le rompre ni même de s'en repentir.

LXXIII. — Il existait heureusement pour Bradamante une femme qui n'avait jamais manqué de venir à son secours dans les circonstances difficiles ; c'était la magicienne Mélisse. Ne pouvant entendre sans en être vivement touchée ses plaintes et ses gémissements douloureux, elle accourut auprès d'elle pour la consoler et lui promettre son appui tutélaire quand il en serait temps : elle saurait bien interrompre le combat qui allait s'engager et qui lui causait tant de tristesse et d'effroi.

LXXIV. — Pendant ce temps, Renaud et le vaillant Roger apprêtaient leurs armes pour le combat : on en avait laissé le choix au chevalier qui devait défendre la cause de l'empire des Romains ; et comme celui-ci (c'était Renaud) allait toujours à pied depuis qu'il n'avait plus son bon cheval Bayard, on décida que les deux champions combattraient à pied, armés de toutes pièces, avec la hache et le poignard.

LXXV. — Soit par hasard, soit par le conseil du sage et prudent Maugis, qui savait par quelle entaille inévitable l'épée Balizarde pénétrait toute armure, les deux guerriers durent, comme on vient de le voir, combattre sans épée. Quant au lieu du combat, on choisit une vaste plaine qui s'étend près des murs de l'antique cité d'Arles.

LXXVI. — A peine la vigilante Aurore avait-elle quitté le palais de Tithon pour donner naissance au jour et amener l'heure où devait s'engager ce grand combat, que de part et d'autre des députés s'avancèrent pour élever aux deux extrémités des bannières des pavillons et un autel.

LXXVII. — Toute l'armée païenne commença alors à défiler en bon ordre. Au milieu d'elle s'avança le roi d'Afrique, couvert d'armes brillantes, environné de toute la pompe barbaresque, sur un cheval bai ayant la crinière noire et la tête blanche et les deux pieds alezans ; à ses côtés marchait Roger, à qui le roi Marsile ne dédaignait pas de servir d'écuyer.

LXXVIII. — Ce prince qui l'escortait portait le casque que Roger avait naguère, après une lutte ardente, arraché de la tête du roi de Tartarie, ce casque célébré par un plus grand poëte et qui mille ans auparavant avait couvert la tête du Troyen Hector. D'autres seigneurs s'étaient distribué les diverses pièces de son armure toutes enrichies de pierreries et ornées de franges d'or.

LXXIX. — Dans l'autre camp, Charlemagne s'avança à la tête de toutes ses troupes hors des retranchements, dans le même ordre et le même appareil que s'il marchait au combat. Autour de lui sont ses pairs les plus renommés. Renaud est à ses côtés, couvert de toutes ses armes, à l'exception de son casque, de ce casque fameux qui avait appartenu jadis au roi Mambrin et que portait le paladin Ogier le Danois.

LXXX. — Des deux haches, l'une est portée par le duc Nayme, et l'autre par Salomon, roi de Bretagne. D'un côté sont tous les guerriers rassemblés par Charlemagne, de l'autre ceux d'Afrique et d'Espagne. Entre les deux armées on a laissé vide un vaste espace : quiconque y pénétrerait, à l'exception des deux combattants, serait puni de mort.

LXXXI. — Après que le second choix des armes eut été donné au champion de l'armée païenne, deux prêtres appartenant à l'une et à l'autre croyance, s'avancèrent, tenant en leurs mains leurs livres sacrés. Dans l'un est écrite la sainte et parfaite vie du Christ, dans l'autre est l'Alcoran. Charlemagne marche à côté de celui des deux qui porte l'Évangile, et Agramant auprès du second.

LXXXII. — Arrivé à l'autel érigé par les siens, Charlemagne levant les mains, adresse au Ciel cette prière : « O Dieu, toi qui as souffert la mort pour le salut de nos âmes; Vierge sainte, qui fûtes par vos vertus, jugée digne de recevoir le fils de Dieu fait homme, et qui, conservant toujours votre virginité immaculée, l'avez porté neuf mois dans votre sein;

LXXXIII. — « Je vous prends à témoin des serments que je fais, pour moi et mes successeurs, de payer chaque année au roi Agramant et à ceux qui seront après lui élus pour gouverner ses états, vingt charges d'or pur, si mon champion est en ce jour vaincu par le sien. Je promets de commencer avec lui, à dater de ce moment, une trêve qui sera suivie d'une paix perpétuelle.

LXXXIV. — « Si je manque à mes serments, faites-moi sentir les effets terribles de votre colère; je veux qu'elle retombe sur moi seul et sur mes descendants, et non sur aucun de ceux qui sont ici présents, afin que l'on comprenne aussitôt ce que l'on gagne à violer la foi promise ! » En parlant ainsi, le grand empereur tenait la main sur l'Évangile et ses yeux étaient fixés vers le ciel.

LXXXV. — Les deux rois se levèrent ensuite et se dirigèrent vers l'autel magnifiquement décoré qu'avaient élevé les Sarrasins. Agramant y fit le serment de repasser les mers avec son armée, et de payer à Charles un tribut de même valeur, si Roger était vaincu. Il jura aussi que la trêve conclue serait changée en une paix perpétuelle, ainsi que Charles venait de le promettre.

LXXXVI. — Le roi païen prit également à témoin le grand Mahomet, qu'il invoqua à haute voix, en jurant sur le livre que tenait ouvert le pape de sa religion, qu'il exécuterait fidèlement toutes les clauses du traité. Tous deux alors revinrent à grands pas, chacun vers son armée. Les champions s'avancèrent ensuite pour jurer à leur tour, et voici quels furent les termes de leur serment.

LXXXVII. — Roger promit que si son roi, ou quelqu'un par ses ordres, venait troubler le combat, il cesserait aussitôt de le servir, ne se reconnaîtrait plus comme l'un de ses vassaux, mais se donnerait pour toujours à Charlemagne. Renaud de son côté jura que si son souverain faisait arrêter le combat avant que Roger ou lui fût vaincu, il deviendrait sujet du roi Agramant.

LXXXVIII. — Toutes ces cérémonies achevées, cha-

cun d'eux se retira vers son parti; et aussitôt le signal
de la sanglante lutte de Mars fut donné par le son éclatant des trompettes.

LXXXIX. — Les deux guerriers portent leurs coups
avec le tranchant ou avec le marteau de leurs haches,
tantôt à la tête, tantôt aux jambes, avec tant d'agilité et
d'adresse que le récit surpasserait toute croyance.
Roger, ayant à combattre le frère de celle qui possédait
entièrement son triste cœur, le frappait si mollement
que tous le jugèrent inférieur à son adversaire.

XC. — Il s'occupait plus d'éviter les coups que d'en
porter. Que désirait-il? il ne le savait même pas lui-
même. Il eût été cruel pour lui de tuer Renaud, il ne
se souciait nullement de sacrifier sa pauvre vie. Mais me
voici arrivé au moment où il convient de remettre à
une autre fois la fin de ce récit. Renvoyons-la donc,
si vous le voulez bien, au chant qui suit.

CHANT TRENTE-NEUVIÈME

ARGUMENT

Agramant rompt l'accord conclu avec Charlemagne, grâce aux
artifices de Mélisse qui prend la figure de Rodomont. — Il
attaque les chrétiens, qui mettent en déroute le camp des
Sarrasins. — Astolphe assiége Biserte et change des feuilles
d'arbres en vaisseaux. — Roland arrive en Afrique, toujours
en proie à sa folie furieuse. — Armé d'un énorme bâton, il
frappe et tue tous ceux qui se trouvent sur son passage.
— Astolphe et ses compagnons finissent par s'emparer de
lui. — Il recouvre l'usage de sa raison. — Dudon part avec
la flotte française, rencontre celle d'Agramant et coule ses
vaisseaux à fond, après les avoir incendiés.

I. — Il faut convenir que le souci qui tourmente
Roger est plus amer, plus triste, plus poignant que

toutes les peines qui puissent affliger le corps et surtout l'âme d'un mortel. Il se voit de deux côtés menacé de la mort : par Renaud s'il est plus faible que lui dans le combat, par Bradamante s'il a le dessus; car s'il tue le frère, il peut être bien certain qu'il encourra de la part de la sœur une haine qui sera pour lui plus cruelle que le trépas.

II. — Renaud, que ne troublent pas les mêmes préoccupations, emploie tous les moyens qui pourront lui assurer la victoire. Terrible et menaçant, il porte de violents coups de hache qu'il dirige tantôt sur les bras, tantôt sur la tête. Roger se sert de la sienne pour rabattre les coups et cherche à les esquiver en se jetant à droite ou à gauche; s'il se décide à frapper, il choisit les parties du corps où il fera le moins de mal à Renaud.

III. — Cependant la plupart des princes païens commençaient à trouver la partie trop inégale; Roger semblait mettre bien de la mollesse dans sa défense, et Renaud malmenait avec trop de rudesse son jeune rival. Le roi d'Afrique, la pâleur sur le visage, considère ce combat inégal; il soupire plein d'inquiétude et de dépit : il s'en prend à Sobrin, dont les conseils lui ont fait suivre un si mauvais parti.

IV. — Dans ce moment Mélisse, qui n'ignorait aucune des ressources que possèdent les enchanteurs et les magiciens, quitta sa figure de femme et prit celle du grand roi d'Alger. Son regard, son geste hautain sont ceux de Rodomont; elle semble avoir pour armure sa peau de dragon; elle porte au bras son écu et au côté son épée, comme Rodomont, à s'y méprendre.

V. — Elle pique alors vers le triste fils du roi Trojan le démon qu'elle monte en guise de cheval, et s'écrie à haute voix et d'un ton superbe : « Seigneur, quelle folie est la vôtre? Quoi! vous avez envoyé un jeune homme si peu fait au danger contre un Français si fameux et si redoutable, et cela pour une lutte dont dépendent le sort de votre royaume et l'honneur de l'Afrique?

VI. — « Hâtons-nous de mettre fin à une bataille qui aurait pour vous des suites si déplorables. Ne craignez pas de rompre votre accord et de violer vos serments : Rodomont prend tout sur lui. Que chacun de nous fasse voir ce que peut faire le tranchant de son épée ; les chrétiens sont ici en petit nombre, et, puisque je suis avec vous, chacun de nous en vaut cent. » Ces paroles firent sur Agramant une impression telle que, sans réfléchir aux suites de son action, il lança son cheval en avant.

VII. — Croyant avoir avec lui le roi d'Alger, il s'embarrasse peu de violer les traités : il serait moins hardi s'il avait au lieu de Rodomont mille chevaliers pour le défendre. Aussitôt les lances s'abaissent de tous côtés, les coursiers sont frappés des éperons ; et alors, satisfaite d'avoir par ses illusions magiques engagé la lutte, Mélisse disparaît.

VIII. — Les deux champions, qui se voient interrompus contre tout accord et malgré tous les serments, suspendent leur combat et, mettant de côté tout ressentiment, se font la promesse de ne prendre parti ni pour un côté ni pour l'autre jusqu'à ce qu'ils aient pu apprécier quel est celui des deux qui le premier a violé les traités, ou du vieux Charles ou du jeune Agramant.

IX. — Ils ajoutent à ce serment celui de traiter en ennemi celui qui aura manqué à sa foi. Cependant les deux peuples en sont venus aux mains ; les uns s'avancent, les autres reculent, et l'on peut juger en même temps quels sont les lâches ou ceux qui se distinguent par leur courage : tous sont disposés à courir, mais les uns en marchant en avant, et les autres en tournant le dos.

X. — Ainsi que le lévrier qui, voyant courir et s'agiter près de lui la bête fugitive sans pouvoir courir sur elle avec le reste de la meute, retenu qu'il est par le chasseur, s'irrite, s'afflige, se tourmente et se désespère ; en vain il grince des dents, se débat et fait mille efforts pour s'échapper : de même Marphise et sa compagne avaient jusqu'à ce moment été en proie à une colère qu'elles avaient eu toutes les peines du monde à modérer.

XI. — Cette plaine avait semblé faire briller à leurs yeux l'espérance d'un riche butin ; mais retenues par le traité, elles n'avaient pu s'élancer à leur gré pour le saisir. Forcées de rester en place, elles en avaient ressenti une grande douleur et s'étaient abandonnées à des plaintes et à des gémissements inutiles. Mais voyant la trêve et les conventions rompues et rien ne les retenant plus, elles s'élancent avec joie au milieu des bataillons africains.

XII. — Marphise enfonce dans la poitrine du premier qu'elle rencontre sa lance qui ressort de deux brasses de son dos. Elle tire ensuite son épée et en moins de temps que je n'en mets à le dire elle met quatre heaumes en pièces aussi facilement que s'ils étaient de verre. Bradamante ne déploie pas moins de force, mais sa lance d'or produit des effets différents. Tous ceux qu'elle atteint sont renversés à terre; leur nombre est deux fois moins grand, mais pas un seul n'est tué.

XIII. — Combattant ainsi d'abord l'une près de l'autre, elles purent apprécier mutuellement leur valeur. Elles se séparèrent alors et tombèrent sur les Sarrasins partout où les emporta leur colère. Qui pourra jamais faire le compte de tous ceux que la lance d'or coucha sur la terre, ou de toutes les têtes que fit voler ou fendit la terrible épée de Marphise ?

XIV. — Ainsi, lorsque les tièdes zéphirs ont fondu les neiges qui couvraient les sommets verdoyants de l'Apennin, l'on voit deux torrents impétueux s'échapper à la fois par deux voies différentes : ils soulèvent les pierres et déracinent les arbres qui s'élevaient aux bords des précipices, ils emportent dans les vallées les blés des champs et les arbres des prairies et semblent se disputer à qui fera sur son passage les plus grands dégâts.

XV. — Ainsi les deux magnanimes guerrières, par des chemins différents, courent à travers tout le camp, faisant parmi les troupes africaines un horrible carnage l'une avec sa lance, l'autre avec son épée. Agramant est impuissant à retenir ses troupes sous leurs bannières et à les arrêter dans leur fuite précipitée. Il regarde partout autour de lui, prend partout des informations, mais il ne peut savoir ce qu'est devenu Rodomont.

XVI. — C'est pourtant d'après son conseil (il le croit du moins) qu'il a rompu les conventions solennellement jurées en présence des Dieux pris à témoin ; et il a tout à coup disparu. Sobrin n'est plus à ses côtés ; il s'est retiré dans Arles. Innocent de ce parjure, il est persuadé que ce jour même Agramant en sera sévèrement puni.

XVII. — Marsile lui-même est rentré dans la ville, portant au fond de son cœur la religion du serment. Agramant ne peut donc opposer qu'une faible résistance aux guerriers de Charlemagne, à ces chevaliers d'Italie, d'Allemagne et d'Angleterre, tous d'une valeur sans égale, parmi lesquels sont semés d'héroïques paladins comme des pierres précieuses sur une tissu d'or.

XVIII. — Et à côté de ces paladins se voient d'autres chevaliers aussi parfaits qu'on en puisse trouver dans le monde, Guidon le sauvage, ce cœur intrépide, les deux fameux fils d'Olivier. Je ne répéterai pas ce que j'ai déjà dit des deux héroïnes si fières et si redoutables. Tous ces guerriers réunis font, sans s'arrêter un seul moment, un tel massacre des Sarrasins qu'il serait impossible de compter leurs victimes.

XIX. — Je m'arrête et, cessant pour quelque temps de parler de cette bataille, je vais, quoique sans vaisseau, passer au delà des mers. Je m'intéresse infiniment, sans doute, aux guerriers français, mais je ne puis oublier Astolphe. J'ai raconté plus haut toutes les faveurs dont l'avait comblé le saint apôtre. Je crois avoir dit aussi que le **roi** Bronzard et celui d'Algazerre avaient appelé pour aller le combattre tout ce qu'ils avaient de troupes.

XX. — Ils avaient composé leur armée de tous les soldats qu'ils avaient pu rassembler dans les différentes parties de l'Afrique, soit qu'ils fussent ou non en âge de porter les armes. A peine avait-on fait exception pour les femmes. Dans son désir obstiné de vengeance, Agramant avait déjà deux fois dépeuplé l'Afrique; il n'y restait qu'un petit nombre d'habitants, qui ne pouvaient former qu'une armée timide et sans force.

XXI. — Ils le prouvèrent bien vite, car à peine aperçurent-ils de loin l'ennemi qu'ils s'enfuirent en désordre. Astolphe les mena comme de vils troupeaux devant le front de son armée plus exercée dans les combats, et bientôt leurs morts inondèrent la campagne : peu d'entre eux purent se retirer dans Biserte. Le brave Bucifar fut pris et le roi Bronzard se jeta dans la ville.

XXII. — La prise de Bucifar l'affligeait plus que s'il avait perdu son armée entière. Biserte est une vaste cité, ayant besoin d'augmenter ses moyens de défense, et sans Bucifar il sera difficile d'y réussir. S'il pouvait le racheter ou l'échanger, il se trouverait fort heureux. Pendant qu'il y songe avec une grande affliction, il se rappelle fort à propos qu'il a déjà depuis plusieurs mois en sa possession comme prisonnier le paladin Dudon.

XXIII. — Le roi de Sarze l'avait pris en la rivière de Gênes au-dessous de Monaco, dans la première entreprise qu'il fit sur la France. Depuis ce temps, Dudon, fils d'Ogier le Danois, était resté dans ses prisons. Espérant pouvoir l'échanger contre le roi d'Algazerre, il envoya un hérault au général des Nubiens, qu'il savait, d'après un rapport fidèle, n'être autre que le prince Astolphe.

XXIV. — En sa qualité de paladin, celui-ci fut charmé de pouvoir rendre la liberté à un autre paladin. Instruit du désir que lui faisait exprimer Bronzard, il s'empressa de le satisfaire. Délivré par Astolphe, Dudon, après l'avoir remercié, se mit immédiatement à concerter avec lui les mesures militaires que réclamaient les circonstances, tant du côté de la mer que du côté de la terre.

XXV. — L'armée dont disposait Astolphe étant assez considérable pour que sept royaumes comme l'Afrique n'eussent pu se défendre contre elle, il songea, toujours d'après les instructions qu'il avait reçues du saint vieillard, aux moyens d'enlever la Provence et le rivage d'Aigues-Mortes aux Sarrasins qui s'en étaient emparés. Il choisit donc encore parmi les nombreux corps d'armée les hommes qui lui parurent les plus propres au service de la mer.

XXVI. — A cet effet, il remplit ses deux mains, autant qu'elles purent en contenir, de feuilles de toutes espèces cueillies à des lauriers, des cèdres, des oliviers, des palmiers ; puis, arrivé sur le rivage de la mer, il les lança dans les flots ; et alors (ô l'heureux privilége des âmes assez chéries du ciel pour en obtenir les faveurs refusées au reste des mortels !) ces feuilles n'eurent pas plutôt touché les ondes qu'elles se métamorphosèrent par le plus étonnant des miracles.

XXVII. — Elles augmentèrent de volume au delà de tout ce que l'on pourrait croire ; elles se courbèrent, grossirent, s'allongèrent et prirent du poids. Les fibres dont elles étaient traversées devinrent autant de chevrons, et de sommiers et, en conservant vers l'extrémité leurs pointes aiguës, elles se transformèrent toutes en vaisseaux, ayant autant de formes différentes qu'en avaient eu les arbres auxquels on les avait arrachées.

XXVIII. — Qui n'eût été émerveillé de ce prodige en voyant ces feuilles éparses produire des flûtes, des galères, des vaisseaux de ligne ? Ce qu'il y avait de plus étonnant encore, c'est que ces navires étaient munis de voiles, d'agrès et de rames autant que peut en avoir un vaisseau. Astolphe trouva facilement des marins capables de les gouverner et de les défendre contre les fureurs des tempêtes. Il fit venir de la Sardaigne et de

Corse, peu éloignées de ces lieux, des matelots, des mousses, des pilotes et des patrons.

XXIX. — Les hommes de toute espèce qui s'embarquèrent sur ces vaisseaux étaient au nombre de vingt-six mille. Ils furent commandés par Dudon, guerrier prudent, aussi habile sur terre que sur mer. L'escadre était encore dans le port de Biserte, attendant un vent favorable pour se mettre en mer, quand un navire chargé de prisonniers aborda ce rivage.

XXX. — Il portait ceux que sur le pont périlleux, théâtre étroit de la joûte dont je vous ai déjà souvent parlé, l'audacieux Rodomont avait vaincus et faits prisonniers. Parmi eux se trouvaient le beau-frère d'Astolphe, et le fidèle Brandimart, et Sansonnet et d'autres guerriers d'Allemagne, d'Italie et de Gascogne qu'il est inutile de nommer.

XXXI. — Le commandant, qui n'avait pas encore aperçu les ennemis, entra avec sa galère dans le port, laissant à plusieurs milles derrière lui celui d'Alger, où il avait eu d'abord dessein d'aborder, mais dont un vent violent qui s'était élevé tout à coup l'avait écarté en le poussant plus loin qu'il ne voulait. Il croyait entrer sur une terre amie, dans un port sûr, comme l'hirondelle croit trouver dans son nid sa famille babillarde.

XXXII. — Mais lorsqu'il eut aperçu l'aigle impérial, et les lis d'or et les léopards, il pâlit et trembla comme celui qui sans s'y attendre a mis témérairement le pied sur un serpent venimeux et cruel que le sommeil tenait engourdi sous l'herbe : épouvanté et demi-mort, il se retire et fuit au loin le reptile gonflé de poison et de colère.

XXXIII. — Mais le pilote, lui, est dans l'impossibilité de fuir, et il n'est plus en son pouvoir de retenir ses prisonniers. Il est conduit avec Brandimart, Sansonnet, Olivier et beaucoup d'autres vers le duc et vers le fils d'Ogier. On peut juger de la joie avec laquelle les guerriers furent accueillis! Pour sa récompense, celui qui les avait amenés fut condamné à ramer sur les galères.

XXXIV. — Le fils d'Othon accueillit très-cordialement, je le répète, les chevaliers chrétiens, qu'il reçut, qu'il traita avec honneur dans sa tente et fit asseoir à sa table. Il leur procura des armes et tout ce dont ils avaient besoin. Dudon, par considération pour eux, différa son départ, pensant bien qu'il gagnerait plus à s'entretenir avec de pareils guerriers qu'à arriver quelques jours plus tôt.

XXXV. — Ceux-ci lui apprirent en quelle situation se trouvaient la France et Charlemagne, et quel pouvait être le port le plus sûr et le plus convenable pour son débarquement. Pendant qu'il recevait d'eux ces informations, on entendit une rumeur qui s'accrut de plus en plus ; puis on sonna l'alarme d'une manière si bruyante, qu'on ne pouvait savoir quelle était la cause de tout ce bruit.

XXXVI. — En un instant Astolphe et l'illustre compagnie avec laquelle il s'entretenait s'arment, montent en selle et s'empressent de courir vers le lieu où le bruit paraissait le plus grand. Ils s'informent de tous côtés pour en savoir la cause, et arrivent sur une place où ils aperçoivent un homme si fort et si féroce, que seul et tout nu il mettait tout le camp en désordre.

XXXVII. — Il maniait, en le faisant tourner autour de lui, un bâton d'un bois si dur, si résistant et si pesant, qu'à chaque coup qu'il faisait tomber, il jetait par terre un homme un peu plus que blessé. A plus de cent déjà il avait ôté la vie, et on ne pouvait se soustraire à ses coups et s'en défendre qu'en lançant de loin contre lui des flèches, car personne n'aurait été assez hardi pour l'approcher.

XXXVIII. — Dudon, Astolphe, Brandimart, accourus au bruit avec Olivier, s'étaient arrêtés émerveillés de la force prodigieuse et de l'étonnante valeur de cet homme terrible, quand ils virent venir en toute hâte, sur un palefroi, une jeune fille toute vêtue de noir,

qui s'élança vers Brandimart et le salua en lui jetant
ses bras autour du cou.

XXXIX. — C'était Fleur-de-Lis qui brûlait d'un
amour si tendre pour Brandimart que, l'ayant vu
prendre sur le pont périlleux, elle était devenue
presque folle de douleur. Ayant appris de son vainqueur lui-même qu'il avait été envoyé avec plusieurs
autres chevaliers dans la ville d'Alger, elle avait traversé la mer pour le rejoindre.

XL. — Au moment de s'embarquer à Marseille, elle
avait trouvé un navire qui avait amené de l'Orient un
vieux chevalier appartenant à la famille du roi Monodant. Il avait visité bien des provinces, erré longtemps par terre et par mer, dans l'espoir de trouver
Brandimart, ayant appris en route qu'il devait être en
France.

XLI. — Elle sut elle-même que ce vieillard était ce
Bardin qui avait enlevé autrefois Brandimart, encore
tout enfant, au roi son père, et l'avait élevé à la Roche
de la Forêt. Fleur-de-Lis apprenant de lui le motif de
son voyage, lui avait exposé comment Brandimart était
passé en Afrique et l'avait fait embarquer avec elle.

XLII. — En arrivant dans le port, ils furent informés
du siége de Biserte par Astolphe. Brandimart devait se
trouver avec lui, mais le fait n'était pas aussi certain.
L'empressement plein de vivacité que mit Fleur-de-Lis
à courir vers lui montra combien la joie de le retrouver était grande. Elle était d'autant plus vive qu'elle
avait plus souffert de son absence; jamais elle n'avait
été si heureuse.

XLIII. — Le gentil chevalier n'est pas moins joyeux
de revoir sa fidèle épouse qui était ce qu'il avait de plus
cher au monde; il l'embrasse, la presse sur son cœur
et la comble des plus tendres caresses. Le premier, le
second et même le troisième baiser n'auraient pas suffi
pour donner satisfaction à son amour si, en levant les
yeux, il n'eût aperçu Bardin venu avec elle.

XLIV. — Il lui tendit les mains, il voulait l'embrasser et lui demander en même temps le motif de sa venue ; mais il n'en eut pas le temps, car il fut surpris par toute l'armée, fuyant épouvantée devant le bâton de l'insensé qui tout nu l'agitait d'une manière terrible pour se frayer un passage. Fleur-de-Lis considère attentivement son visage et elle crie à Brandimart : « C'est le comte Roland ! »

XLV. — Dans le même instant Astolphe, qui se trouvait dans le même lieu, reconnut Roland d'après certains signes que le saint vieillard lui avait indiqués dans le Paradis terrestre. Autrement, il eût été impossible de reconnaître en lui le noble chevalier qui, dominé par un long égarement, ne se connaissait pas lui-même et ressemblait plutôt à une bête sauvage qu'à un homme.

XLVI. — Touché d'une tendre pitié qui pénètre jusqu'au fond de son âme, Astolphe se tourne en versant des larmes vers Dudon, qui était près de lui, et vers Olivier : « Amis, leur dit-il, voilà Roland ! » Après l'avoir considéré pendant quelque temps, attachant sur lui leurs yeux étonnés, ils parviennent à le reconnaître et, le retrouvant dans un état si lamentable, ils sont remplis à la fois d'étonnement et de tristesse.

XLVII. — Tous pleuraient émus et attendris par ce spectacle navrant. « Ce n'est pas le temps, leur dit Astolphe, de verser sur lui des larmes, mais bien de trouver les moyens de le guérir. » A ces mots il saute à terre ; Brandimart, Sansonnet, Olivier, le vertueux Dudon en font autant ; ils entourent le neveu de Charlemagne et essayent de s'emparer de sa personne.

XLVIII. — Mais Roland, voyant le cercle formé autour de lui, saisit en désespéré le fatal bâton, et au moment où Dudon s'avance le premier, se couvrant la tête de son écu, il lui fait sentir le poids de cette arme terrible. Si Olivier avec son épée n'avait pas amorti un peu le coup, le casque, la tête et la moitié du corps de Dudon auraient été brisés.

XLIX. — L'écu seul fut brisé; mais le coup que le bâton asséna sur le casque fut si violent que Dudon fut renversé. En même temps Sansonnet, faisant jouer son épée coupe net plus de deux brasses du bâton. Brandimart saisit Roland par derrière, l'étreint avec orce entre ses bras, tandis qu'Astolphe le saisit par les deux jambes.

L. — Par un brusque mouvement, Roland envoie le prince anglais tomber à plus de deux pas; mais Brandimart tient bon et de toutes ses forces le maintient en le saisissant par le milieu du corps. Olivier, qui s'était trop avancé, reçoit de Roland un si furieux coup de poing qu'il roule à terre presque sans connaissance et rendant le sang par le nez et par les yeux.

LI. — Ce coup de poing l'eût tué certainement si son casque n'eût pas été d'une trempe extraordinaire. Sa chute fut cependant telle que l'on put croire que son âme s'était envolée au séjour céleste. Dudon et Astolphe se relèvent malgré le coup qui a fait enfler tout le visage du premier; Sansonnet se joint à eux et ils se jettent tous à la fois sur Roland.

LII. — Dudon, doué d'une grande vigueur, l'a embrassé par derrière; il essaye en passant sa jambe sous la sienne de le faire tomber, et quoique Astolphe tienne fortement les bras de Roland, tous les efforts réunis ne peuvent venir à bout de lui. Avez-vous vu quelquefois un taureau à qui l'on donne la chasse et que les dents cruelles des chiens ont saisi par les oreilles? Il court en mugissant et entraîne partout avec lui les chiens dont il ne peut se débarrasser.

LIII. — Vous pouvez alors vous figurer Roland entraînant avec lui tous ces guerriers. Dans cet instant Olivier s'est relevé de l'endroit où le terrible coup de poing l'avait étendu. Il voit bien que les moyens employés ne pourront atteindre le but que se propose Astolphe. Il en imagine un autre pour faire tomber Roland et il y parvient.

LIV. — Il se fit apporter plusieurs grosses cordes où il disposa des nœuds coulants, passa les uns autour des jambes du comte, et les autres au milieu du corps. Chaque chevalier saisit une des extrémités, et c'est par ce moyen, employé par le maréchal qui veut renverser à terre un cheval ou un bœuf, qu'ils parviennent à terrasser Roland.

LV. — Dès qu'il fut tombé ils se jetèrent tous sur lui et resserrèrent plus fortement les cordes qui lui liaient les pieds et les mains. Roland se démène d'un côté et de l'autre, mais tous ses efforts sont inutiles. Astolphe, qui se propose de guérir sa folie, ordonne qu'on l'enlève de ce lieu. Dudon qui était d'une grande taille le charge sur ses épaules et le porte sur le rivage au bord de la mer.

LVI. — Astolphe le fait laver sept fois; sept fois il le fait plonger sous l'eau, afin de faire disparaître la crasse et la malpropreté qui souillaient son visage et tout son corps. Puis avec de certaines herbes cueillies à cet effet, il lui clôt la bouche par laquelle il soufflait avec violence, afin qu'il ne pût respirer que par le nez.

LVII. — Le prince anglais tenait tout près le vase dans lequel était enfermé le bon sens de Roland, et il en approcha l'embouchure de ses narines de manière qu'en prenant sa respiration celui-ci le vida tout entier. Chose merveilleuse! Roland reprit en un instant l'usage de sa raison et son intelligence reparut plus nette et plus vive que jamais.

LVIII. — Comme un homme qui, s'éveillant d'un sommeil pénible pendant lequel il a cru voir les images horribles de monstres qui n'existent pas et ne peuvent même exister, ou faire quelque action étrange et énorme, reste encore tout étonné et tout étourdi, même quand il a repris ses sens et qu'il a cessé de dormir, ainsi Roland, délivré de l'erreur profonde dans laquelle il était plongé, demeura stupéfait et émerveillé.

LIX. — Il regarde Brandimart, et le frère de la belle
Aude et le prince qui vient de le faire rentrer dans son
bon sens. Il ne parle pas, mais il se demande à lui-
même comment il se trouve dans ce lieu et comment il
y est venu. En vain il tourne ses regards tantôt d'un
côté, tantôt d'un autre, il ne peut deviner où il est.
Il est tout étonné de se voir nu et entouré de tant de
cordes depuis la tête jusqu'aux pieds.

LX. — Enfin il dit, comme l'avait fait autrefois
Silène à ceux qui l'avaient enchaîné dans un antre profond : « Déliez-moi ; » et il prononça ces paroles d'un air
si doux et d'un ton si différent de celui d'un fou, qu'on
le délia sur-le-champ. Chacun s'empresse de lui apporter des vêtements et essaye de le consoler de la douleur que lui cause le souvenir de sa folie passée.

LXI. — Roland en recouvrant à un plus haut degré
que jamais son esprit sage et viril se trouva en même
temps délivré de son amour. Il ne trouva plus qu'un
objet digne de mépris dans la femme si belle et si charmante dont il avait été précédemment épris. Il n'eut
plus qu'une pensée, qu'un désir, c'était de recouvrer tout
ce que l'amour lui avait fait perdre.

LXII. — Bardin apprit à Brandimart que son père
Monodant était mort et qu'il venait lui offrir la couronne, d'abord de la part de son frère Zéliante, puis de
celle du peuple qui habitait les îles éparses à l'extrémité des mers de l'Orient. Il avait à régner sur le pays
le plus riche, le plus peuplé et le plus agréable qui fût
au monde.

LXIII. — Pour l'engager à accepter cette offre, Bardin lui dit entre plusieurs autres raisons que c'était
pour lui un devoir ; qu'il n'est rien qui soit plus doux
que de venir dans sa patrie ; qu'il renoncerait bien vite
à toutes les aventures que courent les chevaliers errants
s'il pouvait pendant quelque temps seulement jouir d'un
pareil bonheur. Brandimart répondit qu'il était décidé à
servir Charles et Roland pendant toute cette guerre :

quand elle serait terminée, il verrait quel parti il aurait
à prendre.

LXIV. — Le jour suivant, Dudon le fils du Danois fit
voile avec sa flotte vers la Provence. Ensuite Roland
s'étant retiré avec Astolphe, apprit de lui à quel point
en était la guerre. Il mit le siége devant Biserte, en laissant toutefois au prince anglais tout l'honneur de la
victoire : mais celui-ci se dirigea dans tout ce qu'il en-
treprit d'après ses conseils.

LXV. — Ne vous inquiétez point si je ne vous raconte
pas en ce moment le plan de guerre arrêté entre eux,
comment se fit le siége de Biserte, comment cette ville
fut prise après le premier assaut, enfin quels guerriers
partagèrent avec Roland l'honneur de cette victoire. J'y
reviendrai bientôt ; mais en attendant, il est bon que vous
appreniez comment les Maures furent mis en déroute
par les Français.

LXVI. — C'est au moment le plus critique de cette
guerre qu'Agramant se vit presque abandonné. Marsile
et Sobrin s'étaient retirés dans l'intérieur de la ville
avec un grand nombre de Sarrasins. Les deux chefs ne
se croyant pas en sûreté sur la terre s'étaient ensuite
embarqués sur la flotte et leur exemple avait été suivi
par un grand nombre de chevaliers de l'armée sarrasine.

LXVII. — Agramant se défendit cependant avec courage ; mais quand il vit que la résistance était inutile, il
prit la fuite, se dirigeant vers les portes de la ville, peu
éloignées de son camp. Il était poursuivi de près par
Rabican, qu'aiguillonnait et poussait en avant Bradamante, animée par le désir de donner la mort à ce roi
qui tant de fois l'avait séparée de son cher Roger.

LXVIII. — Marphise n'était pas moins désireuse
d'offrir à son frère une vengeance trop tardive ; elle
piquait de toutes ses forces les flancs de son coursier
et lui faisait sentir à coups d'éperons l'ardeur de son
impatience. Mais ni l'une ni l'autre ne purent atteindre

assez tôt le roi fugitif pour lui barrer le chemin, l'empêcher de mettre entre elles et lui les murs de la
ville et d'aller ensuite chercher un refuge sur sa
flotte.

LXIX. — De même que deux belles et ardentes le-
vrettes, détachées en même temps de la laisse, s'en reviennent, après avoir vainement poursuivi des cerfs
ou des biches agiles, l'oreille basse et honteuses d'être
arrivées trop tard, ainsi les deux guerrières revinrent
en soupirant lorsqu'elles virent que le roi avait échappé
à leur poursuite.

LXX. — Elles ne quittent pas néanmoins le champ
de bataille et elles s'élancent contre les fuyards, frappant çà et là et faisant à chaque coup tomber une foule
de malheureux qui ne durent jamais se relever. La situation de cette armée était bien déplorable, puisque
la fuite même ne pouvait la sauver ; Agramant, ne songeant qu'à son propre salut, avait fait fermer sur lui la
porte qui donnait sur le champ de bataille.

LXXI. — Par son ordre aussi, tous les ponts sur le
Rhône avaient été coupés. Pauvres humains ! quand il
s'agit de l'intérêt de vos tyrans, ils ne manquent
jamais de vous traiter comme de faibles et vils troupeaux ! Les uns se noient dans le fleuve, les autres dans
la mer, d'autres arrosent de leur sang les campagnes.
Ils périrent presque tous ; on fit peu de prisonniers, car
on ne pouvait espérer une rançon que d'un très-petit
nombre d'entre eux.

LXXII. — On découvre encore dans les plaines où
se livra cette dernière bataille des marques du carnage
qui se fit des deux côtés ; la perte cependant ne fut pas
égale : Marphise et Bradamante en firent périr un
nombre incalculable. Dans les environs d'Arles, auprès
d'un étang formé par le Rhône, la campagne est couverte de tombeaux.

LXXIII. — Cependant Agramant avait fait hisser les
voiles de ses vaisseaux et ordonné de porter vers la

haute mer les plus gros navires. Les plus légers avaient été laissés dans le port pour recueillir ceux qui chercheraient à se sauver. Il y resta deux jours, soit pour attendre les fuyards, soit parce que les vents étaient contraires. Le troisième jour, enfin, toute la flotte mit à la voile vers l'Afrique où il espérait aborder.

LXXIV. — Le roi Marsile, craignant que son royaume d'Espagne ne fût forcé de payer les frais de cette défaite, et que ses états ne fussent à la fin assaillis par la plus terrible tempête, se fit transporter à Valence et là se mit à fortifier avec soin ses places et ses châteaux et à préparer cette guerre malheureuse qui par la suite entraîna sa ruine et celle de ses alliés.

LXXV. — Agramant se dirigeait vers l'Afrique sur ses vaisseaux mal armés et presque dépourvus de tout ; dépourvus d'hommes, mais non de plaintes et de regrets. Il avait laissé en France les trois quarts de ses sujets ; l'un l'accusait d'orgueil, l'autre de cruauté, celui-là de folie ; et, comme il arrive toujours en pareil cas, tout en lui voulant secrètement beaucoup de mal, ils n'osaient exprimer tout haut leurs sentiments. La crainte leur fermait la bouche.

LXXVI. — Deux ou trois cependant ne craignent pas de desserrer les lèvres, enhardis par l'amitié et la confiance qu'ils s'inspirent mutuellement. Ils exhalent en termes amers leur colère et leur indignation ; et le malheureux Agramant se croit encore aimé de ses sujets ! il s'imagine qu'ils ont pour lui de la pitié ! Il le croit, parce que ses yeux ne voient jamais que des visages où règne la feinte et que ses oreilles n'entendent que des paroles dictées par l'adulation, le mensonge et la duplicité.

LXXVII. — Sachant que le port de Biserte était occupé par l'armée de Nubie et les Abyssins, Agramant avait résolu de ne pas y débarquer. Il voulait aborder plus haut et assez loin pour opérer plus sûrement et plus facilement sa descente, y prendre terre et marcher tout droit au secours de son peuple en détresse.

LXXVIII. — Mais sa triste destinée, contraire à cette intention sage et prévoyante, voulut que la flotte miraculeusement produite par les feuilles sur le rivage, et qui fendait les flots en se dirigeant vers la France, rencontrât la sienne pendant la nuit par un temps obscur et nébuleux, pour rendre encore plus complet le désordre de ses équipages.

LXXIX. — Agramant ignorait absolument qu'Astolphe eût mit en mer une si grosse flotte. Il n'aurait pas cru, lors même qu'on l'en aurait assuré, qu'avec une seule branche d'arbre on eût pu former cent vaisseaux. Il s'avance donc sans craindre de rencontrer aucun obstacle à sa marche : il n'a pas même placé sur les huniers des vigies et des sentinelles pour l'avertir de ce que l'on pourrait découvrir en mer.

LXXX. — Aussi les vaisseaux qu'Astolphe avait confiés à Dudon, en les garnissant de bons soldats, ayant dès le soir même aperçu cette flotte, tombèrent sur elle à l'improviste, et, reconnaissant bientôt au langage qu'ils avaient affaire à des Sarrasins et à des ennemis, jetèrent leur grappins sur leurs navires et les accrochèrent.

LXXXI. — L'abordage qui eut lieu entre les gros vaisseaux des chrétiens et ceux des Sarrasins fut rendu si violent par les vents qui le favorisèrent, que plusieurs des derniers furent coulés à fond. Alors tous les moyens d'attaque étant mis en usage, le fer, le feu et les énormes pierres que les chrétiens firent tomber sur les vaisseaux ennemis formèrent une tempête si terrible que jamais la mer n'en éprouva de semblable.

LXXXII. — Les soldats de Dudon, à qui Dieu donnait plus de force et d'ardeur que jamais (car le temps où les Sarrasins devaient enfin recevoir la punition de leurs crimes était arrivé), dirigèrent si heureusement leurs coups de loin comme de près, qu'Agramant ne trouva aucun moyen de se mettre à couvert. Il lui tomba sur la tête une nuée de traits et il se vit de tous côtés assailli par des épées, des crocs, des piques et des haches.

LXXXIII. — Il entend tomber de haut d'énormes et lourdes pierres lancées par les catapultes et les autres machines : les flots pénétrent par de larges ouvertures dans les poupes et les proues; mais c'est l'incendie qui cause les plus terribles désastres. Les feux prompts à s'allumer sont difficilement éteints; et en cherchant à éviter ce péril, les malheureux Sarrasins tombent dans un autre non moins terrible.

LXXXIV. — Les uns, pour échapper au fer de l'ennemi, se précipitent dans la mer qui les engloutit; les autres qui, pour nager, savent agiter avec art leurs jambes et leurs bras, saisissent des barques, sur lesquelles ils espèrent se sauver; mais ceux qui les montent, trouvant les barques déjà trop chargées, écartent les nouveaux venus et la main importune qui s'était accrochée au bord du navire y reste seule, tandis que le reste du corps tombe dans les flots qu'il teint de sang.

LXXXV. — D'autres qui espéraient se sauver à la nage, ou du moins périr moins cruellement, voyant leurs efforts inutiles, sentant qu'ils perdent haleine et que leurs forces faiblissent, retournent vers les flammes dévorantes auxquelles ils s'étaient dérobés; dans la crainte de se noyer, il saisissent une poutre brûlante et éprouvent les deux genres de mort contre lesquels ils avaient cherché à se garantir.

LXXXVI. — Ceux-ci enfin qui, pour échapper aux épieux et aux haches qui les menacent, se jettent dans la mer, y sont poursuivis par les pierres et les flèches qui leur sont lancées et qui ne leur permettent pas d'aller plus loin. Mais il serait sans doute utile et sage de terminer ici ce chant pendant que vous m'écoutez encore avec quelque plaisir, plutôt que de le continuer au risque de vous ennuyer par sa longueur.

CHANT QUARANTIÈME

ARGUMENT

Agramant et Sobrin parviennent à se sauver. — Astolphe donne l'assaut à Biserte. — Brandimart monte sur le mur; Roland et les autres chevaliers vont le secourir. — Agramant, **voyant** les flammes qui dévorent Biserte, veut se donner la mort, il en est empêché par Sobrin. — Il trouve Gradasse, et les trois guerriers sarrasins réunis envoient défier les chrétiens. — Roland accepte et choisit pour ses seconds Brandimart et Olivier. — Roger se rendant en Afrique arrive à Marseille où il se bat contre Dudon.

I. — Interminable serait mon récit si je voulais retracer toutes les péripéties du terrible combat naval : et d'ailleurs vous le raconter, ô fils magnanime de l'invincible Hercule, ce serait, comme on dit, porter des vases à Samos, des chouettes à Athènes et des crocodiles en Egypte. Car ce que je ne puis que consigner dans mes récits sur des ouï-dire, vous l'avez vu par vous-même, et ce que vos mains ont accompli, vous l'avez fait admirer aux autres.

II. — Vous avez pu offrir à vos fidèles sujets le spectacle d'un combat de ce genre, le jour où ils purent, pendant un jour et une nuit, voir, comme sur un théâtre, la flotte ennemie resserrée sur le Pô entre le fer et le feu. Tous les cris que l'on peut entendre, les plaintes douloureuses qui frappent les oreilles dans de pareilles batailles, les flots de sang humain qui se versent, enfin toutes les manières de combattre et de mourir, vous les apprîtes en cette circonstance et vous en rendîtes les autres témoins.

III. — Je ne pus en être témoin moi même, car alors je courais depuis six jours, changeant de relais à chaque instant, pour me rendre en hâte aux pieds du souverain Pasteur, dont je devais implorer le secours. Mais vous n'en eûtes pas besoin; il ne vous fallut ni infanterie ni cavalerie; pendant que je voyageais, vous brisâtes si bien les griffes et les dents du lion de Saint-Marc, que depuis ce moment vous n'eûtes pas, que je sache, à vous plaindre de lui.

IV. — J'ai connu d'ailleurs les événements de cette journée mémorable par ce que m'en rapportèrent Alphonse Trotto, qui y était présent, ainsi qu'Annibal et Pierre Moro, Affranio, Alberto, trois Ariostes, et le Bagno et Zerbinetto, et surtout par cette multitude de drapeaux qui ornèrent nos temples, par ces quinze galères et mille autres navires amenés captifs sur ces rives.

V. — Quiconque a vu les incendies, les naufrages, les massacres si nombreux et si divers, dont eut à souffrir Venise, cruellement punie pour avoir porté la flamme dans nos palais, la prise de ses vaisseaux jusqu'au dernier, pourra se faire une idée des massacres et des misères de tout genre dont fut affligée au milieu des mers la malheureuse armée d'Afrique avec son roi Agramant, dans cette nuit obscure où elle fut attaquée par Dudon.

VI. — Tandis que le terrible combat s'engageait, la nuit était venue et ne laissait voir aucune lumière. Mais bientôt après, le soufre, la poix et le bitume, répandus en abondance, enflammèrent les proues et les flancs des vaisseaux. Les flammes dévorantes envahirent et embrasèrent les navires et les galères mal défendus; et alors il se répandit de tous côtés une clarté si vive qu'il semblait que le jour eût remplacé la nuit.

VII. — Agramant qui, dans l'obscurité, ne s'était pas rendu compte des forces des ennemis et ne s'attendait pas à une si rude attaque, croyait pouvoir y résister avec succès en déployant un grand courage.

Mais lorsque les ténèbres furent dissipées et qu'il **vit**
(ce qu'il n'aurait jamais pu croire) que ses ennemis
avaient mis en ligne deux fois plus de vaisseaux que
lui, il changea aussitôt d'opinion.

VIII. — Accompagné d'un petit nombre de personnes,
il saute dans une barque légère où étaient Bride-d'or et
ce qu'il avait pu réunir de plus précieux; il se glisse
sans bruit entre les vaisseaux jusqu'à ce qu'il soit arrivé
dans des lieux plus sûrs, abandonnant les siens pressés
de plus en plus par Dudon et réduits aux plus tristes
extrémités. Le feu les consume, le fer les moissonne, la
mer les engloutit, et lui, la cause de tous leurs maux,
prend la fuite !

IX. — Il fuit, suivi de Sobrin, se désolant d'avoir
repoussé ses avis lorsque dans sa merveilleuse prévoyance il lui avait prédit les malheurs qui l'accablent.
Mais retournons au paladin Roland : il conseille à
Astolphe de détruire Biserte avant que l'on vienne la
secourir et d'empêcher ainsi qu'elle ne fasse plus désormais la guerre à la France.

X. — On fit annoncer publiquement que trois jours
après tout le camp devait être sous les armes. Astolphe
avait préparé, à cet effet, un grand nombre de navires
(car Dudon n'avait pas amené tous ceux qu'il possédait) et il en avait donné le commandemant à Sansonnet, guerrier aussi habile sur mer que sur terre ;
et celui-ci mit les vaisseaux à l'ancre tout auprès de
Biserte, à un mille environ du port.

XI. — En véritables chrétiens, accoutumés à ne jamais
commencer une entreprise périlleuse sans avoir invoqué
l'Eternel, Astolphe et Roland ordonnèrent à toute
l'armée de faire des prières et des jeûnes; chacun
devait être prêt à donner, le troisième jour et au premier signal, l'assaut à Biserte, que l'on livrerait dès
qu'on s'en serait emparé au pillage et aux flammes.

XII. — Tous firent abstinence, adressèrent avec dévo-
tion à Dieu leurs prières, et ensuite les parents, les amis,

tous ceux qui avaient entre eux quelques relations, s'invitèrent les uns chez les autres. Après avoir réparé leurs forces affaiblies par le jeûne, ils s'embrassèrent en versant des larmes, et s'adressèrent mutuellement les paroles les plus cordiales, comme le font ordinairement les amis les plus tendres au moment de se séparer.

XIII. — A l'intérieur de Biserte, les prêtres païens prient aussi avec ferveur au milieu du peuple consterné. Se frappant la poitrine et éclatant en gémissements, ils invoquent Mahomet qui ne peut les entendre. Que de veilles, que d'offrandes, que de dons lui furent promis par chacun en particulier! combien aussi en public lui promit-on d'autels et de statues, pour perpétuer le souvenir de ces cruelles épreuves!

XIV. — Lorsque le peuple eut reçu la bénédiction du cadi, il prit les armes et retourna sur les murailles. L'Aurore reposait encore auprès du vieux Tithon, le ciel était obscur, lorsque Astolphe d'un côté, Sansonnet de l'autre, se rendirent en armes au poste qui leur avait été assigné; et, au signal donné par le comte, ils s'élancèrent à l'assaut.

XV. — Biserte était, par deux de ses côtés, bordée par la mer; les deux autres s'avançaient dans les terres. Ses murailles anciennement bâties étaient d'une construction singulière mais excellente. Mais c'était là, moyennant quelques réparations, son unique défense; car depuis que Bronzard s'y était renfermé, il n'avait eu le temps ni d'appeler des ouvriers habiles ni d'établir de nouvelles fortifications.

XVI. — Le roi des Ethiopiens fut chargé par Astolphe d'attaquer les créneaux en faisant pleuvoir sur eux les flèches, les dards et les frondes, pour empêcher qu'aucun des assiégés n'eût la hardiesse de s y présenter, et pour faciliter, jusque sous les murs de la ville, l'arrivée des fantassins et des cavaliers apportant en abondance les pierres, les poutres, les fascines e tous les objets d'attaque.

20.

XVII. — On jette tantôt une chose, tantôt une autre, que l'on se passe de main en main, dans les fossés dont on avait précédemment détourné les eaux, de manière que l'on pouvait en beaucoup d'endroits apercevoir la vase. Ces fossés furent bientôt remplis et comblés, si bien que l'on put arriver sans difficulté jusqu'au pied des murs. Astolphe, Roland et Olivier saisirent le moment favorable pour faire monter les fantassins à l'assaut.

XVIII. — Les Nubiens, impatients de tout retard et entraînés par l'espoir d'un riche butin, sans faire attention aux dangers qui les menacent, s'avancent tout auprès de la ville, en formant de leurs boucliers une tortue, poussant devant eux les béliers et les autres machines destinées à briser les tours et à rompre les portes : mais ils trouvèrent là les Sarrasins préparés à les recevoir.

XIX. — Le fer, les feux, les créneaux, les toits entiers qu'ils faisaient tomber comme la grêle, ouvraient par force les mantelets, brisaient les chevrons des machines élevées contre eux. Au milieu de l'obscurité, les soldats chrétiens eurent beaucoup à souffrir d'un tel début ; mais aussitôt que le soleil brilla à l'orient, la fortune tourna le dos aux Sarrasins.

XX. — Partout le comte Roland rend l'assaut plus actif du côté de la terre et du côté de la mer. Sansonnet qui tenait la flotte au large entra dans le port, s'approcha de la ville, et la fit attaquer vigoureusement avec des arcs, des frondes et différentes machines faisant tomber d'en haut des milliers de projectiles. Il fit aussi distribuer des lances, des échelles et tous les appareils utiles à un siége par mer.

XXI. — La bataille la plus âpre et la plus terrible était celle qu'avaient engagée Olivier, Roland, Brandimart et le guerrier qui s'était si hardiment élevé dans les airs, loin de la mer et du côté de la ville qui était le plus rapproché du rivage. Les troupes formaient

quatre corps dont chacun d'eux s'était partagé la conduite. Tous se distinguaient par leurs coups de maître
sous les murs, près des portes, en tous lieux.

XXII. — La valeur de chacun d'eux se manisfestait
d'une manière d'autant plus brillante qu'ils combattaient
ensemble. Tout les yeux les suivaient avec admiration
et il était aisé de voir lequel d'entre eux était le plus
digne d'éloge ou de blâme. Les tours de bois s'avancent traînées sur des roues; d'autres sont portées sur
des éléphants et s'élèvent sur leurs dos à une si grande
hauteur qu'elles dépassent de beaucoup les créneaux.

XXIII. — Brandimart s'approche du mur, y appuie une
échelle, y monte et invite les autres à y monter. Beaucoup de soldats le suivent sans crainte, car que peut-on
craindre avec un pareil chef ? Pas un seul ne regarde
ou ne se soucie de regarder si l'échelle est assez forte
pour supporter un si grand poids. Brandimart ne songe
qu'à atteindre l'ennemi, il monte en combattant et saisit
enfin un des créneaux.

XXIV. — Il y applique les pieds et les mains, saute
sur les remparts et fait un cercle de son épée. Il heurte,
renverse, pourfend et massacre, déployant une adresse
merveilleuse. Mais tout à coup l'échelle trop chargée se
rompt sous le poids qu'elle ne peut porter et tous, à
l'exception de Brandimart, tombent dans le fossé pêle-
mêle les uns sur les autres.

XXV. — Le brave chevalier n'est nullement décon-
certé; il ne perd rien de son audace et ne songe nullement à reculer, quoiqu'il ne voie autour de lui aucun
des siens et qu'il serve de point de mire à tous les traits
lancés de l'intérieur de la ville. Tous le conjuraient de
descendre; il n'écoute personne et se tourne au contraire du côté de l'ennemi, et même du haut d'un mur
élevé de plus de trente brasses il s'élance d'un saut
dans la ville.

XXVI. — En frappant du pied le terrain dur et
solide, il ne reçoit pas plus de dommage que s'il fût

tombé sur de la paille ou de la plume. Tous ceux qu'il trouve à ses côtés sont taillés en pièces et déchirés comme on découpe une étoffe légère, et chacun de ceux qu'il menace s'empresse de prendre la fuite. Ceux du dehors qui l'ont vu sauter dans la ville craignent de ne pouvoir arriver assez tôt pour le secourir.

XXVII. — Dans tout le camp se répand un bruit qui passant de bouche en bouche devient une immense rumeur. Les cent voix de la renommée font connaître en l'augmentant le péril où se trouve le guerrier. Elles en portent la nouvelle à Roland, au fils d'Othon, à Olivier, dans les lieux divers où se donne l'assaut.

XXVIII. — Ces guerriers et, plus que tous les autres, Roland, qui avait pour Brandimart beaucoup d'affection et d'estime, comprennent que s'ils ne font diligence, ils perdront un compagnon si illustre. Ils dressent donc des échelles, y montent de tous côtés et déploient à l'envi le courage le plus indomptable : ils s'avancent d'un air si assuré et si intrépide que leurs regards font trembler l'ennemi.

XXIX. — Ainsi que sur une mer agitée par la tempête, les flots assaillant un vaisseau témérairement engagé, se portent avec rage tantôt sur la proue, tantôt sur les sabords : le pâle nautonnier gémit et soupire; il n'a ni le courage ni la hardiesse nécessaires pour rendre les services qu'on attend de lui ; vient enfin une vague qui couvre le vaisseau tout entier et que suivent en masse les flots furieux ;

XXX. — C'est ainsi que lorsque les trois premiers guerriers se furent emparés des murs, ils s'y ouvrirent un si large passage, qu'une foule d'autres purent les suivre sans danger à l'aide des échelles qu'ils avaient plantées à la base des murailles. De plus, les béliers frappant sans relâche en plusieurs lieux y firent de si larges brèches qu'il devint facile d'arriver par plusieurs points au secours de Brandimart.

XXXI. — Tel que le superbe roi des fleuves, rompant

avec fureur ses digues, se fraie un chemin à travers les plaines de Mantoue, et entraîne avec lui les fertiles sillons, les moissons fécondes et tous les troupeaux avec leurs étables, les pasteurs avec leurs chiens : alors sur la cime des arbres où l'on voyait jadis les oiseaux on aperçoit avec étonnement nager les poissons.

XXXII. — Tels et aussi furieux les soldats chrétiens se précipitent par les brèches nombreuses qu'ils ont faites aux murs, résolus de détruire par le fer et par le feu le peuple misérable. Le meurtre, le pillage, la destruction des habitants et de leurs possessions eurent bientôt entièrement ruiné cette riche et triomphante cité qui fut longtemps la reine de l'Afrique.

XXXIII. — Toute la terre était jonchée de morts, et le sang qui coulait des malheureux blessés, dont le nombre était incalculable, formait un étang plus horrible et plus effrayant que celui qui entoure le sombre royaume de Pluton. Le feu se propageant de maison en maison allume un vaste incendie qui embrase les palais, les portiques et les mosquées. Les hurlements, les plaintes, les cris de gens se frappant la poitrine, retentissent dans les demeures vides et saccagées.

XXXIV. — Les vainqueurs chargés d'un immense butin sortaient de tous côtés de la ville, emportant les vases précieux, les riches parures, les ornements d'argent enlevés aux dieux antiques du pays. Les uns entraînaient les enfants, les autres les mères désolées; toutes les horreurs, tous les actes de barbarie qui ont lieu en pareil cas furent commis. Roland en apprit une partie; mais ni lui ni le prince anglais ne purent s'y opposer.

XXXV. — Bucifar d'Algazerre fut tué par Olivier : le roi Bronzord ayant perdu toute espérance et à bout de ressources, se donna la mort de sa propre main. Folves fut pris par le chevalier du Léopard, après avoir reçu trois blessures dont il mourut bientôt.

C'étaient les trois chefs qu'Agramant, au moment de son départ avait commis à la garde de ses états!

XXXVI. — Agramant vit de loin le terrible incendie qui embrasait toute la ville de Biserte : ce spectacle lui arracha des pleurs et des gémissements. Il avait abandonné sa flotte, s'enfuyant avec Sobrin. Quand il fut arrivé plus près du théâtre de cet affreux désastre, il ne put douter du sort de sa capitale; sa première pensée fut de se donner la mort, et il aurait exécuté son dessein si Sobrin ne l'en eût empêché.

XXXVII. — « Vos ennemis, lui dit Sobrin, pourraient-ils remporter une victoire plus complète qu'en apprenant une mort qui leur offrirait la perspective de s'emparer de l'Afrique tout entière? Si vous vivez, au contraire, cette satisfaction leur sera refusée; vous les retiendrez ainsi dans une crainte continuelle : ils ne peuvent se flatter de devenir les maîtres de l'Afrique, à moins que vous ne cessiez de vivre.

XXXVIII. — « En mourant, vous enlevez à tous vos sujets l'espérance, le seul bien qui leur reste aujourd'hui. Si vous vivez, au contraire, je suis certain que vous réparerez vos pertes et que vous nous rendrez d'heureux jours. Je sais que si vous mourez nous serons tous réduits en captivité, et que l'Afrique sera pour toujours abaissée et tributaire des chrétiens. Vivez donc, seigneur; si ce n'est pas pour votre avantage, que ce soit du moins pour ne pas causer la ruine de vos sujets.

XXXIX. — « Vous pouvez compter sur les secours d'hommes et d'argent que ne vous refusera pas votre voisin le soudan d'Egypte; il ne souffrirait pas volontier de voir le fils du roi Pépin si puissant en Afrique. Noradin, votre parent, viendra lui-même, avec toutes ses forces, vous rétablir sur le trône; à votre appel vous verrez accourir Arméniens, Turcs, Persans, Mèdes et Arabes. »

XL. — Par ce discours et d'autres semblables l'adroit

vieillard s'efforçait de donner à son souverain l'espoir
de reconquérir bientôt l'Afrique. Mais lui-même au fond
de son cœur craignait tout le contraire. Il ne savait que
trop combien est triste et misérable la condition d'un
monarque réduit à de telles extrémités, à combien de
larmes inutiles il est condamné lorsque, s'étant laissé
dépouiller de ses états, il a besoin de recourir à des
forces étrangères.

XLI. — Annibal et Jugurtha, ainsi que beaucoup
d'autres dans l'antiquité, en firent la cruelle expérience ; et de nos jours un autre exemple nous a été
donné par Louis le More, livré par un autre Louis.
Plein de ces souvenirs, votre père Alphonse, ô mon
illustre souverain, a toujours considéré comme un
insensé celui qui compte plus sur les autres que sur
lui-même.

XLII. — Ainsi dans la guerre que lui suscita la violente colère du pontife romain, ce valeureux prince,
quoiqu'il n'eût à son service que des moyens sur lesquels il devait peu compter, quoique le roi qui le défendait eût été chassé de l'Italie, et que son ennemi fût
maître du royaume de Naples, ne voulut jamais, malgré
les promesses et les menaces, consentir à confier à un
autre la défense de ses états.

XLIII. — Le roi Agramant avait fait tourner sa
proue vers l'Orient, et déjà il avait gagné la haute mer,
lorsqu'une terrible tempête venant du côté de la terre
assaillit le flanc de son vaisseau. Celui qui tenait le
gouvernail élevant les yeux vers le ciel s'écria : « Je
vois se préparer une tempête si furieuse que ce navire
ne pourra la supporter. »

XLIV. — « Si vous voulez bien, seigneurs, accorder
quelque attention à mes avis, il y a ici près, à notre
gauche, une île dans laquelle nous pourrons trouver
un asile, en attendant que la fureur des flots soit calmée. » Agramant y consentit, et échappa au péril en
descendant sur la rive gauche de cette île située, pour

le salut des marins, entre l'Afrique et les forges profondes de Vulcain.

XLV. — Cette petite île n'a pas d'habitants ; elle est
couverte d'humbles myrtilles et de genêts. Solitude écartée et séjour agréable aux cerfs, aux daims, aux chevreuils et aux lièvres, elle n'est guère connue que
des pêcheurs qui souvent suspendent leurs filets aux
buissons pour les faire sécher, tandis que les poissons
dorment tranquillement au fond des eaux.

XLVI. — Les princes africains trouvèrent au même
lieu un vaisseau que la tempête avait forcé d'y relâcher,
et qui, parti la veille d'Arles, y avait amené le guerrier
fameux qui règne sur la Séricane. Les deux rois se ren-
contrant sur le rivage s'embrassèrent avec la déférence
mutuelle qu'ils se devaient, car ils étaient amis, pour
avoir été quelque temps auparavant compagnons d'armes sous les murs de Paris.

XLVII. — Gradasse apprit avec beaucoup de peine
les malheurs d'Agramant ; il chercha à le consoler et, en
roi généreux, se mit lui-même à sa disposition. Mais
il combattit sa résolution d'aller demander des secours
aux perfides Égyptiens. L'exemple de Pompée, lui dit-
il, doit vous apprendre qu'il est dangereux aux princes
fugitifs de demander un asile aux peuples de ce pays.

XLVIII. — « Puisque vous m'apprenez qu'Astolphe
est dans l'intention de vous enlever l'Afrique avec
l'aide des Éthiopiens, sujets du roi Senapes, et qu'il a
brûlé la ville qui en était la capitale ; puisqu'il a auprès
de lui Roland qui avait naguère perdu la raison, je
crois avoir trouvé le meilleur moyen de réparer tous
vos désastres.

XLIX. — « Je ferai en sorte, dans votre intérêt, de
combattre seul à seul ce fameux Roland. Je sais qu'il
ne pourra trouver contre moi aucune défense, fût-il
tout couvert de fer ou d'airain. Lui mort, je ne fais pas
plus de cas de la secte chrétienne qu'un loup affamé n'en
fait de la timide brebis. J'ai aussi imaginé le moyen de

faire sortir dans un bref délai les Nubiens de l'Afrique et rien ne me paraît plus facile.

L. « — Par mes soins les autres Nubiens séparés des premiers par le Nil et une religion différente, les Arabes et les Macrobes si riches, les uns en hommes et en trésors et les autres en excellents chevaux, les Perses et les Chaldéens, soumis comme beaucoup d'autres peuples à mon autorité, se réuniront tous pour faire à ces Nubiens une si rude guerre qu'ils seront forcés de quitter vos états. »

LI. — Cette seconde proposition parut extrêmement avantageuse au roi Agramant et il remercia la fortune de lui avoir fait rencontrer Gradasse dans cette île déserte. Mais il ne voulut pas permettre, à quelque prix que ce fût (quand bien même il devrait recouvrer par ce moyen sa ville de Biserte) que Gradasse entreprît de combattre Roland : il considérait ce combat comme contraire à son honneur.

LII. — « S'il faut défier Roland, répondit-il, c'est à moi que ce devoir appartient. J'y suis tout disposé, et que Dieu fasse de moi, en bien ou en mal, ce qui lui plaira ! — Eh bien, dit Gradasse, faisons ce que m'inspire une autre idée : prenons tous deux ce combat contre Roland, et qu'il ait un second avec lui.

LIII. — « Pourvu que j'y prenne part, dit Agramant, il m'importe peu que vous me serviez de second ou que je sois le vôtre. Je sais que je ne pourrais trouver dans le monde entier un meilleur compagnon d'armes. — Et moi donc, reprit Sobrin, quel sera mon partage ? Si je vous parais trop vieux, je puis vous répondre que je n'en ai qu'une plus grande expérience, et dans le péril il est bon que le conseil vienne en aide à la force. »

LIV. — Sobrin avait en effet une verte vieillesse et il avait donné de sa valeur des preuves bien connues. Il disait qu'il se sentait dans ses vieux jours une valeur égale à celle qu'il avait eue au printemps de sa vie. Sa réclamation fut trouvée juste, et sans retard on fit partir un messager pour se rendre en Afrique et défier en leur nom le comte Roland.

LV. — Ils lui demandaient qu'il eût à se trouver avec un nombre égal de chevaliers armés à Lipaduse. C'est une petite île environnée par la mer, comme celle où ils étaient. Le messager fit toute la diligence nécessaire pour la circonstance et employa si bien les voiles et les rames qu'il arriva à Biserte ; il y trouva Roland au moment où il faisait entre ses soldats le partage du butin et des prisonniers.

LVI. — L'invitation d'Agramant, de Gradasse et de Sobrin, faite publiquement, fut si agréable au comte d'Angers qu'il fit au messager de riches présents. Il avait déjà appris à ses compagnons que le roi Gradasse portait à son côté Durandal et déjà, pour la recouvrer, il avait formé le projet d'aller la chercher jusque dans les Indes.

LVII. — Il n'avait pas espéré rencontrer ailleurs Gradasse, puisqu'on lui avait dit qu'il avait quitté la France. Il fut ravi de le savoir si près de lui et il compta bien se faire rendre ce qui lui appartenait. Il eut encore un autre motif pour accepter ce combat avec plaisir, le désir de ravoir le cor d'Almont et son cheval Bride-d'or qu'il savait être l'un et l'autre en la possession du fils de Trojan.

LVIII. — Il choisit pour seconds dans la bataille le fidèle Brandimart et son beau-frère Olivier. Il a éprouvé la vaillance de ces deux guerriers et il sait combien ils lui sont tendrement attachés. Il se procure les meilleurs chevaux et les plus solides armures, ainsi que des lances et des épées à toute épreuve, pour lui et ses compagnons. Car vous savez, je pense, qu'aucun d'eux n'avait ses armes ordinaires.

LIX. — Roland, je vous l'ai dit, avait, dans un de ses transports furieux, dispersé les siennes sur la terre. Celles des deux autres, tombées au pouvoir de Rodomont, étaient enfermées dans une haute tour sur les rives d'un fleuve. Il était difficile d'en trouver beaucoup en Afrique ; le roi Agramant avait emporté pour son expédition tout ce qu'il y avait de bon, et d'ailleurs ce n'est pas en Afrique que l'on aurait pu s'en procurer un grand nombre.

LX — Roland rassemble donc tout ce qu'il peut trouver d'armes, soit rouillées, soit polies. En attendant, il se promène de temps en temps sur le rivage, entretenant ses amis du futur combat. Ils étaient un jour sortis du camp dont ils s'étaient éloignés de plus de trois milles, lorsque, levant les yeux vers la mer, ils aperçurent un vaisseau qui, abandonnant ses voiles au vent, cinglait rapidement vers les côtes d'Afrique.

LXI. — Sans nocher, sans matelots, il s'avançait à pleines voiles, au hasard, et il ne s'arrêta qu'au rivage. Mais avant de continuer le récit de cette aventure, mon amitié pour Roger me ramène à son histoire et m'engage à vous raconter ce qui lui arriva ainsi qu'au guerrier de Clermont.

LXII. — Je vous ai dit que tous deux s'étaient tenus à l'écart, suspendant leur combat, en voyant les traités et les conventions rompus et les deux armées en venir aux mains. Lequel des deux, d'Agramant ou du roi Charles, avait le premier violé ses serments et causé une si douloureuse catastrophe ? telle était la question qu'ils adressaient à tous ceux qu'ils rencontraient.

LXIII. — Cependant un serviteur de Roger, fidèle, adroit et intelligent, qui pendant le terrible conflit des deux armées n'avait pas perdu son maître de vue, vint à lui et lui remit son cheval et son épée afin qu'il secourût ceux de son parti. Roger monta sur le cheval et prit l'épée, mais il ne voulut pas prendre part à la bataille.

LXIV. — Il partit, après avoir renouvelé la promesse qu'il avait faite à Renaud, d'abandonner Agramant et sa secte impie, s'il apprenait que ce fût lui qui avait

violé son serment. Pendant toute la journée, Roger
s'abstint de toute espèce de faits d'armes; il se borna à
s'informer auprès de tous ceux qu'il put arrêter et
questionner, qui d'Agramant ou de Charles avait le
premier rompu la trêve.

LXV. — Tout le monde lui certifia que le seul coupable de la rupture était Agramant. Roger aimait ce prince
et s'il l'eût quitté pour ce motif il se serait cru coupable. Je vous ai raconté comment les troupes africaines furent mises en déroute et dispersées, tombant
ainsi du point le plus élevé de la roue de la fortune
jusqu'au plus bas, par le caprice de cette déesse
inconstante qui gouverne le monde.

LXVI. — Roger examine et délibère en lui-même s'il
doit rester, ou suivre son souverain. Son amour pour
Bradamante est un frein tout-puissant qui l'empêche
de retourner en Afrique. Ce dieu le tourne et le
domine à son gré, l'obligeant à reculer et à suivre une
route contraire. Il l'aiguillonne et le menace de sa colère, s'il ne demeure pas fidèle à sa promesse et aux
conventions arrêtées entre lui et le paladin Renaud.

LXVII. — Mais d'un autre côté il n'est pas moins
excité et entraîné par une pensée qui l'agite et le tourmente ; c'est la crainte d'être accusé de lâcheté et de
peur, s'il abandonne Agramant dans sa défaite. Si le
parti de rester rencontre un grand nombre d'approba-
teurs, il s'en trouvera autant qui désapprouveront sa
conduite. Plusieurs diront que l'on n'est pas forcé de
tenir ce qu'il était injuste de jurer.

LXVIII. — Pendant toute cette journée, la nuit suivante et le jour d'après, Roger demeura seul, l'âme
travaillée par la cruelle incertitude qui lui faisait se
demander sans cesse s'il devait rester ou partir. Enfin
il se décida en faveur de son roi et il résolut de le
suivre en Afrique. Si l'amour pour celle qui devait être
sa femme avait une grande puissance sur son âme, le
devoir et l'honneur en avaient encore davantage.

LXIX. — Il retourna vers Arles, où il croyait trouver la flotte qui pourrait le transporter en Afrique. Mais ni sur la mer ni sur le fleuve il n'aperçut aucun vaisseau; le rivage ne lui montra d'autres Sarrasins que ceux qui étaient morts. Agramant avait pris à son départ les meilleurs navires et fait brûler tous les autres dans le port. Trompé dans son espérance, Roger, suivant le bord de la mer, prit la route de Marseille.

LXX. — Il avait l'intention d'y prendre, de gré ou de force, un vaisseau qui le conduisît de l'autre côté. Le fils d'Oger le Danois venait d'y arriver avec la flotte captive des barbares. La mer était si complétement couverte d'une multitude innombrable de vaisseaux chargés des vainqueurs et des prisonniers, qu'il eût été impossible d'y jeter un grain de millet.

LXXI. — Dudon avait avec lui à Marseille tous ceux qui dans la nuit où fut livré le combat naval avaient échappé aux flammes ou au naufrage. Un très-petit nombre avait pu prendre la fuite. Sept de leurs chefs qui avaient régné en Afrique, voyant la déroute de leurs soldats, s'étaient rendus prisonniers avec leurs sept vaisseaux : on les voyait versant des larmes, dans le silence et la consternation.

LXXII. — Dudon, qui dès le jour même voulait se rendre auprès de Charles, était descendu sur la plage et avait disposé un trophée triomphal formé des captifs et de leurs dépouilles. Ils étaient étendus sur le rivage environnés par les Nubiens vainqueurs qui manifestaient leur joie en faisant retentir tout le pays d'alentour du nom de Dudon.

LXXIII. — En apercevant de loin ces vaisseaux, Roger s'imagina d'abord que c'était la flotte d'Agramant et, pour s'en assurer, poussa son cheval en avant. Mais quand il fut plus proche, il reconnut parmi les prisonniers le roi de Nasamone, Bambiragué, Agricalte, Faruraut, Manilard, Balastre et Rimedon, qui gémissaient en tenant leurs visages baissés vers la terre.

LXXIV. — Dans son affection pour eux, Roger ne peut souffrir qu'ils restent dans la condition misérable où ils se trouvent. Il sait qu'un homme qui se présente les mains vides et sans armes et n'a recours qu'aux prières a peu de chances de succès. Il abaisse donc sa lance, frappe leurs gardiens et déploie sa force et sa vaillance accoutumées ; il tire son épée et en un instant il en fait tomber plus de cent à ses pieds.

LXXV. — Dudon entend le bruit, voit le carnage que fait Roger, mais il ignore qui il est. Il voit ses soldats fuyant de toutes parts, saisis de crainte, éperdus et poussant des cris d'angoisse. Aussitôt il demande son coursier, son écu, son casque ; déjà ses bras, ses jambes et sa poitrine étaient armés. Il saute à cheval et n'oublie pas son titre de paladin français.

LXXVI. — Il crie à haute voix qu'on lui fasse place et fait sentir l'éperon à son cheval qu'il pousse en avant. Pendant ce temps, Roger en avait tué cent autres et avait ranimé l'espoir des rois prisonniers. Voyant venir à lui le vertueux Dudon seul à cheval, tandis que les autres étaient à pied, il comprit que c'était leur chef et leur seigneur, et il courut sur lui avec un grand désir de le combattre.

LXXVII. — Dudon venait déjà sur lui ; mais en voyant Roger sans lance, il s'empressa de jeter la sienne, dédaignant de frapper un chevalier en se servant d'un tel avantage. Roger se dit : « Personne ne peut nier que cet homme ne soit un des chevaliers accomplis que l'on appelle les paladins de France.

LXXVIII. — « Je désire, s'il veut bien me faire ce plaisir, connaître son nom avant d'engager le combat. » Le lui ayant demandé, il apprit qu'il avait devant lui Dudon, fils d'Ogier le Danois. Dudon voulut que Roger lui fît la même confidence et il ne le trouva pas moins poli qu'il ne l'avait été lui-même. Connaissant alors tous deux à qui ils avaient à faire, ils prirent du champ et revinrent l'un sur l'autre.

LXXIX. — Dudon portait cette masse ferrée qui en mille occasions lui avait fait un constant honneur. Il s'en servait de manière à prouver qu'il était issu de cet Ogier le Danois si célèbre par sa haute valeur. Roger était armé de cette épée, la meilleure qui fût au monde, dont le tranchant pénétrait à travers les casques et les cuirasses, et avec laquelle il se montra le digne rival du paladin Dudon.

LXXX. — Mais il obéissait constamment à l'idée de n'offenser sa dame que le moins qu'il pourrait, et il savait bien qu'il l'offenserait gravement s'il faisait couler le sang d'un tel héros. Instruit à fond de la généalogie de toutes les grandes maisons de France, il savait que Dudon était fils d'Armelline, sœur de Béatrix, la mère de Bradamante.

LXXXI. — C'est pourquoi il l'attaqua le moins possible de la pointe et moins souvent encore du tranchant de son épée. Il ne l'employait que pour éviter les atteintes de la masse ou en la rabattant, ou en l'esquivant. Turpin croit que Roger aurait pu tuer Dudon après un petit nombre de passes, mais que toutes les fois que celui-ci se découvrit il se contenta de le frapper du plat de son épée.

LXXXII. — L'épée était assez large pour qu'il pût se servir aussi bien du plat que de la taille. Mais, malgré toutes ces précautions si étranges, il ne laissait pas do malmener Dudon avec tant de force et de rudesse que celui-ci en avait les yeux tout éblouis et avait bien de la peine à s'empêcher de tomber. Mais, pour être plus agréable à ceux qui m'écoutent, je remets à un autre chant la suite de ce combat.

CHANT QUARANTE ET UNIÈME

ARGUMENT

Dudon s'apercevant que Roger le ménage, lui demande de cesser le combat. — Roger y consent à condition que les sept rois captifs seront remis en liberté. — Il s'embarque pour l'Afrique, essuie une terrible tempête. — Il arrive auprès de Biserte. — Roland trouve le cheval Frontin, l'armure et l'épée de Roger. — Agramant refuse d'accepter les conditions de paix proposées par Brandimart. — Roger reçoit le baptême. — Combat des six guerriers dans l'île de Lipaduse.

I. — Les parfums qu'un jeune homme ou une jeune fille, à qui l'amour fait souvent verser des larmes, se plaisent à répandre sur leur épaisse et belle chevelure ou sur leurs élégants vêtements, conservent leur agréable odeur et se font encore sentir après plusieurs jours, donnant une preuve évidente de leur excellence première et de leur perfection.

II. — La douce liqueur qu'Icare fit goûter, malheureusement pour lui, à ses moissonneurs et qui, dit-on, enhardit les Celtes et les Boïens à franchir les Alpes et leur fit oublier leurs fatigues, indique clairement qu'elle est d'un goût agréable dans sa nouveauté, lorsqu'elle conserve son excellence à la fin de l'année. C'est ainsi que l'arbre qui n'a point perdu son feuillage pendant l'hiver fait souvenir de la belle verdure qu'il avait au printemps.

III. — La race illustre qui pendant tant d'années jeta par sa courtoisie un éclat qui semble s'augmenter de jour en jour, fait présumer par de sûrs indices que le héros qui fut la tige de cette grande maison d'Este devait briller de toutes les qualités qui élèvent ordinairement les hommes jusqu'aux cieux, autant que le soleil resplendit entre les étoiles.

IV. — Roger qui, dans chacune de ses actions, donnait des preuves d'une haute valeur, et en offrait d'aussi évidentes de la noblesse de son caractère, de sa magnanimité, objet de l'admiration universelle, se montra digne de son glorieux passé dans ce combat avec Dudon, en dissimulant (on l'a vu plus haut) toute sa force et en cédant au sentiment qui l'empêchait de lui donner la mort.

V. — Le fils d'Ogier s'aperçut bientôt sans peine que Roger avait épargné sa vie ; car plus d'une fois il s'était découvert, et il s'était trouvé tellement fatigué qu'il avait perdu toute sa puissance. Voyant donc clairement que son adversaire l'avait ménagé en retenant ses coups pour les rendre moins sensibles, il voulut du moins ne pas lui céder en générosité, s'il lui était inférieur en vigueur et en force.

VI. — « Je vous en supplie au nom de Dieu, seigneur, lui dit-il, faisons la paix. Je ne puis me flatter d'être votre vainqueur, je me reconnais donc pour vaincu et pour l'esclave de votre courtoisie. — Je ne désire pas moins la paix que vous, répondit Roger, et je ne demande d'autre condition que celle de la liberté des sept rois que vous retenez ici captifs. »

VII. — En même temps il lui montra les sept rois dont j'ai parlé et qui, la tête baissée, étaient enchaînés sur le rivage ; il ajouta qu'il demandait qu'on lui laissât prendre avec eux le chemin de l'Afrique. Dudon consentit à tout. Les sept rois furent donc mis en liberté et Roger put choisir le vaisseau qui devait les ramener avec lui en Afrique.

VIII. — Il s'embarque, fait déployer les voiles et s'abandonne à l'inconstance des vents, qui d'abord inspirent aux matelots d'autant plus de confiance qu'ils poussent vers le but désiré les voiles gonflées. Le rivage s'enfuit et disparaît tellement à leurs yeux que l'on n'aperçoit plus que l'immensité de la mer. Mais lorsque, vers le soir, le jour devint plus sombre, le vent fit voir combien il était trompeur et perfide.

IX. — Il cesse de souffler contre les flancs du vaisseau pour frapper la poupe, et il ne s'y arrête pas encore. Il fait tourner le vaisseau sur lui-même et déconcerte le pilote en soufflant tantôt en arrière, tantôt en avant, tantôt par les côtés. Les ondes menaçantes se soulèvent et leurs blanches écumes, semblables à des troupeaux flottants, grondent et mugissent. A chacun des assauts que leur livrent les flots furieux, les passagers croient voir surgir devant eux autant d'images de la mort.

X. — Le vaisseau, devenu le jouet des vents contraires, est poussé par l'un en avant, par l'autre en arrière; il est pris en travers par un troisième, qui le fait tournoyer : tous le menacent d'un inévitable naufrage. Assis au gouvernail, le pilote gémit; le trouble et la pâleur règnent sur son visage. Mais en vain il crie, en vain il fait signe de la main ou de tourner ou d'abaisser les antennes;

XI. — Ses cris et ses signaux sont impuissants : l'obscurité d'une nuit pluvieuse le cache à tous les yeux et sa voix au milieu du bruit de l'orage se perd dans les airs, où se perdent aussi les cris réunis de tout l'équipage et le frémissement des eaux qui s'entrechoquent à la proue, à la poupe, aux deux côtés du navire : personne ne peut entendre le commandement.

XII. — Les vents en fureur, se brisant contre les cordages, font entendre d'horribles sons : le ciel est sillonné de brillants éclairs et retentit d'effrayants coups de tonnerre. L'un court au timon, un autre saisit la rame, chacun prend de soi-même sa tâche habituelle : tel relâche les câbles, tel autre les resserre ; ceux-ci vont à la pompe, afin de rendre à la mer les eaux que la mer leur apporte.

XIII. — Voici maintenant la tempête dans toute son horreur, soulevée par Borée qui fait fouetter les voiles contre les mâts. La mer se gonfle au point de toucher presque aux cieux. Les rames sont brisées, et la fortune cruelle poussée par une rage impétueuse fait tourner la proue et pencher du côté des vagues l'un des flancs du vaisseau désarmé.

XIV. — Déjà tout le côté droit est sous les ondes, le reste du navire est sur le point de s'y abîmer. Tous poussent des cris lamentables et, se voyant près de s'enfoncer dans l'abîme, se recommandent à Dieu. Mais le sort continue à les poursuivre ; s'ils échappent à un mal, ils tombent aussitôt dans un autre. Les secousses qu'a subies le vaisseau finissent par le briser en plusieurs endroits et l'onde ennemie se précipite dans les voies qui lui sont ouvertes.

XV. — L'épouvantable tempête ne cesse de les assaillir de tous les côtés. Tantôt la mer s'élève à une telle hauteur qu'elle semble toucher la voûte céleste, tantôt ils descendent à une telle profondeur sous les ondes qu'ils croient voir de près les enfers. S'il leur reste une lueur d'espérance, elle est si faible qu'elle ne peut les rassurer et ils n'ont devant les yeux qu'une mort iné vitable.

XVI. — Pendant toute la nuit, ils furent poussés sur divers points de la mer par les vents dont ils ne cessèrent d'être le jouet, et ces vents qui devaient s'apaiser au retour du jour soufflèrent encore alors avec plus de violence. En ce moment ils aperçurent un rocher inculte qu'ils voulurent éviter ; mais ils n'en eurent pas le pouvoir : ils y furent au contraire poussés par la violence du vent et l'effort de la tempête.

XVII. — Trois et quatre fois le pilote épouvanté emploie tout ce qu'il a de force pour détourner le gouvernail et faire prendre au vaisseau une autre direction ; mais le gouvernail se brise, la mer en emporte les débris, et le vent impitoyable a tellement empli la voile qu'il

devient impossible de la baisser. Il n'est plus temps
de délibérer et de se garantir; on touche de trop près
l'écueil où les attend un péril mortel.

XVIII. — Il n'est plus de remède ; rien ne pourra
empêcher le vaisseau de se briser. Chacun alors ne
songe plus qu'à soi-même, chacun cherche à sauver sa
vie. Les plus prompts se jettent dans la chaloupe qui,
bientôt s'affaissant sous le poids excessif de ceux qui la
remplissent, est sur le point d'être couverte par les
flots.

XIX. — Roger, voyant le patron, le pilote et le reste
de l'équipage abandonner en hâte le vaisseau, voulut
aussi se sauver sur l'esquif et s'y jeta sans ses armes
et couvert d'un simple pourpoint. Mais il le trouva déjà
si surchargé, et tant d'autres encore y descendirent que
la barque, s'enfonçant au-dessous du niveau de la mer,
disparut sous les flots avec toute sa charge.

XX. — Elle va au fond de la mer, entraînant avec elle
tous ceux qui dans l'espoir d'y trouver leur salut avaient
quitté le vaisseau. Alors on entendit des voix plainti-
ves implorer à grands cris le secours du Très-Haut;
mais elles ne retentirent pas longtemps, les vagues
furieuses et impitoyables vinrent couvrir la surface de la
mer et fermer toute issue aux gémissements et aux lamentations de ces malheureux.

XXI. — Les uns demeurèrent au fond de l'abîme et
ne reparurent plus ; d'autres surnagèrent et furent pendant quelque temps le jouet des flots. Celui-ci vient en
nageant et l'on aperçoit sa tête hors de l'eau ; celui-là
montre un bras, cet autre une jambe nue. Roger, qui ne
s'est nullement laissé intimider par les menaces de la
tempête, s'élève du fond à la surface et aperçoit non
loin de lui ce funeste rocher que lui et ses compagnons
avaient en vain cherché à éviter.

XXII. — Agitant avec force ses pieds et ses bras, il
espère atteindre en nageant la jetée du rocher : il s'en
approche, repoussant de son souffle le flot qui baigne

son visage. Pendant ce temps le vent et la tempête chassent le vaisseau abandonné de tous ceux qui, sort fatal ! avaient été entraînés à la mort par les efforts mêmes qu'ils avaient faits pour l'éviter.

XXIII. — O combien est faible et trompeuse la prévoyance humaine ! Le vaisseau fut sauvé, tandis qu'abandonné par le patron et les pilotes qui l'avaient privé de tous ses agrès, il devait nécessairement périr. On eût dit qu'après avoir vu fuir tout l'équipage, le vent, changeant tout à coup de résolution, faisait entrer le vaisseau dans une route plus sûre et le dérobait à l'écueil en le faisant voguer sur la mer apaisée.

XXIV. — Tant qu'il avait eu son pilote pour le diriger, il n'avait tenu qu'une marche désordonnée; dès qu'il fut laissé à lui-même, il se porta directement vers l'Afrique et vint prendre terre à deux ou trois milles de Biserte, du côté de l'Egypte. L'onde et le vent lui manquant à la fois, il s'arrêta sur le sable aride et désert; ce fut alors que, comme je vous l'ai dit plus haut, survint au même lieu Roland qui se promenait sur le rivage.

XXV. — Il voulut savoir si le vaisseau était vide, ou si quelqu'un s'y trouvait encore; à l'aide d'une petite barque, il s'y rendit avec Brandimart et son beau-frère Olivier. Ils entrèrent sous les ponts : le vaisseau était entièrement dépourvu d'hommes, mais ils y trouvèrent le bon cheval Frontin, toute l'armure et l'épée de Roger.

XXVI. — Dans sa précipitation à se sauver Roger n'avait pas eu le temps de prendre son épée. Roland reconnut aussitôt que c'était Balizarde qui lui avait appartenu autrefois. Vous n'avez pas sans doute oublié comment il l'avait enlevée à Falérine, à l'époque où il détruisit ses magnifiques jardins et comment elle lui fut ensuite dérobée par Brunel.

XXVII. — Vous avez su aussi comment, au pied du mont de Carène, Brunel en fit volontairement présent

à Roger. Roland avait déjà éprouvé quelle était sa
puissance et combien elle était tranchante. Ce fut donc
pour lui un bonheur de la retrouver. Il en remercia le
Tout-Puissant, et il a souvent répété depuis qu'il crut
fermement que Dieu lui-même lui avait envoyé cette
épée qui devait lui être si utile dans cette occasion.

XXVIII. — Cette occasion, c'était celle de l'important
combat contre le roi de Séricane. Roland savait que sa
valeur le rendait redoutable. Il l'était encore plus par la
possession de Bayard et de Durandal. Quant au reste
de l'armure de Roger, il ne put l'apprécier comme celui
qui en aurait déjà éprouvé la puissance : il la crut
certainement bonne, mais il admira surtout sa richesse
et sa beauté.

XXIX. — Mais comme il attachait pour lui-même peu
d'importance à cette armure, puisque son corps était
invulnérable et enchanté, il la donna avec plaisir à
Olivier, à l'exception de l'épée qu'il suspendit à son côté.
Il fit présent du coursier à Brandimart. Avec la même
générosité, il partagea également entre tous ses compagnons ce qu'ils avaient ensemble trouvé dans le
vaisseau.

XXX. — Chacun de ces guerriers voulut avoir pour
la bataille une nouvelle cotte d'armes magnifique.
Roland fit broder sur le quartier qu'il portait la haute
tour de Babel frappée de la foudre. Olivier voulut avoir
un chien d'argent couché, ayant sa laisse sur le dos,
avec cette devise : « Jusqu'à ce qu'il vienne. » Le reste
de la cotte d'armes était d'un tissu d'or digne de son
rang.

XXXI. — Brandimart choisit pour tout ornement
un surtout de couleur noire et lugubre, en mémoire
de son père. Fleur-de-Lis employa toute son adresse
pour l'entourer d'une broderie aussi élégante que possible. Elle était tissue des plus riches pierreries. Tout
le reste était d'un drap très-fin et tout noir.

XXXII. — L'aimable jeune fille confectionna de sa

propre main ce surtout qui devait couvrir la plus fine
armure et qui était digne de ce fameux guerrier : elle
fit aussi les caparaçons dont devaient être couverts la
croupe, la poitrine et la crinière de son cheval. Pendant
tout le temps qu'elle consacra à cette œuvre, depuis le
moment où elle la commença jusqu'à ce qu'elle l'eût
terminée, il ne parut sur son visage aucun sourire ni le
moindre signe d'allégresse.

XXXIII. — Une seule pensée l'assiége, c'est la crainte
de perdre son cher Brandimart. Elle l'a vu mille fois
et en cent batailles affronter les plus grands périls ;
mais jamais une semblable frayeur n'avait glacé son
âme et répandu la pâleur sur son visage ; c'est précisément cette crainte qu'elle ressent pour la première
fois qui double la tristesse de ses pressentiments.

XXXIV. — Lorsque les chevaliers se virent pourvus
de leurs armes et de tout ce qui leur était nécessaire,
ils mirent à la voile. Ils laissèrent Astolphe et Sansonnet
chargés du gouvernement de l'armée chrétienne. Le
cœur déchiré par la douleur, Fleur-de-Lis adressa au
ciel ses plaintes et ses vœux, suivant des yeux tant
qu'elle put l'apercevoir le vaisseau qui s'éloignait.

XXXV. — Astolphe et Sansonnet l'arrachent avec
peine au rivage où elle se tient immobile, les regards
fixés sur l'onde ; ils la reconduisent au palais, où, tremblante et éplorée, elle se jette sur son lit. Pendant ce
temps, l'illustre groupe des trois nobles chevaliers
poursuivait sa route. Poussé par un vent favorable, le
navire les conduisit en droite ligne à l'île où devait
avoir lieu ce mémorable combat.

XXXVI. — Le comte d'Angers, descendu sur le
rivage avec Brandimart et Olivier, s'établit avec eux,
non sans dessein, sur la partie orientale, où ils dres-
sèrent leurs tentes. Agramant aborda le même jour et
se campa sur le côté opposé. L'heure étant trop avancée,
on convint que la bataille aurait lieu au lever de l'aurore.

XXXVII. — Pendant toute la nuit et jusqu'au retour de la lumière, les écuyers montèrent des deux côtés la garde. Dans la soirée Brandimart se rendit à l'endroit où les Sarrasins s'étaient établis : il obtint l'assentiment de Roland pour aller parler au roi d'Afrique, avec lequel il avait eu autrefois des relations amicales, car c'était sous la bannière d'Agramant qu'il était venu en France.

XXXVIII. — Ils se saluèrent et se prirent par les mains, et alors le chevalier chrétien employa toute son éloquence et exposa en ami toutes les raisons qui selon lui devaient détourner le roi païen de ce combat. Il lui offrit de la part du comte d'Angers de remettre en son pouvoir toutes les villes qui se trouvent entre le Nil et les colonnes d'Hercule, s'il voulait croire au fils de Marie.

XXXIX. — « Si je vous donne ce conseil, lui dit-il, c'est que je vous ai toujours aimé, et que je vous aime beaucoup encore ; et comme j'ai pris moi-même ce parti, vous pouvez croire que je le trouve excellent. J'ai reconnu que le Christ est le vrai Dieu et que Mahomet est une fausse divinité. Mon désir serait de vous amener dans la voie où je suis entré ; c'est la voie du salut, et je voudrais la voir suivie par vous et par toutes les personnes que j'aime.

XL. — « Vous y avez tout intérêt ; nul autre parti ne pourrait vous être plus favorable. Le plus funeste de tous serait d'en venir aux mains avec le fils de Milon ; l'avantage que vous retireriez de votre victoire n'est pas proportionné à la perte immense dont vous courez le danger. Vainqueur, vous avez peu de chose à gagner ; vaincu, vous perdez tout.

XLI. — « Quand bien même vous tueriez Roland et nous qui sommes venus pour vaincre ou mourir avec lui, je ne vois pas comment cet avantage vous rendrait les possessions que vous avez perdues. Vous ne pensez pas sans doute que notre mort puisse changer l'état des choses et que les hommes manquent à Charlemagne pour qu'il puisse garder ses conquêtes jusqu'à la dernière tour. »

XLII. — Ainsi parlait Brandimart, et il voulait ajouter à ce qu'il venait de dire beaucoup d'autres choses, lorsque le païen, l'interrompant d'une voix altière et la colère sur le visage, lui répondit : « Vous êtes en vérité bien téméraire et c'est une grande folie que la vôtre, comme celle de tous ceux qui ont la prétention de venir offrir des conseils bons ou mauvais à des gens qui n'en demandent pas !

XLIII. — « Celui que vous me donnez est-il véritablement dicté par l'intérêt que vous m'avez porté et que vous me portez encore, je n'en sais rien : je puis même en douter, lorsque je vous vois venir ici pour servir de second à Roland. Je croirais plus volontiers que, devenu la proie du démon qui dévore les âmes, vous voudriez entraîner avec vous tout le monde dans les enfers, dans cet affreux séjour des peines éternelles.

XLIV. — « Que je sois vainqueur, que je sois vaincu, que je retourne dans le royaume que m'ont laissé mes pères, ou que j'en sois pour jamais exilé, Dieu seul le sait, et c'est le secret de sa providence. Ni moi, ni vous, ni Roland ne le savons. Dans tous les cas, jamais la peur ne sera capable de me porter à faire une action indigne d'un roi; et lors même que je serais sûr de succomber, j'aime mieux mourir que de déshonorer mon sang.

XLV. — « Vous pouvez vous en retourner, et si demain, sur le champ de bataille, vous ne vous montrez pas plus habile comme guerrier que vous ne l'avez été aujourd'hui comme orateur, Roland aura en vous un compagnon peu redoutable ! » Ces dernières paroles partirent du cœur irrité d'Agramant; ils se séparèrent donc pour aller prendre quelque repos jusqu'au moment où le soleil serait sorti du sein des mers.

LVI. — Dès les premières lueurs de l'aube nouvelle,

les six guerriers sont déjà à cheval. Ils ne s'adressent pas de longs discours; aussitôt qu'ils sont en présence, sans perdre de temps, ils abaissent leurs lances. Mais il me semble, seigneur, que je serais inexcusable si, pour vous parler encore de ces guerriers, je laissais plus longtemps sur la mer Roger en danger de s'y noyer.

XLVII. — Ce jeune héros ne cessait de frapper de ses bras et de ses pieds les ondes frémissantes; les vents et la tempête le menacent, mais sa conscience l'agite et le tourmente bien plus encore. Il craint d'être poursuivi par la vengeance du Christ, ayant négligé, lorsqu'il en était temps, de se faire baptiser dans une onde pure; il se dit qu'il est peut-être condamné à recevoir le baptême au sein des flots amers.

XLVIII. — Les promesses si souvent faites à son amante lui reviennent à l'esprit; il se rappelle les serments que Renaud a reçus de lui avant le combat et dont il n'a pas tenu compte. Il adresse quatre fois, dix fois à Dieu les plus instantes prières pour qu'il ne le punisse pas en cet instant; et le cœur plein de la foi la plus sincère et la plus vive, il fait vœu de se faire chrétien, s'il a le bonheur de gagner la terre.

XLIX. — Il ne prendra plus désormais l'épée ni la lance contre les fidèles en faveur des Sarrasins; il rentrera sur-le-champ en France, rendant à Charlemagne les honneurs dus à un souverain. Il ne tiendra plus Bradamante dans l'incertitude par de continuels délais et il donnera enfin à ses chastes amours la sanction d'un hymen légitime. Par un prodige subit, le guerrier n'eut pas plutôt adressé ces vœux au ciel qu'il sentit ses forces renaître et qu'il put nager avec une grande facilité.

L. — Sa vigueur s'accroît, son courage infatigable redouble : il frappe les vagues et les repousse; elles l'élèvent et l'abaissent tour à tour en se succédant sans interruption; et ainsi montant et descendant sans cesse, il arrive enfin, non sans peine, au rivage. Baigné par

les flots qui ruissellent sur son corps, il en sort du côté
où le rocher s'incline le plus vers la mer.

LI. — Tous les autres qui s'étaient jetés dans les
flots ne purent résister à la tempête qui les avait soulevés et ils y furent submergés. Roger seul aborda le
rocher solitaire, protégé par la bonté divine. Mais quand
il se vit sur cette montagne inculte et déserte, n'ayant
plus à redouter les dangers de la mer, il fut saisi d'une
frayeur nouvelle. Il craignit de rester exilé sur cet
étroit espace, courant le risque d'y mourir de faim.

LII. — Son courage invincible domine bientôt ses
craintes, et, résolu de souffrir tout ce que le ciel
ordonne, il marche d'un pas intrépide sur les durs cailloux, se dirigeant à droite vers le sommet de la montagne. Il n'avait pas fait cent pas en avant, qu'il rencontra un homme exténué par la vieillesse et le jeûne,
dont l'extérieur et les vêtements annonçaient un ermite
et dont l'aspect inspirait la vénération.

LIII. — Lorsqu'il est arrivé près de lui : « Saül !
Saül ! pourquoi persécutes-tu ma foi ? s'écrie le vieillard,
rappelant les termes que le Sauveur adressa à Paul
quand ses yeux s'ouvrirent à la lumière céleste. Tu as
cru passer la mer sans payer le tribut et échapper ainsi
à la dette qui t'était réclamée ; mais tu vois que le bras
du Seigneur est long et qu'il sait t'atteindre au moment
où tu le crois bien loin de toi. »

LIV. — Le saint ermite avait eu dans la nuit précédente une vision céleste lui annonçant qu'avec l'aide
de Dieu Roger devait arriver sur cet écueil. Dieu lui
avait en même temps révélé toute sa vie passée et même
sa vie future, ainsi que le trépas funeste qui devait la
terminer. Il lui avait fait connaître ses fils, ses petits-fils
et ses derniers descendants.

LV. — Le vénérable ermite continua à adresser à
Roger ses remontrances sévères, mais il finit par le
consoler. Il le reprit d'avoir tant tardé à courber sa tête
sous le joug aimable de la foi, ce qu'il aurait dû faire

lorsqu'il était libre et quand le Christ l'appelait à lui par ses douces prières. Il avait peu de mérite maintenant à le faire au moment où il voyait le Seigneur venir à lui armé d'un fouet menaçant.

LVI. — Pour le rassurer ensuite, il lui dit que le Christ accorde toujours tôt ou tard l'entrée du ciel à quiconque la demande. Il lui raconta l'histoire des ouvriers de l'Évangile qui tous reçurent une égale récompense. En lui exposant, d'un ton plein de charité et avec toute l'ardeur de la foi, les principaux mystères de notre religion, il le conduisit à pas lents vers sa cellule creusée au milieu de ce dur rocher.

LVII. — Une petite chapelle tournée vers l'orient s'élevait au-dessus de cette sainte demeure; elle était aussi élégante que commode. Au-dessus s'étendait jusqu'au bord de la mer un petit bois de lauriers, de genévriers, de myrtes et de palmiers, chargés de fruits et perpétuellement arrosés par une claire fontaine tombant en murmurant du haut de la montagne.

LVIII. — Le bon père était établi sur ce rocher depuis environ quarante ans: c'était le Seigneur qui le lui avait désigné pour qu'il y menât une vie solitaire et sainte. Des fruits cueillis à divers arbres, un peu d'eau pure suffisaient à son existence; vigoureux, robuste et sans infirmités, il y avait déjà atteint sa quatre-vingtième année.

LIX. — Le vieillard alluma du feu dans sa cellule et couvrit sa table de différents fruits. Roger, après avoir repris ses forces, fait sécher ses habits et ses cheveux, reçut plus à son aise les saints enseignements de la foi chrétienne, et dès le lendemain l'eau pure de la fontaine versée sur sa tête lui conféra le baptême.

LX. — Au sein de cet asile paisible, Roger menait une vie aussi douce que le lieu pouvait le permettre; le bon serviteur de Dieu lui promettait d'ailleurs de le renvoyer dans peu de jours là où l'appelaient ses désirs. En attendant, ils s'entretenaient ensemble d'un grand nombre de sujets, tantôt du royaume de Dieu, tantôt des événements qui concernaient personnellement le guerrier, tantôt de ce qui devait arriver à ceux qui descendraient de lui.

LXI. — Le Seigneur, à qui rien n'est caché et qui voit toutes choses, avait révélé au saint ermite que ce Roger devait compter sept ans de vie sans plus, à dater du jour où il était devenu chrétien, et que par raison de la mort donnée par son épouse Bradamante à Pinabel et qui lui serait attribuée, ainsi que pour celle de Bertolais, il serait assassiné par les perfides Mayençais.

LXII. — L'ermite avait appris de plus que la trahison dans laquelle il succomberait serait tramée si secrètement que personne n'en aurait connaissance ; car cette race parjure devait l'ensevelir au lieu même où elle l'aurait mis à mort ; qu'il ne serait vengé que bien plus tard par son épouse et sa sœur, et que la première, alors enceinte, ferait un long voyage pour aller à sa recherche ;

LXIII. — Que dans la contrée que divisent l'Adige et la Brenta, au pied des collines qui séduisirent tellement le Troyen Anténor qu'il changea volontiers contre leurs veines de soufre, leurs ruisseaux limpides, leurs plaines fertiles et leurs vertes prairies les sommets élevés de l'Ida et les lieux arrosés par l'Ascagne et le Xanthe, si chers à son cœur ; que dans ce lieu, dis-je, dans les forêts voisines du Phrygien Alceste, Bradamante donnerait le jour à un fils ;

LXIV. — Que cet enfant qui devait porter comme son père le nom de Roger, croissant en beauté et en valeur, serait reconnu pour être du sang troyen et adopté comme maître par les habitants de race troyenne ; que dans la suite Charlemagne, à qui, tout jeune encore, il serait d'un grand secours dans la guerre contre les Lombards, lui donnerait la souveraineté de ce beau pays et l'honorerait du titre de marquis ;

LXV. — Et que comme ce grand monarque, en lui

faisant ce don pour lui et ses descendants, lui adressa
ces paroles : *Este hic domini*, « soyez maîtres de ces
lieux, » ce nom d'*Este*, d'un favorable augure, sub-
stitué à celui d'Alceste par la suppression des premières lettres, serait celui que dans la suite des siècles
porterait ce beau pays. Dieu avait encore fait connaître
à son serviteur la terrible vengeance dont la mort de
Roger serait plus tard l'objet.

LXVI. — Il lui fut révélé que le héros apparaîtrait
en songe à sa fidèle épouse, un peu avant le jour, lui
ferait connaître ses meurtriers et lui indiquerait le
lieu de sa sépulture ; qu'aussitôt, accompagnée de son
intrépide belle-sœur, Bradamante irait mettre la ville
de Poitiers à feu et à sang, et que le jeune Roger, lorsqu'il serait en âge de porter les armes, ne châtierait pas
moins rudement les Mayençais.

LXVII. — Dieu avait aussi parlé à l'ermite des Azzi,
des Alberti, des Obizi, ainsi que de leur illustre lignée
jusqu'à Nicolas, Lionnel, Borso, Hercule, Alphonse,
Hippolyte et Isabelle. Mais le saint vieillard, maître de
sa parole, ne dit pas à Roger tout ce qu'il savait. Il lui
raconta ce qu'il convenait de lui apprendre, en gardant
ce qu'il était utile de lui cacher.

LXVIII. — Pendant ce temps, Roland, Brandimart et
le marquis Olivier accouraient, la lance baissée, contre
le Mars des Sarrasins (on pouvait donner ce nom à
Gradasse) et contre les deux autres, c'est-à-dire Agramant et le roi Sobrin, qui, de leur côté, poussaient vigoureusement leurs chevaux en avant. Le bruit de leur
course impétueuse faisait retentir le rivage et la mer
voisine.

LXIX. — Au moment où ils se rencontrèrent et où les
éclats de leurs lances rompues volèrent jusqu'aux cieux,
l'épouvantable bruit qu'ils firent souleva les flots de
la mer et fut entendu jusqu'en France. Roland et Gradasse se rencontrèrent et la balance entre eux aurait

été peut-être égale si ce dernier monté sur Bayard n'avait pas paru d'abord avoir l'avantage.

LXX. — Il heurta si violemment le coursier plus faible que montait Roland qu'il le fit chanceler à droite puis à gauche et enfin tomber tout de son long sur l'arène. Roland pour le relever employa trois et quatre fois et l'éperon et la force de son bras; voyant ses efforts inutiles, il mit pied à terre, embrassa son écu et prit en main Balizarde.

LXXI. — Olivier rencontra le roi d'Afrique et dans ce choc l'avantage fut égal. Brandimart fit vider les arçons à Sobrin, mais on ne vit pas clairement si c'était la faute du cheval ou celle du cavalier, car Sobrin n'était pas accoutumé à des chutes de ce genre. Mais que ce fût la faute de l'un ou de l'autre, il ne s'en trouva pas moins à bas de son cheval.

LXXII. — Brandimart, voyant le roi Sobrin à terre, cessa de l'attaquer; mais il s'avança vers Gradasse qui avait aussi renversé Roland. Olivier et Agramant continuèrent leur combat comme ils l'avaient commencé : ils avaient rompu leurs lances sur leurs écus et mis l'un et l'autre l'épée a la main.

LXXIII. — Roland voit Gradasse assez occupé pour n'avoir guère le désir de revenir à lui : Brandimart ne lui en laisserait pas la possibilité, tant il le serre de près et le travaille. Le comte d'Angers promenant ses regards tout à l'entour, aperçoit Sobrin à pied comme lui et n'ayant pas d'adversaire; il s'avance vers lui, et par ce seul mouvement il fait trembler le ciel de son terrible regard.

LXXIV. — Sobrin, se voyant assailli par un guerrier si redoutable, se resserre sous ses armes et se prépare à le recevoir. Semblable au pilote qui, voyant arriver vers lui le flot qui s'avance en mugissant à bonds précipités, lui présente la proue et voudrait bien être en sûreté sur le rivage, en mesurant la hauteur à laquelle s'élève

la mer, il oppose son écu au choc mortel dont le menace
l'épée de Falérine.

LXXV. — La trempe de Balizarde est si fine que les
armes les plus fortes ne peuvent lui résister, surtout
dans la main si redoutable d'un héros tel que ce Roland
dont la vigueur est unique ou du moins bien rare dans
le monde. Cette épée fend le bouclier sans que rien
l'arrête ; quoiqu'un cercle d'acier l'entoure, elle le traverse dans toute son épaisseur et pénètre en dessous
jusqu'à l'épaule.

LXXVI. — Elle pénètre jusqu'à l'épaule, et si elle la
trouve revêtue d'une double lame de fer et recouverte
de mailles, elle ne veut pas que tout cela la garantisse
et l'empêche d'y faire une profonde blessure. Sobrin
résiste, mais il s'efforce en vain de blesser Roland,
puisque la grâce toute spéciale du Seigneur qui fait
mouvoir les cieux et les étoiles a voulu que son corps
ne pût jamais être entamé.

LXXVII. — Le vaillant comte porte un nouveau coup
et pense qu'il lui fera voler la tête de dessus les épaules ;
mais Sobrin, qui connaît sa force et sait que son bouclier ne lui opposera qu'une faible résistance, recule,
mais pas assez cependant pour que Balizarde ne
l'atteigne encore au front. Elle ne le frappa que du plat,
mais le coup n'en fut pas moins si terrible qu'il brisa
son casque et lui fit perdre connaissance.

LXXVIII. — Sobrin sous ce coup furieux tomba à terre
et eut bien de la peine à se relever. Roland croyant en
avoir fini avec lui et jugeant qu'il était mort, se tourna
vers le roi Gradasse, qui malmenait Brandimart. Il
savait que le roi païen était supérieur à son adversaire
par son armure, par ses armes, son coursier et peut-
être aussi par sa force.

LXXIX. — Cependant le hardi Brandimart monté sur
Frontin, sur ce bon cheval qui avait appartenu à Roger,
se défendait si vigoureusement contre le Sarrasin qu'il
ne lui paraissait pas inférieur : et s'il avait porté une

cuirasse aussi bien trempée que celle de Gradasse, il lui aurait encore mieux résisté. Mais connaissant l'insuffisance de son armure, il était souvent forcé de se porter tantôt à gauche tantôt à droite, pour esquiver les coups.

LXXX. — Aucun cheval au monde ne comprend plus vite que Frontin le signal de son cavalier; on dirait que de lui-même, toutes les fois que Durandal menace, il mette toute son intelligence à l'éviter. D'un autre côté entre Olivier et Agramant s'est engagée une horrible lutte. On peut juger en les voyant qu'ils sont égaux par leur adresse à manier les armes et très-peu différents en force.

LXXXI. — Roland, on s'en souvient, avait laissé Sobrin à terre; voulant secourir Brandimart contre Gradasse et se trouvant à pied, il accourait à grands pas. Il était déjà près de lui, lorsqu'il vit au milieu du champ de bataille se promener le bon cheval d'où Sobrin avait été renversé. Il courut aussitôt vers lui pour le saisir.

LXXXII. — Il l'atteignit sans peine et d'un saut se mit sur lui en selle. D'une main il tient les rênes riches et magnifiques du cheval et de l'autre son épée. En le voyant venir à lui Gradasse, loin d'en être fâché, va lui-même à sa rencontre et l'appelle par son nom. Il compte bien faire voir la nuit avant que le soir arrive, non-seulement à Roland, mais encore à Brandimart et, s'il le faut, même à un troisième.

LXXXIII. — Laissant donc Brandimart, il se tourne vers le comte et lui porte sur le gorgerin un coup de pointe qui traverse tout excepté la chair qu'il s'efforcerait en vain d'entamer. Dans le même temps Roland fait tomber sur son rival Balizarde; aucun charme ne peut résister à son tranchant. Armes, écu, cuirasse, harnais tout ce qu'elle atteint est fendu du haut en bas.

LXXXIV. — Le roi de Séricane, à qui depuis qu'il possédait ces armes personne n'avait fait couler une goutte de sang, est blessé à la fois au visage, à la poitrine

à la cuisse. Il est tout stupéfait et en même temps **outré**
de dépit et de douleur en voyant que cette épée taille
ainsi et n'est pas cependant Durandal : si le coup **avait**
eu plus de longueur ou lui eût été porté de plus près, il
l'aurait pourfendu depuis la tête jusqu'au milieu du
corps.

LXXXV. — Ce qu'il vient d'éprouver diminue de
beaucoup la confiance qu'il avait dans l'excellence de
ses armes ; il met donc dans le combat plus de circons-
pection et de prudence que de coutume : il s'occupe
plus de parer les coups. Brandimart voyant Roland aux
prises avec l'adversaire qu'il lui a enlevé, se tient au
milieu du champ de bataille, dans l'intention de porter
secours à celui qui en aura besoin.

LXXXVI. — Telle était la situation respective des
combattants, lorsque Sobrin, après être demeuré longtemps couché sur la terre, reprenant enfin ses sens,
finit par se relever, quoiqu'il ressentît de vives douleurs
à l'épaule et à la tête. Il lève les yeux, regarde de tous
côtés, et apercevant le lieu où combat son souverain, il
s'avance à grands pas pour le secourir, mais en faisant
si peu de bruit que personne ne s'en doute.

LXXXVII. — Il va derrière Olivier qui, les yeux fixés
sur Agramant, ne s'occupait pas d'autre chose. Il frappe
les jarrets de son coursier d'un coup si terrible qu'il le
fait aussitôt trébucher ; Olivier tombe, et, dans cette
chute imprévue, son pied gauche se trouve engagé dans
les étriers sous le ventre du cheval et il lui est impossible de l'en retirer.

LXXXVIII. — Sobrin porte un nouveau coup et il
espère que de ce second revers il lui abattra la tête ; mais
il en est empêché par la finesse et la force de l'acier
poli qui a été forgé par Vulcain et qui fut jadis porté par
Hector. Voyant le péril, Brandimart court, bride abattue, sur le roi Sobrin, le frappe sur la tête et du choc
le renverse par terre : mais le brave vieillard se remet
aussitôt sur pied.

LXXXIX. — Il se porte contre Olivier dans l'intention de l'envoyer, s'il le peut, dans l'autre monde, ou au moins pour l'empêcher de se dégager et le contraindre à rester toujours embarrassé sous son cheval. Olivier, qui peut disposer de son bras droit et se défendre ainsi avec son épée, en oppose tantôt la pointe et tantôt le tranchant, en la portant de côté et d'autre et de toute la longueur de sa lame, et empêche Sobrin de l'approcher.

XC. — Il espère, en le tenant ainsi pendant quelque temps à distance, finir par se débarrasser de lui. Il le voit tout couvert, tout inondé de sang, et ce sang coule sur le sable en si grande abondance qu'il paraît hors de doute que son ennemi ne tardera pas à succomber ; il est tellement faible qu'il se soutient à peine. Olivier fait les plus grands efforts pour se lever ; mais son cheval couché sur le dos continue à demeurer immobile.

XCI. — Brandimart qui a rencontré le roi Agramant a commencé à précipiter ses coups impétueux comme la tempête. Avec l'aide de Frontin qui tourne sans cesse, il peut l'attaquer tantôt de côté, tantôt en face. Mais si le coursier du fils de Monodant est excellent, celui du roi du Midi ne le lui cède en rien ; car c'est Bride-d'or que lui a donné Roger après l'avoir enlevé au fier Mandricart.

XCII. — C'est au reste le roi païen qui a l'avantage quant à l'armure ; la sienne est parfaite, tandis que Brandimart en a pris une au hasard, la première que dans sa précipitation il a trouvée sous sa main. Mais il se fie en son courage pour pouvoir bientôt la changer contre une meilleure, malgré la terrible atteinte que lui a portée le roi d'Afrique, et qui lui a ensanglanté l'épaule.

XCIII. — Il avait de plus reçu dans le flanc, de la main de Gradasse, un coup dont il n'avait guère à se réjouir. Cependant le vaillant guerrier saisit si bien le passage qu'il parvint à faire pénétrer son épée jusqu'à

son ennemi. Il brisa, l'écu, atteignit le bras gauche et
toucha même un peu la main droite. Mais ce ne fut en
quelque sorte qu'un jeu et une bagatelle en comparaison de ce qui eut lieu entre Roland et le roi Gradasse.

LCIV. — Gradasse a désarmé Roland à moitié, il
a brisé le cimier et les deux côtés de son casque; il
a fait tomber son écu sur la terre et ouvert sa cuirasse et sa cotte de mailles. Mais le paladin l'a bien
plus maltraité; outre les blessures dont j'ai déjà parlé,
il l'a frappé au visage, à la bouche et au milieu de la
poitrine.

XCV. — Gradasse est outré de se voir tout trempé et
tout souillé de son propre sang, tandis que Roland de
la tête aux pieds, après avoir reçu tant de coups, n'en a
pas perdu une goutte. Levant alors son épée à deux
mains, il croit bien qu'il va lui fendre la tête, la poitrine,
le ventre, le corps même tout entier : comme il le sou-
haitait, le fer va frapper le milieu de la tête du redoutable
paladin.

XCVI. — S'il eût eu pour adversaire tout autre que
Roland, il n'aurait pas manqué son coup : il l'aurait
partagé en deux jusque sur la selle. Mais il ne l'atteignit que du plat, et la lame revint aussi brillante et
aussi belle qu'auparavant. Roland tout étourdi de ce
coup croit voir des étoiles briller sur la terre, il lâche
la bride, et laisserait même tomber son épée si elle
n'était attachée à son bras par une chaîne.

XCVII. — Le cheval de Roland est tellement effrayé
en entendant le bruit de ce terrible coup, qu'il emporte
son cavalier sur le rivage sablonneux; et le comte, tout
abasourdi de l'atteinte qui lui avait été portée, n'eut pas
la force de le retenir. Gradasse le suivit et l'aurait
bientôt rejoint pour peu qu'il eût lancé plus vigoureusement Bayard contre lui.

XCVIII. — Mais en tournant les yeux il aperçut le
roi Agramant exposé au plus grand péril. Le fils de
Monodant l'avait déjà saisi de la main gauche par son

casque qu'il avait délacé par devant et, saisissant son poignard, il méditait un nouveau coup contre lequel Agramant n'était pas en état de se défendre, car Brandimart lui avait encore arraché de la main son épée.

XCIX. — A cette vue, Gradasse, abandonnant la poursuite de Roland, tourne son cheval et court vers le roi Agramant. Brandimart n'était pas sur ses gardes; ne pouvant s'imaginer que Roland eût pu laisser échapper son ennemi, il ne songeait qu'à pousser son poignard contre la gorge du roi païen et ne détournait de lui ni ses yeux ni sa pensée. Gradasse arrive et de son épée qu'il tient à deux mains le frappe sur son casque de toutes ses forces.

C. — O père céleste! accordez une place parmi vos élus à votre martyr fidèle! Arrivé au terme de ses aventureux voyages, le voici maintenant qui entre à pleines voiles dans le port. O Durandal! comment as-tu pu te montrer si cruelle envers Roland ton maître en donnant la mort à l'ami le plus cher et le plus fidèle qu'il eût au monde!

CI. — Le cercle de fer épais de deux doigts qui entourait son casque fut coupé et brisé par la pesanteur du coup, ainsi que la coiffe d'acier qui était au-dessous. Brandimart tombe aussitôt de son cheval, portant sur son visage la pâleur de la mort, et de la blessure dont sa tête a été atteinte sort un fleuve de sang qui se répand sur le sable.

CII. — En même temps Roland, qui a repris l'usage de ses sens, tourne les yeux et aperçoit son cher Brandimart étendu sans vie sur la terre; il voit aussi sur lui le roi de Séricane dans une attitude qui prouve que c'est lui qui vient de lui donner la mort. Il ne sait ce qui domine le plus en lui, de la douleur ou de la colère; mais il n'a pas une minute à donner à la plainte; la douleur se tait et à sa fureur seule il donne aussitôt un libre cours. Mais il est temps de mettre fin à ce chant.

CHANT QUARANTE DEUXIÈME

ARGUMENT

Roland tue Agramant et Gradasse. — Il pleure la mort de
Brandimart. — Il donne des soins à Sobrin grièvement
blessé. — Plaintes de Bradamante ; elle accuse Roger de lui
avoir manqué de parole. — Renaud toujours amoureux
d'Angélique veut aller à sa recherche. — Effet des deux
fontaines dont l'une inspire l'amour et l'autre l'éteint. — Il
est attaqué par un monstre qui figure la Jalousie et dont il
est délivré par le Dédain. — En allant à Lipaduse il s'arrête
chez un chevalier, puis habite le palais le plus somptueux et
le plus magnifique. — Des statues y représentent les grandes
dames de la maison d'Este. — Le chevalier invite Renaud à
boire dans une coupe enchantée.

I. — Quel frein assez solide, quels nœuds de fer,
quelles chaînes de diamant (s'il en existe) auraient le
pouvoir de retenir dans une juste mesure, en l'empê-
chant de sortir des bornes prescrites, la colère que vous
fait éprouver une personne à laquelle vous attachent
les plus fermes liens, lorsque vous la voyez en butte à
la violence ou à la ruse, et exposée à souffrir cruellement dans son honneur et dans sa vie ?

II. — Si alors cet emportement vous entraîne à des
actions cruelles et inhumaines, n'êtes-vous pas excusable, puisque votre âme alors n'obéit plus à la raison ?
Lorsque Achille vit Patrocle, combattant avec des armes
empruntées, arroser de son sang la campagne, ce ne
fut pas assez pour lui d'immoler celui qui avait tué son
ami : il voulut le traîner à son char et lui faire subir
mille outrages.

III. — Une pareille colère, ô invincible Alphonse, enflamma vos soldats, le jour où, vous voyant frappé à la tête d'une pierre énorme et cruellement blessé, ils crurent que vous aviez perdu la vie. Ils furent transportés alors d'une rage telle que vos ennemis ne trouvèrent de défense ni dans leurs remparts ni dans leurs fossés, et qu'ils furent tous massacrés sans qu'il en restât un seul pour en porter la nouvelle.

IV. — En vous voyant tomber, la douleur qu'ils ressentirent excita dans leur cœur cet excès de fureur et de cruauté. Si vous eussiez été sur pied, ils n'auraient pas fait de leurs épées un si déplorable usage; vous vous seriez contenté d'avoir réduit Bastia en votre pouvoir, en moins d'heures que les gens de Cordoue et de Grenade n'avaient mis de jours à vous l'enlever.

V. — Peut-être un Dieu vengeur permit-il que vous fussiez en ce moment retenu par quelque motif, afin que le cruel et barbare attentat qu'ils avaient précédemment commis reçût la punition qu'il méritait. Combien n'avaient-ils pas été coupables, lorsque le malheureux Vestidel qui, vaincu par eux, s'était remis entre leurs mains, sans armes, accablé par la fatigue et par ses blessures, fut percé de trois cents épées par ce peuple, dont la plus grande partie appartient à la race des circoncis!

VI. — De tout ceci, je conclus qu'il n'est point de colère qui puisse se comparer à celle que fait naître la vue de quelque outrage fait à un maître, à un parent, à un ancien ami. Donc, c'est avec raison que Roland fut saisi de la fureur la plus violente lorsqu'il vit Brandimart, l'ami qui lui était si cher, tomber à terre sous l'horrible coup que lui avait porté le roi Gradasse.

VII. — Tel le berger nomade qui a vu fuir, rampant sur la terre, l'horrible serpent dont la dent venimeuse a fait périr son enfant qui jouait sur le sable; il saisit, pour se venger son bâton avec fureur, avec rage: ainsi le chevalier d'Angers, outré de colère, prit

en main son épée, la plus tranchante qui fût dans le
monde. Le premier qu'il rencontra fut le roi Agramant.

VIII. — Couvert de sang, privé de son épée, n'ayant
plus que la moitié de son écu, le casque délacé, et
blessé en plus d'endroits que je ne l'ai dit encore,
Agramant s'était échappé des mains de Brandimart
comme un épervier à moitié mort, et payant cher son
avidité et sa sottise, s'échappe des serres du vautour
en y laissant sa queue. Roland arrive sur lui et lui décharge son coup d'épée précisément à l'endroit où la
tête se joint avec le buste.

IX. — Son casque était entr'ouvert, son cou restait
donc sans défense; aussi sa tête tranchée net comme
un jonc roula sur le sol, et le tronc du souverain de la
Libye fit son dernier mouvement sur le sable. Son
esprit fut précipité vers le fleuve d'où Caron le tira
dans sa barque à l'aide de son crochet recourbé. Roland ne s'arrêta pas auprès de lui; mais il alla, Balizarde
en main, attaquer le roi de Séricane.

X. — Lorsque Gradasse vit tomber la tête d'Agramant, séparée du reste de son corps, il trembla (ce
qui jamais ne lui était arrivé) et tout son visage fut
troublé; en voyant venir sur lui le chevalier d'Angers,
il comprit qu'il était perdu, et il ne prit pas même le
soin de se défendre lorsque le coup mortel vint le
frapper.

XI. — Roland l'atteignit dans le flanc droit, au-dessous
de la dernière côte; le fer plongé dans son ventre res-
sortit tout sanglant par le côté gauche, de la longueur
d'une palme. C'était bien de la main du plus célèbre
chevalier du monde que devait partir le coup qui fit
périr le plus redoutable guerrier de la nation païenne.

XII. — Cette victoire ne put ouvrir son cœur à la
joie : le cœur troublé, le visage baigné de larmes, il
sauta de cheval et courut vers Brandimart. Autour de
lui toute la terre était trempée de sang; son casque,
partagé en deux par un coup de hache, ne l'avait pas

plus garanti que s'il eût été aussi fragile qu'une écorce.

XIII. — Roland lui ôta son casque de la tête, qu'il trouva fendue entre les deux sourcils jusqu'au nez. Il lui restait cependant encore une si grande vitalité qu'il put demander au Roi du paradis avant de mourir le pardon de ses fautes et même consoler le comte dont les joues étaient baignées de larmes et raffermir son courage.

XIV. — « Roland, lui dit-il, ne m'oublie jamais dans tes prières si agréables à Dieu. Je te recommande aussi ma chère *Fleur-de...* » Mais le mot de *Lis* ne put sortir de ses lèvres ; il avait vécu et l'on entendit retentir dans les airs la voix et les harmonieux concerts des anges à l'instant même où son âme s'échappa de son enveloppe terrestre pour s'élever dans les cieux au milieu d'une douce mélodie.

XV. — Quoique Roland eût à se réjouir d'une fin si chrétienne, ne doutant pas que Brandimart ne fût réuni à l'Être suprême, puisqu'il avait vu le ciel s'ouvrir pour le recevoir, il ne put cependant surmonter la faiblesse naturelle à l'humanité dominée par les sens et supporter sans verser des larmes abondantes la perte d'un ami qu'il chérissait plus qu'un frère.

XVI. — Sobrin, qui avait déjà perdu beaucoup de sang (car ses flancs et ses joues en étaient inondés, et il devait ne plus en rester dans les veines), était déjà depuis longtemps tombé à la renverse. Olivier n'avait pu dégager son pied, et même quand il lui fut possible de le retirer, il ne put l'avoir que démis et à moitié brisé par le poids du cheval qui l'avait si longtemps foulé.

XVII. — Si son beau-frère n'était venu à son aide, au milieu de sa douleur et de ses larmes, il n'aurait pu se dégager de lui-même ; mais alors même les douleurs qu'il ressentit furent si aiguës et si vives qu'il n'avait la force ni de changer son pied de place ni de s'appuyer dessus ; et toute sa jambe était dans un tel engourdissement qu'il ne pouvait faire un pas sans être soutenu.

XVIII. — Roland, je le répète, se réjouit peu de sa victoire. La mort de Brandimart lui causait un chagrin trop cuisant et trop amer et il n'était pas sans inquiétude pour son beau-frère Olivier. Sobrin respirait encore; mais son état ne donnait que quelques lueurs d'espérance obscurcies par une grande incertitude. Il avait perdu une si grande quantité de sang que sa vie semblait ne tenir qu'à un fil.

XIX. — Le comte fit enlever son corps tout sanglant, le fit panser avec beaucoup de soin et, lui parlant avec douceur comme s'il eût été de sa famille, il ranima son courage. Le magnanime guerrier, une fois le combat terminé, était plein de clémence et ne conservait aucun ressentiment. Quant aux deux morts, il mit en réserve leurs armes et leurs chevaux et distribua tout le reste à ses serviteurs.

XX. — Frédéric Fulgose a révoqué en doute la véracité de mon récit sur ce point : ayant avec sa flotte visité les côtes de la Barbarie, il a débarqué dans cette île et il l'a trouvée si sauvage, si montueuse, si inégale, qu'il assure que dans toute l'étendue de ce terrain étrange il n'est aucun endroit où l'on puisse mettre le pied.

XXI. — Il déclare qu'il est invraisemblable que sur un écueil si aride six guerriers, la fleur de la chevalerie, aient pu combattre à cheval. Je réponds à cette objection, qu'à l'époque où ce mémorable combat eut lieu, il y avait au milieu de cette île une surface plane très-commode pour un pareil usage; mais que depuis, un rocher détaché par un tremblement de terre était tombé dessus et l'avait entièrement recouverte.

XXII. — Donc, ô brillant flambeau de la maison de Fulgose, lumière toujours désirée et toujours pure, si vous m'avez critiqué à ce sujet et cela, peut-être, en présence de ce duc invincible qui a fait jouir votre patrie des douceurs de la paix, et changé en amour ses sentiments de haine, hâtez-vous donc de l'assurer, je vous prie, qu'il pourrait bien se faire que je n'aie pas dit une sottise.

XXIII. — Je reviens à Roland. Ayant levé les yeux du côté de la mer, il vit venir vers lui en grande hâte un bâtiment léger qui semblait se diriger du côté de la petite île. Par qui était-il monté? Je ne puis vous le dire en ce moment, car plus d'un personnage me réclame ailleurs. Voyons, par exemple, si nos héros de France, après leur victoire sur les Sarrasins, sont tristes ou joyeux.

XXIV. — Voyons aussi ce que devient la fidèle amante qui avait vu s'en aller si loin d'elle l'objet de toute sa joie. Je veux parler de Bradamante, si désolée depuis que Roger avait violé encore une fois le serment qu'il venait de faire en présence de notre armée et de celle des païens. Puisqu'un tel guerrier lui manque de parole, elle est persuadée qu'elle n'a plus rien à espérer.

XXV. — Alors elle recommence les plaintes et les lamentations auxquelles elle n'est que trop accoutumée. Selon son habitude, elle reproche à Roger et au destin leur cruauté et leur barbarie; puis se livrant sans contrainte à sa douleur, elle accuse d'injustice, de faiblesse et d'impuissance le ciel qui, témoin d'un si odieux parjure, n'en a pas encore tiré une vengeance éclatante.

XXVI. — Elle s'en prend à Mélisse elle-même; elle maudit l'oracle de la grotte qui par ses discours imposteurs l'a plongée dans cette mer d'amour où elle s'attend à perdre bientôt la vie. Retournant auprès de Marphise pour se plaindre de son frère qui lui a manqué de foi, elle gémit, elle pleure avec elle et, implorant son assistance dans son malheur, se recommande à son amitié.

XXVII. — Marphise, triste, serre les épaules et tâche de la consoler; c'est tout ce qu'elle peut faire. Elle ne croit pas que Roger oublie ses engagements au point de ne pas revenir bientôt auprès d'elle ; s'il ne le fait pas, elle lui donne sa parole qu'elle ne souffrira pas un pareil outrage ; ou elle se battra avec lui, ou elle le forcera de tenir sa promesse.

XXVIII. — Elle parvient, en parlant ainsi, à calmer un peu la tristesse de Bradamante qui, sachant qu'elle peut se confier à quelqu'un, devient plus patiente. Maintenant que nous l'avons entendue donner à Roger les noms de parjure, de cruel, de barbare, voyons si son frère est en meilleur état, lui qui n'a pas une veine, un nerf, un os qui ne soient brûlés des feux de l'amour ; je veux parler de Renaud.

XXIX. — De Renaud, dis-je, qui, comme vous le savez, était si épris d'Angélique. Ce n'était pas sa beauté, c'était la puissance des enchantements qui l'avait enlacé dans les filets de l'amour. Après la défaite des Sarrasins, tous les autres guerriers goûtaient les douceurs du repos : mais lui demeurait seul parmi les vainqueurs, tristement enchaîné dans d'inextricables liens.

XXX. — Il avait envoyé cent messagers pour savoir ce qu'elle était devenue ; il s'était mis lui-même en campagne pour avoir de ses nouvelles. Il s'adressa enfin à Maugis qui, dans plusieurs circonstances, lui avait prêté un utile concours. Il se détermina à lui faire, en rougissant et en baissant les yeux, l'aveu de son amour et le supplia de lui enseigner où il pourrait trouver cette Angélique objet de ses désirs.

XXXI. — Un aveu si étrange combla Maugis de surprise et lui fit faire bien des réflexions : il savait que plus de cent fois Renaud aurait pu, sans la moindre difficulté, posséder Angélique et obtenir d'elle les dernières faveurs. Il avait lui-même fait souvent les plus grands efforts pour l'y déterminer ; mais, malgré ses prières et ses menaces même, il n'avait jamais pu réussir à triompher de sa froideur.

XXXII. — Maugis avait attaché d'autant plus d'importance à faire naître chez lui l'amour, que Renaud en y cédant l'aurait tiré de prison. Et son cœur est devenu amoureux dans un temps où il n'y peut rien gagner et où cette passion n'a aucune raison d'être. Il le prie d'ailleurs de se rappeler jusqu'à quel point il a été désobligeant envers lui, puisque, par suite de ses refus, il s'en était fallu de bien peu qu'il ne pérît dans un obscur cachot.

XXXIII. — Mais plus il semble à Maugis que les instances de Renaud sont importunes, plus elles attestent à ses yeux la force de sa passion. Enfin il se laisse vaincre par ses prières, qui ont le succès qu'en espérait Renaud : il met à néant le souvenir de son ancienne offense et il se dispose à lui venir en aide.

XXXIV. — Il demande à réfléchir pendant quelque temps avant de lui donner sa réponse ; il espère qu'elle sera favorable et il lui apprendra la route qu'a prise Angélique soit en France, si elle y est encore, soit ailleurs. Dans cette intention, Maugis se rend dans un lieu où il avait coutume d'évoquer les démons, c'est-à-dire dans une grotte située entre deux montagnes inaccessibles. Là, ayant ouvert son livre, il fait apparaître des esprits qui arrivent en foule autour de lui.

XXXV. — Il s'adresse à l'un d'eux, auquel toutes les choses d'amour sont familières, et il lui ordonne de lui dire comment il se fait que Renaud, dont le cœur était jadis si insensible, est devenu si passionné. Il apprend alors quelle est la vertu des deux fontaines dont l'une allume et l'autre éteint les feux de l'amour ; le mal causé par les eaux de la première ne peut être soulagé qu'au moyen des eaux de la seconde, qui coulent en sens contraire.

XXXVI. — C'est pour avoir bu de celle qui bannit l'amour que Renaud s'est montré si longtemps sourd et rebelle aux tendres supplications d'Angélique ; et plus tard, ayant été conduit par sa malheureuse étoile à puiser dans l'autre fontaine une amoureuse ardeur, il a, par la puissance qu'a exercée cette eau sur son cœur, ressenti le plus violent amour pour celle qui ne lui avait inspiré qu'une extrême aversion.

XXXVII. — Ce fut, en effet, une malheureuse étoile, ce fut un bien funeste destin, qui lui firent trouver cette brûlante flamme au sein d'une onde glacée; car dans le même moment Angélique venait boire à la fontaine ennemie de toute tendresse, qui éteignit si complétement en son cœur le sentiment de l'amour, qu'elle eut pour Renaud autant d'horreur que pour un serpent. Il l'aima alors du plus ardent amour, tandis qu'elle n'éprouva pour lui que du dédain et de la haine.

XXXVIII. — Maugis fut instruit des étranges aventures de Renaud, et par le démon qui l'informa aussi de tout ce qui concernait Angélique il apprit qu'elle s'était donnée tout entière à un jeune Africain; qu'elle avait ensuite quitté l'Europe et que, se confiant aux flots inconstants, elle avait fait route pour l'Inde sur une des galères audacieuses des Catalans.

XXXIX. — Lorsque Maugis revit son cousin qui lui demanda sa réponse, il l'engagea fortement à renoncer à son amour pour une femme qui s'était rendue l'esclave d'un vil étranger; elle était d'ailleurs déjà si loin de la France qu'il lui serait bien difficile de la rejoindre, car elle devait être avec Médor plus qu'à moitié chemin de son pays.

XL. — Ce ne fut pas le départ d'Angélique qui affligea le plus cet amant passionné. Il n'y avait pas là de quoi troubler son sommeil et lui enlever la possibilité d'aller la rejoindre dans le Levant. Mais en apprenant que c'était un Sarrasin qui avait déjà cueilli les prémices de son amour, il fut saisi d'un tel sentiment de douleur, il éprouva un si cruel martyre, que jamais pendant toute sa vie il n'avait été en proie à un tel désespoir.

XLI. — Il est hors d'état de proférer une seule parole; son cœur frémit, ses lèvres tremblent, sa langue demeure immobile; sa bouche devient amère, comme s l'on y avait versé du fiel. Il s'éloigne brusquement de Maugis et, poussé par une jalouse rage, il veut, après s'être abandonné à ses plaintes et à ses lamentations, se mettre en route pour le Levant.

XLII. — Il en demande la permission au fils de Pépin ; il allègue pour prétexte que son cheval Bayard lui a été enlevé par le roi Gradasse contre toutes les lois de la chevalerie, et que son honneur l'engage à entreprendre ce voyage, afin d'empêcher ce Sérican menteur de se vanter de l'avoir conquis à la lance ou à l'épée sur un paladin français.

XLIII. — Charlemagne consentit à son départ bien qu'il en fût attristé, ainsi que toute la France ; mais il trouva son désir si légitime qu'il ne crut pas pouvoir refuser. Guidon le Sauvage et Dudon voulaient le suivre ; mais Renaud refusa la compagnie de l'un et de l'autre. Il quitta Paris et partit seul, le cœur gros de soupirs et plein d'un amoureux dépit.

XLIV. — Il se rappelle sans cesse et il ne peut bannir de sa mémoire que mille fois il a eu Angélique en sa possession, et que mille fois, par une obstination insensée, il a dédaigné ses charmes. Il n'est plus ce temps, cet heureux temps, où il pouvait jouir de cet ineffable bonheur dont il n'a pas voulu ; et maintenant il voudrait retrouver, au prix même de sa vie, un seul de ces instants si doux et si délicieux.

XLV. — Il ne peut chasser de son esprit cette idée qui l'obsède, et se demande comment il a pu se faire qu'un misérable soldat ait effacé dans le cœur d'une beauté si parfaite les mérites et l'amour de ses premiers adorateurs. L'âme troublée et déchirée par ces cruelles réflexions, Renaud poursuit sa route vers l'Orient : il arrive à Bâle sur le Rhin, puis il gagne la forêt des Ardennes.

XLVI. — Lorsqu'il eut pénétré à plusieurs milles dans cette forêt si fertile en aventures et éloignée des villes et des châteaux, dans la partie la plus obscure et la

plus dangereuse, tout à coup il vit le ciel s'assombrir ;
le soleil disparut au milieu des nuages et en même
temps sortit du fond d'une obscure caverne un monstre
horrible ayant la figure d'une femme.

XLVII. — Ses yeux sont au nombre de mille : ils
n'ont point de paupières ; il ne peut les fermer et je
crois que le sommeil lui est inconnu. Ses oreilles ne
sont pas moins nombreuses que ses yeux, et au lieu de
cheveux ce sont des serpents qui couvrent sa tête. C'est
des sombres cavernes des démons que ce monstre
épouvantable a été vomi sur la terre. Sa queue est
formée par un serpent plus grand et plus menaçant que
les autres et il s'enroule autour de sa poitrine.

XLVIII. — Ce qui dans mille et mille circonstances
périlleuses n'était jamais arrivé à Renaud, il eut peur.
Lorsqu'il aperçut ce monstre qui s'avançait sur lui tout
prêt à l'assaillir, une terreur telle que personne n'en
éprouva jamais une pareille glaça son sang dans ses
veines ; affectant néanmoins son audace ordinaire, il
saisit son épée, quoique d'une main tremblante.

XLIX. — Le monstre se prépare à soutenir l'attaque
de manière à montrer qu'il est maître en l'art des
combats. Dressant en l'air le serpent venimeux qui lui
sert de queue, il se précipite contre Renaud, faisant
autour de lui des sauts énormes. Renaud se trouble et
s'égare dans sa défense ; il porte un nombre infini de
coups de pointe ou de revers, mais il n'en est aucun
qui blesse son ennemi.

L. — Tantôt celui-ci lui applique son serpent sur la
poitrine, tantôt il le fait glisser sous ses armes et lui
fait pénétrer jusqu'au cœur un froid glacial. Une autre
fois, il le lance à sa visière et le fait couler sur son
visage et le long de son cou. Enfin Renaud, se lassant
d'une telle lutte, l'abandonne et piquant des deux pousse
en avant son coursier. Mais cette infernale furie n'est
pas lente à le poursuivre et d'un bond s'élance en
croupe derrière lui.

LI. — En quelque endroit qu'il aille, par les routes de traverse ou par le droit chemin, le monstre empesté ne le quitte pas. En vain le cheval lui lance mille ruades, il ne peut s'en débarrasser. Renaud tremble comme la feuille. Ce n'est pas que le serpent lui fasse aucun mal ; mais il lui cause une horreur et un dégoût tels qu'il frémit, pousse des gémissements et voudrait être mort.

LII. — Il court à travers les sentiers les plus tristes et les plus raboteux, s'enfonce dans les fourrés les plus épais, dans les terrains dont la pente est la plus rude, dans des vallons hérissés d'épines, dans les réduits les plus sombres, espérant pouvoir rejeter de dessus ses épaules cet animal abominable, plus horrible et plus affreux que la peste. Il n'y serait sans doute point parvenu, s'il ne lui fût arrivé fort à propos un secours inattendu.

LIII. — C'était un chevalier couvert d'une belle armure, de l'acier le plus brillant, qui portait pour cimier sur son casque un joug brisé. Son écu est de couleur d'azur, semé de flammes ardentes. Sa cotte d'armes et la housse de son cheval sont ornées des mêmes insignes. Il a la lance au poing, l'épée au flanc, et à l'arçon de sa selle une masse qui jette des flammes.

LIV. — Cette masse est formée d'un feu éternel qui brûle sans se consumer. Il n'est écu si solide, cuirasse si bien trempée, casque si épais qui puisse lui résister. Le chevalier ne peut donc manquer de se faire faire place partout où il promène cette flamme inextinguible. Il ne fallait rien moins qu'un tel défenseur pour délivrer notre héros des étreintes de son cruel ennemi.

LV. — En chevalier doué d'un courage à toute épreuve, il accourt au galop vers l'endroit d'où sont partis les cris qu'il a entendus et il se trouve bientôt près de Renaud. Il voit l'affreux serpent qui l'enveloppe de ses mille replis, dont le contact le brûle à la fois et le glace, sans que celui-ci puisse lui faire lâcher prise et en débarrasser la croupe de son cheval. Le chevalier s'avance, frappe le monstre au flanc et le fait tomber du côté gauche.

LVI. — Mais à peine a-t-il touché la terre qu'il se redresse, pousse en avant et fait vibrer son long serpent. Le chevalier, ne voulant pas l'exciter avec sa lance, se décide à l'attaquer par le feu. Il empoigne sa masse et partout où le serpent se glisse il le frappe de coups redoublés, rapides comme la foudre, sans laisser à l'horrible animal le temps d'en porter un seul bien ou mal.

LVII. — Pendant qu'il le force à reculer, qu'il le tient en respect et qu'il l'accable de coups, qu'il venge mille outrages, il conseille à Renaud de s'en aller par le chemin qui conduit au sommet de la montagne. Le guerrier suit ce conseil et prend la route indiquée. Sans regarder derrière lui, il se met à courir si vite qu'il les perd bientôt de vue, quoiqu'il ait à gravir une pente escarpée.

LVIII. — Après avoir précipité le monstre dans le gouffre infernal, d'où il était sorti et où il se ronge et se cache, en laissant couler de ses yeux innombrables des larmes éternelles, le chevalier, voulant servir de guide à Renaud, le sui sur la montagne et l'atteint sur le plus haut sommet. Il se met alors à l'aider à se tirer de ces lieux sauvages e ténébreux.

LIX. — En le revoyant, Renaud lui adresse des actions de grâces infinies, et lui dit qu'après un tel service il se fera un devoir d'exposer toutes les fois qu'il en aura besoin sa vie pour lui. Il le prie ensuite de lui faire connaître son nom, afin de pouvoir dire à qui il a une si grande obligation et rendre hommage à sa valeur et à sa générosité auprès de Charlemagne et des paladins.

LX. — « Vous ne m'en voudrez pas, lui répondit le chevalier, si je ne puis en ce moment vous satisfaire, mais vous n'attendrez pas longtemps ; vous saurez qui je suis avant que l'ombre se soit allongée d'un pas. »

Puis ils se mirent en route ensemble et se trouvèren au bord d'une fontaine qui, par sa fraîcheur et son murmure, invitait les bergers et les voyageurs à venir boire dans ses eaux limpides l'oubli des chagrins de l'amour.

LXI. — Ces eaux, seigneur, étaient, en effet, celles dont la froideur glaciale éteignait les ardeurs de l'amour, celles qui firent naître dans le cœur d'Angélique, lorsqu'elle s'en abreuva, la haine éternelle qui l'anima contre Renaud; et si de son côté celui-ci ne ressentit pour elle que du dégoût, si elle le trouva si constant dans la haine qu'elle lui inspirait, ce fut, seigneur, n'en cherchez pas ailleurs la cause, parce que lui-même avait bu de ces eaux.

LXII. — Le chevalier qui accompagnait Renaud, se voyant arrivé devant cette claire fontaine, échauffé par la fatigue, arrêta son cheval et dit : « Un peu de repos en ce lieu ne nous ferait pas de mal. — C'est mon avis, répondit Renaud; il ne pourra nous faire que du bien, car outre le malaise que cause la chaleur de midi, j'ai été tellement harassé dans ma lutte contre ce monstre qu'un peu de calme me serait fort doux et fort agréable. »

LXIII. — Ils descendent de cheval, laissent leurs montures paître dans la forêt et s'étendent sur le gazon émaillé de fleurs variées, après s'être débarrassés de leurs casques. Renaud pressé par la chaleur et par la soif court vers l'onde cristalline et d'un trait de la froide liqueur éteint à la fois dans sa poitrine embrasée sa soif et son amour.

LXIV. — Quand le chevalier le vit retirer de l'eau ses lèvres humides et se délivrer ainsi de toute pensée, de tout désir inspiré par le fol amour dont il devenait tout honteux, il prit aussitôt un ton sévère et lui apprit ce qu'il avait voulu d'abord lui cacher. « Apprends, Renaud, lui dit-il, que je m'appelle le Dédain, et que je suis venu vers toi pour t'affranchir d'un joug indigne. »

LXV. — A ces mots, il disparut et son coursier disparut en même temps que lui, ce que Renaud considéra comme un grand prodige. Il regarde autour de lui et se demande ce qu'il est devenu, il ne sait si ce n'est pas un fantôme suscité par la magie, si ce ne serait pas par hasard un des ministres de Maugis chargé par lui de rompre la chaîne qui a fait pendant si longtemps son malheur.

LXVI — Il aime mieux croire que Dieu dans son ineffable bonté lui a envoyé, comme il le fit jadis à Tobie, un des anges de la céleste hiérarchie, pour lui ouvrir les yeux et les rendre à la lumière. Mais, bon ou mauvais génie, quel que soit celui à qui il doit son retour à la liberté, il lui adresse mille remercîments et reconnaît que c'est lui seul qui a mis fin aux tourments que lui causait l'amour.

LXVII. — Angélique était redevenue pour lui un objet de haine, il la jugea indigne non-seulement qu'il allât la chercher si loin, mais qu'il se donnât la peine de faire une demi-lieue pour elle. Néanmoins, désireux de retrouver son cheval Bayard, il prit la résolution d'aller vers les Indes en Séricane, parce que d'une part son honneur y était engagé, et que de l'autre il était convenu de ce voyage avec Charlemagne.

LXVIII. — Il était le lendemain à Bâle où déjà était parvenue la nouvelle du combat qui devait avoir lieu entre Roland et les rois Agramant et Gradasse. On ne le tenait pas du comte d'Angers lui-même, mais d'une personne qui, arrivée de Sicile depuis quelques jours, avait donné la nouvelle comme certaine.

LXIX. — Renaud désira se trouver auprès de Roland à cette bataille, mais il en était très-éloigné. Il y courut cependant, changeant de guides et de chevaux de dix milles en dix milles; il galopa, il fouetta, il piqua des deux, passa le Rhin à Constance, franchit les Alpes comme s'il avait des ailes et arriva en Italie. Il laisse derrière lui Vérone, puis Mantoue ; le voilà sur les bords du Pô qu'il traverse en toute hâte.

LXX. — Déjà le soleil inclinait beaucoup vers le couchant, les premières étoiles commençaient à briller au ciel. Renaud sur le bord du fleuve se demandait s'il devait prendre un nouveau cheval ou s'arrêter jusqu'à ce que les ténèbres de la nuit eussent été dissipées par les clartés de l'aurore, lorsqu'il se trouva en présence d'un chevalier dont l'air et les manières annonçaient une grande courtoisie.

LXXI. — Celui-ci, après l'avoir salué, lui demanda du ton le plus poli s'il était marié. « Je suis engagé dans les liens du mariage, » lui répondit Renaud, qu'une telle question avait singulièrement surpris. « Je m'en réjouis fort, répliqua le chevalier, » et pour lui apprendre pourquoi il lui avait fait cette demande, il ajouta : « Je vous prie, si cela ne vous déplait pas trop, d'accepter pour ce soir un logement chez moi.

LXXII. — « Je vous montrerai un objet que tout homme ayant une femme doit être content de connaître.» Renaud, soit qu'après toutes ses courses et ses fatigues il ne demandât pas mieux que de se reposer, soit parce qu'il était toujours désireux d'entendre de nouveaux récits d'aventures, accepta l'offre du chevalier et prit avec lui le chemin de sa demeure.

LXXIII. — Ils s'éloignèrent de la grande route à la distance de la portée d'un trait et se trouvèrent en présence d'un grand palais, d'où sortirent en grande hâte des écuyers portant des torches dont l'éclat fit autour d'eux la lumière. Renaud y entra, et en y promenant ses regards aperçut un lieu tel que l'on en voit rarement ; c'était un édifice admirable de construction, d'élégance et d'étendue ; un simple particulier n'aurait pu déployer une telle magnificence.

LXXIV. — Le dessus et les côtés des portes sont faits avec le marbre serpentin et le dur porphyre. Les portes elles-mêmes sont en bronze et sont ornées de figures

23.

qui semblent respirer et se mouvoir. On passe ensuite
sous la voûte d'un péristyle, où l'œil est ébloui par
le mélange des plus riches mosaïques. On entre de là
dans une cour carrée tout entourée de pièces dont chacune a cent brasses de longueur.

LXXV. — Chacune de ces pièces a sa porte particulière; elles sont séparées par des arcades. Elles ont
toutes la même grandeur; mais l'architecte y a disposé
avec prodigalité une foule d'ornements différents les
uns des autres. On peut entrer par chacune de ces
arcades où l'on monte par une pente si bien ménagée,
qu'un cheval pourrait s'y promener avec sa charge. Ces
arcades sont surmontées par d'autres qui conduisent
dans une salle.

LXXVI. — Ces arcades supérieures s'avancent en
dehors au-dessus des grandes portes; chacune d'elles
est soutenue par deux colonnes, les unes de bronze, les
autres du marbre le plus dur. Il serait trop long de
vous décrire les ornements de cette cour; indépendamment de toutes ces beautés extérieures, l'architecte
avait dans le sous-sol pratiqué les distributions les
plus commodes.

LXXVII. — Les hautes colonnes avec leurs chapi-
teaux d'or, qui soutenaient les plafonds enrichis de
pierres précieuses, les marbres étrangers ornés par des
mains habiles des sculptures les plus variées, les
tableaux, les moulures et les autres objets richement
travaillés montraient évidemment, quoique la nuit en
dérobât aux yeux une grande partie, que pour élever
ce splendide monument les richesses réunies de deux
rois n'auraient pas été suffisantes.

LXXVIII. — Outre les riches et superbes ornements
répandus avec tant de profusion dans cette demeure, on
y voyait une fontaine qui, par une foule de canaux, répandait de tous côtés des eaux fraîches et pures. Tout
auprès, les serviteurs de la maison avaient dressé des
tables qui, placées au milieu de la cour à égale distance

des quatre portes de ce riche palais, pouvaient être aperçues de tous côtés.

LXXIX. — Cette fontaine, faite de main de maître, était une œuvre d'une rare élégance. Elle avait la forme d'une salle ou d'un pavillon à huit faces, ombrageant tout l'espace qui y était compris. La partie supérieure était un ciel d'or orné d'émaux de toutes couleurs et s'appuyant sur les bras gauches de huit statues de marbre blanc.

LXXX. — Leurs mains droites portaient, sculptées par l'ingénieux artiste, des cornes d'Amalthée, d'où l'onde s'échappait avec un doux murmure pour retomber dans une vasque d'albâtre. Ces statues, sculptées avec un art infini, représentaient toutes des dames illustres différant par l'habillement et la figure, mais toutes égales en grâce et en beauté.

LXXXI. — Les pieds de chacune de ces statues reposaient sur deux belles figures dont les bouches ouvertes semblaient dire qu'elles prenaient beaucoup de plaisir au chant et à l'harmonie. On jugeait aussi d'après leurs attitudes qu'elles n'auraient d'autre soin et d'autre occupation que de célébrer les belles dames portées sur leurs épaules, si elles avaient été en effet les hommes qu'elles représentaient.

LXXXII. — Ces statues inférieures avaient dans les mains de longues et volumineuses inscriptions, où elles indiquaient dans les termes les plus élogieux les noms des figures supérieures, et l'on montrait un peu plus loin leurs propres noms en caractères plus distincts. Renaud, à la lueur des girandoles, examinait les uns après les autres les dames et les cavaliers.

LXXXIII. — La première inscription qui frappa ses yeux était celle qui désignait, en la comblant de louanges, Lucrèce Borgia, dont Rome sa patrie doit préférer la beauté et la vertu à celles de l'ancienne Lucrèce. Les deux hommes qui supportent un poids si noble et si glorieux sont dans l'inscription : Antoine

Tebaldeo et Hercule Strozza, comparés le premier
Linus, le second à Orphée.

LXXXIV. — La statue suivante, qui n'était ni moins
agréable ni moins belle, portait cette inscription :
« Isabelle la fille d'Hercule. La ville de Ferrare sera
plus heureuse de sa naissance dans ses murs que de
tous les biens que la fortune, pleine pour elle de bienveillance, lui prodiguera dans le cours mobile des
années. »

LXXXV. — Les deux hommes qui semblent faire les
vœux les plus ardents pour que sa gloire retentisse
dans tous les siècles portent l'un et l'autre le nom de
Jean-Jacques, auquel le premier ajoute celui de
Calandra et le second celui de Bardelone. A la troisième
et à la quatrième façade du pavillon, par lesquelles
s'échappe l'eau de la fontaine par d'étroits canaux, sont
deux dames, égales en toutes choses par la patrie, la
race, le haut rang, la beauté et le mérite.

LXXXVI. — L'une se nomme Elisabeth, et l'autre
Eléonore : l'inscription gravée sur le marbre disait que
la ville de Mantoue sera si fière de leur avoir donné le
jour, qu'elle ne se glorifiera pas davantage de son Virgile
qui l'a rendue si célèbre. Aux pieds divins de la première
sont Jacques Sadolet et Pierre Bembo.

LXXXVII. — La seconde a pour supports l'élégant
Castiglione et le savant Mucio Arelio. Leurs noms gravés sur un beau marbre, inconnus alors, sont aujour-
d'hui bien célèbres. Venait ensuite celle qui devait être
douée par le ciel de plus de vertus que l'on n'en vit
et l'on n'en verra jamais régner au milieu de toutes
les vicissitudes favorables ou contraires de la fortune.

LXXXVIII. — L'inscription gravée en lettres d'or fait
connaître que c'est Lucrèce Bentivoglio. Un de ses
titres de gloire est que le duc de Ferrare s'applaudit et
se trouve heureux d'être son père. L'un de ceux dont
la voix douce et mélodieuse célèbre ses vertus est
Camille qu'écoutent Le Reno et Felsine avec autant d'at-

tention et de surprise qu'en put jadis avoir Amphryse pour le chant de son berger.

LXXXIX. — L'autre est celui qui a rendu célèbre, depuis l'Inde jusqu'à l'Afrique, depuis le pôle austral jusqu'au pôle hyperboréen, le pays où l'Isaure va mêler dans un plus vaste bassin ses eaux limpides aux ondes salées. Ce pays qui doit son nom de Pesaure aux Romains, qui y pesaient autrefois leur or, est moins célèbre encore par ce fait qu'a immortalisé son nom, que par Guido Postumo doublement couronné par Phébus et par Minerve.

XC. — En suivant l'ordre des statues, celle qui suit représente Diane. Que la fierté de son regard ne vous en impose pas, car elle n'aura pas moins de bonté dans le cœur que de beauté sur son visage. Le docte Celio Calcagnino fera retentir de sa trompette éclatante le nom et la gloire de cette illustre dame, dans les royaumes de Monèse et de Juba, dans les Indes et dans l'Espagne.

XCI. — Elle sera aussi l'objet des chants de Marco Cavallo par qui jaillira d'Ancône une source poétique, semblable à celle que le cheval Pégase fit jaillir autrefois, je ne sais si ce fut du Parnasse ou de l'Hélicon. Auprès d'elle est la noble tête de Béatrix ; on lit sur le rouleau de marbre : « Béatrix fit pendant sa vie le bonheur de son époux, et sa mort l'a rendu pour toujours malheureux. »

XCII. — Elle sera malheureuse comme lui, l'Italie, triomphante avec elle et captive dès qu'elle l'aura perdue. Un seigneur de Correggio ainsi que Timothée, l'honneur des Bendedei, chantent ses louanges ; on dirait qu'ils les écrivent. Tous deux, pour leurs harmonieux accords, suspendent le cours du fleuve où l'ambre coula jadis pour la première fois.

XCIII. — Entre cette place et celle de la colonne où était gravé, comme je l'ai dit, le nom de Borgia, était représentée en albâtre la noble figure d'une dame

du plus grand air. Son aspect était si distingué et si
noble que sous un simple voile et un vêtement de deuil,
sans or, sans pierreries, et avec une parure des plus
négligées, elle ne paraissait pas moins belle parmi tant
de beautés que l'étoile de Vénus parmi toutes les
autres.

XCIV. — En l'examinant avec la plus grande attention, on ne pouvait distinguer si elle l'emportait le plus
par sa grâce, ou sa beauté, ou la majesté, le génie
et la vertu qui brillaient sur son visage. « Quiconque
voudra parler de cette dame (ainsi s'exprimait l'inscription du marbre) comme il convient d'en parler,
formera sans doute le plus noble des desseins, mais
qu'il se garde bien de croire qu'il puisse dignement
l'accomplir. »

XCV. — Malgré la douceur et la grâce que l'on admirait dans cette statue parfaitement sculptée, elle paraissait cependant s'indigner de ce qu'un esprit aussi
vulgaire que celui de l'homme dont la figure seule à ses
côtés (je ne sais pourquoi) lui servait de soutien, avait
osé avec un si faible talent entreprendre son éloge. Les
noms de tous étaient gravés : ces deux seuls avaient été
cachés par l'artiste.

XCVI. — Les statues formaient au milieu d'elles une
rotonde dont le fond revêtu d'un corail poli entretenait
une agréable fraîcheur. Elle était produite par le pur et
limpide cristal qui découlait d'un canal fécond, pour
aller arroser par différents ruisseaux les fleurs bleues,
blanches ou dorées dont la verte prairie était émaillée,
et ranimer les herbes languissantes et les jeunes arbrisseaux.

XCVII. — Renaud s'était assis à table auprès de son
hôte aimable ; discourant sur plusieurs sujets, il lui
avait rappelé à plusieurs reprises la promesse qu'il lui
avait faite et dont il le priait de ne plus différer l'accomplissement. De temps à autre, il l'avait observé et il
avait reconnu que son cœur paraissait accablé d'une

grande affliction ; il ne se passait pas une minute sans qu'un soupir sortît de sa bouche attristée.

XCVIII. — Plus d'une fois le désir vint à Renaud de lui en demander la cause, et la parole en arrivant sur ses lèvres, suspendue par discrétion, n'était pas parvenue à s'échapper. Enfin, lorsque le souper fut terminé, un jeune homme, à qui ce soin était ordinairement confié, vint déposer sur la table une belle coupe d'or fin, ayant l'extérieur orné de riches pierreries et l'intérieur rempli de vin.

XCIX. — Alors le maître de la maison regarda en souriant Renaud ; mais voyant qu'il y avait dans sa physionomie plus de tristesse que de gaîté : « Voici, je pense, le moment, lui dit-il, de satisfaire à la promesse que vous m'avez si souvent rappelée, de vous faire connaître une expérience que devrait voir avec plaisir tout homme qui possède une femme.

C. — « Chaque mari a selon moi le plus grand intérêt à savoir s'il est aimé de sa femme, si elle est pour lui dans le monde une cause de honte ou de considération, en un mot s'il est classé par elle au nombre des hommes ou dans celui de certains animaux. La corne dont l'infidélité d'une femme charge le front de son époux est un poids fort léger et cependant elle le couvre d'infamie : il n'est personne qui ne la voie, et celui qui la porte est le seul qui ne s'en aperçoit pas.

CI. — « Celui qui est assuré de la fidélité de sa femme a plus de raisons pour l'aimer et l'honorer que celui qui sait qu'il a été trompé par la sienne, ou qui ne peut avoir sur ce point que des doutes ou des soupçons. Il est un grand nombre de maris jaloux de leurs femmes, quoiqu'elles soient chastes et honnêtes, tandis qu'il en est beaucoup qui vivent dans une entière sécurité, quoiqu'ils portent sur la tête cette couronne dont personne n'a lieu d'être fier.

CII. — « Voulez-vous savoir si la vôtre est vertueuse, comme je le crois, comme vous-même devez le croire (car il serait trop pénible de croire le contraire, à moins d'en avoir la preuve)? Vous pourrez vous en assurer par vous-même et sans que personne vous en informe, si vous voulez boire dans cette coupe : je ne l'ai fait apporter ici que pour vous prouver que je tiens à remplir ma promesse.

CIII. — « En y buvant, vous verrez un résultat tout à fait extraordinaire si vous portez sur vôtre tête le fameux cimier de Cornouailles, tout le vin se répandra sur votre poitrine et pas une seule goutte n'entrera dans votre bouche; si au contraire votre femme est fidèle, vous viderez la coupe tout d'un trait. Maintenant, vous êtes libre de savoir à quoi vous en tenir. » En parlant ainsi, le seigneur tient les yeux fixés sur Renaud, s'attendant à voir le vin se répandre sur sa poitrine.

CIV. — Renaud est presque tenté de chercher à savoir ce qu'il aurait été fâché de connaître : il porte la main au vase, le prend, et se met en devoir de tenter l'épreuve. Mais tout à coup il réfléchit : sa pensée se porte sur le danger qu'il courrait en y portant ses lèvres. Mais permettez, seigneur, que je me repose. Je vous dirai bientôt ce que répondit le paladin.

CHANT QUARANTE-TROISIÈME

ARGUMENT

La fidélité des femmes. — Histoire de la coupe enchantée. — Renaud voyage sur le Pô; on lui raconte l'aventure du petit chien qui secoue des pierreries. — Histoire d'Argie et d'Anselme. — Renaud arrive à Lipaduse. — Fleur-de-Lis apprend la mort de Brandimart et se livre aux lamentations les plus touchantes. — Roland fait faire à Brandimart, transporté a Agrigente, de magnifiques funérailles. — Fleur-de-Lis s'établit auprès du tombeau de Brandimart. — Olivier et Sobrin sont guéris par un ermite. — Sobrin devient chrétien. — Roger reçoit de ses guerriers l'accueil le plus amical.

I. — O exécrable avarice! ô insatiable fureur de posséder! Je ne m'étonne pas qu'une âme vile, infectée déjà par d'autres vices, tombe aussi facilement en ton pouvoir. Mais comment peux-tu retenir dans les mêmes liens et dans le même esclavage celui dont l'esprit élevé devait être, s'il avait pu t'éviter, digne de tous les honneurs?

II. — Tel mesurera la terre, la mer et le ciel, donnera les causes de chaque opération, de chaque phénomène de la nature, et plongera ses regards dans· les profondeurs de la divinité, qui, empoisonné par ton venin mortel, n'aura de plus grand et de plus sérieux souci que d'entasser des trésors; c'est là seulement qu'il cherche tout son bonheur, et qu'il met tout son talent, toutes ses espérances.

III. — Un autre dispersera des armées; on le verra franchir les portes des cités belliqueuses, être le premier à s'exposer courageusement, et le dernier à renoncer aux périls de la guerre, et rien ne pourra l'empêcher de rester, jusqu'à la mort, enserré dans tes chaînes aveugles. D'autres, dans des arts, des études et des industries diverses, restent obscurs, qui sans toi eussent été célèbres.

IV. — Que dire de quelques belles et grandes dames, que j'ai vues plus dures qu'un rocher résister avec fermeté et constance aux charmes et aux qualités d'amants fidèles et à leurs longs services ? Mais voici venir l'avarice : elle les soumet soudain comme par enchantement. En un jour, sans amour (qui le croirait?) elle fait d'elles la proie d'un vieillard, d'un brutal, d'un monstre !

V. — Ce n'est pas sans raison que je me plains ; m'entendra qui pourra ; quant à moi je m'entends ! Je ne m'écarte pourtant pas de mon plan, et je n'oublie pas pour cela le sujet de mon chant. Mais mes paroles s'appliqueront mieux à ce que je vais dire qu'à ce que j'ai déjà dit. Revenons donc au paladin qui était près de faire l'essai de la coupe

VI. — Je vous disais qu'il avait voulu recueillir quelque temps ses pensées avant de porter cette coupe à ses lèvres. Il songea donc et dit ensuite : « Serait bien fou celui qui, ne voulant pas trouver une chose, la chercherait ! Ma femme est femme, et toute femme est faible. Je veux conserver ma confiance en elle. Jusqu'ici cette confiance m'a rendu heureux, et elle me réjouit encore ; que puis-je trouver de mieux en faisant cette épreuve ?

VII. — « Elle me donnerait peu de joie et beaucoup de tristesse, car celui qui veut tenter Dieu est méprisé de Dieu : en agissant ainsi, suis-je sage ou fou ? je ne sais : mais je ne veux pas en apprendre plus qu'il ne m'est permis de savoir. Éloignez donc ce vin de ma vue : je n'ai pas soif, et je ne veux pas avoir soif. Cette recherche n'a pas moins été défendue par Dieu que l'arbre de la vie ne l'a été à notre premier père.

VIII. — « De même qu'Adam, après avoir goûté la pomme (ce que Dieu avait pris soin de lui interdire lui-même), tomba de la joie dans la tristesse et fut plongé pour toujours dans le malheur; de même l'homme qui veut savoir tout ce que dit et tout ce que fait sa femme, passe de l'allégresse à la douleur, sans pouvoir s'en relever jamais. »

IX. — « Tandis que le bon Renaud parlait ainsi et repoussait loin de lui cette odieuse coupe, il vit un grand ruisseau de larmes abondantes tomber des yeux du seigneur de cette demeure, qui, après s'être un peu remis : « Soit maudit, s'écria-t-il, celui qui m'a persuadé de faire cette épreuve ! Hélas ! par elle j'ai perdu la douce compagne de ma vie !

X. — « Pourquoi ne vous ai-je pas connu dix ans plus tôt ! que n'ai-je pu suivre vos conseils avant l'affreux malheur qui m'a fait verser tant de larmes que j'en suis devenu presque aveugle ! Mais je veux lever le voile; je veux vous dire mes malheurs et pleurer avec vous; je vous raconterai l'origine et le développement de mes incomparables tourments.

XI. — « Vous avez laissé ici près une ville; autour d'elle un fleuve limpide forme une sorte de lac et s'en éloigne ensuite pour aller se jeter dans le Pô. Il prend sa source à Benaco. Cette ville fut fondée lors de la destruction des murailles par les dragons issus de la race du Troyen Agénor. C'est là que je naquis d'une famille assez distinguée, mais sous un pauvre toit et dans une humble situation.

XII. — « Si la fortune n'eut pas soin de moi, et ne me donna pas la richesse à ma naissance, la nature suppléa à ce défaut; je l'emportais sur tous par la beauté de mon visage; j'ai eu dans ma jeunesse des dames et des demoiselles fortement éprises de ma personne; j'y joignais aussi les manières les plus élégantes. Je vous dis cela, quoiqu'il convienne peu à un homme de faire son propre éloge.

XIII. — « Dans notre ville vivait un homme sage, doué, plus qu'on ne pourrait croire, de toutes les connaissances ; quand ses yeux se fermèrent à la lumière du soleil, il comptait cent vingt-huit années. Il avait vécu toute sa vie dans la solitude ; mais à la fin de sa carrière, poussé par l'amour, il avait obtenu, à force de présents, une belle matrone, dont il eut en secret une fille.

XIV. — «.Pour éviter que cette fille ne ressemblât à sa mère, qui avait vendu sa chasteté, bien plus précieux que tout l'or du monde, il voulut la dérober au commerce des hommes ; il choisit le lieu le plus désert et y fit construire par enchantement avec le secours des démons ce vaste palais si riche et si beau.

XV. — « De vieilles femmes sages furent chargées d'élever cette fille, qui devint depuis d'une grande beauté. Il empêcha même à cet âge qu'elle ne vît aucun homme, ni qu'elle s'entretînt avec un seul, et, pour qu'elle eût sous les yeux les modèles qu'elle devait suivre, il fit retracer par le ciseau ou par les couleurs les traits de toutes les femmes dont la chasteté avait résisté aux amours illicites.

XVI. — « Il y fit mettre non-seulement celles dont la vertu constante avait fait jadis l'ornement du monde, et dont l'antique renommée, perpétuée par l'histoire, ne doit jamais voir son dernier jour, mais il fit retracer encore avec toutes leurs grâces celles dont la pureté doit faire dans l'aven'r la gloire de la belle Italie ; telles sont les huit femmes dont vous voyez les statues autour de cette fontaine.

XVII. — « Quand le vieillard vit sa fille parvenir à l'âge où un homme pouvait la prendre pour épouse, ma mauvaise fortune, ou mon bonheur, voulut que je fusse choisi entre tous comme le plus digne d'elle. Les vastes plaines qui entourent ce palais, tant les prairies que les étangs, s'étendant à plus de vingt milles, me furent données comme la dot de cette jeune fille.

XVIII. — « Elle était belle, et très-bien élevée; elle ne laissait rien à désirer. Elle savait mieux que Pallas elle-même travailler à l'aiguille et broder. La grâce de sa démarche, la douceur de sa voix et de son chant, faisaient d'elle une créature céleste plutôt qu'une simple mortelle. Elle excellait à un tel point dans tous les arts qu'elle surpassait même son père.

XIX. — « Son grand esprit, sa beauté plus grande encore, qui auraient inspiré de l'amour aux êtres les plus insensibles, étaient accompagnés d'une tendresse et d'une douceur dont le souvenir me déchire l'âme. Elle n'avait pas de plus grand bonheur et de plus grand désir que d'être avec moi, partout où j'allais, partout où je m'arrêtais.

XX. — « Mon beau-père mourut cinq ans après que je me fus soumis au joug du mariage. C'est à cette époque que commencèrent les chagrins que je ressens encore. Je vais vous dire de quelle manière. Pendant que je me renfermais tout entier dans l'amour de mon épouse, dont je vous ai fait l'éloge, une femme noble de ce pays s'enflamma pour moi du plus violent amour.

XXI. — Elle savait l'art des enchantements et des maléfices plus que ne le possède aucune magicienne. Elle faisait du jour la nuit et de la nuit le jour, elle arrêtait le soleil, elle faisait marcher la terre : et cependant elle ne put arracher mon consentement à donner un remède à ses amoureux désirs, ce que je n'aurais pu faire sans offenser gravement mon épouse.

XXII. — « Ni ses attrayantes qualités, ni sa beauté, ni la connaissance que j'avais de son amour pour moi, ni ses riches présents, ni les promesses qu'elle me prodiguait, ni ses instances continuelles, rien ne put parvenir à dérober pour elle une étincelle à mon premier amour. Ce qui m'en ôtait entièrement le désir était l'assurance que j'avais de la fidélité de ma femme.

XXIII. — « L'espoir, la confiance, la certitude que j'avais dans cette fidélité m'auraient fait dédaigner tous

les charmes que possédait la jeune fille de Léda, tous les
dons de l'esprit et de la fortune qui furent offerts autrefois au fameux berger du mont Ida. Mes refus ne purent
cependant parvenir à me débarrasser de ses prières.

XXIV. — « Un jour, la magicienne, qui se nommait
Mélisse, me rencontra hors du palais, et là, pouvant me
parler tout à son aise, trouva moyen de troubler mon
repos. Avec le maudit aiguillon de la jalousie, elle
chassa de mon cœur la confiance qui y régnait. Elle
commença par approuver mon intention de rester fidèle
à une épouse fidèle.

XXV. — « Mais vous ne pouvez, ajouta-t-elle, être certain de sa fidélité, si vous n'en avez auparavant la
preuve. Parce qu'elle n'a point failli, quoiqu'elle puisse
faillir, vous la croyez fidèle et pure. Mais, si jamais vous
la laissez aller sans vous, si jamais vous lui permettez
de voir d'autres hommes, comment pourrez-vous hardiment me dire et m'affirmer qu'elle est restée chaste ?

XXVI. — « Absentez-vous un peu, quittez votre demeure ; faites que l'on sache dans la ville et dans la
campagne que vous êtes parti, et qu'elle est restée ;
donnez accès aux amants et aux messages ; si leurs
prières, si leurs présents ne parviennent pas à l'engager
à déshonorer le lit conjugal, ou si en le faisant elle croit
le cacher, alors vous pourrez dire qu'elle est fidèle. »

XXVII. — « C'est avec de telles paroles et d'autres
semblables que la magicienne parvint à m'inspirer le
désir de m'assurer de la fidélité de mon épouse et d'en
faire l'épreuve. « Mais, supposons, lui dis-je, qu'elle soit
telle que je ne puis me l'imaginer, comment pourrai-je
m'en rendre certain, et savoir si elle mérite un châtiment ou mon estime ?

XXVIII. — « Je vous donnerai, dit Mélisse, une coupe
d'une vertu rare et singulière. Morgane la donna autrefois à son frère pour qu'il s'assurât que Ginevra le trom-
pait. Celui dont la femme est pure, y peut boire ; mais
il n'en est pas de même de celui dont la femme est infi-

dèle : le vin qu'il essaye de porter à ses lèvres se renverse tout entier et se répand sur sa poitrine.

XXIX. — « Avant de partir, faites-en l'expérience ; j'espère que vous boirez sans que le vin se répande, car je suis persuadée que vous trouverez votre épouse encore pure ; d'ailleurs vous en verrez l'effet. Mais si une fois de retour vous en faites une nouvelle épreuve, je ne puis rien vous assurer. Si vous parvenez à vider la coupe sans rien répandre, je vous proclamerai le plus heureux des maris. »

XXX. — « J'accepte l'offre, elle me remet la coupe ; je fais l'épreuve avec un plein succès, et je trouve, ainsi qu'elle l'avait dit, mon épouse pure et fidèle comme, je le souhaitais. Mélisse me dit alors : « Abandonnez-la quelque temps, pendant un mois, ou restez même séparé d'elle pendant deux ; puis revenez, faites de nouveau l'essai de la coupe, et voyez si vous y pourrez boire, ou si vous renverserez tout sur vous. »

XXXI. — « Il me semble pourtant bien pénible de partir, répondis-je ; non pas que je doute de sa fidélité, mais parce que je ne peux m'absenter deux jours et vivre une seule heure sans elle. — Alors, dit Mélisse, je vous ferai connaître la vérité par un autre moyen. Changez votre voix, vos vêtements, et présentez-vous à elle sous la figure d'un autre. »

XXXII. — « Seigneur, il y a près d'ici une ville que défendent les menaçantes et larges embouchures du Pô. Son pouvoir s'étend dans tout l'espace où la mer s'éloigne et se rapproche du rivage. Elle le cède en antiquité aux villes voisines, mais elle rivalise avec elles en richesses et en beautés. Les Troyens restés les derniers dans le pays la fondèrent après avoir échappé au fléau d'Attila.

XXXIII. — « Celui qui tient et dirige les rênes de ce pays, est un jeune chevalier, riche et beau, qui s'étant un jour laissé emporter à la poursuite de son faucon, et étant entré jusque dans mon palais, vit ma femme ; et dès cette première rencontre il en fut tellement épris qu'il en conserva le souvenir gravé dans son cœur. Il ne cessa depuis d'employer tous les moyens pour la rendre favorable à ses désirs.

XXXIV. — « Elle lui fit subir tant de refus qu'il ne voulut plus à la fin faire de tentatives près d'elle. Mais il ne perdit pas le souvenir de sa beauté, que l'amour avait gravé dans son cœur. Mélisse sut si bien me cajoler et me séduire qu'elle m'engagea à prendre la figure de ce jeune homme ; et (je ne sais par quel moyen) elle me transforma complétement, changeant mon visage, ma voix, mon regard et mes cheveux.

XXXV. — « J'avais déjà fait croire à mon épouse que j'étais parti et je m'étais mis en route pour le Levant. Après avoir pris tous les traits de ce jeune amoureux, ayant sa voix, sa ressemblance, je revins avec Mélisse, également changée sous l'apparence d'un page ; elle avait sur elle les plus riches pierreries que peut posséder l'Inde ou la mer Rouge.

XXXVI. — « Moi qui connaissais les issues de mon palais, j'y entrai en toute sécurité, accompagné de Mélisse, et j'eus le bonheur de trouver mon épouse qui n'avait auprès d'elle ni écuyer ni femme. Je lui exposai alors mes désirs et j'excitai sa convoitise par l'étalage de bijoux, de rubis, de diamants, d'émeraudes, qui auraient ébranlé les cœurs les plus solides.

XXXVII. — « Je lui dis que ces dons étaient bien peu de chose comparés à ceux qu'elle devait attendre de moi. Puis je lui alléguai l'avantage que nous donnait l'absence de son mari : je lui rappelai que depuis longtemps je l'aimais, comme elle devait le savoir ; qu'un amour si constant et si fidèle était digne enfin de quelque récompense.

XXXVIII. — « Son trouble fut grand d'abord : elle rougit et ne voulut pas m'écouter ; mais en voyant les feux étincelants de ces pierreries, ce cœur si dur se radoucit ; elle répondit d'une voix faible et tremblante, ces mots dont le souvenir m'arrache la vie : « qu'elle se rendrait à mes désirs si elle était assurée que personne ne le saurait. »

XXXIX. — « Cette réponse fut un trait empoisonné dont je me sentis le cœur traversé. Un froid glacial se glissa dans mes os et dans mes veines, et ma voix resta figée dans mon gosier. Levant alors le voile de son enchantement, Mélisse me rendit ma véritable figure. Vous jugez de quelle couleur dut devenir celle qui se trouva en me voyant dans une si grande erreur !

XL. — « Nous étions tous deux d'une pâleur mortelle, tous deux les yeux baissés. Ma langue put à peine avoir la force d'articuler un seul mot, et ma voix me permettre de m'écrier : « Tu me trahirais donc, mon épouse, si tu avais de quoi acheter mon honneur? » Elle ne put me répondre autrement qu'en baignant ses joues de larmes.

XLI. — « Sa honte était grande; mais son dépit fut plus grand encore, quand elle se vit accablée par moi d'un tel affront. Sa colère augmenta de plus en plus, et se changea à la fin en une fureur et en une haine implacables. Elle prit alors la résolution de fuir. A l'heure où le soleil descend de son char, elle courut au fleuve, et, montant dans une barque, descendit en toute hâte le courant pendant la nuit.

XLII. — « Le matin, elle se présenta devant ce chevalier qui l'avait longtemps aimée (c'était celui dont j'avais emprunté le visage et la tournure pour la tenter contre mon propre honneur). Vous pensez si son arrivée lui fut agréable, à lui qui en était épris plus que jamais. C'est alors qu'elle me fit dire que je ne devais plus espérer l'avoir avec moi, ni être aimé d'elle.

XLIII. — « Hélas! depuis ce temps elle demeure avec lui au milieu des plaisirs et se riant de moi; et moi je souffre encore du malheur que je ne dois qu'à moi seul, et dont je ne puis me remettre. Mon mal s'accroît sans cesse, et il est juste que j'en meure et je sens que j'ai encore peu de temps à le supporter. Je suis persuadé que je serais mort dès la première année, si une consolation unique n'était venue à mon aide.

XLIV. — « Le soulagement que j'ai trouvé, c'est que pendant dix ans, parmi tous ceux qui sont entrés sous mon toit et à qui cette coupe a été présentée, je n'en ai pas trouvé un seul qui ne se soit inondé de son contenu. Sûr d'avoir un si grand nombre de compagnons, je supporte mon malheur avec plus de résignation. Dans ce nombre infini, vous avez été le seul assez sage pour refuser de faire ce périlleux essai.

XLV. — « Mon désir de chercher au delà des limites de la raison ce que faisait mon épouse m'a enlevé le repos pour le reste de ma vie, qu'elle soit longue ou courte. Mélisse se réjouit d'abord de cet événement; mais sa joie cessa bientôt. Elle était cause de tout mon malheur, et je la pris en une telle haine que je ne pus même supporter sa vue.

XLVI. — « Elle ne put de son côté souffrir de se voir haïe par moi, qu'elle disait aimer plus que sa vie. Elle avait espéré devenir dame et maîtresse du logis aussitôt que l'autre l'aurait abandonné; mais comme je ne voulus plus avoir constamment sous les yeux la cause de mes chagrins, elle ne tarda pas à quitter le pays; elle partit donc et depuis je n'en ai jamais entendu parler. »

XLVII. — Telle fut la triste aventure que raconta le chevalier, et quand il l'eut terminée, Renaud demeura pensif pendant quelques instants; il avait pitié de ce malheureux et il lui répondit ainsi : « En vérité, Mélisse vous a donné un fort mauvais conseil! Autant vous aurait-elle pu proposer d'irriter les guêpes; et vous, vous fûtes même assez mal avisé en allant à la recherche d'une chose que vous auriez désiré ne pas trouver.

XLVIII. — « Vaincue par l'avarice, votre femme a tenté de vous être infidèle : pourquoi vous en étonner? elle n'est ni la première ni la cinquième femme qui n'ait pu sortir victorieuse d'une pareille lutte. Bien des âmes plus fermes que la sienne ont pour un moindre prix été poussées à des actions plus honteuses encore. Et combien connaissez-vous d'hommes que l'amour de l'or n'ait pas conduits à trahir leurs maîtres et leurs amis?

XLIX. — « Si vous vouliez qu'elle se défendît, vous ne deviez pas l'attaquer avec des armes si puissantes. Ignorez-vous que le marbre et l'acier le plus dur ne peuvent résister à l'or? Il me semble que vous avez été plus coupable en la soumettant à une pareille épreuve qu'elle ne l'a été en y cédant. Si elle vous y avait soumis vous-même, vous seriez-vous montré plus ferme? »

L. — Renaud se leva alors de table et pria qu'on lui permît d'aller dormir. Il avait l'intention de partir quand il aurait pris quelque repos, une heure ou deux avant le jour. Il lui restait peu de temps et il voulait en user avec discrétion, de peur de le perdre inutilement. Le seigneur du lieu lui dit qu'il pourrait se retirer aussitôt qu'il le désirerait;

LI. — On avait préparé d'avance sa chambre et son lit; mais s'il voulait suivre son conseil, il trouverait le moyen de dormir à son aise toute la nuit et de faire en dormant plusieurs milles. « Je puis vous faire apprêter une barque, dit le seigneur, et, pendant qu'elle voguera sans aucun péril pour vous, vous pourrez, en dormant toute la nuit, poursuivre votre voyage et gagner une bonne journée. »

LII. — Cette proposition plut à Renaud qui l'accepta en remerciant l'hôte obligeant qui la lui avait faite. Tout aussitôt il descendit sur le bord de la rivière où déjà les bateliers l'attendaient. Il se coucha et reposa commodément dans la barque, tandis que légère et rapide elle suivait le cours des eaux, poussée par six rameurs, et descendait avec la vitesse d'un oiseau qui fend les airs.

LIII. — Renaud n'eut pas plutôt posé sa tête sur l'oreiller qu'il s'endormit. Il avait d'abord donné ordre qu'on l'éveillât aussitôt qu'il serait arrivé dans les en-

virons de Ferrare. La barque laisse Melara sur la
gauche et Sermido sur la droite, puis dépasse Figarolo
et la Stellata, à l'endroit où le Pô furieux se divise en
deux branches.

LIV. — De ces deux branches le pilote choisit celle
qui était à droite et laissa la gauche couler vers Venise.
On passa Bondeno, et déjà la couleur azurée du ciel
s'affaiblissait vers l'orient, au moment où l'aurore laissant tomber les fleurs de ses corbeilles répandait à
l'horizon leurs couleurs blanches et vermeilles, lorsqu'en apercevant de loin les deux forts de Tealdo, Renaud leva la tête.

LV. — « O cité bienheureuse, dit-il, d'où mon cousin
Maugis, contemplant les étoiles fixes et les étoiles
errantes et conjurant par son art un des esprits auxquels l'avenir s'est dévoilé, me prédit un jour (je faisais
alors route en sa compagnie) que ta renommée s'élè-
verait si haut que tu deviendrais supérieure à toutes les
villes d'Italie! »

LVI. — Tandis qu'il parlait ainsi, la nacelle qui l'entraînait si rapidement qu'elle semblait avoir des ailes,
aborda, emportée par le courant du roi des fleuves, à une
petite île la plus voisine de la ville. Quoiqu'elle fût alors
inculte et déserte, il se réjouit de la revoir et en
témoigna la plus vive allégresse : il savait que dans
l'avenir elle devait être belle et florissante.

LVII. — Il avait appris de Maugis, dans un autre
voyage qu'il faisait avec lui, qu'après que la quatrième
constellation aurait passé sept cents fois dans le signe
du Bélier, cette île surpasserait en agrément toutes
celles qu'environnèrent jamais les mers, les étangs ou
les rivières, en sorte qu'en la voyant personne ne pourrait plus entendre vanter la patrie de Nausicaa.

LVIII. — Il avait appris que ses monuments seraient
plus beaux que ceux de l'île chérie de Tibère; que les
plantes les plus rares qui orneraient ces lieux l'empor-
teraient sur celles dont fut paré le jardin des Hespé-

rides ; que jamais Circé dans ses parcs et dans ses étables n'avait possédé autant d'animaux de toute espèce ; que dans cette île viendraient habiter les grâces, l'amour et Vénus, abandonnant pour elle les bosquets de Chypre et de Gnide.

LIX. — Elle devrait tous ces avantages aux soins et à l'industrie d'un prince qui, joignant au savoir une volonté puissante, environnerait sa ville de murailles et de fortifications si redoutables qu'elle pourrait, sans avoir recours aux étrangers, braver les assauts du monde entier ; qu'enfin celui qui aurait la gloire d'exécuter toutes ces merveilles serait fils d'un Hercule et père d'un autre Hercule.

LX. — Ainsi Renaud, se rappelant tout ce que lui avait dit autrefois son cousin, repassait dans son esprit les événements futurs, objet de ses fréquents entretiens avec lui. Toutefois, lorsqu'il considérait la petitesse de la ville, il se demandait comment il pourrait se faire que ces marais devinssent le séjour des beaux-arts et des études scientifiques ;

LXI. — Comment un si petit bourg pourrait devenir une cité si vaste et si belle ; comment, au lieu de ces eaux stagnantes et de ces terrains couverts de fange, on verrait fleurir de riantes et de riches campagnes. « Belle cité, s'écriait le paladin, je me lève devant toi pour révérer d'avance l'amour, la courtoisie, la générosité de tes maîtres et les hautes qualités qui distinguent les nobles seigneurs réunis autour d'eux et tes illustres citoyens !

LXII. — « Puissent l'ineffable bonté du Rédempteur, la sagesse et l'équité de tes princes, te maintenir éternellement dans la paix, la concorde, l'abondance et la joie ! Puissent-ils toujours te défendre contre les fureurs de tes ennemis et renverser leurs mauvais desseins ! Que tes voisins soient toujours jaloux de ta prospérité ! Toi, ne porte envie à aucun d'eux. »

LXIII. — Pendant que Renaud se livrait à toutes ces

réflexions, la nef légère fendait les eaux avec la rapidité du faucon qui, obéissant à la voix du chasseur, fond sur le leurre qui lui est présenté. Quittant le bras droit du fleuve, le pilote prend, toujours à droite, un nouvel embranchement et perd bientôt de vue les murs et les toits des maisons. Il laisse derrière lui Saint-Georges et la tour de la Fosse et de Gaïbana.

LXIV. — Par suite de cette association d'idées qui conduit l'esprit d'une pensée à une autre et de celle-ci à une troisième, Renaud vint à se rappeler le chevalier dans le palais duquel il avait soupé le soir précédent et pour qui cette vie, à dire la vérité, ne pouvait être qu'un juste sujet de peine. Il se souvint aussi de la coupe qui fait connaître aux époux les fautes de leurs moitiés.   .

LXV. — Il se souvint pareillement de l'expérience que le chevalier lui avait dit avoir été tentée par lui et par d'autres; aucun de ceux qui l'avaient essayée n'avait pu boire dans la coupe sans en avoir la poitrine tout inondée. Tantôt il est fâché de n'avoir pas fait lui-même cette épreuve; tantôt il se réjouit d'avoir résisté à ce désir. « Si elle eût réussi, se dit-il, je n'y aurais trouvé qu'une confirmation de mon opinion; mais que serais-je devenu si la chance eût tourné contre moi?

LXVI. — « Cette croyance a pour moi tous les caractères de la certitude : elle n'aurait pu s'augmenter que bien faiblement. J'aurais donc tiré peu d'avantages de l'épreuve, en supposant qu'elle m'eût été favorable. Mais combien j'aurais été malheureux si j'avais trouvé ma Clarisse tout autre que je le désire? Ce serait mettre au jeu mille contre un, et par conséquent risquer de perdre beaucoup pour gagner peu de chose. »

LXVII. — Tandis que le chevalier de Clermont se perdait dans toutes ces pensées sans lever la tête, un des bateliers qui était près de lui se mit à le regarder avec beaucoup d'attention. Il sembla deviner quelle était la nature des réflexions auxquelles Renaud s'abandonnait, et comme il maniait assez bien la parole et qu'il ne manquait pas d'ailleurs de hardiesse, il osa s'engager avec lui dans une conversation.

LXVIII. — Ils tombèrent d'accord que bien imprudent avait été le mari qui avait soumis son épouse à une épreuve qu'aucune femme ne pourrait supporter : celle qui saurait défendre contre les séductions de l'or et de l'argent son cœur fort de sa chasteté, le défendrait encore plus facilement contre mille épées et contre les flammes les plus ardentes d'un bûcher.

LXIX. — Le batelier ajouta : « Vous avez eu raison de dire à mon maître qu'il avait eu grand tort d'offrir à sa femme de si riches présents, car toutes les âmes ne sont pas assez fortement trempées pour résister à de pareilles tentations. Je ne sais, seigneur, si vous avez entendu parler (l'histoire pourrait bien être parvenue jusqu'à vous) d'une jeune femme qui surprit son mari au moment où il se rendait coupable de la faute pour laquelle il l'avait elle-même condamnée à mort.

LXX. — « Mon maître n'aurait jamais dû perdre de vue qu'il n'est pas de puissance qui résiste à l'or et aux cadeaux ; c'est précisément quand il aurait eu le plus besoin de s'en souvenir qu'il l'oublia, et qu'il se perdit lui-même. Il connaissait cependant, aussi bien que moi, l'aventure qui avait eu lieu tout près d'ici, dans une ville, sa patrie et la mienne, qu'entourent le lac et le marais formés autour d'elle par le Mincio suspendu dans son cours.

LXXI. — « Je veux parler de cet Adonio qui fit présent à la femme d'un de nos magistrats d'un chien merveilleux. — Le bruit de cette aventure, dit le paladin, n'a point passé les Alpes, et il est resté parmi vous. Je n'en ai entendu parler ni en France ni dans aucun des pays que j'ai parcourus. Si donc il ne vous est pas désagréable de me la raconter, je l'entendrai avec plaisir. »

LXXII. — Le batelier reprit en ces termes : « Il y

avait autrefois dans ce pays un homme appartenant à une famille distinguée, nommé Anselme. Il avait passé sa jeunesse à étudier, revêtu de sa longue robe, la science qu'enseigna Ulpien. Il voulut épouser une femme d'une noble famille, belle, honnête et assortie à son rang. Dans une contrée voisine il en trouva une d'une beauté supérieure à celle d'une simple mortelle.

LXXIII. — « Ses manières étaient si gracieuses et si engageantes que tout son être semblait un composé d'amour et de sensibilité. Elle en avait même beaucoup plus qu'il n'en fallait pour le repos de son mari et pour sa position. Il ne l'eût pas plutôt épousée qu'il en devint jaloux au delà de toute expression, plus que ne pourrait l'être l'homme le plus soupçonneux du monde. Et cependant sa femme ne lui en donnait aucun sujet, sinon qu'elle possédait à un trop haut degré la grâce et la beauté.

LXXIV. — « Il y avait dans la même ville un chevalier, d'une famille aussi ancienne qu'honorée, car il tirait son origine de la noble lignée qui naquit des dents du dragon de Cadmus. C'est de la même famille que descendaient la fée Manto et les fondateurs de la ville où je suis né. Ce chevalier, nommé Adonio, devint éperdument amoureux de cette belle dame.

LXXV. — « Pour faire agréer son amour, il commença à dépenser des sommes folles, en habits, en festins, et en tenant un état de maison égal à celui des personnages les plus opulents. Les trésors de l'empereur Tibère n'auraient pu suffire à toutes ces prodigalités, de sorte qu'avant qu'il se passât, je crois, un court espace de temps, le jeune homme avait déjà dissipé tout son patrimoine.

LXXVI. — « Sitôt que l'on ne trouva plus chez lui cailles, perdrix et faisans, sa maison, que remplissaient jadis du matin jusqu'au soir de nombreux amis, devint déserte. Autrefois considéré comme la fleur des élégants de la ville, il se vit abandonné par eux, et rejeté au rang des mendiants. Réduit à cet excès de misère, il résolut de quitter la ville et de se retirer dans un pays où il ne serait connu de personne.

LXXVII. — « Dans cette intention, il abandonna un beau matin sa patrie, sans en dire mot à qui que ce fût. Soupirant et versant des larmes, il cheminait le long du marais qui entoure les murs de la ville ; mais il ne put, dans son infortune, oublier la beauté qui régnait sans partage sur son cœur. Une aventure vint tout à coup changer sa situation et le tirer de l'abîme du malheur pour l'élever au faîte de la félicité.

LXXVIII. — « Il vit un paysan qui, armé d'un grand bâton, s'occupait avec une grande peine à battre une haie. Adonio s'arrêta auprès de lui et le pria de lui faire connaître pourquoi il se livrait à un travail si pénible. Le paysan lui répondit qu'il avait aperçu dans l'intérieur de ce buisson une couleuvre fort vieille, d'une longueur et d'une grosseur telles qu'il n'en avait jamais vu dans toute sa vie et qu'il croyait bien n'en voir jamais une pareille.

LXXIX. — « Il ajouta qu'il ne quitterait la partie qu'après avoir trouvé cet énorme reptile et l'avoir assommé. En l'entendant parler, Adonio fut saisi d'une vive impatience. Il avait toujours pris la défense des serpents parce qu'ils figuraient dans les armes de sa famille, par la raison qu'elle tirait son origine des dents du serpent qu'avait semées Cadmus.

LXXX. — « Par ses discours et son insistance, il réussit à faire abandonner au paysan son projet, et à ce qu'il consentît, quoique à regret, à ne point tuer le serpent. Il ne chercha plus à lui faire de mal, et l'abandonna même tout à fait. Adonio s'éloigna ensuite et se retira dans un lieu où il espérait que son désastre serait le moins connu. Dans le malaise et la souffrance, il passa sept années éloigné de sa patrie.

LXXXI. — « Mais ni l'éloignement, ni la misère, qui ne permet pas à la pensée de suivre son libre cours, ne

purent empêcher que l'amour qui s'était déjà emparé
de lui ne continuât à embraser son cœur et à lui faire
ressentir chaque jour de nouvelles blessures. Il ne put
s'empêcher enfin de retourner vers la beauté que ses
yeux étaient impatients de revoir. Il reprit le chemin
des lieux qu'il avait quittés, le visage attristé, la barbe
en désordre et couvert des haillons de la misère.

LXXXII. — « Il arriva qu'en ce temps-là ma patrie
dut envoyer un ambassadeur auprès du Saint-Père,
pour résider auprès de lui pendant un certain espace
de temps que l'on ne put déterminer. On tira au sort
pour cet emploi et ce fut sur Anselme qu'il tomba. Jour
néfaste, devenu pour lui la cause d'une éternelle douleur ! Il eut beau s'excuser, alléguer mille prétextes,
faire mille promesses pour se dispenser de partir : il
fut forcé de céder.

LXXXIII. — « Son désespoir ne fut pas moins cruel,
sa douleur moins poignante que s'il s'était vu ouvrir
le flanc, ou que si une main impitoyable lui avait arraché
le cœur. La jalouse inquiétude que lui inspirait sa femme
pour le temps où il devait être loin d'elle, le troublait
et le plongeait dans un accablement profond. Il la pria
et la conjura, par tous les moyens qui étaient en son
pouvoir, de demeurer pendant son absence fidèle à la
foi conjugale.

LXXXIV. — « Il lui représenta qu'il ne suffit pas à
une femme d'être belle, noble et comblée des dons de
la fortune pour s'élever au plus haut degré de l'honneur
et de la considération, si elle n'est pas aussi chaste
d'effet que de nom ; et que sa vertu ne brille jamais d'un
plus vif éclat que lorsqu'elle est attaquée et qu'elle sort
victorieuse du combat. Elle allait, en raison du départ
de son époux, trouver l'occasion de donner des preuves
incontestables de sa chasteté.

LXXXV. — « Tous ces discours et ceux qu'il y ajoute
n'ont pour but que de l'engager à lui rester fidèle. La
jeune femme ne s'afflige pas moins de cette sépara-

tion. Dieu sait combien elle lui coûte de larmes et de regrets : elle jure que le soleil aura perdu sa clarté avant qu'elle soit assez cruelle pour trahir sa foi. Elle aimerait mieux mourir que d'en concevoir même la pensée !

LXXXVI. — « Quoi qu'il se fiât à ses promesses et à ses protestations, et qu'il fût jusqu'à un certain point rassuré, il voulut cependant avoir plus de certitude encore, et, pour son malheur, il chercha à connaître par avance ce qui pourrait survenir. Il avait un ami qui passait pour avoir le talent de prédire l'avenir, et qui possédait pour la magie et les enchantements tout ce qu'il est possible de connaître, ou tout au moins la plus grande partie de cette science.

LXXXVII. — « Il le supplie de chercher à savoir si sa femme, dont le nom était Argie, serait fidèle pendant son absence aux règles de la vertu et de la chasteté, ou si elle manquerait à ses devoirs. Celui-ci se laisse vaincre par ses prières, prend un compas et trace sur le papier une figure qui représente le ciel. Anselme le laisse à l'œuvre, et revient le jour suivant chercher sa réponse.

LXXXVIII. — « L'astrologue garda d'abord le silence ; il ne voulait rien dire au docteur qui pût lui causer de la peine, et il s'efforça de chercher tous les moyens d'éviter de répondre à ses questions. Mais voyant qu'il s'obstinait à connaître son malheur, il finit par lui dire que sa femme le trahirait aussitôt qu'il aurait mis le pied hors de la porte, et cela sans y être portée par la beauté ou les prières d'un amant, mais séduite uniquement par l'importance des présents qui lui seraient offerts.

LXXXIX. — « Si vous avez éprouvé vous-même, seigneur, les effets de l'amour, vous pouvez avoir une juste idée de l'état où son cœur fut mis en ajoutant aux périls dont les flots le menaçaient les craintes et les inquiétudes qu'il éprouvait déjà d'avance. Mais ce qui mettait le comble à la douleur qui l'accablait, au tourment qui troublait son âme et lui faisait presque perdre la raison, c'était de penser qu'entraînée par l'avarice elle mettrait en quelque sorte son honneur à prix.

XC. — « Dans son désir de l'empêcher autant qu'il serait en son pouvoir de succomber à la tentation, poussé par ce besoin qui entraîne quelquefois un homme à dépouiller même les autels, il réunit tout ce qu'il possédait en bijoux et en argent (il en avait pour une forte somme) et il le remit entre ses mains. Revenus, contrats, rentes de toute espèce, tout ce qu'en un mot il possédait dans le monde, il la rendit maîtresse d'en disposer à son gré.

XCI. — « Je te laisse, lui dit-il, liberté entière, non-seulement de jouir de tous ces biens, de les employer à tes besoins, mais encore d'en faire tout ce qu'il te plaira. Tu peux les dissiper, les prodiguer, les donner, les vendre, je ne t'en demanderai aucun compte, pourvu que je te trouve à mon retour telle que je te quitte, pourvu que tu me rendes ton cœur dans l'état où je le laisse, dussé-je ne retrouver ni terres ni maisons! »

XCII. — « Il la prie de ne pas demeurer dans la ville, tant qu'il n'y sera pas revenu lui-même, et de se retirer de préférence à la campagne, où elle pourra vivre plus tranquille et loin des agitations du monde. Il lui donnait ce conseil dans la persuasion que les pauvres gens qui habitaient la campagne, entièrement occupés de leurs troupeaux et du travail des champs, n'auraient guère la possibilité de porter le trouble dans les chastes sentiments de sa moitié.

XCIII. — « Cependant la belle Argie avait passé ses beaux bras autour du cou de son époux inquiet, baignait son visage de ses larmes, qui comme deux ruisseaux coulaient de ses yeux. Elle se plaignait d'être traitée par lui comme une coupable, comme si elle lui avait déjà manqué de foi; la crainte de voir son épouse man-

quer à sa foi, ne faisait que témoigner qu'il manquait
de foi lui-même.

XCIV. — « Je n'en finirais pas si je voulais vous
rapporter tout ce qui fut dit des deux côtés à l'heure de
la séparation. « C'est mon honneur, lui dit-il en la quittant, que je te recommande. » Il part après ce dernier
adieu et quand il détourne son cheval il est saisi de
douleur, comme s'il se sentait arracher le cœur de la
poitrine. Sa femme le suit tant qu'elle peut de ses yeux
obscurcis par les pleurs dont ses joues sont inondées.

XCV. — « Pendant que tout ceci se passait, Adonio
désolé, accablé par la misère, le visage pâle et la barbe
en désordre, comme je l'ai dit, avait pris la route qui le
ramenait dans sa patrie, où il espérait de n'être point
reconnu. Il arrive sur le bord du lac voisin de la ville,
à l'endroit même où il avait autrefois sauvé de la mort
la couleuvre assiégée dans un épais buisson par le
paysan prêt à l'écraser.

XCVI. — « Il y arrivait au point du jour, lorsque plusieurs étoiles brillaient encore au firmament. Il aperçut
une dame portant un costume étranger et venant de
son côté le long du lac. Son aspect annonçait une
haute distinction, quoiqu'elle n'eût auprès d'elle ni
écuyer ni suivante ; elle l'aborda d'un air gracieux et
lui adressa ces paroles :

XCVII. — « Vous ne me connaissez pas, chevalier,
mais je suis votre parente et je vous ai de plus une
obligation infinie. Je suis votre parente, parce que nos
deux familles proviennent de l'illustre race de Cadmus.
Je suis la fée Manto, celle qui pour la fondation de
cette ville a posé la première pierre ; c'est de mon nom
que lui est venu, comme vous l'avez peut-être entendu
dire, le nom de Mantoue.

XCVIII. — « Je suis une fée ; et pour vous faire connaître tout ce qui concerne notre sort à toutes, sachez
que nous naissons exposées à tous les maux possibles,
excepté à la mort. Mais ce privilége de l'immortalité est

racheté par une condition plus triste que la mort même; c'est que tous les sept jours chacune de nous est obligée de prendre la forme d'une couleuvre.

XCIX. — « Il n'est rien de plus insupportable pour nous que la répugnance que nous éprouvons à nous voir ainsi revêtues de cette horrible dépouille et à ramper sur la terre; il n'est aucune de nous qui ne maudisse sa vie. Quant à l'obligation que je vous ai, je dois maintenant vous expliquer en quoi elle consiste. Sachez donc que le jour où nous prenons la forme de couleuvres nous courons les plus grands dangers.

C. — « Il n'est sur la terre aucun animal que l'on déteste autant que le serpent. Aussi lorsque nous en avons la figure chacun nous traite en ennemies et cherche à nous nuire le plus possible. Dès qu'on nous voit, on nous poursuit, on nous frappe. Si nous ne trouvons sous la terre un refuge contre la fureur des hommes, nous éprouvons la pesanteur de leurs bras. Il vaudrait mieux mourir que de rester estropiées et brisées sous les coups !

CI. — « Je vous suis donc bien reconnaissante parce que, passant un jour sous ces gracieux ombrages, vous m'avez arrachée à la fureur d'un paysan qui déjà m'avait causé beaucoup d'inquiétude et de fatigue. Sans votre secours, je ne serais sortie de là que mutilée, avec les reins ou la tête rompus, et comme je ne puis perdre la vie, je serais restée à tout jamais boiteuse et contrefaite.

CII. — « C'est que dans les jours où, enveloppées de cette peau de serpent, nous rampons tristement sur la terre, le ciel qui, en tout autre temps, nous est soumis, refuse de nous obéir et nous sommes sans force pour l'y contraindre. Pendant les autres jours, il nous suffit de prononcer un seul mot pour que le soleil s'arrête et perde sa lumière, pour que la terre, cessant d'être immobile, tourne et change de place, pour que la glace s'enflamme et la flamme se glace.

CIII. — « Il faut maintenant que je vous donne la récompense que mérite l'immense service que vous m'avez rendu. Lorsque j'ai cessé d'être un serpent, il n'est aucune faveur que l'on me demande sans l'obtenir aussitôt. Je veux que vous soyez dès ce moment trois fois plus riche que vous ne l'avez été par suite de l'héritage de vos pères; je veux que vous ne puissiez être pauvre à l'avenir, et que, plus vous dépenserez, plus s'accroîtront vos richesses.

CIV. — « Comme je n'ignore pas que vous êtes encore dans les liens où l'amour vous a jadis retenu captif, je vous enseignerai la conduite que vous devez tenir et les moyens que vous aurez à employer pour que vos plus chers désirs trouvent leur satisfaction. L'époux de celle que vous aimez est loin d'ici : suivez donc sans délai le conseil que je vous donne. Allez trouver la dame qui demeure aujourd'hui à la campagne; je veux même vous y accompagner. »

CV. — « La fée lui exposa alors de quelle manière, c'est-à-dire sous quel vêtement il devrait se présenter à sa maîtresse, ce qu'il lui dirait, comment il dirigerait ses prières, ses tentatives. Elle lui fit aussi connaître la forme qu'elle prendrait, car excepté dans le jour où elle était changée en serpent, elle possédait le pouvoir de se donner à volonté toutes celles qui sont au monde.

CVI. — « Elle lui fit revêtir le costume de l'un de ces pèlerins qui vont de porte en porte mendier au nom de Dieu. Quant à elle-même, elle prit la figure d'un chien, mais du plus petit chien que la nature eût jamais produit, d'un poil long plus blanc que celui de l'hermine, d'un gracieux aspect et d'une admirable souplesse. Ainsi métamorphosés tous deux, ils se mettent en route vers la demeure de la belle Argie.

CVII. — « Avant d'y entrer, le jeune homme s'arrête aux chaumières des laboureurs et se met à jouer d'une espèce de hautbois, dont le son fait dresser sur ses

pattes le petit chien qui se met à danser. Le bruit qui
se fait autour du chien parvient aux oreilles de la dame,
qui éprouve le désir de le voir et fait dire au pèlerin de
venir dans sa cour. Ainsi s'accomplit la prédiction du
docteur.

CVIII. — « Là, Adonio se met à commander à l'épagneul, qui lui obéit aussitôt. Il lui fait danser les danses
de notre pays et celles des pays étrangers, avec toute
sorte de sauts, de pirouettes et de gambades. Ce petit
chien enfin, comme s'il était doué de raison, exécute
ce qui lui est ordonné avec tant d'exactitude que les
spectateurs, pleins d'étonnement, tiennent sur lui leurs
yeux fixés, sans mouvement et osant à peine respirer.

CIX. — « La dame émerveillée éprouve en même
temps le plus grand désir de posséder un animal si
charmant. Par ses ordres, sa nourrice va en offrir au
rusé pèlerin un prix considérable. « Si vous aviez,
répond-il, plus de trésors qu'il n'en faudrait pour assouvir la convoitise d'une femme, vous n'en auriez pas
assez pour payer seulement une des pattes de mon petit
chien. »

CX. — « Et pour prouver la vérité de ce qu'il venait
d'avancer, il conduisit la nourrice dans un coin de la
chambre et il commanda au chien de faire poliment
cadeau d'une pièce d'or à cette dame. Le chien se secoue
et l'on voit tomber une pièce. « Prenez-la, dit Adonio à
la nourrice ; croyez-vous ajoute-t-il, que l'on puisse à
aucun prix se séparer d'un animal si joli et en même
temps si utile ?

CXI. — « Quoi qu'il me plaise de lui demander, je
suis sûr qu'il ne me laissera jamais aller les mains vides.
Il secoue tantôt des perles, tantôt des bijoux, tantôt des
ajustements élégants et d'un grand prix. Vous pouvez
cependant dire à votre dame qu'elle n'a qu'à commander
pour l'obtenir, non pas pour de l'or, car l'or ne saurait
le payer ; mais que si elle consent à m'accorder une

nuit passée avec elle, mon chien lui appartiendra et elle en disposera à son plaisir.

CXII. — « Il dit et lui donna une grosse perle qui venait de se produire à l'instant, pour qu'elle l'offrît de sa part à sa maîtresse. La condition proposée parut à la nourrice plus avantageuse mille fois que s'il avait fallu dépenser pour avoir le chien dix ou vingt ducats. Elle retourne vers la dame, et rend compte de son message; elle lui conseille fortement de faire l'acquisition d'un si beau chien, puisqu'il lui est possible de l'obtenir au prix d'une chose que l'on peut donner sans la perdre.

CXIII. — « D'abord la belle Argie résiste à la tentation; un peu parce qu'elle ne veut pas manquer à sa promesse, un peu aussi parce qu'elle n'est pas bien sûre que toutes les merveilles qu'on lui raconte soient bien véritables. La nourrice la rassure, la presse et l'excite; elle lui dit qu'un si grand bonheur n'arrive pas tous les jours. Enfin elle parvient à déterminer sa maîtresse à choisir un jour plus commode, afin qu'elle puisse examiner le chien sans être importunée par un si grand nombre de témoins.

CXIV. — « Cette entrevue avec Adonio fut la ruine et la mort du docteur. Il faisait tomber des pattes de son chien, dix à dix, les doublons, les rangées de perles, les pierreries de toute espèce : si bien qu'il humanisa bientôt ce cœur superbe d'autant moins décidé à résister qu'elle sut que le chevalier qui lui faisait cette offre n'était autre que celui qui l'avait si longtemps aimée.

CXV. — « Les sollicitations de son honnête nourrice, les prières et la présence de son amant, la vue des trésors qu'il lui apportait, la trop longue absence du pauvre sénateur, l'espoir que personne ne le lui révélerait, firent tant de violence à cette âme pudique, qu'elle accepta le joli épagneul, et pour récompense elle s'abandonna sans réserve dans les bras de son amant.

CXVI. — « Adonio cueillit longtemps les fruits de l'amour avec sa belle maîtresse, à qui la fée s'attacha avec une affection si vive que celle-ci s'engagea d'elle-même à ne jamais se séparer d'elle. Le soleil avait successivement parcouru les douze signes du zodiaque avant que le sénateur eût reçu son congé. Il revint enfin chez lui, mais en proie à la plus vive inquiétude, en songeant à ce que lui avait autrefois prédit l'astrologue.

CXVII. — « Sa première visite fut pour cet habile homme, auquel il s'empressa de demander si sa femme avait été infidèle et parjure, ou bien si elle lui avait gardé son amour et sa foi. Celui-ci traça la figure du pôle, disposa toutes les planètes dans leur ordre et répondit que ce qu'il avait redouté était arrivé tout à fait comme il le lui avait prédit.

CXVIII. — « Corrompue par les plus riches présents, elle s'était livrée aux désirs d'un autre. Cette parole fut pour le docteur un coup si terrible qu'aucune lame, qu'aucun épieu, n'aurait pu, je pense, lui faire une plus cruelle blessure. Pour en être cependant plus certain (quoiqu'il eût une entière confiance dans le devin), il alla trouver la nourrice et, la tirant à part, employa toute son habileté pour obtenir d'elle la vérité.

CXIX. — « Il se servit, pour la faire parler, de toutes les circonlocutions, de tous les détours; mais dans les premiers temps ses efforts furent inutiles, il ne put rien découvrir. Cette femme, très-expérimentée en de pareilles affaires, nia tout avec assurance, et rien sur sa figure ne témoigna le moindre embarras; et comme elle était parfaitement instruite de ce qu'elle avait à dire, elle laissa son maître pendant plus d'un mois livré à ses doutes et à ses incertitudes.

CXX. — « Qu'il eût été heureux de rester dans le même état, s'il eût prévu la douleur que lui causerait la connaissance de la vérité! Après avoir inutilement essayé les prières et les présents pour obtenir de la nourrice un aveu sincère et voyant qu'il ne pouvait toucher une corde sans qu'elle rendît un son faux, il attendit, en homme avisé, les effets que pourrait produire la discorde : car partout où se trouvent deux femmes on peut compter qu'il y aura des querelles et des disputes.

CXXI. — « Il ne fut pas trompé dans ses prévisions : au premier dissentiment qui eut lieu entre elles, la nourrice vint d'elle-même et sans attendre d'être interrogée tout lui raconter, sans oublier aucun détail. Il serait trop long de dire tout ce que souffrit dans son cœur cet époux malheureux, combien fut grande sa consternation : dans son désespoir, peu s'en fallut qu'il ne perdît la raison.

CXXII. — « Il tomba dans un excès de rage tel qu'il résolut de mourir ; mais il voulut que sa femme expirât comme lui, afin que le même fer teint de leur sang les délivrât tous deux à la fois, elle de sa honte, lui de sa douleur. Poussé par une passion aveugle et dans l'intention d'exécuter ce funeste projet, il retourna à la ville et envoya à sa campagne un homme de confiance chargé de toutes ses instructions.

CXXIII. — « Il lui ordonna d'aller trouver sa femme à la campagne, pour l'avertir de sa part qu'il était pris d'une fièvre violente, et qu'elle ne le retrouverait peut-être pas vivant. Elle devait donc partir immédiatement avec cet homme et sans attendre plus de compagnie, si elle avait quelque affection pour son époux. « Je suis sûr qu'elle viendra sans hésiter et sans dire un mot, ajouta Anselme ; elle te suivra et en chemin tu la mettras à mort. »

CXXIV. — « Le valet partit pour chercher sa maîtresse, décidé à la tuer d'après l'ordre qu'il avait reçu. La dame monta tout de suite à cheval, après avoir pris avec elle son épagneul, et se mit en route. Le chien, c'est-à-dire la fée, l'avait avertie du danger, mais l'avait néanmoins engagée à partir, sachant bien d'avance ce qu'elle aurait à faire et ayant pris toutes ses précautions pour secourir en cas de besoin la belle Argie.

CXXV. — « Le valet avait quitté la grande route et par divers sentiers solitaires était arrivé à dessein sur le bord d'une rivière qui tombant de l'Apennin se décharge dans le fleuve. Là était un bois, une forêt obscure et sombre, éloignée de tout village et de toute habitation. Ce lieu où régnait le silence lui parut favoble pour l'exécution de l'ordre cruel qui lui avait été imposé.

CXXVI. — « Il tira son épée et fit connaître à sa maîtresse ce dont son seigneur l'avait chargé. Il l'engagea donc à demander à Dieu, avant de mourir, le pardon du crime qu'elle avait commis. Je ne saurais vous dire comment cela se fit, mais lorsque le valet voulut la frapper elle avait disparu et il ne la vit plus. Il eut beau la chercher dans tous les environs, il lui fut impossible de la retrouver.

CXXVII. — « Tout désappointé et tout honteux, il retourna vers son maître et lui raconta avec un visage confus et plein de stupéfaction l'étrange aventure dont il ne put lui-même s'expliquer le dénoûment. Le mari ne savait pas que sa femme avait auprès d'elle la fée Manto, dévouée à ses intérêts. La nourrice qui lui avait appris tout le reste ne lui avait point fait part de cette particularité, et en vérité je ne sais pourquoi.

CXXVIII. — « Quel parti prendra-t-il ? Il n'a pu ni venger son outrage ni soulager sa douleur. Elle n'était d'abord qu'un fêtu, elle est devenue une poutre dont le poids accable et écrase son cœur. Peu de personnes avaient connu son déshonneur ; il est maintenant si manifeste qu'il peut s'attendre à être un objet de risée pour la ville entière. Son premier malheur pouvait demeurer secret, mais tout le monde allait bientôt être dans la confidence du second.

CXXIX. — « Il pense bien qu'Argie, instruite par son émissaire de ses noirs projets à son égard, aura eu soin, pour ne pas retomber en son pouvoir, de se mettre sous la garde de quelque homme puissant qui la retiendra auprès de lui pour le plus grand déshonneur, pour l'ignominie éternelle de son mari ; et qui sait même si elle ne deviendra pas la proie de tel autre qui après avoir été son amant trafiquera de ses charmes ?

CXXX. — « Pour échapper à un tel affront, il se hâte de faire partir pour tous les lieux circonvoisins des messages et des lettres ; il envoie prendre des informations de côté et d'autre, dans toutes les villes de la Lombardie, sans en oublier une seule. Lui-même se met en quête, et il ne laisse aucun coin du pays où il n'aille en personne ou n'envoie des espions. Mais il a beau s'évertuer, malgré ses investigations de toute espèce, il ne peut parvenir à savoir ce que sa femme est devenue.

CXXXI. — « A la fin il eut recours au serviteur qu'il avait chargé de l'éxécution barbare demeurée sans effet. Il lui ordonna de le conduire à l'endroit où Argie, comme il l'avait raconté, avait disparu à ses yeux. Il espérait que, cachée pendant le jour dans un buisson, elle en sortait peut-être la nuit pour gagner quelque demeure voisine. Le valet le mena vers le lieu où il croyait trouver une épaisse forêt : il découvrit en sa place un palais magnifique.

CXXXII. — « C'était en effet un palais d'albâtre que la belle Argie s'était fait construire en un moment par les enchantements de la fée Manto pendant qu'Anselme se livrait à ses recherches. Il était tout brillant d'or en dehors et en dedans. L'esprit ne pourrait imaginer ni la langue exprimer combien de richesses étaient entassées dans l'intérieur. Celui de mon maître que vous avez tant admiré hier au soir ne serait en comparaison qu'une chaumière.

CXXXIII. — « Des tentures de velours et des rideaux richement tissus de toutes sortes de manières ornaient non-seulement les chambres, les salons, les galeries, mais encore les écuries et les caves elles-mêmes. On y voyait des vases d'or et d'argent variés à l'infini, des pierres gravées, bleues, vertes, rouges, taillées en formes de coupes, de plats, de tables; partout enfin les yeux n'apercevaient que l'or et la soie.

CXXXIV. — « Le sénateur, comme je vous le disais, se trouva en présence de ce palais, dans un lieu où il ne s'attendait à trouver pas même une cabane, mais seulement une forêt déserte. Il en fut tellement émerveillé qu'il crut avoir perdu la raison. Il ne savait s'il était ivre ou s'il rêvait, ou bien si sa cervelle s'était tout à coup envolée.

CXXXV. — « Devant la porte de ce palais se tenait un Ethiopien, au nez épaté et aux lèvres épaisses. Anselme ne crut pas avoir jamais vu de sa vie ni voir jamais plus tard une figure aussi désagréable et aussi laide. Il était tourné de la façon dont on représente Esope, tel enfin qu'il aurait été capable d'attrister le paradis s'il y avait été ; en ajoutant qu'il avait l'habit d'un mendiant, tout dégoûtant et tout malpropre, je ne vous aurai encore fait connaître que la moitié de ses imperfections et de sa repoussante laideur.

CXXXVI. — « Anselme ne voyant aucune autre personne qui pût lui dire à qui appartenait ce palais, s'approcha de lui et le lui demanda. « Ce palais m'appartient, » répondit l'Éthiopien. Le sénateur croyant qu'il se moque de lui, le traite de menteur. Mais le nègre lui affirme avec serment qu'il est véritablement le maître de ce lieu et que personne ne peut lui en disputer la possession.

CXXXVII. — « Il lui offre même, s'il désire voir son palais, de l'y introduire ; il pourra le visiter en toute liberté, et même, s'il y trouve quelque objet qui lui convienne, soit pour lui, soit pour ses amis, il sera le maître de l'emporter. Anselme donne son cheval à tenir à son valet, entre dans la maison et se laisse conduire dans les salles et les chambres du haut en bas : tout ce qu'il voit le remplit d'étonnement et d'admiration.

CXXXVIII. — « Il contemple la distribution, la belle situation, l'architecture et le mobilier digne d'un roi; il

se dit souvent en lui-même que tout l'or qui existe sous
le soleil ne pourrait payer une si grande magnificence.
Le vilain nègre en entendant cette remarque répond :
« Vous pourriez acquérir tout cela, non pas à prix d'or
et d'argent, mais par un moyen qui vous serait beaucoup moins coûteux. »

CXXXIX. — « Il lui fait alors la même proposition
qu'Adonio avait faite autrefois à sa femme. En entendant une requête si vilaine et si infâme, Anselme
regarde celui qui la lui fait comme un brutal et comme
un fou. Le nègre, qui réitère trois fois sa proposition
trois fois repoussée, ne se décourage point, et il emploie
des moyens de persuasion si puissants, toujours en offrant le palais pour récompense, qu'il finit par faire consentir Anselme à l'acte honteux qui doit en être le prix.

CXL. — « Sa femme Argie, qui s'était cachée tout
auprès, le voit tomber dans la faute qu'elle a commise
elle-même : elle survient tout à coup en s'écriant :
« Voilà certes une belle chose de la part d'un docteur
réputé pour un sage ! » Celui-ci, surpris dans une action
si déshonnête et si criminelle, devint tout rouge, comme
vous pouvez le penser, et ne trouva pas un mot à
répondre. O terre, pour le recevoir dans ton sein, pourquoi ne t'entrouves-tu pas jusqu'à ton centre !

CXLI. — « La dame, heureuse de l'occasion qui se présentait de diminuer sa faute en augmentant la honte de
son mari, l'accabla de reproches. « Comment, dit-elle, en
l'étourdissant de ses cris, pourrai-je te punir comme tu
l'as mérité, toi que j'ai vu céder aux désirs d'un être si
vil après avoir voulu me tuer, moi, qui, obéissant aux
penchants de la nature, ne me suis rendue qu'aux prières
d'un amant aussi beau qu'aimable et qui m'avait fait un
présent au prix duquel ce palais est sans valeur !

CXLII. — « Si ma faute t'a paru mériter la mort, ce
sont cent morts que mériterait la tienne, tu ne peux le
nier. Mais quoique je me trouve en un lieu où ma puissance me permettrait de te traiter selon mon bon plaisir,

je ne me vengerai cependant pas de ta faute d'une manière cruelle. Nos deux comptes, mon cher mari, par doit et avoir, se balancent : je te pardonne tout, pardonne-moi donc tout à moi-même.

CXLIII. — « Que la paix soit faite entre nous et convenons que nos erreurs passées seront mises entièrement en oubli ; que jamais, par mes actes ou par mes paroles, je ne te reprocherai ton crime, et que tu agiras de même à mon égard. » Le mari se hâta d'accepter un arrangement que dans l'état des choses il ne pouvait que trouver fort avantageux pour lui et n'hésita pas à pardonner. C'est ainsi que furent rétablies entre eux la paix et la concorde et rien dans la suite ne troubla leur tendre union. »

CXLIV. — Ainsi parla le batelier. Renaud n'avait pu s'empêcher de sourire en entendant la fin de l'aventure ; mais la rougeur lui monta au front à la pensée de la honte dont s'était couvert le docteur. Il loua Argie qui avait été assez habile pour faire tomber son oiseau dans le piége où elle s'était laissé prendre la première, mais d'une manière moins criminelle.

CXLV. — Lorsque le soleil eut atteint le point le plus élevé de sa course, le chevalier fit apprêter la table que le généreux Mantouan avait pourvue la veille des mets les plus abondants. Cependant les voyageurs voient fuir à leur gauche ce beau pays et à leur droite le vaste marécage, puis s'approcher et peu après disparaître derrière eux Argenta, son territoire et les rivages où le Santerne vient reposer sa tête.

CXLVI. — A cette époque n'existait pas encore, je crois, cette ville de Bastia où les Espagnols n'eurent pas à se féliciter d'avoir arboré leurs bannières et qui ne fut pas moins funeste aux Romagnols. Le bateau, prenant la rive droite du fleuve, s'avance si rapidement qu'il semble avoir des ailes. Il traverse ensuite une eau dormante qui le porte sur l'heure de midi tout près de Ravenne.

CXLVII. — Avant de prendre congé des mariniers, Renaud, quoiqu'il fût assez rarement pourvu d'argent, se trouva cependant cette fois en état de les récompenser largement. Il continua sa route, changeant souvent de monture et de guides, et le soir même passa à Rimini. Ne voulant pas attendre à Montefiore le retour du matin, il arriva à Urbino presque en même temps que le soleil.

CXLVIII. — Il n'existait alors dans cette ville ni un Frédéric ni une Élisabeth, ni le brave Gui, ni François-Marie, ni Léonore, qui tous, sans contrainte, mais par la puissance de leur courtoisie, auraient déterminé un si fameux guerrier à passer auprès d'eux plus d'un jour, comme ils ont fait longtemps, comme ils font encore aujourd'hui à l'égard des dames et des cavaliers qui traversent leur territoire.

CXLIX. — Mais comme Renaud ne trouva en ce lieu personne qui s'empressât de prendre son cheval par la bride, il descendit tout droit à Cagli. Par la montagne que partage le Métaure ou le Gauno, il traversa l'Apennin qu'il cessa d'avoir à sa droite, passa par l'Ombrie, par l'Étrurie, puis par Rome, d'où il se rendit au port d'Ostie. De là il se dirigea par mer vers la cité à laquelle Énée confia les cendres de son père Anchise.

CL. — Là, il prit un autre navire et fit aussitôt voile pour la petite île de Lipaduse : c'était le lieu désigné pour les combattants qui s'y étaient déjà rencontrés. Renaud presse les matelots et par les plus vives instances les engage à faire force de voiles et de rames, afin d'arriver le plus promptement possible ; mais les vents contraires, semblant se plaire à le retarder, le firent arriver en retard quoique de fort peu de temps.

CLI. — Il arriva précisément dans le temps où le prince d'Angers venait de mettre fin à ce fait d'armes si glorieux et si utile. Il avait privé de vie Gradasse et Agramant ; mais cette double victoire si périlleuse et si sanglante avait été pour lui bien douloureuse, car il avait perdu le fils de Monodant, et Olivier atteint d'une blessure grave et dangereuse était étendu sur le rivage; son pied gauche, qui avait été si longtemps engagé, lui faisait souffrir le martyre.

CLII. — Le comte ne put retenir ses larmes en embrassant Renaud et en lui apprenant qu'il venait de perdre son cher Brandimart, cet ami si dévoué et si tendre. Renaud ne fut pas moins douloureusement ému, lorsqu'il vit la tête de son ami horriblement partagée. Il courut ensuite, les yeux humides de pleurs, embrasser Olivier qui, le pied à moitié brisé, se tenait assis sur le sable.

CLIII. — Il leur prodigua toutes les consolations qu'il put imaginer quoiqu'il en eût grand besoin pour lui-même. Il était comme un homme invité à un festin et arrivant après que la table était desservie. Les serviteurs de ces guerriers se rendirent à Biserte où ils ensevelirent les corps de Gradasse et d'Agramant sous les ruines de cette cité. Par eux se répandit bientôt dans tout le pays la nouvelle certaine des derniers événements.

CLIV. — La victoire remportée par Roland fut pour Astolphe et Sansonnet un grand sujet de joie. Elle aurait été bien plus complète si Brandimart n'y avait pas perdu le jour. La nouvelle de sa mort diminua tellement leur satisfaction que leur visage ne put reprendre sa sérénité. Mais qui osera maintenant se charger de porter à Fleur-de-Lis une nouvelle si douloureuse?

CLV. — La malheureuse amante avait rêvé dans la nuit qui précéda cette bataille que la cotte d'armes qu'elle avait tissée et brodée de sa main pour en parer son cher Brandimart était toute couverte de grosses gouttes semblables à celles de la pluie, mais de couleur rouge. Il lui semblait que c'était elle-même qui avait ainsi semé ces gouttes et elle en était tout attristée.

CLVI. — Il lui semblait aussi qu'elle se disait: « Mon seigneur m'avait pourtant recommandé de faire cette cotte d'armes toute noire. Pourquoi donc y ai-je ajouté malgré ses ordres ces ornements étranges ? » Elle avait fort mal auguré d'un pareil songe, et c'est le soir même qu'arriva la fatale nouvelle ; mais Astolphe eut soin de la tenir secrète jusqu'à ce qu'il pût aller trouver Fleur-de-Lis en compagnie de Sansonnet.

CLVII. — Aussitôt qu'ils entrèrent, ne voyant sur leur visage aucun indice de la joie que devait leur causer une si belle victoire, elle comprit sans aucun avertissement, sans qu'on lui dît un seul mot, que Brandimart avait cessé de vivre. Son cœur fut tellement saisi, la lumière lui parut tellement odieuse, que, perdant entièrement l'usage de ses sens, elle se laissa tomber comme morte sur le sol.

CLVIII. — En reprenant ses esprits, elle porte les mains à ses cheveux, et en répétant mille fois un nom qui lui est si cher, elle outrage ses belles joues qu'elle meurtrit en y mettant tout ce qu'elle a de force. Elle s'arrache les cheveux et les disperse, elle pousse des cris comme le font en un pareil malheur les femmes que l'on croirait agitées par un démon malfaisant, ou comme on dit que coururent autrefois en désordre, au son du cor, les Ménades furieuses et échevelées.

CLIX. — Tantôt elle demande qu'on lui donne un poignard pour s'en percer le cœur ; bientôt elle veut courir au port où vient d'arriver le vaisseau qui apporte les deux guerriers païens morts ; elle voudrait s'acharner sur leurs corps privés de vie, les déchirer et assouvir sur eux sa vengeance et sa fureur ; ou bien elle désire passer les mers, aller rechercher le corps de son époux et mourir à ses côtés.

CLX. — « Hélas ! pourquoi, mon cher Brandimart, dit-elle, t'ai-je laissé partir sans moi pour cette fatale rencontre ! C'est la seule fois que ta Fleur-de-Lis en te voyant t'éloigner d'elle ne t'a pas suivi ! Si j'eusse été près de toi, ma présence t'aurait été utile ; j'aurais tenu sans cesse mes yeux fixés sur toi, j'aurais vu Gradasse

allant t'attaquer par derrière et d'un seul cri je t'aurais
secouru.

CLXI. — « Ou peut-être aurais-je été assez prompte
pour courir entre vous deux, et te sauver du coup
qui t'a frappé ! Je t'aurais fait un bouclier de ma tête ;
ma mort n'eût été qu'un bien faible dommage. De toute
manière ne dois-je pas mourir ? Mais aujourd'hui ma
mort ne profitera à personne, tandis qu'en mourant
pour te défendre je ne pouvais plus utilement faire le
sacrifice de ma vie.

CLXII. — « Enfin si la cruelle destinée, si la colère
du ciel m'avaient empêchée de te secourir, je t'aurais
du moins donné les derniers baisers ; j'aurais baigné
ton visage de mes larmes, et avant qu'avec les anges
bienheureux ton âme eût été réunie à son Créateur,
j'aurais pu lui dire : « Va en paix et attends-moi, car
en quelque lieu que tu sois, je ne tarderai pas à te
suivre ? »

CLXIII. — « Ah ! cher Brandimart, est-ce donc là ce
royaume dont le sceptre devait bientôt être remis en
tes mains ? Est-ce là notre beau voyage de Damogire ?
Est-ce là ma réception sur ton trône royal ? Ah ! Fortune
cruelle, quelles douces espérances tu détruis en un
jour ! que de riantes perspectives tu m'enlèves ! Pourquoi tardé-je donc, après avoir perdu le plus précieux
de tous mes biens, à délaisser tout le reste ? »

CLXIV. — Après ces lamentations et bien d'autres
pareilles, sa fureur et sa rage se raniment avec plus
de violence ; elle s'arrache encore les cheveux, comme
s'ils étaient la cause de sa peine. Elle frappe ses mains
l'une contre l'autre, elle y porte les dents, elle se déchire
avec ses ongles les lèvres et le sein. Laissons-la un
moment se consumer dans ses larmes et dans son
désespoir et revenons à Roland.

CLXV. — Accompagné d'Olivier qui avait grand
besoin des soins et de l'art du médecin, il s'occupe de
choisir pour la sépulture de Brandimart un lieu con-

venable. Il se dirige vers la montagne qui de ses feux éclaire la nuit, tandis que de sa fumée elle obscurcit le jour. Le vent les favorise, ils prennent à droite pour arriver au rivage qui n'est qu'à une légère distance.

CLXVI. — Ils lèvent l'ancre au déclin du jour, invités à partir par la fraîcheur du vent. La route la plus directe leur est indiquée par le croissant de la déesse silencieuse de la nuit. Le lendemain ils débarquent sur la plage agréable qui entoure Agrigente : c'est là que Roland fait préparer pour le lendemain tout ce qui est nécessaire pour rendre aux morts les devoirs funèbres.

CLXVII. — Ses ordres sont exécutés, et lorsque la lumière du soleil a disparu, entouré d'une noblesse nombreuse accourue dans Agrigente de tous les environs, Roland s'avance le long du rivage qu'une multitude de torches allumées semble embraser. On entend de tous côtés des cris lugubres et des lamentations. Le comte d'Angers arrive à l'endroit où est déposé le corps de celui qui fut, vivant et mort, l'objet de ses plus tendres affections.

CLXVIII. — Là, le triste Bardin, courbé sous le poids des années, versait des larmes auprès du cercueil. Après en avoir tant répandu dans le navire, ses yeux et ses paupières devaient être fondus en pleurs. Accusant le ciel de cruauté, les étoiles d'injustice, il rugissait comme un lion enfiévré par ses blessures, tandis que ses mains barbares et sans pitié s'attaquaient à ses cheveux blancs et à son front couvert de rides.

CLXIX. — Il se leva à l'arrivée de Roland, mais ses cris et ses gémissements éclatèrent avec plus de force. Roland s'approcha du corps de son ami et le contempla pendant quelques instants sans proférer aucune parole, tout pâle comme le sont sur le soir le lis ou la flexible acanthe que l'on a coupés le matin. Après un long soupir et continuant à tenir ses yeux attachés sur ce corps inanimé, il parla ainsi :

CLXX. — « O mon noble, mon cher, mon fidèle compagnon d'armes, mort sur cette terre, mais vivant dans le ciel, car je le sais, tu as gagné une seconde vie que ne pourront t'enlever ni les ardeurs de l'été, ni les glaces de l'hiver, pardonne-moi les larmes que tu me vois répandre, car je me plains de rester ici et de ne pouvoir partager le bonheur dont tu jouis, et non de ne t'avoir plus sur la terre avec moi.

CLXXI. — « Sans toi, je reste seul; sans toi, il n'est rien sur la terre qui puisse me plaire. Avec toi, j'ai affronté les tempêtes et la guerre ; pourquoi ne suis-je pas encore avec toi dans le calme du repos? J'ai donc commis bien des fautes, puisqu'il ne m'est pas permis de quitter cette fange pour suivre tes traces! Après avoir partagé tes souffrances, pourquoi ne suis-je pas admis au partage de tous tes biens?

CLXXII. — « Oui, ce sont des biens que tu as acquis! pour moi je n'ai fait que des pertes. Mais tu jouis seul de ton bonheur et je partage avec bien d'autres la douleur de ton trépas. L'Italie, la France et l'Allemagne la ressentiront comme moi. O combien l'empereur, mon souverain et mon oncle, combien tous les paladins ont sujet de s'affliger! Combien s'affligent aussi l'empire et la religion chrétienne qui ont perdu en toi leur plus vaillant défenseur!

CLXXIII. — « Combien ta mort diminuera les terreurs et l'épouvante qu'éprouvaient nos ennemis! Comme elle doublera les forces du paganisme, comme elle augmentera leur confiance et leur audace! Et ta chère épouse, en quel état se trouve-t-elle maintenant! J'entends d'ici ses gémissements et ses plaintes. Elle m'accuse sans doute, peut-être lui suis-je odieux, car c'est par moi qu'elle perd en ta personne son unique espérance.

CLXXIV. — « Mais, ô Fleur-de-Lis, nous avons au moins une consolation, nous qui sommes privés de Brandimart, c'est que tous les guerriers qui sont aujourd'hui sur la terre doivent envier la gloire de cet illustre mort : ni Décius, ni le Romain qui fut englouti dans un gouffre, ni ce Codrus si vanté par les Grecs ne se dévouèrent à la mort avec plus de profit pour les autres et de gloire pour eux-mêmes que ne le fit ton époux ! »

CLXXV. — Lorsque Roland eut adressé à son ami ces paroles touchantes et bien d'autres, les religieux gris et blancs, un nombreux clergé, marchèrent sur deux rangs en formant une longue file, priant Dieu pour l'âme du défunt et demandant pour lui un repos éternel parmi les bienheureux. Les torches allumées qui précédaient, entouraient et suivaient le cortége, semblaient avoir remplacé les ombres de la nuit par la clarté du jour.

CLXXVI. — Le cercueil est enlevé; les chevaliers et les comtes le portent tour à tour. Il était couvert d'un drap de soie couleur de pourpre et brodé en or et en perles du plus grand prix. On portait des coussins ornés avec la même magnificence, couverts de pierreries et d'un travail aussi riche et aussi splendide, sur lesquels reposait le chevalier revêtu d'une robe de la même couleur et enrichie des mêmes broderies.

CLXXVII. — En tête du cortége marchaient trois cents hommes choisis parmi les plus pauvres de la contrée et tous uniformément vêtus de longs manteaux noirs, tombant jusqu'à terre. Venaient ensuite cent pages montés sur de forts chevaux propres à la guerre, hommes et chevaux balayant le sol de leurs longs vêtements de deuil.

CLXXVIII. — En avant et en arrière du cercueil flottaient mille bannières déployées, portant des devises variées. C'étaient les drapeaux enlevés et conquis pour l'empereur et pour l'Église par le bras de celui qui gisait maintenant inanimé. On y voyait aussi de nombreux écus aux armes des guerriers fameux sur lesquels il les avait conquis.

CLXXIX. — Cent et cent autres personnes ordinairement employées dans les cérémonies funèbres marchaient, en portant comme les autres des torches allumées, revêtues ou plutôt enveloppées de noirs habits de deuil. Enfin venait Roland dont les yeux rouges et abattus versaient d'abondantes larmes. Il avait à ses côtés Renaud non moins affligé que lui; quant à Olivier, sa blessure au pied ne lui avait pas permis d'assister à cette cérémonie.

CLXXX. — L'espace me manquerait si j'avais à vous décrire dans mes chants tous les détails de cette cérémonie imposante et à vous faire savoir combien on y employa d'étoffe noire et violette, combien on y distribua de flambeaux. Le cortége, quittant enfin ce lieu, se rendit à l'église cathédrale, et aucun de ceux qui le virent passer ne put retenir ses larmes. La mort d'un guerrier si jeune, si beau, si généreux, touchait les personnes de tout sexe, de tout rang et de tout âge.

CLXXXI. — Il fut déposé dans l'église, et après que les femmes lui eurent offert l'inutile tribut de leurs larmes et de leurs gémissements, que les prêtres eurent chanté sur lui leurs litanies et les autres hymnes funèbres, le cercueil fut placé sur deux colonnes, recouvert par les soins de Roland d'un riche drap d'or pour y attendre le moment où devait lui être élevé un plus magnifique monument.

CLXXXII. — Roland ne quitta pas la Sicile avant de s'y être procuré des matériaux de porphyre et d'albâtre. Il fit faire le dessin du monument et pour sa construction il en régla le prix avec les plus habiles artistes. Fleur-de-Lis quittant l'Afrique, après le départ de Roland, se fit transporter à Agrigente, et ce fut elle qui fit élever les tables et les magnifiques pilastres du tombeau érigé en l'honneur de son époux.

CLXXXIII. — Mais voyant que ni ses larmes continuelles ni les soupirs qu'exhalait sans cesse sa poitrine, ni le nombre des offices et des messes qu'elle ordonnait ne pouvaient suffire à ses vœux, elle résolut de ne plus quitter ces lieux tant qu'il lui resterait un souffle de vie.

Elle se fit bâtir une cellule auprès du mausolée, s'y renferma et y traîna ses tristes jours.

CLXXXIV. — Roland lui écrivit lettres sur lettres et lui dépêcha bien des exprès ; il vint lui-même pour essayer de l'arracher à sa sombre retraite. Il lui promit de lui faire obtenir, si elle revenait en France, une grande situation en compagnie, si elle le désirait, de Galerane. Il lui proposa de la conduire à Lissa, si elle préférait retourner auprès de son père. Veut-elle se consacrer à Dieu, il fera construire pour elle un monastère.

CLXXXV. — Elle rejeta toutes ces offres ; elle continua à demeurer près du sépulcre, et là usée par les austérités de la pénitence, priant nuit et jour, elle ne pouvait vivre désormais bien longtemps et la parque ne tarda pas à trancher le fil de ses jours. Déjà les trois guerriers français étaient partis de l'île où se trouvaient autrefois les sombres ateliers des Cyclopes, attristés, désolés de laisser derrière eux leur ancien compagnon d'armes.

CLXXXVI. — Ils ne voulurent point quitter ce pays sans avoir avec eux un médecin qui prendrait soin d'Olivier dont la blessure était devenue très-grave et très-douloureuse pour n'avoir pas été traitée convenablement dès le principe. Il se plaignait de manière à leur inspirer sur son état de sérieuses craintes. Mais le pilote parlant avec eux de cette blessure leur communiqua une idée qu'ils trouvèrent excellente et qu'ils adoptèrent.

CLXXXVII. — Il leur apprit qu'il y avait, dans le voisinage, sur un rocher isolé, un ermite dont les malades n'imploraient jamais en vain les avis ou les secours. Il faisait d'ailleurs des cures merveilleuses, telles que rendre la lumière aux aveugles, ressusciter les morts, suspendre par un signe de croix le cours des vents et calmer la mer agitée par la tempête la plus furieuse.

CLXXXVIII. — S'ils allaient trouver un homme si chéri de Dieu, ils ne pouvaient douter qu'il ne rendît Olivier à la santé puisqu'il avait donné de son pouvoir des preuves si extraordinaires. Ce conseil plut à Roland. Aussitôt il fit diriger son vaisseau vers ce lieu sanctifié par la présence de l'ermite : ils suivirent la route sans en détourner un seul instant la proue et au point du jour ils aperçurent le rocher.

CLXXXIX. — Les mariniers expérimentés manœuvrent de manière à s'approcher en sûreté de l'écueil. Là, à l'aide des serviteurs et des matelots, le marquis fut descendu dans une chaloupe que l'on conduisit à travers les flots écumeux jusque sur le dur rocher, et de là à la sainte cellule, à l'ermitage qui était précisément celui du vieillard de qui Roger avait reçu le baptême.

CXC. — Le serviteur du Dieu du paradis accueillit Roland et sa compagnie d'un air joyeux et, après leur avoir donné sa bénédiction, leur demanda le motif de leur venue, bien qu'il en eût été déjà informé par les messagers célestes. Roland lui répondit qu'il était venu pour implorer son secours en faveur de son beau-frère.

CXCI. — C'était en combattant pour la foi chrétienne qu'il avait été réduit à un état si dangereux. Le saint homme se hâta de calmer son inquiétude en promettant une entière guérison. Il n'employait aucun onguent, ni aucun des moyens auxquels l'art médical a recours : l entra dans sa chapelle, y pria le Sauveur et en sortit plein de confiance dans le succès.

CXCII. — Et au nom des trois personnes éternelles, le Père, le Fils et le Saint-Esprit, il donna à Olivier sa bénédiction. O merveilleux pouvoir confié par Jésus-Christ à ceux qui croient en lui ! En un instant, toute souffrance disparut et le pied d'Olivier redevint plus sain, plus ferme et plus agile qu'il ne l'avait jamais été. Sobrin était présent à cette guérison dont il fut le témoin.

CXCIII. — Le vieux guerrier, qui éprouvait les plus

cruelles souffrances et dont l'état paraissait empirer chaque jour, n'eut pas plutôt vu le grand et éclatant miracle opéré par le saint ermite, qu'il résolut d'abandonner dès cet instant Mahomet et de confesser l'existence et le pouvoir du Christ : il demanda d'un cœur contrit qu'éclairait une foi sincère d'être initié à nos rites sacrés.

CXCIV. — Le saint homme lui conféra le baptême et de plus lui rendit par ses prières son ancienne vigueur. Roland et les autres chevaliers ne furent pas moins touchés de cette nouvelle conversion que joyeux de voir Olivier rétabli et délivré d'un mal aussi dangereux. Roger en fut encore plus joyeux que tous les autres, et sa foi n'en devint que plus solide et plus vive.

CXCV. — Depuis le jour où Roger était arrivé à la nage sur ce rocher, il ne l'avait pas quitté. S'entretenant avec tous ces illustres guerriers, le bon et saint vieillard, leur parlant avec douceur, les engagea à prendre la résolution de combattre tous les mauvais penchants, à se garantir de toute fange et de toute souillure en traversant ce court passage que l'on nomme la vie, séduisante seulement pour les esprits grossiers, et à tenir perpétuellement leurs yeux tournés vers les voies célestes.

CXCVI. — Roland envoya chercher sur le vaisseau du pain, d'excellent vin, du fromage et des viandes salées, et l'homme de Dieu, qui avait oublié le goût de toute autre nourriture que des fruits, voulut bien manger de ces viandes, boire du vin, comme ses convives. Ceux-ci après un agréable repas se livrèrent à différents entretiens.

CXCVII. — Et comme il arrive souvent dans les conversations qu'une chose en fait découvrir une autre, Roger fut reconnu par Renaud, Olivier et Roland pour le guerrier si renommé à la guerre, dont chacun vantait la valeur. Renaud lui-même ne s'était pas rappelé sa figure quoiqu'il se fût trouvé avec lui en champ clos.

CXCVIII. — Sobrin, au contraire, l'avait reconnu aussitôt qu'il l'avait vu paraître avec le vieillard. Mais il avait gardé le silence, se tenant dans une prudente réserve dans la crainte de commettre une indiscrétion. Lorsque personne ne put ignorer que c'était bien là ce Roger dont la hardiesse, la haute valeur et l'extrême courtoisie lui avaient acquis dans le monde une renommée si éclatante ;

CXCIX. — Lorsqu'on sut aussi qu'il s'était fait chrétien, tous vinrent lui faire fête avec une joyeuse sympathie. L'un lui prend la main, l'autre l'embrasse, un troisième le presse contre sa poitrine. Mais par-dessus tous les autres, le seigneur de Montauban se fait un plaisir de le combler de caresses et de témoignages d'estime. Vous apprendrez dans le chant suivant, si vous continuez à m'écouter, pourquoi Renaud lui montra plus d'amitié que les autres.

CHANT QUARANTE-QUATRIÈME

ARGUMENT

Les guerriers quittent l'île de l'ermite. — Renaud promet à Roger, à qui tous les chevaliers témoignent autant d'affection que de déférence, la main de sa sœur Bradamante. — Astolphe monté sur l'hippogriffe rentre en France. — Les chevaliers reçoivent les plus grands honneurs à la cour de Charlemagne. — Le duc Aymon et Béatrix sa femme apprennent avec colère la promesse faite à Roger, l'empereur de Constantinople ayant demandé pour son fils Léon la main de Bradamante. — Celle-ci se désole, mais assure Roger de sa constance. — Roger veut aller détruire la puissance de Constantin et de son fils. — Il part pour l'Orient, arrive devant Belgrade assiégée par les Bulgares. — Il prend le parti de ces derniers et gagne la bataille. — Les Bulgares lui offrent la couronne. — Il arrive au château d'Unguiard.

I. — C'est souvent dans les plus modestes demeures, sous les toits les plus simples, au milieu des calamités et des disgrâces, que les cœurs se lient d'une amitié plus sincère qu'au sein de l'opulence, toujours enviée, des cours et des splendides palais, qu'habitent les embûches et les soupçons, où la charité est inconnue et où l'on ne trouve que des faux semblants d'amitié.

II. — C'est ce qui rend entre princes et seigneurs les traités et les conventions si peu solides. Rois, papes, empereurs, aujourd'hui ligués ensemble, seront demain ennemis jurés. Leurs cœurs et leurs âmes, en effet, n'ont rien de commun avec leurs apparences extérieures, et, traitant de la même manière le juste et l'injuste, ils n'ont en vue que leur propre intérêt.

III. — Ils sont bien peu capables de ressentir les charmes de l'amitié, qui n'habite pas les lieux où les affaires les plus graves ou les plus légères ne se traitent qu'avec dissimulation. Mais si les revers de la fortune toujours trompeuse les réunissent dans quelque humble chaumière, ils apprennent en peu de temps ce qu'ils ont ignoré si longtemps, les douceurs de l'amitié.

IV. — Ainsi, au sein de son humble retraite, le saint vieillard parvint plus aisément à lier ses hôtes des chaînes puissantes de l'affection que n'aurait pu le faire un autre dans la cour d'un roi. Ces chaînes furent même assez fortes pour qu'elles se conservassent toujours dans la suite, au point que la mort seule put les rompre. L'ermite trouva dans ses hôtes les sentiments les plus bienveillants et une candeur supérieure à celle dont brille le plumage du cygne.

V. — Il les jugea tous aimables et pleins d'une courtoisie qui ne ressemblait nullement à cette fausse courtoisie que j'ai dépeinte et qui est le partage des hommes dont le visage, toujours caché sous le masque de la fausseté, ne se montre jamais à découvert. Le souvenir de leurs anciennes offenses s'effaça tout à fait de leur mémoire, et leur amitié n'aurait pas été plus tendre s'ils avaient été du même sang et de la même famille.

VI. — Le seigneur de Montauban se montra à l'égard de Roger plus affectueux et plus aimable encore que tous les autres, tant pour avoir éprouvé lui-même quelles étaient, les armes à la main, sa force et sa vaillance, que pour avoir trouvé en lui plus d'affabilité et de bonté qu'en aucun autre chevalier du monde; surtout parce qu'il reconnaissait lui avoir, pour plusieurs motifs, les plus grandes obligations.

VII. — Il savait qu'il avait délivré du plus grand péril Richardet surpris par un ordre du roi d'Espagne dans le lit de sa fille; qu'il avait aussi arraché les deux fils du duc Boves (comme je vous l'ai déjà dit) aux mains des Sarrasins et des malfaiteurs qui accompagnaient le Mayençais Bertolais.

VIII. — Tous ces services le rendaient à ses yeux digne d'être aimé et comblé d'honneurs. Il avait éprouvé un vrai chagrin et il regrettait vivement de n'avoir pu lui témoigner plus tôt sa reconnaissance, pendant qu'il était lui-même au service de Charlemagne et que Roger était à la cour du roi d'Afrique. Maintenant qu'il trouve en lui un chrétien, il est heureux de s'acquitter envers lui, ce qu'il n'avait pu faire jusqu'alors.

IX. — Le courtois paladin fit donc à Roger l'accueil le plus empressé et le plus joyeux. Quand le prudent ermite vit ces marques de bienveillance mutuelle, il s'avança vers eux, et leur dit : « Il ne vous reste plus à présent (et je pense que je ne trouverai en vous aucune opposition sur ce point) qu'à resserrer encore au moyen d'une plus étroite alliance les liens d'amitié que je vois formés entre vous.

X. — « Ainsi de vos deux races illustres, dont la noblesse n'a point d'égale dans le monde, il naîtra une postérité qui brillera d'un éclat aussi vif que celui du soleil quand il répand sa lumière sur le monde. Cette postérité ne fera que grandir dans la suite des années et des lustres, et elle durera (le ciel me l'inspire afin que je vous le révèle) aussi longtemps que les astres suivront dans le ciel leur cours ordinaire. »

XI. — Le saint vieillard continuant son discours fit si bien qu'il décida Renaud à promettre à Roger sa sœur Bradamante, sans qu'il eût besoin d'employer auprès d'eux de vives instances. Olivier et le prince d'Angers accueillirent avec faveur ce projet d'alliance ; ils espérèrent qu'elle recevrait l'approbation de Charlemagne et d'Aymon et qu'elle serait même agréable à toute la France.

XII. — Telle était leur opinion ; mais ils ignoraient qu'Aymon, avec l'autorisation du fils de Pépin, avait dans le même temps agréé les propositions de l'empereur grec Constantin, qui lui avait demandé la main de

Bradamante pour son fils Léon, héritier de son puissant empire. Ce jeune homme, qui n'avait jamais vu la jeune fille, s'était enflammé d'amour pour elle sur ce que la renommée publiait de sa valeur.

XIII. — Aymon avait répondu qu'il ne pouvait lui seul donner une parole décisive sans en avoir conféré avec son fils Renaud, alors absent de la cour. Il était persuadé que celui-ci verrait avec plaisir un mariage qui lui procurerait l'honneur d'une alliance d'un ordre si élevé ; mais pour plusieurs raisons importantes il ne voulait pas prendre sans lui une résolution définitive.

XIV. — Renaud, cependant, étant loin de son père et ignorant la négociation commencée avec l'empereur, promit sa sœur à Roger d'après son propre avis et celui de Roland, de ses compagnons réunis dans l'ermitage, mais surtout d'après les instances de l'ermite ; d'ailleurs il croyait que cette alliance serait agréable à son père.

XV. — Ce jour, la nuit suivante et une grande partie du lendemain, les guerriers les passèrent en compagnie du sage anachorète ; ils auraient presque oublié de retourner à leur vaisseau, quoiqu'un vent favorable semblât les inviter à se mettre en route. Mais les matelots qu'ennuyait un trop long séjour sur ce rocher leur envoyèrent plus d'un message pour presser leur départ. Ils durent se résigner, à leur grand regret, à se séparer de l'ermite.

XVI. — Roger, pour qui le séjour au rocher avait été une sorte d'exil dont il ne s'était pas éloigné, prit congé de son respectable maître qui l'avait initié aux vérités de la religion. Roland lui remit au côté son épée Balizarde, lui rendit l'arme d'Hector et son bon cheval Frontin : il voulait ainsi lui offrir un témoignage de son affection, et d'ailleurs il savait qu'il en avait été autrefois possesseur.

XVII. — Quoiqu'il pût justement revendiquer pour lui-même la possession de cette épée enchantée, qu'il avait enlevée au prix des plus grandes peines du for-

midable jardin de Falérine, tandis que Roger la devait
à Brunel qui l'avait volée, il n'hésita pas à la lui abandonner, ainsi que Frontin, pour répondre à son désir.

XVIII. — Le vieil ermite leur donna sa bénédiction
et ils partirent. Leurs rames battent les flots en cadence;
les voiles sont déployées au vent; favorisés par un
temps pur et serein, ils arrivèrent promptement dans le
port de Marseille, sans avoir eu besoin d'adresser au
ciel des vœux ou des prières. Mais je les y laisse pour
le moment, jusqu'à ce que j'aie amené auprès d'eux le
vaillant prince d'Angleterre.

XIX. — Après avoir appris la victoire de Roland,
cette victoire si sanglante et si triste, Astolphe, voyant
la France délivrée désormais des incursions d'Afrique,
s'occupa de renvoyer dans leur pays le roi de Nubie et
son armée par le même chemin qu'ils avaient pris pour
attaquer Biserte.

XX. — Le fils d'Ogier lui avait déjà renvoyé la flotte
qui avait détruit celle des païens. Mais, chose merveilleuse ! aussitôt que le peuple noir l'eut quittée, l'on vit
les proues, les poupes et les sabords revenir à leur
premier état et se changer en feuilles. Au premier
souffle du vent, elles s'élevèrent dans les airs comme des
choses légères et disparurent aussitôt.

XXI. — Les troupes nubiennes se mirent en route,
les unes à pied, les autres à cheval ; mais avant leur
départ, Astolphe voulut remercier de tout son cœur le
roi Senapes, et l'assurer de sa reconnaissance éternelle
pour l'immense service qu'il lui avait rendu en venant
l'aider de sa personne et de toutes les forces de son puissant empire. Il remit aussi entre ses mains la prison dans
laquelle était renfermé le terrible et turbulent Auster.

XXII. — Je veux parler de cette outre où était emprisonné ce vent du midi, qui sévit avec une telle rage qu'il
soulève à son gré comme les vagues de la mer les
sables mouvants qu'il emporte en tournoyant jusqu'aux
nuages. Il leur serait utile de le tenir captif pendant

leur voyage, car alors il ne pourrait leur nuire ; de
retour dans leur pays, ils pourraient, s'ils le voulaient,
le laisser échapper de sa prison.

XXIII. — Turpin ajoute que lorsqu'ils furent arrivés
au pied du haut Atlas, tous leurs chevaux furent en
un instant changés en pierres ! De sorte que les Nubiens s'en retournèrent comme ils étaient venus. Mais
il est maintenant temps qu'Astolphe rentre en France.
Lorsqu'il eut pourvu suffisamment à la défense des
principales places de l'Afrique, il fit déployer les ailes
de son hippogriffe.

XXIV. — Il arriva, sans s'arrêter un instant, en Sardaigne, et de là sur le rivage de Corse ; puis il continua
sa route sur mer en tournant un peu vers la gauche.
Enfin il arrêta sa course aérienne sur les parages de
la Provence, et exécuta ce que lui avait prescrit le saint
évangéliste à l'égard de son hippogriffe.

XXV. — Saint Jean lui avait recommandé de ne plus
éperonner l'hipogriffe quand il serait arrivé en Provence. Il devait cesser alors d'opposer à son impétuosité
capricieuse le frein et la selle et lui rendre sa liberté.
Déjà la plus basse des planètes qui s'enrichit sans cesse
de nos pertes avait privé de son le cor merveilleux :
il était resté non pas seulement rauque, mais muet,
aussitôt que le guerrier était entré dans le divin séjour.

XXVI. — Astolphe arriva à propos à Marseille ; c'était
précisément le jour où s'y trouvèrent réunis Roland,
Olivier et Renaud avec le vaillant Sobrin et Roger, plus
vaillant encore. Le souvenir du compagnon d'armes que
a mort leur avait enlevé empêcha les paladins de se
réjouir ensemble comme ils auraient pu le faire après
une victoire si glorieuse.

XXVII. — Charlemagne avait reçu de la Sicile la
nouvelle de la mort des deux rois, de la prise de Sobrin
et de la perte de Brandimart. Il n'avait pas été moins
informé de ce qui concernait Roger. La joie qu'il en
éprouva se manifesta sur son visage : il se voyait en

effet délivré d'un poids insuportable qui avait pesé sur ses épaules et sous lequel sa tête avait été courbée si longtemps qu'elle ne devait pas de sitôt se relever.

XXVIII. — Pour rendre hommage à ces chevaliers qui étaient le plus ferme soutien et comme la plus belle colonne du Saint-Empire, Charlemagne envoya à leur rencontre jusque sur la Saône la noblesse de son royaume ; il y alla lui-même avec une cour brillante de rois, de ducs, accompagné de la reine elle-même et d'une foule de dames aussi belles que magnifiquement parées.

XXIX. — Les paladins reçurent de l'empereur, dont tous les traits respiraient la plus vive allégresse, des barons, de leurs amis et de leurs parents, de toute la noblesse et du peuple entier l'accueil le plus affectueux. Les cris de Montgraine et de Clermont retentissaient dans les airs. Ce furent de tous côtés des embrassements sans fin. Roland, Olivier et Renaud se réunirent pour présenter Roger à leur souverain.

XXX. — Ils lui apprirent qu'il était fils de Roger de Rizza, dont il égalait les hautes qualités : son courage, sa force, son adresse à porter des coups terribles, sont assez connus pour que nos bataillons puissent en rendre compte. Arrivèrent ensuite Bradamante et Marphise, ces deux nobles et charmantes amies ; la sœur de Roger courut l'embrasser ; l'autre guerrière se tint un peu plus sur la réserve.

XXXI. — Roger par respect était descendu de cheval ; l'empereur l'y fit remonter, le fit marcher à ses côtés, et ne négligea rien de ce qui pouvait montrer combien il l'honorait. Il savait qu'il avait embrassé le christianisme, car ses guerriers lui avaient, dès leur débarquement, fait connaître tout ce qui s'était passé.

XXXII. — Ils rentrèrent tous dans la ville avec un grand appareil de fête et une pompe triomphale. On avait couvert les chemins de tapis ; de verdoyantes guirlandes ornaient toutes les rues. Des nuages de fleurs

et d'herbes odorantes, jetées à pleines mains du haut des
fenêtres et des balcons par les dames et les demoiselles,
tombaient sur la tête des vainqueurs.

XXXIII. — Dans tous les carrefours ils trouvaient
sur leur passage des arcs de triomphe et des trophées
élevés à la hâte en leur honneur : on y avait représenté la destruction et l'embrasement de Biserte, avec
d'autres glorieux faits d'armes. Ailleurs se dressaient
des échafauds, où l'on célébrait toutes sortes de jeux,
des spectacles, des pantomines, des scènes dramatiques :
partout se lisait cette inscription bien méritée : « AUX
LIBÉRATEURS DE L'EMPIRE. »

XXXIV. — Au son des trompettes sonores, des
flûtes retentissantes et de toutes sortes d'instruments
de musique, au milieu des éclats de joie, des applau-
dissements et des signes les plus expressifs d'allégresse, que faisait entendre le peuple se pressant en
foule autour du cortége, le grand empereur descendit
dans son palais. Pendant plusieurs jours cette noble
compagnie se livra aux tournois, aux danses, aux
spectacles, aux banquets, à des réjouissances de toutes
sortes.

XXXV. — Renaud fit savoir un jour à son père qu'il
était dans l'intention de donner sa sœur à Roger ; il
s'était engagé à faire ce mariage en présence de Roland
et d'Olivier, qui pensaient, comme lui, que pour la
naissance et le mérite personnel on ne pouvait faire
une alliance, non pas seulement plus belle, mais encore
qui pût lui être comparée.

XXXVI. — Aymon ne put apprendre sans colère que,
sans l'avoir consulté, Renaud avait osé disposer de la
main de sa sœur, son intention étant de la faire épouser
par le fils de Constantin et non par Roger qui, loin de
posséder un royaume, n'avait même pas au monde un
coin de terre dont il pût dire : « Ceci m'appartient. »
Son fils ne savait donc pas que l'on prise fort peu la

noblesse, et encore moins la vertu, si elles ne sont pas unies à la richesse.

XXXVII. — Mais Béatrix fut encore plus indignée que son mari contre son fils, qu'elle trouva bien audacieux ; et aussi bien en public qu'en secret elle s'opposa au mariage de sa fille avec Roger. Elle voulait à toute force faire d'elle une impératrice d'Orient. De son côté, Renaud demeura ferme en son dessein, voulant tenir sa parole sans qu'il y manquât un iota.

XXXVIII. — La mère, qui croit trouver en sa fille généreuse les sentiments dont elle est elle-même animée, l'engage à déclarer qu'elle aimerait mieux mourir que d'unir son sort à celui d'un pauvre chevalier. Elle la renierait pour sa fille si elle était capable de supporter de la part de son frère une pareille injure. Elle la presse enfin de refuser hardiment ce qu'on lui propose, de s'y opposer résolûment, sachant bien que Renaud n'a pas le pouvoir de la contraindre.

XXXIX. — Bradamante, ne voulant pas s'exposer à contrarier sa mère, garde le silence : elle a pour elle un respect si profond, elle lui est si entièrement soumise, qu'elle ne peut avoir même la pensée de lui désobéir. Mais en même temps elle se reprocherait de déclarer une chose qu'elle ne voudrait pas exécuter. Elle ne le voudrait pas, car elle ne pourrait le faire, l'amour lui ayant enlevé toute possibilité de disposer de son cœur.

XL. — Elle n'ose donc ni refuser ni se montrer satisfaite. Elle soupire et ne répond rien. Mais aussitôt qu'elle se trouve seule et sans témoins, des torrents de larmes s'échappent de ses yeux : les peines qu'elle endure, les tourments qui agitent son âme, se traduisent par le dépit qui lui fait porter des mains violentes sur son sein et sur ses cheveux, qu'elle arrache et disperse. Elle exhale en ces termes sa douleur et ses regrets :

XLI. — « Hélas ! pourrai-je vouloir autre chose que celle qui a sur ma volonté plus de pouvoir que moi-même ? Tiendrai-je un si faible compte des désirs de ma mère pour leur préférer les miens ? Peut-il être pour une fille une faute plus grande et méritant un blâme plus sévère que de choisir un époux malgré les parents auxquels elle doit toujours obéir ?

XLII. — « Mais, malheureuse que je suis ! ma tendresse pour ma mère sera donc assez puissante pour que je t'abandonne, mon cher Roger, pour que j'ouvre mon cœur à de nouveaux désirs, à un autre amour ? ou bien mettrai-je de côté le respect et la soumission que les enfants bien nés doivent à leurs parents, pour n'avoir en vue que ma satisfaction, mes plaisirs, mon seul bonheur ?

XLIII. — « Je sais bien, hélas ! ce que je dois faire ; je connais le devoir d'une fille respectueuse : je le connais ; mais à quoi cela me sert-il, si ma raison n'est pas assez forte pour résister à mes sens, si l'amour la repousse et me rend insensible à sa voix, s'il ne me laisse pas le pouvoir de disposer de moi, à moins qu'il ne le trouve bon, si lui seul enfin me dicte mes actions et mes paroles ?

XLIV. — « Je suis fille d'Aymon et de Béatrix ; mais pour mon malheur je suis en même temps esclave de l'amour. Je puis obtenir de mes parents le pardon des fautes que je puis commettre et compter sur leur indulgence ; mais si j'offense l'amour, il n'est point de prières qui puissent me soustraire à sa fureur. Daignera-t-il prêter l'oreille à une seule de mes excuses, et ne voudra-t-il pas plutôt me faire mourir ?

XLV. — « Que d'efforts obstinés j'ai faits, que de peines j'ai endurées pour déterminer Roger à se ranger sous la loi du Christ ! J'ai pu y parvenir ; mais quel fruit en ai-je retiré, si c'est pour l'avantage d'un autre que j'ai fait une action si louable ? C'est ainsi que l'abeille produit chaque année un miel nouveau, mais non pour elle-même, puisqu'elle ne le possède jamais. Oh ! il n'en sera pas ainsi! Je mourrai plutôt que de prendre un autre que Roger pour mari!

XLVI. — « Si je manque d'obéissance à mon père et à ma mère, j'obéirai du moins à mon frère, mille fois plus sage qu'eux : son jugement n'a pas subi les atteintes de l'âge. Roland pense tout à fait comme mon frère; j'ai donc pour moi les deux chevaliers plus estimés et plus redoutés dans le monde que toute notre famille réunie.

XLVII. — « S'ils sont la fleur, l'honneur et la gloire de la maison de Clermont; si chacun les place dans son estime autant au-dessus des autres hommes que la tête s'élève au-dessus des pieds, pourquoi souffrirai-je que le duc Aymon dispose de moi plutôt que Renaud et le comte d'Angers? Je ne le ferai point. Le prince grec n'a reçu qu'une promesse incertaine, tandis que j'ai été réellement promise à Roger! »

XLVIII. — Pendant que Bradamante s'attriste et se tourmente, le cœur de Roger n'est pas moins agité que le sien. Quoique la nouvelle ne soit pas encore répandue dans la ville, elle est cependant parvenue jusqu'à lui. Il accuse en même temps sa mauvaise fortune qui l'empêche de posséder l'objet le plus cher qu'il ait au monde, puisqu'elle ne lui a donné ni ces richesses, ni ces empires qu'elle prodigue avec complaisance à tant d'autres qui ne le méritent pas.

XLIX. — Tous les autres biens que la nature accorde à un homme, ou qu'il doit à ses propres efforts, Roger les possédait en si grande abondance, que personne n'en était pourvu au même degré. Il ne le cédait en beauté à personne ; nul ne pouvait résister à la puissance de son bras ; pour la générosité, la noblesse et l'élévation des sentiments, nul ne pouvait lui en disputer le prix.

L. — Mais le vulgaire, qui dispense à son gré des honneurs, et qui les donne ou les enlève comme il lui plaît (et par le vulgaire, j'entends tout le monde, excepté l'homme sage, car ce ne sont ni le sceptre, ni la thiare, ni la couronne qui puissent faire excepter les papes, les rois et les empereurs, mais la sûreté du jugement et la prudence, vertus dont le ciel n'est pas prodigue) ;

LI. — Le vulgaire donc, pour achever ce que je disais, qui ne vénère que les richesses, en fait l'unique objet de son admiration; sans les richesses rien ne le touche, rien n'obtient son estime. Vous pourrez posséder le courage, la beauté, la vigueur du corps, l'adresse, la vertu, la bonté, le jugement : tout cela n'est rien pour lui en regard de l'espèce de mérite que je viens de signaler.

LII. — « Si Aymon, disait Roger, est disposé à faire de sa fille une impératrice, qu'il ne se hâte pas de conclure; qu'il me laisse seulement le terme d'une année ; j'espère bien que pendant ce temps j'aurai pu déposséder le père et le fils de leur empire, et lorsque j'aurai mis leur couronne sur ma tête, Aymon ne me considérera plus comme un gendre indigne de lui.

LIII. — « Mais si, comme il l'a dit, il veut sans délai donner à sa fille Constantin pour beau-père, s'il ne tient aucun compte de la promesse que m'ont faite Renaud et son cousin Roland, le marquis Olivier, le roi Sobrin, en présence du vieil ermite, que ferai-je ? Souffrirai-je patiemment une telle injure, ou mourrai-je avant de la souffrir ?

LIV. — « Mon Dieu, que faire ? Demanderai-je au père de Bradamante raison d'un pareil outrage ? Je n'examine pas si je pourrai le faire avec succès, ou si je commettrais en cela un acte extravagant ou raisonnable; mais supposons que je mette à mort cet injuste vieillard et toute sa famille, je n'en serai pas plus heureux ; j'aurai fait au contraire tout l'opposé de ce que je désire.

LV. — « Je n'ai jamais eu, et je n'ai aujourd'hui encore d'autre désir que de mériter l'amour et non la haine de ma belle maîtresse. Mais si j'ôtais la vie à son père Aymon, si je concevais, si j'exécutais quelque projet

funeste contre son frère ou ses parents, ne lui don-
nerais-je pas le droit de me traiter en ennemi et de me
refuser sa main? Encore une fois, que ferai-je?
Accepterai-je cette injure? Non non, j'en prends Dieu
à témoin, je préférerais mille fois la mort!

LVI. — « Mais pourquoi mourrais-je? C'est plutôt lui
qui doit mourir, et plus justement que moi, ce prince
Léon venu si mal à propos pour troubler mon bonheur.
Oui, c'est lui que je tuerai, lui et son père que je déteste.
Hélène n'aura pas coûté aussi cher au Troyen son ravisseur, ni Proserpine à Pirithoüs, que coûtera mon désespoir au père et au fils.

LVII. — « Serait-il possible, chère âme de ma vie, que
tu préférasses ce Grec à ton Roger? Ton père réussira-
t-il à te contraindre à l'épouser, lorsque tu as pour toi
tes deux frères? Mais j'ai peur que ta volonté ne te porte
plutôt du côté de ton père que du mien, et que le fils
d'un empereur ne te paraisse préférable pour époux à un
simple chevalier.

LVIII. — « Comment pourrais-je croire que l'âme magnanime de Bradamante, d'une vertu si pure et d'un si
ferme courage, fût séduite par la brillante perspective
d'un trône, par les pompes et les splendeurs impériales?
Auraient-elles le pouvoir d'affaiblir son respect pour la
foi jurée et de lui faire oublier ses promesses? Ne doit-
elle pas préférer encourir la haine de son père plutôt
que de manquer aux serments qu'elle m'a faits? »

LIX. — Telles étaient, avec beaucoup d'autres, les
plaintes auxquelles s'abandonnait Roger. Il les exprimait de manière à être entendu de ceux qui se trouvaient près de lui; de sorte que plus d'une fois elles
furent rapportées à celle qui était la cause de ses
douleurs; et Bradamante ne souffrait pas moins du
chagrin qu'il éprouvait que de celui qu'elle ressentait
elle-même.

LX. — De toutes les plaintes qu'exhalait Roger et
qui lui étaient rapportées, aucune ne lui faisait plus de

peine que la crainte qu'il témoignait d'être abandonné
et de se voir préférer ce prince grec. Pour le rassurer et
chasser de son cœur un soupçon qui l'offensait, elle lui
envoya une de ses femmes de confiance, qui lui parla
en ces termes :

LXI. — « Roger, telle je fus toujours, telle je veux
être jusqu'à ma mort et même au delà, s'il est possible.
Que l'amour me soit favorable ou me traite avec
rigueur, que la fortune m'élève au plus haut degré ou
me fasse tomber au plus bas, je serai dans ma fidélité
comme un rocher immobile que les vents et les flots
de la mer ne peuvent ébranler malgré tous leurs
assauts. Jamais, dans le calme ou dans l'orage, on ne
m'a vue changer, et je ne changerai jamais.

LXII. — « On verra plutôt le diamant diversement
façonné par des ciseaux de plomb ou par la lime, que
ma constance ébranlée par les coups de la fortune ou la
cruauté de l'amour. Les eaux limoneuses et retentissantes d'un torrent remonteront vers la cime des
Alpes avant que de nouveaux événements, heureux ou
funestes, donnent un autre cours à mes sentiments et à
mes pensées.

LXIII. — « Je vous ai donné, Roger, un empire souverain sur moi, plus fort qu'on ne pourrait le croire.
Cette foi que je vous ai jurée a bien plus de force que
celle que l'on jure à un nouveau monarque. Nul roi,
nul empereur au monde, ne possède des états plus
solides et plus affermis que mon cœur. Vous n'avez
pas besoin, pour empêcher qu'un autre ne vous l'enlève,
de l'entourer de fossés et de forteresses.

LXIV. — « Sans qu'il soit nécessaire d'envoyer des
troupes pour le défendre, soyez sûr qu'il saura résister
seul à tous les assauts. Ce n'est pas par les richesses
que l'on peut gagner un cœur comme le mien : on ne
pourra jamais l'acquérir à un si vil prix. Je ne me
laisserai pas séduire davantage par la grandeur et
l'éclat d'une couronne dont les yeux du vulgaire sont

éblouis. Quant à la beauté, qui a tant de charmes pour
une âme légère, quelle est celle qui pourrait me plaire
autant que la vôtre ?

LXV. — « Ne craignez pas qu'une nouvelle image fasse
impression sur mon cœur : la vôtre y est trop profondément gravée pour qu'une autre puisse l'effacer.
Mon cœur n'est pas, j'en ai donné plus d'une preuve,
une cire flexible et molle. Avant d'y pénétrer et d'y tracer
votre figure, l'amour a été forcé de me porter mille et
mille coups.

LXVI. — « L'ivoire, l'agate et toutes les pierres dures
que le ciseau ne taille qu'avec la plus grande peine,
se briseraient plutôt que de recevoir une empreinte
différente de celle qu'on leur a donnée ; mon cœur n'est
pas d'une autre nature que le marbre ou le granit, qui
résistent au fer. L'amour le mettra plutôt en pièces que
de parvenir à y graver d'autres beautés que les vôtres. »

LXVII. — Bradamante ajouta à ces paroles beaucoup
d'autres protestations d'amour et de fidélité en des
termes si affectueux, qu'ils auraient rendu mille fois la
vie à son amant s'il l'avait perdue mille fois. Mais dans
le moment même où, croyant échapper à la tempête, ils
espéraient entrer bientôt dans le port, un nouvel orage
impétueux et sombre les poussa loin du rivage et les
rejeta en pleine mer.

LXVIII. — La fille du duc Aymon voulant faire pour
Roger plus qu'elle n'avait dit, rappelant dans son cœur
son courage ordinaire et mettant de côté toute réserve,
alla trouver l'empereur et lui dit : « Sire, si jamais j'ai
pu faire pour votre majesté quelque chose d'agréable,
j'en serai amplement récompensée si vous voulez bien
ne pas me refuser un don.

LXIX. — « Mais avant que je lui fasse connaître l'objet
de ma demande, je la supplie de me donner sa parole
royale qu'elle me l'accordera. Elle verra bien par ce
que je lui dirai que rien n'est plus juste et plus raisonnable que ma requête. — Chère fille, lui répondit Charle-

magne, tes vertus méritent bien que tu obtiennes ce
que tu désires; je jure de te satisfaire, lors même que tu
me demanderais une partie de mes états. »

LXX. — « Ce que je demande à votre majesté, reprit
la jeune fille, c'est que vous ne permettiez pas que l'on
me donne un mari qui dans les combats soit au-dessous
de ma valeur. Je veux que quiconque prétendra m'avoir
pour femme se mesure avec moi ou dans une joûte ou
l'épée à la main. Je me donnerai au premier qui me
vaincra, et celui que j'aurai vaincu devra chercher
ailleurs une épouse. »

LXXI. — L'empereur lui répondit avec un visage
joyeux qu'une pareille demande était bien digne d'elle ;
qu'elle pouvait être tranquille et qu'il ferait tout ce
qu'elle attendait de lui. Cet entretien n'avait pas eu
lieu en secret : plusieurs personnes l'avaient entendu,
et dès le jour même on en avait rapporté les termes
aux deux vieillards Aymon et Béatrix.

LXXII. — Ils en furent l'un et l'autre également
irrités et ils en ressentirent contre leur fille un violent
dépit. Sa démarche auprès de l'empereur prouvait bien
qu'elle aspirait à devenir la femme de Roger et non
celle de Léon ; et aussitôt, pour prévenir l'effet de cette
préférence et de cet espoir, ils l'enlevèrent furtivement
de la cour et l'emmenèrent avec eux à Rochefort.

LXXIII. — C'était une forteresse que peu de temps
auparavant Charlemagne avait donnée au duc Aymon.
Elle se trouvait entre Perpignan et Carcassonne, sur
le bord de la mer et dans une position importante. Les
parents de Bradamante la retinrent en ce lieu comme
une prisonnière, avec l'intention de l'envoyer plus tard
en Orient, afin que bon gré, malgré, elle abandonnât
Roger pour épouser Léon.

LXXIV. — La courageuse jeune fille, qui n'avait pas
moins de retenue que de force et de courage, quoique
n'ayant autour d'elle aucune garde, puisqu'elle pouvait
aller et venir dans cette citadelle, se soumit aux ordres

paternels qui l'y retenaient captive; mais elle était bien résolue à souffrir la prison et la mort, à subir les traitements les plus cruels et le martyre plutôt que de renoncer à Roger.

LXXV. — Renaud qu'arrête moins le respect filial, voyant que sa sœur lui a été enlevée par la ruse du duc Aymon, qu'il ne pourra en disposer, qu'il n'aura fait à Roger qu'une vaine promesse, se plaint vivement de son père et ne craint point de blâmer hautement sa conduite. Celui-ci ne s'inquiète guère de ses propos, et prétend disposer de sa fille comme il lui plaira.

LXXVI. — En présence de tous ces faits, Roger craint d'être à jamais privé de celle qu'il aime, et que Léon ne finisse par l'obtenir, ou de gré ou de force, s'il demeure longtemps en vie. Alors, sans prendre personne pour confident, il se décide à aller l'immoler et à changer son nom d'Auguste en celui de Divus. Il veut, si son espoir n'est pas trompé, lui ravir en même temps, ainsi qu'à son père, et l'empire et la vie.

LXXVII. — Il revêt l'armure qui fut jadis celle du Troyen Hector, et plus tard celle de Mandricard; il fait mettre la selle au bon cheval Frontin et change de cimier, d'écu et de soubreveste. Pour cette entreprise il ne veut point prendre l'aigle blanche en champ d'azur: il choisit une lionne blanche comme un lis pour servir d'insigne à son écu d'une couleur vermeille.

LXXVIII. — Il prend avec lui le plus fidèle de ses écuyers, sans vouloir être accompagné d'aucun autre, et il lui défend expressément de révéler à qui que ce soit qu'il est Roger. Il traverse la Meuse, puis le Rhin, passe en Autriche et en Hongrie, longe la rive droite du Danube, et chevauche si bien qu'il arrive à Belgrade.

LXXIX. — A l'endroit où la Save se jette dans le Danube, et où les deux fleuves, mêlant leurs eaux, courent ensemble vers la mer, il voit une nombreuse armée rangée sous ses tentes et ses pavillons, autour de a bannière impériale. Constantin voulait reprendre cette cité de Belgrade que les Bulgares lui avaient enlevée : il commandait cette armée en personne, accompagné de son fils et de toutes les forces de l'empire grec.

LXXX. — Il avait devant lui les troupes bulgares en partie à Belgrade et en partie sur toute la montagne, jusqu'à l'endroit où le fleuve en baigne le pied : les deux armées occupaient l'une et l'autre rive de la Save. Celle des grecs se disposait à y jeter un pont, et celle des Bulgares s'efforçait de s'y opposer par la force. Lorsque Roger arriva, les deux partis étaient déjà aux prises et il s'engageait entr'eux une lutte acharnée.

LXXXI. — Les Grecs sont quatre contre un : ils ont des ponts de bateaux tout prêts à être établis sur le fleuve et ils font montre de se préparer à passer fièrement de l'autre côté. Pendant ce temps Léon, par une manœuvre secrète, fait un long détour, parcourt une grande étendue de pays en s'éloignant du fleuve, puis y revient, jette ses ponts sur la rive opposée et le traverse rapidement.

LXXXII. — A la tête d'une troupe nombreuse de cavalerie et d'infanterie, comptant plus de vingt mille hommes, il court le long de la rivière et, prenant l'ennemi en flanc, l'attaque avec vigueur. L'empereur voyant son fils paraître sur la rive gauche, ajoute les ponts aux ponts et les bateaux aux bateaux, et traverse ainsi le fleuve avec toute son armée.

LXXXIII. — Vatran, roi des Bulgares, guerrier plein de valeur, de prudence et d'audace, courant de côté et d'autre, faisait en vain mille efforts pour réparer le désordre causé par cette attaque si soudaine, lorsque Léon le prenant à travers le corps, d'un bras vigoureux fit tomber son cheval sous lui, et comme il refusait de se rendre prisonnier, il le fit succomber sous les coups de mille épées.

LXXXIV. — Les Bulgares jusqu'à ce moment avaient fait bonne contenance; mais quand ils se trouvèrent

privés de leur général et virent grossir autour d'eux
une terrible tempête, ils se mirent à tourner la tête en
arrière et à prendre la fuite. En ce moment Roger
arrivait avec les Grecs : il est témoin de cette déroute
et, sans plus de réflexion mais poussé par la haine qu'il
portait à Constantin et plus encore à Léon, il se dispose
à secourir les Bulgares.

LXXXV. — Il pique Frontin dont la course, rapide
comme le vent, devance celle des meilleurs coureurs.
Il arrive au milieu des Bulgares qui, frappés de terreur,
ont abandonné la plaine pour s'enfuir vers la montagne.
Il en arrête un grand nombre, leur fait faire volte-face
à l'ennemi et ensuite, abaissant sa lance, pousse en
avant son cheval d'un air si terrible que jusque dans le
ciel Mars et Jupiter en sont effrayés.

LXXXVI. — Il distingue devant tous les autres un
chevalier revêtu d'une cotte d'armes de couleur rouge
et tout enrichie d'or ; sur son casque s'élevait une
aigrette de soie à longue tige, semblable à un épi de
maïs. Neveu de l'empereur Constantin par sa sœur, il
ne lui était pas moins cher que son fils. Roger brise
comme du verre son écu et son haubert, et sa lance qui
lui traverse le corps ressort derrière le dos de la longueur d'une palme.

LXXXVII. — Il le laisse mort et, s'armant de sa Balizarde, se précipite sur les premiers qui sont à sa portée ;
il s'attaque tantôt à l'un et tantôt à l'autre ; à celui-ci il
fend la tête, à celui-là il la tranche ; à l'un il pousse dans
le flanc son glaive ensanglanté, à l'autre au milieu de
la bouche ; il coupe en morceaux des mains, des bras,
des épaules, des bustes entiers ; un fleuve de sang
inonde la plaine.

LXXXVIII. — Les Grecs sont glacés d'épouvante en
voyant ces terribles coups, il n'en est pas un seul qui
ose résister. Alors tout change de face ; le Bulgare qui
fuyait tout à l'heure reprend sa hardiesse, et c'est lui qui
à son tour fait fuir les Grecs devant lui. En un moment

le désordre règne dans tous les rangs et on voit **tous**
les étendards prendre la fuite.

LXXXIX. — Le prince Léon, qui du haut d'une éminence considérait cet étrange spectacle, voyant fuir ses
gens, est frappé d'étonnement et de douleur. Portant son
attention sur le guerrier qui avait mis tant de soldats
hors de combat, et avait à lui seul porté la destruction
parmi toute son armée, il ne peut s'empêcher, quelque
dommage qu'il éprouve, de l'admirer et de vanter ses
prouesses.

XC. — Il voit bien, d'après ses enseignes et sa tu-
nique, d'après l'éclat de son armure enrichie d'or, que,
malgré le secours qu'il apporte à ses ennemis, il n'appartient pas à leur nation. Il contemple avec stupéfaction ses exploits surhumains et il s'imagine alors que
du séjour céleste un ange est descendu pour punir les
Grecs qui tant de fois ont offensé Dieu.

XCI. — En homme au cœur noble et généreux, Léon,
au lieu d'éprouver contre lui de la haine, comme l'auraient fait beaucoup d'autres, se sent pénétré d'admiration pour sa valeur ; il serait fâché de lui voir faire le
moindre outrage. Il éprouverait moins de peine s'il
perdait six de ses sujets pour un, et même la moitié
de son royaume, que s'il voyait mourir un si digne
chevalier.

XCII. — Il arrive parfois qu'un enfant battu et repoussé
avec colère par sa mère n'a pas recours à sa sœur ou
à son père, mais revient à cette mère qu'il chérit et
l'embrasse avec tendresse. C'est ainsi que Léon, après
avoir vu Roger mettre en déroute ses premiers bataillons et menacer les autres, ne peut éprouver contre
lui de la haine. Son incomparable valeur excite en lui
plus d'amour que ses offenses ne produisent de colère.

XCIII. — Mais si Léon éprouve des sentiments d'admiration pour Roger, s'il se sent même porté à l'aimer,
il s'en faut qu'il soit payé de retour. Roger le hait et
n'a pas d'autre désir que de lui arracher la vie de sa

propre main. Il le cherche partout des yeux, et il demande qu'on le lui montre ; mais la bonne fortune et la prudence de l'habile prince grec firent qu'ils ne se rencontrèrent pas.

XCIV. — Pour empêcher que toute son armée ne fût détruite, Léon fit sonner la retraite. Il envoya promptement un courrier à son père pour l'engager à repasser le fleuve, lui faisant dire qu'il aurait même du bonheur si le passage ne lui était pas fermé. Lui-même, à la tête de ceux des siens qu'il put réunir autour de lui, prit la route du pont par lequel il était passé.

XCV. — Un grand nombre de morts tout le long de la montagne et jusqu'au fleuve restèrent au pouvoir des Bulgares. Tous les Grecs auraient eu le même sort, s'ils n'avaient mis pour leur échapper le fleuve entre eux et les ennemis. Les uns y tombèrent du haut des ponts et s'y noyèrent ; les autres coururent plus loin à la recherche d'un gué, sans tourner la tête. Plusieurs enfin furent emmenés prisonniers à Belgrade.

XCVI. — A la fin du jour où avait eu lieu cette bataille, qui n'aurait pu être que fatale et honteuse aux Bulgares, après la mort de leur général, sans la victoire remportée pour eux par le guerrier fameux qui portait une blanche licorne sur un écu vermeil, ils se portèrent tous autour de lui et avec des cris d'admiration et de joie le proclamèrent comme l'auteur de cette victoire.

XCVII. — L'un le salue, l'autre se prosterne, celui-ci lui baise les mains, celui-là les pieds ; chacun s'efforce de s'approcher de lui pour avoir le bonheur de le voir de plus près ; plus heureux encore est celui qui le touche : il croit toucher un être surnaturel, un dieu. Tous le prient, et leurs cris unanimes s'élèvent jusqu'au ciel, d'être leur roi, leur capitaine et leur guide.

XCVIII. — Roger répond qu'il sera leur général, leur roi, tout ce qui leur conviendra le mieux, mais que dans ce jour il ne touchera ni au bâton de commandement ni au sceptre, qu'il n'entrera pas même dans Belgrade. Il veut avant tout poursuivre Léon Auguste et lui faire repasser le fleuve; il ne quittera sa trace qu'il ne l'ait atteint, bien résolu à lui donner la mort.

XCIX. — C'est dans cette intention seule et unique qu'il est venu en ces lieux et qu'il a fait plus d'un millier de milles. Il quitte donc sans s'arrêter cette armée et court vers le chemin qu'on lui indique, par lequel Léon s'empressait de gagner le pont dont il craignait qu'on ne lui interceptât le passage. Roger vole sur ses traces avec tant d'impétuosité qu'il ne prend le temps ni de demander ni d'attendre son écuyer.

C. — Léon a pris une telle avance dans sa fuite (car c'est bien plutôt une fuite qu'une retraite), qu'il trouve le pont libre et qu'il peut le traverser. Il fait ensuite rompre le pont et mettre le feu aux bateaux. Roger ne put arriver avant que les derniers rayons du soleil eussent disparu. Il ne sait où se loger; il marche néanmoins en avant à la clarté de la lune et ne trouve sur sa route ni bourg ni château.

CI. — Ne sachant où il pourra s'arrêter, il chevauche toute la nuit sans quitter la selle. Le lendemain au point du jour, il aperçoit sur la gauche une ville où il se propose de rester tout le jour afin de faire reposer Frontin accablé de fatigue, car il venait de lui faire faire sans s'arrêter et sans lui ôter la bride une centaine de milles.

CII. — Le seigneur de cette contrée était Ungiard sujet fidèle fort aimé de Constantin. Il avait rassemblé en vue de cette guerre une troupe considérable de cavalerie et de gens de pied. Roger entre dans la ville dont personne ne défend l'entrée, et il y est si bien accueilli qu'il ne songe pas à pousser plus avant pour trouver un gîte plus agréable et plus avantageux.

CHANT QUARANTE-CINQUIÈME

ARGUMENT

Ungiard fait saisir Roger pendant son sommeil, le charge de fers et le retient prisonnier au fond d'un cachot. — Théodora obtient de Constantin qu'il lui livre le chevalier afin de venger la mort de son fils. — Roger délivré par Léon se voue à son service par reconnaissance. — Celui-ci, sans connaître qui il est, le charge de combattre pour lui contre Bradamante. — Il accepte et avec les devises du prince soutient la lutte sans pouvoir être vaincu. — Léon obtient le droit d'épouser Bradamante, grâce à Roger qui se retire dans un bois solitaire. — Marphise offre de prouver que Bradamante, ayant publiquement engagé sa foi à Roger et reçu la sienne, ne peut appartenir à Léon.

I. — Plus on voit un malheureux mortel élevé sur la roue inconstante de la fortune, plus tôt on doit s'attendre à le voir tomber et toucher de ses pieds le sommet qu'avait atteint sa tête. Nous trouvons des exemples de cette chute lamentable dans Polycrate, Crésus, Denys et une foule d'autres hommes que je ne nomme pas et qui en un jour furent précipités du faîte de la gloire dans la condition la plus misérable.

II. — Souvent, au contraire, plus un homme est abattu, plus il est descendu au plus bas degré de cette roue et plus il est près de prendre le dessus et de remonter vers son sommet, s'il a le bonheur de pouvoir en achever le tour. Tel avait déjà mis le pied sur l'échafaud, qui le lendemain donnait des lois au monde. Les Servius, les Marius, les Ventidius, dans les siècles passés, le roi Louis dans le nôtre, offrent une preuve éclatante de ce que je viens d'avancer.

III. — Ce prince, ce roi Louis XII, dont notre souverain épousa la fille, vaincu à Saint-Aubin-du-Cormier et tombé au pouvoir de l'ennemi, fut sur le point de perdre la vie; le grand Mathias Corvin avait été peu auparavant exposé à un péril plus terrible encore; et cependant, échappés l'un et l'autre à ce danger, le premier monta sur le trône de France et le second sur celui de Hongrie.

IV. — Ces exemples si communs dans l'histoire ancienne, aussi bien que dans celle des temps modernes, prouvent incontestablement que le bien et le mal marchent toujours à la suite l'un de l'autre; que le déshonneur et la gloire se succèdent sans interruption; que l'homme ne doit compter ni sur ses trésors, ni sur sa puissance ni sur ses victoires, mais qu'il ne doit pas non plus se désespérer quand la fortune lui est contraire, puisque sa roue qui tourne sans cesse peut le porter au point le plus élevé.

V. — La victoire remportée par Roger sur Léon et l'empereur son père lui avait inspiré tant de confiance en sa fortune et en sa grande valeur, qu'il se flattait de pouvoir seul et sans être accompagné ou aidé par personne, pénétrer à travers une armée de fantassins et des escadrons de cavalerie, jusqu'au prince et à son père et les faire tomber sous ses coups.

VI. — Mais cette même inconstante déesse, qui ne nous permet jamais de compter sur elle, lui fit voir en peu de jours qu'elle est aussi prompte à abaisser les hommes qu'à les élever, et à leur retirer qu'à leur accorder ses faveurs. Elle voulut que le malheur et la honte lui arrivassent par les mains mêmes du chevalier qui au milieu de la sanglante bataille avait eu tant de peine à lui échapper.

VII. — Celui-ci apprit à Ungiard que le guerrier qui avait mis en déroute l'armée de Constantin et détruit

pour plusieurs années sa puissance, avait passé la
journée en ce lieu et devait y reposer pendant la nuit.
S'il se hâtait de saisir aux cheveux la fortune, il pourrait sans travail et sans lutte procurer à son roi le
moyen de subjuguer les Bulgares en se saisissant du
chevalier; car une fois qu'il le tiendrait en prison son
triomphe était assuré.

VIII. — Ungiard savait tout ce qui s'était passé :
ceux qui avaient échappé au carnage, arrivés successivement et en grand nombre auprès de lui, n'ayant pu
passer le pont, lui avaient fait connaître les détails du
sanglant combat. Ils lui avaient appris que c'était un
seul guerrier qui avait détruit la moitié des Grecs, que
lui seul avait mis en fuite l'une des deux armées et
sauvé l'autre.

IX. — Comment, sans y être contraint, ce chevalier
est-il venu se laisser prendre en entrant chez lui comme
dans un piége? Il s'en étonne et il en témoigne toute sa
joie par son maintien, son visage et ses paroles affables.
Mais il attend que Roger soit endormi; puis appelant
en silence ses gens, il fait saisir dans son lit le brave
chevalier, qui ne s'attendait guère à une pareille aventure.

X. — Trahi par son propre écu, Roger demeure donc
prisonnier d'Ungiard dans la cité de Novigrade. C'était
le plus féroce des hommes et cette capture lui causa
une joie infinie. Que pouvait faire Roger pris tout nu
pendant son sommeil et enchaîné avant de s'être réveillé?
Ungiard se hâta d'envoyer un courrier à Constantin
pour lui faire connaître aussitôt cette bonne nouvelle.

XI. — L'empereur avait pendant la nuit fait quitter à
ses troupes les rives de la Save et les avait amenées
avec lui à Beltech. C'était la ville où résidait son parent
Androphile, père de celui qui avait vu si promptement
percer et rompre à la première rencontre son armure,
comme si elle eût été de cire, par le valeureux guerrier
en ce moment prisonnier d'Ungiard.

XII. — Constantin s'occupait alors de fortifier les murs
et de reconstruire les portes de cette ville ; car il redoutait une attaque des Bulgares qui sous la conduite d'un
chef si intrépide pourraient bien ne pas se contenter de
lui avoir fait peur, mais voudraient encore massacrer
le reste de son peuple. En apprenant qu'il tenait entre
ses mains le héros qui les avait conduits à la victoire, il
cessa de les craindre, lors même qu'ils auraient eu avec
eux l'univers entier.

XIII. — L'empereur ne savait comment manifester sa
joie ; on eût dit qu'il nageait dans une mer de lait.
« Maintenant, s'écriait-il avec assurance, dans l'expan-
sion de son allégresse, les Bulgares sont perdus ! »
Aussi certain de la victoire que celui qui aurait à combattre un ennemi privé de ses deux bras, Constantin en
jouit par avance, dès qu'il apprend la prise de Roger.

XIV. — Le fils n'a pas moins sujet de se réjouir que
son père ; car il ne conçoit pas seulement l'espérance
de reconquérir Belgrade et de soumettre à son autorité
les Bulgares : il veut par ses bienfaits se concilier l'amitié
du guerrier qui l'a vaincu et l'enrôler même dans son
armée. Il n'aura rien à envier à Charlemagne, ni Roland,
ni Renaud, s'il peut avoir Roger au nombre de ses compagnons d'armes.

XV. — Tels n'étaient pas les sentiments de Théodora,
la sœur de Constantin, dont Roger avait tué le fils en le
traversant de sa lance depuis la poitrine jusqu'aux
épaules et une palme au delà ! Elle se jette aux pieds de
l'empereur son frère. En versant un torrent de larmes
dont son sein est inondé, elle parvient à toucher son
cœur et à lui inspirer une profonde pitié.

XVI. — « Je ne me relèverai pas, dit-elle, je ne
cesserai d'embrasser vos genoux, seigneur, jusqu'à ce
que vous m'ayez accordé la permission de me venger du
monstre qui a tué mon fils et que vous tenez maintenant
entre vos mains. Songez, non pas seulement qu'il était
votre cousin, mais combien il vous aimait, par combien

de belles actions il s'est montré digne de votre estime ; songez aussi quelle injustice il y aurait à ne pas punir celui qui lui a ravi le jour. »

XVII. — « Vous voyez que par pitié pour notre douleur, Dieu lui-même a pris soin d'égarer du champ de bataille cet homme cruel, et de le faire tomber entre nos mains comme l'oiseau dans un filet, afin que l'âme de mon cher fils ne demeurât pas sans vengeance sur les rives du Styx. Livrez-moi ce barbare, cher seigneur, et donnez-moi au moins la satisfaction de soulager ma douleur en le livrant au supplice. »

XVIII. — Par ces gémissements et ces plaintes douloureuses, par tout ce qu'elle put dire pour émouvoir l'empereur, Théodora obtint ce qu'elle désirait. Elle ne voulut se relever (quoiqu'à plusieurs reprises il se fût efforcé de lui faire quitter cette posture suppliante) qu'après l'avoir contraint à lui donner satisfaction, et à ordonner qu'on amenât le prisonnier pour le remettre entre ses mains.

XIX. — Sans perdre un seul instant on alla chercher le héros à la licorne et dès le jour suivant on le mit à la discrétion de la cruelle Théodora. C'était trop peu pour elle qu'on écartelât le meurtrier de son fils, qu'on le fît périr d'une mort ignominieuse : elle cherche, elle imagine pour se venger quelque peine monstrueuse, quelque genre de supplice inconnu.

XX. — Cette femme impitoyable le fit jeter, après avoir chargé de chaînes son cou, ses mains et ses pieds, au fond d'une tour ténébreuse où ne pénétrait jamais un seul rayon de soleil. On ne lui accorda pour tout aliment qu'un morceau de pain moisi, et encore le laissa-t-on quelquefois pendant deux jours privé de cette mince nourriture. Il fut enfin mis sous la garde d'un geôlier encore plus disposé à le maltraiter que ne l'était sa maîtresse.

XXI. — O si la valeureuse et charmante fille d'Aymon, si la magnanime Marphise avaient été informées de la triste position de Roger, exposé dans un cachot à un traitement si cruel, l'une et l'autre se fussent hâtées de voler à son secours au péril même de leur vie, et Bradamante pour le délivrer n'aurait eu égard ni à sa mère Béatrix ni à son père Aymon.

XXII. — Charlemagne avait cependant promis à la jeune guerrière qu'il ne permettrait pas qu'on lui donnât un époux qui lui fût inférieur en force et en courage ; il avait fait publier à son de trompe sa volonté, non-seulement dans sa cour, mais encore dans toutes les contrées soumises à son empire. Cette décision s'était répandue promptement dans le monde entier.

XXIII. — Voici quels étaient les termes du ban publié à cet effet : « Quiconque prétendra obtenir la main de la fille d'Aymon devra soutenir contre elle un combat depuis le lever du soleil jusqu'à son coucher. Si pendant toute la durée du temps fixé, le prétendant est capable de lui résister sans être vaincu par elle, la guerrière par cela seul se reconnaîtra comme vaincue et ne pourra refuser de le prendre pour époux. »

XXIV. — La fille d'Aymon, au surplus, sans avoir égard à l'adversaire qui se présenterait pour la combattre, lui laisserait le choix des armes. Son extrême habileté, qu'elle combattît à pied ou à cheval, lui permettait de faire cette concession. Aymon n'osant et ne pouvant résister aux ordres de son souverain, fut forcé de céder après de longues délibérations et de se résigner à retourner à la cour où il ramena sa fille.

XXV. — La mère de Bradamante, malgré l'indignation et la colère qu'elle ressentait contre sa fille, voulant cependant faire honneur à sa famille, la revêtit des habits les plus riches et les plus élégants, des couleurs et des formes les plus variées. Arrivée à la cour, la jeune fille n'y trouva plus son amant, et cette cour ne lui parut pas aussi agréable et aussi charmante qu'autrefois.

XXVI. — De même que celui qui après avoir, au mois

d'avril ou de mai, vu un jardin paré de feuilles et de fleurs brillantes, le retrouve après que le soleil a incliné sa lumière vers l'Auster et raccourci la durée des journées, désert, aride et sauvage ; de même en revenant à la cour dont était absent son cher Roger, Bradamante la retrouva toute différente de ce qu'elle était avant qu'elle l'eût quittée.

XXVII. — Qu'était-il devenu ? Elle n'ose s'en informer, craignant de faire naître les soupçons ; mais prêtant à tout une oreille attentive, elle ne s'occupe que d'apprendre de ses nouvelles sans en demander directement. On sait qu'il est parti, mais l'on ignore quelle route il a prise et les sentiments sur ce point sont en désaccord. Il avait en effet quitté la cour sans en dire mot à personne, excepté à l'écuyer qu'il avait emmené avec lui.

XXVIII. — Que de soupirs elle fait entendre ! que de craintes elle éprouve en apprenant que Roger est parti comme un fugitif ! et par-dessus tout combien elle est inquiète en pensant qu'il n'est parti peut-être que dans l'intention de l'oublier ; que voyant sans doute Aymon contraire à ses désirs, et désespérant d'obtenir jamais la main de celle qu'il aime, il a pris le parti de s'éloigner, espérant ainsi se délivrer de son amour !

XXIX. — Qui sait si, pour l'effacer encore plus complétement de son cœur, il n'a pas pris la résolution d'aller de royaume en royaume chercher une femme qui lui fasse oublier ses premières amours, ainsi que l'on chasse un clou, s'il est permis d'employer cette vulgaire image, en lui opposant un autre clou. Mais, en se livrant à de nouvelles pensées, elle se persuade que son cher Roger lui est toujours demeuré fidèle.

XXX. — Elle repousse loin d'elle les soupçons injurieux et insensés auxquels elle se reproche d'avoir ouvert son âme. Ainsi une de ses pensées accuse Roger, une autre le défend, et elle prête l'oreille à toutes deux, s'attachant tantôt à l'une, tantôt à l'autre, sans pouvoir s'arrêter à aucune. Cependant celle des deux qui lui sourit le plus est celle qu'elle adopte de préférence et elle repousse avec horreur celle qui lui est contraire.

XXXI. — Souvent encore, se souvenant de toutes les protestations d'amour que lui avait faites l'aimable Roger, elle se reproche comme une faute la jalousie et les soupçons auxquels elle s'est abandonnée. Alors, comme si elle se trouvait en sa présence, elle se reconnait comme coupable, et en se frappant la poitrine : « J'ai eu tort, se dit-elle, je ne puis le nier : mais celui qui cause ma tristesse est l'auteur de plus grands maux encore.

XXXII. — « C'est l'amour que j'en accuse, l'amour qui a gravé dans mon cœur ton image si belle et si gracieuse. Ne réunis-tu pas à la valeur qui te distingue un esprit et des vertus dont chacun fait l'éloge ? Il me semble impossible qu'en te voyant une femme ou une fille demeure insensible à ton mérite et n'ait recours à tous les artifices pour t'enlever à mon amour et te retenir dans ses chaînes.

XXXIII. — « Hélas ! si tes pensées étaient aussi profondément gravées dans mon âme que l'est ton image, je suis bien sûre que je les trouverais à découvert telles que je les suppose cachées ; alors s'évanouirait cette jalousie dont je ressens à chaque instant les injurieuses atteintes ; et tandis que j'éprouve aujourd'hui tant de peine à m'en délivrer, je pourrais triompher d'elle, la bannir loin de moi, la réduire au néant !

XXXIV. — « Ma condition est celle de l'avare qui veille avec tant de soin sur son trésor qu'il enfouit avec lui son cœur, et ne peut s'en séparer un seul moment sans craindre qu'on ne le lui ravisse. Mais, ô mon Roger, puisque je ne puis ni te voir ni t'entendre, la crainte l'emporte en moi sur l'espérance, crainte chimérique et vaine sans doute, je le sens, et qui cependant malgré moi me possède tout entière.

XXXV. — « Mais aussitôt que reparaîtra la douce

lumière de tes traits charmants, de ces traits qui sont
aujourd'hui cachés contre toute attente à mes regards
(en quelle partie du monde, je n'en sais rien, hélas!),
toutes mes terreurs se dissiperont pour faire place au
plus doux espoir. O Roger, reviens, reviens vers moi,
et rends à mon cœur cette espérance que la crainte en
a presque entièrement bannie.

XXXVI. — « Le soleil en quittant l'horizon épaissit
les ombres et glace l'âme de terreur; mais aussi dès
qu'apparaissent ses rayons lumineux, les ombres se
dissipent et les cœurs timides se rassurent. Ainsi, en
l'absence de Roger, la crainte s'empare de mon âme, et
elle disparaîtra soudain aussitôt qu'il paraîtra devant
moi. Oui, reviens, Roger, reviens à moi avant que la
crainte ait achevé de détruire en moi toute espérance.

XXXVII. — « Ainsi que les ténèbres de la nuit font
briller la plus faible étincelle qui s'évanouit sous les
premiers rayons du soir, ainsi, quand mon soleil a disparu, la crainte reprend sur moi tout son empire. Mais
qu'il paraisse sur l'horizon et l'espérance succédera à
la crainte. Ah! reviens donc, ô ma chère lumière, reviens
pour chasser bien loin la terreur qui me consume.

XXXVIII. — « Quand le soleil en s'éloignant de nous
rend les journées plus courtes, toutes les beautés dont
la terre était parée demeurent cachées; les vents frémissent et y répandent les glaces et les neiges; les oiseaux
cessent de chanter; plus de fleurs, plus de feuillages;
ainsi quand tu me prives, ô mon beau soleil, de ta douce
lumière, mille terreurs que rien ne justifie font ressentir
à mon âme toutes les rigueurs de l'hiver.

XXXIX. — « Reviens donc à moi, ô soleil de ma vie
ramène dans mon cœur la douceur si désirée du printemps, qu'à ton aspect se fondent les glaces et les neiges,
que mon âme aujourd'hui si sombre et si souffrante
reprenne sa sérénité! » De même que Progné, la
plaintive Philomèle se lamente lorsque, retournant vers
ses petits pour leur donner la nourriture, elle ne les

retrouve plus dans leur nid ; de même que gémit la tour-
terelle ayant perdu sa fidèle compagne ;

XL. — Ainsi se désole Bradamante dans la pensée
qu'on lui a enlevé son cher Roger. Souvent elle pleure,
mais elle cache les larmes qui baignent son visage.
Combien sa douleur ne serait-elle pas plus amère, si
elle savait, ce qu'elle ignore, que cet amant si désiré
languit au milieu des privations les plus dures, au
fond d'un cachot et attendant la mort cruelle qu'on lui
prépare !

XLI. — Cette mort à laquelle avait condamné l'aimable
chevalier la barbare vieille qui s'apprêtait à faire subir
à son prisonnier les tortures les plus inusitées et les
plus horribles, la divine bonté en fit parvenir la nouvelle aux oreilles du généreux fils de l'empereur et lui
inspira le désir de venir à son secours, de ne pas souffrir qu'un tel héros périt si misérablement.

XLII. — Le généreux Léon qui aimait Roger, sans
savoir cependant qui il était, avait été vivement impressionné par une valeur qu'il proclamait sans pareille et
qu'il jugeait au-dessus de l'humanité. Il voulut le sauver
et, après avoir imaginé mille projets et mille strata-
gèmes, il en trouva un qui lui permit d'atteindre son but
sans que sa cruelle tante pût s'en offenser et lui en
vouloir.

XLIII. — Il alla trouver secrètement celui qui tenait
les clefs de la prison et lui dit qu'il désirait voir le chevalier avant que s'exécutât la terrible sentence contre
lui prononcée. Dès que la nuit fut arrivée, il se fit
accompagner d'un de ses gens dont il connaissait la
fidélité, la force et l'audace, et propre à toute espèce de
combat, et persuada au geôlier de lui ouvrir sans faire
connaître à personne qu'il était le fils de l'empereur.

XLIV. — Le geôlier, sans mener à sa suite aucun des
siens, conduit en secret le prince et son compagnon à
la tour où il tient sous sa garde celui qu'attend le dernier supplice. Ils y entrent et aussitôt, jetant un lacet

autour du cou du geôlier qui leur tourne le dos pour leur ouvrir le guichet, ils se débarrassent de lui en un instant.

XLV. — Ils ouvrent la trappe, et Léon se suspendant à une corde placée là pour descendre au fond du cachot, se laisse, une torche à la main, glisser jusqu'à l'endroit où Roger, loin de la clarté du jour, était étendu, les bras et les jambes chargés de chaînes, sur une grille élevée à peine d'un pied au-dessus de l'eau : l'horreur d'un pareil lieu aurait seule suffi pour lui faire perdre la vie en moins d'un mois.

XLVI. — « Chevalier, lui dit Léon, après l'avoir embrassé avec la plus tendre compassion, votre haute vaillance m'a pour jamais enchaîné à vous par les indissolubles liens d'une volontaire servitude ; c'est elle qui m'engage à prendre vos intérêts et à négliger mon propre salut pour le vôtre. Elle me fait préférer votre amitié à celle de mon père, à celle de tous les parents que je puis avoir au monde.

XLVII. — « Je suis Léon, c'est moi, le fils de Constantin, qui viens vous offrir mon appui, comme vous le voyez, au risque d'être chassé par mon père ou de lui être à jamais odieux, s'il vient à le savoir, car vous êtes l'homme qu'il déteste le plus sur la terre depuis que vous avez à Belgrade défait et massacré ses soldats. »

XLVIII. — Le prince ajouta à ces paroles tout ce qu'il put lui dire pour le rappeler de la mort à la vie et en même temps il le débarrassa de ses fers : « Merci mille fois, lui répondit Roger ; si je vous dois la vie, je vous jure que je la mettrai à votre disposition toutes les fois que vous le jugerez nécessaire et que vous me demanderez de la risquer pour vous servir. »

XLIX. — C'est ainsi que Roger fut tiré de sa prison où le geôlier mort demeura à sa place. Personne n'avait reconnu Léon, ni celui qui l'avait accompagné. Roger fut par lui conduit dans son palais où il lui conseilla de demeurer caché pendant cinq ou six jours, en promet-

tant de lui faire rendre les armes et le vaillant cheval
que lui avait enlevés Ungiard.

L. — Lorsque le jour parut, on trouva la prison ouverte, Roger enfui et le geôlier étranglé. On imputa le
fait tantôt à une personne, tantôt à une autre ; mille
suppositions se produisirent, nul ne connut la vérité.
Léon était le dernier auquel on aurait pu penser, car
chacun le croyait plus disposé à immoler Roger qu'à
faciliter son évasion.

LI. — Quant au guerrier, une conduite si magnanime
le pénètre à la fois de surprise et de confusion ; les sentiments qui l'ont amené de si loin en ces lieux ressemblent bien peu à ceux qu'il éprouve en ce moment. La
haine, la colère, la jalousie animaient les premiers ; il
n'y a de place dans les seconds que pour l'amitié et la
reconnaissance.

LII. — La nuit et le jour, il ne pense qu'aux nobles
procédés de Léon ; il n'a plus d'autre souci, il n'éprouve
plus d'autre besoin que de payer par un semblable service l'immense obligation qu'il a contractée envers lui.
Il ne croit pas s'acquitter suffisamment et autant qu'il
le mérite en mettant à son service sa vie entière, quelle
qu'en puisse être la durée, et en s'exposant à mille
morts certaines.

LIII. — Pendant ce temps, était parvenue dans le
pays la proclamation du roi de France, annonçant que
celui-là pourrait prétendre à la main de Bradamante qui
soutiendrait contre elle un combat à l'épée et à la lance.
La nécessité d'une pareille épreuve fut peu agréable à
Léon qui, en l'apprenant, ne put s'empêcher de pâlir :
la connaissance qu'il avait de sa propre force lui fit
juger qu'il ne pourrait lutter avec succès contre une
guerrière si renommée.

LIV. — Après y avoir réfléchi, il espère pouvoir
remplacer par l'adresse la force qui lui manque, en
faisant combattre avec ses armes et ses devises le héros
dont il ignore encore le nom, mais qui a montré une

puissance et une audace telles que nul paladin français ne lui paraît pouvoir résister. Il ne doute pas que si ce guerrier se charge de soutenir pour lui la lutte, Bradamante ne soit vaincue et contrainte à se rendre.

LV. — Pour atteindre son but, il a deux choses à faire ; d'abord décider le chevalier à risquer l'aventure et ensuite le faire entrer dans la lice à sa place sans que personne s'aperçoive de cette substitution. Il l'appelle auprès de lui, lui expose son plan, et emploie les paroles qu'il croit les plus persuasives pour le déterminer à prendre part à un combat sous le nom d'un autre et avec des devises empruntées.

LVI. — L'éloquence du prince grec était bien puissante, mais ce qui fit sur l'esprit de Roger beaucoup plus d'impression, ce fut l'obligation immense contractée envers lui et dont il croyait ne pouvoir suffisamment s'acquitter. Bien qu'un pareil combat lui parût affreux et même impossible, il répondit d'un visage joyeux qui contrastait avec la tristesse de son cœur, qu'il était prêt à tout faire pour lui rendre service.

LVII. — Son âme en effet était cruellement atteinte au moment où il prit cet engagement ; nuit et jour elle est en proie à une douleur déchirante ; il souffre horriblement, il regarde sa mort comme certaine ; et néanmoins il ne peut se repentir de la parole qu'il a donnée à Léon. Plutôt que d'y manquer, il est prêt à souffrir mille morts.

LVIII. — Il mourra certainement, car renoncer à celle qu'il aime, c'est renoncer à la vie. La douleur et l'angoisse le tueront, et, si elles n'ont pas cette puissance, il saura bien briser de ses propres mains les liens qui retiennent son âme et lui rendre la liberté. Tout lui paraîtra plus facile que de voir un autre posséder la femme qu'il aime.

LIX. — Mais s'il est disposé à mourir, il ne sait encore comment il quittera la vie. Quelquefois il se promet de ne pas faire usage de sa force et de présenter à Bradamante son sein désarmé : il n'est point de mort qui lui semblât plus douce que celle qu'il recevrait de cette main chérie. Mais il réfléchit ensuite que si par ce moyen il empêche Léon de l'obtenir pour épouse, il n'aura pas acquitté envers lui la dette de la reconnaissance.

LX. — Ce qu'il a promis, ce n'est pas de feindre contre Bradamante mais bien d'engager sérieusement un combat en champ clos, ce n'est pas de ne faire qu'un faux semblant de lutte dont Léon n'ait à tirer aucun avantage. Donc, il lui faut avec fermeté tenir ce qu'il a promis. Les pensées les plus diverses se succèdent dans son âme; il les chasse toutes, et ne demeure fidèle qu'à celle de ne pas manquer à sa foi.

LXI. — Déjà Léon, avec la permission de Constantin son père, avait fait préparer des armes, des chevaux, et rassemblé pour l'accompagner une nombreuse suite; déjà il s'était mis en route, emmenant avec lui Roger auquel il avait fait rendre son excellente armure et son cheval Frontin. Ils cheminèrent donc un jour, et un autre, et un autre, et arrivèrent ainsi en France, puis à Paris.

LXII. — Léon ne voulut pas entrer dans cette cité ; il fit tendre ses pavillons dans la campagne, et le jour même envoya prévenir par ses ambassadeurs le roi de France de son arrivée. Ce prince en fut charmé et par ses visites réitérées lui prouva sa politesse et sa courtoisie. Léon lui fit connaître le but de son voyage et le pria de faire décider promptement la question qui l'intéressait.

LXIII. — Son désir était de se trouver bientôt en face de cette jeune fille qui ne voulait pas pour mari un homme dont les forces fussent inférieures aux siennes. S'il était venu en France, c'était pour devenir son époux ou recevoir la mort de sa main. Charles se rendant à ses désirs, ordonna que dès le jour suivant Bradamante se rendît hors de la ville dans le lieu qui fut préparé pendant la nuit au pied des hautes murailles.

LXIV. — La nuit qui précéda le jour du combat fut pour Roger semblable à celle que doit passer le malheureux condamné à subir le lendemain le dernier supplice. Il avait voulu, pour ne pas être reconnu, combattre armé de toutes pièces, sans autre arme offensive que l'épée, sans se servir d'un cheval ou d'une lance.

LXV. — S'il supprima la lance, ce n'était point parce qu'il redoutait les atteintes de cette lance d'or qui, après avoir appartenu successivement à Argail, à Astolphe, puis enfin à Bradamante, faisait vider les arçons à tous ceux qu'elle frappait. Personne ne savait en effet qu'elle eût cette puissance. Tous ignoraient qu'elle était le produit de la magie, à l'exception du roi seul qui l'avait fait faire lui-même et l'avait donnée à son fils.

LXVI. — Astolphe et Bradamante, en l'employant, attribuaient sa puissance victorieuse dans les joûtes, non pas aux enchantements, mais à leur propre vaillance, persuadés qu'ils produiraient les mêmes effets avec la première lance qu'ils auraient eue entre les mains. Le seul motif qui engagea Roger à éviter le combat de la lance, fut qu'il ne voulait pas y produire son cheval Frontin.

LXVII. — Bradamante en le voyant l'aurait en effet facilement reconnu, puisqu'elle l'avait eu longtemps en sa possession à Montauban et qu'elle l'avait monté plus d'une fois. Roger donc, évitant avec le plus grand soin tout ce qui pourrait le faire reconnaître d'elle, ne voulut avec lui ni Frontin ni rien de ce qui pourrait contribuer à faire découvrir qui il était.

LXVIII. — Il prit aussi une autre épée que la sienne: il savait que contre Balizarde il n'était ni haubert ni cuirasse qui ne fussent aussi mous que de la pâte et qu'aucune trempe ne pouvait résister à ses atteintes; et même eut-il soin d'aplatir avec le marteau le tranchant de cette épée pour lui enlever une partie de sa force. C'est avec de telles armes qu'aux premiers rayons dont s'éclaira l'horizon il entra dans le camp.

LXIX. — Afin de ressembler plus complétement à Léon, il s'était revêtu de la cotte d'armes que portait ce prince. Une aigle d'or à deux têtes se déployait sur son écu vermeil. Les deux guerriers étant de même taille et de même grosseur, le déguisement fut facile. Tandis que l'un se préparait au combat, l'autre prit soin de se cacher à tous les yeux.

LXX. — Bradamante était animée de sentiments bien différents. Tandis que Roger s'évertuait à émousser avec le marteau la pointe et le tranchant de son épée, son adversaire s'efforçait de rendre la sienne tellement aiguë qu'elle pourrait transpercer le fer et atteindre la chair vive, de telle sorte que chaque coup porté de pointe ou de taille pût la traverser et pénétrer jusqu'au cœur.

LXXI. — Semblable au cheval de guerre qui sur l'arène attend plein d'ardeur le signal de la course, dans son impatience il piétine, ses narines se gonflent et ses oreilles se dressent ; telle la vaillante guerrière, ne se doutant guère que c'est Roger qu'elle va combattre, attend le signal de la trompette, ne peut tenir en place, et l'on dirait qu'un feu brûlant circule dans ses veines.

LXXII. — Ainsi qu'après un coup de tonnerre, soudain par un vent impétueux qui soulève les vagues de la mer et fait jaillir jusqu'au ciel ses flots écumeux, l'air s'obscurcit, les bêtes sauvages courent pleines d'effroi, le berger fuit avec son troupeau tandis que l'air se dissout en grêle et en pluie ; telle la jeune guerrière, entendant le signal, saisit son épée et court précipitamment sur Roger.

LXXIII. — Mais pas plus qu'un chêne antique ou le mur épais d'une tour fortement assise sur sa base ne cèdent aux attaques de Borée, pas plus qu'un dur rocher n'est ébranlé par les flots de la mer qui, jour et nuit, ne cessent de l'assaillir, Roger, couvert des armes invincibles données jadis par Vulcain au Troyen Hector, ne s'ébranle sous les coups que dans sa haine furieuse lui porte Bradamante aux flancs, à la poitrine ou à la tête.

LXXIV. — Elle l'attaque tantôt de la pointe, tantôt du tranchant de son épée. Elle n'a d'autre pensée que de la faire pénétrer entre le fer et le fer, et d'assouvir ainsi son courroux et sa rage ; elle essaye d'atteindre tantôt un des flancs, tantôt l'autre ; elle tourne à droite, elle tourne à gauche, outrée et frémissante, elle se désespère en voyant qu'aucune de ses attaques ne réussit.

LXXV. — Tel que celui qui, assiégeant une ville entourée d'épaises murailles et fortement retranchée, lui donne de nombreux assauts ; tantôt il en fait battre les portes et les hautes tours, tantôt il cherche à en combler les fossés ; mais en vain il expose ses soldats à la mort, tout est inutile ; il ne peut parvenir à pénétrer dans la ville ; telle Bradamante s'agite et se démène en tous sens : elle ne peut entamer ni plastron ni maille.

LXXVI. — Elle fait jaillir de l'écu, du casque, de la cuirasse mille étincelles en frappant les bras, la tête et la poitrine ; elle porte à Roger des milliers de coups de pointe et de revers, pleuvant sur lui rapides comme la grêle qui tombe en retentissant sur les toits des maisons. Toujours sur ses gardes, Roger se défend avec adresse sans lui faire aucune blessure.

LXXVII. — Il sait à propos s'arrêter, se tourner, se retirer en arrière et donner souvent à sa main le même mouvement qu'à ses pieds. Il tend son écu, fait tournoyer son épée, lorsque la main de son ennemie s'avance pour le frapper. Il évite lui-même de l'atteindre, ou, s'il le fait, c'est en choisissant les parties de son corps sur lesquelles ses coups peuvent porter sans danger.

Bradamante voudrait bien que ce combat se terminât avant la fin du jour.

LXXVIII. — Elle se souvient du ban qui a indiqué les conditions de la joute : elle comprend le danger qui la menace : si dans l'espace d'un jour elle n'a pu se rendre maîtresse de son ennemi ou lui ôter la vie, elle-même sera sa captive. Déjà le soleil, arrivé près des colonnes d'Hercule, allait plonger sa tête dans les flots de la mer : la guerrière commence à douter de ses forces et à perdre l'espérance.

LXXIX. — Mais plus son espoir diminue, plus sa colère devient forte et plus elle multiplie ses coups, impatiente de rompre enfin ces armes que pendant tout un jour elle n'a pu entamer. Elle s'agite comme celui qui, s'étant mis trop lentement à son travail et voyant la nuit s'approcher, se consume en vains efforts pour achever sa tâche et voit la force et le jour lui manquer en même temps.

LXXX. — O malheureuse jeune fille! si tu savais quel est celui à qui tu veux donner la mort, si tu savais que c'est précisément ce Roger à l'existence duquel la tienne est si fortement attachée, je suis bien certain que tu désirerais voir trancher le fil de tes jours plutôt que les siens, car tu l'aimes, je le sais, bien plus que toi-même. Ah! quand tu pourras le reconnaître, combien seras-tu désespérée des coups que tu lui as portés!

LXXXI. — Charlemagne et beaucoup d'autres comme lui, croyant que c'était bien Léon et non Roger qui combattait contre Bradamante, changèrent promptement d'opinion lorsqu'ils virent avec quelle force et quelle légèreté il soutenait la lutte, s'appliquant à se défendre sans blesser son adversaire : « Ils se conviennent parfaitement l'un et l'autre, se disaient-ils, oui, elle est digne de lui comme il est digne d'elle! »

LXXXII. — Phébus a éteint sa lumière au sein des eaux; Charles déclare que la bataille est terminée, que Bradamante doit prendre Léon pour époux, et qu'aucune objection ne peut être faite par elle à ce mariage. Roger sans s'arrêter, sans ôter son casque, ou se débarrasser de son armure, quitte la lice, monte sur un petit cheval et se rend en toute hâte aux pavillons où Léon l'attend.

LXXXIII. — Celui-ci lui jette les bras autour du cou avec toute la tendresse d'un frère, lui détache lui-même son casque et plein de reconnaissance l'embrasse avec effusion. « Désormais, lui dit-il, tu peux me demander tout ce que tu voudras, il n'est rien que je puisse te refuser ; tu peux considérer ma personne et mes sujets comme l'étant entièrement dévoués.

LXXXIV. — « Je ne connais point de récompense qui soit à la hauteur du service que tu m'as rendu, lors même que j'enlèverais la couronne de mon front pour en orner le tien. » Roger en proie à un trouble indicible, tout entier à la douleur qui l'accable et lui fait abhorrer la vie, ne peut répondre que peu de mots au prince ; il lui remet les devises qu'il lui avait prêtées et reprend sa licorne.

LXXXV. — Bientôt, alléguant son extrême fatigue, il se hâte de le quitter pour se retirer dans son pavillon. Au milieu de la nuit, il se revêt de ses armes, selle son coursier et, sans prendre congé, sans être aperçu de qui que ce soit, il se met en route, cheminant au gré du bon cheval Frontin.

LXXXVI. — Suivant tantôt la droite voie, tantôt les chemins détournés, Frontin entraîne son maître, soit par les forêts, soit par les plaines. Roger s'abandonne au désespoir ; il appelle la mort, son unique consolation, l'unique remède à ses maux et à sa douleur obstinée, la mort qui peut seule mettre un terme à son insupportable martyre.

LXXXVII. — « Hélas, s'écriait-il, à qui puis-je m'en prendre et qui dois-je accuser d'avoir tout à coup détruit mon bonheur ? Hélas ! si je ne puis supporter une pareille injure sans en tirer vengeance, sur qui doivent tomber mes coups ? Je ne vois personne qui m'ait offensé et plongé dans le malheur. C'est sur moi seul que je puis me venger, puisque je suis seul l'auteur de mes maux.

LXXXVIII. — « Si du moins je n'avais fait tort qu'à moi-même, peut-être pourrais-je me le pardonner, quoique avec bien de la peine, ou plutôt je sens que cela me serait impossible ; mais puisque Bradamante n'est pas moins offensée que moi, convient-il, lors même que je me pardonnerais, de la laisser sans vengeance ?

LXXXIX. — « Oui, je la vengerai ; je la vengerai en me donnant la mort, et je ne crains pas de mourir, puisque c'est le seul moyen de me défendre contre ma douleur. Mais c'était avant de l'avoir offensée que j'aurais dû mourir ! Combien ne m'eût-il pas été plus doux de mourir lorsque j'étais au pouvoir de la cruelle Théodora !

XC. — « Avant de me tuer sans doute elle eût apaisé sa rage en me faisant souffrir les plus cruelles tortures, mais j'aurais pu espérer alors d'exciter la pitié de Bradamante. Mais quand elle saura qu'elle m'a été moins chère que Léon, puisque j'ai volontairement renoncé à la posséder pour la céder à mon rival, que je meure ou que je vive, je serai pour elle un objet de haine ! »

XCI. — Tandis qu'il faisait entendre ces plaintes et beaucoup d'autres, qu'accompagnaient des soupirs et des sanglots, il se trouva, au lever du soleil, égaré dans des bois obscurs, dans des lieux incultes et sauvages. Dans son désespoir et son désir de mourir, et surtout de cacher autant qu'il le pourrait sa mort, il pensa que cet endroit écarté et désert était plus que tout autre favorable à l'exécution de son dessein.

XCII. — Il entre dans le plus épais du bois où les branches serrées et touffues répandent le plus d'obscurité. Mais avant de s'y enfoncer tout à fait, il enlève à Frontin sa bride et le laisse en liberté. « Pauvre Frontin, lui dit-il, s'il m'eût été possible de te récompenser comme tu le mérites, tu n'aurais eu rien à envier au

coursier qui, enlevé dans les cieux, a pris place parmi
les astres.

XCIII. — « Cillare, je le sais, ni Arion, ni aucun des
coursiers dont il est fait mention chez les Grecs et chez
les Latins, ne fut meilleur que toi et ne mérita plus
d'éloges. Si l'un d'eux put jamais t'être comparé, il n'en
est aucun qui puisse se vanter d'avoir été apprécié et
honoré autant que toi.

XCIV. — « Tu as été cher à la plus belle, à la plus
vaillante jeune fille qui soit ou qui ait jamais été au
monde : elle-même te nourrissait, sa main posait sur
toi le mors et la selle ; tu as été cher à ma belle maîtresse. Hélas ! puis-je encore lui donner ce nom puisqu'elle n'est plus à moi ! Oui, je l'ai donnée à un autre ;
pourquoi donc tarderais-je à tourner cette épée contre
mon sein ? »

XCV. — Si dans ce lieu solitaire Roger se désole et
se tourmente, s'il excite la pitié des oiseaux et des bêtes
sauvages (car eux seuls entendent ses cris et voient
les pleurs qui inondent sa poitrine), quels pouvaient être
à Paris les sentiments de Bradamante, n'ayant plus désormais de prétextes pour refuser ou même pour retarder
son hymen avec Léon ?

XCVI. — Elle tentera tout plutôt que d'épouser un
autre que son cher Roger, elle manquera à sa parole,
elle encourra la haine de Charlemagne, de la cour, de
ses parents, de tous ses amis ; si elle ne peut se dégager,
elle emploiera pour se donner la mort le fer ou le poison :
elle aime mieux cesser de vivre que de vivre sans
Roger.

XCVII. — « Cher Roger, disait-elle, ou t'es-tu retiré ?
Es-tu si loin d'ici que tu aies ignoré cette proclamation
connue du monde entier, excepté de toi ? Si elle était parvenue jusqu'à toi, nul autre, j'en suis certaine, ne se
serait présenté avant toi. Malheureuse que je suis ! A
quoi puis-je penser, sinon à ce qu'il peut y avoir de plus
épouvantable ?

XCVIII. — « Comment a-t-il pu se faire, Roger, que toi seul aies ignoré ce qui est connu de tout le monde? Si tu l'as su, il faut que tu sois mort ou prisonnier, puisque tu n'es pas accouru vers moi. Ne serait-il pas possible que ce fils de Constantin t'eût tendu quelque piége infâme? Oui, ce traître t'aura fermé la voie pour t'empêcher d'arriver avant lui.

XCIX. — « En obtenant de Charlemagne que je n'appartiendrais qu'au chevalier qui m'aurait vaincue, je pensais que tu serais le seul auquel je ne pourrais résister les armes à la main. Excepté toi, je ne redoutais personne : Dieu m'a punie bien cruellement de ma présomption en permettant qu'un homme, qu'aucune action d'éclat n'a rendu fameux, ait triomphe de moi!

C. — « Si parce que je n'ai pu le tuer, ni m'emparer de sa personne, on me déclare vaincue par lui, cela me paraît injuste et jamais je n'obéirai sur ce point à la décision de l'empereur. On m'accusera d'inconstance, je le sais, si je reviens sur les conditions que j'avais posées moi-même; mais je ne suis pas la première et ne serai pas sans doute la dernière femme qui ait changé d'avis et se soit rendue coupable d'inconstance.   •

CI. — « Qu'il me suffise de demeurer fidèle à celui que j'aime, de me trouver plus inébranlable qu'un rocher, et d'être en cela supérieure à toutes les femmes qui existèrent dans les temps antiques ou de nos jours. Peu m'importe d'être taxée d'inconstance dans tout le reste, si cette inconstance m'est utile? Je consens à ce qu'on me considère comme plus volage que la feuille, pourvu que je ne sois pas l'épouse de cet homme. »

CII. — Pendant toute la nuit qui suivit cette triste journée, Bradamante ne cessa de faire entendre ces paroles et bien d'autres, en les entrecoupant de soupirs et de gémissements. Mais après que la déesse de la nuit se fut retirée avec ses ombres dans ses grottes Cimmériennes, le ciel, dont les décrets éternels avaient décidé qu'elle serait l'épouse de Roger, vint à son secours.

CIII. — Inspirée par Dieu, Marphise, la noble guerrière, se présente dès le matin devant l'empereur. « On fait à mon frère, lui dit-elle fièrement, le plus sanglant des outrages, et je ne souffrirai pas qu'on lui enlève son épouse sans lui en dire un seul mot. Je prétends prouver à tous que Bradamante est réellement la femme de Roger. »

CIV. — Marphise ajouta qu'elle se faisait fort de prouver à Bradamante elle-même, si elle était assez hardie pour le nier, qu'elle avait, en sa présence, dit à Roger les paroles qui sont un engagement de mariage; qu'avec les cérémonies d'usage ils s'étaient liés indissolublement l'un à l'autre ; qu'il ne leur était plus permis de disposer de leurs personnes et de se séparer pour contracter d'autres nœuds.

CV. — Cette assertion, vraie ou fausse, Marphise la soutenait plutôt, comme je pense, dans l'intention de s'opposer à droit ou à raison aux projets de Léon, que dans celle de dire la vérité. Elle agissait ainsi de concert avec Bradamante, qui, pour écarter Léon et s'assurer Roger pour époux, considérait ce moyen comme le plus prompt et le plus honnête.

CVI. — Renaud et le comte d'Angers apprirent cette démarche avec plaisir, dans la pensée qu'elle serait un obstacle à l'union que Léon croyait déjà conclue, et que Roger atteindrait, malgré l'opposition d'Aymon, la main de Bradamante. Ils espéraient ainsi pouvoir la lui donner sans contestation et sans recourir à la violence pour l'arracher à son père.

CVII. — Si les deux amants ont engagé mutuellement leur foi, l'hymen est certain, rien ne pourra l'empêcher ; ils tiendront la parole qu'ils ont donnée à Roger sans nouvelles luttes et de la façon la plus honnête. Mais Aymon déclara qu'il n'était pas dupe de cette fourberie : « C'est un complot ourdi contre moi, leur dit-il, mais je déjouerai vos calculs : et quand bien même le fait entre vous concerté serait véritable, je ne me tiendrais pas pour battu !

CVIII. — « Supposons, ce que je conteste et ce que je ne puis croire, que cette fille ait eu l'imprudence d'engager sa foi à Roger, comme vous le prétendez, et qu'il lui ait lui-même engagé la sienne, quand et où cela s'est-il fait ? Qu'on me le fasse connaître d'une manière plus précise, plus nette et plus claire. La chose n'a pu, j'en suis certain, se passer que dans un temps où Roger n'avait pas reçu le baptême.

CIX. — « Mais s'il est vrai qu'elle ait eu lieu avant que Roger fût chrétien, je ne m'en embarrasse nullement. L'engagement pris par une chrétienne envers un païen est sans valeur. Elle ne peut annuler les droits qu'assure à Léon la bataille dont il a couru les risques, et j'hésite à croire qu'elle suffise pour déterminer notre empereur à manquer à sa parole.

CX. — « Ce que vous me dites aujourd'hui, vous auriez dû me le dire quand il n'y avait encore rien de fait, avant que Charles, à la prière de Bradamante, eût publié ce ban qui a fait venir ici Léon pour entreprendre le combat. » C'est ainsi que le duc Aymon, pour séparer les deux amants, repoussait les raisons alléguées par Renaud et Roland. Témoin de ces débats, Charlemagne écoutait les deux parties sans se déterminer pour l'une ou pour l'autre.

CXI. — De même que l'on entend sur les hautes forêts le murmure des feuillages au souffle de Borée ou d'Auster, ou le mugissement des vagues sur le rivage lorsque Éole s'emporte contre le dieu des mers, ainsi par toute la France se répand, court et vole une rumeur qui bientôt agite tous les esprits et fournit la matière et l'unique sujet de tous les entretiens, en quelque lieu que ce soit.

CXII. — Les uns prennent le parti de Roger, les autres celui de Léon ; mais le plus grand nombre est favorable au premier. On compte dix personnes pour Roger, contre une pour le duc Aymon. L'empereur ne se prononce ni pour l'un ni pour l'autre; il veut que la question soit l'objet d'un examen raisonné et il la défère à son parlement. Voyant que l'hymen de Bradamante est encore différé, Marphise se présente encore et ouvre un nouvel avis.

CXIII. — « Il est certain, dit-elle, que tant que Roger vivra, Bradamante ne peut appartenir à aucun autre; que Léon, pour la posséder, emploie son courage et sa force à ôter la vie à son rival; celui des deux qui mettra l'autre au tombeau n'aura plus personne pour l'empêcher de posséder sa conquête. » Charlemagne, qui avait déjà prévenu Léon de tout ce qui se passait, lui fit part de la proposition de Marphise.

CXIV. —Avec le chevalier à la licorne, Léon se croyait sûr de triompher de Roger et, comptant sur un tel appui, ne trouvait aucune entreprise redoutable. Il ignorait d'ailleurs que, dans sa douleur, Roger s'était retiré dans un bois obscur et solitaire; il s'imagina seulement qu'il était allé faire une promenade à quelques milles de là et qu'il ne tarderait pas à revenir; il accepte donc cette dangereuse proposition.

CXV. — Mais il s'en repentit bientôt : le chevalier, sur lequel il avait plus compté qu'il n'aurait dû le faire, ne parut ni ce jour ni les deux jours suivants, et l'on n'eut de lui aucune nouvelle. Un combat sans Roger paraissait à Léon offrir peu de chances de succès. Pour ne pas s'exposer à sa perte ou à quelque affront, il envoya partout à la recherche du chevalier à la licorne.

CXVI. — Par ses ordres on visita les cités, les villes, les châteaux éloignés ou voisins, dans l'espoir de le trouver. Non content d'envoyer les autres à sa recherche, Léon monta à cheval pour y aller lui-même. Mais toutes ses investigations, ainsi que celles des envoyés de la cour, eussent été vaines sans Mélisse, qui imagina pour retrouver Roger un moyen que je vous exposerai dans le chant qui suit.

CHANT QUARANTE-SIXIÈME

ARGUMENT

Arrivé au terme de son long voyage, l'auteur cite les nombreux
amis qui saluèrent son retour. — Il poursuit son récit que
Roger est sur le point de mourir, lorsque Mélisse en avertit
Léon qui va le chercher et le présente à Charlemagne. —
Il est reconnu comme vainqueur du tournoi. — Les parents
de Bradamante consentent à son hymen avec Roger à qui les
Bulgares viennent offrir la couronne. — De grandes fêtes
ont lieu pour célébrer ce mariage. — Sur son riche pavillon
ayant jadis appartenu à Hector sont représentés les principaux personnages qui descendront de Roger. — Rodomont
vient défier Roger qui, après une lutte acharnée, lui donne
la mort.

I. — Maintenant, si la carte du voyage que je viens
de faire est exacte, je puis me croire bien près du port.
Bientôt, je l'espère, je pourrai sur la rive m'acquitter
des vœux que j'ai faits à la Divinité qui ne m'a point
abandonné dans le cours de ma longue navigation.
Souvent sur cette mer couverte d'écueils j'ai dû craindre
de m'égarer ou de voir se briser mon faible esquif,
mais enfin je crois voir ou plutôt je vois certainement,
je vois la terre, je vois le rivage à découvert.

II. — J'entends retentir un chant d'allégresse, l'air
en résonne, les flots en retentissent ; j'entends le bruit
des cloches et le son des trompettes, se mêlant aux
acclamations d'un peuple nombreux. Je commence à
distinguer ceux qui couvrent les deux côtés du port ; il
me semble qu'ils se réjouissent de me revoir après une
si longue absence.

III. — Oh! de combien de dames aussi vertueuses que belles, de combien de nobles chevaliers le rivage se couronne! oh! que d'amis, à qui je dois une éternelle reconnaissance pour la joie qu'ils témoignent de mon retour! Mamma, Ginevra et des dames de Caregio sont à l'extrémité de la pointe du Mole; avec elles est Véronique de Gambera, si chère à Phébus et à la troupe sacrée d'Aonie.

IV. — Je vois une autre Ginevra, sortie du même sang que la première: à ses côtés est Julie; je vois Hippolyte Sforza et la jeune Trivulce, nourrie dans le sacré vallon. Je vous vois aussi, Emilia Pia, et vous, Marguerite, ayant près de vous Angela Borgia et Gratiosa. Voici Richardine d'Este et les beautés qui l'accompagnent, Blanche, Diane et leurs sœurs.

V. — J'aperçois Barbara Turca, plus honnête et plus sage encore que belle, et près d'elle Laure, couple charmant et d'une beauté si parfaite que le soleil, depuis l'Inde jusqu'au rivage du Maure, ne trouverait rien de pareil. Voici Ginevra, qui par ses vertus jette sur la maison de Malatesta plus d'éclat que les palais des empereurs et des rois n'en pourraient recevoir des ornements les plus splendides.

VI. — Si Ginevra eût vécu à Rimini dans le temps où, fier d'avoir conquis la Gaule, César délibérait s'il passerait le Rubicon pour aller attaquer Rome, je crois que, repliant ses bannières et abandonnant les riches trophées dont il était chargé, il aurait subi ses lois et obéi à ses volontés; et peut-être aurait-il renoncé à asservir sa patrie.

VII. — J'aperçois aussi l'épouse, la mère, les sœurs et les cousines du seigneur de Bozzolo et les dames des maisons de Torello, de Bentivoglio, de Visconti, de Pallavicini. Mais voici celle qui par sa grâce et sa beauté surpasse toutes les femmes de notre temps et toutes celles dont la renommée est venue jusqu'à nous, de la

Grèce, de l'Italie, des pays barbares et des autres contrées.

VIII. — C'est Julie de Gonzague. Partout où elle se
présente, partout où elle porte ses regards embellis
par une noble sérénité, non-seulement les autres femmes
lui cèdent la palme de la beauté, mais encore elles
l'admirent comme une divinité descendue du ciel. Près
d'elle est sa belle-sœur qui, au milieu des rigueurs de
la fortune longtemps ennemie, lui demeura toujours
fidèle. Voici encore Anne d'Aragon, cette lumière de la
maison del Vasto.

IX. — Anne la belle, la gentille, la courtoise, la vertueuse, dont le cœur est un sanctuaire de chasteté, de
foi et d'amour. Sa sœur l'accompagne, sa sœur dont la
beauté merveilleuse éclipse de ses brillants rayons
celle de toutes les autres femmes. Voici celle qui par un
prodige sans exemple a rappelé son invincible époux
des sombres rives du Styx, malgré la Parque, et l'a
ramené triomphant de la mort jusqu'aux cieux.

X. — Mes compatriotes de Ferrare, les nobles femmes
de la cour d'Urbino et de celle de Mantoue, toutes les
beautés que possèdent la Lombardie et la Toscane,
s'offrent à mes regards. Si je ne me trompe, et si mes
yeux ne sont point éblouis par l'éclat de tant de charmes,
le chevalier qui les accompagne et auquel elles témoignent une si haute considération, c'est l'astre lumineux d'Arezzo, Unico Accoli.

XI. — J'aperçois aussi son neveu Benedetto qui,
couvert du chapeau et du manteau de pourpre, marche en
compagnie des cardinaux de Mantoue et de Campeggio,
la gloire et l'ornement du sacré collége. Je ne crois pas
me tromper en assurant que par ses gestes et son
visage chacun d'eux paraît si joyeux de mon retour,
qu'il me sera difficile de leur payer la dette de la reconnaissance.

XII. — Non loin d'eux, je crois voir Lactance, Claude
Tolomei, et Paul Pansa, et Dressino, et Latino Juvénal.

-et mes amis Capilupi, Le Sasso, le Molza, Florian Mon-
tino, et ce Jules Camillo qui, nous guidant vers les
rives de l'Ascra, a pu nous en rendre les abords plus
faciles. Il me semble distinguer encore Marc-Antoine
Flaminio, Sanga et le Berna.

XIII. — Voici mon protecteur, Alexandre Farnèse.
Quelle docte compagnie l'entoure! Fedro Capello,
Porzio, Philippe de Bologne, Volterrano, Maddalena,
Blosio, Pierio, Vida de Crémone, cette inépuisable
source d'éloquence, et Lascari, et Massuro, et Navagero
et André Marone, et le moine Severo.

XIV. — Avec eux sont encore deux autres Alexan-
-dre, le premier de la maison d'Orologi; le second,
-de celle de Guarino. Voici Mario d'Olvito, voici le divin
Pierre Aretin, le fléau des Princes. Je vois encore
Jérôme de Veritade et Jérôme le Cittadino, Mainardo,
Leoniceno, Panizzato, Celio, Teocreno.

XV. — Ici Bernardo Cappello, là Pierre Bembo qui,
délivrant notre doux et gracieux idiome des entraves
-d'une grossière routine, a mis en lumière toutes les
beautés qui lui sont propres. Après lui vient Obizzi,
admirateur et imitateur de son facile génie. Je vois
aussi Fracastor, Bevazzano, Trifon Gabriele et plus
loin Bernardo Tasso.

XVI. — Là-bas, les yeux de Nicolo Tiepoli et de Nicolas Amanio se dirigent de mon côté; ils me témoignent,
ainsi qu'Antoine Fulgose, la joie qu'ils éprouvent en
me voyant près du rivage. Que fait de ce côté, loin de la
compagnie des dames, mon ami Valerio? Il demande
sans doute à Barignan, qui est près de lui, comment il
se fait qu'après avoir été si maltraité par un sexe en-
-chanteur, il ne peut cesser d'en être épris.

XVII. — Voici maintenant deux esprits sublimes,
deux génies surhumains, Pic de la Mirandole et Pio,
qu'unissent à la fois le sang et l'amitié. Celui que je
vois avec eux et que les hommes les plus éminents de
l'Italie honorent, je ne l'ai jamais connu : mais tout ce

que l'on m'a dit de lui m'inspire le plus grand désir de
le voir : c'est Jacques Sannazar, qui force les muses
à déserter les montagnes pour habiter les rivages de
la mer.

XVIII. — Le savant, le laborieux, le fidèle secrétaire
Pistofilo témoigne en même temps que les Acciajuoli
et mon ami Angiaro la satisfaction de n'avoir plus à
craindre pour moi les dangers de la mer. Annibal
Malaguzzo, mon parent, est avec l'Adoardo qui me fait
espérer que la gloire de ma patrie va retentir depuis
le détroit de Calpé jusque dans l'Inde.

XIX. — Victor Fausto et Tancrède et cent autres se
réjouissent de me revoir; hommes et femmes, tous sa-
luent avec plaisir mon arrivée. Je puis donc me hâter
d'achever le peu de chemin que j'ai à faire encore, et de
profiter du vent favorable pour retourner à Mélisse et
vous raconter comment elle parvint à sauver la vie au
vaillant Roger.

XX. — Je vous ai dit bien souvent que le vœu le
plus cher de Mélisse était de voir Bradamante et Roger
unis à jamais dans les doux liens du mariage. Tout ce
qu'il pouvait leur arriver d'heureux ou de malheureux
était sans cesse présent à sa pensée et elle voulait avoir
continuellement de leurs nouvelles. Elle avait toujours
pour cela une foule d'esprits à son service: dès que l'un
d'eux la quittait un autre prenait sa place.

XXI. — Elle vit que Roger dominé par une douleur
que rien ne pouvait calmer, s'était retiré au fond d'un
bois obscur, déterminé à ne prendre aucune nourriture
et à se laisser mourir de faim. Aussitôt, pour voler à
son secours, elle quitta sa demeure et prit un chemin
qui la conduisit à la rencontre de Léon.

XXII. — Celui-ci avait fait chercher dans tous les
lieux voisins le chevalier à la Licorne, et lui-même avait
couru de côté et d'autre dans l'espoir de le retrouver.
L'habile magicienne, soumettant au frein l'un des esprits
qui lui était soumis, lui avait donné la forme d'une ha-

quenée. Elle se mit en selle et se dirigea vers le fils de Constantin.

XXIII. — « Seigneur, lui dit-elle, lorsqu'elle l'eut rencontré, si la noblesse de votre âme répond à la distinction de votre visage, si votre courtoisie et votre bonté sont telles que l'annonce votre extérieur, venez donner quelque consolation et quelque assistance au plus digne chevalier de ce siècle : que l'une ou l'autre lui fassent défaut, et en peu de temps il aura cessé de vivre.

XXIV. — « Oui, le plus digne chevalier qui ait jamais ceint une épée et couvert son bras d'un écu, le plus beau, le plus noble de tous ceux qui ont pu jadis ou qui peuvent encore de nos jours briller dans le monde, victime d'un excès de générosité, est sur le point de mourir, s'il n'est promptement secouru. Seigneur, au nom de Dieu, venez et essayez s'il est encore quelque moyen de sauver ses jours ! »

XXV. — Léon, en entendant ces mots, a tout à coup la pensée que le chevalier dont il s'agit n'est autre que celui qu'il fait chercher dans tout le pays et qu'il cherche partout lui-même. Sans balancer, il pique des deux et s'élance à la suite de celle qui l'a pressé d'entreprendre une œuvre si charitable. Mélisse l'entraîne, sans qu'il ait une longue route à parcourir, au lieu où Roger touchait à sa dernière heure.

XXVI. — Ils le trouvèrent exténué par la fatigue et la faim. Après avoir été trois jours sans prendre de nourriture, il était si faible qu'il n'aurait pu se relever sur ses pieds et que s'il y était parvenu, il serait retombé sur le sol, même sans qu'on eût eu besoin de le pousser. Il était étendu sur la terre tout armé, le casque en tête et l'épée au côté ; l'écu sur lequel était peinte la blanche Licorne lui servait d'oreiller.

XXVII. — Là il songe uniquement à l'outrage dont il s'est rendu coupable envers sa dame, à son ingratitude, à son manque de reconnaissance. Ce n'est pas la douleur seulement, c'est la rage qui s'empare de lui : dans son désespoir, il mord ses mains, il mord ses lèvres, des larmes amères inondent ses joues. Livré tout entier à ces transports frénétiques, il ne s'aperçoit pas de l'approche de Mélisse et de Léon.

XXVIII. — Il n'en continue pas moins à soupirer, à gémir, à verser des larmes. Léon s'arrête, écoute pendant quelques instants ses plaintes, puis descend de cheval et s'approche de lui. Il comprend que c'est l'amour qui cause sa douleur et son martyre, mais il ignore quelle est la femme qui en est l'objet, car Roger n'a prononcé encore aucun nom.

XXIX. — Le prince fait encore quelques pas en avant et se trouve enfin tout près de lui. Avec une affection toute fraternelle, il le salue, lui passe le bras autour du cou, et se couche même à ses côtés. Cette arrivée imprévue de Léon ne semble pas devoir être fort agréable au malheureux chevalier : elle le trouble et l'importune, il craint qu'elle ne soit un obstacle à sa résolution de mourir.

XXX. — Léon, employant pour le toucher les paroles les plus douces et les plus tendres, lui dit : « Ne refuse pas, je t'en conjure, de m'apprendre la cause de ta douleur. Il n'est pas sur la terre de maux si cruels que l'on ne puisse guérir si l'on en connaît la cause. Tant que l'homme conserve un souffle de vie, il ne peut perdre entièrement l'espérance.

XXXI. — « Pourquoi as-tu voulu te cacher de moi? Ne suis-je pas ton véritable ami? Je ne le suis pas seulement depuis que la reconnaissance m'attache à toi d'un lien que rien ne peut rompre; je l'étais déjà, lorsque j'avais sujet de ne voir en toi qu'un ennemi mortel. Ne doute pas que je ne sois disposé à mettre à ton service mes amis et tout ce que je possède, et ma vie même s'il le faut!

XXXII. — « Ah! n'hésite pas à me confier tes peines : laisse-moi essayer ce que pourront, pour y mettre un terme, ou la force, ou la persuasion, l'argent, l'adresse,

et même l'artifice. Puis, si tous mes efforts sont inutiles, cherche, si tu le veux, un remède dans la mort;
mais n'accomplis pas cet acte de désespoir avant d'avoir
tenté tout ce qu'il sera possible de faire pour l'éviter. »

XXXIII. — Léon continua à le prier avec tant d'insistance, à parler d'un ton si affectueux et si bien-
veillant, que Roger, dont le cœur n'était ni de fer, ni
de bronze, ne put y demeurer insensible. Il sentit qu'il y
aurait de sa part un manque de politesse et d'égards,
s'il refusait de répondre : mais à deux ou trois reprises
les paroles qu'il voulait prononcer s'arrêtèrent dans sa
bouche.

XXXIV. — « Seigneur, dit-il enfin, quand vous saurez
qui je suis (et je ne tarderai pas à vous l'apprendre),
je suis certain que vous souhaiterez ma mort autant
que je la désire moi-même. Sachez que je suis l'homme
qui vous est plus que tout autre odieux : je suis ce Roger qui avait conçu contre vous une haine telle qu'il a
quitté il y a peu de temps encore, dans l'intention de
vous donner la mort, la cour de Charlemagne.

XXXV. — « Je savais que la volonté du duc Aymon,
était de vous accorder la main de Bradamante, et je
voulais vous mettre dans l'impossibilité de la ravir à
mon amour. Mais si l'homme propose, c'est Dieu seul
qui dispose : les circonstances ont voulu que, grâce à
votre conduite généreuse, je changeasse de sentiment.
Elle a fait disparaître ma haine et naître dans mon
cœur le besoin de me dévouer à vous, pour le reste de
ma vie.

XXXVI. — « Vous me priâtes, sans savoir que j'étais
Roger, de vous assurer par ma victoire la possession
de Bradamante : c'était comme si vous eussiez demandé
ma vie, comme si vous m'eussiez arraché le cœur. Vous
avez vu que j'étais prêt à contenter vos désirs, plutôt
que les miens. Je vous ai conquis Bradamante, possédez-
la en paix : votre bonheur m'est plus cher que le mien.

XXXVII. — « Mais puisque je suis forcé de renoncer

à elle, laissez-moi aussi renoncer à la vie. Il me serait plus facile de vivre sans âme que sans Bradamante. D'ailleurs, tant que je respirerai, vous ne pourrez la posséder légitimement comme épouse. Un contrat solennel nous lie, et elle ne peut appartenir à la fois à deux maris. »

XXXVIII. — Rien ne pourrait donner une idée de la surprise de Léon, en apprenant que ce chevalier est Roger : il demeure immobile, il ne peut remuer les lèvres ni les yeux, ni faire un seul pas. Il ressemble moins à un homme qu'à une de ces statues qu'on a placées dans une église pour acquitter un vœu. La conduite de Roger lui paraît si magnanime, qu'il ne croit pas qu'elle ait jamais eu et qu'elle puisse avoir d'égale.

XXXIX. — En reconnaissant en lui Roger, il sent que l'affection qu'il lui portait déjà, loin de s'affaiblir, s'accroît à un tel point, qu'il ressent la douleur qui déchire le cœur de Roger plus vivement que celui-ci ne la ressent lui-même. Il veut aussi montrer qu'il est le digne fils de l'empereur, et s'il faut qu'il le cède à Roger pour tout le reste, il prétend ne point lui être inférieur en générosité.

XL. — « Roger, lui dit-il, si, le jour même où ton incroyable valeur dispersa mon armée, j'eusse appris, comme je l'apprends en ce moment, que tu étais ce Roger qui m'était si odieux, je n'aurais pas été moins séduit par ta bravoure que je ne le fus quand j'ignorais encore ton nom. Ma haine aurait aussi promptement cédé à ta vertu, et l'affection que tu m'avais inspirée n'aurait pas été moins vive que celle que je ressens aujourd'hui.

XLI. — « Oui, le nom de Roger, je l'avoue, m'était odieux, avant de savoir que tu fusses Roger : mais ton erreur serait grande, si tu pensais que ma haine persiste encore ; si quand je t'arrachai à ta prison j'avais, comme en ce moment, connu la vérité, j'aurais fait alors pour te servir tout ce que je suis encore prêt à faire pour ton bonheur.

XLII. — « Et si je l'ai fait si volontiers alors que je n'étais pas à ton égard enchaîné par les liens de la reconnaissance, combien n'y suis-je pas plus obligé maintenant? Ne serais-je pas coupable d'ingratitude, si j'agissais autrement? N'as-tu pas, oubliant ton propre bonheur, sacrifié pour me le donner ce que tu avais de plus cher au monde? Mais je te le rends, Roger; plus heureux en te le donnant que je ne l'étais lorsque je le reçus,

XLIII. — « C'est à toi plutôt qu'à moi que doit appartenir Bradamante, car malgré mon admiration pour son mérite, je sens que je pourrais la voir la femme d'un autre, sans songer, comme toi, à mourir. Non, je ne souffrirai pas que ta mort, en brisant les liens qui nous unissent, m'offre la possibilité de contracter avec elle un hymen légitime.

XLIV. — « Non-seulement je renonce à elle, mais je renoncerais à tout ce que je possède au monde, à la vie même, plutôt que de laisser dire que j'ai été cause du désespoir qui a mis fin aux jours d'un si parfait chevalier. Je te reprocherai seulement ton manque de confiance : comment, pouvant compter sur moi comme sur toi-même, as-tu mieux aimé succomber à ta douleur que d'avoir recours à mon amitié? »

XLV. — Par ces paroles et par celles qu'il y ajouta et qu'il serait trop long de rapporter, Léon finit par triompher de toutes les raisons que Roger voulut lui opposer. Vaincu par tant de générosité, le guerrier céda enfin et lui dit : « Je me rends et je consens à ne pas mourir. Mais comment pourrai-je m'acquitter dignement envers vous qui deux fois m'avez rendu la vie? »

XLVI. — Par les soins de Mélisse, un repas savoureux et un vin exquis ranimèrent les forces de Roger, qui, sans ce secours était sur le point de perdre connaissance. Dans ce moment, Frontin ayant entendu les chevaux qui étaient en ce lieu, y accourut. Léon le fit prendre et seller par ses écuyers et le présenta à Roger.

XLVII. — Celui-ci eut peine à se mettre en selle, malgré l'aide de Léon, tant il avait perdu de cette vigueur qui peu de temps auparavant l'avait rendu capable de mettre en déroute une armée entière, et de soutenir ensuite au nom d'un autre la lutte que nous avons décrite. Léon et Roger partirent, et après avoir fait à peine une demi-lieue, arrivèrent à une abbaye.

XLVIII. — Ils s'y reposèrent le reste du jour et les deux jours qui suivirent, jusqu'à ce que le chevalier à la licorne eut entièrement recouvré ses forces. Puis, accompagné de Mélisse et de Léon, Roger se rendit à la cité impériale, où il trouva une ambassade des Bulgares arrivée le soir précédent.

XLIX. — Cette nation avait choisi Roger pour roi. Pensant qu'il devait se trouver auprès de l'empereur Charlemagne, elle lui envoyait une ambassade pour réclamer sa présence, décidée à lui prêter serment de fidélité, à le reconnaître pour souverain, et à lui mettre la couronne sur la tête. On savait déjà par l'écuyer de Roger, qui se trouvait parmi ces députés, les derniers événements dont il avait été le héros.

L. — Cet écuyer avait répandu la nouvelle du combat livré par son maître à Belgrade en faveur des Bulgares, de la victoire remportée sur Léon et l'empereur son père, de la déroute et de la destruction entière de leur armée. Il avait raconté ensuite qu'après ces événements les Bulgares l'avaient salué comme leur souverain, en mettant de côté tous les autres prétendants ; que Roger, fait prisonnier par Ungiard à Novengrade, avait été livré à Théodora ;

LI. — Que l'on avait trouvé son geôlier égorgé, la porte de la prison ouverte, que le guerrier avait pu enfin s'échapper, sans que l'on eût pu rien apprendre de ce qui lui était arrivé depuis. Roger entra dans la ville par une route détournée et sans être aperçu de personne. Le lendemain matin il alla, en compagnie de Léon, se présenter à Charlemagne.

LII. — Roger portait l'aigle d'or qui déployait ses deux têtes sur un champ vermeil avec les mêmes devises et la même cotte de mailles qu'il avait, d'après les conventions, le jour du combat : elles étaient percées et déchirées en plusieurs endroits, et chacun reconnut en lui le guerrier qui avait combattu contre Bradamante.

LIII. — A ses côtés s'avançait Léon, sans armes, revêtu de riches ornements royaux ; une noble compagnie leur servait de cortége. Il s'inclina devant Charles déjà levé pour aller au-devant de lui, prit par la main le guerrier sur lequel se portaient avec admiration tous les yeux et il s'exprima ainsi :

LIV. — « Voici l'illustre chevalier qui depuis la naissance du jour jusqu'au coucher du soleil a soutenu la lutte contre Bradamante, sans que cette guerrière ait pu lui donner la mort, le faire prisonnier ou le forcer à quitter la lice. Si j'ai bien compris, magnanime seigneur, les termes de votre ordonnance, c'est lui qui doit être proclamé vainqueur et jugé digne d'être l'époux de Bradamante : il se présente devant vous et demande qu'elle lui soit donnée.

LV. — « Personne plus que lui n'a droit de prétendre à sa main, d'après les conditions du ban ; si c'est par la valeur que l'on peut l'obtenir, quel autre chevalier s'en est montré plus digne? Si elle doit appartenir à l'homme qui ressent pour elle un plus ardent amour, est-il quelqu'un qui puisse à ce titre lui disputer le prix? Au reste il est prêt à soutenir ses droits les armes à la main, contre quiconque oserait en contester la légitimité. »

LVI. — Charles et toute la cour sont frappés d'étonnement, en entendant ces paroles. Tous avaient cru que c'était Léon lui-même et non ce chevalier inconnu qui avait soutenu la lutte contre Bradamante. Marphise qui, comme les autres, s'était avancée pour écouter, avait eu beaucoup de peine à garder le silence, et lorsque Léon eut fini de parler, elle s'avança et dit :

LVII. — « Puisque Roger n'est pas ici présent pour disputer à ce chevalier la possession de son épouse, il ne faut pas que celui-ci prétende pouvoir l'obtenir sans oposition : moi donc, qui suis la sœur de Roger, je proteste hautement contre une prétention pareille, et je suis prête à combattre contre celui, quel qu'il soit, qui osera soutenir qu'il a des droits sur Bradamante, et qu'il surpasse Roger en valeur. »

LVIII. — Marphise porta ce défi avec tant d'indignation et de colère, que les assistants eurent peur que sans attendre la permission de l'empereur, elle ne passât des menaces à l'action. Léon, jugeant que Roger ne devait pas rester plus longtemps inconnu, leva la visière de son casque et se tournant vers Marphise : « Voici ce chevalier, lui dit-il : il est tout prêt à vous rendre raison. »

LIX. — Ainsi que le vieil Egée demeura dans la stupéfaction lorsqu'au milieu d'un festin impie il reconnut que le héros auquel, par les instances de son indigne épouse, il présentait une coupe empoisonnée, était son propre fils, qui allait périr sans l'épée qu'il portait, et que reconnut son père ; ainsi Marphise s'arrêta étonnée, en voyant que le chevalier, objet de sa haine, n'était autre que Roger.

LX. — Aussitôt elle court se jeter à son cou et ne peut s'arracher de ses bras. Renaud, Roland et Charles avant tous les autres l'embrassent avec tendresse. Dudon, Olivier, le roi Sobrin ne se montrent ni moins empressés, ni moins affectueux. Il n'est aucun paladin, aucun baron, qui ne lui fasse le même accueil.

LXI. — Après ces premiers épanchements, Léon, habile dans l'art de bien dire, commença à raconter à Charlemagne et en présence de tous les personnages qui l'entouraient comment l'audace et l'intrépidité de

Roger, à la bataille de Belgrade, avaient eu sur lui, malgré les désastres éprouvés par sa nation, plus de pouvoir que tout le mal qu'il avait pu lui faire.

LXII. — Il ajouta que son admiration pour lui avait été telle qu'ayant été peu après pris et livré à la femme qui se disposait à le faire périr dans les plus cruelles tortures, il l'avait délivré, enlevé à sa prison, malgré toute sa famille ; qu'en reconnaissance de ce bienfait, et pour lui payer en quelque sorte sa rançon, Roger avait accompli à son égard un acte de générosité dont on ne trouverait aucun exemple ni dans le passé ni dans l'avenir.

LXIII. — Il exposa ensuite de point en point, tout ce que Roger avait fait pour lui et comment, dans l'excès de la douleur que lui causait la perte de son amante, il avait pris la résolution de mourir, résolution qu'il aurait accomplie, s'il n'eût été secouru à temps. Le prince donna à ses récits une expression si touchante que tous les auditeurs ne purent retenir leurs larmes.

LXIV. — Puis, se tournant vers l'opiniâtre Aymon, il lui adressa les prières les plus vives, d'un ton si pressant que non-seulement le vieillard ému changea d'opinion, mais qu'il alla lui-même supplier Roger de lui pardonner, de devenir son gendre et de l'accepter pour beaupère. Il lui promit enfin la main de Bradamante.

LXV. — Pendant ce temps la malheureuse jeune fille, retirée dans sa chambre, ne sachant si elle devait vivre ou mourir, s'abandonnait à son désespoir, lorsque des cris joyeux pénétrèrent jusqu'à elle ; de nombreux messagers lui apportèrent l'heureuse nouvelle. Son sang refoulé jusqu'au fond du cœur s'en éloigna avec tant d'impétuosité que peu s'en fallut qu'elle ne succombât à l'excès de sa joie.

LXVI. — Ses forces l'abandonnent; à peine peutelle se tenir sur ses pieds, l'illustre guerrière dont le caractère intrépide et la fermeté vous sont si connus. Le misérable qui, condamné à mort, voit devant lui la

hache, le lacet ou la roue, instruments de son supplice,
et qui a déjà sur les yeux le noir bandeau, n'éprouve
pas plus de joie, lorsqu'il entend crier le mot grâce!

LXVII. — Les nouveaux nœuds qui vont réunir leurs
deux rameaux comblent de joie les maisons de Clermont
et de Montgraine, tandis qu'ils causent un mortel dépit
à Ganelon, au comte Anselme, à Faucon, aux Gini, aux
Ginami; mais couvrant d'un faux semblant leur haine
jalouse, ils attendent pour se venger l'occasion favorable, comme le renard épie le moment de se saisir
du lièvre.

LXVIII. — Non-seulement ils n'avaient point oublié
que Roland et Renaud avaient mis à mort plusieurs
membres de leur race criminelle, quoique le roi, par ses
sages représentations, eût apaisé ces querelles et rétabli
la paix entre les deux partis ennemis; mais leur colère
s'était ranimée à l'occasion de la mort de Pinabel et de
Bertolais : il dissimulèrent néanmoins leurs perfides desseins et feignirent d'ignorer quels avaient été les auteurs de ce double meurtre.

LXIX. — Les ambassadeurs bulgares arrivés, comme
je l'ai dit, à la cour de Charlemagne avec l'espérance
d'y trouver le chevalier à la Licorne et de le reconnaître
pour leur roi, apprirent avec bonheur qu'il y était en
effet et que leur espoir n'avait pas été trompé. Ils se
jetèrent avec respect à ses pieds et le prièrent de retourner avec eux en Bulgarie.

LXX. — Ils lui dirent que l'on gardait pour lui, à An-
drinople, le sceptre et la couronne royale ; ils le suppliè-
rent de venir défendre leur État, menacé d'un nouveau
danger par l'empereur Constantin, qui avait réuni contre
eux une armée plus nombreuse, qu'il commandait en
personne. Ils étaient certains que s'ils pouvaient avoir
Roger à leur tête, ils enlèveraient à Constantin l'empire
grec.

LXXI. — Roger céda volontiers à leurs prières et
accepta la couronne. Il promit de se rendre après trois

mois en Bulgarie, à moins que la fortune n'en disposât autrement. Léon-Auguste, ayant appris ce qui se passait, dit à Roger qu'il pouvait s'en rapporter à lui : puisqu'il était devenu souverain des Bulgares, il n'y aurait plus de guerre entre eux et Constantin.

LXXII. — Il n'avait donc nullement besoin de se hâter de quitter la France pour aller se mettre à leur tête ; il déciderait son père à renoncer à tout le territoire qui leur appartenait. Les vertus de Roger n'auraient pas suffi pour changer les résolutions de l'ambitieuse mère de Bradamante, mais le titre de roi qu'il venait de recevoir flattait trop son amour-propre pour qu'elle refusât de l'avoir pour gendre.

LXXIII. — Pour célébrer cet hymen, on déploya une magnificence royale, digne du prince qui l'ordonnait ; Charlemagne n'en eût pas préparé une plus brillante pour sa propre fille. Les services que lui avait rendus la guerrière, outre ceux dont il était redevable à tous les membres de sa famille, étaient tels que ce grand souverain n'aurait pas cru trop faire pour elle en lui donnant la moitié de son royaume.

LXXIV. — Il fit annoncer partout qu'il allait tenir une cour plénière à laquelle chacun pourrait se rendre librement, et que, pendant neuf jours, le champ serait ouvert à quiconque aurait quelque différend à vider. La campagne où devait avoir lieu la fête fut couverte de fleurs et de branches entrelacées. La soie et l'or y brillèrent de toutes parts et donnèrent à cette solennité un éclat dont rien au monde n'aurait pu égaler la splendeur.

LXXV. — Il eût été impossible de réunir dans Paris la foule innombrable des étrangers qui s'y rendirent. Pauvres, riches, appartenant à toutes les conditions, Grecs, Latins et Barbares, seigneurs et députés, y accoururent sans fin de toutes les parties du monde. Ils trouvèrent sous les ramées autant de pavillons et de tentes qu'il en fallait pour qu'ils pussent y loger commodément.

LXXVI. — Mélisse avait pris soin de préparer elle-même, la veille du mariage, avec un goût exquis, la chambre nuptiale, depuis si longtemps objet de ses pensées. Si elle désirait avec tant d'ardeur l'union des deux époux, c'est que, lisant dans l'avenir, elle savait combien devait être illustre la race qui sortirait d'une aussi belle tige.

LXXVII. — Elle avait placé le lit nuptial, ce lit qui devait être si heureusement fécond, au milieu d'un vaste pavillon, le plus riche, le plus orné et le plus agréable qui jamais, en temps de guerre ou de paix, ait été tendu, avant ou depuis, en aucun lieu du monde. Elle l'avait fait venir de la Thrace en l'enlevant à Constantin qui, pour son plaisir, l'avait fait établir sur le rivage de la mer.

LXXVIII. — Mélisse, avec le consentement de Léon, ou plutôt pour lui causer une surprise en lui donnant un exemple de l'art merveilleux par lequel elle tenait en son pouvoir le monarque des enfers et disposait à son gré de lui et de la troupe impie, éternelle ennemie de Dieu, fit transporter ce pavillon, de Constantinople à Paris, par ses ministres infernaux.

LXXIX. — Il fut enlevé en plein jour de dessus la tête de Constantin, du grand empereur de Grèce, avec ses cordes, ses supports et tout ce qui le garnissait extérieurement et à l'intérieur. Après avoir été transporté à travers les airs, il devint, pour Roger, le plus agréable des logements, et après que les noces furent terminées, Mélisse lui fit, par un semblabe prodige, reprendre la même route; il alla reprendre la place qu'il avait occupée.

LXXX. — Il y avait à peu près deux mille ans que les riches tentures de ce pavillon avait été tissues. C'était une jeune fille d'Ilion, habile dans la science prophétique, qui l'avait, à force de temps et de patience, exécuté de ses propres mains. Cette princesse, nommée Cassandre, en avait fait présent à son frère, le fameux Hector.

LXXXI. — Elle avait représenté, parmi les admirables broderies où sa main avait savamment mélangé l'or et la soie, le plus aimable des chevaliers qui devait un jour descendre de son père, bien qu'elle sût qu'il appartiendrait à un rameau bien éloigné de sa racine. Hector le conserva tant qu'il vécut, en souvenir de celle qui l'avait fait, et en raison de la beauté du travail.

LXXXII. — Mais après que la trahison eut fait périr ce héros, et que sous les coups des Grecs eut succombé la malheureuse Troie, dont le perfide Sinon leur avait ouvert les portes, après les désastres qui suivirent, et furent plus affreux encore que ne l'ont dit les poëtes, le pavillon devint le partage de Ménélas, qui le porta en Égypte. Là, il le laissa au roi Protée pour ravoir son épouse que ce prince lui avait ravie.

LXXXIII. — C'était pour Hélène que Ménélas avait donné ce pavillon au roi d'Égypte. Il appartint ensuite, par succession, aux Ptolémées jusqu'à Cléopâtre qui en hérita. Il fit plus tard partie des dépouilles enlevées par les soldats d'Agrippa sur la mer de Leucade. Auguste, et après lui Tibère, le possédèrent, et il fut conservé à Rome jusqu'à Constantin.

LXXXIV. — Ce Constantin, dont la belle Italie devra se plaindre tant que les astres suivront leurs cours, porta ce précieux tissu à Byzance, lorsque les rives du Tibre cessèrent de lui plaire : ce fut enfin à un autre Constantin que le ravit Mélisse. Les cordes étaient d'or et les montures d'ivoire. Sur les broderies qui le décoraient, étaient représentées des figures plus belles que n'en produisit jamais le pinceau d'Apelle.

LXXXV. — Ici les grâces, élégamment parées, présidaient au coucher d'une illustre reine. Elle donnait le jour à un enfant tel, que du premier siècle au quatrième, le monde entier n'en vit naître un seul qui pût l'égaler. Jupiter, l'éloquent Mercure, Vénus et Mars répandaient à pleines mains sur lui les fleurs de l'Ether, les parfums célestes et des flots d'ambroisie.

LXXXVI. — On pouvait lire sur une bandelette, écrit en petits caractères, le nom d'Hippolyte. Dans un âge plus avancé, la fortune le prenait par la main et la vertu marchait devant lui. Des étrangers, distingués par leurs longs habits et leur longue chevelure venaient, de la part de Corvin, demander au père des nouvelles du jeune enfant.

LXXXVII. — Plus loin, il prenait d'un air respectueux congé de son père Hercule et d'Éléonore sa mère. Il arrivait sur les bords du Danube, où le peuple courait pour le voir et l'adorer comme un dieu. Le roi de Hongrie ne pouvait se lasser d'admirer en un âge si tendre, où font ordinairement défaut la fermeté et la sagesse, un jugement et une maturité extraordinaires, et il le mettait au-dessus de tous les seigneurs de la cour.

LXXXVIII. — Dès ce moment, malgré son extrême jeunesse, le roi confia à ses mains le sceptre de Strigonie ; le jeune prince l'accompagne en tous lieux, dans ses palais ou dans les camps. Que ce puissant monarque aille combattre les Turcs, ou les Allemands, il est toujours à ses côtés, attentif à ses actions magnanimes et faisant sous ses ordres l'apprentissage de la vertu.

LXXXIX. — On voit sur ces broderies comment la fleur de ses ans se passe au milieu des études sérieuses et des exercices de la discipline militaire ; près de lui est Fusco, éclaircissant les passages obscurs des écrits de l'antiquité. Il semble lui dire, tant il y a d'expression dans les gestes des personnages : « Voici ce qu'il faut éviter, voici ce qu'il convient d'imiter, si vous aspirez à vous faire un nom glorieux et immortel. »

XC. — Plus loin, quoique jeune encore, il a pris place en qualité de cardinal au consistoire du Vatican ; son éloquence fait ressortir avec tant d'éclat sa haute intelligence, que l'illustre assemblée est frappée d'étonnement. Tous, émerveillés, se disent : « Que fera-t-il donc lorsqu'il aura atteint l'âge mûr? Si jamais il revêt le manteau de saint Pierre, quelle gloire pour l'humanité! quel bonheur pour la religion! »

XCI. — Sur une autre face du pavillon étaient représentés les nobles délassements et les jeux de cet illustre jeune homme. Ici, sur des rochers escarpés, il affrontait les ours ; là, dans une vallée profonde et marécageuse, il attaquait les sangliers ; ou sur un coursier rapide il surpassait les vents à la course, en poursuivant un chevreuil ou un cerf dix-cors ; l'avait-il atteint, d'un seul coup de son épée il le partageait en deux moitiés égales.

XCII. — Ailleurs, on le voyait assis au milieu d'une honorable assemblée de philosophes et de poëtes : l'un lui explique le cours des planètes, l'autre lui décrit la terre et les cieux ; l'un lui fait entendre une plaintive élégie, l'autre des compositions plus gaies ; celui-ci des chants héroïques, celui-là des odes agréables. Ailleurs, il prête l'oreille aux accents de la musique et à des concerts harmonieux, et partout il déploie des grâces nouvelles.

XCIII. — Dans cette première partie se déroulait toute l'enfance du sublime jeune homme. Cassandre avait rassemblé dans une autre tous les traits de prudence, de justice, de courage, de modestie et de cette cinquième vertu, toujours inséparable des quatre autres, je veux dire cette générosité, qui répand les dons et les bienfaits : toutes formaient autour de sa personne une lumineuse auréole.

XCIV. — Dans la dernière partie, l'on voyait le jeune homme attaché à l'infortuné duc de Milan ; pendant la paix il siége dans ses conseils, pendant la guerre il déploie avec lui la bannière des couleuvres. Dans la prospérité, comme aux jours de malheur, il lui garde une fidélité à toute épreuve ; il l'accompagne dans sa fuite, le console dans son affliction et partage ses périls.

XCV. — On le voit ailleurs méditer de grandes pensées pour le salut d'Alphonse et celui de Ferrare. Par la profondeur de ses réflexions et l'activité de ses recherches, il découvre et fait voir, avec la plus complète évidence à son vertueux frère, le complot tramé contre lui par ses parents les plus chers. Cet acte de dévouement lui fait donner par son pays le surnom que Rome, échappée à une horrible conjuration, décerna à Cicéron, son courageux sauveur.

XCVI. — Le voici maintenant qui, couvert d'une brillante armure, vole au secours de l'Église. Avec un petit nombre de soldats, rassemblés en toute hâte, il va combattre une armée fortement disciplinée, et sa présence seule au milieu des défenseurs de l'Église suffit pour éteindre l'incendie avant qu'il ne se soit déclaré : il peut donc dire comme César : *Je suis venu, j'ai vu, j'ai vaincu !*

XCVII. — Ailleurs, sur les rivages de sa patrie, il va lutter contre la plus forte armée que Venise ait jamais réunie contre les Turcs ou les Génois. Il disperse cette flotte dont il est vainqueur, et l'amène captive à son frère avec un butin immense, ne gardant pour lui seul que l'honneur de cette victoire, dont il ne peut se défaire en faveur d'un autre.

XCVIII. — Les dames et les chevaliers contemplent avec admiration tous ces tableaux, sans en comprendre le sens ; personne autour d'eux ne peut leur expliquer des événements qui n'auront lieu que dans l'avenir. Ils éprouvent cependant un grand plaisir à contempler ces beaux visages, savamment dessinés, et à lire ces inscriptions. Bradamante seule, instruite par Mélisse, jouit en secret de tous ces événements dont l'histoire lui est connue.

XCIX. — Roger, quoique moins instruit sur ce point que Bradamante, se rappelait cependant qu'Atlant, lui

vantant les héros qui devaient descendre de lui, avait
souvent signalé cet Hippolyte. Il serait difficile de décrire
en vers toutes les magnificences de la cour de Charlemagne, faisant à tous ceux qui s'y présentèrent le plus
aimable accueil. Les jeux les plus variés embellirent la
fête, et les tables se couvrirent sans interruption des
mets les plus abondants et les plus recherchés.

C. — Les chevaliers purent dans les tournois donner
des preuves de leur vaillance. Chaque jour mille lances
sont rompues ; on combat à pied et à cheval, deux contre
deux, ou groupe contre groupe. Roger éclipse tous les
autres guerriers par sa valeur ; dans les joûtes de nuit,
dans celles du jour, la victoire est toujours pour lui, et à
la danse, à la lutte, dans tous les exercices, c'est toujours
lui qui brille par sa supériorité.

CI. — Le dernier jour, à l'heure même où en grande
solennité commençait le royal banquet, Roger étant assis
à la droite de Charlemagne et Bradamante à sa gauche,
on vit tout à coup accourir du côté de la campagne et
s'avancer jusqu'auprès des tables, un chevalier armé, à
la haute stature, à la fière contenance, tout couvert de
noir, lui et son cheval.

CII. — Ce chevalier était le roi d'Alger, qui depuis
l'affront que lui avait fait Bradamante sur le pont périlleux avait fait le serment de n'endosser aucune armure,
de ne prendre en main une épée, de ne monter à cheval
qu'après avoir pendant un an, un mois et un jour, vécu
dans une cellule comme un ermite ; dans des cas semblables, c'est ainsi qu'en ce temps-là les chevaliers
avaient coutume de se punir eux-mêmes.

CIII. — Il avait pendant tout ce temps entendu raconter les succès variés de Charlemagne et du roi son souverain, et cependant, pour ne pas violer son serment, il
n'avait pas plus songé à prendre les armes que s'il eût
été lui-même désintéressé dans tous ces événements.
Mais dès que furent expirés l'année, le mois et le jour,
temps assigné à sa retraite, il s'empressa d'aller se pré-

senter à la cour de France, après avoir renouvelé son armure, son épée, son cheval et sa lance.

CIV. — Il ne daigne ni mettre pied à terre, ni incliner la tête, ni donner aucun signe de respect, voulant marquer le mépris que lui inspirent Charlemagne et la noble assemblée qui l'entoure. Témoins d'une telle insolence, les assistants demeurent étonnés et confondus : le repas est interrompu, chacun se tait pour écouter ce que pourra dire le guerrier.

CV. — Arrivé vis-à-vis de Charlemagne et de Roger : « Je suis, leur cria-t-il d'un ton orgueilleux et arrogant, je suis Rodomont, le roi de Sarze, et c'est toi, Roger, que je défie ; je prétends prouver ici, avant que le soleil ait quitté l'horizon, que tu as manqué de foi à ton souverain, et qu'un traître comme toi ne mérite pas l'honneur qui t'est fait au milieu de ces chevaliers.

CVI. — « Bien que ta félonie éclate à tous les yeux et que tu ne puisses la nier toi-même, puisque tu es chrétien, je veux la rendre encore plus manifeste en combattant contre toi en plein champ. S'il est ici quelqu'un qui s'offre pour combattre en ta place, je l'accepte ; si un seul ne suffit pas, j'en accepte quatre, et même six ; et contre tous je maintiendrai ce que je viens d'avancer. »

CVII. — A ces mots Roger se lève, et avec la permission de Charlemagne répond qu'il en a menti, aussi bien que quiconque oserait lui donner le nom de traître. Sa conduite envers son roi a toujours été telle que personne ne pouvait le blâmer sans injustice : il était prêt à soutenir qu'il n'avait cessé de remplir envers lui son devoir.

CVIII. — Il était, au reste, capable de défendre sa cause lui-même sans avoir besoin de personne, et il espérait bien que l'événement lui prouverait que Rodomont avait assez et même trop d'un seul adversaire. Déjà Renaud, Roland, le marquis Olivier et ses deux fils aux armures blanche et noire, et Dudon et Marphise s'étaient avancés, prêts à prendre contre le fier païen la défense de Roger.

CIX. — Tous soutenaient qu'en sa qualité de nouvel époux il ne lui était pas permis de troubler ses propres noces. Mais Roger les engagea à rester tranquilles. « De pareils prétextes, leur dit-il, ne sont pas faits pour moi. » On apporta aussitôt les armes qu'il avait enlevées au guerrier Tartare, et l'on abrégea tous les délais. Roland lui chaussa les éperons, et ce fut Charlemagne qui lui ceignit l'épée.

CX. — Bradamante et Marphise lui avaient attaché la cuirasse et tout le reste de l'armure. Astolphe lui présente le noble coursier dont le fils du Danois tient les étriers. Tout autour Renaud, Nayme et Olivier font faire place en faisant sortir la foule de la lice, toujours prête pour de pareilles joûtes.

CXI. — Dames et demoiselles, la pâleur sur le visage, tremblent comme des colombes s'envolant hors des champs fertiles, chassées de leurs nids par les vents qui frémissent au milieu des éclats de la foudre et à la lueur des éclairs, tandis que d'épais nuages, gros de pluie et de grêle, annoncent la ruine et la destruction des moissons. Elles tremblent pour Roger, dont la force ne leur semble pas égale à celle de l'orgueilleux païen.

CXII. — C'était l'opinion du peuple et de la plus grande partie des chevaliers et des barons. Nul n'avait mis en oubli ce que Rodomont avait fait à Paris lorsqu'il y promenait le fer et la flamme ; il en avait détruit une grande partie. On pouvait y voir, et l'on y vit long-temps encore, les ruines qui attestaient le désastre le plus lamentable qui eût jamais accablé le royaume de France.

CXIII. — Bradamante tremblait dans son cœur plus que tous les autres ; non qu'elle crût Rodomont supérieur à Roger quant à cette force et à cette valeur qui viennent de l'âme, ou quant au bon droit, qui souvent assure le triomphe de celui qui l'a de son côté ; mais elle ne pouvait surmonter la crainte qui est l'effet ordinaire de l'amour.

CXIV. — Avec quel empressement elle aurait entrepris elle-même cette lutte hasardeuse, lors même qu'elle eût eu plus que la certitude d'y perdre la vie ! Elle aurait voulu souffrir mille morts, s'il était possible de mourir mille fois, plutôt que de voir son cher époux courir le danger de perdre la vie.

CXV. — Mais toutes ses prières ne peuvent obtenir que Roger lui abandonne cette entreprise. Elle demeurera donc spectatrice de ce combat, ayant la tristesse sur le front et la crainte dans le cœur. Roger et son rival s'élance l'un contre l'autre, et s'abordent fièrement en abaissant leurs lances. Elles se brisent au choc, comme deux morceaux de glace, et leurs débris, comme des oiseaux, s'élèvent vers les cieux.

CXVI. — La lance du païen, qui vint frapper le milieu de l'écu, ne produisit que peu d'effet, tant était parfait l'acier qu'avait forgé Vulcain pour le fameux Hector. Celle de Roger atteignit aussi par le milieu de l'écu de son adversaire et le traversa net, quoiqu'il eût l'épaisseur d'une palme, et qu'il fût formé d'un os très-fort, enveloppé de tous côtés d'une lame d'acier.

CXVII. — Si, par la violence du coup, cette lame ne se fût brisée au premier choc, en sorte que les tronçons, comme s'ils eussent eu des ailes, s'étaient élevés au plus haut des airs, elle aurait (tant l'atteinte avait été violente) ouvert la cuirasse lors même qu'elle eût été incrustée de diamants, et le combat était fini. Mais elle se rompit. Les croupes des deux coursiers allèrent toucher la terre.

CXVIII. — Les guerriers serrent la bride, frappent de l'éperon et font aussitôt relever les coursiers. Ils jettent leurs lances, saisissent leurs épées et s'attaquent en se frappant avec fureur. Dirigeant avec adresse tantôt d'un côté, tantôt d'un autre, leurs ardents coursiers, légers et exercés dans ces terribles luttes, ils commencent à chercher les endroits les moins protégés par le fer où pourront pénétrer les pointes de leurs épées.

CXIX. — L'écaille de serpent impénétrable à l'acier ne couvrait pas en ce jour la poitrine de Rodomont ; il n'avait plus ni l'épée tranchante de Nembrod, ni le casque dont il armait autrefois son front. Il avait, comme je crois l'avoir dit plus haut, laissé ses armes ordinaires suspendues aux marbres du monument sacré, lorsqu'il fut vaincu sur le pont par la jeune fille de Dordone.

CXX. — Sa nouvelle armure, quoique très-bonne, n'était pas néanmoins aussi parfaite que la première, mais ni celle-ci, ni toute autre, quelque dure qu'elle eût été, n'aurait pu résister à Balizarde, contre laquelle la plus habile facture, l'acier le plus fin, la trempe la plus forte, l'art même des enchanteurs étaient sans puissance. En se portant tantôt à droite, tantôt à gauche, Roger parvient à percer en plusieurs endroits les armes du païen.

CXXI. — Quand celui-ci s'aperçoit que le sang qui coule de ses nombreuses blessures rougit ses armes et que la plus grande partie des coups qui lui sont portés pénètrent jusqu'à sa chair, il se livre à un emportement, à une rage que ne pourrait égaler la fureur de la mer soulevée au milieu des hivers. Il jette son écu, et de toutes ses forces fait à deux mains tomber son épée sur le casque de Roger.

CXXII. Avec la même puissance que celle de la machine que l'on voit portée par deux navires sur les bords du Pô et qui, soulevée en l'air par l'effort des hommes et des rouages, retombe lourdement sur les pilotis aigus, Rodomont frappe sur Roger avec ses deux mains, auxquelles nul poids ne pourrait se comparer. Le casque enchanté lui rendit alors un bien grand service : car sans lui Rodomont eût d'un seul coup pourfendu le guerrier et son cheval.

CXXIII. — Deux fois la tête de Roger va toucher les arçons, ses bras tournent et ses jambes s'écartent; il est près de tomber. Le fier Sarrasin renouvelle ce coup furieux pour ne pas lui laisser le temps de reprendre ses esprits. Il en assène encore un troisième; mais la fine trempe de son épée ne peut résister à tant de chocs, elle se brise et laisse désarmée la main du cruel païen.

CXXIV. — Rodomont ne s'arrête pas encore. Il s'approche de Roger qui n'a plus aucun sentiment, tant sa tête est étourdie, tant ses esprits sont troublés et confondus, mais le Sarrasin réveille bientôt ses sens endormis; il lui saisit le cou avec sa main puissante, l'étreint et le serre avec tant de force, qu'il l'arrache des arçons et le renverse à terre.

CXXV. — Aussitôt que Roger l'a touchée, il revient à lui, plus enflammé de honte que de colère, car en tournant les yeux vers Bradamante il a vu s'altérer la sérénité de son beau visage. En effet, en le voyant tomber, ses forces l'avaient abandonnée et elle semblait prête à quitter la vie. Pour se venger aussitôt de cet affront, Roger serre son épée et se dresse avec fierté devant le Sarrasin.

CXXVI. — Celui-ci pousse son coursier contre lui, mais Roger l'évite avec adresse, et se recule un peu; il saisit au passage la bride du cheval avec sa main gauche et en le faisant tourner autour de lui cherche à frapper de la droite son ennemi au flanc, au ventre, à la poitrine, et de la pointe de son épée le perce par deux fois, d'abord dans le flanc, puis dans la cuisse.

CXXVII. — Rodomont, qui tenait encore dans sa main le pommeau et le tronçon de son épée brisée, en assène un coup si terrible sur le casque de Roger que cette seconde atteinte eût achevé de l'étourdir. Mais le guerrier à qui devait légitimement appartenir la victoire saisit par le bras le roi de Sarze et le tira avec tant de force, en s'aidant aussi de la main gauche, qu'il finit par entraîner le païen hors des arçons.

CXXVIII. — La force et l'adresse de Rodomont eurent pour résultat de le rendre dans sa chute l'égal de Roger, c'est-à-dire qu'il tomba sur ses pieds, car depuis qu'il n'avait plus son épée, tous jugaient que l'avantage était du côté de son rival. Celui-ci ne s'occupa que de le tenir à distance, peu désireux aussi de s'approcher de lui, n'ayant rien à gagner en se laissant aborder de près par un corps si pesant et si énorme.

CXXIX. — Il voit le sang couler de ses flancs, de sa cuisse et des autres parties blessées ; il espère qu'il s'affaiblira peu à peu, et qu'à la fin les forces lui manqueront tout à fait pour lui disputer la victoire. Mais Rodomont, qui tenait encore dans sa main la garde et le pommeau de son épée, rassembla toutes ses forces, et les lança si rudement contre Roger, que celui-ci en resta plus étourdi que jamais.

CXXX. — Ce coup qui vient frapper la joue de son casque et son épaule lui porte une si douloureuse atteinte qu'il chancelle, qu'il vacille, qu'il peut à peine se tenir debout. Le païen veut le serrer de plus près ; mais le pied lui manque, la blessure de sa cuisse lui a fait perdre sa force, et son empressement même le trahit, car dans son ardeur impuissante il tombe à terre sur un de ses genoux.

CXXXI. — Roger ne perd pas un seul moment : il le heurte violemment, le frappant à coups redoublés à la poitrine au visage, et il le serre de si près que de sa main il achève de le renverser. Mais le païen se démène avec tant de force qu'il s'attache à Roger et le saisit entre ses bras : et alors commence une nouvelle lutte, dans laquelle chacun d'eux, joignant l'adresse à la force, ébranle, secoue, et presse son ennemi.

CXXXII. — Rodomont, blessé au flanc et à la cuisse, a perdu une grande partie de sa vigueur. L'habitude de ce genre de lutte avait donné à Roger beaucoup d'habileté et d'adresse. Il ne néglige aucun des avantages dont il se sait possesseur. Il presse l'Africain de ses bras, de ses pieds, de sa poitrine, aux endroits où il a reçu le plus de blessures et d'où le sang jaillit en plus grande abondance.

CXXXIII. — Plein de dépit et de rage, Rodomont le saisit par les épaules et par le cou. Tantôt, il le tire, tantôt il le presse, tantôt l'empoignant par-dessous la poitrine, il le soulève de terre et le tient suspendu. Il le fait tourner de côté et d'autre, le serre étroitement et s'applique de toute sa force à le faire tomber. Roger se recueille, met en œuvre tout ce qu'il a de valeur et d'adresse pour conserver sa supériorité.

CXXXIV. — Le bon et franc paladin, changeant à propos de prise, parvient à embrasser Rodomont ; il appuie sa poitrine sur le côté gauche et le presse de toute sa force. Il lui passe en même temps la jambe droite et étreint ses deux genoux, le secoue rudement, le soulève de terre et le jette sur le sol la tête en-bas.

CXXXV. — Les épaules et la tête de Rodomont s'impriment sur la terre ; il est tombé si lourdement que de ses plaies, comme d'une fontaine, son sang, jaillit et rougit au loin le sol. Profitant des avantages que lui offre la fortune, Roger, pour empêcher le Sarrasin de se relever, lui porte au visage une main armée d'un poignard, et de l'autre le tient à la gorge en appuyant ses deux genoux sur son ventre.

CXXXVI. — Il arrive quelquefois dans les mines ibériennes ou dans celles de Pannonie, où l'on va chercher l'or, que la terre s'éboulant tout à coup couvre ceux qu'a conduits en ces lieux un sordide intérêt : les malheureux en sont tellement suffoqués, que leur âme ne peut trouver un passage pour s'échapper : c'est ainsi que le Sarrasin demeura accablé sous le poids de son vainqueur, aussitôt qu'il eut été renversé sur la terre.

CXXXVII. — Roger lui présentant à la visière le poignard qu'il avait tiré d'avance, essaye par ses menaces de le forcer à s'avouer vaincu, et lui offre la vie. Mais le païen qui craint moins de mourir que de se montrer capable de la moindre lâcheté, dédaigne de répondre, et se tordant sous la main qui le presse, s'agite et fait les derniers efforts pour reprendre le dessus.

CXXXVIII. — Tel un mâtin tenu à la gorge par les dents ferrées d'un dogue féroce, se débat et s'agite en vain, le feu dans les yeux et l'écume à la gueule, pour se débarrasser de l'étreinte de son vainqueur, plus fort mais non plus furieux que lui, tel le païen se voit, hors d'état, malgré tous ses efforts, de se dégager des mains puissantes de Roger.

CXXXIX. — Il continue néanmoins à se débattre, et il parvient à se retourner et à dégager celui de ses bras qui a conservé le plus de vigueur; et de la pointe du poignard que tient sa main droite et dont il s'était armé au moment de la lutte il essaye de frapper Roger au-dessous des reins : mais le jeune guerrier comprend le danger qui le menace s'il diffère plus longtemps à donner la mort à son ennemi.

CXL. — Élevant son bras aussi haut qu'il lui est possible, il plonge deux fois, trois fois le fer tout entier de son poignard dans l'horrible tête de Rodomont et met ainsi fin à cette terrible lutte. L'âme de l'audacieux païen, qui pendant si longtemps s'était montrée au monde si orgueilleuse et si altière, se dégage de son corps plus froid que la glace et s'enfuit en blasphémant vers les affreux rivages de l'Achéron.

FIN DU QUARANTE-SIXIÈME ET DERNIER CHANT.

NOTES

I

PRINCIPAUX PERSONNAGES DE ROLAND FURIEUX.

ADONIO, amant d'Argie, XLIII, st. 71.

AGRAMANT, roi des Sarrasins, se prépare à faire le siége de Paris, XIV, 10, 66; — donne l'assaut, XV, 6; — se bat contre Renaud, XVI, 75, 84; — est repoussé, XVIII, 40, 160; — rappelle à lui ses compagnons d'armes, XXIV, 108; — gagne une bataille contre Charles, et prend Doralice pour arbitre entre Rodomont et Mandricard, XXVII, 30, 44, 109; — accorde à ce dernier le champ clos contre Roger, XXX, 21; — est attaqué par Renaud et se retire à Arles, XXXI, 52, 84; — s'y défend, XXXVI, 28; — assemble son conseil et fait demander à Charles un champion contre Roger, XXXVIII, 37, 85; — attaque les chrétiens au mépris de sa parole, est défait, s'enfuit d'Arles, est rencontré par la flotte de Dudon, XXXIX, 6, 71, 78; — cherche à se donner la mort, après l'incendie de Biserte, et est rejeté par la tempête à l'île d'Éole, d'où il envoie un défi à Roland et à deux des siens, XL, 36, 44, 54; — il se bat avec Olivier, puis avec Brandimart, XLI, 42, 71, 91; — il est tué par Roland, XLII, 8.

ALBANIE (duc d'), V, 7.

ALCESTE (histoire d'), XXXIV, 16.

ALCINE (l'enchanteresse), transforme Astolphe en myrte, VI, 38, 51; — son portrait, VII, 11, 73; — elle séduit Roger, *ibid.*, 26; — s'embarque à sa poursuite, VIII, 13; — est vaincue par Logistille, X, 54.

ALEXANDRA, fille d'Orontée, XX, 37.

ALZIRDE, roi de Trémisène, XII, 75.

AMAZONES (les), XIX, 57; XX, 10.

ANGÉLIQUE, s'enfuit de chez le duc Naime, à qui elle a été confiée par le roi Charles; rencontre Renaud, puis Ferragus, et prend pour guide Sacripant, I, 10, 12, 51 ; — fait la rencontre d'un ermite, II, 12 ; — celui-ci trahit sa confiance et elle est enlevée par des corsaires, VIII, 30, 61 ; — elle est exposée sur un rocher, et Roger la délivre, X, 92, 107 ; — elle devient invisible, XI, 6 ; — entre dans le palais d'Atlant, enlève le casque de Roland, et part pour l'Orient, XII, 52, 65 ; — guérit Médor, l'épouse, et l'emmène avec elle, XIX, 20, 40 ; — elle est rencontrée par Roland devenu fou, XXIX, 61.

ANSELME, père de Pinabel, XXIII, 45.

ANSELME (le docteur), XLIII, 72.

AQUILANT, se bat avec Orrile et part pour Jérusalem, XV, 67, 92 ; — va retrouver Griffon, rencontre Martan ; est vaincu par Astolphe, XVIII, 72, 77, 118 ; — est jeté par une tempête chez les barbares, XIX, 43, 57 ; — est emprisonné au château de Pinabel, XXII, 53 ; — il bat les Maures avec Renaud et les chrétiens, XXXI, 51.

ARGAIL. Son ombre parle à Ferragus, I, 26.

ARGÉE, mari de Gaborine, XXI, 14.

ARGIE, XLIII, 87.

ARIODANT, amant de Genèvre, V, 18 ; — se rend en France, X, 86.

ASTOLPHE, roi des Lombards, XXVIII, 4.

ASTOLPHE, changé en myrte par Alcine, VI, 26 ; — est rendu à sa première forme, XIII, 16 ; — reçoit le cor enchanté de Logistille, confond Caligorant, et tue Orrile, XV, 13, 53, 81 ; — visite la Terre-Sainte, rencontre Marphise, se bat contre Aquilant et Griffon et revient en France, XVIII, 96, 99, 118, 133 ; — est jeté par une tempête chez les barbares, XIX, 54 ; — se sauve avec ses compagnons, XX, 98 ; — retourne en Angleterre et détruit le palais d'Atlant, XXII, 7, 23 ; — s'envole sur un hippogriffe, XXIII, 16 ; — arrive en Éthiopie et chasse les Harpies, XXXIII, 103 ; — descend aux enfers, puis monte au paradis, où il retrouve la raison de Roland, XXXIV, 6, 48 ; — part pour l'Afrique, XXXVIII, 24 ; — échange Bucifar pour Dudon et rend la raison à Roland, XXXIX, 24, 57 ; — prend Biserte, XL, 14 ; — revient en France, XLIV, 19.

ATLANT (l'enchanteur), son bouclier, II, 35, 56 ; — son château et son hippogriffe, IV, 7, 18 ; il est fait prisonnier par Bradamante *ibid.*, 26, 38 ; — apparaît à Roger sous les traits de Bradamante, XI, 19 ; — ses enchantements, XII, 5 ; —

son palais est détruit par Astolphe, XX, 21 ; — son ombre arrête le combat entre Roger et Marphise, XXXVI, 59.

AUDIGIER DE CLERMONT, frère de Maugis, XXV, 71.

AVARICE (l'), XXVI, 30, 31 ; — ses conséquences funestes, XLIII, 1.

AYMON, père de Bradamante, s'oppose à son mariage avec Roger et l'emmène à Rochefort, XLIV, 36, 72 ; — l'accorde à Roger, XLVI, 64.

BAGUE ENCHANTÉE, III, 69.

BARDIN, gouverneur de Brandimart, XXIX, 40 ; — pleure la mort de son maître, XLIII, 168.

BÉATRIX, mère de Bradamante, XLIV, 37.

BIREN, amoureux d'Olympe, sort de prison, IX, 22, 84 ; — abandonne sa maîtresse, X, 23 ; — est tué par Obert, XI, 79.

BISERTE, prise et détruite, XL, 30, 42.

BOUCLIER ENCHANTÉ, II, 56.

BRADAMANTE, entre chez Merlin, où elle apprend l'avenir de sa famille, III, 10 ; — enlève la bague de Brunel, détruit le palais d'Atlant, et voit partir Roger, IV, 13, 20, 48 ; — confie la bague à Mélisse, VII, 48 ; — cherche à délivrer Roger, XIII, 79 ; — le retrouve, XX, 31 ; — tue Pinabel, XXII, 73 ; — envoie à Roger le cheval Frontin, XXIII, 27 ; — sa jalousie et son différend avec les rois amants d'Ulanie ; elle l'emporte sur cette princesse, XXXII, 35, 75, 98 ; — ses combats contre Rodomont, Serpentin, Grandonio, Ferragus et Marphise, XXXV, 40, 60, 67 ; XXXVI, 20 ; — elle prend le royaume de Marganor, XXXVII, 99 ; — ses lamentations, XXXVIII, 70 ; — elle poursuit Agramant, XXXIX, 67 ; — elle cherche à consoler Roger et demande au roi Charles de ne choisir pour son époux que celui qui aura triomphé d'elle, XLIV, 60, 70 ; — elle se bat contre Roger, XLV, 72 ; — elle l'épouse, XLVI, 73.

BRANDIMART, défend Paris, XXVII, 33 ; — rencontre Fleur de Lis, XXXI, 59 ; — est fait prisonnier par Rodomont, ibid., 67 ; — est délivré par Astolphe ; refuse le trône de son père, XXXIX, 33, 62 ; — se rend au secours de Biserte et sert de témoin à Roland dans le combat contre Agramant, XL, 58 ; — il est tué par Gradasse, XLI, 99 ; — ses funérailles, XLIII, 167.

BRANZARD, vice-roi d'Agramant, XXXVIII, 35.

BRUNEL, sert de guide à Bradamante ; il est privé de sa bague,

151, 197; — lui promet Bradamante, XLIV, 11; — ses plaintes contre Aymon, *ibid.*, 75.

RICHARDET, frère de Renaud, XXV, 8, 26.

RODOMONT, XIV, 114; — ses exploits au siége de Paris, XVI, 19; — il poursuit Mandricard, XVIII, 36; — reprend à Hippalque le cheval de Roger, XXIII, 35; — rencontre Mandricard, XXIV, 95; — refuse de se battre avec Roger, XXVI, 92; — remporte la victoire sur Charles et quitte l'armée des Sarrasins, XXVII, 18, 110; — rencontre Isabelle, XXVIII, 4, 95; — la met à mort et lutte contre Roland, XXIX, 6, 25, 32, 47; — est vaincu par Bradamante, XXXV, 42; — défie Roger et est tué par lui, XLVI, 101, 140.

ROGER, monté sur l'hippogriffe, IV, 46; — attaque les monstres de l'île enchantée d'Alcine et se laisse séduire par cette magicienne, VI, 19, 27, 65; VII, 6, 27, 79; — délivré par Mélisse, il passe dans l'île de Logistille, puis en Angleterre, et sauve la vie à Angélique dans l'île d'Ebude, X, 44, 75, 111; — il perd cette princesse par la vertu de l'anneau magique, XI, 6; — il est fait prisonnier par Atlant, XII, 18; — est délivré par Bradamante, et va au château de Pinabel, XXII, 35, 69, 92; — sauve la vie à Richardet et arrive au château d'Audigier, XXV, 11, 71, 86; — délivre Maugis et Vivien et se bat avec Rodomont, XXVI, 14, 116; — avec Mandricard, XXX, 47, 64; — avec Marphise, XXXVI, 53, 59; — venge Ulanie, XXVII, 101; — retourne près d'Agramant et combat contre Renaud, XXXVIII, 7, 88; — attaque l'armée de Dudon, XL, 74; — s'embarque pour l'Afrique, est jeté dans une île déserte et reçoit le baptême, XLI, 7, 50, 59; — détruit l'armée de Constantin, XLIV, 76, 85; — est fait prisonnier par Ungiard, est délivré par Léon et vaincu par Bradamante, XLV, 44, 56, 72, 91; — il l'épouse et met à mort Rodomont, XLVI, 40, 73, 115, 140.

ROLAND, arrive en France, I, 5; — part à la recherche d'Angélique, VIII, 73, 91; — délivre Olympe et tue Cimosque, IX, 80; — arrive à l'île d'Ebude et tue l'Orque, XI, 45; — entre dans le palais de l'enchanteur Atlant, se bat avec Ferragus et met en fuite les Sarrasins, XII, 8, 47, 69; — délivre Isabelle, XIII, 35; — sauve la vie à Zerbin, combat contre Mandricard et perd la raison en voyant près d'une fontaine le nom d'Angélique avec celui de Médor, XXIII, 62, 82, 100, 129; — arrive au pont de Rodomont, et rencontre Médor et Angélique, XXIX, 40, 58; — détruit Malaga, XXX, 9 11; —

II

INDICATION DES PRINCIPAUX PASSAGES IMITÉS DES ANCIENS.

CHANT I, st. 11. — La timide bergère, à l'aspect d'un serpent furieux. ne se détourne pas avec plus de précipitation.

Virgile, *Enéide*, II : *Improvisum aspris*, etc. — Imitation plus développée dans le XXXIX⁰ chant.

Ibid., st. 42. — La jeune vierge est semblable à la rose.

Heureuse imitation de Catulle célébrant les noces de Manlius et de Julie.

Ut flos in septis secretis nascitur hortis.

CHANT II, st. 50. — Tel qu'un faucon bien dressé se précipite du haut des nues sur la perdrix.

Virgile, *Enéide*, chap. XI :

Quam facile accipiter saxo sacer ales ab alto.

CHANT III, st. 49. — Ce n'est pas seulement pour ces services que les sujets d'Hercule lui sont reconnaissants.

Ovide, *Métamorphoses* (Éloge d'Auguste, dans le dernier chant) :

Nec enim de Cæsaris actis
Nullum majus opus, quam quod pater extitit hujus.

Ibid., st. 61. — Ils s'avançaient les yeux baissés et le front humilié.

Virgile, *Enéide :*

Sed frons læta parum et dejecto lumina vultu.

Ibid, st. 62 *in fine*. — Ne m'interroge plus sur l'immense malheur de ta famille.

Virgile, *ibid.* :

.. Ingentem luctum ne quære tuorum.

CHANT V, st. 5, 40. — Un froid mortel courut dans ses veines.
Virgile, *Enéide* :

> Gelidusque per ima cucurrit
> Ossa tremor.

CHANT VII, st. 60. — Si ta propre gloire, si les grands travaux
auxquels le ciel te destine ne peuvent t'émouvoir...
Virgile, *Enéide*, IV :

> Si te nulla movet tantarum gloria rerum,
> Nec super ipse tua moliris laude laborem.

CHANT VIII, st. 20. — Les oiseaux recherchent l'ombre et les
arbustes retentissent du chant des cigales.
Virgile, *Eglogue* II :

> Nunc etiam pecudes umbras et frigora captant.
>
> . . . .
> Sole sub ardenti resonant arbusta cicadis.

Ibid., st. 71. — De même que la lumière vacillante du soleil
réfléchie par une onde pure, etc.
Virgile, *Enéide*, ch. VIII :

> Sicut aquæ tremulum labris ubi lumen ahenis
> Sole repercussum aut radiantis imagine lunæ
> Omnia pervolitat late loca, jamque sub auras
> Erigitur, summique ferit laquearia tecti.

Ibid., st. 79. — Déjà de toutes parts les animaux réparaient
par le repos leurs forces épuisées.
Virgile, *Enéide*, liv. IV :

> Nox erat et placidum carpebant fessa soporem
> Corpora per terras silvasque... etc.

CHANT X, st. 9. — Sans l'amour, la femme serait comme une
vigne qui rampe faute de trouver un appui.
Ovide, *Métamorphoses*, XIV :

> Hæc quoque, quæ juncta vitis requiescit in ulmo
> Si non juncta foret, terra acclinata jaceret.

Ibid., st. 15. — O Dieu! quelle épaisse nuit obscurcit les jugements des hommes!

Ovide, *Métamorphoses*, VI :

> Proh, Superi ! quantum mortalia pectora cœcœ
> Noctis habent !

Chant X, st. 96. — Roger aurait pu la prendre pour une statue
d'albâtre attachée par la main d'un habile sculpteur.
Ovide, *ibid.*, IV :

> Quam simul ad duras religatam brachia cautes
> Vidit Abantiades, nisi quod levis aura capillos
> Moverat, et tepido manabant lumina fletu,
> Marmoreum ratus esset opus.

Ibid., st. 97. — Ce ne sont pas ces chaînes que vous devriez
porter, mais celles de l'amour !
Ovide, *ibid.* :

> ... O dixit, non istis digna catenis,
> Sed quibus inter se cupidi junguntur amantes.

Ibid., st. 98. — Qui donc a pu meurtrir de ces infâmes liens
l'ivoire de vos mains ?
Virgile, *Enéide*, XI :

> Indum sanguineo veluti violaverit ostro
> Si quis ebur.

Ibid., st. 99. — Ses mains auraient caché son visage si elles
n'eussent été attachées au rocher.
Ovide, *Métamorphoses*, IV :

> Manibusque modestos
> Celasset vultus, si non religata fuisset.

Ibid., st. 103. — Semblable à l'aigle qui se précipite du haut
des airs en apercevant une couleuvre.
Ovide, *ibid.* :

> Ut que Jovis præpes vacuo cum vidit in arvo
> Præbentem Phœbo liventia terga draconem,
> Occupat adversum, neu sæva retorqueat ora,
> Squamigeris avidos figit cervicibus ungues.

Chant XI, st. 20. — Il le charge sur ses épaules et le porte,
comme le loup enlève un agneau, comme l'aigle saisit la
timide colombe.

Virgile, *Enéide,* IX :

> Qualis ubi aut leporem, aut candenti corpore cygnum
> Sustulit, alta petens pedibus Jovis armiger uncis,
> Quæsitum aut matri multis balatibus agnum
> Martius a stabulis rapuit lupus.

CHANT XI, st. 34.—L'onde mugit et il aperçoit un monstre qui semble de son corps immense couvrir toute la mer.

Ovide, *loc. cit.* :

> Unda
> Insonuit, veniensque immenso bellua ponto
> Eminet, et latum sub pectore possidet æquor.

Ibid., st. 40. — Vaincue par la douleur, tantôt elle s'élève au-dessus de la mer en montrant ses vastes flancs et son dos écailleux, tantôt elle s'y enfonce.

Ovide, *ibid.* :

> Vulnere læsa gravi, modo se sublimis in auras
> Attollit, modo subdit aquis.

CHANT XIV, st. 92. — Il y a en Arabie une délicieuse vallée située à l'ombre des montagnes.

Ovide, *Métamorphoses,* XI :

> Est prope Cymmerios longo spelunca recessu.

Ibid., st. 99. — Par combien d'yeux le ciel pendant la nuit découvre les larcins des amoureux.

Catulle, *Elégies.*

> Aut quam sidera multa, cum tacet nox,
> Furtivos hominum vident amores.

Ibid., st. 120. — Ainsi qu'un sanglier, brisant avec sa poitrine, son boutoir et ses défenses les faibles roseaux de la vallée.

Virgile, *Enéide,* IX :

> Ut fera, quæ densa venantum septa corona
> Contra tela furit, seseque haud nescia morti
> Injicit, et saltu supra venabula fertur.

CHANT XVI, st. 23. — Ce que fait le tigre d'un faible troupeau dans les champs d'Hircanie.

Virgile, *Enéide*, IX :

> Immanem veluti pecora inter inertia tigrim.

CHANT XVII, st. 10. — Les poutres dorées si longtemps admi-
rées par leurs pères et par leurs aïeux.
Virgile, *Enéide*, II :

> Auratasque trabes, veterum decora alta parentum
> Convellunt.

Ibid., st. XII. — Tel sorti de ses sombres retraites un serpent
après avoir dépouillé sa peau usée par le temps, etc.
Virgile, *loc. cit.* :

> Qualis ubi in lucem coluber mala gramina pastus
> Frigida sub terra, tumidum quem bruma tegebat,
> Nunc positis novus exuviis, nitidusque juventa,
> Lubrica convolvit sublato pectore terga,
> Arduus ad solem, et linguis micat ore trisulcis.

Ibid., st. 13. — On entend retentir sous les voûtes spacieuses
et élevées du palais les cris et les lamentations des femmes.
Virgile, *ubi supr.* :

> At domus interior gemitu miseroque tumultu
> Miscetur, penitusque cavæ plangoribus ædes
> Femineis ululit. Ferit aurea sidera clamor :
> Tum pavidæ tectis matres ingentibus errant ;
> Amplexæque tenent postes atque oscula figunt.

La description de l'Orque, dans le même chant, est imitée du 3e livre de *l'Enéide*.
CHANT XVIII, st. 51. — Nos ennemis n'ont qu'une vie comme
nous ; ils n'ont que deux bras comme nous.
Virgile, *Enéide*, X :

> Mortali urgemur ab hoste
> Mortales, todidem nobis animæque manusque.

Ibid., st. 151. — Avec la fureur d'un lion qui dans une prairie
fond sur un jeune taureau.
Virgile, *ubi supr.* :

> Frigidus Arcadibus coit in præcordia sanguis.
> ..... Utque leo, speculo cum vidit ab alto

> Stare procul campis meditantem prælia taurum,
> Advolat...

Chant XVIII, st. 153. — Telle on voit languir et tomber une tendre fleur qu'a moissonnée en passant le choc de la charrue.

Virgile, *Enéide*, IX :

> Purpurem veluti cùm flos succisus aratro
> Languescit moriens, lassove papavera collo
> Demisere caput, pluvia cùm forte gravantur.

L'épisode de Cloridan et de Médor, dans les strophes suivantes, est imité de celui de Nisus et d'Euryale. (Virgile, *Enéide*, IX, 168-445.)

Chant XIX, st. 7. — Semblable à l'ourse qui, attaquée par des chasseurs des campagnes dans sa tanière pierreuse, reste obstinée auprès de ses petits frémissants.

Stace, *Thébaïde*, LX :

> Ut lea, quam sævo fœtam pressere cubili
> Venantes Numidi, natos erecta superstat.
> Mente sub incertâ, torvum ac miserabile frendens,
> Illa quidem turbare globos, et frangere morsu
> Tela queat, sed prolis amor crudelia vincit
> Pectora, et in media catulos circumspicit ira

Chant XXI, st. 16. — Les monts Cérauniens, fameux par a Chimère.

Horace, liv. Ier, ode III.

> Infames scopulos Acroceraunia

Le reste de la strophe est imité du quatrième livre de l'*Énéide* :

> Ac veluti annosam valido cum roboro quercum
> Alpini Boreæ, nunc hinc, nunc flatibus illinc,
> Eruere inter se certant.

Chant XXV, st. 34. — Chez nous, comme chez les animaux, etc. — Les plaintes de Fleur-d'Épine sont imitées d'Ovide, *Métamorphoses*, IX :

> Nec vaccam vaccæ, nec equas amor urit equarum.
> Urit oves aries, sequitur sua femina cervum,
> Sicque et aves coeunt, interque animalia cuncta
> Femina femineo correpta cupidine nulla est.

. . . . Taurum dilexıt filia solis...
. . . . Tamen illa secuta est
Spem veneris, tamen illa dolis et imagine vaccæ
Passa bovem est. . . . .
Nunc licet ex toto solertia confluat orbe,
Ipse licet revolet cœratis Dedalus armis,
Quid faciet? Num me puerum de virgine doctis
Artibus efficiet?. . . . .
At non vult natura potentior omnibus istis.

CHANT XXVI, st. 17. — S'il vous souvient d'avoir **vu jamais,** etc.
Virgile, *Géorgiques*, IV :

Sin autem ad pugnam exierint (nam sæpe duobus
Regibus incessit magno discordia motu),
Tum manibus Progne pectus signata cruentis,
Et Meropes late vastant, ipsasque volantes
Ore ferunt dulcem nidis immitibus escam.

CHANT XXVII, st. 101. — A cet épouvantable cri, à ces terribles accents, Paris tremble et la Seine est troublée.
Virgile, *Énéide*, VII, v. 515.

Contremuit nemus, et sylvæ intonuêre profundæ;
Audiit et Triviæ longe lacus, audiit omnis
Sulfurea Nar albus aqua, fontesque Velini,
Et trepidæ matres pressêre ad pectora natos.

Ibid., st. 111. — De même qu'un taureau quitte en frémissant le lieu où il a été forcé de céder au vainqueur, etc.
Virgile, *Géorgiques*, III :

Nec mox bellantes una stabulare, sed alter
Victus abit, longeque ignotis exulat oris,
Multa gemens, ignominiam, plagamque superbi
Victoris, tum quos amisit inultus amores,
Et stabula aspectans regnis excessit avitis.

CHANT XXXII, st. 62. — Semblable à un navire que le vent ou tout autre accident a détaché de la rive.
Ovide, *Am.*, I :

Ut subitus propriam prensa tellure carenam
Tangentem portus, ventus in alta rapit.

Ibid., st. 108 · De même que dans les journées les plus ardentes de l'été, etc.

Stace, *Thébaïde*, VII :

> Ut cum sole malo, tristique rosaria pollent
> Vasta Noto, et clara dies zephirique refecit
> Aura polum, redit omnis honos, demissaque lucent
> Germina, et informes ornat sua gloria virgas.

CHANT XXXIII, st. 120. — Toutes portaient des visages de femmes, pâles, livides, etc.

Virgile, *Enéide*, III :

> Virginei volucrum vultus, fœdissima ventris
> Proluvies, uncæque manus, et pallida semper
> Ora fame.

CHANT XXXIV, st. 8. — Voulant s'en assurer, il s'avisa de le frapper de deux ou trois coups d'épée, etc.

Virgile, *ubi supra :*

> Corripit hic subita trepidus formidine ferrum
> Æneas strictamque aciem venientibus offert.

Ibid., st. 39. — Jamais sur le lac de Lerne, dans la Thrace dans les forêts de Némée ou d'Erymanthe, etc.

Virgile, *loc. cit. :*

> Nec vero Alcides tantum telluris obivit
> Fixerit æripidem cervam licet, aut Erymanthi
> Placarit nemora.

CHANT XXXVI, st. 40. — Ainsi que sous la tiède haleine du vent du Midi, etc.

Ovide, *Métamorphoses*, IX :

> Utque sub adventum spirantis lene favoni
> Sole remollescit, quæ frigore constitit unda,
> Sic lacrymis consumpta suis.

CHANT XL, st. 31. — Cette comparaison est en partie imitée de Virgile :

> Non sic aggeribus ruptis cum spumeus amnis
> Exiit, oppositasque evicit gurgite moles,
> Fertur in arva furens cumulo, camposque per omnes
> Cum stabulis armenta trahit.

La fin est empruntée à Horace :

> Piscium et summa genus hæsit ulmo
> Nota quæ sedes fuerat columbis.

CHANT XLI, st. 8. — Le rivage s'enfuit et disparaît tellement à leurs yeux, etc.

Ovide, *Métamorphoses*, X :

> Longe erat utraque tellus,
> Cum mare sub noctem tumidis albescere cœpit,
> Fluctibus et præceps spirare valentius Eurus.

On peut remarquer aussi, dans les strophes qui suivent, un grand nombre d'imitations du même passage d'Ovide et plusieurs expressions empruntées à Virgile.

CHANT XLII, st. 9. — Aussi sa tête tranchée net comme un jonc roula sur le sol, etc.

Virgile, *Enéide*, II :

> Ferit ense superbum
> Regnatorem Asiæ, jacet ingens littore truncus.

CHANT XLIII, st. 39. — Un froid glacial se glissa dans mes os et dans mes veines, et ma voix resta figée dans mon gosier.

Virgile, *Énéide*, III :

> Mihi frigidus horror
> Membra quatit.....
> ..... Et vox faucibus hæsit.

CHANT XLV, st. 39. — De même que Progné, la plaintive Philomèle se lamente, lorsque se retournant pour leur donner la nourriture, elle ne les retrouve plus dans leur nid.

Virgile, *Géorgiques* :

> Qualis populea mærens Philomela sub umbra
> Amissos queritur fœtus.

CHANT XLVI, st. 122. — Comme la machine que l'on voit portée par deux bateaux sur les rives du Pô.

Virgile, *Enéide*, IX :

> Qualis in Euboico Baiarum littore quondam
> Saxea pila cadit, magnis quam molibus ante
> Constructam jaciunt ponto.

La dernière strophe du *Roland furieux* est imitée des derniers vers de *l'Énéide*.

. . . . Ast illi solvuntur frigore membra
Vitaque cum gemitu fugit indignata sub umbras.

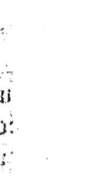

FIN DES NOTES.

TABLE DES MATIÈRES.

FIN DE LA TABLE DU TOME DEUXIÈME.

Paris. — Société anonyme d'Imprimerie. — PAUL DUPONT, Dr.

NOUVELLE FLORE FRANÇAISE. Descriptions succinctes et rangées par tableaux dichotomiques des plantes qui croissent spontanément en France et de celles qu'on y cultive en grand, avec l'indication de leurs propriétés et de leurs usages en médecine, en hygiène vétérinaire, dans les arts et dans l'économie domestique, par M. GILLET, vétérinaire principal de l'armée, et par M. J. H. H. MAGNE, professeur de botanique à l'Ecole d'Alfort. 1 beau volume gr. in-18 jésus orné de 100 planches et plus de 1,200 fig.. . 8 fr.

COURS ÉLÉMENTAIRE D'HISTOIRE NATURELLE, à l'usage des lycées et des maisons d'éducation, rédigé conformément au programme de l'Université. 3 forts vol. in-12 ornés de plus de 2,000 figures, à. . . . 6 fr.

Zoologie, par MILNE EDWARDS, membre de l'Institut, professeur au Jardin des Plantes. 1 vol. . . . . 6 fr.
Botanique, par M. A. DE JUSSIEU, de l'In-

stitut. 1 vol. . . . . 6 fr.
Minéralogie et Géologie, par M. F.-S. BEUDANT, de l'Institut. 1 vol.. . 6 fr.
La Géologie seule. 1 vol. . . . 4 fr.

GÉOLOGIE, par M. E.-B. DE CHANCOURTOIS. 1 vol. . . . . 1 fr. 25

COURS ÉLÉMENTAIRE DE CHIMIE, par M. V. REGNAULT, de l'Institut. 4 vol. in-18 jésus, ornés de 700 figures. 5ᵉ édition. . . . . . . 20 fr.

PREMIERS ÉLÉMENTS DE CHIMIE, à l'usage des facultés, des établissements d'enseignement secondaire, des écoles normales et des écoles industrielles, par LE MÊME. 1 vol. in-18 jésus illustré. 3ᵉ édition. . . . 5 fr.

TRAITÉ ÉLÉMENTAIRE DE CHIMIE EXPÉRIMENTALE ET APPLIQUÉE, par J. JACOB, licencié ès sciences physiques et mathématiques. 1 vol. in-18. . . . . 7 fr.

TRAITÉ DE MÉCANIQUE RATIONNELLE, contenant les éléments de mécanique exigés pour l'admission à l'Ecole polytechnique et toute la partie théorique du cours de mécanique, par M. DELAUNAY, de l'Institut, 1 vol. in-8. 8 fr.

COURS ÉLÉMENTAIRE DE MÉCANIQUE THÉORIQUE ET APPLIQUÉE, à l'usage des facultés, des établissements d'enseignement secondaire, des écoles normales et des écoles industrielles, par LE MÊME. 1 vol. in-18 jésus, illustré de 540 fig. 5ᵉ édition. . . . . 8 fr.

COURS ÉLÉMENTAIRE D'ASTRONOMIE, concordant avec les articles du programme officiel pour l'enseignement de la cosmographie, par LE MÊME. 1 vol. in-18 jésus, illustré de planches et de vignettes. 3ᵉ édit. 7 fr. 50

TRAITÉ D'ASTRONOMIE APPLIQUÉE A LA GÉOGRAPHIE ET A LA NAVIGATION, suivi de la géodésie pratique, par EMM. LIAIS, astronome de l'Observatoire national de Paris. 1 fort vol. gr. in-8 cavalier. 10 fr.

M. A. DU BREUIL. — **COURS D'ARBORICULTURE.** 7ᵉ édition. Première partie. Principes généraux d'arboriculture. — Anatomie et physiologie végétales. Pépinière. Greffes. 175 fig. 1 vol. in-18 jésus. . . . 3 fr. 50

COURS D'ARBORICULTURE. Culture des arbres et arbrisseaux à fruits de table, 7ᵉ édit., 573 fig. 1 vol. gr. in-18. . . . . 8 fr.

COURS D'ARBORICULTURE (6ᵉ édition). Culture des arbres et arbrisseaux d'ornement. 1 vol. in-18 jésus avec tableaux, plans et 190 figures représentant les principales espèces. . . . . 5 fr.

COURS D'ARBORICULTURE (6ᵉ édition). Les vignobles et les arbres à fruits à cidre. — L'olivier, le noyer, le mûrier, etc. 1 vol. in-18; 7 cartes et 384 figures dans le texte. . . . . 6 fr.

INSTRUCTION ÉLÉMENTAIRE SUR LA CONDUITE DES ARBRES FRUITIERS. — Ouvrage destiné aux jardiniers, aux élèves des fermes-écoles. 1 vol. in-18 jésus, 207 fig. 9ᵉ édition. . . . . 2 fr. 50

TRAITÉ ÉLÉMENTAIRE D'AGRICULTURE, destiné aux écoles d'agriculture et aux cultivateurs, par MM. GIRARDIN, correspondant de l'Institut, et DU BREUIL. 2 forts vol. in-18 jésus, illustrés de 955 fig. 3ᵉ édit. 16 fr.

LEÇONS ÉLÉMENTAIRES DE BOTANIQUE, fondées sur l'analyse de 50 plantes vulgaires; traité complet à l'usage des gens du monde, par LEMAOUT. 3ᵉ édit. 1 vol. gr. in-8, illustré d'un atlas de 50 planches et de 700 fig. 12 fr. Atlas colorié.. . . . . 16 fr.

LA FRANCE GUERRIÈRE

Récits historiques d'après les chroniques et les mémoires de chaque siècle, par Charles d'Héricault et Louis Moland. Ouvrage illustré de belles gravures sur acier. 1 vol. grand in-8 jésus.. . . . . 20 fr.

LES FEMMES D'APRÈS LES AUTEURS FRANÇAIS

Par E. Muller. Ouvrage illustré de portraits des femmes les plus illustres, gravés au burin, d'après les dessins de Staal. 1 vol. gr. in-8 jésus. 20 fr.

LES FLEURS ANIMÉES

Par J.-J. Grandville. Ouvrage de luxe. Texte par Alph. Karr, Taxile Delord. Nouvelle édition avec planches très-soigneusement retouchées pour la gravure et le coloris. 2 vol. gr. in-8 jésus. . . . . 25 fr.

FABLES DE LA FONTAINE

Illustrations de Grandville. 1 splendide vol. grand in-8 jésus, sur papier glacé, avec encadrement des pages et un sujet pour chaque fable. 18 fr.

GRANDVILLE

ALBUM de 120 sujets tirés des Fables de la Fontaine. 1 vol. gr. in-8. 6 fr.

LES MÉTAMORPHOSES DU JOUR

Par Grandville. 70 gravures coloriées, accompagnées d'un texte par MM Albéric Second, Taxile Delord, Louis Huard, précédées d'une Notice sur Grandville, par Charles Blanc. Nouvelle édition augmentée d'un beau frontispice colorié. 1 magnifique volume grand in-8 jésus. . . . . 18 fr.

LES PETITES MISÈRES DE LA VIE HUMAINE

Illustrées par Grandville, de nombreuses vignettes dans le texte et de 50 grands bois tirés à part. Texte par Old-Nick. 1 fort vol. gr. in-8 jésus. . . 15 fr.

CENT PROVERBES

Illustrés par Grandville. Nouvelle édition augmentée d'un texte explicatif; charmantes gravures à part de Grandville. 50 sujets pour la première fois élégamment rehaussés de couleurs. 1 magnifique vol. gr. in-8 jésus. 15 fr,

CORINNE

Par madame la baronne de Staël. Nouvelle édition illustrée de 250 vignettes, de 8 grandes gravures par Karl Girardet, Barrias, Staal. 1 vol. gr. in-8 jésus vélin, glacé. . . . . 10 fr.

ŒUVRES CHOISIES DE GAVARNI

Classées par l'auteur; notices par MM. de Balzac, Th. Gautier, etc. 2 vol. gr. in-8 renfermant chacun 80 gravures. Prix de chaque vol. . . . . 10 fr.
Le Carnaval à Paris. — Paris le matin. — Les Étudiants. 1 vol.
La Vie de jeune homme. — Les Débardeurs. . . . . . . 1 vol.

LES CONTES DROLATIQUES

Colligez es abbayes de Touraine et mis en lumière par le sieur de Balzac, pour l'esbastement des pantagruelistes et non aultres. Edition illustrée de 425 dessins par Gustave Doré. 1 magnifique vol. in-8, papier vélin. 12 fr.

LES CONTES DE BOCCACE

(LE DÉCAMÉRON). Édition illustrée par MM. H. Baron, T. Johannot. H. Émy, Célestin Nanteuil, Grandville, K. Girardet, Pauquet, etc., de 32 grandes gravures tirées à part, et d'un grand nombre de dessins intercalés dans le texte. 1 vol. grand in-8 jésus. . . . . 15 fr.

JULIE OU LA NOUVELLE HÉLOÏSE

Par Jean-Jacques Rousseau. 58 grandes gravures hors texte, vignettes dans le texte par MM. Tony Johannot. C. Wattier, H. Baron, Karl Girardet, etc. Formera 1 fort vol. gr. in-8 jésus. . . . . 15 fr.

LES CONFESSIONS DE J.-J. ROUSSEAU

Suivies des rêveries du promeneur solitaire. Nouvelle édition. Vignettes par MM. Tony Johannot, Bataille, E. Wattier, Laville, E. Lepoitevin Célestin, Nanteuil, H. Baron, Karl Girardet, G. Rodier, etc. 1 fort vol. grand in-8 jésus. . . . . 15 fr,

GRAND DICTIONNAIRE ESPAGNOL-FRANÇAIS
ET FRANÇAIS-ESPAGNOL

Avec la prononciation dans les deux langues, rédigé d'après les matériaux réunis par D. Vicente Salva et Guim. 1 fort vol. gr. in-8 jésus. . 18 fr.

GRAND DICTIONNAIRE ITALIEN-FRANÇAIS
ET FRANÇAIS-ITALIEN

Avec la prononciation figurée dans les deux langues. Par Ferrari et Caccia. 2 forts volumes grand in-8. . . . . 20 fr.

DICTIONNAIRE ANGLAIS-FRANÇAIS ET FRANÇAIS-ANGLAIS

Composé sur un nouveau plan d'après les travaux d'Ogilvie, de Worcester, de Webster, de Johnson, de Cooley, de Littré, de Bescherelle, etc., par E.-C. Clifton, et Adrien Grimaux.
    Première partie : *ANGLAIS-FRANÇAIS*. Contenant tous les mots de la langue ; les termes des sciences, des arts; les diverses acceptions des mots; la définition des mots anglais expliquée en français, *la prononciation* figurée, etc. — 1 fort vol. grand in-8 de 1,000 pages *à 3 col*. . . 10 fr.

NOUVEAU DICTIONNAIRE GREC-FRANÇAIS

Par Chassang, anc. maître de conférences à l'École normale supérieure, d'après les plus récents travaux de philologie grecque : 1° Les mots de la langue grecque ; 2° Les noms propres ; 3° Les formes irrégulières, poétiques ; 4° Des renvois aux mots simples et aux racines ; à l'étude de la langue et de la littérature grecques, contenant : 1° Un résumé d'Histoire de la littérature grecque ; 2° Des notions élémentaires sur les origines; 3° Une liste des Racines, des Radicaux et des mots simples ; 4° Des éléments de grammaire grecque d'après la méthode de la grammaire comparée. I. Prononciation grecque; II. Métrique et Prosodie grecques ; III. Calendrier, Monnaies, , etc. 1 vol. gr. in-8 de 1,500 pag. envir., rel. toile. . 15 fr.

GÉOGRAPHIE GÉNÉRALE, PHYSIQUE, POLITIQUE
ET ÉCONOMIQUE

Par L. Grégoire, docteur ès lettres, professeur d'histoire et de géographie au lycée Fontanes. Illustrée de 110 cartes, dont 7 hors texte en couleur, 20 gravures sur acier, 500 vues des principales villes, 16 magnifiques types, races et costumes, imprimés en chromolithographie. 1 volume grand in-8, 1,200 pages. . . . . 30 fr.

DICTIONNAIRE ENCYCLOPÉDIQUE D'HISTOIRE, DE BIOGRAPHIE
DE MYTHOLOGIE ET DE GÉOGRAPHIE

Comprenant : 1° *Histoire :* L'histoire des peuples, la chronologie des dynasties, l'archéologie, l'étude des institutions ; — 2° *Biographie :* La biographie des hommes célèbres, avec notices bibliographiques; — 3° *Mythologie :* La biographie des dieux et personnages fabuleux, fêtes et mystères; — 4° *Géographie :* La géographie physique, politique, industrielle et commerciale, la géographie ancienne et moderne, par le même. 1 fort vol. gr. in-8 jésus de 2,150 pages : 20 fr. — Relié . . . . 25 fr.
    M. le Ministre de l'instruction publique a souscrit pour les Bibliothèques.

DICTIONNAIRE CLASSIQUE D'HISTOIRE, DE GÉOGRAPHIE
DE BIOGRAPHIE ET DE MYTHOLOGIE

Rédigé d'après le *Dictionnaire encyclopédique d'Histoire et de Géographie.* Par le même auteur. 1 fort vol. grand in-18 jésus. rel. toile. . . 10 fr.

OUVRAGES RELIGIEUX

Les saints Évangiles. Traduction de LEMAISTRE DE SACY, selon saint Marc, saint Matthieu, saint Luc et saint Jean. Nouvelle édition avec encadrements en couleur, ornée de gravures sur acier, frontispice or et couleur. 1 vol. grand in-8 jésus. . . . . . 20 fr.

Oraisons funèbres et sermons choisis de Bossuet. Édition illustrée de 12 grav. d'après REMBRANDT, MIGNARD, NANTEUIL, RIBERA, STAAL, RIGAUD, POUSSIN, VAN DYK, CARRACHE, SPADA, etc. 1 beau vol. in-8 jésus . . . . 18 fr.

Méditations sur l'Évangile, par BOSSUET, revues sur les manuscrits originaux. 12 magnifiques gravures sur acier, d'après RAPHAEL, RUBENS, POUSSIN, REMBRANDT, etc. 1 vol. grand in-8 jésus. . . . . 18 fr.

Discours sur l'histoire universelle, par BOSSUET. 1 beau vol. gr. in-8 jésus, orné de magnifiques grav. sur acier, d'après les grands maîtres. . 18 fr.

Élévations à Dieu sur tous les mystères de la religion chrétienne, par BOSSUET. 1 vol. gr. in-8, orné de 10 magnifiques grav. anglaises, d'après LE GUIDE, POUSSIN, VANDERWERF, etc. 18 fr.

Ces superbes réimpressions de quatre des chefs-d'œuvre de Bossuet, exécutées avec le plus grand soin, sont destinées à prendre place parmi les beaux livres de l'époque.

Œuvres oratoires complètes de Bossuet, oraisons funèbres, panégyriques, sermons. Édition suivant le texte de l'édition de Versailles, amélioré et enrichi à l'aide des travaux les plus récents. 4 vol. in-8. . . . . . . 50 fr

Les Femmes de la Bible. Principaux fragments d'une histoire du peuple de Dieu, par Mgr DARBOY, archevêque de Paris. Nouvelle édition, avec collection de portraits des femmes célèbres de l'Ancien et du Nouveau Testament, gravés par les meilleurs artistes d'après les dessins de G. STAAL. 2 vol. gr. in-8 jésus. Chaque vol., formant un tout complet, se vend séparément. 20 fr.

Les saintes Femmes. Texte par Mgr DARBOY, archevêque de Paris. Collection de portraits, gravés sur acier, des femmes remarquables de l'histoire de l'Église. 1 vol. grand in-8 jésus . . . . 20 fr.

La sainte Bible. Traduite en français par LEMAISTRE DE SACY, accompagnée du texte latin de la Vulgate, 80 grav. sur acier d'après RAPHAEL, LE TITIEN, PAUL VÉRONÈSE, SALVATOR ROSA, POUSSIN, etc., galerie de portraits des femmes de la Bible. 6 forts vol. gr. in-8 jésus, une carte et un plan de Jérusalem. . . . . 100 fr.

La sainte Bible. Traduite en français par LEMAISTRE DE SACY, avec 40 magnifiques grav. d'après RAPHAEL, LE TITIEN, LE GUIDE, PAUL VÉRONÈSE, SALVATOR ROSA, POUSSIN, H. VERNET, etc. 1 fort vol. gr. in-8 jésus, avec une carte de la Terre-Sainte et le plan de Jérusalem. 25 fr.

L'Imitation de Jésus-Christ. Traduction nouvelle, avec des réflexions à la fin de chaque chapitre, par M. l'abbé F. DE LAMENNAIS, avec encadrements en couleur, 10 gravures sur acier et un frontispice rehaussé d'or. 1 magnifique vol. grand in-8 jésus. 20 fr.

Imitation de Jésus-Christ. Traduite par l'abbé DASSANCE; approbation de Mgr l'archevêque. Encadrements variés, frontispice or et couleur, et 10 gravures. 1 vol. gr. in-8. . . 20 fr.

Les Vies des saints, POUR TOUS LES JOURS DE L'ANNÉE, nouvellement écrites par une réunion d'ecclésiastiques et d'écrivains catholiques, classées pour chaque jour de l'année par ordre de dates, d'après les Martyrologes et Godescard ; environ 1,800 gravures. 4 volumes grand in-8. . . . . . 40 fr.

Les VIES DES SAINTS ont obtenu l'approbation des archevêques et des évêques.

Biblia Sacra *Vulgatæ editionis* SIXTI V PONTIFICIS MAXIMI *jussu recognita et* CLEMENTIS VIII. 1 beau et fort volume grand in-18 jésus, imprimé avec le plus grand soin par J. Claye, en caractères très-lisibles. . . . . . 6 fr.

L'Adoration des bergers, de J. RIBERA (l'Espagnolet), tableau du Salon carré du Louvre, gravée au burin par P. PELÉE. *Estampe* de 43 centimètres de haut sur 30 centimètres de large, tirée sur format grand colombier vélin.

Papier blanc. . . . . 18 fr.
Papier de Chine, avec la lettre. 24 fr.
Épreuves sur papier blanc avant la lettre, à . . . . 36 fr.
Et 75 épreuves sur papier de Chine, avant la lettre, à . . . 48 fr.
Il a été tiré 50 épreuves d'artiste sur papier de Chine, à . . . . 80 fr.
Et 7 épreuves de remarque sur papier de Chine, net à . . . . 30 fr.

www.ingramcontent.com/pod-product-compliance
Lightning Source LLC
Chambersburg PA
CBHW070349030726
47504CB00001B/121